■DUMONT

Die Arbeit der Cops Lucius Boggs und Tommy Smith wird täglich von Rassismus bestimmt. Sie haben kaum Befugnisse, und um Ermittlungen durchzuführen, sind sie auf die Hilfe weißer Polizisten angewiesen, die ihre Arbeit aber zumeist durch Schikanen und Willkür behindern. Als schwarze Familien – darunter die von Smiths Schwester – in ein ehemals rein weißes Viertel ziehen, beginnen die Rassenkonflikte in der sich rasant verändernden Stadt zu brodeln. Ein unkontrolliertes Ausbrechen der Gewalt scheint jederzeit möglich. Ausgerechnet in dieser aufgeheizten Atmosphäre werden Boggs und Smith durch eine Festnahme auf die Revierkämpfe zweier Schmugglerbanden aufmerksam. Ihre Nachforschungen führen sie nicht nur zu weißen Hintermännern, sondern auch zu ihren eigenen Familien. Bald sind beide persönlich so tief in den Fall verstrickt, dass nicht weniger als ihre moralische Integrität auf dem Spiel steht.

Thomas Mullen wurde 1974 in Rhode Island geboren. Er ist der Autor mehrerer Romane, darunter ›Die Stadt am Ende der Welt‹ (Neuübersetzung DuMont 2020), für den er den James Fenimore Cooper Prize erhielt. Der erste Band der gefeierten ›Darktown‹-Reihe erschien 2018 bei DuMont, gefolgt von ›Weißes Feuer‹ (2019) und ›Lange Nacht‹ (2020). Thomas Mullen lebt mit seiner Familie in Atlanta.

Thomas Mullen

WEISSES FEUER

Roman

Aus dem Englischen
von Berni Mayer

DUMONT

Von Thomas Mullen sind bei DuMont außerdem erschienen

Darktown (Darktown 1)
Lange Nacht (Darktown 3)
Die Stadt am Ende der Welt

November 2020
DuMont Buchverlag, Köln
Alle Rechte vorbehalten
© 2017 by Thomas Mullen
Published by arrangement with Thomas Mullen
Dieses Werk wurde vermittelt durch die Literarische Agentur
Thomas Schlück GmbH, 30161 Hannover.
Die amerikanische Originalausgabe erschien 2017 unter dem
Titel ›Lightning Men‹ bei 17 Ink / Atria Books, New York.
© 2019 für die deutsche Ausgabe: DuMont Buchverlag, Köln
Übersetzung: Berni Mayer
Umschlaggestaltung: Lübbeke Naumann Thoben, Köln
Umschlagabbildung: akg-images
Satz: Angelika Kudella, Köln
Gesetzt aus der Dante
Druck und Verarbeitung: CPI books GmbH, Leck
Gedruckt auf säurefreiem und chlorfrei gebleichtem Papier
Printed in Germany
ISBN 978-3-8321-6556-7

www.dumont-buchverlag.de

Für Susan Golomb und Rich Green

Es ist, als ob man Geschichte mit Blitzen schreibt.
– Ein beeindruckter Präsident Woodrow Wilson
nach der Vorführung des Ku-Klux-Klan-
Propagandafilms The Birth Of A Nation

Jeder neutrale Beobachter der ethnischen
Geschichte Amerikas muss sich eingestehen,
dass Rassismus höchst wandlungsfähig ist.
– Michelle Alexander, The New Jim Crow

PROLOG

DER TUNNEL IST lang und dunkel, und obwohl seine Beine sich bewegen, hat er das Gefühl, von einer unsichtbaren Kraft gezogen zu werden, dann weicht der Tunnel, und er steht allein unter dem riesigen Himmel Georgias. Zu seiner Rechten, vor einem lavendelfarbenen Glühen, wabern indigoblaue Wolkenfetzen, die sich mit dem Sonnenaufgang sicher auflösen werden. Zu seiner Linken Dunkelheit. Hier fühlt er sich bereit zum Aufbruch, auf der Schwelle zwischen Nacht und Tag, auf dem Scheitelpunkt von Sommer und Herbst, denn der Morgen ist so viel kühler als erwartet. Das Hemd, das er trägt, reicht nicht ganz aus, doch zumindest ist es seins, er besitzt es schon seit langer Zeit. Es ist zu dünn, denn es war Sommer, als man ihn damals verhaftete und seine Kleider gegen eine Gefängnisuniform ausgetauscht hatte. So lange her mittlerweile. Er steht da und zittert, begreift, wie riesig der Himmel und wie klein er selbst und wie unglaublich es ist, dass er hier allein steht, und es bilden sich Tränen in seinen Augen.

Er geht langsam, denn seine ersten Schritte als freier Mann sollen kein Hinken sein, obwohl sein rechtes Knie schmerzt, zwei Jahre schon, seit seinem Sturz bei der Brücke. Er weiß, dass seine rechte Schulter ein paar Zentimeter höher steht als die linke, eine Folge der Arbeit in Ketten, das endlose Schwingen der Axt hat seinen Körper verformt.

Er hatte vergessen, wie es sich anfühlt, sich draußen in der Welt zu bewegen, ohne das Gerassel an Hand- und Fußgelenken. Als hätte man ein Geräusch seines Körpers entfernt, als hätte ihm ein Prophet einen Dämon ausgetrieben.

Sein altes Hemd ist zu weit an der dünnen Taille, doch eng an den Armen. Er hat Felsen zertrümmert und Asphalt gegossen, Straßen gebaut, Gräben ausgehoben und Abwasserrohre verlegt. Er hat sogar Stallungen für Geflügel gebaut, sich der Ironie durchaus bewusst, dass er als Gefangener ein Gefängnis für niedere Kreaturen errichtete. Einmal hat er eine über einen Meter lange Strahlennatter getötet, die sich unter dem Laub schlängelte. Muss vorletzten Herbst oder den davor gewesen sein – er hat das Zeitgefühl verloren – als er dem Biest mit der Schaufel eins auf den nicht enden wollenden Hals gegeben hat. Danach hatte er über seine eigenen Reflexe gestaunt und sich gefragt, ob es nicht besser gewesen wäre, die Schlange hätte ihn gebissen, ihm das Gift eingeflößt und ihn innerhalb weniger Stunden aus diesem ganzen Elend erlöst. Es gab Tage und Nächte, in denen er sich wünschte, es wäre so passiert. Doch jetzt ist er anderer Meinung, denn jene Tage und Nächte haben sich verflüchtigt, und er hat überlebt, um Zeuge dieses atemberaubenden Sonnenaufgangs zu werden.

Die Hose ist mit ziemlicher Sicherheit nicht seine. An der Hüfte sitzt sie einigermaßen, doch sie ist fast zehn Zentimeter zu kurz. Sie muss einem anderen Negro-Gefangenen gehört haben, womöglich jemand, der noch die nächsten Jahre einsitzt. Deshalb spürt Jeremiah beim Gehen jetzt die kalte Herbstluft an seinen Fußgelenken.

Er vernimmt die Rufe von Vögeln und das, obwohl der nächste Baum Hunderte Meter entfernt steht. Noch sieht er keine Vögel am Himmel, obwohl es schon heller geworden ist, ein dunkles Blau liegt jetzt im Osten, und das lavendelfarbene Glühen hat sich in den wolkenlosen Westen verzogen. Die Sonne lugt über das flache Land und verleiht Jeremiah einen Schatten, einen recht langen, und mit jedem seiner Schritte wird der gigantische Schatten nur noch länger.

Es gab eine Zeit, als er dachte, er wäre fertig mit Gott. Er gewöhnte sich ab, Gott um seine Freilassung zu bitten, nach konkreten Dingen zu fragen, spezielle Wünsche zu äußern wie den Besuch seiner

Liebsten oder wenigstens einen Brief, sondern bat um das nicht Greifbare. Ruhe. Geduld. Die Fähigkeit, den Tag zu überstehen. Mit langsamen Schritten dankt er jetzt dem Gott, von dem er sich eine kurze Zeit lang abgewandt hatte. Dem Gott, der ihn nicht aufgegeben hat. Dem Gott, der Jeremiah so viel Ungerechtigkeit beschert hatte, die in keinem Verhältnis zu seinen Verfehlungen stand, viel mehr als nur eine barsche und willkürliche Lektion, und ihm wie die reinste Boshaftigkeit vorkam. Ist Gott böse?, hatte sich Jeremiah in jenen ersten Wochen im Gefängnis gefragt. Doch seine Zweifel sind verschwunden. Er kann nicht anders als »Danke, Jesus« sagen, laut genug, sodass es jemand gehört hätte, wäre er hier nicht so allein.

Er geht jetzt schneller, der Schock über die riesige Außenwelt klingt nur langsam ab, das verstörende Gefühl des Alleinseins, keine Menschen, die links und rechts an ihm befestigt sind. Und obwohl er nicht weiß, worauf er zugeht, spürt er, dass er dahin muss, schneller, während sein Schatten mit ihm Schritt hält.

Er hat noch nicht mal ein Viertel der breiten Schotterpiste zurückgelegt, die Sohlen seiner alten Schuhe haben kaum sichtbare Spuren im noch nachtfeuchten Boden hinterlassen, als er sich umdreht und einen letzten Blick auf das Gefängnis wirft. Der Kalkstein schimmert weiß im spitzwinkligen Licht der Morgensonne, die amerikanische Flagge und die von Georgia hängen leblos an ihren Masten. Das Gefängnis wirkt stumm aus dieser Entfernung, man hört keine Türöffner, keine Sirenen oder Schreie, nimmt keinerlei Bewegung wahr. Er ist tatsächlich das einzige Lebewesen hier, bis ein plötzliches Zucken seine Aufmerksamkeit auf eine bisher regungslose Silhouette über ihm lenkt. Einer der Wärter mit den Gewehren blickt auf ihn herab.

»Nigger, du beeilst dich mal besser!«

Jeremiah kann nicht anders, als schneller zu gehen, obwohl er sich dafür schämt, obwohl ihm klar ist, dass er frei ist und der Wärter nicht mehr über ihn verfügen kann. Er fühlt sich wie ein Geflüchteter, der nicht weiß, wohin ihn seine Flucht führt.

*

Das Georgia State Prison befindet sich in einem Außenbezirk von Reidsville oder im Zentrum, Jeremiah ist sich nicht sicher. Vielleicht liegt das Problem auch darin, dass ein Ort wie Reidsville kein Zentrum hat, nur aus Außenbezirken besteht, und weil Jeremiah vorher ohnehin noch nie aus Atlanta rausgekommen war, hat er keine Ahnung, wo er ist.

Der Wärter, der ihm seine alte Kleidung und ein paar notariell beglaubigte Schreiben zusammen mit 75 Cents ausgehändigt hatte, hatte ihm den Weg zum Bahnhof beschrieben, doch Jeremiah hat ihn schon wieder vergessen. Es war zu schwer, sich Details wie »nächste rechts«, »dann geradeaus« oder »links halten« zu merken, so unfassbar scheint ihm immer noch seine Freilassung. Er hatte dem Wärter gesagt, dass er zum Bahnhof will, weil seine Familie ihn da abholt, aber das war gelogen, denn seine Mutter und seine Schwester sind 1946 aus Georgia geflohen, und hier wartet niemand mehr auf ihn.

Nein, das stimmt nicht ganz. Es gibt noch sein Mädchen, und obwohl sie schon vor Jahren aufgehört hat, ihm Briefe zu schreiben, gehören die Erinnerungen an ihre Berührungen und ihr Lachen zu den wenigen Dingen, die ihn durchhalten lassen haben. Er hat so oft von ihr geträumt, dass er sich fragt, ob seine Fantasie und seine Sehnsucht sie in seiner Vorstellung verändert haben, ob sie überhaupt so aussieht und klingt. Und doch treibt ihn der Gedanke an sie voran.

Seine Uhr hatte ihm der Wärter natürlich nicht zurückgegeben, also weiß er auch nicht, wie lange er schon marschiert. Lange genug, um sich zu wünschen, man hätte ihm eine Feldflasche mitgegeben.

Zwei Reihen mächtiger Eichen werfen ihren Schatten über die frisch geteerte Straße. Zu beiden Seiten Farmland, Erdnussfelder,

Mais und sogar ein bisschen Baumwolle. Er kommt an klapprigen Bretterbuden vorbei, an schiefen Dächern und fehlenden Fensterscheiben, es riecht nach Heckenkirsche und wildem Hanf, er wischt sich mit dem Hemdsärmel den Staub von der Nase, denn selbst ein Taschentuch hat er nicht, nur die 75 Cents in seiner Hose. Er weiß nicht mehr, ob er die 75 Cents bei seiner Verhaftung dabeihatte oder ob sie eine Art staatliches Taschengeld sind.

Es ist Oktober, und die roten Wespen schweben über den Blumen und fliegen über die Straße. Ihm fällt ein, dass die Wespen jedes Jahr um diese Zeit nerven, aber jetzt machen sie ihm nichts aus, sie sind ein weiterer Aspekt eines Lebens, das er fast vergessen hat.

Dann hört er in der Ferne den unverwechselbaren Klang einer Sirene.

Er wird schneller, sein Herzschlag durchdringt jede Faser seines Körpers. Seine Hände zittern, er stolpert beinahe, er kratzt sich an den Wangen, an der Brust und am Hals, als wären da unsichtbare Insekten. Die Sirenen werden lauter. Warum hat er Angst? Die Sirenen können doch nicht ihm gelten. Es klingt, als wären mindestens drei Wagen unterwegs. Das ist eine Gefängnis-Eskorte, sagt er sich, aber die Panik lässt nicht nach.

Die Sirenen verklingen, bis er sich nicht mehr sicher ist, ob er sie noch hört oder sie sich nur eingebildet hat. Vermutlich wird er sie auch im Schlaf noch hören, immer wieder, ein Leben lang.

Er weiß, dass das Gefängnis auf der Negro-Seite der Stadt steht, und als er ein kleines Schindelhaus in der Ferne sieht und den Geruch von Biscuits wahrnimmt, dankt er Jesus erneut, im Vertrauen darauf, dass es sich um ein Lokal handelt, das er betreten darf.

Zwei Autos parken davor. Ein Schild über dem Eingang teilt ihm zwar nicht den Namen des Lokals mit, dafür aber, dass Gott darüber wache, was als Segen gemeint sein kann oder als Warnung für mögliche Einbrecher. Drinnen entpuppt es sich als Mischung aus Café und Lebensmittelladen. Vier Gänge auf der rechten Seite sind voll mit Waren, und links stehen drei kleine Tische und ein Tresen. Eine dünne alte Negro-Frau, mindestens siebzig, und die erste Frau, die er seit Monaten zu Gesicht bekommt, beäugt ihn misstrauisch durch dicke Brillengläser. Das Haar hat sie zu einem strengen Knoten gebunden, neben ihrer glänzenden Kasse aus Metall stapelweise Zigarettenstangen.

Er lächelt, und das erste Mal seit einer gefühlten Ewigkeit spricht er zu einer freien, fremden Person; unsicher, ob sein »Guten Morgen« irgendwie altbacken klingt oder sein Lächeln, sein Auftreten, sonderbar wirken. Wie begrüßen sich Fremde im Jahr 1950?, fragt er sich.

Fünf Minuten später hat er auch das letzte bisschen Gravy mit seinem Biscuit aufgesaugt und eine zweite Portion bestellt. Köstlich ist gar kein Ausdruck. Und der Kaffee, lieber Himmel, der stellt Dinge mit seinem Herz und Kopf an, die er nicht für möglich gehalten hätte. Er ist ein unbeschriebenes Blatt, und jeder Schluck, jeder Bissen ist wie eine neue Sprache, die auf ihn gedruckt wird, ein vollkommen neuer Sinn.

Ich bin unvollkommen, mein Schöpfer. Ich bin Lehm. Ich bin noch formbar. Ich kann noch immer alles sein. Das hat er all die Jahre wiederholt gebetet, so oft, Versprechen und Fürbitte zugleich.

Er steht jetzt auf, bereit zu gehen. Er hat genug von den langen und misstrauischen Blicken der Frau, als warte sie nur darauf, dass er etwas falsch macht. Als würde er nichts lieber tun, als erneut das Gesetz zu brechen. Tatsächlich ist er enttäuscht darüber, dass er sich verrechnet hat und nur noch ein 10-Cent-Stück übrig hat. Er würde gerne Zigaretten kaufen, aber das kann er sich nicht leisten, und wie soll er erst an ein Ticket nach Atlanta kommen?

Die Tür geht auf, und ein Negro kommt herein, weißes pomadisiertes Haar, in Wellen von seiner glänzenden Stirn ausgehend.

»Tag, Marcie, wie geht's?«

»Mittel bis gut. Wird ein wunderschöner Tag, Reverend.«

Es ist merkwürdig, Fremden zuzuhören. Genau wie die Blicke, die ihm der Reverend zuwirft – oder bildet sich Jeremiah das nur ein? Sein Instinkt sagt ihm, dass er abhauen sollte. Er schreitet zur Tür, in gebührendem Abstand zum Reverend, aus Angst vor unfreiwilligem Kontakt, darauf achtend, bei niemand einen Alarm auszulösen.

Als wären drei Stunden vergangen, so warm ist es draußen. Die Sonne ist erwacht und hat ihre Kräfte vervielfacht. Er hätte fragen sollen, wie weit es noch bis zum Bahnhof ist, aber er hat Angst. Angst wovor? Er weiß es nicht.

Dann öffnet sich die Tür hinter ihm, und er hört die Stimme des Reverends.

»Guten Morgen!«

Jeremiah dreht sich um. Der Reverend kommt auf ihn zu, eine Tüte in der Hand. Er ist groß gewachsen, seiner Figur nach zu urteilen verbringt er seine Zeit nicht ausschließlich mit der Lektüre der Bibel. Zur Linken des Priesters steht ein blauer Ford Pick-up, vermutlich seiner, da er vorher noch nicht da war.

»Guten Morgen, Reverend«, antwortet Jeremiah.

Der Reverend mustert seine zu kurzen Hosenbeine, seine Haare, denen ein Schnitt guttun würde. Jeremiah trägt auch einen Bart, nicht weil er es will, sondern weil er heute eigentlich seinen wöchentlichen Termin beim Gefängnis-Frisör gehabt hätte.

»Ein guter Tag, um das Leben zu genießen, oder?«, fragt der Priester.

»So ist es, Reverend.«

Über ihnen in den Bäumen schreien sich Krähen gegenseitig vorwurfsvoll an.

»Wie lange waren Sie drin?«

»Fünf Jahre. Und einen Monat. Und sechs Tage.«

»Ach ja, niemand beherrscht die Kunst des Rechnens wie ein Mann im Gefängnis.« Der Reverend macht eine Pause, vielleicht überlegt er, welches Verbrechen Jeremiah bei so einem Strafmaß begangen haben muss.

»Wo soll's hingehen?«

»Atlanta. Irgendwie. Schätze mit dem Zug.«

»Der nächste Bahnhof ist in Statesboro.«

Noch eine Stadt, von der er noch nie gehört hat. »Okay.« Er deutet die Straße hinab. »Da lang?«

»Mehr oder weniger. Aber zirka dreißig Meilen von dem Fleckchen Erde entfernt, auf dem Sie gerade stehen. Wie heißen Sie?«

»Jeremiah.«

»Sie kennen die Bibel?«

»Ja, Sir.«

»Jeremiah war ein Prophet. Er hat Gottes Bund mit Israel vorausgesagt. Dass sie das auserwählte Volk sind und gerettet werden.«

»*Denn ich weiß wohl, was ich für Gedanken über euch habe, spricht der Herr: Gedanken des Friedens und nicht des Leides.*«

Der Reverend lächelt, macht sich ein neues Bild von ihm. »Sie kennen sie tatsächlich.«

»Ich würde doch keinen Priester anlügen.«

»Es ist eins meiner Lieblingskapitel.« Kurzes Schweigen. »Aber da gab es ein Wenn. So wie es auch heutzutage immer ein Wenn gibt. Das Wenn lautet: Gott wird sie retten, *wenn* sie ihn und nur ihn anbeten, nicht die falschen Götter. Wir sündigen, doch es gibt immer die Chance auf Vergebung. Wie die bedingungslose Liebe eines Elternteils. Bei Gott allerdings unter einer Bedingung: dass wir ihn anbeten.«

Jeremiah ist erstaunt, dass ihm nach einer aus fünf Jahren, einem Monat und sechs Tagen bestehenden mehr als deutlichen Lektion gleich wieder jemand die nächste erteilt, doch mit der hier kann er was anfangen.

»Ja, Sir.«

»Heute Morgen gab es ein Feuer«, sagt der Reverend. »Ein Haus der Weißen ist niedergebrannt, fragen Sie mich nicht wie. Sie sind ein Glückspilz.«

»Wie das?« Wie ein Glückspilz hat Jeremiah sich schon lange nicht mehr gefühlt.

»Wenn die einen Negro aus dem Gefängnis entlassen, gibt es drei Möglichkeiten, mein Sohn. Eins: Die Familie oder die Freunde des Gefangenen holen ihn ab. Zwei: Wenn die Angehörigen keinen Wagen haben, bringt ihn das Gefängnis mit dem Bus zum Bahnhof, wo seine Leute auf ihn warten. Und drei: Wenn er niemanden hat, der ihn abholt, lassen sie den Gefangenen zu Fuß gehen. Sie geben ihm 75 Cents, lieg ich richtig? Und zirka eine oder zwei Stunden später, nachdem er sein Geld für Zigaretten oder etwas Essen ausgegeben hat, verhaftet ihn die örtliche Polizei von Reidsville wegen Landstreicherei.«

»Ich bin rechtmäßig entlassen worden, ich bin nicht ausgebrochen.«

»Das spielt keine Rolle.«

»Ich hab diese Papiere.« Jeremiah greift in seine Tasche, hört erst auf, daran zu ziehen, als er den Priester lachend den Kopf schütteln sieht.

»Das spielt keine Rolle, mein Sohn. So machen die das. Ich hab es schon zu oft mitansehen müssen. Das Haus hat heute Morgen gebrannt, die gesamte Polizei war da, um der freiwilligen Feuerwehr zu helfen. Das bedeutet, wer auch immer Sie festnehmen sollte, hatte Besseres zu tun.«

Der Priester schweigt, lässt das Gesagte sacken.

»Wenn ich Sie wäre, würde ich heute Abend niederknien und Gott dafür danken, dass er dieses Feuer gelegt hat, und ihn bitten, dass er niemand dafür töten musste. Denn falls er das hat, haben Sie auch noch die Opfer auf dem Gewissen, als Dank für Ihre Freiheit am heutigen Tag.«

Jeremiah denkt darüber nach. Genau diese Art von brutaler Willkür würde zu Gott passen, um uns zu verwirren und uns zu prüfen. Er hatte davon gehört, dass die Cops solche Dinge tun, und er hatte Gefangene getroffen, die behauptet hatten, sie wären nach der Entlassung in schockierend kurzer Zeit wieder eingebuchtet worden, aber er hatte nicht in Erwägung gezogen, dass so ein Schicksal auch ihm blühen könnte.

»Ich habe ihn nicht gebeten, jemand meinetwegen zu töten.«

»Ich behaupte ja nicht, dass er's getan hat, Sohn. Ich sage nur, die Würfel sind heute Morgen seltsam gefallen, und Sie sind nun mal der Nutznießer dieses ungewöhnlichen Wurfs. Und es wird mich einen halben Tank Benzin kosten, die sechzig Meilen hin und zurück zu fahren, und zwei Dollar, um Ihnen ein Ticket nach Atlanta zu kaufen, aber genau das werde ich tun, denn wenn Gott ein Feuer legt, um Sie vor dem Gefängnis zu bewahren, dann soll dieses Opfer nur ein kleiner Beitrag meinerseits sein. Steigen Sie ein.«

»Danke, Sir.«

»Wie ich bereits sagte, danken Sie ihm.«

Eine Sirene unterbricht ihre Unterhaltung. Jeremiah dreht den Kopf, und das Land ist hier so flach, dass er einen Streifenwagen in ihre Richtung rasen sehen kann. Er blickt zu seinem barmherzigen Samariter und merkt, wie die lebenserfahrene Aura des Priesters einem weniger selbstbewussten Ausdruck weicht.

»Ich … ich geh lieber allein.« Jeremiah schickt sich an zu gehen.

»Nein. Sie bleiben hier.« Der Reverend klingt nervös, während er die Straße im Auge behält. In wenigen Sekunden wird das Polizeiauto hier sein.

»Ich will Ihnen keinen Ärger machen.«

»Verhalten Sie sich einfach ruhig.«

Jeremiahs Hände zittern. Warum sollten sie es erneut auf ihn abgesehen haben? Warum sind sie so? *Ich verstehe diese Welt nicht.* Mit *diese Welt* meinte er nicht die Welt außerhalb des Gefängnisses, sondern alles. Nach dem, was ihm widerfahren ist, weiß er, dass er die grundsätzliche Fähigkeit verloren hat, Sinn in Ereignissen zu sehen und dem Gesetz von Ursache und Wirkung zu vertrauen. Die Welt funktioniert nach einer eigenen perversen Logik, die er vergeblich versucht zu begreifen.

Das Polizeiauto wird langsamer und biegt in den Parkplatz ein. Der Kies knirscht, während es neben dem Pick-up zum Halten kommt.

Lieber Gott, bitte nicht das, ich hab versucht, dir treu zu dienen, und ich muss mein Mädchen wiederfinden, und wir werden zusammen alt werden und gemeinsam zu dir beten, bitte, bitte, ich will dein Diener sein, ich bitte dich nur um das Eine.

Der Priester wirft Jeremiah einen flüchtigen Blick zu, dreht sich noch nicht einmal um zu ihm und sagt: »Es tut mir leid, Sohn.«

»Tag, Odell«, sagt der Polizist, als er aus dem Wagen steigt und auf den Priester zukommt. Gelblich blasses Gesicht, wie frisch geschlagene Butter, die jedoch schon anfängt zu schmelzen, seiner glänzenden Haut nach zu urteilen. Jeremiah sieht den Schweiß, obwohl der breitkrempige Hut des Beamten das Licht des Vormittags fernhält. Seine hellbraune Uniform ist feucht unter den Achseln, und er klingt müde.

»Guten Morgen, Officer«, sagt der Reverend.

»Wen haben Sie denn da bei sich?«

Jeremiah schaut zur Seite, vermeidet Blickkontakt. »Jeremiah Tanner, Officer, Sir.«

»Gerade frisch draußen, wie? Was haben Sie mit ihm vor, Odell?«

Der Reverend blickt stur geradeaus. »Ich hab nur jemandem eine Mitfahrgelegenheit angeboten. Wollte keine Probleme verursachen.«

»Zur Hölle noch mal«, sagt der Cop, als atme er lediglich aus, als sei er sich nicht darüber klar, dass das kein Wort ist, das man gegenüber einem Mann Gottes äußert. »Was für ein Morgen.«

»Geht's den Leuten gut?«, fragt der Reverend.

»Welchen Leuten?«

»Der Brand. Ich kann ihn noch an Ihnen riechen.«

Jeremiah kann das auch. Der Polizist stinkt nach verbranntem Holz, wie ein Kamin im Winter, aber da mischt sich noch etwas anderes mit rein, bitter und scharf.

»Es war fürchterlich. Fürchterlich.«

Bitte, Gott, verschone mich, bitte.

Mehr scheint der Polizist zu dem Thema nicht sagen zu können. Er steht da, eine Hand am Dach des Pick-ups, und zuerst hatte Jeremiah das für eine besitzergreifende Geste gehalten *(mir gehört nicht nur der Pick-up, sondern auch ihr beide)*, doch mit jeder verstreichenden Sekunde wirkt sie anders.

»Geht es Ihnen gut?«, fragt der Reverend.

Bitte, Gott, bitte, lass nicht zu, dass der Mann mich mitnimmt.

Jeremiah hat noch zu viel Angst, um den Mann direkt anzuschauen, aber aus dem Augenwinkel beobachtet er, wie der Polizist mit der Hand, die sich nicht am Truck festhält, seinen Körper hochfährt, als müsse er sich versichern, dass noch alles dran ist. Über seinem Herzen bleibt sie liegen. Dann fällt er um.

»Officer Dave?«, ruft der Reverend erschrocken. Der Polizist landet in einer merkwürdigen, völlig unnatürlichen Position. Er liegt auf der Seite, einen Arm unter sich begrabend, während die Hand des anderen Arms noch immer an seine Brust greift, als suche sie einen Schalter, irgendetwas, um das Herz wieder einzuschalten. Der Reverend rollt den Polizisten sanft auf den Rücken.

Jetzt haben sich mehr Falten auf Officer Daves Stirn gebildet, als Jeremiah je bei einem Weißen gesehen hat. Der Cop scheint den Atem anzuhalten, sein Gesicht ist rot, der gesamte Körper verkrampft.

»Officer Dave, können Sie sprechen?« Der Reverend ist panisch, und erst später wird sich Jeremiah fragen, ob ihm so etwas schon mal passiert ist, denn natürlich besuchen Priester oft die Sterbenden, aber wie oft sehen sie Gott so schnell und unbarmherzig zuschlagen?

Der Polizist hebt seinen Kopf ein wenig, es scheint, als versuche er verzweifelt, anstelle der nutzlosen Zunge mit dem ganzen Körper zu antworten, dann schlägt sein Kopf auf dem Boden auf und er entkrampft sich.

»Oh Gott, oh Gott!« Der Priester ist für einen kurzen Moment so reglos wie der Polizist, dann ergreift er das Handgelenk des weißen Mannes und tastet nach einem Puls. »Halten Sie durch, Officer Dave, halten Sie durch.« Jeremiah kann das Gesicht des Priesters nicht sehen, als der plötzlich klar und dringlich wie bei einer Predigt spricht: »Herr Jesu, bitte verschone diesen Mann. Bitte, Gott, lass ihn seine Familie wiedersehen.«

Jeremiah fragt sich, ob dem Reverend bewusst ist, dass Gott innerhalb von Sekunden höchst widersprüchliche Gebete von diesem Ort aus erhält.

Hast Du das getan, Herr? War ich das?

Der Reverend steht da, blickt zuerst auf das Polizeiauto, dann zu Jeremiah, dann wieder auf den umgefallenen Mann. »Wir müssen … wir müssen ihn in ein Krankenhaus bringen. Helfen Sie mir, ihn da reinzuschaffen!«

Officer Dave in den Pick-up zu heben ist nicht einfach, denn beiden – zumindest Jeremiah – ist unwohl dabei, einen weißen Mann zu berühren, noch dazu einen wehrlosen. Sie heben ihn vorsichtig an beiden Seiten an, fast wie Sargträger, und beim Ziehen und Tragen hinterlassen seine Schuhe lange Spuren im Kies. Mit Mühe setzen sie ihn auf den Beifahrersitz, und nachdem Jeremiah die Tür geschlossen hat, lehnt der Kopf des Polizisten an der Scheibe. Das sieht unbequem aus, und vielleicht ist er bereits tot, doch der Reverend besteht darauf, dass er noch am Leben ist.

Jeremiah hebt den Hut auf, der dem Mann vom Kopf gefallen war, und behält ihn im Schoß, nachdem er hinten auf den Pick-up-Truck gesprungen ist. Die Sonne brennt auf Jeremiahs Haut, während der Reverend aufs Gas drückt und sie davonfahren. Hinter ihnen bleiben das Polizeiauto und der Lebensmittelladen zurück, wie eine winzige bewohnte Insel mitten in Gottes Ozean. Der Fahrtwind ist zu laut, und Jeremiah bleiben nur seine Gedanken, seine auf schockierende Weise in Erfüllung gegangenen Gebete, seine tiefe Verwirrung.

Hast Du ein Feuer für mich gelegt und Unschuldige getötet, Gott? Hast Du auch diesen Mann niedergestreckt? Wofür hast Du mich vorgesehen? Was steht mir bevor?

Er starrt auf den Hut des Polizisten, den er verkehrt herum in den Händen hält, er bemerkt die Schweißflecken und fühlt die Feuchtigkeit, führt ihn an die Nase und atmet ein, riecht das verbrannte Holz und behält den Geruch in der Brust.

★

Sie erreichen eine Kleinstadt, und der Reverend überfährt ein Stoppschild, während er gleichzeitig hupt. Er biegt in ein Rondell vor einem weißen Gebäude ein – klein für Atlanta-Verhältnisse, doch hier ist es, das Bezirkskrankenhaus.

Ein dünner weißer Mann in einem blauen Kittel wedelt mit den Armen, es ist das universelle Zeichen für *Hier geht's nicht weiter*, das Jeremiah aus seinen Arbeitseinsätzen an den Bahngleisen nur zu gut kennt, doch der Reverend fährt trotzdem weiter und hält direkt vor dem erzürnten Mann.

»Wir nehmen hier keine Farbigen auf!«

»Ich habe einen weißen Mann, der krank ist. Einen Polizisten!«

Der Arzt oder Pfleger wirft jetzt einen Blick durch das Fenster, und obwohl Officer Dave mit seinem zerzausten, schweißnassen, an der Scheibe klebenden Haar nicht gerade wie im Dienst wirkt, kann man das Hemd seiner Uniform und seine Dienstmarke erkennen,

22

und jetzt begreift auch der weiße Mann den Ernst der Lage. Er schaut wieder den Reverend an, dann prüfend nach hinten zu Jeremiah, als suche er nach Waffen oder Blutspuren.

»Was ist passiert?«

»Wir haben uns unterhalten, und er ist einfach umgekippt. Keine Ahnung, ob's das Herz ist oder ein Hitzschlag von dem Brand oder sonst was, aber er braucht Hilfe!«

Der Mann befiehlt ihnen, hier zu warten, und das tun sie auch, zumindest, bis er im Gebäude verschwunden ist.

»Komm runter«, sagt der Reverend, während er seine Tür öffnet. Jeremiah klettert aus dem Pick-up, der Reverend greift in seine Tasche und reicht ihm einen Fünfer. »Das sollte locker für ein Ticket nach Atlanta reichen.« Dann noch ein Fünfer. »Und das ist deine Versicherung dagegen, dass die Polizei von Atlanta deine leeren Taschen als Ausrede benutzt, um dich wegen Landstreicherei zu verhaften.«

»Danke, Sir. Ich danke Ihnen vielmals.«

»Sie verschwinden jetzt besser von hier. In ein paar Minuten wird's hier von Cops nur so wimmeln.«

»Was ist mit Ihnen?«

»Ich komm schon zurecht. Jetzt laufen Sie einfach runter zur nächsten Ecke und nehmen den Bus nach Statesboro. Wenn der Bus noch braucht, verstecken Sie sich lieber. Ich gebe hier mein Bestes für Sie.«

»Danke.«

Der Priester hält Jeremiah kurz an der Schulter fest, als wolle er einen letzten ausgiebigen Blick auf den Mann werfen, für den Gott sich so ins Zeug gelegt hat. Er sagt: »Möge Gott dich segnen und schützen.« Jeremiah nickt, dann geht er.

★

Gott schickt ihm den Bus innerhalb von Sekunden. Er ist fast leer, und Jeremiah sitzt ganz allein in der letzten Reihe, der Wind weht durch ein offenes Fenster warm in sein Gesicht. Etwa eine Stunde ist er unterwegs. Dann sieht er endlich die mit spanischem Moos überwachsenen Lebenseichen in gespenstischer Schönheit an sich vorbeiziehen – fremdartig für jemand aus Atlanta, wie eine andere Welt. Vorbei an der Ampel vor dem kleinen Bahnhof, der von Palmettopalmen flankiert wird. Drei Farbige stehen draußen im sogenannten »Warteraum für Farbige«, im Grunde nur eine überdachte Plattform. Der Warteraum der Weißen befindet sich im Inneren.

Als er in den Zug steigt, in den vorderen Waggon für Schwarze, in dem es nach Ruß riecht, denkt er über die Worte des Reverends nach, über die Warnungen seines Namensvetters, des Propheten Jeremiah. Er wundert sich über die Ereignisse dieses Morgens, fragt sich, ob er stark genug für die Herausforderungen ist, die Gott als Nächstes für ihn bereithält. Warum muss Jeremiah, der Gott ohnehin liebt, auf diese Weise geprüft werden? Und wenn Jeremiah Gott wirklich liebt, warum hält er ihn dann für so grausam, so manipulativ, so verletzend? Ist das wirklich Liebe oder etwas Schlimmeres? Und sollte Jeremiah das Unglück der letzten fünf Jahre gar nicht verdient haben, hat er es dann auch nicht verdient, auf Kosten Officer Daves und der Weißen, die in dem Haus verbrannt sind, gerettet zu werden? Mit welcher Rechenkunst würde der Priester *diese* Gleichung lösen?

Jeremiah sitzt am Fenster, spürt, wie es die Welt unter ihm wegzieht, erst träge und schwer, dann mit mehr Geschwindigkeit und Kraft, bis er fast schwerelos ist, gen Norden auf die Stadt zurasend, aus der er verstoßen wurde.

1

OFFICER LUCIUS BOGGS sah Männer jetzt mit anderen Augen. Er war immer ganz zufrieden gewesen mit seiner Erscheinung, seinen knappen ein Meter achtzig, schlank und gesund, weder der Schnellste noch der Stärkste, aber irgendwo dazwischen. Er hielt sich für normal, ein zu groß gewachsenes Kind, dem irgendwann bewusst geworden war, dass es ein Mann ist. Doch seit er diesen Beruf ergriffen hatte, hatte sich seine Perspektive verändert. Er erkannte, dass ihn die größeren Männer jetzt mit anderen Augen betrachteten – und das waren nicht wenige. In jenen ersten Wochen betonte seine eng anliegende Uniform nur die Tatsache, dass er nicht gerade ein Muskelpaket war, dass er nicht so furchteinflößend wirkte wie die meisten Männer, denen er auf der Straße begegnete. Deshalb verschärfte er sein Training, verbrachte an den meisten Tagen zwei zusätzliche Stunden im YMCA, am Sandsack und an der Boxbirne, am Sprungseil, an den Gewichten, bevor er nach einer Dusche die Treppe hinunter in den Keller des Y stieg, der den Negro-Polizisten als Wache diente. Als Resultat seiner monatelangen Anstrengungen hatte er gute sechs Kilo Muskelmasse und eine Hemdgröße zugelegt, und doch fühlte er sich immer noch abhängig von dem Schlagstock an seinem Gürtel und der Pistole in seinem Holster. Jedes Mal, wenn er einem anderen Mann begegnete, beäugte er dessen Körpergröße, warf einen Blick auf seinen Brustumfang und die Reichweite seiner Arme und rechnete nach. Das mochte gewinnsüchtig und oberflächlich scheinen, und doch waren es unerlässliche Beobachtungen, die das eigene Leben oder das des Partners retten konnten, wie ihnen Sergeant McInnis eingebläut hatte. *Seien Sie sich immer im Klaren darüber, mit wem Sie es zu tun haben und wie Sie aus der Nummer wieder rauskommen, falls es hässlich wird,* pflegte er zu sagen. Und hässlich wurde es nicht selten.

Der Mann, der an diesem Abend die Straße überquerte, war Boggs Schnelleinschätzung nach um die ein Meter sechzig und dem Sitz seiner dünnen Jacke nach eher ein Leichtgewicht. Die Jacke war zugeknöpft, es gab etliche potenzielle Verstecke für eine Waffe. Er zündete sich eine Zigarette mit einem silbernen Sturmfeuerzeug an, was bedeutete, dass es sich um einen Kriegsveteranen handeln konnte, vertraut im Umgang mit Schusswaffen. Außerdem benutzte er dazu seinen linken Daumen, was bedeutete, dass er Linkshänder war.

Über solche Dinge dachte Boggs mittlerweile nach, wenn er Fremden begegnete.

Boggs und sein Partner, Tommy Smith, liefen Streife in der Jackson Street, ein paar Blocks südlich der Auburn Avenue. Keine Minute nachdem der Mann die Straße überquert hatte, nur ein Block vor ihnen, rochen sie es: Das war kein Tabak, den der Mann da rauchte.

»Interessant«, sagte Smith. Der Mann bog um die Ecke, und bevor sie auch nur daran denken konnten, ihm zu folgen, sahen sie einen Wagen ohne Licht in die Jackson einbiegen. Er entzog sich ihrer Sicht hinter einem zweistöckigen Gebäude, in dem sich einst eine Kirche der Pfingstbewegung befunden hatte, das aber seit einem Jahr leer stand. Einen Moment lang hörten sie leise Stimmen, doch keine sich öffnende oder schließende Tür. Dann tauchte der Wagen wieder auf, dieses Mal mit eingeschalteten Scheinwerfern, und fuhr in die Richtung zurück, aus der er gekommen war.

»Du sprichst ihn an, ich nehm ihn hoch«, flüsterte Smith.

Sie teilten sich auf, Smith schlich lautlos um das Gebäude herum und verschwand in einer Seitenstraße. Boggs unternahm vorsichtige Schritte, bis er die Gasse hinter der verrammelten Kirche erreicht hatte. Er sah einen Mann an der Mauer lehnen, vor ihm auf dem Boden eine Obstkiste.

»N'Abend«, sagte Boggs und hatte kaum gefragt »Was haben Sie hier zu suchen?«, als der Mann schon die Augen aufriss und in die entgegengesetzte Richtung davonsprintete. Wo Smith wartete.

Smith trat in die Gasse und warf sich auf den Mann, der vom eigenen Schwung sofort mit voller Wucht zu Boden befördert wurde. Innerhalb von Sekunden hatte ihm Smith Handschellen angelegt, ihn aufgerichtet, gegen die Wand gedrückt und vergeblich nach Waffen durchsucht.

»Moment, hey, das ist ein Riesenmissverständnis!«

In der Obstkiste fand Boggs Einweckgläser voller Hochprozentigem und eine King-James-Bibel.

»Offenbar missverstehen Sie das Spirituosengesetz«, sagte Boggs.

Selbst so viele Jahre nach dem Ende der Prohibition blieb Atlanta in Alkoholfragen streng und vergab nur an wenige Gaststätten Lizenzen. Illegalen Schnaps zu verkaufen war längst nicht mehr so rentabel, doch Schwarzbrenner fanden immer noch Abnehmer, von Billard-Saloons und Nachtklubs, denen die Lizenz fehlte, bis hin zu Individuen, die das harte Zeug dem wässrigen Bier vorzogen.

»Ihr könnt mir echt glauben, so was hab ich noch nie gemacht!«, beharrte der Schwarzbrenner.

»Na klar. Und wir haben ein Riesenglück, dass wir dich beim ersten Mal erwischen«, sagte Smith. Er zog dem Mann das prall gefüllte Portemonnaie aus der Hosentasche, drehte ihn um und drückte seine Schultern nach unten. »Hinsetzen.«

In seinem Ausweis stand Woodrow W. Forrester, Negro. Er war klein und etwas gedrungen, und er schien höllische Angst zu haben, jedenfalls reflektierte seine schweißnasse Stirn den Strahl ihrer Taschenlampen. Wie auf so vielen Abschnitten ihrer Streife gab es auch in dieser Gasse keine Straßenbeleuchtung. Boggs und Smith wechselten jede Woche die Batterien ihrer Taschenlampen.

»Nein, wirklich! Ein Kumpel von mir macht das normalerweise, aber der ist krank geworden und sagt, er muss das Zeug pronto unter die Leute bringen, oder er geht pleite. Er macht das nur, weil er für vier Kinder sorgen muss, und ich hab selbst drei.«

»Sehr schade«, sagte Smith. »Deine Kinder müssen dann wohl hungern, wenn du im Gefängnis sitzt, oder?«

Boggs hob eins der Gläser hoch und schüttelte es, bevor er den Deckel abschraubte und daran schnupperte; er brauchte die Nase noch nicht einmal ans Glas zu halten, um den Fusel zu riechen. Er schlug die Bibel auf, die in der Mitte ausgehöhlt war – vom Buch der Richter bis hin zu Johannes. Das Loch war gefüllt mit etwa zwanzig bereits vorgedrehten Joints.

»Jetzt kommt schon, ihr seid doch nicht angeheuert worden, um anderen Farbigen das Leben schwer zu machen. Ich versuch doch auch nur, über die Runden zu kommen.«

»Sie kommen über die Runden, indem Sie unsere Gemeinde mit diesem Zeug da vergiften«, sagte Boggs.

»Nur dieses eine Mal. Es war ein Fehler, ich geb's ja zu. Ich bekenne mich schuldig, hier und jetzt. Aber bitte, ich kann doch nicht ins Gefängnis, ich hab auch einen echten Job.«

»Nämlich?«, fragte Smith.

»Ich koche in der Kantine der Telefonfabrik.«

»Ts, ts, ts«, machte Smith. »Die werden aber keinen Typen mit Vorstrafe weiterbeschäftigen.«

»Jetzt seid doch nicht so. Ihr könnt das Geld auch behalten. Nehmt den Schnaps mit, oder kippt ihn in den Gully, mir egal. Aber verpasst mir keine Vorstrafe.«

Smith schaltete seine Taschenlampe aus und ging vor Forrester in die Hocke.

»Erstens, versuch nicht, uns zu bestechen.« Er deutete auf sein eigenes Gesicht. »Sieht das weiß aus für dich? Mag ja sein, dass ihr die weißen Cops schmieren könnt, aber mit uns läuft das nicht. Kapiert?«

»Jawohl, Sir.«

Die Tatsache, dass er sogar versucht hatte, sie zu bestechen, sprach für Forresters Ehrlichkeit, dachte Boggs. Hätte er bereits vorher Gras und Schnaps verkauft, würde er die Regeln kennen und Atlantas Negro-Cops kein solches Angebot unterbreiten.

Natürlich war auch eine andere Erklärung denkbar. Vielleicht war der Kerl in Wirklichkeit einer der üblichen Dealer und hatte mitbekommen, dass manche Negro-Polizisten eben doch bestechlich waren. Boggs hatte noch nie einen Cent genommen und Smith auch nicht, da war er sicher. Doch in den über zwei Jahren bei der Polizei hatten sie erfahren müssen, dass die Hälfte der weißen Polizisten Schmiergeld annahm, wie lang also würden die Negro-Beamten noch Nein sagen? Als Sohn eines Predigers war Boggs nur allzu vertraut mit der Fehlbarkeit der Menschen, sogar solcher mit Autorität. Besonders solcher mit Autorität.

»Zweitens«, sagte Smith, immer noch vor Forrester in der Hocke, »bin ich ein fleißiger Angler und lasse mir nicht einfach einen Fang durch die Lappen gehen. Wenn ich überhaupt einen Gedanken an so etwas verschwenden würde, dann nur, wenn ich wüsste, dass ich kurz davor bin, einen noch dickeren Fisch zu fangen. Kannst du folgen?«

Forresters gerunzelte Stirn deutete nicht darauf hin.

»Wir nehmen Sie fest«, übersetzte Boggs, »außer Sie kennen jemand Wichtigeren, den wir uns schnappen können.«

»Jetzt kommt schon, ich hab euch doch gesagt, dass ich neu im Geschäft bin. Ich kenn keine dicken Fische.«

»Dann tut's mir leid für dich.« Smith packte Forrester am Kragen und zog ihn hoch. »Die kleinen Sardinen wie du werden als Erstes frittiert, wenn sie uns keine Informationen liefern.«

»Was ist mit Ihrem Kumpel? Weiß er was?«, wollte Boggs wissen.

Forrester drehte den Kopf, als halte er nach einem Fluchtweg Ausschau, doch er sagte nichts.

Die nächste Rufsäule, um einen Wagen zu bestellen, war zwei Blocks entfernt. Smith schubste Forrester von hinten, nicht zu heftig, aber es reichte, um einen Verurteilten in Richtung seines traurigen Schicksals zu bewegen. Sie waren nur ein paar Schritte gegangen, als es aus ihm herausplatzte. »Ich weiß, wann die Lieferungen kommen.«

Boggs, der vorausgegangen war, drehte sich um. Er legte Forrester eine Hand auf die Brust, um ihn anzuhalten. »Erst behaupten Sie, Sie hätten das noch nie gemacht, jetzt wissen Sie, wann die Lieferungen kommen?«

»Wie ich schon sagte, ich koch bei Phelbs, der Telefonfabrik. Ich mach auch sauber. Komm vor dem Mittagessen und geh um Mitternacht, dreimal die Woche, und manchmal wird da nicht nur Essen geliefert.«

Boggs schaute über die Schulter des Kochs hinweg in die Augen seines Partners. Smith, der Begabtere der beiden, wenn es darum ging, Lügen aufzudecken – vielleicht weil er selbst mehr Erfahrung im Lügen hatte, dachte Boggs –, wirkte interessiert.

»Ich höre«, sagte Smith.

»Ich halt mich aus so was raus, aber ein paarmal war ich draußen und hab den Müll weggebracht, und plötzlich kommt da ein Laster und zwei Typen springen raus, und dann noch ein paar, und dann packen sie Kisten in andere Autos, und dann fährt der Laster sofort wieder weg. War kaum 'ne Minute da. Und ich denk mir, okay, was die da liefern, wollen die verdammt schnell wieder loswerden. Aber ich stell keine Fragen, bin nicht der Typ, der bei so einem Schwachsinn mit—«

»Wann passiert das?«

»Halb zwölf. Mittwochs.«

Mit anderen Worten: in dreißig Minuten.

*

Eine halbe Stunde vor Mitternacht lehnte Boggs an einer Backsteinmauer der Phelbs-Werke, zwei Blocks südlich der Gleise, im Industriegebiet von Cabbagetown, wo ankommende und wegfahrende LKWs niemand verdächtig vorkamen. Von der Straße aus war er nicht zu sehen, verborgen von einem parkenden Lieferwagen, auf dem das Bild einer lächelnden weißen Frau prangte, die einen Hörer ans Ohr hielt. Aus der Nähe schienen ihre Augen ihn wütend anzufunkeln, trotz des Lächelns auf ihrem Gesicht.

Smith stand einen Block weiter, um die Ecke einer Gasse, und beobachtete die Straße. Schon die ganze Nacht hatten sie das Heulen der Züge gehört. Auf ihrem Weg hierher waren sie durch einen Tunnel unter den Gleisen gelaufen, der Geruch von Kohle hing schwer in der Luft, und sogar um diese Uhrzeit konnten sie den Feuerschein der Schweißgeräte sehen, während Arbeiter die kaputten Gleise und Waggons in den nahen Betriebshöfen reparierten. Sie hatten die verwunschenen Gräber auf dem Oakland Cemetery umlaufen, der unter anderen ganze Legionen von toten konföderierten Soldaten behauste. Und sie waren an der nach Holzspänen riechenden Bleistiftfabrik vorbeigekommen, in der vor Jahrzehnten ein junges Mädchen ermordet worden war, ein aufsehenerregendes Verbrechen, für das später ein jüdischer Mann gelyncht wurde. Im Westen zeichneten sich die dunklen Bürotürme von Downtown ab und Gerüste, die wie riesige Skelette über halb fertige Neubauten ragten.

Einen möglichen Übergabeort für Schnaps und Gras zu überwachen gehörte nicht zu ihren Aufgaben. Gegenüber McInnis würden sie die Wahrheit etwas dehnen müssen, so tun, als seien sie zufällig auf die Lieferung gestoßen. Wären sie nach Handbuch vorgegangen,

31

hätten sie sofort gemeldet, was der Informant ihnen mitgeteilt hatte, und wären dann weiter ihre Streife gelaufen, in der Hoffnung, dass das Departement ein paar Beamte von der Sitte schickte, um die Gegend auszukundschaften. Doch sie wussten, dass das nicht passieren würde. Keiner der weißen Polizisten hätte es für nötig gehalten, eine Übergabe in dem Teil der Stadt zu überwachen, den sie noch immer »Darktown« nannten.

Boggs und Smith war seit einer ganzen Weile klar, dass sie selbst tätig werden mussten, wollten sie den Drogen- und Alkoholfluss in ihre Gemeinde stoppen. Doch blieben ihnen zahlreiche Privilegien verwehrt, die für weiße Cops selbstverständlich waren. Sie durften nach wie vor keine Polizeiautos fahren oder außerhalb der vorgegebenen Negro-Viertel Streife laufen. Trotz dieser geografischen Einschränkung gab es genug zu tun, denn über ein Drittel der Bewohner Atlantas waren schwarz und lebten zusammengepfercht auf einem Fünftel der Gesamtfläche. Und nur zehn Negro-Polizisten beschützten diese Tausende von Seelen.

Sie durften keine Uniform auf dem Weg zur Arbeit oder auf dem Nachhauseweg tragen und mussten sich im Keller des YMCA in der Butler Street umziehen, ihrem vollkommen untauglichen, schimmelnden und rattenverseuchten Hauptquartier. Sie mussten mitanhören, wie die weißen Cops sie »Nigger« nannten. Ihre Jobs schienen alles andere als sicher. Sie lebten in ständiger Angst, dass sich das Blatt wendete, dass einer der anderen Negro-Polizisten einen schlimmen Fehler beging oder ein schlimmer Fehler von den weißen Cops erfunden und ihnen angehängt wurde und Bürgermeister Hartsfield damit endlich die notwendige Munition lieferte, dieses merkwürdige Experiment zu beenden und Boggs und seine Kollegen zurück in ihre alten Jobs zu schicken, als Versicherungsvertreter, Grundschullehrer, Metzger und Hausmeister.

Boggs hörte einen sich nähernden LKW.

Er spähte über den Kotflügel des Lieferwagens der Telefonfabrik, hinter dem er sich verbarg, und sah einen mit grüner Plane abgedeckten Sechsachser in den Hof einbiegen. Er sah aus wie ein altes Armeefahrzeug, das nach dem Krieg in einer Auktion verkauft worden war. Auf der Fahrertür stand *Cherokee Fußböden* und darunter eine Adresse in Dalton, neunzig Meilen weiter nördlich. Die Tür öffnete sich, und ein untersetzter Negro sprang heraus, eine Schiebermütze aus Tweed ins Gesicht gezogen. Der Motor lief weiter.

»Los, los!«, sagte jemand. Boggs meinte, Schritte von zwei Personen zu hören, dann wurden es mehr, aus unterschiedlichen Richtungen kommend. Ein Motor heulte auf, und noch ein Wagen fuhr auf den Hof. Er schlich weiter zur Vorderseite des Phelp-Trucks. Neben dem Fahrer, den er bereits gesehen hatte, standen zwei schwarze Männer am Heck des Fußböden-LKWs. Das neu hinzugekommene Fahrzeug war ein grüner Dodge Pick-up, der hinter dem Fußböden-Truck im Leerlauf wartete. Zwei weitere Männer, beide weiß, gesellten sich dazu, und alle luden sie jetzt eilig Kisten vom Fußböden-Truck in den Dodge.

Zwei Weiße. Boggs war nicht überrascht. Der meiste Schnaps wurde weit außerhalb der Stadtgrenzen gebrannt, in den Bergen von North Georgia oder hinter den Bundesstaatsgrenzen, in den Carolinas oder Tennessee. Es gab Gerüchte, dass die Schnapsbrenner jetzt auch Marihuana anpflanzten, weil der Schnaps ihnen nicht mehr dasselbe einbrachte wie einst. So ziemlich alle dieser Leute, die da aus ihren Bergtälern in den Smoky Mountains angefahren kamen, waren weiß.

Atlantas schwarzen Polizisten war es nicht erlaubt, Weiße zu verhaften. Sie durften ja kaum mit Weißen *interagieren.* Doch Boggs und Smith hatten langsam genug von dieser Ohnmacht.

Boggs kroch weiter, fast bis zum Heck des Dodge, und öffnete den Verschluss seines Schlagstocks am Gürtel. Er hörte das Klirren gefüllter Glasbehälter. Hörte erneut jemanden »Los« sagen und den Aufprall von Kisten.

In dem Moment, als ein Mann aus dem Dodge ausstieg, sprang Boggs hinter ihn und verpasste ihm einen Schlag auf den Hinterkopf. Der Mann fiel um, und Boggs stand jetzt dem nächsten Glied der Lieferkette gegenüber, einem weißen Mann mit einer schwarzen Melone und einem zerknitterten grauen Jacket, der die Augen beim Anblick eines Negros in Polizeiuniform weit aufgerissen hatte.

»Polizei! Legen Sie das weg und nehmen Sie die Hände hoch!«

Nach einer Schrecksekunde ließ der Mann die Kisten nach vorne überkippen. Boggs sprang zur Seite, während rings um ihn herum Glas zerbrach und schwere Einweckgläser auf seinen Füßen landeten, überall Scherben und Schnaps.

»Polizei! Alle auf den Boden!«, brüllte Smith, der aus seinem Versteck am anderen Ende des Hofs gesprungen war.

Boggs sah einen mit Lehm verdreckten Stiefel hinten aus dem Fußböden-LKW aussteigen und dann erst den Rest des Mannes, doch sein Blick fixierte eh nur die Schrotflinte, den Rest ignorierte er mehr oder weniger. Er warf sich zur Seite, dorthin, wo er sich kurz zuvor versteckt hatte. Ein ohrenbetäubender Knall. Mörtel und Ziegelstücke flogen ihm um die Ohren und regneten auf den Hof.

Die Schrotflinte explodierte erneut. Dann drei Schüsse aus einem kleineren Kaliber, hoffentlich Smiths Waffe.

Erst zum zweiten Mal in seiner Laufbahn zog Boggs seine Dienstwaffe und entsicherte sie. Wieder auf den Beinen rannte er zur Vorderseite des LKWs, dann um ihn herum, die Waffe schussbereit in beiden Händen, die Beine fest auf dem Boden in dem Versuch, die perfekte Haltung unter diesen alles andere als perfekten Umständen einzunehmen.

Doch da war niemand, auf den er die Waffe hätte richten können.

Er sah seinen eigenen Partner, ebenfalls mit erhobener Pistole, auf ihn zusprinten, bevor die Szene vor ihm in zwei Teile zu zerbrechen drohte. Der Dodge und der Fußböden-LKW verließen beide den Innenhof. Ihre Motoren brüllten, die Räder drehten in den Lachen aus Alkohol durch, bevor sie endlich Halt fanden und davonrasten.

Ein weiterer Knall, als jemand die Schrotflinte von der Ladefläche des LKWs abfeuerte. Boggs duckte sich, hörte Glas und Holz splittern. Er rief nach seinem Partner, wollte wissen, ob es ihm gut ging, doch statt einer Antwort hörte er, wie Smith die Straße hinunterrannte. Die beiden Trucks fuhren in unterschiedliche Richtungen. Smith jagte dem Dodge hinterher, also folgte Boggs dem Fußböden-Truck, der bereits gute 30 Meter entfernt war und schnell außer Sichtweite geriet. Er versuchte, einen Blick auf das Nummernschild zu erhaschen, doch es war zu dunkel.

Er stellte sich vor, wie er auf den Truck schoss – wie in einem dieser Gangster-Filme: Cagney feuerte und traf einen der Hinterreifen, er zerplatzte, oder das Rad löste sich von der Achse. Dann würde sich der gesamte Truck hart nach links neigen, der Fahrer würde panisch werden, versuchen ihn wieder in die Spur zu bringen, aber das funktioniert bei der Geschwindigkeit nicht, und so würde sich das gesamte Fahrzeug wie in Zeitlupe überschlagen. Dann gäbe es eine Explosion, oder der gesamte Wagen würde mindestens in sich zusammengestaucht. Der Fahrer wäre tot, und Boggs würde seine Marke verlieren, weil er leichtsinnig auf ein flüchtendes Fahrzeug gefeuert hatte und dafür wegen Totschlags belangt würde. Und die Stadt Atlanta hätte einen Negro-Polizisten weniger. Was ein großartiger Anlass wäre, auch die anderen neun rauszuschmeißen.

Er steckte seine unbenutzte Waffe ein, während der LKW außer Sichtweite verschwand.

Er rannte einen Block weiter zur nächsten Notrufsäule. Außer Atem musste er sich gegenüber der Zentrale wiederholen, die Beschreibung der Fahrzeuge und der Richtungen, in die sie gefahren waren. So spät an einem Werktag waren die Straßen frei, es wäre nicht schwer, einen von beiden zu erwischen, aber er wusste, dass es zu nichts führen würde. Er durfte keine heiße Verfolgungsjagd erwarten, keine Straßensperren und ganz sicher keine Festnahmen. Die Schnapsbrenner hätten genauso gut längst wieder in den Bergen sein können.

*

Während Boggs Meldung machte, kehrte Smith von seiner vergeblichen Verfolgungsjagd zurück und begutachtete den Hof. Zerbrochene Flaschen, ein von Kugeln durchlöcherter schwarzer Ford mit zersprungener Windschutzscheibe, Pistolenrauch, der in der trockenen Nachtluft hing. In der Mitte des Hofs lag der weiße Mann, den Boggs bewusstlos geschlagen hatte. Er atmete und sein Puls ging normal, doch Smith konnte sich jetzt schon McInnis' Reaktion ausmalen. Er legte dem blassen Mann Handschellen an.

Dann sah er den anderen Mann.

Er lag einen Meter vom Lieferwagen der Telefonfabrik entfernt, hinter dem Boggs sich versteckt hatte. Ein Negro, obwohl Smith das nur an den Händen und am Kiefer festmachen konnte, das Gesicht war zum großen Teil weggeschossen, zumindest auf der nach oben gewandten Seite. Er lag seitlich auf dem Rücken, trug Arbeiterschuhe, Jeans und ein hellbraunes Flanellhemd mit dunkelroten Flecken.

»Hast *du* den erschossen?«, fragte Boggs, der abgehetzt von der Notrufsäule zurückkehrte.

»Nein. Du?«

»Ich hab keinen Schuss abgegeben. Sicher, dass du ihn nicht getroffen hast?«

»Ich stand da drüben.« Smith deutete nach rechts. »Ich hab dreimal geschossen, in *die* Richtung. Der Bursche hier wurde von da erschossen, wo wir gerade stehen, mit Blick auf die Mauer. Außer …«

Smith drehte sich um und überquerte die Straße, Boggs folgte ihm. Smith lief in den Tunnel, der unter die Bahngleise führte, und knipste seine Taschenlampe an. Er fand eine kleine Lache, die nach frischem Kautabak roch. Dann drehte er sich wieder zur Fabrik um, stellte sich vor, wie er mit einem Gewehr in der Hand die Augen zusammenkniff und zielte.

»Ich dachte auch, ich hätte ein Gewehr gehört«, sagte er. »Die hatten einen Wachposten hier. Als wir auftauchten, hat er angefangen, auf uns zu schießen. Muss den eigenen Mann erwischt haben.« Sein Blick ging zu Boggs. »Noch mal Glück gehabt, im Gegensatz zu dem da drüben.«

★

Ein paar Minuten später war Boggs so im Adrenalinrausch, dass er seine Füße kaum mehr auf dem Boden spürte. Er hatte immer wieder die auf ihn gerichtete Schrotflinte vor Augen. Seit er seinen Eid abgelegt hatte, war er geschlagen, getreten, getroffen, gebissen, geschnitten, angefahren und sogar entführt worden, doch das war das erste Mal, dass jemand eine Waffe auf ihn abgefeuert hatte.

Auf dem Boden saß der Mann, den Boggs niedergeknüppelt hatte – in Handschellen und wieder bei Bewusstsein. Die Tatsache, dass Boggs einen weißen Mann k. o. geschlagen hatte, überstieg im Moment noch seine Vorstellungskraft.

Die Polizisten Dewey Edmunds und Champ Jennings hatten die Schüsse aus sechs Blocks Entfernung gehört und waren die Ersten, die zu ihnen stießen. Sie ließen den Schauplatz auf sich wirken. Glasscherben und Teile der Backsteinmauer lagen über den gesamten Parkplatz verstreut. Der Schnaps hatte sich mit dem Zementstaub zu einem fiesen alkoholischen Schlamm vermischt.

Smith erklärte ihnen, was sie gerade verpasst hatten.

»Gottverdammte Scheiße, Jungs!« Dewey steckte seine Waffe weg und fing an zu lachen. »Sollen wir gleich alle unsere Dienstmarken abgeben oder warten, bis der Sergeant kommt und es offiziell macht?«

»Uns passiert nichts«, beharrte Boggs, dem die Ohren brummten.

Dewey und Champ bildeten ein seltsames, aber sympathisches Duo. Champ war der Größte der Negro-Polizisten und zog den Griff seiner Lieblingsaxt einem Schlagstock vor. Er war in einer kleinen Negro-Gemeinde im südlichen Georgia aufgewachsen und neigte dazu, das Gute im Menschen zu sehen. Dewey war der kleinste Polizist in ganz Atlanta, doch ein unbezwingbarer Ex-Boxer, der im Grunde jede Aussage eines Zivilisten für eine Lüge hielt.

Dewey pfiff und schüttelte den Kopf beim Anblick der Scherben. »Ich werd schon vom *Geruch* dieser Scheiße da besoffen. Dass mir hier keiner eine Zigarette anzündet, kapiert?«

Champ hatte tatsächlich nach einer gegriffen, doch jetzt ließ er sie heimlich wieder zurück in seine Tasche gleiten, in der Hoffnung, dass es keiner bemerkt hatte.

Dewey schüttelte den Kopf in Richtung der vier zurückgelassenen Kisten, zwei auf dem Boden, zwei offenbar aus einem der flüchtenden Trucks gefallen. »Kein Wunder, dass meine Telefonrechnung so hoch ist«, sagte er. »Ich bezahl die Scheiße hier mit.«

»Glaubst du wirklich, dass die Telefongesellschaft mit Schnaps handelt, oder haben die Dealer nur den Ort hier genutzt?«, fragte Champ. Erst mit zwölf waren er und seine Familie nach Atlanta gezogen, und er hatte einen starken ländlichen Akzent, mit dem er die Zuneigung jener wenigen gewann, die nicht von seiner Körpergröße abgeschreckt wurden.

»Keine Ahnung. Ruf doch bei der Vermittlung an, vielleicht ist die Frau da betrunken.«

»Nee, weiße Telefonistinnen fassen das Zeug nicht an.«

»Junge, was redest du da? Denkst du, weiße Ladies trinken nicht? Und ihre Scheiße stinkt auch nicht?«

Champ verschränkte die Arme. »Was ich meine: Das Zeug hier ist für Negros, und das weißt du.«

»Verdammt richtig«, sagte Smith.

*

»*Sie* sind dran«, sagte Sergeant McInnis zu Boggs, nachdem er kurz mit Smith am anderen Ende des Hofs gesprochen hatte. Boggs gefiel dieser Ansatz nicht – sie zu trennen, um festzustellen, ob ihre Aussagen sich deckten. So redeten sie normalerweise mit Verdächtigen.

Nachsichtig oder *freundlich* waren nicht die Worte, die ihm als Erstes in den Sinn kamen, wenn er an ihren weißen Sergeant dachte. Anfangs hatte sich McInnis in ihrer Gegenwart äußerst unwohl gefühlt, und sie hatten sich gefragt, wie lange es wohl dauern würde, bis er kündigte, aus Entrüstung darüber, dass man ihn zum Aufpasser der farbigen Cops ernannt hatte. Und doch hatte McInnis in den letzten zwei Jahren Boggs' Respekt gewonnen. Er hatte sich bei etlichen Disputen mit weißen Beamten für sie eingesetzt und schien sich mit seiner Rolle und seinem Status als Außenseiter des Departements anzufreunden. Vielleicht hatte er aber auch nur gelernt, sich mit einer aussichtslosen Situation abzufinden, denn mittlerweile war klar, dass ihn seine Oberen nicht versetzen würden. Ob er wollte oder nicht, er blieb der einzige weiße Cop im Revier an der Butler Street.

»Sie haben keine Schüsse abgegeben?«

»Nein, Sir.«

»Geben Sie mir Ihre Waffe.«

Boggs gehorchte. McInnis überprüfte die Kammer, roch an der Trommel, fühlte ihre Kühle. Der Mangel an Vertrauen tat weh. McInnis gab die Waffe zurück.

»Wo haben Sie den Dealer geschnappt?«

»Jackson Street. Hinter der alten Kirche.«

»Also sind Sie auf dem Weg hierher an zwei Rufsäulen vorbeigekommen.« McInnis hatte sehr dunkles Haar und ebenso dunkle, dünne Brauen. Er kniff die Augen zusammen, obwohl kein Licht ihn blendete, als hätte er eine Migräne.

»Tut mir leid, Sir. Wir mussten uns beeilen, um rechtzeitig hier zu sein.«

»Sie hätten sich beinahe zu ihrer eigenen Beerdigung beeilt. Einen Dealer in einer Gasse zu verhaften ist das Eine, aber es ist doch klar, dass Sie in Unterzahl sind, wenn Sie einfach so bei einer Übergabe auftauchen. Wundert mich nicht, dass *Smith* rumgeballert hat, aber Sie hab ich für schlauer gehalten.«

»Ja—«

»Die Sitte wird in fünf Minuten hier sein, und soweit ich weiß, haben wir ihnen gerade eine verdeckte Ermittlung versaut. Zur Hölle, der Mann, den Sie k. o. geschlagen haben, könnte ein Informant sein. Und der Tote – Smith, Sie können von Glück reden, wenn der Mann mit einem anderen Kaliber als Ihrem erschossen wurde.«

»Sergeant«, sagte Smith, der dazugekommen war, »auf gar keinen Fall habe ich den Mann erschossen.«

»Kann sein, dass *ich* Ihnen glaube, aber was denken Sie, was die von der Mordkommission dazu sagen?« Er sah sie abwechselnd an. »Nicht nur, dass Smith jemand erschossen hat, sondern dass Boggs dazu einen *weißen* Mann niedergeschlagen hat.«

McInnis fand etliche weitere Punkte, über die er sich nun ausließ. Darüber, dass Smith einen Bericht über das Abfeuern einer Dienstwaffe ausfüllen musste oder wie man mit der bevorstehenden Ankunft eines Reporters der *Atlanta Daily Times* umging. Die einzige Negro-Tageszeitung der Stadt war immer scharf auf Stories ihrer farbigen Helden im Einsatz. Zum Abschluss erhob McInnis seine Stimme: »Mal ganz zu schweigen von der Tatsache, dass wir uns in einem gottverdammt weißen Viertel befinden!«

Ja und nein, dachte Boggs. Die Fabrik lag ein paar Blocks außerhalb ihres Reviers, doch die Rassengrenze verlief hier nicht ganz eindeutig. Die Bevölkerungsexplosion nach dem Krieg hatte die Negros in ehemals rein weiße Gegenden drängen lassen. Boggs und seine Kollegen hatten keine neuen Stadtkarten erhalten, in denen die demografischen Veränderungen abgebildet waren, lediglich eine kryptische Anweisung von McInnis »in ihrem Teil der Stadt« zu bleiben.

Boggs warf einen Blick auf den festgenommenen weißen Mann, der den Kopf hängen ließ, als schlafe er. Würden die weißen Cops ihn zur Rede stellen, weil er einen Weißen niedergeschlagen hatte, auch wenn es sich um einen Straftäter handelte? Der Gedanke allein war absurd, aber das bedeutete vermutlich, dass es genauso kommen würde.

»Werden die Mr Phelps befragen?«, fragte Smith. Champ und Dewey standen bei den zurückgelassenen Kisten und nahmen den Bestand an Schnaps und getrocknetem Marihuana auf, der noch unter Strohresten begraben lag.

»Wen?«, fragte McInnis.

Boggs deutete auf das drei Meter entfernte Schild. »Phelps Telefone. ›Ihre Verbindung zur Zukunft!‹ Vielleicht weiß der Besitzer was.«

»Nein, ich glaube nicht, dass die Detectives einem der reichsten Männer Atlantas Alkohol- und Drogenschmuggel unterstellen werden. Sie informieren ihn aber bestimmt darüber, dass man seine Mauer durchlöchert und seinen Hof in einen Tatort verwandelt hat.«

»Die Reichen brechen wohl nicht das Gesetz?«, fragte Smith.

McInnis verschränkte die Arme. »Ich sag ja nicht, dass es mich schockieren würde, wenn jemand wie er mit drinsteckt. Aber er wäre ein Idiot, wenn er seine Fabrik als Umschlagort nutzen würde. Und außerdem und viel wichtiger: Das geht uns nichts an.«

Smith hatte das Nummernschild des flüchtenden Dodge erkennen können, doch vermutlich handelte es sich um einen gestohlenen Wagen oder zumindest gestohlene Nummernschilder. Er deutete auf den festgenommenen Mann.

»Können wir ihn jetzt verhören?«

»Nein. Können Sie nicht. Das erledigen die Detectives.«

Smith öffnete den Mund, um etwas zu sagen, schloss ihn wieder. Dann öffnete er ihn doch. »Sergeant, nur ein paar Fragen. Bitte. Wo er schon hier ist.«

»Sie wissen genau, dass das nicht Ihre Aufgabe ist, Officer Smith.« McInnis zeigte auf die beiden nahenden Einsatzwägen, Blaulicht, Sirenen, weiße Cops hinterm Steuer. »Es ist ihre.«

2

BEIM ERSTEN ANBLICK hatte Denny Rakestraw den Endbahnhof für eine Burg gehalten.

Seine in Deutschland geborene Mutter hatte ihm gerne die Sagen und Abenteuer von verfeindeten Fürsten und Baronen, von Goten und Römern vorgelesen. Und vielleicht hatte sein Faible für Gewalt mit seinem ersten Holzschwert begonnen, mit dem er aus Versehen den Lieblingsschaukelstuhl seiner Mutter kaputt gemacht hatte, dessen rechte Lehne einem seiner mächtigen Schwerthiebe nichts entgegenzusetzen gehabt hatte. Er war damals vier oder fünf gewesen, und doch hatten seine Eltern den einarmigen Schaukelstuhl noch jahrelang behalten, wie ein Mahnmal für die zerstörerische Ader ihres Sohns.

Er erinnerte sich noch an seinen ersten Ausflug zum Bahnhof, er hatte seine Eltern begleitet, um eine Tante oder einen Onkel oder einen Groß-Irgendwas abzuholen. Er wirkte tatsächlich wie eine Burg mit seinen beiden wie Geschütztürme aussehenden Spitzen, die sieben Stockwerke hoch über die Stadt wachten, und einer Fläche, die sich über einen gesamten Block erstreckte. Dazu der schwarze Rauch, der hinter dem Gebäude aufstieg, als ob dort Hexen in ihren Kesseln etwas zusammenbrauten oder Bauern ihr Hab und Gut verbrannten, um plündernde Truppen am Vorrücken zu hindern. Rake hatte vor Aufregung große Augen gemacht. Seine Eltern hatten geglaubt, dass den Kleinen der Anblick der vielen Züge begeistern würde, doch als sie ihn mit nach drinnen nahmen und er weder Ritter noch Drachen noch eine einzige Streitkeule oder ein Wappen sah, war er untröstlich.

Seine Eltern deuteten seine Tränen als panische Angst vor der Menge: überall Menschen, die mit dem Zug in die Stadt gekommen waren, um bei *Rich's* einzukaufen, Nordstaatler, die sich noch ein Mittagessen gönnten, bevor sie in Richtung Florida umstiegen, prächtig gekleidete ältere Damen, die sich an den Armen ihrer in Anzügen steckenden wichtigen Ehemänner aus Washington festhielten und sich für die Bacchanalien in New Orleans rüsteten und – sogar damals schon – abgerissene Negro-Familien auf dem Weg zu jenen sagenumwobenen schwarzen-freundlichen Jobs an Orten wie Chicago, Milwaukee und New York. Jede Menge unterschiedliche Menschen, aber keine Ritter.

Daran dachte Rake noch gelegentlich, wenn er am Bahnhof vorbeifuhr, vor allem nach Anbruch der Dunkelheit. Er ragte nicht mehr über Downtown hinaus wie einst – die Hochhäuser hatten ihn eingeholt –, doch er erschien ihm immer noch magisch, wie ein Tor zu einer anderen Welt.

Das Blaulicht seines Streifenwagens blinkte, während er an der Taxischlange vorbeifuhr und direkt vor dem Bahnhof hielt, die Beschwerden der Fahrer ignorierend, dass er sich den besten Parkplatz geschnappt hatte. Sein Partner, Parker Hillis, funkte an die Zentrale, dass sie angekommen waren.

Halb neun Uhr Abend. Ein paar Stunden nach einem dieser spektakulär schönen Herbstnachmittage, die Rake versicherten, dass Gott ein Südstaatler war. Eilig stiegen sie aus dem Streifenwagen, doch sie rannten nicht los, stets darauf bedacht, besonnen zu wirken, nie panisch.

Die Empfangshalle mit dem Marmorboden war verstopft genug, um einen Vierjährigen zum Heulen zu bringen. Eine Durchsage verkündete, dass der 9:10er nach Chattanooga pünktlich war und gleich auf Gleis 6 einfuhr, während Rake und Parker abgehetzten Passagieren auswichen, denen es weniger auszumachen schien, mit Polizeibeamten zusammenzustoßen, als es sollte. Schließlich mussten sie Züge erwischen, Verabredungen einhalten, Urlaube beginnen, ein Rendezvous haben oder Kindern riesige Teddybären kaufen, um sich für ihre Abwesenheit zu entschuldigen. Niemand hatte Zeit für Blickkontakt.

»Ich kümmere mich um die Negros«, sagte Rake zu Parker, als sie sich gegen den Strom bewegten, auf die Doppeltür unter dem Wartesaalschild zu. »Du konzentrierst dich auf die Weißen.«

In dem hell erleuchteten Wartesaal standen zwei Dutzend abgenutzte, doch gut gepflegte Holzbänke. Das Gepäck stapelte sich, Kinder schliefen auf den Schultern ihrer Eltern. Der Aufruhr war am Ende der Halle.

»Gott sei Dank sind Sie da!« Ein Mann in grüner Bahnhofsuniform und Mütze fing die Polizisten ab. »Ich wollte das Gesetz schon in die eigenen Hände nehmen.«

»Das war noch nie eine gute Idee, Sir.«

»Ich meine nicht mich persönlich. Aber ich arbeite seit zehn Jahren hier und ich habe noch nie einen Nigger erlebt, der sich so was getraut hat wie–«

»Entschuldigung, Sir«, unterbrach ihn Rake, nicht etwa, weil er die Negros jetzt sehen konnte, sondern weil die Menschenmenge ihm die Sicht auf die Negros verstellte. Die meisten standen mit dem Rücken zu Rake, doch ein paar unterhielten sich miteinander, sodass er einen Blick auf ihr Profil erhaschen konnte, manche schüttelten den Kopf, die meisten wirkten in der Tat ziemlich wütend. Wie so oft begab er sich mitten ins Zentrum des Aufruhrs.

»Polizei! Bitte treten Sie zurück!« Rake wollte nicht allzu laut werden und jemand in Alarmbereitschaft versetzen, doch er musste die Stimme erheben, damit man ihn hören konnte.

Die Menge teilte sich für die beiden Beamten, und als Rake weiterging, sah er einen schwarzen Mann auf einem der Holzstühle am

45

Rande des Saals sitzen. Zumindest war er nicht so dreist gewesen, sich in die Bankreihe zu setzen, aus der man ihn nicht so leicht hätte entfernen können. Ziemlich dreist war er trotzdem. Er saß da und rührte sich nicht, die Schultern leicht hängend, fast so, als dachte er, er fiele nicht auf. Und doch, wäre ein Scheinwerfer auf ihn gerichtet oder stünde er in Flammen – auffälliger hätte er nicht sein können.

Er trug eine braune Tweed-Jacke und blaue Hosen, ein hellgelbes Hemd und eine grüne Krawatte. Sein Porkpie-Hut verlieh ihm den Hauch eines dieser Jazzmusiker, die Rake auf Fotos gesehen hatte. Diejenigen, die nicht einfach nur wie Bandleader aussehen wollten, sondern eher wie exzentrische Professoren, die ein neues, noch zu definierendes Fach unterrichteten. Neben ihm saß seine Frau, vermutete Rake. Ihre Haare waren geglättet, und sie trug einen leuchtend roten Mantel, der ihr Aufmerksamkeit eingebracht hätte, wäre sie nicht schon durch ihre Hautfarbe aufgefallen.

Auf ihrem Schoß ein Negro-Junge mit großen Augen, der zu alt aussah, um auf einem Schoß zu sitzen, aber zu jung für das, was er mitanhören musste.

Der Negro sah Rake kommen, dann schaute er wieder stur geradeaus, als könnte er das aussitzen. Parker hob die Hände und wies die versammelte Menge an, sich hinzusetzen. Alle Blicke im Saal waren auf sie gerichtet.

Rake stand jetzt direkt vor dem Negro. »Sir, der Wartesaal für Farbige befindet sich auf der anderen Seite des Gebäudes.«

»Ich weiß, wo er ist.« Nördlicher Akzent, was sonst. Seine Stimme zitterte, und es klang, als würde er die Zähne zusammenbeißen. Rake war seit zweieinhalb Jahren Cop und längst daran gewöhnt, mit Leuten zu sprechen, die unter Stress standen. Er hatte sich mit Menschen unterhalten, die in ihnen bisher unbekannten Stimmlagen sprachen, hatte Frauen getröstet, die in Tonhöhen schrien, die sie nie hatten erreichen wollen. Die Leute klangen auf viele verschiedene Arten seltsam, wenn sie mit den Cops redeten.

»Sir.« Das *Sir* wählt er mit Bedacht. Es würde womöglich schon ausreichen, die Augenzeugen noch mehr zu verärgern. Die konnten ihn jedoch hoffentlich nicht hören – es war schließlich Parkers Job, das zu verhindern. »Dieser Wartesaal ist nur für Weiße. Sie müssen sich in den Wartesaal für Farbige begeben.«

»Da sind wir hingegangen, als unser Zug Verspätung hatte. Doch dort ist es schmutzig, wie ich bereits dem Bahnhofsmitarbeiter mitgeteilt habe.« Zur Hölle, vielleicht war er tatsächlich ein Professor, so geschwollen, wie er sich ausdrückte. »Also sind wir hierher umgezogen.«

Aus der Nähe konnte Rake sehen, dass der Negro zudem eine schwarze Strickjacke unter seiner Jacke trug, typischer Nordstaatler, viel zu warm angezogen für einen Herbst im Süden. Doch das war wohl kaum der einzige Grund, warum dem Mann der Schweiß über die Wangen lief.

Rake musterte die Frau, die seinem Blick auswich, entweder weil sie die Sitten des Südens respektierte oder einfach nur erschrocken war. Eher zutiefst verängstigt. Die beiden waren leicht untersetzt, ihre Haut dunkel, und der Kleine auf ihrem Schoß trug kurze Hosen, die entblößten Waden waren noch nicht ganz frei von Babyspeck. Das Kind war außerordentlich still. Sie hatte ihn in beiden Armen gehalten, doch jetzt ergriff sie mit einer ihrer Hände den Ellenbogen ihres Ehemanns.

»Jonathan, bitte.«

Rake wartete einen Augenblick, in der Hoffnung, die Stimme der Ehefrau schaffe das, was die des Polizisten nicht vermochte. Doch der Negro starrte weiter geradeaus.

»Schafft die verdammten Nigger hier raus!«, schrie jemand. Rake fühlte, wie sich sein Körper anspannte. Er hatte gedacht, Parker würde die Lage auf der anderen Seite entschärfen, doch offenbar konnten ein paar ganz besonders Erzürnte der Versuchung nicht widerstehen, eine Schimpfwörtergranate zu zünden. Da würde bald mehr kommen, oder Schlimmeres. Rake warf einen kurzen Blick auf die Menge, sah Parker mit einem Trio aus Männern in Arbeiterkleidung reden, vermutlich einheimische Jungs, die auf den nächsten Zug nach Norcross oder Marietta warteten. Männer, die für Recht und Ordnung sorgen würden, wenn die Cops es nicht hinbekämen.

»Sir«, sagte Rake, strenger als zuvor. »Sie können hier nicht bleiben.«

»Auf dem Boden der Toilette lag Müll«, sagte der Negro. »Und es hat nach Erbrochenem gerochen. Mein kleiner Junge war mit mir da drin. Niemand sollte sich so etwas bieten lassen.«

Rake hasste das. Alles daran. Die Gesichter, die ihn jetzt von allen Seiten anglotzten, die Feindseligkeit, die so schwer in der Luft lag, dass er sie fast riechen konnte, wie der Geruch von angekokeltem Laub. Er hasste die Grenzen, die er dem Mann aufzeigen musste. Doch genauso hasste er den überheblichen Tonfall des Negros, die Bestürzung der Nordstaatler über die Zustände hier in Dixie, die Verachtung für dieses fremde Land und seine Sitten.

»Sir, ich kann den Bahnhofsleiter bitten, den Farbigen-Bereich zu reinigen. Aber Sie müssen jetzt sofort dahin zurück.«

»Meine Familie und ich haben dasselbe Recht, hier zu warten, wie alle anderen Leute.«

»Leider nicht im Bundesstaat Georgia.« Rake trat seitlich an den Mann heran, doch der starrte weiter geradeaus. »Wie ist Ihr Name, Sir?«

»Jonathan O'Higgins.«

Dass der Negro einen irischen Nachnamen hatte, trug nur noch mehr zu der absurden Situation bei, diesem irren Durcheinander von Menschen in Amerika, in Atlanta, in Rakes Revier.

»Mr O'Higgins, wo kommen Sie her?«

»Philadelphia. Wir sind auf dem Weg nach New Orleans, wo ich einen Vortrag halten werde. Ich bin Wissenschaftler. Das mag Sie schockieren. Aber ich bin ein menschliches Wesen, und niemand steckt mich in dieses Viehgehege von einem Wartesaal.«

Rake bemerkte, wie sich die Finger der Ehefrau um seinen Ellenbogen krallten.

O'Higgins ging zu weit. Rake war die Situation genauso unangenehm, doch das gab dem Negro nicht das Recht, diesen herablassenden Ton anzuschlagen.

»Das schockiert mich überhaupt nicht, Sir. Doch jemand mit so beeindruckenden Referenzen sollte verstehen, dass man bestraft wird, wenn man sich nicht an die Gesetze hält.«

Jemand aus der Menge wurde laut: »Zeit, dass ihr Cops den Nigger hinter Gitter steckt.«

»Es ist meine Aufgabe, die Gesetze der Stadt Atlanta zu vollstrecken. Und unsere Gesetze sind anders als die, die Sie aus Philadelphia kennen. Ich erwarte nicht, dass sie Ihnen gefallen. Aber so lauten die Gesetze, und ich erwarte, dass Sie sich daran halten. Tun sie das nicht, verbringen Sie die Nacht dort, wo es noch viel mehr nach Viehgehege aussieht als in dem Wartesaal.«

»Jonathan«, sagte die Ehefrau. »Es reicht.«

In Gedanken zählte Rake bis fünf. Er hasste es, dass der Negro ihn in diese Verlegenheit brachte. *Du hast echt Glück, dass ich der weiße Cop war, der diesen Notruf übernommen hat.* Sein erster Partner Dunlow hätte den Negro längst k.o. geschlagen. So wie ein Dutzend anderer Cops.

»Es wird mir keinen Spaß machen, Sie festzunehmen, aber wenn Sie sich nicht an meine Anweisungen halten, dann werde ich genau das tun. Dann verbringen Sie die Nacht im Gefängnis, vielleicht sogar länger, und ich weiß nicht, was mit ihrer Familie passiert.«

An dieser Stelle fing das Kind an zu weinen. Es war ungefähr im selben Alter wie Denny Jr., und es war erstaunlich, wie ähnlich das Weinen von Kindern klingen konnte. Rake fühlte, wie sich etwas in seiner Brust zusammenzog. Er bemerkte, wie die Frau am Arm ihres Mannes zog, obwohl sie den Sohn ansah und ihm den Mund verbot. Nun sagte auch O'Higgins, leise und an seine Frau gewandt, nicht zu dem weißen Cop: »Lass uns gehen.«

Rake trat einen Schritt zurück, als die Familie aufstand, der Junge immer noch in den Armen der Mutter, den Kopf in ihrem Hals vergraben. O'Higgins hob seine beiden großen Koffer an. Rake hörte »War auch höchste Zeit« und weiteres Grummeln und lief ein paar Schritte hinter ihnen, zum einen, um sicherzugehen, dass sie auch wirklich gingen, zum anderen, um die Gaffer davon abzuhalten, mit Gegenständen zu werfen. Er folgte ihnen bis zur Mitte der Eingangshalle, wo ein weißhaariger farbiger Hauswart etwas aufwischte, das kürzlich verschüttet worden war.

»Nacht im Gefängnis würde ihm nicht schaden«, rügte ihn der Bahnhofsmitarbeiter, der Rake unbemerkt gefolgt war.

»Wenn Sie schon anderen sagen, wie sie ihren Job zu erledigen haben, warum stellen Sie dann nicht auch sicher, dass die Toiletten der Farbigen gereinigt werden?«

Der Mitarbeiter setzte einen finsteren Blick auf. »Die Farbigen-Toiletten? Erst mal mach ich die Stühle sauber, auf denen die gesessen haben, bevor sich da wieder Weiße hinsetzen.«

★

»Kommt das nur mir so vor, oder passiert so was immer öfter?«, fragte ihn Parker auf dem Weg zurück zu ihrem Streifenwagen.

»Ich hab nicht mitgezählt«, sagte Rake. Es war ihm tatsächlich auch aufgefallen, doch er hatte keine Lust auf solche Gespräche. Sein erster Partner war ein bigotter Brutalo gewesen. Parker kannte er im Gegen-

satz dazu schon sein ganzes Leben lang. Sie waren zusammen aufgewachsen und nach dem Krieg (wo Rake als Späher erst in Frankreich und dann in Deutschland eingesetzt worden war) hatten sich
beide '48 bei der Polizei gemeldet. Sie waren jetzt seit zwei Jahren
Partner, und Rake vertraute ihm. Dennoch bereiteten ihm solche
Gespräche Unbehagen.

Er hätte sich noch deutlich unbehaglicher gefühlt, wenn er gewusst hätte, was sein Schwager Dale just in dem Moment trieb.

3

DER DREIVIERTELMOND hing tief am schwarzen Himmel, immer wieder verdeckt und enthüllt von hauchdünnen Wolken, als wollten sie Dale ihre Zustimmung signalisieren, während er gen Norden fuhr.

Vor dreißig Minuten hatten sie ihr Stadtviertel verlassen und jetzt waren sie mitten auf dem Land, immer wieder versperrten dichte Baumgruppen die Sicht auf den Nachthimmel. Erstaunlich, wie sie in so kurzer Zeit so weit kommen konnten.

Sie waren zu fünft, drei in Dales stotterndem Buick, und zwei folgten in einem Ford Pick-up. Auf dem Beifahrersitz saß Mott, ein alter Kumpel, mit dem Dale schon so manche Keilerei hinter sich hatte, die meisten davon allerdings mit weit weniger Jahren auf dem Tacho. Vor Ehefrauen, Kindern und dem ganzen Stumpfsinn.

Auf dem Rücksitz saß ihr Freund Irons, der über 150 Kilo stemmen konnte und der gerüchteweise mal eine Halskette mit den Ohren von Japsen dran getragen hatte, die er ihnen eigenhändig abgeschnitten hatte. Dale war noch in keiner Situation gewesen, in der man sich solch exotischen Schmuck hätte besorgen können, man hatte ihn wegen irgendeinem bescheuerten Herzfehler ausgemustert, den er für eine Fehldiagnose der Ärzte hielt. Tatsächlich hatte er sich neben der Armee auch bei der Navy und der Küstenwache gemeldet, in der Hoffnung, dass deren Ärzte kein ganz so sensibles Gehör hatten oder die Regeln für die Gesundheitschecks nicht allzu ernst nahmen. Doch Pech gehabt, die Bürohengste hatten ihn allesamt abgelehnt. Dale konnte sich kaum vorstellen, wie man jemand in echt die Ohren abschnitt. Laut Irons stammten die Ohren von *toten* Japsen, was es ein wenig plausibler machte, aber dennoch. Verdammt. Das war starker Tobak, und Dale war erfreut, ja geehrt, den Kerl auf dem Rücksitz zu wissen. Von jemand wie Irons wollte Dale lernen, und dass sie zusammen rausfuhren, war eine Riesensache.

Sie hatten sich vor ein paar Jahren in der Sweetwater Mill, einer Textilfabrik, kennengelernt, doch dann wurde Irons entlassen – Dale hatte Gerüchte gehört, wonach er sich mit einem Mitarbeiter geprügelt hatte. Die Geschichte hatte er nicht von Irons selbst, und Irons war eigentlich auch eher unnahbar. Doch in einem war Irons gut, und das war nur ein weiterer Beleg für seine Großartigkeit: im Schweigen. Dale selbst fand es schwer, die Klappe zu halten, vor allem in Stresssituationen oder wenn er etwas Falsches gesagt oder getan hatte. Irons dagegen war der Meister im Gar-nichts-Sagen. Dabei half ihm seine Körpergröße. Sie drückte mehr aus als Worte. Sie machte Worte überflüssig. Dale war weder so groß wie Irons, noch war er ein Kriegsheld wie Irons, stattdessen verströmte er eine nervöse Energie, ver- und entschränkte andauernd seine Arme, knackte mit den Fingerknöcheln oder riss dumme Witze. Solche Marotten führten dazu, dass die Leute in der Regel *kein bisschen* von Dale eingeschüchtert waren. Was ihn noch mehr ärgerte. Was ihn zu weiteren dummen Kommentaren anstachelte. Es war ein Teufelskreis.

Doch heute Abend. Heute Abend war alles anders. Dale hatte den Anruf am Nachmittag erhalten: Die Zielperson würde gegen zehn vor Ort sein, wahrscheinlich betrunken und deshalb besonders leicht einzuschüchtern. Hoffentlich war der Mann nicht so voll, dass er nicht kapierte, was sie mit ihm anstellten und es am nächsten Tag vergessen hatte. Dale würde seinen Teil dazu beitragen, dass er sich erinnerte, und Irons war ihm sicher dabei behilflich.

Irons hatte so was schon mal gemacht. Dale war sich ziemlich sicher. Er hatte Geschichten gehört. Mit der Art von Details, die man sich nicht ausdenkt. Manche davon wollte er am liebsten gleich wieder vergessen und doch musste er nachts daran denken, wenn er im Bett lag und versuchte einzuschlafen.

Deshalb war er hier draußen in der Wildnis, setzte ein Zeichen, tat Gutes. War ein Mann der Tat. Jemand, zu dem seine Kinder aufschauen konnten. Obwohl er eine Kapuze tragen und niemand ihm danken würde. Er würde der heimliche Retter seiner Gemeinde sein.

Je weiter er seine Kollegen vom Klan gen Norden fuhr, desto nervöser wurde er. Also scherzte er mit Mott und dem schweigenden Irons, redete über Baseball und die Nachrichten. Die Yankees standen als Titelverteidiger in der World Series den Phillies gegenüber. Dale interessierte sich für beide Teams nicht besonders. Hauptsächlich war er dankbar, dass die Phillies die Dodgers als Meister der National League abgelöst hatten, wenigstens mussten die Leute nicht noch ein Jahr diesen gottverdammten Jackie Robinson in der wichtigsten Baseballliga ertragen.

»Macht eigentlich keinen Unterschied, dass die Dodgers es nicht geschafft haben«, räumte Dale ein. »Nächstes Jahr werden noch mehr Nigger in der Liga spielen.«

»Nicht unbedingt.«

»Der Damm ist gebrochen, die überfluten uns.«

»Ihr Kleingläubigen.« Mott schüttelte den Kopf. Er hatte immer einen beruhigenden Einfluss auf Dale gehabt, ihn in seiner Wut gebremst, ihn sanft von dem einen oder anderen haarsträubenden Plan abgebracht. Er war froh, Mott heute Abend dabei zu haben, obwohl das genau der richtige Anlass für Wut und große Pläne war.

Die Welt war voller schlechter Nachrichten, die sie auf ihrem Weg Richtung Norden diskutierten. Joe McCarthy nahm sich einen nach dem anderen auf seiner Liste von Radikalen in der US-Regierung vor, und ein neues Buch über den jüngsten Prozess gegen den roten Spion Alger Hiss deutete an, dass die Kommunisten längst die gesamte US-Regierung unterwandert hatten. Es war eine seltsame, fast betäubte Zeit, in der Amerika kurz davor stand, in einen neuen Weltkrieg gezogen zu werden. Truman hatte China verloren, Mao hat diesen Chiang-Kai-Dings gestürzt, sie waren in Korea einmarschiert, und Mao drohte zudem, sich einzuschalten, falls ihre Truppen den 38. Breitengrad überschritten. Sogar in Indochina gewannen die Kommunisten an Boden gegen die Franzosen. So wie es aussah, war Amerika verdammt noch mal umzingelt von den Roten.

Mott, der mit der Taschenlampe auf die Karte in seinem Schoß leuchtete, wies ihn an, die Hauptstraße zu verlassen. Dales Kontakt hatte ihnen einen nahe liegenden Park als geeigneten Ort empfohlen, um ihre Kutten und Kapuzen anzulegen. Dale fuhr einen schmalen Feldweg entlang, unter den geisterhaften Umrissen der tief hängenden Äste einer Eiche.

Aus dem Ford stiegen Iggy und Pantleg. Auch Iggy war ein alter Freund, er war mit Dale und Mott im Hanford Park aufgewachsen, keine drei Blocks von seinem Elternhaus entfernt. Seine Eltern lebten noch im selben Haus, in dem die Stationen seines Wachstums in einer Nische in der Speisekammer an der Wand vermerkt waren, nur dass sie jetzt das Privileg genießen durften, *keine fünf Häuser* von einer schwarzen Familie entfernt zu wohnen. Iggy war genauso heiß drauf, etwas zu unternehmen, wie Dale. Pantleg kannte er kaum, er war ein Kumpel von Iggy aus dem Steinbruch. Sie waren beide durchschnittlich groß, stämmig und abgehärtet von der schweren körperlichen Arbeit. Iggy grinste verschmitzt, während er ausstieg, sein zerzaustes blondes Haar trug zum Aussehen eines krawallbereiten Kindes bei. Ein Kind mit einer Dreiviertelliterflasche Bourbon.

»Also dann!«, rief er. »Eine wunderbare Nacht, um unter Gottes Kreaturen zu wandeln!«

Ein kräftiger Schluck, dann wanderte die Flasche zu Mott und von da aus unbenutzt zu Dale. Mott war Abstinenzler geworden, eine Schande. Eins seiner Kinder war vor ein paar Jahren fast an den Masern gestorben, und damals hatte Mott Gott versprochen, keinen Tropfen mehr anzurühren, wenn der seinen Jungen verschonte. Er stand zu seinem Wort.

Dale bemerkte, dass Iggy und Pantleg einen gehörigen Vorsprung beim Whiskey hatten, er konnte es aus ihren Poren riechen, also nahm er einen doppelten Schluck.

Mott öffnete den Kofferraum, und sie legten ihre Gewänder an, schüttelten den Papierstaub aus den Kapuzen.

»Das wird ein Spaß!«, sagte Iggy, lauter, als Dale lieb war. Sie waren nur eine Meile von ihrem Ziel entfernt, und das einzige andere Geräusch kam von den Heuschrecken, die erst in ein, zwei Wochen ihren Betrieb einstellen würden.

Iggy war überdreht, so wie Dale ihn in Erinnerung hatte, als sie zusammen Football gespielt hatten und er sich schon vor dem Spiel aufgepeitscht hatte. Es brachte auch Dales Blut in Wallung, und als er jetzt die Kapuze in der Hand hielt und die Macht spürte, die von ihr ausging, lächelte er innerlich. Die schwarzen Augenschlitze starrten ihn an, wollten ausgefüllt werden.

Iggy sagte: »Die perfekte Nacht um ein paar Nigger aufzumischen.«

Dale blieb stehen. »Warte, Iggy«, sagte er. »Ich dachte, du weißt Bescheid. Der Typ, den wir uns vorknöpfen – er ist ein Weißer.«

*

Es gab Tage, an die Dale sich nicht erinnern konnte, so viele, dass sie am Stück vermutlich Jahre ergaben. Diese Tage waren aus seiner Erinnerung gelöscht, nicht etwa, weil er einen Filmriss gehabt hätte – obwohl er nie nein zu Alkohol sagte –, sondern weil sie bedeutungslos waren. Und zwar nicht auf irgendeine hochgestochene intellektuelle Art, sondern weil einfach verdammt noch mal nichts passiert war. Er stand auf, aß, fuhr zur Arbeit in die Textilfabrik. Er atmete Papierstaub ein und wieder aus, und wenn er in ein Taschentuch schnäuzte, sah er den Staub in seinem Rotz. Dann ging er nach Hause und machte einen auf braven Ehemann mit Kindern und Frau, bis er einschlief. Unzählige solcher Tage, unwichtig, nicht im Ansatz erinnerungswürdig. Und dann kommt der Tag, an dem tatsächlich *etwas passiert* und dir klar wird, dass du auserwählt bist. Und es ist ein Tag, an den du dich immer erinnern wirst, an dem es ›Klick‹ macht und alles Sinn ergibt, oder wie auch immer man es nennen will. Sagen wir einfach: Der Tag scheint verdammt noch mal zu *leuchten*.

Vor einer Woche war dieser Tag gekommen. Als er nach einer späten Besprechung auf dem Heimweg von der Fabrik war, hatte ihn die Dunkelheit überrascht, es wurde jetzt früher dunkel. Die Straßenlaternen schienen auf die schmalen Einfahrten der Häuser jener, die das Pech hatten, gegenüber der Fabrik zu leben. Dale selbst roch den Papierstaub schon gar nicht mehr, das Aroma hatte sich für immer in seine Nase, in seinen Schädel gebrannt. Sue Ellen behauptete, den Geruch an ihm zu mögen, und er wollte ihr glauben. Er hatte wahrscheinlich genug davon in seinen Eingeweiden, dass man einen Pullover daraus hätte stricken können. Oder zumindest Socken. Die Staubfäden hatten sich mit seinen Muskeln und Sehnen verwoben, er war buchstäblich mit seinem Job verwachsen.

Ein grüner Plymouth tauchte auf und parkte ein paar Meter vor ihnen auf der Straße. Der Fahrer stieg aus, ein grauer Fedora warf einen Schatten über sein Gesicht. Er war eher klein, trug einen blauen Blazer und braune Hosen und Schuhe, deren Absätze klackten, während er auf Dale zukam.

»Ich habe einen Freund in Rockdale«, sagte der Typ und streckte die Hand aus, die linke.

Das unerwartete Geheimzeichen der Kluxer ließ Dale kurz innehalten.

»Ich wollte mich eh nach ihm erkundigen«, antwortete er und streckte die linke Hand aus, die der andere ergriff. Sie praktizierten den Kluxer-Gruß, die Finger locker, nur die Innenseiten der Handflächen berührten sich. Dale hatte es von dem Moment an geliebt, in dem er beigetreten war. Die Passwörter, das geheime Händeschütteln, das sein Vater ihm beigebracht hatte, die Spionagekunst dahinter. Das echte Leben konnte so verdammt langweilig sein.

Dale war mit sechzehn geweiht worden, bei einer Feuerzeremonie in Stone Mountain. Er hatte seinen Mitgliedsbeitrag, den *Klecktoken*, bezahlt, er hatte sich die Regeln aus dem *Kloran* eingeprägt, und er beglich jedes Jahr pünktlich und ärgerte sich, dass sie ihn nicht beförderten. Er hatte sich immer als idealen Kandidaten für den *Klavalier Klub* gesehen, die Geheimpolizei des Klans, diejenigen, die Kampfmaßnahmen ergriffen, wenn es nötig war. Und doch schien es, als redete seine Ortsgruppe, sein *Klavern*, lieber übers Geschäft und schmiedete unnötig komplizierte Pläne, um Läden finanziell zu schaden, die zu freundlich zu Negros waren. Er vermisste eine der grundlegenden Klan-Aktivitäten: Knochen brechen. Haut aufschlitzen. Für Betrieb im Negro-Krankenhaus sorgen.

Zehn Minuten später saßen sie bei Yancey's, einer Bar, die Dale wegen ihrer Lage zwischen Arbeitsplatz und Zuhause bestens vertraut war.

Der Fremde, der sich als Jimmy Whitehouse vorstellte, hatte Dale ins Hinterzimmer geführt, wo vier schmale Tische an die Wand gerückt waren und man nicht von der Musik eines einsamen Banjo-Spielers abgelenkt wurde. Jimmy Whitehouse bestellte eine Coca-Cola. Leider waren einige der älteren Kluxer so drauf. Also tat Dale dasselbe, vermutlich das erste Mal in seinem Leben in einer Bar.

»Ich komme da oben aus der Gegend von Coventry«, sagte Whitehouse. Er schien um die fünfzig, und als er seinen Fedora abnahm, kam eine Glatze zum Vorschein, an der links und rechts noch zwei Büschel Haare in der Nähe der Ohren pappten. Verdammt, warum hatte er jetzt kein Bier, sondern nur diese verdammte Cola, dachte

Dale. »Sie wundern sich vielleicht, warum ich mit Ihnen rede und nicht mit jemanden Höherem aus Ihrem Klavern. Die Wahrheit ist, ich wollte jemand, dem ich vertrauen kann. Ich brauche eine kleine Einheit, die bereit ist, was für eine gute Sache zu riskieren.«

»Sie sprechen mit dem Richtigen.« Das wäre jetzt ein exzellenter Zeitpunkt gewesen, um seine Aussage mit einem Schluck Bier zu unterstreichen. Er kam sich vor wie ein Schauspieler mit den falschen Requisiten.

Whitehouse holte ein Taschentuch hervor und schnäuzte hinein. Als er fertig war, steckte er es weg, doch er hatte einen langen Popel vergessen, der ihm wie eine Fledermaus aus der linken Nasenhöhle hing. Es irritierte Dale, doch er beschloss, nicht dazu zu sagen.

»Freut mich zu hören. Ich wurde zu Ihnen geschickt – von wem genau ist nicht so wichtig. Es gibt eine Sache, die erledigt werden muss, aber aus verschiedenen Gründen nicht vom Coventry-Klavern. Wir finden, es sollte ordnungsgemäß ablaufen, eine Hand wäscht die andere.«

»Natürlich.« Dale hatte keine Ahnung, was Whitehouse meinte, aber er wollte nicht wie ein Idiot dastehen. Und der Popel lenkte ihn ab, wie er mit jedem Atemzug von Whitehouse vibrierte. Dale rieb an seiner eigenen Nase, um ihm einen Tipp zu geben, aber Whitehouse verstand nicht.

»Also, ich sag's einfach frei heraus, und Sie können ablehnen, wenn Sie wollen. Aber der Mann, der bestraft werden muss, ist ein Weißer.«

Dale dachte, er hätte sich verhört.

»Er ist der Sohn eines Freundes, um genau zu sein. Sie sind beide Teil der Bruderschaft, aber nicht gerade das, was ich aktive Mitlieder nennen würde. Egal, der Sohn meines Freundes hat eine anständige Frau geheiratet, aber er hat gesoffen und sich mit leichten Mädchen eingelassen. Er arbeitet im Bank- und Versicherungswesen und hat keinerlei Skrupel. Hat mehrere Familien über den Tisch gezogen, sie

Dokumente unterschreiben lassen, die sie nicht verstanden haben, hat ihnen Policen verkauft, die es nicht gibt. Keine Ahnung, warum das Gesetz nicht hinter ihm her ist. Der Punkt ist: Wenn wir ihm jetzt Angst einjagen, um ihn von diesem Weg abzubringen, ist er vielleicht noch zu retten.«

»Dieser … dieser Job hat also gar nichts mit dem zu tun, was hier in Hanford Park passiert?«

Whitehouse legte die Stirn in Falten. Der gottverdammte Popel baumelte da noch immer. »Nein. Wie ich sagte, eine Hand wäscht die andere.«

Dale wusste, dass er seine Enttäuschung nicht gut verbergen konnte. Er hatte angenommen, das Treffen diente einem Vorgehen gegen die Negros, die in den letzten Wochen in seine Nachbarschaft in Hanford Park gezogen waren, am westlichen Stadtrand von Atlanta. Vor zwei Jahren, als die Negros es genau wie jetzt gewagt hatten, sich in Hanford Park einzunisten, hatte Dale versucht, seinen Schwager bei der Polizei, Rake, für seine Sache zu gewinnen, doch der hatte ihm die kalte Schulter gezeigt. Zum Glück hatte sich jemand anderes der Dinge angenommen und das Haus eines Negros niedergebrannt. Zwei Jahre später war das Problem wieder da. Deshalb war er davon ausgegangen, dieses Treffen gelte seinem Negro-Problem, stattdessen redeten sie darüber, jemand oben in Coventry zu verprügeln. Einen *weißen* Jemand. Was zur Hölle war das für ein Klavern?

»Ich glaube an die Glaubenssätze«, sagte Whitehouse. »Ich will die Nigger genauso dringend loswerden, aber man muss die eigene Geschichte kennen. Den Kluxern geht es um mehr als nur Hautfarbe. Wir sind die moralische Instanz. Damals haben wir Säufer vertrieben, Ehebrecher, diejenigen, die sich an der Kirche bereichert haben. Genau wie Jesus damals die Geldverleiher rausgeworfen hat. Natürlich haben wir auch die Nigger verscheucht – das ist ja eine der fundamentalen Grundlagen für eine geordnete Gesellschaft. Das ist aber eben auch die heilige Ehe. Genau wie die Verpflichtungen eines Mannes gegenüber Familie und Gemeinde. Genau wie das Recht auf Kapitalismus und angemessenen Profit. Kein Wunder, dass die Kommunisten von allen Seiten Zulauf haben, wir haben unser Haus nicht sauber gehalten.«

»Sie haben recht«, sagte Dale, der so bewegt war von den Worten des Mannes, dass er sich fast betrunken fühlte. Noch besser: Die Wucht von Whitehouses Rede hatte endlich den Popel gelöst und ihn auf den Tisch rieseln lassen, beinahe auf Whitehouses gefaltete Hände.

»Bei diesem Job geht es um mehr als nur den Mann, auf den wir Sie ansetzen. Es geht darum, jeden daran zu erinnern, dass wir immer noch die moralische Instanz sind. Dass wir eine größere Rolle spielen. Nachdem die Bundespolizei uns so zugesetzt hat, wollte keiner mehr was mit uns zu tun haben.« Vor ein paar Jahren hatte das *Georgia Bureau of Investigation* etliche Ortsanführer des Klans angeklagt. »Die Jahre unter Roosevelt und seinem Juden-Deal haben die Leute verrückt werden lassen. Deshalb haben sich die Klaverns zurückgezogen, und die Leute haben aufgehört, uns zu unterstützen. Und ehe man sich versieht, tragen die Darkies plötzlich Dienstmarken. Ich sage, es ist an der Zeit, diese Entwicklung aufzuhalten.«

Dale hatte eine volle Minute nur zustimmend genickt. Heute Morgen hätte er sich so ein Szenario noch nicht träumen lassen, doch so wie Whitehouse es darlegte, hatte es eine fast biblische Wahrheit. Etwas musste unternommen werden, und hiermit fing es an. Jetzt begriff er auch das »Eine Hand wäscht die andere«. Was Whitehouse sagte, erinnerte Dale an Dinge, die in Vergessenheit geraten waren, an Geschichten seines Vaters und seines Onkels. Daran, dass die Kluxer tatsächlich einst nicht nur die Farbigen verjagt hatten, sondern auch Juden, Kommunisten und Arbeiterführer, aber auch andere, nichtlinke Weiße, Schwerenöter, Personen, die Schande über ihre Gemeinde brachten. (Obwohl ihm der Gedanke, jemand zu verprügeln, nur weil er gerne trank, etwas übertrieben vorkam – hatte er Whitehouse da missverstanden? –, aber das erklärte die Coca-Cola.) Oft war es besser für den örtlichen Klavern, Kluxer aus einer weiter entfernten Gegend darum zu bitten, einzuspringen und den Job zu erledigen. So musste man nicht den eigenen Nachbarn schlagen. Eine Hand wusch die andere. Eine Hand griff zum Hörer und bat um Hilfe, die andere zu Peitsche und Pistole. Ich kümmere mich um euer Problem und ihr euch um meins.

Wenn Dale ihm bei diesem sündhaften weißen Mann oben in Coventry half, dann würde der Klavern aus Coventry im Gegenzug das Negro-Problem in Hanford Park beenden, wollte Whitehouse damit sagen. Und das war ein guter Deal.

★

Eine Woche später, in den Wäldern von Coventry, hielt Iggy die Kapuze in der Hand, während seine Robe im sanften Abendwind flatterte. »Was zum Teufel redest du da, Dale?«

Dale rutschte das Herz in die Hose. »Unsere Zielperson ist ein weißer Mann«, erklärte er. »Ein Ehebrecher und Betrüger, jemand der dringend–«

»*Was?* Jesus Christus, bist du bescheuert?« Neben Iggy schüttelte auch Pantleg entsetzt den Kopf, auf seiner Halbglatze spiegelte sich das Mondlicht.

Dale hatte nicht alle von ihnen persönlich angeheuert, nur Mott und Irons. Und auch sie hatte anfangs die Idee, einen unbekannten weißen Mann zu verprügeln, fassungslos gemacht. Sie freundeten sich jedoch damit an, als Dale ihnen erklärte, es handle sich nur um eine Art Anzahlung für eine Legion von Kluxern aus der Pampa, die runter nach Hanford Park kamen, um die Farbigen zu verjagen. Dale hatte es Mott überlassen, zwei weitere Rekruten zu finden. Jetzt wandte er sich an seinen besten Kumpel.

»Mott, du hast gesagt, dass sie's wissen.«

»Äh, vielleicht hab ich ein paar Dinge weggelassen.«

»Ein *weißer* Mann?« Iggy spuckte förmlich. »Soll das ein Witz sein?«

»Nein, das ist kein Witz«, sagte Dale. »Es bedeutet, dass wir unsere Pflicht tun.« Er versuchte besonnen zu klingen, es ihnen genauso schmackhaft zu machen wie ihm zuvor Whitehouse, doch Dale war kein Redner und das Publikum nicht auf seiner Seite.

»Du hast uns alle umsonst hier rausfahren lassen, gottverdammt noch mal«, sagte Iggy.

»Nicht umsonst«, sagte Pantleg. »Wir sind doch vor ein paar Minuten an ein paar Negro-Hütten vorbeigekommen.«

»Klar, das stimmt«, Iggy wurde sofort hellhörig.

»Nein, Leute«, versuchte Dale, die Kontrolle wiederzuerlangen, »wir müssen uns an die Mission halten und nicht ablenken lassen.«

»Halt die verdammte Fresse, Dale«, blaffte Iggy.

»Komm schon jetzt«, tadelte ihn Mott. »Wir sollten zusammenhalten.«

»Scheiß drauf. Wir haben unsere eigene Mission.« Iggy berichtete von dem Negro-Viertel, wo sie zwei jüngere Männer dabei beobachtet hatten, wie sie zu ihrem winzigen Haus gelaufen waren, ungefähr eine Meile von hier. »Sollte leichte Beute sein.«

»Hört zu«, sagte Dale. »Ich habe einem Mann mein Wort gegeben, und mir wurde beigebracht, dass das Wort eines Mannes was zählt.« Er spürte, wie ihm der langersehnte Abend entglitt. »Ich weiß, dass es nicht normal ist, was wir heute Abend vorhaben, doch die Zeit ist reif, endlich das zu tun, was getan werden muss. Machst du noch mit, Mott?«

»Klar mach ich mit«, sagte Mott, loyal und standhaft wie eh und je. Doch er fügte hinzu: »Vielleicht können wir uns die Nigger ja schnappen, wenn wir mit unserem Job fertig sind?«

»Klar, wenn dann noch was übrig ist.« Iggy lachte, bevor er einen weiteren Zug aus der Flasche nahm. »Ihr seid verdammt irre.« Dann schaute er zu Irons, während Mott und Dale ihre Roben überzogen. »Was ist mit dir, Großer?«

Alle Augen richteten sich auf Irons. Trotz seiner furchterregenden Körpergröße schien ihm die Aufmerksamkeit nicht zu behagen. Endlich sagte er: »Ich bin mit Ihnen hergekommen und ich geh auch mit Ihnen.«

Dem Herrn sei Dank, dachte Dale. Zu zweit wäre die Mission nicht zu schaffen gewesen.

»Reicht das, um deine Meinung zu ändern, Iggy?«, fragte Dale.

»Scheiße nein. Der einzige Weiße, dem ich in den Arsch trete, bist du, wenn du so weitermachst, du Idiot.«

Dale spürte, wie sein Gesicht rot wurde, und er sah Pantleg grinsen, bevor der Hurensohn die Kapuze über den Kopf zog. Dale ballte die Hände zu Fäusten. Er war niemand, der sich gern beleidigen ließ, schon gar nicht vor anderen, doch er zwang sich zur Ruhe. Er hatte einen .38-er Colt Revolver in seiner Tasche und ein bisschen Bourbon in der Blutbahn und er wusste, dass dieser Abend schnell eine üble Wendung nehmen würde, wenn er sich zu sehr von Iggys Geschwätz provozieren ließ.

»Kommt«, sagte Dale, während er, Mott und Irons zurück zu ihrem Wagen liefen. »Auf geht's.«

★

Die abgeschiedene Raststätte sah aus wie eine alte Jagdhütte, an die der Besitzer angebaut hatte. Einstöckig, eine lange Veranda, das alte Dach leicht schräg. Die bewaldete Auffahrt war erstaunlich steil und verschaffte dem Gebäude von drei Seiten eine Aussicht auf Pinienwälder, die in die Dunkelheit ausfaserten. Dale hatte drei weitere Wagen auf dem Rasen vor ihm ausmachen können, mehr als man ihm angekündigt hatte.

Dale schaltete die Lichter aus, und Mott fragte, möglicherweise hoffnungsvoll: »Ist das auch ein Puff?«

»Keine Ahnung.« Dale kurbelte sein Fenster nach unten und lauschte nach Musik oder Zechgelagen, doch er hörte nichts. Sie parkten gute fünfzig Meter weit weg.

»Ich sehe drei Autos. Wer ist da noch alles drin? Freunde von ihm?«

»Whitehouse meinte, unser Mann kommt auf jeden Fall als Letzter raus. Abgesehen von dem Typen, dem der Schuppen gehört. Und er hat mir gesagt, dem Besitzer ist es egal, was wir machen. Bleibt noch ein Wagen.«

Es begann leicht zu regnen, kaum mehr als feuchter Nebel. Sie hockten eine Weile da, überwiegend schweigend, und Dale merkte, wie seine Begeisterung für den Job abnahm. Ihm war nicht klar gewesen, dass er sich für eine Observation gemeldet hatte.

Endlich öffnete sich die Tür des Verschlags. Das Licht über der Tür erhellte einen Teil des Rasens, doch nicht genug, um zu verraten, wo Dale geparkt hatte. Er konnte erkennen, dass es sich bei dem Mann nicht um ihre Zielperson handelte. Er war zu jung, kaum älter als einundzwanzig. Er lief hinüber zu einem länglichen Chevy und stieg ein.

»Köpfe runter«, sagte Dale und fühlte sich ein wenig kindisch, als er sich unter das Armaturenbrett duckte. Sekunden später sah er die Scheinwerfer des wegfahrenden Chevy den oberen Teil seines Sitzes erhellen, dann hörte er das Knirschen von Kies, als das Auto an ihnen vorbeifuhr, die steile Einfahrt hinunter. Weitere zehn Minuten später kam ihm der doppelte Schluck Bourbon dämlich vor. Vorher war er wie aufgeputscht gewesen, jetzt hätte er genauso gut seinen Kopf gegen das Lenkrad lehnen und einschlafen können. Gott, was machte er hier? Dann ging die Tür erneut auf.

»Ist er das?«, fragte Mott.

»Kann ich nicht sagen«, sagte Dale verärgert, die regennasse Scheibe raubte ihm die Sicht. Den Motor starten, um den Scheibenwischer zu betätigen, würde ihre Zielperson nur aufschrecken, also sagte er einfach »Los geht's« und setzte die Kapuze auf. Er öffnete seine Tür und lief mit schnellen Schritten los, die anderen hinterher.

Durch die Augenschlitze sah er einen Mann auf einen parkenden DeSoto zustolpern, auf den Whitehouses Beschreibung von »29, groß, schlank, hellbraunes Haar, auf das er offensichtlich sehr achtet, vermutlich einen Hut tragend, der so viel wie ein guter Gebrauchtwagen kostet« zutraf.

Nur um sicherzugehen, rief Dale den Namen des Mannes. »Martin Letcher?«

Der Mann schaute auf. Er schien Schwierigkeiten damit zu haben, ihre Umrisse in der Dunkelheit auszumachen. Schien dann an seinem eigenen Sehvermögen zu zweifeln. Unternahm einen panischen Ausreißer in Richtung DeSoto und verlor seine Schlüssel, während Dale und die anderen mit Hochgeschwindigkeit auf ihn zurasten.

Fackeln – mit Fackeln wär das besser gekommen. In den guten alten Zeiten hätten sie auf Pferden gesessen. Aus einem im Kiesbett parkenden Auto zu springen hatte kaum dieselbe Anmut wie auf einem Hengst durch ein Feld zu preschen, eine erleuchtete Fackel in der einen und eine Pistole in der anderen Hand. Aber es musste genügen.

Unfähig, seinen verlorenen Autoschlüssel zu finden, rannte Letcher los. Besonders schnell war er nicht. Umso erstaunlicher die Geschwindigkeit von Irons, er hatte ein paar Schritte hinter Dale zurückgelegen, und doch war er es, der sich auf Letcher warf und ihn mit einem blitzsauberen Tackle zu Boden riss. Dale konnte nicht fassen, wie ein solcher Riese so schnell sein konnte.

»Ihr habt den Falschen!« Beim ersten Mal erstickte der Boden noch Letchers Schrei, also drehte er den Kopf und brüllte erneut: »Ihr habt den Falschen! Ich hab kein Problem mit euch Leuten!«

Irons drehte Letcher um, sodass er seine Augen sehen konnte. »Du bist Martin Letcher, oder nicht?«, rief Dale in dem Versuch, ein wenig Kontrolle zu erlangen, während Irons der ganze Spaß blieb.

»Ja, aber ich bin in der Bruderschaft! Jesus, ihr habt den Falschen!«

Er klang zu Tode erschrocken, dabei hatte er noch gar keine verpasst bekommen. Irons begann, ihn mitten ins Gesicht zu schlagen, wieder und wieder. Es stellte sich heraus, dass Irons auch bei extremen Gewaltausbrüchen stumm blieb. Kein Laut, noch nicht mal ein Grunzen, wenn er ausholte.

Irgendwann musste Dale den Riesen an der Hand packen, damit er aufhörte. Wenn er so weitermachte, war Letcher bewusstlos, bevor sie ihn an den Baum fesseln und den Gurt auspacken konnten. Wie es die Regeln des Klans vorsahen, hatte Dale einen zehn Zentimeter langen Ledergurt mitgebracht, der zur besseren Handhabung an einen hölzernen Griff genagelt war. Er hatte ihn noch nie benutzt.

»Für den nächsten Teil brauchen wir ihn bei Bewusstsein«, sagte Dale und deutete auf den Gurt und das Seil in Motts Händen. Dann fiel sein Blick nach unten und er sah, dass es bereits zu spät war. Letcher bekam nichts von dem mit, was um ihn herum vorging, seine Augen waren geschlossen, seine Haut von der Schläfe bis zum Unterkiefer pink und aufgerieben. Keine verdammte Chance, dass er sobald wieder wach wurde.

»Herrgott, Irons, du hast nichts übriggelassen«, sagte Mott.

»Wir können das trotzdem machen«, sagte Irons und stand langsam auf. Die Robe und die Kapuze betonten seine Körpergröße. Dale, der winzig neben ihm wirkte, begriff, dass er da etwas entfesselt hatte, das er nicht wieder bändigen konnte.

»Es ist sinnlos, ihn zu fesseln, wenn er noch nicht mal was davon mitbekommt«, sagte Dale. Eine schöne Scheiße war das. Den Teil mit der Tracht Prügel hatten sie erledigt, sich dabei gottverdammt selbst übertroffen, doch wenn die Zielperson nicht erfuhr, *warum* sie das taten, verlor das Ganze seine Bedeutung. Dann war es nur willkürliche

Gewalt. Das Gefühl von Rechtschaffenheit, das Dales Brust ausgefüllt hatte, löste sich auf und ließ ihn kalt und leer zurück.

Dann hörten sie, wie die Tür des Lokals aufging, doch das Licht war jetzt aus, und sie konnten nicht sehen, wer sie geöffnet hatte. Sie hörten nur die Stimme, *ihre* Stimme, und sie war wutentbrannt. »Lasst ihn zum Teufel noch mal in Ruhe!«

Da war so viel, mit dem Dale nicht gerechnet hatte. Plötzlich verzogen sich die Wolken, und der Mond war wieder zu sehen. Er konnte jetzt etwas erkennen, nicht viel, denn das Mondlicht war nicht stark genug, doch es reichte aus, um eine Gestalt bei der Hütte wahrzunehmen, in einer Pose, die ihm eine Höllenangst einjagte. Sogar bevor er den Knall aus ihrem Gewehr hörte.

Nach dem Knall wich Irons ein paar Schritte zurück, seltsam spastisch. Dann gaben seine Beine nach und der riesige Mann fiel in sich zusammen. Dann folgte ein zweiter Knall, und Dale zuckte noch heftiger als beim ersten Mal zusammen, denn jetzt begriff er, was vor sich ging. Er selbst war offensichtlich noch nicht von dem Gewehr getroffen worden, das die Frau in den Händen hielt, dafür schrie Mott schmerzerfüllt auf.

Sie brüllte, dass sie wegbleiben sollten. Dale erinnerte sich endlich wieder an seine .38er in der Hosentasche. Es war, als hätte etwas das Getriebe seines Hirns blockiert, als hätte es jemand sabotiert, doch jetzt griff er endlich zu der Waffe, und seine Gelenke waren das Gegenteil von blockiert, sie bewegten sich zu schnell, so schnell, dass er beinahe die Waffe fallen ließ, doch er zog den Hahn zurück und schoss zweimal.

»Renn!«, schrie Mott ihm zu, während er den Hügel hinunter auf ihr Auto zuraste.

Dale blickte zu Boden und sah gerade genug von Irons, um zu wissen, dass er nicht hätte hinschauen sollen, dass ihn das Bild noch eine Weile in seinen Alpträumen verfolgen würde, vielleicht für immer.

Überall Rot, der Schädel des Mannes war kein Oval mehr, erinnerte nicht ansatzweise an eine geometrische Form.

Dale feuerte ein drittes Mal, lief währenddessen rückwärts, bis er mit der Sohle seines Stiefels auf eine besonders nasse Stelle geriet, ausrutschte und auf dem Arsch landete. Seine Kapuze war verrutscht, er konnte verdammt noch mal nicht das Geringste sehen, also riss er sie vom Kopf und rannte auf das Auto zu, feuerte blind hinter sich.

Im Auto hielt sich Mott die linke Schulter. Dale wollte ihn fragen, ob es ihm gut ging, aber Mott schrie ihn an, er solle den gottverdammten Wagen starten.

Ein weiterer Gewehrschuss, und Dale hörte einen Einschlag. Er fuhr so schnell wie möglich los, was tatsächlich ziemlich schnell war, und gegen einen Baum. »Scheiße!«

»Fahr, gottverdammt!«

Er setzte vor und zurück, schaffte es zu wenden, und dann kam der nächste Knall. Dieses Mal spürte er etwas am Heck des Wagens einschlagen. Er drückte das Gaspedal durch, und Sekunden später waren sie wieder auf der Hauptstraße, als etwas, das wie ein riesiger Elch aussah, keinen Meter vor ihnen über die Fahrbahn sprang. Er war so schnell verschwunden, wie er aufgetaucht war, wie ein Hirngespinst aus Dales wirrem Verstand, eine Vision, ein düsteres Vorzeichen, nur dass das verdammte Ding ein paar Minuten zu spät dran war und das ganze Unheil längst passiert war. Dale hatte nicht die leiseste Idee, was er jetzt tun sollte.

4

IRGENDWANN WÜRDE BOGGS sich an diesen Herbst als die Zeit erinnern, in der die Bäume fielen. Die Zeitungen würden ausführlich über das Phänomen berichten, irgendwas über den außergewöhnlich trockenen Frühling und wie der Sommer das Wurzelwerk der prächtigen Weißeichen, der Amber-Bäume und Shumards absterben ließ, bis sie spröde wie Streichhölzer waren. Und dazu die heftigen Regenfälle und Böen der späten Sommerstürme, die plötzlichen Starkwinde, die auch mit Herbstbeginn nicht aufhörten, als missachteten sie in ihrer Raserei den Kalender und fegten über die Appalachen von Georgia mit einer Intensität hinweg, die man sonst nur von Tornados kannte. Tornados, die zum Glück nicht Atlanta erreichten, doch der Wind und die plötzlichen Niederschläge, kombiniert mit den trockenen Wurzeln, von denen viele so alt waren, dass ihre Zeit unabhängig von meteorologischen Abweichungen ohnehin gekommen war, ließen die Bäume umfallen.

Eines Nachts kippte eine Roteiche, die im 18. Jahrhundert angepflanzt worden war, was sie vermutlich älter als die Nation selbst machte, der Länge nach auf die Auburn Avenue, zerschmetterte die beiden oberen Stockwerke eines Backsteingebäudes und machte damit auch die, zum Glück unbemannten, Büros von zwei Buchhaltern und einem Anwalt platt. Dann war da der Magnolienbaum, der einen riesigen Ast verlor. Der Rest des Baums blieb intakt, doch der eine dicke Ast krachte auf den Eisenzaun der betagten Camilla Drummond, Witwe eines der ersten Negro-Bankers in Atlanta. Die Wucht des Aufpralls warf diverse Kerzen im Haus um, die sie immer noch elektrischem Licht vorzog, was einen Brand verursachte, den die zu spät gekommenen weißen Feuerwehrleute nicht mehr löschen konnten. Sie entkam rechtzeitig, starb jedoch eine Woche später an einem Herzinfarkt, als hätte sie eingesehen, dass der Sensenmann sie im Visier hatte, und keine Lust, sich ihm zu widersetzen. Einen Monat später zerquetschte ein Hickory-Baum acht, glücklicherweise leere, Autos auf der Houston Street.

Es kam so weit, dass Boggs, wenn er auf Streife in seinem Revier rund um die Auburn Avenue war – laut einer Illustrierten die reichste Negro-Straße der Welt, was von lautstarken Lokalpatrioten gerne stolz wiederholt wurde –, bei einem zu lauten Geräusch zunächst annahm, dass irgendwo ein Baum umgefallen war.

Doch was er jetzt hörte, klang völlig anders und deutlich schmerzhafter. Der gellende Schrei einer Frau bohrte sich wie eine Pfeilspitze in ihn. Jedes Mal, wenn sie Luft holte, war es, als zöge man die Spitze samt den Widerhaken heraus, und der Schmerz war noch schlimmer, denn er wusste, der Schrei würde wiederkommen. Und das tat er, lauter als zuvor.

Boggs und Smith tauschten einen Moment lang Blicke aus, während sie horchten, dann rannten sie auf das Gebäude zu, aus dem die Schreie kamen. Smith hämmerte an die Tür und fing an »Polizei!« zu schreien, bevor sie ohne Widerstand aufschwang und er ins Haus eilte, Boggs knapp hinter ihm.

Der Flur war eng und schwach beleuchtet, Wasserflecken an den Wänden. Drei Türen führten zu unterschiedlichen Appartements, man hatte das alte Haus in mehrere Wohnungen aufgeteilt. Ein Mädchen kam barfuß die Treppe aus dem ersten Stock herunter. Weit aufgerissene Augen. Vielleicht sieben Jahre alt, Zöpfe und ein langes Kleid. Irgendwo über ihnen schrie immer noch die Frau.

»Wer schreit da?«, fragte Smith.

Die Stimme des Mädchens war so sanft, dass er sie kaum verstand. »Die sagen, dass jemand tot ist.«

Zwei rechte Hände griffen nach Pistolenhalftern. »Wo?«

Das Mädchen deutete die Treppe hinauf. Sie rannten an ihr vorbei, Boggs befahl ihr, unten zu bleiben.

Die Stufen führten zu einem schmalen Absatz, der Anfang von dem, was einst ein Flur gewesen war, bevor jemand eine Mauer eingezogen hatte. Jetzt führten drei weitere Türen zu drei weiteren Wohnungen.

Die Schreiende benutzte jetzt Wörter. »OH MEIN GOTT OH MEIN GOTT OH MEIN GOTT!«

Sie zogen ihre Waffen und öffneten die Tür, die sie für die richtige hielten. Sie war nicht abgeschlossen. Sie eilten durch eine aufgeräumte kleine Küche, der alte Holzboden unter ihnen knarzte. An einer Wand hingen Buntstiftzeichnungen eines Kindes. Dann einen kurzen Gang hinunter in ein schmales Schlafzimmer, zwei Betten in eine Ecke gezwängt, auf dem einen ein Junge. Auf dem anderen ein Knäuel unter einer Decke. Eine Leiche?

Smith betrat das Zimmer und richtete seine Waffe auf das Knäuel, ihr unbarmherziger Blick sollte den Jungen auf dem anderen Bett verschonen. Boggs schätzte den Jungen vielleicht auf drei, er rührte sich selbst dann nicht, als zwei bewaffnete Männer sein Zimmer betraten.

Boggs zog an der Bettdecke. Das Knäuel war ein kleines Mädchen, etwa von derselben Größe wie der Junge, vielleicht seine Zwillingsschwester, zusammengerollt wie ein Embryo, rote Augen und tränenüberströmte Wangen. Sie zitterte, schien sie doch ansonsten nicht zu bemerken.

Smith richtete seine Waffe nach oben zur Decke. Die Schreie wurden lauter, sie kamen aus dem Nebenzimmer. Es gab keinen Schrank und auch sonst nichts, wo sich jemand in dem kleinen Zimmer hätte verstecken können, also ließen sie die Kinder allein, betraten vom Flur aus ein anderes kleines Schlafzimmer, und da auf dem Boden kniete die schreiende Frau. Ihr Haar hatte sie zu einem Knoten zusammengebunden, doch einzelne, zerzauste Strähnen hatten sich gelöst, sie hatte mit den Fingern daran gezogen, und da war Blut auf den Schultern ihres Kleids, es stammte von ihren Händen, in denen sie jemand hielt, der jetzt kein Jemand mehr war, nur noch ein Körper mit blutverschmiertem Gesicht. Die Wand, an dem das Bett stand, und eins der Kissen waren dunkelrot, so dunkel ein Rot sein kann, bevor es schwarz wird.

Sie hielt inne, um erneut Luft zu holen, und drehte sich dann zu ihnen um. Beim Anblick der Waffen zog sie ihre Hände von dem Körper zurück, doch dann ergriff sie ihn erneut, als sie realisierte, dass er auf den Boden gefallen wäre, hätte sie ihn ganz losgelassen. Also hielt sie ihn auf eine merkwürdig unentschlossene Weise, einerseits bereit, der Polizei ihre Handflächen zu zeigen, andererseits voller Angst, den Mann je wieder loszulassen.

Boggs trat vor, suchte das Bett nach einer Waffe ab. Hatte sie ihn aus Versehen erschossen, hatte es einen Kampf gegeben? So etwas passierte. Hatte er sich selbst getötet, und lag die Waffe noch in der Nähe, sodass die Frau sie nehmen und weiß Gott was damit anstellen konnte in ihrem Zustand? Er sah keine.

Später würde er diesen Moment noch mal Revue passieren lassen und feststellen, dass es nicht nach Kordit gerochen hatte, aber schon jetzt fiel ihm das ordentliche Zimmer auf, nichts schien auf eine Auseinandersetzung hinzudeuten. Später würde noch genug Zeit bleiben, um nach Hinweisen zu suchen und einen Tathergang zu rekonstruieren.

»Ma'am, sind Sie verletzt?«, fragte er und steckte seine Pistole zurück in das Holster. »Wurden Sie getroffen?« Er deutete auf ihre blutige Schulter.

Jetzt war ihre Stimme nur noch ein kleiner, gebrochener und ungläubiger Schrei, mit denselben Worten wie zuvor, doch unendlich schwächer: »Oh mein Gott ...«

Smith verließ das Zimmer, um die restliche Wohnung noch einmal zu überprüfen und sicherzugehen, dass kein Angreifer irgendwo lauerte, dass keine Waffe herumlag, keine Kinder verletzt waren. Damit fiel Boggs die mühsame und fast unmögliche Aufgabe zu, die Frau zurück auf die Erde zu holen, ihre Seele wieder einzufangen, sie dazu zu bringen, ruhig zu atmen, um Himmels willen nicht mehr so zu schreien und ihm zu erklären, was passiert war, ob sie überhaupt etwas davon gesehen hatte, ihr zu sagen, wie sehr sie ihren Verlust bedauerten.

Noch mehr bedauerten als sonst.

Boggs Blick fiel auf die Fotografie auf ihrer Kommode: ein Porträt des Paares. Die Frau trug ein grünes Kleid mit Rüschen an den Schultern, der Mann einen schlichten Anzug und eine breite Krawatte. Die Augen des Mannes kamen ihm bekannt vor – bekannt, aber doch anders, denn auf dem Foto lachte der Mann. Boggs konnte sich nicht erinnern, ihn schon mal lachen gesehen zu haben. Wer war er? Es dauerte einen Moment, doch dann erinnerte er sich an die Gasse, den Schwarzgebrannten und das Marihuana, und sogar an den Präsidenten-Namen auf dem Ausweis: Woodrow W. Forrester. Es handelte sich um den Kerl, der sich so große Sorgen darum gemacht hatte, seine Familie nicht ernähren zu können, und der ihnen von der Alkohol- und Marihuana-Lieferung erzählt hatte und darauf bestand, dass er so was normalerweise nicht tat, sondern nur einem Freund helfen musste. Und da lag er jetzt, tot, keine 24 Stunden später.

★

Nachdem ein Negro-Arzt Mrs Forrester ein leichtes Beruhigungsmittel verabreicht hatte, befragten sie sie zu ihrem Ehemann, den sie als guten Vater, liebenden Gatten und treuen Kirchgänger in der Wheat Street Baptist Church bezeichnete, eben jener Kirche, hinter der sie ihn festgenommen hatten.

»Hat er getrunken?«, fragte Smith. Bei Gesprächen mit Frauen über-ließ ihm Boggs in der Regel das Feld. Die Ladies schienen ihn zu lieben.

»Nie. Hat das Zeug nie angerührt. So einer ist er nicht.«

Trotz des Leugnens schien sie nicht *die Rüstung* zu tragen. *Die Rüstung* nannte Boggs die Fassade, hinter der die Familien der Opfer sich normalerweise versteckten, wenn sie sich selbst oder das Andenken ihrer Lieben schützen wollten. Wer *die Rüstung* trug, hatte nicht selten etwas zu verbergen. Trotz des ursprünglichen Schocks eines Mords saß *die Rüstung* einwandfrei, sobald sie die Versuche der Beamten abwehren mussten, mehr über den oder die Verstorbene heraus-zufinden. Sie trugen Die Rüstung, um zu verhindern, dass die Cops herausfanden, dass der fürsorgliche Ehemann eigentlich ein Aufreißer war, dessen Lotterleben ihm Ärger mit anderen Ehemännern in der Nachbarschaft beschert hatte. Oder dass der charmante junge Sohn gerne in Wohnungen einbrach oder die trauernde Witwe in Wirklich-keit selbst eine gerissene Buchmacherin war. Und doch trugen *die Rüstung* auch Unschuldige, die nichts schützen wollten außer ihrer Ehre. Solche, die zutiefst empört über diese Angestellten der korrup-ten Stadt Atlanta waren, diese bezahlten Handlanger der Jim-Crow-Gesetze, und sich daher weigerten mitzuspielen. Wenn Boggs auf *die Rüstung* traf, wenn seine Fragen von den stählernen Blicken ab-prallten, ermahnte er sich, nicht ihre Träger zu hassen, sondern da-ran zu denken, dass sie womöglich unschuldig und verletzt waren, und *die Rüstung* zum bloßen Schutz diente. Dennoch hasste er sie jedes Mal aufs Neue.

Es war verblüffend, wie wenig Rüstung Mrs Forrester trug. Sie fand es überflüssig, ihren Ehemann vor Fragen zu schützen, die ihr lächer-lich vorkamen.

»Wissen Sie, wo er letzte Nacht war?«, fragte Smith.

»Beim Bowling. Mit seinem besten Freund Lou Crimmons. Sie spielen im Verein, unten bei Al's Lanes.«

Sie fragten sich beide, ob dieser Lou Crimmons wohl der notorische Dealer war, für den er angeblich eingesprungen war.

»Geht Ihr Ehemann oft zum Bowlen?«, fragte Smith.

»Oh ja, zweimal die Woche. Hält ihn geistig fit, sagt er. Macht mir nichts aus – ist besser als andere Dinge, die ein Mann nachts im Schilde führen kann.«

Sie verließen ihr Appartement mit kaum mehr als einer Liste seiner Freunde und Bekannten. Sie hatte keine Ahnung, warum jemand ihrem Ehemann hätte wehtun, geschweige denn in seine Wohnung laufen und ihn erschießen wollen. Gott sei Dank waren die Kinder nicht da gewesen, als es passierte.

Als Boggs und Smith ins Freie traten, zündeten sie sich eine Zigarette an, um zu verarbeiten, gerade eine frischgebackene Witwe ausgefragt zu haben.

Der Negro, der bei der Schießerei von letzter Nacht durch eine verirrte Kugel beim Schmierestehen ums Leben gekommen war, stellte sich als Wilbur Hayes heraus. Er hatte bereits in den Dreißigerjahren wegen Alkoholschmuggel im Gefängnis gesessen, aber auch kürzlich mehrmals wegen Körperverletzung. Und der weiße Mann, den Boggs bewusstlos geschlagen hatte, war Hank Loring, der in Reynoldstown lebte, südlich der Gleise, nicht weit von Sweet Auburn. Beim heutigen Appell hatte McInnis sie darüber informiert, dass Loring bereits Kaution hinterlegt hatte. Das kam ihnen ziemlich überstürzt vor. McInnis hatte ihnen versichert, dass die Sitte dem Fall nachging und sowohl Lorings als auch Hayes' Geschäftspartner verhörte, um mehr über den Deal herauszufinden, aber Boggs und Smith kauften ihm das nicht ab. Nach dem, was sie gehört hatten, interessierten sich die weißen Polizisten eher für Boggs' Anmaßung – das Gerücht, dass Boggs einen Weißen k.o. geschlagen hatte, machte die Runde im Departement. Dass jemand systematisch Drogen in die Negro-Gemeinde lieferte, spielte dabei eine untergeordnete Rolle.

An der Ecke trafen Boggs und Smith auf Champ Jennings und Dewey Edmunds, die sich in der Nachbarschaft umgehört hatten. Angeblich hatte niemand verdächtige Personen beim Betreten oder Verlassen des Forrester-Hauses gesehen. Noch nicht einmal Schüsse wollte man gehört haben.

»Der Schütze hat ein Kissen benutzt«, ließ Boggs sie wissen. »Da war eins im Schlafzimmer mit einem Loch und Brandspuren.«

»Also war's jemand, der ihn gut genug kannte, um ihm so nahe zu kommen«, sagte Champ.

»Oder er hat ihn zuerst bewusstlos geschlagen. Mir ist keine Schramme aufgefallen, aber das wird die Autopsie zeigen.«

»Die alte Frau in 2B auf der anderen Straßenseite«, sagte Dewey, »hat behauptet, sie hätte nichts gesehen, aber es kam mir komisch vor, wie sie es gesagt hat. Schien ziemlich verängstigt.«

»Verheimlicht sie was?«, fragte Smith.

»Sie hatte eine Menge Kreuze an den Wänden hängen«, sagte Dewey, »also hab ich was gesagt, von wegen Jesus will, dass wir uns zur Wahrheit bekennen. Sie hat weiter behauptet, dass sie uns nicht helfen kann, aber sie hat vorher gründlich drüber nachgedacht.«

Champ rollte mit den Augen. »Er hat einen Bibelvers erfunden, und sie hat ihn dabei ertappt.«

»Verdammt, ich bin kein Predigersohn wie Boggs«, stieß Dewey hervor. »Ich hab das Wort Gottes eben umschrieben, ja? Umschrieben.«

»In der Bibel gibt es keinen ›Brief an die Sizilianer‹«, sagte Champ. »Und wenn du *mich* mal hättest reden lassen, hätte ich es aus ihr herausbekommen. Die älteren Damen lieben mich.«

»Ich will keinen Ton mehr darüber hören, was du mit älteren Damen machst.«

Boggs versuchte sie zu ignorieren, schaute zu dem Appartementhaus hoch, von dem die Rede war. Er sah einen schmalen Lichtschein in einem der Fenster im ersten Stock, doch kaum hatte er ihn bemerkt, verschwand er auch wieder, die Vorhänge wurden zugezogen.

»Sie wirkt auf jeden Fall ängstlich«, sagte Boggs.

»Warten wir ab, wie sie heute Nacht schläft«, sagte Dewey. »Soll das schlechte Gewissen sich erstmal in ihr festsetzen, dann reden wir noch mal mit ihr.«

»Lass *mich* noch mal mit ihr reden«, sagte Champ.

»Na gut«, sagte Dewey. »Bring deine Bibel und ein paar Liebestränke mit. Massier ihr ordentlich die Schultern, während du sie befragst. Vielleicht auch die entzündeten Fußballen.«

»Da ist noch was«, sagte Smith. Er klärte Champ und Dewey über die Verbindung zwischen Forrester und der Lieferung letzte Nacht auf.

Dewey pfiff. »Also hat ihn jemand aus dem Verkehr gezogen, weil er geplaudert hat.«

»Und ich kann euch sagen«, fügte Champ hinzu, »als die weißen Cops gestern aufgetaucht sind, haben sie mich und Dewey ganz schnell von den Kisten weggescheucht. Als ob sie nicht wollten, dass wir uns genauer anschauen, was da drin war.«

Vielleicht fühlten sich die Weißen von der Anwesenheit der schwarzen Cops provoziert. Oder sie kassierten Schutzgeld von den Schmugglern und waren sauer, dass die Negros sich eingemischt hatten. Einer der weißen Beamten hatte Smith sogar wegen Mordes an Hayes festnehmen wollen und erst von ihm abgelassen, als sich McInnis vor seinen Beamten gestellt hatte. Bis die Autopsie beendet war und sie wussten, mit welchem Kaliber Hayes getötet worden war, würden die weißen Cops Smith die Schuld geben.

»Wenn ihr mich fragt«, sagte Dewey, »ist die alte Schachtel gut beraten, die Klappe zu halten.«

5

AM SELBEN ABEND, an seinem freien Abend, saß Rake am Küchentisch und machte sich Sorgen um seinen Schwager. Dale hatte angerufen und ihn um ein dringendes Gespräch unter vier Augen gebeten, während Cassie duschte, nachdem sie die Kinder ins Bett gebracht hatte.

Rake befürchtete, dass Dales dringender Gesprächsbedarf auf einen von drei Gründen zurückzuführen war: Er wollte sich Geld leihen, er musste etwas beichten, er wollte Rake zu etwas anstiften, für das man später beichten musste.

Rake liebte seine Schwester Sue Ellen von ganzem Herzen, und es tat ihm weh, dass sie mit jemand wie Dale zusammen war, dem Sinnbild ihrer gesenkten Ansprüche, was Männer anging. Gerade schlau genug, um sich immer wieder aus den Schlamasseln zu retten, die er sich selbst einbrockte. Gerade bemüht genug, um sich in der Fabrik durchzumogeln und sich die Zeit bis zum nächsten Gehaltsscheck zu vertreiben, von dem er einen Großteil in den Bars versoff. Gerade loyal genug, um Sue Ellen nicht zu betrügen, zumindest soweit Rake wusste. Was zugleich gut und schlecht war, denn sollte er sie je betrügen, dann würde Rake den Verstand aus ihm herausprügeln, und das würde ihm Spaß machen, und vielleicht würde es sie dazu bringen, ihn zu verlassen, und das wäre fantastisch.

Doch dann wären die beiden Kleinen ohne Vater. Also blieb Rakes realistischste Hoffnung für Dale, dass er gerade gut genug war, um Sue Ellen nicht allzu unglücklich zu machen und Rake mit seinen idiotischen Vorhaben nicht zu sehr in den Wahnsinn zu treiben.

Rake erhob sich von dem Tisch, als er hörte, wie Dales Reifen draußen die Zweige in der Einfahrt zerkleinerten. Er blickte zum Fenster hinaus und bemerkte, wie seltsam sein Schwager lief. Die Hände tief in die Taschen seiner Jeans vergraben, die Schultern hochgezogen, als sei es viel kälter, als es tatsächlich war.

Ein flüchtiger Händedruck, gefolgt von einem kurzen Geplänkel über das Wohlbefinden der Kinder.

»Also, äh, du fragst dich vielleicht, worüber ich mit dir reden wollte«, sagte Dale, während er auf der Couch Platz nahm. Rake antwortete nicht, setzte sich gegenüber von Dale auf einen der Stühle und wartete ab. Seit er die Dienstmarke trug, hatte er gelernt, wie wichtig es war, den Worten von Verdächtigen und Zeugen Platz zu schaffen, den sie mit Fakten, Vermutungen, Hinweisen und Geständnissen füllen konnten.

»Schau, du weißt, dass ich niemand bin, der gern um Hilfe oder sowas bittet.« Dale sah ihn nicht an. Er stützte die Ellenbogen auf den Knien, die Anspannung stauchte ihn zusammen. »Aber ich hab mich da in was reingeritten und, äh, mir geht's gut, aber einer von uns ist da nicht ganz heil rausgekommen. Also ganz und gar nicht heil.«

Er fing an, an einem unsichtbaren Schuldgefühl in der Nähe seiner rechten Augenbraue zu kratzen, bis ihn Rake mit einem besonnenen »Warum erzählst du mir nicht, was passiert ist« aus seiner Starre riss.

Dale berichtete von den hässlichen Umständen seines »nächtlichen Ritts« nach Coventry. Je mehr Dale erzählte, desto wärmer wurde es Rake, da war Schweiß an seinem unteren Rücken, obwohl ein frischer Herbstwind durchs offene Fenster wehte.

»Merkwürdig ist nur«, sagte Dale, »ich hab in der Zeitung nachgeschaut, aber da steht nicht viel. Die *Constitution* hat ein paar Zeilen über einen Einheimischen, der oben in Coventry erschossen wurde, aber das war's. Sie haben Irons Namen erwähnt, aber sonst nichts, nicht das Kluxer-Gewand, das er anhatte.«

Rake schäumte innerlich. Er hörte nur *Kluxer-Gewand, Schüsse* und *Toter.* »Herrgott noch mal! Was hast du dir ...?« Er schüttelte den Kopf. »Warum zur Hölle erzählst du mir das?«

»Der Mann, der mir den Auftrag gegeben hat, Whitehouse, der ist spurlos verschwunden. Ich hatte zwar nie seine Nummer, aber hab's bei der Vermittlung probiert, wollte ihn finden, doch es ist, als gäbe es ihn gar nicht. Meinem Kumpel Mott geht's gut, seine Schulter hat's nicht allzu schlimm erwischt. Er hat dem Krankenhaus erzählt, er hätte nach einem Drink seine Waffe gereinigt, und sie sei losgegangen. Mein Rücklicht wurde kaputtgeschossen, und mein Kotflügel ist eingebeult, aber ich hab beides schon wieder reparieren lassen.«

»Dale. Dein Kotflügel ist mir scheißegal. Du hast gerade einem Polizisten gestanden, dass du an einem Mord beteiligt warst.«

»Aber *ich* hab ihn nicht ermordet, es war die Lady, die–«

»Und du bist nicht zur örtlichen Polizei gegangen, hast niemanden was erzählt, bist einfach abgehauen?«

»Was hätte ich denn sonst machen sollen?«

Rake ließ ein paar Sekunden verstreichen, jede gefüllt mit einer unendlichen Menge an Optionen, die Dale hätte wählen können. »Du trugst die ganze Zeit eine Kapuze und eine Robe?«

»Na ja, nein ... Die Kapuze fiel irgendwann runter. Ich bin um mein Leben gerannt, also musste ich sie zurücklassen.«

»Herrgott. Hast du deinen Namen oder deine Initialen eingestickt, irgendwas umgenäht?«

»'türlich nicht«, sagte Dale höhnisch und wagte es tatsächlich, sich über Rakes Unkenntnis der Ku-Klux-Gewänder lustig zu machen.

»Bist du dir da sicher? Keine Abzeichen fürs Schuhezubinden oder das Verprügeln älterer Negro-Damen?«

»*Nein.* Und ich mag's auch nicht, wie du über–«

»Hast du eine Ahnung, in was für einer Scheiße du steckst?« Rake musste sich Mühe geben, nicht zu laut zu werden und die Kinder aufzuwecken. »Jemand könnte dein Nummernschild gesehen haben. War es ein Feldweg? Wenn ja, hast du Reifenspuren hinterlassen. Du hast Patronenhülsen hinterlassen. Wer wusste noch, wo du hinfährst?«

»Nur wir drei. Ich, Mott und Irons. Ich hab's niemandem gesagt.« Sein schriller Ton ließ das Gegenteil vermuten.

»Das sind wirklich alle? Bist du sicher?«

»*Ja*, das sind alle.«

Rake fuhr sich mit den Fingern durch die Haare, die leider immer dünner wurden, und das vor seinem dreißigsten Geburtstag. Bei dem Job und der Verwandtschaft war er in ein paar Jahren kahl.

»Gottverdammt. Du dämlicher Idiot.«

Er war stinksauer, nicht nur auf Dale, sondern auch auf sich. Darauf, dass er Dale nicht längst ein bisschen Verstand eingeprügelt hatte, damit es gar nicht erst zu so etwas kam. Die beste Gelegenheit war vor zwei Jahren gewesen, als Dale nach einem gemeinsamen Dinner versucht hatte, ihn dafür zu gewinnen, »etwas« gegen eine Negro-Familie zu unternehmen, die in seine Nachbarschaft gezogen war. Dale hatte bereits sein drittes oder achtes Bier intus und dieses »etwas« war nicht ausführlich besprochen worden, hauptsächlich deshalb, weil Rake ausgewichen war, versucht hatte, das Gespräch schnellstmöglich und dennoch elegant zu beenden, ohne seinen Schwager vor den Kopf zu stoßen. Es war eine verdammte Herausforderung, einen guten Draht zur Verwandtschaft aufrechtzuerhalten, wenn einer solche Dinge vorschlug. Ein paar Wochen nach der Unterhaltung hatte jemand das Haus der Negros in Brand gesteckt, doch die Brandstifter waren Teenager ohne Verbindung zu Dale. Glücklicherweise waren die Hausbesitzer in jener Nacht nicht zu Hause. Bald darauf verkauften sie das Grundstück und zogen woandershin.

Zwei Jahre später hatten die Negros erneut die Grenze zwischen Beacon Street und Hanford Park überschritten – die Geschichte wiederholte sich also. Doch vielleicht hielt sie diesmal eine überraschende Wendung parat.

»Denny, hör zu.« Dale war jetzt aufgestanden, vielleicht wollte er als der Ältere von beiden eine gewisse Autorität ausstrahlen. »Ich versteh ja, dass du sauer bist, und deshalb nehm ich's dir auch nicht besonders übel, wie du mit mir redest, aber–«

»Setz dich wieder hin.«

»Nein. Ich lass mich nicht belehren und von oben herab behandeln.«

»Dale, wenn du auf meiner Höhe bist, bin ich in noch viel größerer Versuchung, dir eine zu verpassen. Also, zu deiner eigenen Sicherheit, setz dich verdammt noch mal hin.«

Dale schaute Rake für ein paar angespannte Sekunden in die Augen. Der Stolz, den er geschluckt hatte, um hierherzukommen, hatte sich Bahn brechen wollen, doch jetzt erkannte er den Sinn in Rakes Ratschlag. Er sank aufs Sofa.

»Was zur Hölle hattest du da überhaupt zu suchen?«, fragte Rake.

»Ich hab dir doch gesagt, ich *dachte,* ich helfe ihrem Klavern, damit sie meinem helfen. Mein Gott, Denny, du kannst doch nicht so blind sein: Wir haben drei farbige Familien mitten in unserer Nachbarschaft, und ich hab gehört, es wollen noch mehr herziehen. Die Kluxer müssen eingreifen, so wie früher, doch die meisten haben Schiss wegen dem, was vor ein paar Jahren passiert ist.«

Vor ein paar Jahren hatte die Polizei des Bundesstaats sich an der strafrechtlichen Verfolgung etlicher hochrangiger Klan-Mitglieder beteiligt. Ausschlaggebend dafür waren einige schwere Übergriffe, die Schlagzeilen gemacht hatten (vor allem der Angriff auf weiße Gewerkschaftler hatte die Bevölkerung erzürnt). Die alte brutale Schule schien nicht mehr gut bei denjenigen anzukommen, die selbstbewusst vom *Neuen Süden* sprachen, und der Gesetzgeber des Bundesstaats hatte sogar ein Vermummungsverbot angeordnet, dass die einst so gängigen

Klan-Kundgebungen verhindern sollte. Die meisten Ortsgruppen trauten sich derzeit nicht, auf die Barrikaden zu gehen, aus Angst vor Spionen und weiteren Verurteilungen.

Und doch erfreute sich der Klan Rakes Wissen nach bester Gesundheit, wenn auch im Verborgenen. Seit er seinen Eid geschworen hatte, hatte er mitbekommen, dass eine erschreckend hohe Anzahl von Atlantas Freunden und Helfern weiße Kutten trug. Manche traten wegen der Familientradition bei, manche, weil sie dachten, es sei notwendig, um bei der Polizei befördert zu werden. Und viele traten bei, weil es ihnen einen Freibrief für Aktivitäten verschaffte, die im Dienst mittlerweile verpönt waren. Wenn die Gesetze zu wenig Spielraum boten, konnte ein Cop eine Uniform gegen die andere tauschen. Der reformwütige Gouverneur, der die Zerschlagung damals angeordnet hatte, hatte sich nur eine Amtszeit lang gehalten, der Wind hatte sich erneut gedreht.

»Entweder verkriecht sich Whitehouse, weil die Dinge so schiefgelaufen sind und er nicht die Verantwortung dafür übernehmen will«, sagte Dale, »oder er ist nicht derjenige, für den er sich ausgibt. Ich hab die Vermittlung nach seiner Nummer gefragt, aber in ganz Coventry und einem Dutzend Städten, in denen ich's probiert habe, gibt es keinen Whitehouse.«

»Ist das typisch für den Klan, dass er falsche Namen benutzt?«

»Normalerweise nicht.«

»Also, du und ein paar Kumpel seid einfach rausgefahren, um einen völlig Fremden, den ihr noch nie im Leben gesehen habt, zu verprügeln, einen Weißen noch dazu. Und zwar im Auftrag eines Mannes, den ihr auch noch nie im Leben gesehen habt, der euch höchstwahrscheinlich darüber angelogen hat, wer er selbst ist.«

»Ist mir schon klar, wie komisch das nachträglich klingt.«

Rake konnte die Polizei in Coventry anrufen und herausfinden, was sie wussten, den Bericht lesen und erfahren, ob die Frau angeklagt wurde oder die Schießerei als Notwehr durchging. Lag der Typ, den sie verprügelt hatten, irgendwo im Krankenhaus? Die Tatsache, dass nirgendwo Dales zurückgelassene Klan-Kapuze erwähnt wurde, war nicht überraschend, und doch brachte sie Rake ins Grübeln. Hatte der zuständige Officer am Tatort sie versteckt, nachdem er sie gefunden hatte, um den Ruf des Klans zu wahren? Wenn ja, wollte er den Klan einfach aus den Zeitungen heraushalten, oder hatte auch die örtliche Polizei ihre Finger im Spiel?

»Erzähl mir mehr über Mott und Irons. Ich will ihre Telefonnummern, Berufe, Adressen, Familie, Kirchen.« Er griff nach Stift und Block. »Sind irgendwelche Beamte bei dir vorbeigekommen, um die Geschichte deines Kumpels aus dem Krankenhaus zu überprüfen?«

»Nein. Er hat den Ärzten nur gesagt, dass seine Waffe versehentlich losgegangen ist.«

»Und du bist sicher, dass der Typ, den ihr verprügelt habt, nicht tot ist?«

»Na ja, nein, aber ich bin die Zeitungen durchgegangen. Kann schließlich nicht im Krankenhaus anrufen und fragen. Und noch mal, fürs Protokoll, ich hab dem kein Haar gekrümmt. Das war alles Irons.«

»Oh, na klar, du standst nur da und hast ihn mit deiner Waffe angestachelt. Wo wir gerade dabei sind, werd' das Ding los. Für immer. Du hast Patronenhülsen auf dem Boden hinterlassen und vermutlich ein paar Kugeln in der Flanke des Gebäudes.«

Rake erkundigte sich nach Whitehouse, wie er aussah, was für einen Wagen er fuhr, was sie besprochen hatten, auffällige Redewendungen, irgendwas, das weiterhalf. Dale hatte nichts. Oder fast nichts: »Na ja, er hatte wahnsinnig viele Nasenhaare.«

Rake starrte ihn an. »Er hatte viele Nasenhaare. Großartig, Dale. Ich rufe eine Fahndung nach einem Mann mit vielen Nasenhaaren aus. Wie haarig war sein Rücken?«

»Ich will nur helfen.«

Rake befragte ihn zu Irons, dann atmete er hörbar aus. Er konnte das enorme Ausmaß des Problems, das man ihm gerade übertragen hatte, kaum fassen.

»Ich weiß, dass ich Scheiße gebaut habe, Denny.« Dales Stimme war schwach und dünn, kurz vorm Versagen. »Ich kann mir kaum die Hypothek für unser Haus leisten, ich hab keinen GI-Kredit bekommen, so wie du, und als die mich dann letztes Jahr auch nicht zum Vorarbeiter ernannt haben … Wir kommen gerade so über die Runden. Ich kann nicht zulassen, dass dieses Viertel zu Darktown wird.«

Rake wartete, bis Dale sich wieder gefangen hatte. »Sprich mit absolut niemand über diese Unterhaltung.« Obwohl er Dale kaum zutraute, ein Geheimnis für sich zu bewahren. »Noch nicht einmal Sue Ellen. Falls dich irgendjemand auf die Nacht anspricht, egal ob dein Kumpel Mott oder ein Verwandter des Toten, oder schlimmstenfalls ein anderer Cop, sagst du mir sofort Bescheid.«

»Mach ich. Absolut.«

»Jesus! Ich kann nicht glauben, dass ich einem Haufen Kluxer helfen muss.«

»Wir bevorzugen ›Klansmänner‹.«

»Ich bevorzuge ›gottverdammte Idioten‹.«

Diesmal schluckte Dale die Beleidigung still hinunter.

»Hör zu, womit auch immer du Sue Ellen erpresst hast, dass sie dich heiratet – es war das Schlauste, was du je getan hast. Denn sonst würde ich deinen Arsch jetzt sofort ins Gefängnis verfrachten. Mindestens wegen Körperverletzung, als Bonus noch Beihilfe zum Mord. Doch das will ich meinen Neffen nicht zumuten, geschweige denn meiner Schwester. Also werde ich *versuchen*, dir da rauszuhelfen. Doch wenn du auch nur ansatzweise wieder irgendeinen Schwachsinn unternimmst, wenn du auch nur mit dem Gedanken spielst, dich mit den neuen Negros in Hanford Park anzulegen, dann *werden* Brooks und Dale jr. ohne dich aufwachsen, so oder so. Kapiert?«

Dale stand auf und ging zur Tür. »Tritt ruhig zu, Denny. Ein Mann liegt auf dem Boden, direkt vor dir. Tritt einfach weiter nach Belieben auf ihn ein. Genieß es.«

»Ich *genieße* es nicht, meinen Job aufs Spiel zu setzen, um dir zu helfen. Ich will, dass du dich in der Zwischenzeit zusammenreißt.«

»Ja, ja, Sue Ellen sucht mich vermutlich schon, ich geh dann mal wieder.« Ohne auch nur Danke zu sagen, schloss Dale vorsichtig die Tür hinter sich.

6

DINNER MIT LUCIUS' Familie hatte Julie immer schon als anstrengende Angelegenheit empfunden.

Der Boggs-Patriarch lebte in einem geräumigen Bungalow mit angebautem erstem Stock, nur ein paar Blocks die Auburn Avenue runter von der Irwin Street Baptist Church entfernt, die er angeblich quasi aus dem Nichts zu dem gemacht hatte, was sie heute war: eine der größten Kirchengemeinden Atlantas. Das Haus kam ihr immer schon vollkommen vor, oder zumindest vollkommen unerschwinglich: die auf Hochglanz gewienerten Fußböden, die Kunst an den Wänden, die Möbel, nie reparaturbedürftig oder mit Laken verdeckt. Die gänzliche Abwesenheit von Problemen, von jener Art von Mängeln, die sie in ihrem Leben zu tolerieren gelernt hatte. Als Dienstmädchen hatte Julie in solchen Häusern gearbeitet, aber bewirtet wurde sie nie darin, schon gar nicht in einem, das Schwarzen gehörte.

Die Familie besaß sogar ihr eigenes Dienstmädchen, eine schweigsame ältere Dame namens Roberta, die das Saubermachen und meistens auch das Kochen für Mrs Boggs übernahm. Julie hatte noch nicht einmal gewusst, dass so was möglich war, sondern angenommen, es gäbe ein Gesetz dagegen. Robertas ausdrucksloses Gesicht, wenn sie der Familie das Abendessen servierte, war Julie nur allzu vertraut, und sie wünschte, sie könnte ihr gegenüber ihr Mitgefühl ausdrücken, durch ein verstecktes Zwinkern oder Zeichen, doch bei ihrem bisher einzigen Augenkontakt hatte Julie nur einen eisigen Blick empfangen, der ihre Zunge am Gaumen festkleben ließ.

Bei ihrem ersten Abendessen hier, einem erstaunlich förmlichen Sonntagsdinner vor einem Jahr, hatte Reverend Boggs sie gefragt, ob sie seine vorangegangene Predigt verstanden hatte oder ob es schwer für jemand war, der nicht nach der Bibel erzogen worden war, mit all dem Aberglauben und den afrikanischen Ritualen, die es an der Küste von Georgia gab, wo sie herstammte.

»Ich habe sie sehr genossen, Sir«, hatte sie geantwortet. »Meine Familie ist nach Atlanta gezogen, als ich sechs war, ich erinnere mich also kaum an die Zeit.«

»Ich bin dennoch sicher, dass sie genug davon mitgebracht haben«, hatte er daraufhin gesagt. »Voodoo-Puppen, Schlangen und was weiß ich nicht alles.«

»Die sind eigentlich bemerkenswert modern«, hatte Lucius sich eingemischt. »Sie besitzen sogar eine Innentoilette.«

Julie wusste, dass Lucius es als Spitze gegen die herablassende Haltung seines Vaters gemeint hatte, doch der Reverend fasste es bereitwillig als Spitze auf ihre Familie auf und lachte über ihre vermeintliche Rückständigkeit, während die anderen alle ein gequältes Lächeln aufsetzten.

Sie war sich ihrer dunklen Hautfarbe mehr als bewusst, im Vergleich zum hellen Ton von Lucius' Mutter und seiner Schwägerin. Ohne Zweifel betonten sie diese noch durch eine Art bleichende Hautcreme und Lotionen, die sich Julie nicht leisten konnte. Sie war nicht die dunkelhäutigste Person in ihrem Bekanntenkreis, aber es war verdammt knapp.

Das Gespräch an jenem ersten Nachmittag war ein einziges verbales Minenfeld gewesen, über das Lucius' Eltern sie trieben, in der Hoffnung, etwas zum Explodieren zu bringen. *Zu schade, dass Ihr bezauberndes Kind heute nicht kommen konnte, wir hätten ihn so gerne kennengelernt. Ist Ihr Vater noch auf der Suche nach Arbeit, oder hat er jetzt was Festes? Sagen Sie uns, wenn er ein paar Tipps braucht, wir könn-*

ten da vielleicht was in die Wege leiten. Sogar ihre Gefallen trieften vor Scheinheiligkeit. Sie hatten sich den Spaß erlaubt, sich bei Lucius nach seinen Ex-Freundinnen zu erkundigen, so als ob sie gar nicht anwesend sei. Nach Mädchen mit Namen wie Leila, Marion oder *Geneviève*. Diese aufgeblasenen Ziernamen sollten Julie daran erinnern, dass der privilegierte Boggs-Sprössling ein begehrter Junggeselle war, der sich die Frauen aussuchen konnte. Die Eltern schienen zu glauben – oder redeten sich in ihrer Verzweiflung ein –, dass Julie nur eine gute Freundin war, eine, die er wie ein barmherziger Samariter tolerierte, sich um sie und ihren vierjährigen Sohn kümmerte, bis er entschied, dass seine gute Tat vollbracht war und er weiterziehen konnte und eine *Geneviève* heiraten. Deshalb war Julie dankbar für die Art, mit der er ihre Fragen parierte *(keine Ahnung, hab sie nicht getroffen, bin mir echt nicht sicher)*.

Sie hatte jede einzelne Minute dieses ersten Dinners gehasst und wollte sich gar nicht vorstellen, wie das erste Gespräch zwischen Vater und Sohn gelaufen war, über dieses gefallene Weib, das er in ihr heiliges Haus bringen wollte.

Mit der Zeit wurden die Dinner etwas erträglicher, dennoch ahnte sie, dass ihr das Schlimmste heute Abend noch bevorstand. Sie konnte sich nur zu gut vorstellen, wie der Reverend und seine Frau auf die große Neuigkeit reagieren würden.

★

Ein Jahr nach diesem ersten Besuch saß sie wieder in dem makellosen Esszimmer, das so viele wichtige Negro-Geschäftsleute und Akademiker beherbergt hatte und sogar den ein oder anderen Weißen, dessen Namen sie nicht kannte (Reverend Boggs ließ Namen fallen wie ungestüme Essenskrümel, verunreinigte den Boden mit ihnen, während er speiste). Sage, ihr Vierjähriger, saß in einem Stuhl gegenüber Lucius' Neffe und Nichte, als gehörte auch er an diesen Tisch. Und das tat er auch, oder würde er zumindest, sobald Lucius den Nerv hatte, es ihnen zu sagen.

Julie war in Gedanken versunken, dachte nervös darüber nach, wann und wie Lucius es ihnen erzählen würde. Doch mangelnde Aufmerksamkeit war gefährlich bei diesen Leuten, denn jederzeit konnte sich die Unterhaltung blitzschnell in eine andere Richtung drehen. Sie schienen sich über die Verwandtschaft von Lucius' Partner Tommy Smith zu unterhalten; seine Schwester und sein Schwager hatten neulich erst ein Haus in einem weißen Viertel gekauft.

»Es ist riskant«, sagte Reginald.

»Willst du damit sagen, sie haben einen Fehler gemacht?«, fragte Reverend Boggs.

»Nicht unbedingt. Aber in einem weißen Viertel kaufen … man weiß doch, was passieren kann.«

»Nicht dieses Mal. Ich glaube, die weiße Gemeinde hat Verständnis.« Es gab kaum Wohnungen für Negros, nach all den Jahren, in denen Farmpächter ihre Hacken weggelegt und auf der Suche nach einem besseren Leben vom Land in die Stadt gezogen waren.

»Hat sie das?« Reginald schien ein Lachen zu unterdrücken. »Hat sie sich in den letzten beiden Jahren, seit Calvins Haus niedergebrannt ist, so sehr verändert?«

»Ich bete, dass dem so ist.«

»Na ja, wenn du schon um Hilfe von oben bitten musst, ist es wohl doch ein Risiko.« Lucius' älterer Bruder war leitender Angestellter bei der Atlanta Life Insurance, eine der landesweit größten Firmen in Negro-Besitz. Lucius hatte nach dem Krieg kurz dort gearbeitet, wie er Julie erzählt hatte, doch er war kein Zahlendreher, ihm hatte die Arbeit nicht gelegen. »Wir würden denen noch nicht mal eine Feuerversicherung anbieten, wenn sie danach fragen. Sie sind auf sich allein gestellt.«

»Wie läuft's denn in der Arbeit, Reginald?«, fragte Boggs.

»Gut. Haben gerade ein starkes Quartal abgeschlossen. Immer mehr Leute scheinen Arbeit zu finden. Nicht ganz so gut wie während des Kriegs, aber besser als zuletzt.«

»Tja, dann bin ich ja beruhigt, dass sich zurzeit wenigstens manche Schatullen füllen«, merkte Mrs Boggs trocken an.

Lucius schluckte den Köder und fragte: »Wie laufen die Herbstspenden, Vater?«

»Sie laufen«, antwortete der Reverend. »Ich hoffe immer noch, so viel einzunehmen, dass wir die Grundfläche der Kirche erweitern können, aber wir müssen abwarten, was der Herr für uns bereithält.«

Obwohl Sweet Auburn immer noch das kulturelle und kommerzielle Zentrum des schwarzen Atlantas war, galt es bei gutbetuchten Negros in jüngster Zeit als schick, an die West Side, auf die andere Seite von Downtown, nahe dem Morehouse College und den anderen Universitäten, zu ziehen. Was die Irwin Street Baptist Church offensichtlich zu spüren bekam.

»Die Wheat Street hat gerade erst einen weiteren Flügel angebaut«, sagte Mrs Boggs. »Und jetzt installieren sie in der gesamten Kirche eine Klimaanlage.«

»Ich muss an meinem eigenen Esstisch nichts über die Wheat Street hören, vielen Dank«, blaffte der Reverend. »Können wir bitte das Thema wechseln?«

Lucius verfügte in der Regel über ein sehr feines Taktgefühl, doch Julie war aufgefallen, dass diese Kunst in Gegenwart seines Vaters zu versagen schien. Denn genau als der alte Mann am mürrischsten war, sagte Lucius: »Da gibt es etwas, das wir euch heute Abend mitteilen wollten.«

Seine Nervosität sprach zweifellos Bände, doch das *wir* verriet ihn endgültig. Sie sah die Blicke in ihren Augen und bemerkte, wie der Reverend sich in seinen Stuhl zurücklehnte, als hoffte er, einem kommenden Hieb auszuweichen. Sie ertrug nur eine begrenzte Anzahl dieser zwanghaft höflichen Gesichtsausdrücke, bevor sie ihren Blick nach unten auf den Tisch richtete. Lucius nahm ihre Hand in seine und stand auf, also tat Julie es auch, wodurch sie sich noch verwundbarer fühlte. Ohne weitere Vorrede sagte er: »Gestern habe ich Julie gefragt, ob sie meine Frau werden will, und ich freue mich zu verkünden, dass sie zugestimmt hat.«

Sie lächelte gequält, versuchte ihr Lächeln auch während des Schweigens, das folgte, aufrechtzuerhalten, ein Schweigen, das unmöglich so lang gedauert haben konnte, wie es ihr vorkam.

»Gratulation! Das ist wunderbar.« Die erlösende Stimme gehörte William, Gott segne ihn. Er war erst zwanzig, der jüngste der Boggs-Söhne, und ihm war das tiefe Missfallen in den Augen seines Vaters wohl entgangen – entweder weil er so durch und durch anständig war, oder aber es lag an seiner jugendlichen Naivität.

Reginald stand auf, lächelte jetzt und umarmte Lucius. Dann gab er seiner zukünftigen Schwägerin einen Kuss auf die Wange. »Gratulation.« Reginalds Frau Florence kam gleich nach ihm und drückte Julie besonders fest. Dann erklärte sie ihren verwirrten Kindern die Situation: »Der kleine Sage wird jetzt euer Cousin.« Das älteste Kind, ein Junge, nickte langsam, versuchte sich das zusammenzureimen.

Mrs Boggs verteilte keine Umarmungen, sie hatte den Moment gewählt, um in die Küche zu gehen und mit Roberta den Nachtisch zu besprechen.

Der Reverend räusperte sich, wandte sich William zu und wollte wissen, wie seine Kurse im Morehouse College liefen. Lucius hielt erneut Julies Hand, und sie spürte den Schweiß auf seiner Handfläche, während sie dastanden und dem jüngsten Boggs zuhörten, der sich nicht wohl dabei fühlte, ihnen das Rampenlicht zu stehlen, sich jedoch auch nicht seinem Vater widersetzen wollte. William fing an, von seinen Seminaren in öffentlicher Rede und Theologie zu berichten, und schließlich setzten sich Julie und Lucius wieder.

*

Später saßen Julie und Florence zusammen im Wohnzimmer, während das Älteste der Boggs-Enkelkinder seine Kenntnisse aus dem Klavierunterricht vorführte, die sich eher in Grenzen hielten.

»Er ist sehr talentiert«, urteilte Julie großzügig, während das Kind eine Reihe von Noten spielte, die nie dazu gedacht waren aufeinanderzufolgen. Florences zwei jüngere Kinder und Sage schauten mit beinahe angsterfüllten Mienen zu, als wäre das Klavier ein Folterinstrument und sie als Nächstes fällig.

»Danke. Wir haben ihn mit vier anfangen lassen.« War das ein Seitenhieb gegen Sage, der im selben Alter war und noch nie zuvor eine Taste berührt hatte?

»Es sind tolle Kinder«, sagte Julie.

»Ich mach mir trotzdem Sorgen. Kannst du das glauben, dass die die Schulen auf drei Stunden verkürzt haben? Das ist doch verrückt.« Wegen Überfüllung und fehlenden Mitteln wandten die wenigen Negro-Schulen Atlantas jetzt ein Rotationsprinzip an, bei dem die Kinder nur drei Stunden in der Klasse verbrachten, bevor die nächste Gruppe kam. »Wie sollen die denn was lernen? Ich musste meine eigene Stelle als Lehrerin aufgeben, weil ich alle drei Stunden ein Kind hinbringen und das andere abholen muss. Die NAACP[*] hat Klage eingereicht, damit unsere Schulen gleichwertig finanziert werden, aber viel Hoffnung hab ich nicht.«

»Es ist eine Schande.« Über Politik redete Julie nicht gerne, es gab zu viele Akteure und Abkürzungen, die sie nicht kannte, und die Allianzen der Boggs-Familie waren ihr nicht immer ganz klar.

---

[*] National Association for the Advancement of Colored People

Dann rückte Florence auf dem Sofa ein bisschen näher und sagte mit leiser Stimme: »Meine Liebe, mich haben die am Anfang auch nicht viel besser behandelt. Am Ende kriegst du sie klein.«

Julie lächelte, erstaunt darüber, wie sehr sie das gebraucht hatte.

»Der Reverend und Felicia sind sehr stolz, das ist alles«, vertraute ihr Florence an. »Manchmal sind die, die besonders stolz darauf sind, wie weit sie es gebracht haben, die Ersten, die anderen den Aufstieg nicht gönnen.«

★

Auf der Veranda rauchten Lucius und Reginald Zigarren in der trockenen Herbstluft. Genau wie Reginalds Vorliebe für Bourbon war auch das Rauchen ihrem frommen Vater ein Gräuel, doch Reginald schien sich in seinem Ungehorsam zu sonnen.

Der polizeiliche Kodex verbot es Lucius, Alkohol anzurühren, und so hatte seine Lust am Tabak nur noch zugenommen, seit er seinen Eid abgelegt hatte.

»Irgendein Laster braucht der Mann, oder?« Reginald lächelte. »Und da du jetzt offiziell auf Frauen verzichtest, steigst du wohl auf die feinen Zigarren um.«

»Nicht bei meinem Gehalt.«

»Wie läuft die Arbeit?«

Lucius war immer unsicher, wie er sie gegenüber seinen Freunden und Verwandten beschreiben sollte. Zum einen galt er als Held, als einer der ersten Negro-Polizisten der Stadt. Sie waren Vorbilder, Autoritäten, ein Jackie Robinson mit Schusswaffe. Auf der anderen Seite, wurden sie von weißen Polizisten verhöhnt, beleidigt und manchmal sogar fast umgebracht; sie lachten, während sie mit ihren Streifenwagen auf Negro-Cops zurasten, die sie die Straße überqueren sahen. Von den Leuten, die sie verhafteten, wurden sie kaum besser behandelt. Niemand, den man wegen Drogenbesitz, Körperverletzung oder

Diebstahl festnahm, unterbrach seine Schimpftirade, um zwischendurch den Polizisten für diesen wichtigen Schritt in Sachen schwarzer Bürgerrechte zu loben.

»Geht so«, sagte Lucius. »Hatten gerade einen kleinen Zwischenfall mit ein paar Schnapsschmugglern. Die weißen Cops waren nicht begeistert, wie wir das geregelt haben.«

Kurz vor dem Abendessen, hatte er einen Anruf von Smith erhalten: Lou Crimmons, laut Woodrow Forresters Witwe dessen bester Freund, war heute getötet worden. Nur wenige Stunden nach dem Mord an Forrester. Augenzeugen berichteten, dass dreimal auf Crimmons geschossen wurde, während er gegen halb ein Uhr Mittag die Hilliard Street entlanglief. Zeugen wollten gesehen haben, wie ein Mann mit einem ins Gesicht gezogenen Hut und einem Tuch über dem Mund angehalten und Crimmons erschossen hatte, dann aus dem Wagen gesprungen war und etwas aus dem Mantel des Toten genommen hatte, bevor er davonfuhr. Wie so oft waren sich die Zeugen beim Rest uneinig: beim Wagen (ein schwarzer Ford oder ein dunkelblauer Buick, geschlossenes Cabrio?), dem Aussehen des Schützen (dicke Brille oder gar keine, braune Lederjacke oder grauer Mantel?), dem Hut (brauner Fedora? Schwarzer Derby?) und der Hautfarbe (dunkel- oder mittelbraun?). Ach, und was war mit dem Nummernschild? Hatte sich leider niemand gemerkt.

Boggs und Smith waren sich jetzt fast sicher, dass Crimmons der Mann war, von dem Forrester gesprochen hatte, der Kumpel, der normalerweise den Schnaps und die Joints verkaufte, aber krank geworden war und Forrester gebeten hatte, ihn zu vertreten. Dann wird Forrester von Boggs und Smith erwischt, und im Austausch gegen seine Freiheit erzählt er ihnen von einer bevorstehenden Lieferung, in die sie eine halbe Stunde später hineinplatzen, und am nächsten Tag wird Forrester ermordet. Einen Tag später dann auch der Mann, für den er eingesprungen ist.

»Wir hätten Crimmons verhören sollen«, hatte Smith zu Boggs gesagt. »Das hätten wir nicht den weißen Cops überlassen sollen.«

In Wahrheit hatten sie da kein Mitspracherecht. Ihre Schicht ging nur von sechs Uhr abends bis zwei Uhr morgens, sie waren diejenigen, die Leichen oder Einbruchsspuren fanden, ihre Berichte verfassten und ausstempelten. McInnis hätte ihnen nie erlaubt, Freunde und Bekannte von Mordopfern zu verhören, das war ein Job für die weißen Detectives. Egal wie gut Boggs und Smith ihren Job erledigten, sie fühlten sich von den weißen Beamten sabotiert, die einen unschuldigen Negro, den sie nicht leiden konnten, verhaften durften, Gewalt gegen Zeugen anwenden und einer weißen Jury falsche Beweise vorlegen.

Drei Leichen in drei Tagen war eine besonders miese Bilanz, aber auch nichts Neues. Boggs war schon Zeuge so einiger Blutbäder gewesen, wo der Schnaps geflossen und der Frust überhandgenommen hatte. Er hatte beengte Wohnungen aufgesucht, nachdem Ehemänner, Brüder oder alte Freunde endlich wahrgemacht, was sie schon lange angekündigt hatten, bevor sie die Waffe gegen sich selbst richteten, weil sie nicht in einer Welt leben wollten, wo man diese Grenzen so ohne Weiteres überschreiten konnte. Affären waren so beendet worden, alte Rechnungen beglichen, Familienfehden eskaliert. Wenn die Leute sonst nichts mehr hatten, war ihr Stolz umso mehr wert und musste um jeden Preis verteidigt werden. Und der Preis war hoch.

Am Anfang seines Jobs hatte Boggs sich als Hoffnungsträger seines Volkes gesehen, doch jetzt fühlte er sich manchmal eher wie der Sargträger. Dennoch machte er weiter und versuchte, Gottes Werk zu vollbringen oder das, was er dafür hielt, trotz seiner anhaltenden Zweifel.

*

Immerhin enthielt Smiths Anruf auch eine gute Nachricht: Laut McInnis war die Kugel, die Wilbur Hayes, den schwarzen Schmuggler bei der Telefonfabrik, getötet hatte, Kaliber .30-30 und stammte vermutlich aus einem Winchester-Gewehr. Also war Smith offiziell aus dem Schneider. Allerdings nur offiziell. Inoffiziell warnte McInnis Smith, dass er davon ausgehen konnte, dass die meisten weißen Cops immer noch dachten, er hätte Hayes erschossen und irgendwo ein Gewehr versteckt. Er stünde unter Beobachtung.

Als ob er das nicht ohnehin tat.

⋆

Reverend Boggs wedelte angewidert den Rauch beiseite, als er sich zu ihnen auf die Veranda gesellte, gefolgt von William. »Ich hab euch gesagt, ihr sollt das hier lassen, Reginald.«

»Es ist ein besonderer Anlass.«

Es war Lucius unbegreiflich, wie Reginald sich aus dem Missfallen seines Vaters hinausschmeicheln konnte, während Lucius ständig um ein Mindestmaß an Anerkennung ringen musste. *Tja, Vater, ich bin es leid, um deine Gunst zu buhlen. Jetzt musst du zur Abwechslung mal etwas akzeptieren.*

Während Reginald William nach seinen Seminaren fragte, fand sich Lucius neben seinem Vater wieder. »Ich werde nicht lügen und behaupten, dass ich mit deiner Wahl zufrieden bin«, sagte der Reverend. »Ich war enttäuscht, dass du mir nicht auf die Kanzel nachgefolgt bist, aber letztendlich war es das Richtige, denn du hast dich ja auch nicht gerade für eine Priestergattin entschieden.«

Lucius beschloss, die Sticheleien seines Vaters lieber unkommentiert durchgehen zu lassen, als die Angelegenheit zu eskalieren. Er wollte nicht, dass man sich an den Abend der Bekanntgabe als ein Um-die-Wette-Brüllen erinnerte. »Ich bin sicher, dass William eine Frau findet, die deine Anerkennung eher verdient hat«, sagte er.

»Schau Lucius, es gibt Frauen zum Heiraten und andere Frauen. Siehst du nicht, zu welcher Sorte sie gehört? Du hattest deinen Spaß, aber jetzt muss es weitergehen.«

Es ging weiter für Lucius, und zwar von der Veranda ins Haus, wo er Julie innerlich kochend mitteilte, dass es Zeit war zu gehen.

★

»Zumindest hat er nicht damit gedroht, dich zu enterben«, sagte Julie ein paar Minuten später zu ihm. Sie waren noch zwei Blocks von ihrem Haus entfernt, und Sage schlief in seinen Armen, vergrub den Kopf in seiner Schulter.

»Siehst gut aus, wenn du ihn trägst«, lächelte Julie. »Es ist schön, dass er einen Daddy hat.«

»Bis wir bei deinem Haus sind, sehe ich vielleicht nicht mehr so gut aus. Zehn Blocks sind hart an der Grenze, selbst für einen strammen Kerl wie mich.«

Der Fußweg zu ihrem Haus verlief überwiegend in südlicher Richtung, auf die Gleise zu, und diese letzten paar Blocks waren der schlimmste Teil. Bei Tag waren sie nichts Besonderes: Shotgun-Häuser, baufällige Bungalows und zweistöckige Backsteingebäude, die man in mehr Wohnungen aufgeteilt hatte, als man für möglich hielt. Doch bei Nacht riefen die schwere Finsternis, die schwarzen Silhouetten dieser schiefen Gebäude, das aus dem Nichts zu kommen scheinende Flüstern und Lachen, ein ganz bestimmtes alarmierendes Gefühl in Lucius darüber hervor, dass seine Liebste hier wohnte. Er wünschte, er könnte die Verlobungsphase überspringen und sie nächste Woche heiraten, nicht nur, weil er sie unbedingt wollte, sondern weil der Gedanke, dass sie hier draußen wohnte, ihn durchgehend beschäftigte. Je mehr er sich in sie verliebte, desto bedrohlicher erschien ihm das Viertel. Es war nicht nur ein Ort, den er besuchte. Ein Teil von ihm selbst wohnte hier, und hier war es nicht sicher.

Sie kamen an drei Männern vorbei, die auf einer zerfallenen Veranda saßen. Da waren Münzstapel, und er konnte riechen, dass mindestens eine ihrer Zigaretten ein Joint war. Sie lachten, während sie spielten, achteten nicht auf die Familie, die an ihnen vorbeilief.

Lucius blieb stehen. Mit dem Kind auf der Schulter und ohne Uniform sah er kaum einschüchternd aus, doch er bemühte die tiefe Stimmlage eines Cops: »Machen Sie das drinnen, Gentlemen.« Er wartete nur kurz ab, dann ging er weiter. Er hörte Gemurmel hinter sich, doch es war zu leise, um etwas zu verstehen.

»Du musst das nicht tun«, sagte Julie.

»Doch, muss ich.« *Sie sind 24 Stunden am Tag Cop*, pflegte McInnis zu sagen.

Es gab einen Grund, warum Boggs der Mord an Forresters Kumpel Crimmons besonders beunruhigte. Der Ort der Schießerei lag nur zwei Blocks von Julies Haus entfernt, und es war mitten am helllichten Tag passiert. Er fragte sich, ob der kleine Sage die Schüsse gehört hatte.

Sie erreichten ihr Haus, einen beengten Bungalow, der von einer zu dünnen Wand durchtrennt wurde, sie teilten ihn mit einer anderen Familie. Er bot an, Sage nach drinnen zu tragen und in das winzige Bett zu legen, das neben ihrem stand, doch ihre Mutter sei um diese Zeit schon im Nachtgewand. Ihm war aufgefallen, dass sie ihn nie in ihr Haus lassen wollte.

»Mittagessen am Dienstag?«, fragte er, nachdem er Sage sanft in ihre Arme übergeben hatte, beeindruckt, wie mühelos sie ihn trug, trotz ihrer schmalen Statur. Das Mädchen war stärker, als sie aussah.

»Ich hoffe schon. Ich muss mal sehen.«

Da er sechs Nächte die Woche arbeitete und sie in einem anderen Stadtteil für weiße Leute putzte und servierte, war ihre kurze Mittagspause die einzige Gelegenheit, sich zu treffen, von seinem freien Tag abgesehen. Und selbst dann musste er sich von seinem Vater den

Wagen leihen, sie abholen und zu einem Imbiss in Sweet Auburn rasen. Die meiste Zeit verbrachten sie dann im Auto.

Er gab ihr einen Gute-Nacht-Kuss und wartete, bis sie die Tür geschlossen und verriegelt hatte.

Befreit von Sages achtzehn Kilo ließ er den rechten Arm kreisen und dehnte seinen Nacken zu beiden Seiten hin. Erneut hörte er die berauschten Glücksspieler lachen und spürte, wie sein Blutdruck stieg.

Nicht in diesem Viertel. Nicht mehr.

Entschlossen ging er auf sie zu. Er hielt an, als er auf der anderen Straßenseite an der Ecke eine einsame Gestalt wie einen Wachposten stehen sah.

Einsam in mehrfacher Hinsicht. Bartholomew Kressler gehörte zu den schrägeren Gestalten in Sweet Auburn, ein zirka 45-jähriger Wirrkopf, der darauf bestand, ein Weißer zu sein, dessen Seele im Körper eines Negros gefangen war. Soweit man wusste, war er arbeitslos, aber stets bestens angezogen, mit Zwicker und allem Drum und Dran, doch seine Kleidung musste ständig geflickt werden, nachdem er in Auseinandersetzungen mit anderen Negros geriet, die er allesamt beleidigte und fragte, für wen sie sich hielten, dass sie den Gehweg mit ihm teilten. *Habt ihr niedere Kreaturen keine Manieren?* Er war bereits zweimal verhaftet worden, weil er sich im Bus nach vorn gesetzt hatte und sich entgegen der Proteste des Fahrers nicht vom Fleck bewegt hatte und behauptete, weiß zu sein, und sein unsichtbares Weißsein gäbe ihm das Recht, seinen Hintern zu parken, wo auch immer es ihm beliebe. Lucius hatte ihn bereits zweimal wegen Trunkenheit in der Öffentlichkeit verhaftet.

Boggs überquerte die Straße. »Was führt Sie hierher, Bartholomew?«

»Für dich immer noch *Mr Kressler*, Junge.« Seine Sprache klang förmlich, wie die von Boggs' alten Professoren am Morehouse College. Heute trug er einen blau-weiß-karierten Blazer zur grauen Hose, die eine Reinigung vertragen konnte.

»Ganz ruhig. Ich bin nicht in der Stimmung.«

»Natürlich nicht. Denn du bist auf der Suche nach dem großen Nigger.«

»Wie bitte?«

»Dem größten von allen.« Er musterte Boggs einen Moment lang, dann ließ er die Schultern hängen und sah verärgert aus. »Ihr seid so eine einfältige Rasse. Muss ich es dir buchstabieren?«

»*Was* buchstabieren?«

»Thunder Malley. Du und dein Partner habt ihn gestern auf der Hilliard Street gesucht, aber konntet ihn nicht finden.«

Auf der Hilliard Street hatte Woodrow Forrester gelebt. »Sie waren da?«

»Ich war ... in der Gasse gegenüber, habe über Kants Theorie von Freiheit sinniert. Während ich dastand, habe ich euch und diese anderen zwei schwarzen Cops gesehen. Und cirka eine Stunde vor eurem Eintreffen habe ich noch etwas anderes gesehen. Gegen fünf, vielleicht halb sechs? Thunder Malley.«

»Was genau haben Sie gesehen?«

»Thunder ist in das Gebäude, mit seinem kleinen Helfer, der mit den rötlichen Haaren. Die sind rein und fünf Minuten später wieder rausgewieselt.«

Kein Wunder, dass die alte Frau auf der anderen Straßenseite nicht zugeben wollte, was sie gesehen hatte. Thunder Malley, ein Zwei-Meter-Riese, war ein Kredithai und betrieb einen Schutzgeldring. Das Revier an der Butler Street beobachtete ihn schon seit Jahren, doch es fehlte ihnen an konkreten Beweisen, da sich niemand traute, ihn zu denunzieren. Sie hatten nicht gedacht, dass er etwas mit illegalem Schnaps oder Drogen zu tun hatte, aber vielleicht erweiterte er ja gerade sein Portfolio.

»Mr Kressler, Sir, was haben Sie gehört?«

Bartholomew rümpfte die Nase. »Ich würde das lieber mit weißen Beamten besprechen.«

Boggs streckte seine rechte Hand aus, als zeige er eine Uhr. Mit der anderen ergriff er die von Bartholomew und hielt die beiden nebeneinander. Bartholomews Haut war dunkler. »Sie sehen das, richtig? Sie begreifen, wer Sie sind?«

»Was du meinst«, entgegnete ein wütender Bartholomew und zog sein Handgelenk zurück, »ist der Körper, in den ich seit diesem grausamen Experiment verbannt wurde. Was ich im *Innern* bin, zählt, und dafür erwarte ich die Hochachtung, die mir zusteht, Junge.«

Tief einatmen, ruinier das nicht, sagte sich Boggs. »Sir, ich kann es einrichten, dass Sie mit unserem weißen Sergeant sprechen, wenn Ihnen das mehr behagt.«

»Das täte es, aber wo? Auf ihrem *schwarzen* Revier?«

»Er könnte Sie dort treffen, wo Sie sich am wohlsten fühlen, Mr Kressler.«

Die Idee ist genauso verrückt wie der da, dachte Boggs. Diesen Irren konnten sie niemals in den Zeugenstand rufen, doch vielleicht lieferte er ihnen Informationen, die zu mehr Beweisen führten, oder einen Zeugen, der bei geistiger Gesundheit war.

»Ich schätze, eine Unterredung mit deinem Sergeant wäre eine kluge Idee«, sagte Bartholomew, nachdem er gründlich über die Angelegenheit nachgedacht hatte. »Ich kann auf jeden Fall mit dem armen Mann mitfühlen. Wir sind die beiden einzigen Weißen, die ihre gesamte Zeit in Darktown verbringen.«

7

NACH DALES ALARMIERENDEM Geständnis über seinen »nächtlichen Ritt«, hatte Rake einen Tag abgewartet, bevor er mit seiner Nachforschung begann. Er hätte gerne noch länger gewartet, darauf hoffend, dass seine Wut verfliegen und er die Dinge klarer sehen würde, doch so viel Zeit hatte er nicht. Denn die Wut würde vermutlich nie verfliegen. Dale war sein Problem und würde es auch weiterhin bleiben.

Also rief er in der Hoffnung, keinen schrecklichen Fehler zu begehen, im Büro des Sheriffs von Coventry an und gab sich als Cop aus Atlanta zu erkennen, der mehr Informationen über die Schießerei benötigte.

Er hatte schon bestätigt, was auch Dale herausgefunden hatte: dass es in der Gegend niemand namens James, Jimmy oder gar J. Whitehouse gab. Nicht in Atlanta, Coventry oder den umliegenden Landkreisen. Und auch in den Akten des Atlanta Police Departments war kein entsprechendes Pseudonym gelistet.

Ein Deputy aus Coventry verband ihn mit dem erstaunlich sanft klingenden Sheriff Marone.

»Einer meiner Kollegen war zufällig gestern dort oben und hat davon gehört«, log Rake, »und dann hatte ich gestern einen Betrunkenen in der Arrestzelle, der etwas von einer Schlägerei in einem Rasthaus gelallt hat. Hab mich gefragt, ob er vielleicht mehr drüber wusste.«

Er durfte sich nicht anmerken lassen, dass er keineswegs aus offiziellen Gründen anrief. Er hatte gestern Nacht tatsächlich einen Betrunken verhaftet, und der Mann hatte nichts dergleichen erwähnt, ihn als Köder zu benutzen, machte Rake jedoch nichts aus. Cops waren daran gewöhnt, falschen Spuren nachzugehen. Er gab Marone den Namen und die Adresse des Säufers, den sie bereits entlassen hatten.

»Interessant«, sagte Marone. »Ich nehme an, Sie wissen, dass der Mann, der getötet wurde, aus Atlanta stammt?«

»Ja, Sir. Walter Irons.« Rake hatte Irons Polizeiakte überprüft: drei Vorstrafen, zwei wegen Kneipenschlägereien und eine wegen eines tätlichen Angriffs auf eine Frau, vor den Augen eines Streifenpolizisten. Noch so ein Typ mit mehr Muskelmasse als Hirn, mehr Temperament als Kalkül, mehr Pech als Glück.

»Ich hab mich bereits mit den Detectives aus Atlanta über ihn unterhalten«, sagte Marone. »Da sind wir dran.«

»Was wissen Sie über den Mann, den Irons verprügelt hat?«

»Martin Letcher ist ein Bankier, arbeitet für die First Regional of Coventry. So wie auch schon sein Vater. Wir haben noch nicht rausgefunden, was ein Haufen Schläger aus Atlanta an einem abgelegenen Ort wie dem zu suchen hatte, aber das werden wir.«

Rake tippte mit einem Stift auf den Tisch und starrte durch das Küchenfenster auf ihren kleinen Garten. Zwei Rotkardinäle waren auf den unteren Ästen jener Eiche gelandet, deren Stamm Rake vor zwei Sommern in mühevoller Kleinarbeit von Efeu befreit hatte. Darunter spielte Denny jr. schwere Autounfälle mit seinen Spielzeug-Trucks nach. Das Haus gehörte ihnen jetzt fast seit fünf Jahren, kurz nachdem Rake aus dem Krieg heimgekehrt war.

»Sie glauben nicht, dass es nur eine aus dem Ruder gelaufene Kneipenschlägerei war?«

»So wirkte das nicht.« Marones Ton deutete ein Hintergrundwissen an, das er nicht preisgeben würde.

»Was können Sie mir über Letcher sagen?«

»Wurde halbtot geprügelt. Und die andere Hälfte fast noch mit dazu. Der Kerl auf ihm hat's mit bloßen Händen getan.«

»Ist er noch im Krankenhaus?«

»Schätze, da wird er auch noch ein paar Tage bleiben.«

»Ist er jemand, der sich einen Haufen Feinde macht?«

»Könnte mir vorstellen, dass die meisten Banker Feinde haben, doch deswegen werden sie ja noch lange nicht regelmäßig dermaßen verprügelt. Könnten Leute gewesen sein, die wütend waren, weil sie keinen Kredit bekommen haben, oder welche, die ihr Haus verloren haben. Oder Kommunisten, die Banker hassen, was weiß ich. Aber sein Vater, der schon in Rente ist, der genießt eine Menge Respekt. Seine Bank war eine der wenigen hier in der Gegend, die während der Wirtschaftskrise nicht geschlossen wurde.«

»Konnten Letcher oder die Barfrau die Angreifer beschreiben?«

»Nein, sie war zu weit weg, und alles, was er sah, bevor er ohnmächtig wurde, waren Fäuste.«

Also wollten die Coventry-Cops nicht zugeben, dass der Klan dahintersteckte. Noch nicht einmal gegenüber anderen Cops. Marone behielt die Information für sich, doch warum?

»Wie geht's der Barfrau?«

»Ach, die ist hart im Nehmen. War nicht der Erste, den sie auf diese Weise ausgeschaltet hat.«

»Wirklich? Aber der Erste, den sie getötet hat?«

»Machen Sie sich wegen ihr keinen Kopf. Oder überhaupt wegen dem hier. Ich weiß Ihren Anruf zu schätzen, Officer … Rakestraw.« Eine Pause, als ob er nach Rakes Name suchte, was bedeutete, dass er ihn aufgeschrieben hatte. *Mist.* »Aber ich schätze, wir kommen hier oben auch allein zurecht.«

*

Martin Letchers hübsche Augen waren so hellblau, dass sie förmlich glänzten, wie die sonnenbeschienene Wasseroberfläche der Karibik in einem Reisemagazin. Sicher hatten sich schon viele Frauen in diesen Augen verloren, vermutete Rake, doch in dem Moment waren sie nur ein kaum wahrnehmbares Funkeln in einem zerstört aussehenden Gesicht.

Die Veilchen waren noch nicht ganz verschwunden. Pflaster auf dem Nasenrücken, die Nase so angeschwollen, dass man kaum sagen konnte, wie erfolgreich die Ärzte sie wieder hatten zurechtrücken können. Verbände auf beiden Wangen und mindestens zwei fehlende Zähne.

»Tut mir leid, wenn ich Sie belästige, Sir, aber ich würde Ihnen gern ein paar Fragen stellen.«

Ein paar Stunden vor Schichtbeginn trug Rake weder seine Uniform noch seine Marke, in der Hoffnung, das Ganze so wenig offiziell wie möglich zu gestalten. Er hatte es ohne Probleme bis zu dem Zimmer geschafft und Letcher zum Glück allein angetroffen. Der kleine Raum fasste nur ein Bett und einen winzigen Tisch mit ärztlichen Instrumenten. Hochgebettet auf einem kleinen Berg aus Kissen las Letcher Zeitung. Seine rechte Hand war durch einen enormen Gips ersetzt worden, deshalb hielt er die Zeitung in der nahezu unverletzten linken Hand. Er war barfuß und hatte zwei der niedlichsten hornhautlosen Sohlen, die Rake je bei einem erwachsenen Mann gesehen hatte.

»Schießen Sie los. Wundert mich, dass ein Cop aus Atlanta sich dafür interessiert, aber je mehr Hilfe, desto besser. Ich will die Hurensöhne im Gefängnis sehen, oder tot.«

Es gab keine Sitzmöglichkeit für Rake, deshalb blieb er stehen, einen Moment lang fiel sein Blick aus dem Fenster auf den perfekten Herbsthimmel. Die Fahrt hierher war malerisch gewesen wie auf einer Postkarte, er hatte die ganze Zeit die Fenster unten gehabt.

»Soweit mir der Vorfall bekannt ist, Sir, konnten Sie ihre Angreifer nicht deutlich sehen?«

»Natürlich nicht, die trugen Kapuzen.«

Die Coventry Cops taten also alles dafür, die Verbindung zum Klan geheim zu halten, während das Opfer keine solche Absichten hegte.

»Haben Sie irgendeine Idee, warum der Klan es auf Sie abgesehen haben könnte?«

»Nein, Scheiße, nein. Ich stimme denen zu, zu hundert Prozent.«

»Schon mal selbst das Gewand getragen?«

Letcher schwieg. »Die meisten wissen, dass man das nicht fragt.«

Rake begriff, dass es einen Code unter den Kluxern geben musste, mit dem sie sich zu erkennen gaben. Er hatte sich gerade als Nichtmitglied enttarnt.

»Ich versuche nur herauszufinden, wer Ihnen das angetan hat, Sir, doch wenn Sie nicht an meiner Hilfe interessiert sind, dann kann ich auch gehen.«

»Okay, schauen Sie. Ich gebe mein Bestes, um den Schein aufrechtzuerhalten, verstehen Sie? Aber ich renn da draußen nicht die ganze Nacht wie ein Idiot verkleidet rum. Ich hab andere Dinge, denen ich abends meine Aufmerksamkeit widme, wenn Sie verstehen, was ich meine.« Er grinste, doch sein Scherz ging bei den fehlenden Zähnen fast unter. »Sie müssen wissen, dass ich viele Freunde im Coventry-Klavern habe.«

»Und haben diese Freunde schon etwas Licht ins Dunkle bringen können?«

»Nein, und gerade das ist verdammt merkwürdig. Als ob es sich um eine Art Splittergruppe handelt. Ich hab hochrangige Freunde, hören Sie? Meiner Bank gehört ein Viertel aller Hypotheken in dieser Stadt und woanders noch eine verdammte Menge mehr. Wir machen auch unten in Atlanta Geschäfte. Wenn der Klan also ein Problem mit mir hätte, dann wüsste ich das.«

Es war ein Risiko, hierherzukommen. Rakes Einschätzung nach würde Letcher Sheriff Marone erzählen, was sie alles besprochen hatten, und dann würde Marone sich fragen, warum dieser Cop aus Atlanta so unglaublich interessiert an der Schlägerei war. Die Polizei von Coventry würde Rake unter die Lupe nehmen und so auf Dale kommen.

»Entschuldigen Sie, wenn ich mich zu weit aus dem Fenster lehne, aber was wäre, wenn die mit ihrer Lebensweise nicht einverstanden waren? Die Frauen und der Alkohol, meine ich.«

»Dann würde ich sagen: Zur Hölle mit Ihnen. Wie gefällt Ihnen das?«

Rake lächelte. »Ich verurteile Sie nicht. Ich meine bloß, was wäre, wenn die Leute, die Ihnen das angetan haben, Ihnen eine Art Lektion erteilen wollten, weil sie der Meinung waren, so ein Kleinstadt-Bankier sollte nachts zu Hause bei seiner Frau sein?«

»Zuerst würde ich sagen, dass Sie verrückt sind. Dann würde ich sagen, wer zur Hölle hat behauptet, dass ich nachts nicht zu Hause bei meiner Frau bin? Und drittens – oder bei welcher gottverdammten Nummer wir auch sind –, wenn das der Grund ist, warum die es auf mich abgesehen hatten, warum zur Hölle haben sie es mir nicht gesagt? Die haben gar nichts gesagt. Kein Wort.« Rake war sich nicht sicher, ob Letcher immer so patzig und ungehalten war oder ob die Schmerzmittel das Steuer übernommen hatten. »Die haben einfach angefangen, die Scheiße aus mir rauszuprügeln, ohne jeden Grund. Seitdem fühle ich mich, als hätte ich den übelsten Kater der Welt.«

»Was ist mit eifersüchtigen Ehemännern?«

»Warum interessieren Sie sich so dafür, wen ich flachlege?«

Das Gefluche und Geprotze waren nicht das, was Rake bei einem Mann von Letchers Stand erwartet hatte. Irgendwie mochte er den Kerl.

»Ich wollte lediglich ein paar Gerüchte bestätigen, die mir zu Ohren gekommen sind.«

»Was für gottverdammte Gerüchte? Mit wem haben Sie geredet?«

»Sagt Ihnen der Name Jimmy Whitehouse was?«

»Nicht das Geringste. Und ich hab Ihre Fragen auch langsam satt.«

»Nur noch ein paar. Sie haben Geschäfte in Atlanta erwähnt. Welcher Art?«

»Bisschen von allem. Kredite für mittelständische Unternehmen, Immobilien, hab sogar Anteile an ein paar Fabriken dort unten.«

»Gehört da auch Sweetwater Mill zu?«

»Woher wissen Sie das?«

»Gut geraten.« Wer auch immer Dale ausgesandt hatte, um Letcher zu verprügeln, kannte sie beide. Wer auch immer die Fäden zog, wollte Letcher eine Lektion erteilen, und er wusste auch, dass Dale mit Eifer dabei sein würde, ohne sich lang bitten zu lassen. Rake hatte nach etwas gesucht, das die beiden Männer miteinander verband, und er hatte es gefunden. »Wie lange gehört sie Ihnen schon?«

»Die gehört mir nicht. Hab nur einen großen Anteil gekauft. Eine Investition. Ich hatte das Gefühl, dass sie nach dem Krieg unterschätzt wurde, die Textilindustrie wird ja kaum von der Bildfläche verschwinden. Die Leute werden nicht anfangen, nackt rumzulaufen, oder? Wir werden immer Kleidung brauchen, und Georgia ist verdammt gut darin, sie herzustellen, und das geht hier billiger als im Norden mit seinen Gewerkschaften.«

Klar, dachte Rake. *Und natürlich schadet es nicht, wenn der Klan Gewerkschaftsführer attackiert wie in den Dreißigern.* »Mussten Sie beim Kauf der Anteile feststellen, dass Sie sich damit Feinde machen?«

»Schauen Sie, Kumpel, ich schließe Verträge, keine Freundschaften. Das hab ich auch Sheriff Marone gesagt. Wenn er eine Liste mit allen Leuten will, die mir gerne einen Dämpfer verpassen würden, dann wäre das eine gottverdammt lange Liste, und die Hälfte aller Namen wär mir unbekannt. Es gibt Leute, von denen ich noch nie gehört habe, aber die mich abgrundtief hassen. Doch wer von denen hasst mich so sehr, dass er sich eine Robe anzieht und mich umbringen will? Scheiße, das ist noch mal eine ganz andere Frage, und noch kenne ich die Antwort nicht. Tun Sie mir einen Gefallen und kommen Sie wieder, wenn Sie draufgekommen sind, einverstanden?«

*

In Hanford Park schienen die Vögel heute besonders gesprächig zu sein, als Rake zurück war und mit Charles Dickens Gassi ging, dem Golden Retriever, den Cassie unbedingt wollte, nachdem sie das Haus gekauft hatten. Rake war nur wenig begeistert von der zusätzlichen Verantwortung gewesen, ihre beiden Kinder waren schon anstrengend genug, doch mittlerweile schätzte er die Gelegenheit für lange Spaziergänge. Er überlegte sich seine nächsten Schritte.

Er war erst seit ein paar Minuten draußen, als etwas seine Aufmerksamkeit erregte: Ein Flugblatt, das unter einem Stoppschild klebte. In Großbuchstaben standen die Wörter »Zone der Weißen Gemeinschaft« gedruckt. In der Mitte des Bildes schlug ein weißer Blitz ein, genau wie jene, die auf die Ärmel der SS-Soldaten gestickt waren, die er in Europa gesehen hatte. Er fluchte leise, sah sich um. Leere Rasenflächen und eine freie Straße. Er riss den Flyer vom Mast und stopfte ihn in die Hosentasche. »Das ist nicht gut, Charles Dickens.«

Die Columbianer waren wieder da.

8

KURZ VOR SIEBEN UHR abends warteten Boggs und Smith vor Kato's Gym, dem Ort, der die meisten von Atlantas großen Negro-Boxern der letzten zwanzig Jahre hervorgebracht hatte. Die Halle befand sich einen Block nördlich der Gleise, die parallel zur Decatur Street liefen, in der Nähe von Freudenhäusern und einigen der zwielichtigsten Bars.

Sich den Respekt ihrer Gemeinde zu verdienen war eine der wichtigsten Aufgaben, die Atlantas erste Negro-Polizisten sich auferlegt hatten. Und das gelang am besten, wenn sie unmissverständlich zeigten, wie viel sicherer sie die Viertel machten. Erst holten sie die Betrunkenen von der Straße, die Männer, die bei Sonnenaufgang anfingen zu saufen und gegen Mittag über die Straße torkelten oder auf Türschwellen wegsackten. Sie verscheuchten die Würfel-Spieler vom Gehweg, damit die kleinen Kinder ihnen auf dem Weg zur Schule nicht mehr ausweichen mussten. Dann waren die Gelegenheitsprostituierten, die Schnapsschmuggler, die Drogenhändler und die Diebe dran, die Glücksspieler und Schutzgelderpresser, die vor 1948 in Sweet Auburn und anderen Negro-Vierteln ungehindert hatten wuchern können. Sie hatten die schlimmsten Übeltäter aus dem Verkehr gezogen, hatten sie entweder auf frischer Tat ertappt oder einige mutige Zivilisten davon überzeugt, sie anzuzeigen. Doch den buchstäblich größten Fisch von allen hatten sie nie erwischt: Thunder Malley.

In den Arbeitslagern, die außerhalb der Werften und Fabriken Savannahs während des Kriegs aus dem Boden geschossen waren, hatte

Malley sich einen Namen als geschäftstüchtiger Händler mit illegalen Waren gemacht, so erzählte man sich. Er und eine kleine Gang hatten Tabak, Schnaps, Gras und Opium an die ausgelaugten Arbeiter verkauft, deren Leben aus langen Tagen in den Fabriken oder Docks bestand, gefolgt von kurzen Nächten in notdürftig zusammengezimmerten Baracken ohne Wasser und Heizung. Als der Krieg sich dem Ende zuneigte, nahm Malley, wie so viele, den Zug in Richtung verheißungsvolles Atlanta – angeblich wurde er wegen ein paar Morden gesucht, doch als Smith die Polizei von Savannah um mehr Informationen gebeten hatte, widersprach man dem. Mörder hin oder her, Malley und seine Geschäftspartner waren dafür berüchtigt, Geld von farbigen Kleinhändlern einzutreiben, sogenannte »Geschäftskosten«. Zudem verlieh Malley Geld zu horrenden Zinssätzen und mit furchteinflößenden Strafen im Säumnisfall. Alle hatten zu viel Angst vor ihm, um offiziell bei den Cops auszusagen.

Und genau deshalb war Bartholomews Augenzeugenbericht so verblüffend. Bei dem Gespräch mit Boggs und später McInnis hatte Bartholomew Malley perfekt beschrieben, bis hin zu seiner Kleidung und dem Nummernschild seines braunen Fords, von dem sich herausstellte, dass er auf einen von Malleys Cousins zugelassen war. Und doch teilte McInnis ihr Misstrauen gegenüber Bartholomew als Zeuge vor Gericht. Wenn sie Malley verhaften wollten, dann brauchten sie mehr.

Deshalb standen Boggs und Smith unter der unbeleuchteten Markise eines Pfandhauses, als ein Mann mit Ballonmütze und eng anliegendem Blazer in Hahnentrittmuster aus Kato's Gym kam. Seine Holzsohlen erklangen im Doppeltakt auf dem Gehweg.

Smith trat aus dem Schatten. »Hey, Champ.«

Spark Jones blieb stehen und rührte sich einen Moment lang nicht. Boggs konnte die Kraft des Mannes an seiner Haltung erahnen. Sogar im Ruhezustand schien er in der Lage, schweren Schaden anzurichten, innerhalb eines Zeitraums, den ein anderer Mann zum Blinzeln brauchte.

»Officer Smith. Was machen Sie hier so nah an meinem Arbeitsplatz?«

»Ich habe keine Ahnung, bei welchem Mädchen du gerade pennst«, sagte Smith.

»Nun, solche Entscheidungen treffe ich häufig spontan.«

Boggs beneidete seinen Partner um die Fähigkeit, Informanten aufzutun. Schon zu Beginn ihrer Partnerschaft waren ihm Smiths Straßenslang und sein Hang zu Schimpfwörtern aufgefallen. Er hatte Smiths Akte gelesen und gesehen, dass er zwei Jahre an der Atlanta University studiert hatte, während Boggs das Morehouse abgeschlossen hatte. Damals hatte Boggs angenommen, dass *er* in dieser Partnerschaft der Tonangebende sein würde, doch es hatte keinen Tag gedauert, bevor ihm klar wurde, dass Smith keiner war, der über sich bestimmen ließ. Bei einem förmlichen Anlass war wohl Boggs derjenige, der sich wohler fühlte – in der Kirche, im Haus eines Professors auf der West Side oder vor einer schwarzen Bürgerrechtsgruppe. Smith dagegen bewegte sich mühelos durch die Billardsalons, Casinos und schäbigen Wohnungen, in denen sie einen Großteil ihrer Zeit verbrachten. Dort schien Boggs' gewählte Ausdrucksweise deplatziert, und er ertappte sich dabei, wie er immer mehr den Sprachstil seines Partners nachahmte.

»Gehen wir ein bisschen spazieren, bis du dich wohlfühlst«, sagte Smith. Er führte Jones und Boggs in eine einen Block entfernt liegende Gasse. Dort angekommen sagte er: »Hab ein paar Fragen zum Thema Gras und Schnaps. Einweckgläser und Joints.«

»Ich nehm nichts von dem Gift. Mein Körper ist mir heilig.«

»Aber du hast Ohren, und du hörst Dinge in der Boxhalle. Ich weiß, dass ein paar von den Jungs ihre Klappe nicht halten können. Hast du eine Idee, wo wir Thunder Malley finden?«

114

»Im Ernst? Thunder Malley? Ich danke Gott, dass ich nichts über das Kommen und Gehen dieses Mannes weiß.«

»Wir wollen nur mit ihm reden«, sagte Smith. »Wir haben gehört, dass er oft hier trainiert, doch komischerweise hat ihn in letzter Zeit niemand gesehen.«

»Ich kann euch nur sagen, dass ich ihn seit, keine Ahnung, vielleicht drei Tagen nicht gesehen habe.«

»Hast du was drüber gehört, dass er von Schutzgeld auf Drogen umgestiegen ist?«

»Wollt ihr, dass man mich umlegt?«

»Dieses Gespräch hat nie stattgefunden«, versicherte ihm Smith. »Ich versuche nur das zu bestätigen, was ich eh schon gehört habe.«

Spark blickte demonstrativ nach links und rechts. Dann seufzte er. »Mann, das ist doch noch nicht mal ne Neuigkeit. Soweit ich weiß, macht er das schon eine Weile.«

»Kennst du einen kleinen Schmuggler namens Woodrow Forrester?«

»Warum?«

»Wurde erschossen. Zuerst er und am nächsten Tag ein Typ namens Lou Crimmons.«

Spark nickte. »Ja, die waren dicke.«

»Aus Malleys Crew?«

»Denk schon. Könnt's aber nicht beschwören.«

»Warum gehen in letzter Zeit so viele Dealer drauf?«, fragte Smith. »Kommt mir vor, als ob die Leute, die mit Gras und Schnaps handeln, immer brutaler werden.«

»Es gibt einen Revierkampf, und das Revier ändert sich wöchentlich.«

»Wie das?«, fragte Boggs.

»Als es noch feste Grenzen zwischen schwarzen und weißen Gegenden gab, kannte doch jeder sein Gebiet, richtig? Doch jetzt überschreiten Negros diese Linien für Häuser und Wohnungen, und das gilt auch für Schnaps und Gras. Früher war eine Gang nur für die Farbigen zuständig, doch jetzt sind die Schwarzen in ehemals weiße Viertel gezogen. Zu welchem Revier gehören sie jetzt? Ist ja nicht so, als würden die Jungs ganz oben Straßenkarten verteilen, die nach Hautfarben gekennzeichnet sind.«

»Der Schnaps kommt aus den Bergen«, sagte Boggs. »Und Gras mittlerweile auch, wie's aussieht. Das sind alles Weiße da oben. Wenn ein Negro hier damit Geschäfte machen will, müsste er die Hinterwäldler davon überzeugen, mit ihm zusammenzuarbeiten.«

»Die Hinterwäldler stören sich weniger an der Farbe als die meisten Weißen. Die einzige Farbe, die sie interessiert, ist grün. Die wollen ihre Ware anliefern, einen Batzen Geld kassieren und dann schnell wieder abhauen.«

»Du hast Revierkämpfe gesagt«, bemerkte Smith. »Wenn Malley auf der einen Seite steht, wer auf der anderen?«

»Sagt euch der Name Quentin Neale was? Die Leute nennen ihn Q.« Der Boxer hielt inne, blickte in ihre ratlosen Gesichter. Er beschrieb Neale als ziemlich hellhäutig und groß, schmaler Schnurrbart und weitaus kräftiger, als er aussah.

»Unheimlicher Kerl, neu in der Stadt, nachdem man ihn aus New Orleans vertrieben hat. Hab gehört, er hat sich mit Malley angelegt. Das wird alles noch viel schlimmer werden.«

»Warum das?«

»Es heißt, Malley wird von weißen Cops geschützt.« Das hatten sie vermutet, und dabei gehofft, dass es nicht stimmte. Es erklärte, warum der weiße Mann, den Boggs vorletzte Nacht bewusstlos geschlagen hatte, so schnell wieder freigelassen wurde. »Die bekommen ihren Anteil und lassen Malley in Ruhe. Das mag euch nicht schmecken, aber zumindest waren die Dinge im Gleichgewicht, wisst ihr. Doch jetzt verhaftet ihr Negro-Cops Kleindealer und Schnapsschmuggler und schadet Malleys Geschäft. Das und die verschobenen Grenzen bringen alles durcheinander, und jetzt hast du verschiedene Gruppen, die um Gebiete kämpfen und versuchen, ihre Jungs aus dem Gefängnis rauszuhalten. Mit der hochgegangenen Lieferung habt ihr die Dinge vorgestern Nacht völlig eskalieren lassen. Hat Malley schlecht aussehen lassen. Wette, deshalb bringt er seine eigenen Männer um, die bei euch auspacken – um zu zeigen, dass er immer noch der Boss ist und keinen Schiss vor euch hat.«

»Tja«, sagte Smith. »Du kannst es gerne überall ausposaunen: Wir schaden dem Geschäft.«

Jones lachte in sich hinein. »Einen Scheiß werde ich ausposaunen, das Gespräch hat ja nie stattgefunden. Wenn ihr es ernst meint und Malley erwischen wollt, dann kann ich nur sagen, dass ich euch nicht um euren Job beneide. Und jetzt wartet ein Mädchen auf mich. Nacht, die Herren.«

Damit spähte er um die Ecke, um noch mal sicherzugehen, dass ihn niemand beim Gespräch mit der Polizei gesehen hatte, und stolzierte die Straße hinunter.

9

NICHT LANGE NACHDEM Rake 1948 das erste Mal Streife gelaufen war, wurde er eingeladen, dem Klan beizutreten. Ein Briefumschlag war in seinem Spind hinterlassen worden – in seinem *abgeschlossenen* Spind – mit kryptischen Anweisungen, an welcher Kreuzung er sich zu welcher Uhrzeit einfinden sollte.

Rakes Meinungen zum Klan, zu der »Negro-Frage« und anderen artverwandten Themen hatte er einer der wichtigsten Figuren im Leben eines männlichen Südstaatlers zu verdanken: seiner Mama. Ingrid Rakestraw war als Kind mit ihrer Familie aus Deutschland nach Savannah ausgewandert, und schließlich, kurz nach Amerikas Eintritt in den Ersten Weltkrieg, waren sie nach Atlanta, der Hauptstadt von Georgia gezogen. Die Kriegspropaganda sprach vom deutschen Gegner als übermenschliche »Hunnen«, die es zu fürchten galt. Hunnen vergewaltigten Nonnen in Belgien und köpften französische Kinder. Sie waren von verbrecherischer Natur und dabei doch Feiglinge, die lieber Schiffe von einem unsichtbaren U-Boot aus versenkten, als einem Amerikaner auf dem offenen Schlachtfeld zu begegnen. Obwohl Ingrid lernte, wie man amerikanische Katzenpfoten statt deutscher Mohnschnecken backte, roten Samtkuchen statt Stollen servierte und die neuste amerikanische Mode trug, wenn ihre Eltern es sich gerade leisten konnten, wurde sie nie ihren starken Akzent los, konnte nicht ihren älteren Bruder verteidigen, wenn er wie so oft von den Nachbarsjungen dafür verprügelt wurde, dass er ein elender *Heinie* war, und konnte auch nicht die Ziegelsteine abwehren, die jemand in die Fenster ihrer Familie warf.

Jahre später brachte sie ihren Söhnen bei, andere niemals so zu behandeln. Wie die meisten Weißen kannten sie und Rakes Vater nur wenige Negros, doch die schlimmste Tracht Prügel, die Rakes älterer Bruder je vor seinen Augen von ihrem Vater verabreicht bekommen hatte, setzte es, als Curtis und zwei Freunde einen Negro-Jungen bedrängt und ausgeraubt hatten. In Rakes Elternhaus war das Wort »Nigger« verboten. Schon deshalb galten die Rakestraws als progressiv in der Rassenfrage, und es bedurfte einiges an Mut, sich der Gesamtgesinnung des Südens zu widersetzen. Er wusste, dass zum Beispiel auch Cassies Familie ganz anders dachte, doch zumindest in Atlanta waren sie nicht allein mit ihrer Meinung, dass Negros etwas Besseres verdient hatten.

Als schließlich die Einladung des Klans in seinem Spind auftauchte, ignorierte er sie.

Er hegte keinerlei Absichten, einer Gruppierung beizutreten, die sein Vater stets als Gesindel und Bande von Schlägern und Neandertalern bezeichnet hatte. Nachdem er die Einladung missachtet hatte, sprach ihn Parker darauf an; damals waren sie noch keine Partner, nur alte Freunde.

Parker hatte Rake zaghaft vorgeschlagen, seine Entscheidung bezüglich des Klans zu überdenken. »Vielleicht legst du deine edle Gesinnung ja mal einen Abend lang ab und spielst das Spiel mit. Der Job kann hart genug sein, ohne dass wir es uns selbst noch schwerer machen.«

»Mitspielen? Bei einem Haufen–?«

»Es ist nicht das, was du denkst. Es ist mehr wie die Elch-Loge, nur mit dämlicheren Uniformen. Ich bin beigetreten, aber es ist nicht so, dass ich schon ein paar Negros aufgemischt hätte, oder so was.«

»Da bin ich ja erleichtert.«

»Ich versuche dir zu helfen. Wenn eine Stelle als Detective frei wird und es auf zwei Cops mit gleichen Qualifikationen hinausläuft, aber nur einer davon beim Klan ist, wen meinst du, nehmen die dann?«

Davon hatte Rake schon gehört. Erst neulich hatte ein vieldiskutierter Artikel in der *Newsweek* sogar behauptet, dass ein Drittel von Atlantas Cops beim Klan waren.

»Das stimmt nicht«, behauptete er dennoch seinem Freund gegenüber.

»Oh, genau, weil du ja so perfekt und rein bist, dass du die Leute früher oder später auch so beeindrucken wirst.«

Rake dachte in der Tat, dass er irgendwann die richtigen Leute beeindrucken würde. Er dachte, dass er auch ohne einen Klan-Mitgliedsausweis befördert werden konnte. Doch wenn er Parker so reden hörte, als handele es sich dabei um Hirngespinste, fürchtete er, vielleicht einfach nur naiv zu sein.

Jetzt, zwei Jahre später, hatte er sich hochgearbeitet, zumindest im Vergleich zu seiner Anfangszeit, in der er Problemviertel patrouilliert hatte, mit einem korrupten Partner, der ihn mit in seinen Sumpf ziehen wollte. Er hatte einen wichtigen Fall gelöst, und obwohl das Departement das Ermittlungsergebnis aus politischen Gründen geheim gehalten hatte, hatte Rake in einem Raum mit dem Polizeichef gesessen und sich so im Schnellverfahren eine Beförderung verdient. Er fuhr jetzt in einer besseren Gegend Streife, und sein Partner war Parker, vielleicht nicht der ehrgeizigste Cop der Welt, aber ein verlässlicher Bursche, wenn es hart auf hart kam, und außerdem ein angenehmer Zeitgenosse.

Dennoch wusste Rake, dass er weit davon entfernt war, der beliebteste Cop des Departements zu sein. Sein grässlicher Ex-Partner Dunlow war unter mysteriösen Umständen verschwunden und hatte einen Haufen loyaler Gefolgsleute hinterlassen, die Rake misstrauisch begegneten. Bei einigen ging er davon aus, dass sie ihn des Mordes an Dunlow verdächtigten oder zumindest der Komplizenschaft. Andere waren sich da nicht so sicher, hassten Rake aber dennoch, waren überzeugt, er repräsentiere eine gefährliche neue Generation, die sich nicht an ihre geliebten Strukturen und Traditionen hielt, eine, die man dringend stutzen musste, bevor sie zu groß wurde.

★

Ein paar Stunden nachdem Rake Letcher befragt hatte, arbeiteten er und Parker die Nachtschicht. Sie verhafteten jemand wegen Ruhestörung und griffen in einen Ehestreit inklusive Schlachtermesser ein – sie kamen gerade noch rechtzeitig, um einen Mord zu verhindern. Außerdem schnappten sie zwei Kids, die vergeblich versucht hatten, einen nagelneuen Packard zu klauen.

Auf dem Weg zurück zum Revier, wo sie den Papierkram erledigen mussten, bevor sie Feierabend machten, versuchte Rake so beiläufig wie möglich zu klingen. »Ich muss dir eine Frage zu den Jungs in den weißen Roben stellen. Jemand, den ich schützen will, ein Informant«, log er, »hat sich in was reingeritten. Er behauptet, er sei von einem Klavern aus Coventry angeheuert worden, die angeblich jemand aus dem Atlanta-Klavern brauchten, um einen Kerl in Coventry zu verprügeln. Einen Sünder, dem man eine Lektion verpassen wollte. Einen Weißen.«

Gemessen an Parkers perplexem Gesichtsausdruck, war das eine Neuigkeit für ihn.

»Also, mein Informant ist mit ein paar Kumpels da hochgefahren, doch während sie den Typen vermöbelt haben, hat jemand einen der Kluxer erschossen. Hast du was drüber gehört?«

»Gar nichts. Ich bin kaum ein aktives Mitglied, ich tu nur das Mindeste, um den Schein aufrechtzuerhalten.« Rake erschrak, wie sehr sein Statement dem von Letcher ähnelte, der auch nur dabei war, »um den Schein aufrechtzuerhalten«. Er fragte sich, wie viele es genauso machten oder es zumindest behaupteten. Wie sollte man die Überzeugungstäter von den Mitläufern unterscheiden – und spielte es überhaupt eine Rolle?

»Dann sag Bescheid, wenn du was hörst.«

»Hey Kumpel, ich helfe dir gern wo ich kann, aber nicht als dein Spion im Klan. Ich hab nicht vor, mich umbringen zu lassen.«

»Ich brauche keinen Spion. Ich muss nur jemand namens Whitehouse finden.«

Er wiederholte Dales zugegebenermaßen dürftige Beschreibung des Mannes, dann berichtete er das Wenige, was er über Letcher wusste. »Ich will nur rausfinden, warum jemand die Burschen vom Klavern in eine fremde Stadt schickt, um einen Typen zu verprügeln, und dann verschwindet.«

»Es ist nicht unüblich, Leute aus einem anderen Klavern zu bitten, die Dreckarbeit zu erledigen. Vor allem dann, wenn es sich um einen Weißen handelt. So verprügelst du nicht deinen eigenen Nachbarn, der dich oder deinen Wagen erkennen könnte. Verdammt, wenn Letcher zum Coventry-Klan gehört, dann kann es sein, dass die alle dafür gestimmt haben, als er nicht da war und stattdessen gerade genau die Dinge tat, die ihm die anderen übelnehmen.«

»Mein Informant meinte, er hat seine Kapuze am Tatort vergessen, aber das hat's nicht in die Zeitung geschafft. Könnte sein, dass die Polizei dort oben den Klan schützen will.«

»Wenn ich was höre, geb ich dir Bescheid«, sagte Parker. »Aber erwarte nicht zu viel. Diese Jungs hatten früher eine große Klappe, aber in letzter Zeit sind sie still geworden. Die gehen alle davon aus, dass sie bespitzelt werden.«

»Von wem denn? Wenn so viele von ihnen Cops sind, wer erledigt dann das Bespitzeln?«

Parker lächelte. »Typen wie du.«

10

»MÄDEL, DU BIST *riesig.*«

Hannah Greer stand vor ihrer Haustür, stemmte eine Hand in ihre ausladenden Hüften und warf Smith einen strengen Blick zu. »Das ist nicht gerade die feine Art.«

»Na, du hast ja auch eine Menge Baby da drin. Passt du überhaupt durch die ganzen Türen hier?« Smith konnte sich nur schwer vorstellen, dass der Bauch seiner Schwester in den restlichen zwei Monaten bis zu ihrem Termin noch weiter wuchs. Hannah war immer spindeldürr gewesen, sie war es immer noch, alles war zierlich an ihr, bis auf diese eine gigantische Ausnahme.

»Vielleicht isst du einfach woanders zu Mittag«, sagte sie.

Hannah war seine Cousine, biologisch gesehen, aber sie waren in dem Glauben aufgewachsen, sie seien Geschwister. Bis er 16 Jahre alt war, hatte man Smith nicht gesagt, dass sein echter Vater 1919 bei einer Parade gelyncht worden war, weil er es gewagt hatte, seine Uniform aus dem Ersten Weltkrieg anzuziehen, und damit die Weißen in seinem Heimatort in Georgia erzürnt hatte. Da war Smith noch ein Baby gewesen. Ein paar Monate später, nachdem Smiths trauernde Mutter eine Flasche Roggen-Whiskey ausgetrunken und sich vor einen Zug geschmissen hatte, nahmen ihn seine Tante und sein Onkel auf und zogen ihn wie ihren eigenen Sohn groß.

»Ich mach nur Witze, du siehst wunderschön aus, und das weißt du.« Er scherzte, um ein wenig den Druck aus dem wahren Grund seines Besuchs zu nehmen. Der Ziegelstein auf dem Boden des Esszimmers.

Den jemand gestern Abend geworfen hatte. Hannah war davon aufgewacht, ihr Mann Malcolm, Türsteher in einem Nachtklub, war noch bei der Arbeit. Sie hatte ihn angerufen, doch erst als er eine Stunde später nach Hause kam, hatte er die Nachricht gefunden, die jemand auf der Treppe zu ihrer Haustür hinterlassen hatte. Hannah hatte sie auf den Boden neben den Ziegelstein gelegt, und jetzt hob Smith sie vorsichtig mit einem Taschentuch auf. *NIGGER GEH NACH HAUSE* stand in schwarzer Tinte auf einem weißen Blatt Papier. Es war mit einem Stein beschwert worden.

»Habt ihr beide die Nachricht angefasst?«, fragte Smith, und sie nickte, während er sie in eine Mappe aus dem Koffer gleiten ließ, den er mitgebracht hatte. Von Ziegeln oder Steinen konnte man keine Fingerabdrücke nehmen, doch bei Papier sah das schon anders aus. Obwohl er bezweifelte, dass die Täter so dämlich waren.

»Ist das die erste Nachricht dieser Art, die du bekommen hast?«

»Die erste, die hier lag, aber wir hatten schon ein paar in der Post.«

Malcolm war gerade beim örtlichen Eisenwarenhändler, um ein neues Fenster zu kaufen.

»Warum hast du mir nichts gesagt?«

»Ich sag's dir doch jetzt.«

»Hast du sie noch?«

»Wir haben sie alle in den Müll geworfen.« Einen Moment lang dachte sie nach. »Doch die Müllabfuhr kommt erst morgen, könnten also noch ein paar in der Tonne sein, wenn du wirklich nachschauen willst.«

»Will ich.« Er würde alles ausgraben, was er finden konnte. Er wollte alle Nachrichten selbst an sich nehmen, sie McInnis überreichen und ihn bitten, Fingerabdrücke feststellen zu lassen. Er ahnte seine Reaktion schon: *Das ist nicht Ihr Revier, Officer Smith. Die Nachrichten müssen von den zuständigen Beamten untersucht werden.* Also hatte er Hannah geraten, die Polizei zu rufen, damit die jemand vorbeischickten und eine Anzeige aufnahmen, obwohl er bezweifelte, dass die weißen Beamten überhaupt etwas unternehmen würden.

»Was hältst du von den Nachbarn bisher?«

»Wir sind noch nicht ins Gespräch gekommen. Es ist keiner mit Keksen oder so vorbeigekommen.«

Zwei weitere Negro-Familien waren vor ungefähr einem Monat in den Block südlich von hier gezogen, und abgesehen von ein paar Drohbriefen, waren ihre Umzüge unauffällig verlaufen, soweit Smith wusste. Er fragte sich, ob auch ihre Fenster zerschmettert worden waren und sie nichts gesagt hatten, oder ob die Dinge im Begriff waren zu eskalieren.

»Habt ihr Freunde in der Nähe?«

»Die uns von dem Haus hier erzählt haben, leben auf der anderen Seite der Beacon Street.« Vormals die inoffizielle Rassengrenze. »Ich geh noch oft dort spazieren, kaufe da im Lebensmittelladen ein, obwohl es einen weißen gibt, der näher liegt. Malcolm meint, dass es bald leichter wird. Doch das hier fühlt sich nicht leichter an.«

Smith waren auf dem Weg von der Bushaltestelle hierher zwei Zuverkaufen-Schilder in der Nachbarschaft aufgefallen. Er hätte wetten können, dass die Schilder aufgestellt wurden, nachdem die Greers hier eingezogen waren.

»Was, wenn sie demnächst mit Brandbomben schmeißen?«, fragte sie. »So wie bei der einen Familie vor ein paar Jahren.«

»Ich rede mit den weißen Polizisten«, versicherte er ihr. Er dachte an Rakestraw, ein weißer Cop, der einigermaßen in Ordnung zu sein schien.

Um sie aufzuheitern, bat er um eine kurze Führung durchs neue Haus. Es gab noch einiges zu tun, die vorherigen Besitzer hatten nicht viel für Instandhaltung übrig gehabt. Und doch war es ein echtes, freistehendes Haus, und sie und Malcolm hatten es *gekauft*. Keiner ihrer Eltern war jemals Hausbesitzer gewesen. Hannah und Tommy waren in einer Zwei-Zimmer-Mietwohnung aufgewachsen, bis Smith in die Pubertät kam und die Vorstellung, dass er sich weiterhin ein Zimmer mit Hannah teilte, seine Eltern dazu brachte, ein paar Blocks südlich der Auburn drei Zimmer anzumieten. Ein paar Jahre später verstarb der Vater, und ihre Mutter, eine Näherin, wohnte jetzt mit ihrer Schwester zusammen. Sie kam gerade so über die Runden. Seitdem schickte Smith ihr jeden Monat einen Teil seines Lohns.

»Schade, dass Daddy das nicht sehen kann«, sagte Hannah. Smith nickte, während sie ihre Blicke einen Moment lang über das noch kaum eingerichtete Wohnzimmer schweifen ließen und die freie Fläche kurzzeitig mit ihren Erinnerungen füllten.

»Es ist unglaublich, Schwesterherz. Und es ist *deins*. Das kann dir keiner nehmen.«

★

Als Malcolm zurückkam, setzte er das neue Fenster ein. Smith suchte währenddessen die Umgebung des Hauses nach Spuren ab. Nachdem er keine fand, durchwühlte er den Müll nach weiteren Hassbriefen. Er fand vier davon, zwei getippte und einen in Großbuchstaben geschrieben. Die getippten schienen von unterschiedlichen Schreibmaschinen zu stammen, doch es gab genug sprachliche Überschneidungen, um auf denselben Autor hinzudeuten. Dann wiederum war die Sprache alles andere als einzigartig: *Schafft eure dreckigen Nigger-Ärsche aus unserem Viertel. Ihr gehört hier nicht her. Je länger ihr bleibt, desto schlimmer wird's für euch.*

★

Nachdem sie das neue Fenster eingesetzt und zu Mittag gegessen hatten, rauchten Smith und Malcolm auf der hinteren Terrasse; Hannah bereitete das Dessert zu. Sie bestanden auf Normalität, während sie auf die Polizei warteten. Sobald sie kamen (falls sie überhaupt kamen), würde Smith sich zurückziehen. Er wusste, dass weiße Cops noch weniger bereitwillig helfen würden, wenn sie herausfänden, dass die Opfer mit einem dieser verhassten Negro-Cops verwandt waren.

»Ich war doch nicht im Krieg, um mich hier von ein paar weißen Ärschen aus dem eigenen Haus ekeln zu lassen«, sagte Malcolm.

»Ich auch nicht. Wir klären das.« Smith wartete einen Moment, dann wechselte er das Thema. »Wie läuft's im Club?«

»Bestens«, sagte Malcolm mit seiner dröhnend tiefen Stimme. »Feck hat da was Gutes am Laufen.« Er bevorzugte sein Haar ziemlich kurz, es passte zu seinem dichten Bart. Hannah hatte ihn vor drei Jahren geheiratet; sie kannten sich seit der High School. Laut Hannah war er vorm Krieg deutlich extrovertierter gewesen, doch die Zeit im Pazifik hatte ihn verändert. Er lachte nicht mehr so laut und so oft. Smith hatte während seiner Zeit bei der 761. Panzer Division, den berüchtigten Black Panthers, selbst mehr als genug Gewalt erlebt, glaubte jedoch, dass seine Persönlichkeit die gleiche geblieben war. Vielleicht machte er sich etwas vor.

Eine Weile war es Malcolm schwergefallen, einer Arbeit nachzugehen, und Hannahs Gehalt als Dienstmädchen musste für beide reichen. Erst vor Kurzem hatte sich ihre Situation stabilisiert, als Malcolm den Job als Türsteher bekam. Dann starb sein Onkel, ein Farmer aus dem Norden, und überließ ihm sein Land, das sie verkauften und damit die Anzahlung für das Haus leisteten.

»Sind dir Leute im Club aufgefallen, die ziemlich berauscht waren, aber von was anderem als Schnaps?«, wollte Smith wissen.

»Gelegentlich.«

»Hast du den Eindruck, dass das mehr wird?«

Malcolm nahm einen ausgiebigen Zug von seiner Zigarette. »Feck duldet so was nicht. Wir schmeißen die Leute raus, wenn sie sich daneben benehmen, aber nein, im Club hab ich das Zeug noch niemand rauchen sehen.«

»Gut. Wir sind ein paar Leuten auf der Spur, die es in die Stadt bringen.«

»Erstaunlich, dass sie euch das machen lassen. Ist das nicht die Aufgabe der weißen Cops?«

»Die drücken gerne mal ein Auge zu, so lange es sich auf unserer Seite der Stadt abspielt, aber wir arbeiten dran, das zu ändern.« Zwei Truthahngeier schwangen ihre Flügel in den makellosen Himmel. Eine Terrasse zu besitzen musste sich herrlich anfühlen.

»Noch was frag ich mich: Hattet ihr Jungs jemals Ärger mit Thunder Malley?«

Malcolm hob eine Augenbraue. »Warum fragst du?«

Boggs hatte Smith erzählt, dass der verrückte Bartholomew angeblich Malley am Tatort des Forrester-Mords gesehen hatte. Das behielt Smith für sich, doch er sagte: »Ich weiß, dass Malley solche Läden um Schutzgeld erpresst. Wir haben den meisten solcher Typen einen Riegel vorgeschoben, aber den hier kriegen wir einfach nicht zu packen. Und gerade hab ich Grund zur Annahme, dass er auch beim Alkohol- und Drogenschmuggel seine Finger im Spiel hat.«

Malcolm dachte angestrengt nach. Smith war es gewohnt, dass Leute still wurden, sobald Malleys Name fiel.

»Feck ist der Mann, mit dem du reden solltest.« Gemeint war Malcolms Boss. »Ich hab keine Ahnung, ob er Schutzgeld bezahlt oder nicht, aber ich weiß, dass er kein Fan von Malley ist. Und ja, auch ich hab *gehört*, dass Malley mit Drogen handelt. Bekommt sie aus den Bergen oder so, von denselben weißen Ärschen, die den Schnaps brennen. Das weiß ich nicht sicher, ich hab's bloß aufgeschnappt.«

»Ich rede mit Feck. Hätte eh mal wieder Lust auf Musik.« Smith schaute auf seine Uhr. Er musste bald los, um rechtzeitig auf dem Revier zu sein. Er fragte sich, ob die Cops jemals hier auftauchen würden. »Schon mal von einem Typen namens Quentin Neale gehört?«, fragte er. »Nennt sich Q. Groß, hellhäutig, aus New Orleans?« Malcolm schüttelte den Kopf, also fuhr Smith fort: »Wir haben gehört, Thunder und er können sich nicht besonders gut riechen. Stecken in einer Art Revierkampf.«

»Spricht dann wohl für ihn.«

»Es ist nur leider die Art von Nicht-riechen-Können, die eine Menge Leichen produziert. Egal, falls du über einen von ihnen was hörst, sag mir Bescheid.«

Malcolm nickte, und sie hockten eine Weile wortlos da. Die Stille in diesem Teil der Stadt war nicht von dieser Welt.

»Also ich persönlich seh das so«, sagte Malcolm. »Wenn jemand berauscht sein möchte, um seinen Schmerz zu lindern, fein. Manchmal muss man einfach irgendwie klarkommen, und das ist besser, als die Aggressionen an jemand anderem auszulassen.« Seine Augen wanderten, während er seine Gedanken teilte, doch dann sah er Smith an. »Ich nehme an, die bezahlen dich, um anderer Meinung zu sein. Aber ich denke, hier drinnen würdest du mir zustimmen.« Er tippte sich auf die Brust. »Du bist doch auch ein Leben-und-Leben-lassen-Typ.«

Das Argument hatte Smith schon öfter gehört, meistens von Männern, die er gerade festnahm. Es von einem Familienmitglied zu hören, war noch mal was anderes, und es brachte ihn ins Grübeln, darüber, was er wirklich dachte, nicht das, was ihm sein Gehaltscheck, seine Vorgesetzten, Jim Crow oder die Stadt Atlanta diktierten. *Da drinnen. In seinem Herzen.* Doch was war da *drinnen*, das nicht schon von anderen korrumpiert worden war – von Vorgesetzten, Geld, Priestern oder Gott?

»Leben-und-Leben-lassen gefällt mir. Wenn die Leute allerdings anfangen zu sterben, schau ich genauer hin.«

11

VOR EINEM MONAT hätte sich Cassie Rakestraw nicht von einem Klopfen nach Anbruch der Dunkelheit beunruhigen lassen. Doch das war, bevor die Negros nach Hanford Park zogen.

Als sie jetzt um acht Uhr abends, kurz nachdem sie die Kinder ins Bett gebracht hatte, das Klopfen hörte, eilte sie in die Küche, holte die Pistole aus dem obersten Regal der Speisekammer und überprüfte, ob sie geladen war. Dann zog sie vorsichtig die Wohnzimmervorhänge zurück und warf einen Blick auf ihre unerwarteten Gäste, die erneut an die Haustür klopften.

Es waren Weiße. Bibelverkäufer möglicherweise, bei genauerer Betrachtung. Sie ließ die Waffe in ihre Tasche gleiten und öffnete die Tür.

»N'Abend, Ma'am. Ist Ihr Mann zu Hause?«

Der Wortführer war groß und hager, das spärliche dunkle Haar sorgfältig auf dem ansonsten kahlen Schädel verteilt. Etwas an der Art, wie er sein kurzärmeliges Hemd trug, deutete darauf hin, dass er normalerweise nicht so herausgeputzt war. Sie konnte es nicht genau beschreiben, doch das Hemd schien offenbar lieber von jemand anderem getragen werden. Neben ihm stand seine offensichtlich vor ihm ergraute Frau. Sie trug eine Brille und ein blaues Kleid, das einen Tick zu fein aussah, als handle es sich um ihr Sonntagskleid. Sie hielt eine Aktenmappe und einen dünnen Papierstapel an ihre Brust gepresst.

»Er ist gerade bei der Arbeit«, sagte Cassie. »Er ist Polizeibeamter«, fügte sie hinzu, ohne zu wissen warum.

»Oh, wunderbar«, sagte der Mann. »Da haben wir uns ja ein großartiges Haus für unseren letzten Besuch heute Abend ausgesucht. Ma'am, mein Name ist Paul Thames, und das ist meine Frau Martha Ann.«

»Ich bin Cassie Rakestraw. Schön, Sie kennenzulernen.«

»Entschuldigen Sie, dass wir Sie so spät noch stören, aber das hat alles länger gedauert, als wir ahnen konnten. Wir sind Vertreter der Nachbarschaftsinitiative Hanford Park. Kurz: NIHP. Wie Sie sicher wissen, wurde unser Viertel in den letzten Wochen von Negros unterwandert.«

»Ja, es ist schrecklich.«

»Drei Häuser schon, das sind drei Häuser zu viel.« Er kam ihr bekannt vor, doch Cassie konnte nicht sagen woher. »Wir haben uns zur Aufgabe gemacht, mit jedem Hausbesitzer hier in Hanford Park zu reden und unser Bestes dafür zu tun, das Viertel zu bewahren. Es ist ein großartiger Ort, nicht wahr?«

»Es gefällt uns sehr gut hier.«

»Ich lebe hier seit 1932, und Martha Ann ist hier aufgewachsen.«

»Drei Generationen im Umkreis einer halben Meile«, ergänzte Martha Ann.

»Wir haben drei Jungs großgezogen, einen davon haben wir im Krieg verloren, Gott sei seiner Seele gnädig. Einer wohnt oben in Marietta, und der dritte ist vor ein paar Jahren runter nach Florida gezogen, aber das werfen wir ihm nicht vor. Was ich sagen will: Es *war* ein großartiger Ort, um eine Familie zu gründen, und Sie haben es genau richtig gemacht hierherzuziehen. Doch wenn wir die Nigger weiter ungehindert reinlassen, steht uns allen Ärger ins Haus.«

»Deshalb nehmen wir uns ein Beispiel an der West Side«, ergänzte Martha Ann.

Jetzt fiel Cassie wieder ein, wie sie vor ein paar Monaten bei ihrer Schwägerin zu Besuch gewesen war, als Sue Ellens Spüle verstopft war. Sie hatte ein Bild von Mr Thames auf allen Vieren im Kopf, einen Schraubenschlüssel in der Hand, wie er danach einen dämlichen Witz riss, während er seine Finger vom Schmutz befreite. Er war der hiesige Klempner.

»Aber wurde die West Side am Ende nicht farbig?«, fragte Cassie.

»Stimmt schon, bei denen hat es nicht ganz so gut funktioniert«, sagte Thames. »Sie hatten ein paar sehr gute Strategien, aber sie haben sich nicht immer besonders schlau angestellt.«

Von ihrem Mann wusste Cassie so einiges über die sich verändernde Einwohnerstruktur auf der West Side. Eine Vereinigung besorgter Hausbesitzer hatte alles dafür getan, um das Vordringen der Farbigen abzuwenden. Jedes Mal, wenn sich ein Negro zu einer Hausbesichtigung blicken ließ, tauchten die Vertreter der Bürgervereinigung in zahlenmäßiger Stärke auf und ließen die Negros wissen, dass sie hier entgegen aller Gerüchte nicht willkommen waren. Es war auch zu etlichen Schlägereien gekommen, Ziegelsteine waren durch Fenster geflogen.

»Sie haben natürlich recht«, sagte Martha Ann. »Die West Side wurde farbig, die Preise gingen in den Keller, und die Leute da hat es ziemlich erwischt. Wir sind zwar keine reichen Menschen hier, aber unsere Häuser sind unser Leben und unsere Kapitalanlage, und wir können die nicht einfach herkommen lassen und das kaputtmachen.«

»Die Immobilienmakler und Banker sagen alle dasselbe«, fuhr ihr Mann fort. »Sobald die Farbigen kommen, verlieren die Häuser quasi über Nacht komplett an Wert.«

Cassie hätte das am liebsten verdrängt. Sie fühlte sich, als könne sie erst seit Kurzem wieder klar denken, nachdem sie ihre beiden Kinder so schnell hintereinander bekommen hatte. Wie lange schlief sie jetzt wieder durch, ein paar Monate vielleicht? Sie gab ihr Bestes, um die beiden Kleinen am Leben zu halten, sie beschützte sie vor elektrischen Zäunen, verscheuchte streunende Hund und verhinderte

Denny juniors verzweifelte und beharrliche Versuche, auf alles zu klettern, was er sah, nur um die Kinder abends zu bitten und anzubetteln, schlafen zu gehen, während ihr Mann arbeitete und sie irgendwann allein auf dem Bett zusammenbrach. Und damit nicht genug: Sie wollte noch eins der Schlafzimmer streichen, ein paar Azaleen anpflanzen, um den Vorgarten zu verschönern, die Veranda reparieren. Aufgaben, die theoretisch auf sie warteten, für die sie praktisch aber noch keine Energie aufbringen konnte. Noch viel größere Sorgen wie die monatliche Hypothek und der ungeheure demografische Wandel, der offenbar darauf angelegt war, zahlreiche Stadtviertel Atlantas neu zu kartographieren, überstiegen ihren Horizont bei Weitem, sodass allein der Gedanken daran wehtat, sie tatsächlich körperliche Schmerzen verspüren ließ, tief im Nacken und in den Schultern. Alles, was dieses Paar ihr erzählte, klang nach der traurigen Wahrheit, eine, die sie ausblenden wollte, doch je mehr sie es versuchte, desto greller wurde sie.

Dabei war sie von Natur aus niemand, der sich andauernd Sorgen machte. Sie war ein Wildfang gewesen, die Tochter, die auf fünf Brüder folgte; man hatte sie robust erzogen, ihr beigebracht, ihre Energien auf das zu konzentrieren, was direkt vor ihr lag. Sie kannte Rake – Denny – seit sie dreizehn waren. Ihr Rudel Brüder hatte sich verschiedene Prüfungen für ihn ausgedacht – eine Olympiade der Männlichkeit, in der er eine Medaille erringen musste, wenn er sich weiterhin mit ihrer kleinen Schwester verabreden wollte. Der Wettbewerb verlangte ein Wettrennen, einen Baseball im Stadion weiter als sie schlagen und eine Colaflasche aus fünfzig Metern Entfernung mit dem alten Familiengewehr treffen. Sie hatten zudem nebulöse Andeutungen darüber gemacht, dass er auch den ältesten Bruder im Boxen besiegen musste, der die Stadt verlassen hatte, um in einer Schmiede in Birmingham zu arbeiten – der Legende nach ein ganz harter Brocken. Am ersten Tag hatte Denny in allen drei Disziplinen versagt, doch er war jeden Samstag wiedergekommen und hatte irgendwann das Rennen gegen den einen gewonnen, dann den zweiten im Bälleschlagen besiegt. Jetzt fehlte nur noch der Sieg im Schießen gegen den dritten. Doch Cassie bekam Wind von der Sache und schritt, erzürnt darüber, dass man sich in ihr Liebesleben einmischte, ohne mit der Wimper zu zucken nach draußen, nahm Denny das Gewehr ab und schoss nicht nur besser als ihr zukünftiger Ehemann, sondern auch alle ihre Brüder. Bis zum Krieg war sie der bessere Schütze gewesen.

»Soweit wir das beurteilen können«, sagte Thames, »handelt es sich überwiegend um anständige Neger. Die wussten nicht, dass sie sich in ein weißes Viertel eingekauft haben. Wurden von einem dieser skrupellosen Makler hinters Licht geführt, und jetzt stecken sie in einer Klemme, für die sie nichts können.«

Denny junior tauchte im Schlafanzug und mit zerzausten Haaren neben ihr auf. »Mami, Maggie ist wach.«

»Geh wieder ins Bett, Schatz.« Er gehorchte, und sie sagte zu ihren Gästen: »Ich muss leider rein. Ich widerspreche ihnen gar nicht, mir ist nur nicht ganz klar, was sie wollen.«

Martha Ann holte eine per Siebdruck vervielfältigte Karte von Hanford Park aus dem Umschlag und reichte sie Cassie. Die drei Negro-Häuser waren eingekreist. Martha Ann deutete auf das Heim der Rakestraws und fuhr mit dem Finger zu dem nächsten der drei Kreise, um ihr zu zeigen, wie nah sie beieinanderlagen.

»Wir denken, dass wir unsere Rechte am besten mit einfachen wirtschaftlichen Mitteln verteidigen«, sagte Mr Thames. »Es handelt sich um ein Opfer, und ich gebe zu, dass es mir nicht leicht fällt, es von jedem zu verlangen, doch deshalb habe ich meine Frau zur moralischen Unterstützung dabei.« Noch ein schüchternes Lächeln. »Aber unser Ziel ist es, genug Geld für die NIHP zu sammeln, sodass wir den Negros anbieten können, ihnen die Häuser abzukaufen. Dann können wir sie wieder an weiße Familien verkaufen.«

»In anderen Gegenden hat es funktioniert«, sagte Martha Ann mit einem nachdrücklichen Nicken.

»Wie ich sagte, die meisten sind anständige Neger und wollen keine Scherereien. Ich schätze, es ist ihnen unangenehm, und sie schämen sich sogar ein bisschen für den Schlamassel, den sie verursacht haben. Aber sie können nicht einfach so wegziehen, denn sie haben ja kein Geld mehr und wären finanziell ruiniert – so wie wir es alle auch sein werden, wenn die *bleiben*.«

»Es mag wehtun, sein Geld zu spenden«, sagte Martha Ann, »doch solange es uns allen zusammen nur ein kleines bisschen wehtut, dann erspart uns das später die schlimmeren Schmerzen. Sobald wir die Häuser zurückgekauft haben und sie wieder an Weiße verkauft haben, werden wir wieder geheilt sein, oder so gut wie.«

Jetzt hörte Cassie Maggie weinen, dieses nervige Weinen, das keine Panik, sondern lediglich leichtes Unbehagen signalisierte, aber nur ein erneuter Besuch von Mama beenden konnte.

»Wir akzeptieren jede Art von Beitrag«, sagte Thames. »Manche haben fünf Dollar gespendet, einer sogar hundert. Wenn wir unsere Kräfte bündeln, stellen wir damit sicher, dass die Gemeinde so bleibt, wie sie soll.«

Sie stimmte den Thames' zu, doch sie war sich nicht sicher, ob Denny das auch tun würde. Sie sagte ihnen, dass sie eine solche Entscheidung ungern ohne ihren Mann treffe, doch dass sie ein anderes Mal vorbeischauen könnten. Das gäbe ihr Zeit, ihn zu überzeugen.

Sie lächelten und bedankten sich, ließen noch ein paar Flugblätter da und informierten sie über eine bevorstehende Versammlung, an der Cassie versuchen wollte teilzunehmen. Dann schloss und verriegelte sie die Tür. Auf ihrem Weg zum Kinderzimmer machte sie in der Vorratskammer halt und legte die Pistole zurück ins Versteck.

12

GEGEN ENDE DER SCHICHT liefen Boggs und Smith die Krog Street hinunter, eine schmale Straße mit baufälligen Häusern auf der einen Seite und der hohen Backsteinmauer einer erst kürzlich geschlossenen Textilfabrik auf der anderen. Ein Polizeiwagen überholte sie, langsam, was ihnen seltsam vorkam, denn das war keine der üblichen Verbindungsstraßen.

Dann näherte sich ein weiteres Polizeiauto aus der entgegengesetzten Richtung und parkte vor ihnen am Straßenrand. Der erste Wagen hielt am Ende der schmalen Straße.

»Ganz ruhig«, sagte Smith.

Scheinwerfer blendeten sie. Türen öffneten sich und wurden laut und brutal zugeschlagen. Silhouetten ohne erkennbare Merkmale stiegen aus. Boggs hielt seine rechte Hand im Versuch hoch, das grelle Licht abzuschirmen, dann nahm er die Linke, damit die Rechte in der Nähe seiner Waffe war. Er konnte nicht sagen, wie viele es waren, mindestens vier, vielleicht mehr.

»Schau an, wen haben wir denn da – ein paar tiefschwarze Senegambier in freier Wildbahn.«

»Sind ganz schön weit weg von ihrer natürlichen Umgebung.«

»Und tun so, als seien sie Polizisten«, sagte ein anderer. Boggs konnte immer noch keins ihrer Gesichter erkennen. Er konnte auch nicht sagen, ob sie Waffen in den Händen hielten, da sie hinter den Autos standen. Boggs und Smith standen vor der Backsteinmauer, ein geradezu perfekter Ort, um jemand abzuknallen, falls sie das wirklich vorhatten.

»Die Hautfarbe ist 'ne Art Tarnung, oder? Und das Witzige ist: Die glauben sogar, dass es funktioniert.«

»Werdet ihr nicht woanders gebraucht?«, fragte Smith.

»*Ihr* seid diejenigen, die in letzter Zeit zu oft am falschen Ort sind.«

»Das ist eine höfliche Warnung«, sagte ein anderer. Boggs wünschte, er könnte sie sehen, wünschte, ihre Stimmen klängen nicht so ähnlich. Sie schienen jung, alles Officers, vermutlich kein Sergeant darunter. Von höherer Stelle entsandt. »Mag ja sein, dass ihr hier Streife lauft, doch das Revier gehört euch nicht. Da gibt es Geschäftsvereinbarungen und Abkommen, in die ihr euch besser nicht einmischt.«

»Wir wissen, wie wir unseren Job zu erledigen haben«, konterte Smith. »Warum haut ihr nicht hab und macht euren?«

Der Mann in der Mitte lachte, gestikulierte in Richtung der Streifenwagen. »Weißt du, wie einfach es für uns wäre, euch umzulegen, wenn wir nur wollten. Und es gibt noch eine Menge anderer, die uns gerne dabei helfen würden. Wenn ihr am Leben und in der Uniform bleiben wollt, verhaftet ihr lieber wieder Besoffene und Einbrecher, alles andere geht euch nichts an.«

»Das ist unser Revier«, sagte Boggs. »Und wir lassen uns nicht bedrohen.« Er wollte seine Hand in Richtung Halfter bewegen, doch er wusste nicht, ob sie nicht längst ihre Waffen auf ihn gerichtet hatten. In dem Fall wäre eine plötzliche Bewegung seine letzte gewesen.

»Wenn ihr auch nur den kleinsten Finger gegen uns rührt«, sagte Smith, »geht der Chief an die Decke, und das wisst ihr. Ihr wollt doch nicht freiwillig auf euren Job verzichten, oder? Es sei denn, es gibt noch andere Jobs, die ihr behalten wollt?«

»Das ist die einzige Warnung«, sagte einer. »Nächstes Mal klären wir das *ohne* Worte.«

Die Silhouetten zogen sich in ihre Fahrzeuge zurück. Einer der Wagen tat so, als wolle er sie überfahren, sodass sie einen Schritt zurückwichen, dann hörten sie Gelächter, als die Autos den Rückwärtsgang einlegten und aus der Gasse verschwanden.

Nachdem sie weg waren, schüttelte Smith den Kopf. »Spark Jones hat behauptet, dass die Polizei Malley schützt. Schätze, er hat recht gehabt.«

★

Kurz nach zwei Uhr machten sie sich auf den Weg ins Revier, um auszustempeln und sich umzuziehen. Angeblich diente das Uniformverbot auf dem Heimweg ihrer eigenen Sicherheit, für den Fall, dass irgendwelche besoffenen Weißbrote einen einzelnen Negro-Polizisten überfielen und ihm das antaten, was Smiths Soldatenvater vor über einer Generation angetan worden war.

Kaum hatten sie den Raum betreten, kam ihnen McInnis entgegen, was nicht üblich für ihn war. *Gott, was ist jetzt wieder*, dachte Boggs.

»Smith, Ihre Schwester hat gerade angerufen«, sagte McInnis mit ernster Stimme. »Sie ist unverletzt, aber im Krankenhaus. Ihr Mann wurde in Hanford Park zusammengeschlagen.«

13

SIE VERBRACHTEN VIEL zu viel Zeit im Schwarzen-Flügel des Grady Hospitals. Befragten Opfer und deren Verwandte, lungerten in Wartesälen herum, um zu sehen, wer sich sonst noch blicken ließ, und um zu beurteilen, wie schuldbewusst man auf ihre Fragen reagierte. Versuchten den Tränenstrom einer Mutter zu unterbrechen, um sie zu fragen, wann sie ihren Jungen zum letzten Mal lebendig gesehen hatte; versuchten Witwen lang genug aus ihrer Schockstarre zu reißen, um die Namen von Freunden und Feinden zu erfahren. Es war der beste Ort für Informationen und der schlimmste für das eigene Seelenheil, und sie hassten ihre Arbeit, dort ihre Finger in die Wunden der Leute zu legen.

Es war Smiths erstes Mal im Krankenhaus als Angehöriger eines Opfers. Die Rolle gefiel ihm kein Stück besser.

Sie bahnten sich ihren Weg durch die überfüllte Notaufnahme und dann einen langen Gang entlang, der mit Betten zugestellt war, die nicht mehr in die weit über ihre Kapazität gefüllten Zimmer passten. Vor den Flügeltüren des OPs fanden sie Smiths Mutter und seine Schwester, die beide zu aufgebracht waren, um auf dem Quartett von leeren Wartezimmerstühlen Platz zu nehmen.

Smith umarmte beide nacheinander. Die Augen seiner Mutter waren geschwollen, ihre Wangen glänzten, und ihr Haar hatte sie zu einem losen Zopf nach hinten gebunden.

Hannah war schlimmer dran, sie zitterte, während er sie im Arm hielt.

»Er wird operiert«, sagte seine Mutter Michelle. Sie schien zutiefst geschockt, eine unterdrückte Anspannung lag in ihrer Stimme, die er noch nie gehört hatte. »Eine Krankenschwester war vor zirka dreißig Minuten da. Hat gesagt, sein … Leben ist nicht in Gefahr, aber sie müssen sich um die inneren Blutungen kümmern.«

»Was ist passiert?«, fragte Smith.

»Ich weiß nicht«, sagte Hannah mit belegter Stimme. »Er hat spät gearbeitet, und ich war schon eingeschlafen. Ich bin aufgewacht, als ein Nachbar an der Tür geklopft hat und gesagt hat, dass da Malcolm auf dem Gehweg liegt. Er wusste nicht, wie lang schon.«

»War die Polizei da?«

Seine Mutter machte ein Gesicht, als hätte er einen schlechten Witz gemacht. Also fragte er Hannah, wann Malcolm normalerweise Schluss machte.

»Hängt davon ab, wer auftritt. Manchmal um zehn, manchmal erst um zwei. Meistens fährt er selbst, doch heute hat er den Bus genommen, weil ich zu ihm gesagt hab, dass … dass ich den Wagen brauche.« Ihre Stimme versagte.

»Es ist nicht deine Schuld«, sagte Smith. Sie würden sich später ein genaueres Bild machen, Malcolms Dienstplan finden, seinen Boss fragen, wann er gegangen war, sich das vom Busfahrer bestätigen lassen, feststellen, welcher Nachbar ihn entdeckt hatte. »Wir finden raus, wer das war. Du musst Anzeige erstatten.«

»Ihr seid doch hier, reicht das nicht?«

»Wir sind nicht im Dienst«, sagte Smith. »Und ich gehör zur Familie, es muss also jemand anders sein.«

»Ich will nicht mit den weißen Cops reden. Die haben doch auch nicht das Geringste wegen dem Ziegelstein in unserem Fenster unternommen, oder? Es könnten genauso *sie* gewesen sein!«

»Lass sie, Tommy«, sagte seine Mutter. »Jetzt ist nicht der richtig Zeitpunkt für deine Vorschriften.«

Hannah zu bedrängen mochte unbarmherzig wirken, doch er

wollte glauben, dass ein Vorgehen nach Protokoll ihre Chancen erhöhte, wenigstens ein Mindestmaß an Gerechtigkeit zu erfahren.

»Wir sorgen dafür, dass die zuständigen Beamten in eurem Viertel das ernst nehmen«, sagte Smith. Er glaubte nicht daran, und es war eigentlich auch nicht seine Art, leere Versprechungen zu machen. Er war unzufrieden mit sich, die Rolle des Polizisten stand ihm nicht gut, wenn er nebenbei auch noch Opfer war. Also entschied er, sich auf den Polizistenpart zu konzentrieren. »Lucius und ich sind bald zurück. Wir überprüfen das Haus.«

»Jetzt?«, fragte seine Mutter, meinte damit: *Nachts? Im Dunklen?*

»Ja.« Ihr erschrockener Gesichtsausdruck machte es sogar eher weniger beängstigend, denn es erinnerte ihn daran, dass er Dinge tat, die andere sich nicht trauten.

⋆

Die Strahlen beider Taschenlampen wirkten mickrig in der überwältigenden Dunkelheit der Nacht, als Boggs und Smith den Block absuchten. Außer Blutspuren fanden sie nichts.

Der Weg dahin war nicht ganz ohne gewesen. Eine Viertelstunde hatten sie zu Boggs' Haus gebraucht, wo Boggs eilig eine Nachricht auf dem Küchentisch hinterlassen und sich den Wagen seines Vater geliehen hatte, dann folgte eine fünfzehnminütige Fahrt durch die Stadt. Sie redeten kaum miteinander, und Boggs beäugte misstrauisch seinen Partner, der fahl im Gesicht und ungewohnt schweigsam war.

Malcolm war nicht vor seinem Haus gefunden worden, sondern fünf Häuser weiter südlich. Das erklärte zumindest teilweise, warum Hannah nicht von der Schlägerei wach geworden war, doch leise waren sie offensichtlich dennoch gewesen. Wahrscheinlich hatte es noch nicht einmal eine offene Auseinandersetzung gegeben, eher einen plötzlichen Schlag oder einen von hinten und dann Tritte, als er schon am Boden lag.

Kein Geräusch bis auf Grillen und Frösche. Es war jetzt nach vier, nahezu alle Lichter in den Häusern waren erloschen, und doch versuchten sie etwas zu finden, irgendwas. Eine Flasche mit Fingerabdrücken, einen Kronkorken, einen Fetzen Kleidung, einen Zigarettenstummel. Und das im saubersten Block von ganz Atlanta.

Das meiste Blut war an einer einzigen Stelle geronnen, eine gezackte Spur führte noch drei Meter weiter bis zu einer kleineren Lache. Vielleicht hatten sie ihn gezogen, oder er hatte versucht, zu seinem Haus zu kriechen, nachdem sie ihn dort liegengelassen hatten, und war nicht weit gekommen, bevor er zusammengebrochen war.

Einer der Nachbarn musste etwas gesehen haben. Und dennoch hatte keiner die Tür geöffnet und sich erkundigt, was da vor sich ging. Smith und Boggs versuchten, leise zu sein, doch sicher wusste jemand, dass sie hier waren, beobachtete sie durch einen Spalt in den Vorhängen.

Dann schluckten Frontscheinwerfer das Licht ihrer Taschenlampen, machten sie überflüssig.

»Die haben länger gebraucht, als ich dachte«, murmelte Smith, während der Streifenwagen geräuschlos hielt.

»Was habt ihr Jungs hier zu suchen?«, bellte eine Stimme.

Smith näherte sich dem offenen Fenster des Fahrers, dessen Gesicht er noch nicht erkennen konnte. Das »Jungs« machte ihn nur noch wütender, und ein Teil von ihm hätte dem Cop am liebsten mit der Taschenlampe ins Gesicht geleuchtet. Der andere Teil wusste, dass das ein schwerer Fehler wäre.

»Ich bin Officer Smith, und das ist Officer Boggs.« Er beugte sich in Richtung Autofenster, kam dem Fahrer zweifellos näher, als es dem bei Negros lieb war. Er konnte ihn jetzt sehen, es handelte sich um einen Cop mittleren Alters, dessen schmale und spröde Wangen in sein Gesicht einzusinken drohten, als ob eine innere Anspannung ihn langsam von innen aufsaugte. Er hatte ihn noch nie zuvor gesehen.

»Einer meiner Verwandten wurde hier vor ein paar Stunden angegriffen.«

Die weißen Cops stiegen aus ihrem Wagen und eilten auf sie zu. Auch Boggs kam jetzt näher, um zu zeigen, dass er sich nicht einschüchtern ließ. Sowohl er als auch Smith trugen Waffen an den Fußgelenken und hinter dem Rücken in versteckten Holstern. Niemals hätten sie sich unbewaffnet nachts hier blicken lassen. Und doch wussten sie, dass offen zur Schau gestellte Waffen jeden weißen Zeugen in den Gewehrschrank greifen lassen würden.

»Das ist nicht euer Revier, und außerdem tragt ihr keine Uniformen«, sagte der, der am Steuer gesessen hatte. Boggs erkannte ihn als Brian Helton, einer der Cops, die mit am meisten Spaß dran hatten, die neuen Negro-Polizisten zu provozieren. Er war ein Freund von Lionel Dunlow gewesen, ein Sadist und der frühere Partner Rakestraws. Nachdem Dunlow vor zwei Jahren auf mysteriöse Weise verschwunden war, hatte Helton lautstark seine – von vielen geteilte – Meinung geäußert, dass die schwarzen Polizisten etwas damit zu tun haben mussten. Also hatte man sie alle verhört, entgegen McInnis' wütendem Protest. Boggs und Smith hatten genau wie die anderen zugegeben, dass sie Dunlow verachteten, doch hatten gelogen, als sie behaupteten, sie hätten nichts mit seinem Verschwinden zu tun.

»Wir sind nicht im Dienst«, sagte Smith. »Wir kommen gerade aus dem Krankenhaus. Entweder hat man ihn auf dem Heimweg attackiert oder woanders und nur hier abgeladen.«

»Auf dem Heimweg? Hier?«, fragte der andere Cop. Er war groß, sein Hemd spannte mehr, als es sollte, seine Wangen waren teigig und blass und das Haar unter der Mütze schütter. Alles an ihm erinnerte Boggs an ein Stück Gebäck. »Da haben wir ja das Problem.«

»Was soll das heißen?«, fragte Smith.

»Das *heißt*, das hier ist ein weißes Viertel«, antwortete Helton für seinen jungen Partner. »Er dürfte gar nicht hier sein.«

»Er bricht kein Gesetz, indem er hier wohnt«, sagte Smith, »und das wisst ihr.«

»Wie wär's mit Störung der öffentlichen Ruhe?«

»Das Opfer einer Schlägerei hat die öffentliche Ruhe gestört?«, stieß Boggs hervor.

»Wie viele Angriffe hat es in diesem Viertel in den letzten drei Monaten gegeben?«, fragte Helton. »Ich sag's euch, weil's mein Revier ist: null. Doch kaum zieht der hier ein, was passiert? Nicht mal einen Monat, nachdem er aufgetaucht ist.«

»Ihr verdreht da Ursache und Wirkung«, sagte Boggs, schäumend vor Wut. Smiths Partner wirkte, als würde er Helton jeden Moment anfallen.

»Ich glaube, alles an dieser Situation ist verdreht. Es ist verdreht, dass er glaubt, er kann einfach hier so wohnen und keinen Ärger bekommen. Es ist verdreht, dass die Stadt glaubt, sie kann jemand wie euch Dienstmarken geben und zu Cops machen.«

»Ein richtiger Cop scheinen Sie aber auch nicht zu sein«, sagte Smith. »Ein Mann wird während Ihrer Schicht halbtot geprügelt, und Sie wissen nicht das Geringste drüber?«

»Wer sagt, dass wir nichts drüber wissen?«, fragte der jüngere Cop, was ihm einen kurzen wütenden Blick von Helton einhandelte.

»Na, dann lasst mal hören«, sagte Boggs.

»Er weiß nicht, was er da redet«, sagte Helton und schüttelte abfällig den Kopf. »Genau so wenig wie ihr. Und wenn ihr heute Nacht nicht noch mehr Gewalttätigkeiten erleben wollt, haut ihr jetzt besser ab.«

»Wir können auf uns aufpassen«, antwortete Boggs.

»Tommys Verwandtschaft offenbar nicht.«

Smith trat an Helton heran. Boggs packte Smiths linken Vorderarm, hielt ihn zurück. »Was wisst ihr darüber?«, forderte Smith. »Erst fliegt ein Ziegelstein durch ihr Fenster – und ich wette, dass ihr euch einen Scheiß drum gekümmert habt – und jetzt das hier. Wer war das?«

Boggs kam ein übler Verdacht. Die weißen Cops hatten das angezettelt, um Smith eins auszuwischen. Vielleicht hatten die Cops in diesem Teil der Stadt Malcolm verprügelt, während die Cops im anderen Teil Boggs und Smith gewarnt hatten, sich aus dem Drogenhandel rauszuhalten.

»Tja, Tommy, sagen wir doch einfach, dass wir alle offenbar mehr wissen, als wir zugeben, stimmt's?«

»Du wirst nie aufhören zu glauben, dass wir etwas mit Dunlows Verschwinden zu tun hatten, oder?«, fragte Boggs. »Nicht mal, nachdem die interne Ermittlung bestätigt hat, dass wir nichts damit zu tun hatten.«

»Nein. Damit werde ich nie aufhören.«

»Darf ich fragen, wovon zur Hölle ihr da redet?«, fragte das Gebäckstück.

»Schnee von gestern«, sagte Smith.

»Nehmt jedenfalls das als freundlichen Rat«, sagte Helton. »Scheiße, oder nehmt's als unfreundlichen Rat, mir egal: Ihr verschwindet besser wieder in euren Teil der Stadt. Hier scheinen sich heute Nacht ein paar Weiße rumzutreiben, die nicht so freundlich sind wie wir.«

Die Cops stiegen zurück in den Wagen und fuhren davon. Jetzt erst bemerkte Smith, dass Boggs ihn noch immer am Arm festhielt, als ob er Angst hatte, dass sein Partner ihnen hinterherjagen könnte.

★

Auch zehn Minuten später hatte ihre Suche nichts ergeben, dafür wurden sie von einer Stimme aufgeschreckt, die brüllte: »Polizei! Hände hoch!« Sie drehten sich zur Straße. Der Strahl einer Taschenlampe erhellte Boggs' Brustkorb. Eine Gestalt schritt auf ihn zu, doch im Gegenlicht sahen sie nur einen verschwommenen Umriss.

»*Wir* sind die Polizei!«, brüllte Smith zurück. »Officer Smith und Boggs! Wer sind *Sie*?«

»Herrgott«, sagte die Stimme, keine Antwort, eher ein frustrierter Seufzer. Die Taschenlampe war nun auf die Straße gerichtet, während der Mann eine seltsame Armbewegung machte. »Ich bin's, Rakestraw. Was macht ihr hier?«

Sie traten auf die Straße, nah genug, um zu sehen, wie er eine Schusswaffe im Gürtel seiner Jeans verstaute. Die Erkenntnis, dass eine Waffe auf sie gerichtet gewesen war, trug nicht dazu bei, ihre Nerven zu beruhigen. Sie waren schon außer sich vor Wut hergekommen, und alles, was seitdem passiert war, hatte sie nur noch wütender gemacht.

»Wir untersuchen einen Tatort«, sagte Boggs.

»Das ist nicht euer Revier.«

»Deins auch nicht«, sagte Smith.

»Ich wohn zwei Blocks entfernt.«

»Meine Schwester wohnt hier.« Smith deutete hinter sich. Dann leuchtete er mit seiner Taschenlampe auf eine der Blutlachen und erläuterte das wenige, das ihnen bekannt war.

»Das wusste ich nicht«, sagte Rake. »Ich war nur spazieren, weil ich nicht schlafen konnte.«

»Mit einer Waffe?«, fragte Boggs.

»Manchmal. Hat jemand Anzeige erstattet?«

»Noch nicht«, sagte Smith.

Sie hatten mit Rake bereits vor zwei Jahren an einem Mordfall gearbeitet, zögerlich und in sicherem Abstand. Niemand sonst wusste von ihrer kurzzeitigen Allianz. Für die anderen weißen Cops hätte das als Verrat gegolten, und Boggs und Smith hätte man zur Rechenschaft ziehen können, weil sie außerhalb ihrer Befugnisse gehandelt hatten. Sie waren sich immer noch nicht sicher, ob man Rake trauen konnte.

»Wie lang ist das hier schon Heltons Revier?«, fragte Smith.

»Circa ein Jahr. Tut mir leid wegen deinem Verwandten. Ich hoffe, ihm geht's gut. Aber ich würde nicht drauf warten, dass jemand wie Helton sich drum kümmert.«

»Oder sonst jemand«, sagte Smith. »Irgendwer hat vorgestern einen Ziegelstein durchs Fenster geworfen, und kein einziger Cop hat das aufgenommen. Und ich kann mich übrigens auch an keine Festnahmen wegen Brandstiftung erinnern, als jemand vor ein paar Jahren das Calvin-Anwesen abgefackelt hat.«

»Es gab eine Ermittlung, aber keine Festnahmen«, antwortete Rake und schien einen Moment lang über etwas nachzudenken, der Blick abwesend.

»Ich werde den Block abgehen«, sagte Smith, als könne er Rakestraws Gegenwart nicht länger ertragen. »Mal sehen, ob ich was finde.«

Sobald er weg war, sagte Boggs zu Rake: »Die Nachbarn *müssen* was gesehen oder gehört haben.«

»Ich geh nicht von Tür zu Tür.«

»Warum nicht?«

»Nicht mein Revier. Und die Anwohner hier haben ein Recht auf Ruhe, sollen nicht mit solchen Dingen belästigt werden.«

Boggs hasste diese Antwort und die implizierte Verdrehung der Rechtslage. Er atmete durch.

»Wenn du es schon nicht offiziell machst, dann hör dich wenigstens um, beiläufig, beim nächsten Barbecue. Du lebst doch hier. Du hörst Sachen, die Helton nicht hört.«

Rake zögerte, und bevor ihm eine neue faule Ausrede einfiel, drängte ihn Boggs: »Ich hab dir mal einen Gefallen getan.«

»Wir haben uns *gegenseitig* geholfen.«

»Dann ist das einfach eine Bitte von Cop zu Cop. Ich will wissen, wer das getan hat.«

»Das ist echt die Woche der beschissenen Gefallen«, sagte Rake, und Boggs konnte ihm nicht folgen. »Aber gut, ich sehe zu, was ich herausfinden kann. Dafür kannst *du* jetzt *mir* einen Gefallen tun: Kommt nicht wieder her. Sich hier blicken zu lassen macht alles nur schlimmer. Wenn's nicht Helton ist, dann sorgt jemand anderes für Ärger, das wisst ihr genau.«

Schieb die Schuld ruhig auf den Negro, dachte Boggs. *Störung der öffentlichen Ruhe.*

Schritte. Sie drehten sich um und sahen die Gestalt von Smith auf sie zukommen. Er hielt etwas in der Hand, ein Stück Papier, das mit jedem Schritt sanft flatterte.

»Hab ich vom Telefonmasten, Ecke Myrtle und Spruce.«

Als er näher trat, konnten sie die Botschaft der Großbuchstaben auf dem Flugblatt mehr als deutlich erkennen: »Zone der Weißen Gemeinschaft.« Darunter ein Blitzsymbol, blutrot.

»Das letzte Mal, als ich so einen gesehen habe«, Smith tippte mit seiner freien Hand auf den Blitz, »saß ich in Deutschland in einem Panzer.«

14

RAKE VERSUCHTE GAR NICHT erst einzuschlafen, als er wieder zu Hause war. Das schlechte Gewissen und die Scham, die er beim Gespräch mit Boggs und Smith empfunden hatte, als ihm bewusst geworden war, dass der Täter vielleicht sein eigener Schwager war, nagten immer noch an ihm. Es war übelerregend gewesen, mit den Negro-Polizisten zu reden und sich dabei zu fühlen, als könnte jeder die Verfehlungen seiner eigenen Sippe sehen.

Warum ging ihm das so? Er versuchte dahinterzukommen. Im Gegensatz zu den meisten seiner Kollegen verabscheute er die Negro-Cops nicht. Vermutlich hatte er sich öfter mit Boggs unterhalten als jeder andere weiße Cop, von dessen Sergeant mal abgesehen. Er war froh, dass die Stadt sie angeheuert hatte, denn wenn sie sich als fähig erwiesen, dann würde Atlanta mehr von ihnen einstellen, und es gäbe bald genug, um all ihre Viertel adäquat zu patrouillieren. Dann würden weiße Cops wie Rake sich nie mehr in die farbigen Viertel wagen müssen.

Rake hatte Boggs hauptsächlich deshalb versprochen, sich wegen des Überfalls umzuhören, damit er sich Boggs und Smith vom Leib halten konnte. Das hier waren *seine* Familie und *sein* Viertel. Boggs' und Smiths Präsenz würden die Spannungen hier nur verschärfen, die schon so viele dazu gebracht hatten, dieser neuen Nachbarschaftsinitiative beizutreten, von der Cassie ihm erzählt hatte. Die Idee der Gruppe, die Negros mit Spendengeldern unter Druck zu setzen, gefiel ihm nicht, und das hatte er sie wissen lassen. Es fühlte sich einfach taktlos an. Und wenn der Plan der Gruppe, ihre Nachbarn aufzukaufen, nicht aufging, wie lautete dann ihre nächste Taktik, hatte er Cassie gefragt. Körperverletzung? Sie hatte behauptet, dass die Spendenidee genau dazu gedacht war, um Gewalt zu vermeiden; ihre Waffen waren Dollars und Listen statt Ziegelsteinen und Keulen. Also warum unterstützte Rake sie nicht? Widerwillig hatte er zugestimmt, teils weil er ihre Argumentation nachvollziehen konnte, teils weil er nicht weiter streiten wollte. Also ja, wenn sie wirklich etwas beisteuern wollte, würde er es erlauben.

Das war gestern gewesen. Und jetzt, da es *doch* zu einem Angriff gekommen war, fragte er sich, ob er nicht von Anfang an recht gehabt hatte. Vielleicht sollte er sich die Nachbarschaftshilfe wegen möglicher Verdächtiger vorknöpfen, herausfinden, wer da alles mitmachte.

Am nächsten Morgen ging er durchs Viertel und riss als Erstes die Zettel der *Weißen Gemeinschaft* ab, von denen er vier fand. Bereits vor einigen Tagen hatte er zwei abgerissen, doch die neuen hatte man teilweise an dieselben Pfosten geheftet, von denen er die ersten abgerissen hatte. Was bedeutete, dass sie vermutlich letzte Nacht aufgehängt worden waren, möglicherweise von den Angreifern.

Die Symbole waren das unverwechselbare Zeichen der Columbianer. Er konnte nicht fassen, dass sie wieder da waren, doch er wusste auch, dass ihn nichts mehr erschüttern sollte. Den eigentlichen Schock hatte er vor vier Jahren erlitten, als er aus dem Krieg heimgekehrt war und ein identisches Zeichen in dem Viertel vorgefunden hatte, in dem er und Cassie eine Wohnung gemietet hatten. Es war weniger die *Weiße Gemeinschaft*, die ihn so empörte, vielmehr der dazugehörige Blitz.

Während seiner Kindheit hatte es in Atlanta wie in so vielen Städten Silberhemden, Schwarzhemden und andere faschistische Gruppierungen gegeben, und alle hatten sie die Schuld für die harten Zeiten auf die Schwarzen, die Kommunisten, die Katholiken und die

Juden geschoben. Es hatte Aufmärsche in der ganzen Stadt gegeben, sogar einen durch Downtown, angeführt von Männern, die behaupteten, für die Probleme der Nation sei Roosevelt mit seinem »Juden-Deal« und seinen sozialistischen Arbeiterführer-Kumpanen verantwortlich. Nachdem man Hitler und Mussolini den Krieg erklärt hatte, verstummten diese Gruppen, doch seit wieder Frieden herrschte, waren die Stimmen wieder lauter geworden, als ob der Faschismus nur eine Erscheinung war, die während der Kriegsarmut aus der Mode gekommen war, so wie lange Kleider und Ausflüge ins Grüne. Doch jetzt war er wieder da, zumindest in gewissen Kreisen.

1946 hatten die Columbianer mit ihren braunen, an Nazis erinnernden Uniformen mit den Blitzsymbolen auf den Ärmeln ihre weißen Mitbürger in Atlanta ermutigt, zu den Waffen zu greifen – gegen die dreisten Negros, die mit gefährlichen Ideen wie Gleichstellung aus Europa zurückgekehrt waren. Der *starke weiße Mann muss für die Rassentrennung einstehen. Wir kämpfen für den weißen amerikanischen Arbeiter.* Rake erinnerte sich an eine Versammlung vor der Sweetwater Mill, wo er selbst mal kurz gearbeitet hatte, und Dale nach wie vor. Er war angewidert von den Hitlergrüßen (sie begrüßten ihre Anführer sogar mit einem »Heil«) gewesen und sprachlos darüber, dass es solche Dinge auch nach dem Krieg noch gab, und zwar hier in Atlanta. Eines Morgens waren ihm einige Columbianer auf der kleinen Grünfläche entgegengekommen, die Hanford Park seinen Namen gab, sie hatten pseudo-militärische Drills und Freiübungen praktiziert.

Damals hatte Dale sogar mit dem Gedanken gespielt, sich ihnen anzuschließen, und seine Bewunderung für die Demonstration von Stärke und das selbstbewusste Auftreten geäußert. Rake hatte gerade einen Krieg gegen den Faschismus geführt und gewonnen, wohingegen Dales engster Kontakt mit einem Schlachtfeld das örtliche Kino war, da man ihn ob seines Herzfehlers als 4F – untauglich – einge-

151

stuft hatte. Und doch schien man hier kein Problem damit zu haben, die Uniform des Feindes zu tragen, jetzt, wo der Rauch sich wieder gelegt hatte. Vieles an Rakes Heimkehr war verstörend gewesen, als hätte er einen zerbrochenen Kosmos betreten, der nur dürftig wieder aus seinen Einzelteilen zusammengesetzt worden war.

Kurz nach dem Krieg hatten sich Rake und Cassie ihr Haus gekauft, hauptsächlich dank des staatlichen Kredits für GIs. Im selben Monat hatte ein Haufen Columbianer in einem ein paar Meilen nördlicher gelegenen Viertel ein paar Negros übel zusammenschlagen. Die Gruppe hatte sich vor dem neuen Haus eines Negros versammelt, und einer der führenden Columbianer hatte ein paar Worte zu viel über den Sturz des Gouverneurs und des Präsidenten als Teil des utopischen Masterplans zur Erschaffung einer ausschließlich weißen Nation fallen gelassen. Daraufhin wurden er und zwei andere wegen Widerstand gegen die Staatsgewalt und Anzetteln eines Aufruhrs ins Gefängnis geworfen. Nur ein paar kurze Monate nach ihrem Auftauchen war die Gruppe wieder von der Bildfläche verschwunden. Hatte Rake gedacht.

Denn wer verteilte die Zettel in Hanford Park, wenn nicht sie? Möglich auch, dass sie es waren, die Smiths Schwager angegriffen hatten. Möglich, dass Dale selbst der Täter war. Rake hatte Dale gewarnt, die neuen Negro-Nachbarn in Ruhe zu lassen, doch sich auf Dales Intelligenz und Einsicht zu verlassen war noch nie eine gute Idee gewesen.

Es gab noch eine andere, eine verworrene, aber beunruhigende Option: Dale hatte behauptet, er hätte den nächtlichen Trip nach Coventry unternommen, damit der Coventry-Klavern sich revanchierte. Vielleicht war ein Haufen Schläger in Kapuzen und Roben aus der Pampa hier runter gefahren, um in Hanford Park einen Negro zu verprügeln, und die Zettel der Columbianer waren nur Zufall. Womöglich versammelten sich gerade alle Formen von Hass in Rakes Viertel.

★

Rake unternahm einen kurzen Spaziergang zum Haus seines ersten Partners, dem brutalen und von der Bildfläche verschwundenen Lionel Dunlow. Eine riesige Eiche beherrschte den Vorgarten so vollständig, wie Dunlow jeden um sich herum beherrscht hatte. Der kleine Bungalow schrie nach einem neuen Anstrich, und auch der Rasen musste mal wieder gemäht werden. Rake erinnerte sich an Dunlows Klagen über seine faulen Söhne, und es stimmte ihn traurig zu sehen, dass sie in seiner Abwesenheit nicht einsprangen.

Er klopfte an der Tür. Durch ein offenes Fenster hörte er im Radio das Ende eines Berichts über Joe McCarthys jüngste Rede, dann ging es weiter mit dem Neuesten von der Kefauver-Anhörung zum organisierten Verbrechen.

Die letzten beiden Jahre hatten Spuren bei Dunlows Witwe hinterlassen. Ihre Haare hatten sich von angegraut zu komplett weiß gewandelt, und sie hatte sie ziemlich kurz geschnitten, als ob sie damit der Welt trotzen wollte.

Die ersten sechs Monate hatte sie sich geweigert zu glauben, dass Dunlow tot war, doch nach Wochen erfolgloser Suche versandeten die Ermittlungen des Departements. Danach hatte der Sinn für Realität und das Bedürfnis nach Witwenrente gegen das Leugnen gesiegt. Am kältesten Februartag 1949 war ein leerer Sarg mit allen Ehren der Polizei beerdigt worden.

»Officer Denny.«

»Wie geht's Ihnen, Janisse?«

»Sonne geht auf und wieder unter. Dazwischen komm ich zurecht. Haben Sie irgendwas Neues herausgefunden?«

Deshalb hatte er gezögert herzukommen. Es war nicht gerade angenehm, das noch mal aufleben zu lassen.

»Ich wünschte, es wär so.«

»Na dann. Gibt's noch einen anderen Grund, warum Sie hier sind, außer damit ich mich schlecht fühle?«

»Ich hatte gehofft, kurz mit Ihren Jungs reden zu dürfen. Sind sie da?«

»Was hat Knox jetzt wieder angestellt? Oder vielleicht will ich's auch gar nicht wissen.«

»Ist sicher gar nichts. Ich geh nur meine Liste durch.«

Sie sah aus, als wäre ihr schon seit Längerem alles egal. »Die treiben sich irgendwo hinten rum.«

Auch der Garten hinterm Haus war verwildert, und ganz am Ende stand Dunlows alter Geräteschuppen, dessen Dach offenbar erst vor Kurzem eingestürzt war. Davor stapelte sich jede Menge Unrat, durch die sich die beiden Dunlow-Jungs gerade wühlten, um herauszufinden, was sich noch zu retten lohnte. Alte Fahrräder, Bretterstapel, Sammlungen von verrosteten Farbtöpfen. Rake begrüßte Knox, zwanzig, und Buddy, achtzehn. Knox trug ein ärmelloses T-Shirt, das seinen muskulösen Oberkörper zur Geltung brachte. Rake schätzte ihn auf über 1,90, und der frisch rasierte Kopf bestätigte die Gerüchte, dass er sich für Korea gemeldet hatte. Auch Buddy war alles andere als ein Schwächling, doch neben seinem Bruder wirkte er fast zierlich.

»Sieht nach Spaß aus«, log Rake.

»Dicker Ast, ist vorletzte Nacht aufm Schuppen gelandet«, erklärte Buddy.

»Und dann hat's geregnet.«

»Was gibt's Neues bei dir, Knox?«

»Genieß meine letzten Tage in Freiheit. Muss morgen wieder im Camp sein, und nächste Woche schiffen wir aus.«

Knox hatte sich die letzten beiden Jahre mit Gelegenheitsjobs durchgeschlagen. Selbst als sein Vater noch lebte, war Knox einer von der Sorte gewesen, die immer wieder in Raufereien und minderjährige Trinkgelage geriet, einmal hatte er sogar eine Spritztour mit einem gestohlenen Wagen unternommen. Den Knast hatte er vermeiden können, aber nur weil Dunlow seinen Einfluss geltend gemacht hatte.

Auch bei jüngsten Kneipenschlägereien hatten die Cops ein Auge zugedrückt, aber das würde nicht ewig so bleiben.

»Viel Glück da drüben.«

»Danke. Was gibt's?«

Die beiden ähnelten ihrem Vater so sehr, dass er sie kaum anschauen konnte.

»Ich hab mich gefragt, ob ihr mir sagen könnt, wo ihr letzte Nacht wart.«

»Warum?«, fragte Knox, nicht ohne Aggression. Er wischte seine schmierigen Hände an einem Tuch ab.

»Ich war hier«, sagte Buddy. »Knox war unterwegs.«

Knox versetzte seinem jüngeren Bruder einen Schlag unters Schlüsselbein.

»Halt die Fresse, Buddy.«

Als Rake die Familie in den ersten Wochen nach Dunlows Verschwinden noch halbwegs regelmäßig besucht hatte, war das schon ihre Dynamik gewesen: Knox angriffslustig, sofort kampfbereit und zutiefst misstrauisch gegenüber Rake; Buddy dagegen entwaffnend ehrlich und offen, alles andere als seines Vaters Sohn.

»Wo warst du unterwegs?«, fragte Rake Knox, während Bobby vor Schmerz zusammenzuckte und seinen Arm schüttelte.

»Worum geht's hier?«, verlangte Knox.

»Gestern Nacht ist einer der neuen Negro-Nachbarn aufgemischt worden.«

»Wen juckt das?«

»Mich. Gehört zu meinen Beruf.«

»Zu deinem Beruf gehören auch eine Menge anderer Dinge, um die du dich nicht scherst.«

»Mit so was haben wir nichts zu tun«, sagte Buddy, sichtlich getroffen, nicht nur an der Schulter.

»Okay.« Rake nickte, ließ es langsam angehen. Er hatte bereits festgestellt, dass die Knöchel der jungen Männer ohne Schrammen und Schnitte waren. Dann wiederum konnten Malcolm Greers Verletzungen auch von einem Baseballschläger oder einem Kantholz stammen, oder die Angreifer hatten Handschuhe getragen. Von den Aknenarben abgesehen war Buddys Gesicht unbeschädigt, doch Knox hatte eine leichte Schramme neben dem rechten Mundwinkel. »Wir drei wissen, dass ihr vor zwei Jahren Brandbomben auf das Haus eines Negros geworfen habt. Weil er nach Hanford Park gezogen ist. Jetzt kommen ein paar Negros her, und einer von ihnen wird fast zu Tode geprügelt. Ist nur logisch, dass ich euch einen Besuch abstatte.«

»Ich hab keinen Schimmer, wovon der redet«, sagte Knox mit einem Feixen im Gesicht zu seinem Bruder.

Rake hatte die Jungs in jener Nacht laufen lassen und konnte sich immer noch nicht ganz erklären warum. Vielleicht hatte er Mitleid gehabt, weil ihr Vater vermisst wurde und er gespürt hatte, dass etwas Schreckliches vorgefallen war. Er fragte sich, wie es war, unter einem arroganten und gewalttätigen Mann wie Dunlow aufzuwachsen. Vielleicht hatte Rake sie auch deshalb davonkommen lassen, weil er Angst davor hatte, was mit ihrer ohnehin zerrütteten Familie passieren würde, wenn die Söhne vor Gericht kamen. Und vielleicht hatte er es auch nur getan, weil sie weiß waren, genau wie er.

»Nur weil ich euch damals einen Gefallen getan habe, heißt das nicht, dass ich es wieder tun würde. Vor allem nicht bei einer so wüsten Sache. Wollt ihr mal ein paar Fotos von dem Mann sehen?«

Knox lachte. »Wenn ich einen verprügelten Nigger sehen will, dann frag ich nicht dich.«

So viel zu seiner Hoffnung, dass Knox das Thema ernst nehmen würde. »Es wär leichter, wenn du mir sagst, was du letzte Nacht gemacht hast und mit wem du zusammen warst.«

»Knox, sag's ihm einfach«, sagte Buddy.

»Vergiss es! Warum sollte ich dem Bastard irgendwas sagen?« Dann richtete er seinen Ärger wieder auf Rake. »Tut immer so hilfsbereit, wenn er vorbeikommt. Denkst du, wir wissen nicht, was Sache ist? Ne Menge von Dads Freunden behaupten, dass *du* ihm was angetan haben. Die sagen, *du* hast eine Menge Dreck am Stecken.« Er sah aus, als würde er Rake gleich ins Gesicht spucken oder ihm eine verpassen. Obwohl erst zwanzig, war er sicher ein zäher Bursche.

»Wer behauptet das?«

»Ne Menge Leute. Onkel Brian zum Beispiel.«

»Onkel Brian? Du meinst Officer Helton?« Verwandt waren die eigentlich nicht, soweit Rake wusste, »Onkel« war eher im Sinne von »einer von Dads besten Freunden« zu verstehen. »Glaub nicht alles, was du hörst. Wär auch mein erster Rat an jemanden, der demnächst in den Krieg zieht.«

Knox dachte einen Moment lang nach. »Du warst in Frankreich, stimmt's?«

»Stimmt. Und Deutschland.«

Knox seufzte. »Na gut, ich war mit meinen Freunden Jimmy Sanders und Mel Haines unterwegs, und wir haben bei Mel was getrunken, okay? Wir waren ziemlich besoffen, aber das ist unser gutes Recht.«

»Und was hast du danach gemacht?«

»Bin eingeschlafen.«

Drei sich betrinkende Armleuchter war kaum ein Alibi für den Angriff auf einen Negro.

»Woher hast du die Schramme im Gesicht?«

»Ich hab Mel verarscht, weil's seine Freundin nicht mit ihm treiben will, und am Ende haben wir ein wenig gerauft.«

»Und du warst hier, Buddy, und deine Mutter kann das bezeugen?«

»Jawohl, Sir!«

»Sind wir fertig?« Knox hielt ihm seine schmierigen Finger hin. »Muss mich mal waschen gehen.«

»Eins noch.« Rake gefiel Knox' Geschichte kein Stück, doch vorerst würde er sie durchgehen lassen. Er würde die Freunde finden müssen und prüfen, ob sich ihre Geschichten deckten. »Wisst ihr was über diese Zettel im Viertel, auf denen was von *Weiße Gemeinschaft* steht, zusammen mit einem Blitz?«

Knox zuckte mit den Achseln, und Buddy behauptete, sie gesehen zu haben, aber sonst nichts darüber zu wissen.

»Habt ihr Freunde, die zu denen gehören? Den Columbianern?«

Buddy sagte »Nein« und Knox nur spöttisch »Scheiße, nein.«

»Gut. Haltet euch von denen fern, und wenn ihr was über die hört, gebt mir Bescheid.«

Nachdem Knox ins Haus gegangen war, fragte Rake Buddy: »Bist du schon mit der Schule fertig?«

»Dieses Jahr. Danach wollte ich vielleicht zur Polizei.«

»Das ist gut.« Obwohl er nicht wusste, wie gut er das wirklich fand. »Dritte Dunlow-Generation mit Dienstmarke.«

»Fühlt sich richtig an.« Und so simpel war das. Es war der Grund, den die meisten für ihre Berufung angaben. Nach einer Pause ergänzte Buddy: »Ich hab gedacht, es war meine Schuld, dass er abgehauen ist. Dachte, wenn ich mich mehr anstrenge und mehr das tue, was er wollte, nicht mehr so stur bin …«

»Ich weiß nicht, was deinem alten Herrn passiert ist, Buddy, aber ich bin todsicher, dass es nichts damit zu tun hat, was du getan oder nicht getan hast.« Rake deutete auf den Boden. »Und jetzt tu deiner Mutter einen Gefallen und mäh den Rasen, bevor sie dich wieder dran erinnern muss, okay?«

15

ES WURDE DUNKEL, und Julie wusste, dass sie immer noch nach gebratenem Hühnchen roch, wusste, dass der Geruch sich in den Haaren und an der Kleidung festgesetzt hatte und dass sie das Kleid hinter dem Haus an die Leine hängen und die Herbstluft es für sie reinigen lassen musste, schließlich hatte sie zu wenig Kleidung und zu wenig Zeit. Sie hasste es, wenn sie nach Hause kam und nach besserem Essen roch, als sie ihrem eigenen Sohn bieten konnte, der wahrscheinlich wieder Omas wässrige Suppe zum Abendessen gelöffelt hatte. Ihre Füße waren müde, und sie freute sich auf nichts so sehr wie Hinsetzen, als sie an der Tür von einem Gespenst überrascht wurde.

»Julie.«

Ihr Mund stand offen, doch sie bekam keine Luft.

»Julie. Mein Gott.«

Das Gespenst kam näher, schlang seine Arme um sie, bevor sie etwas dagegen unternehmen konnte. Ihre Arme hingen herunter, während er sie umarmte, sie drückte, um ihr zu zeigen, dass er echt war, alles andere als ein Gespenst. Sie spürte, wie sein Herz schlug, offenbar vor Freude, und erst als er seine Lippen auf ihre zubewegte, kam wieder Leben in ihre Arme, und sie stieß ihn weg.

»Hör auf«, sagte sie und wich zurück, und zum ersten Mal seit fünf Jahren sah sie Jeremiah in voller Größe. Dünner als früher, schmaleres Gesicht, die Wangenknochen hohl. Das Haar frisch geschnitten. Nach Rasiercreme duftend, nach Minze und Menthol. Das Hemd kannte sie nicht, doch es war älter, aus zweiter Hand oder aus dem

Müll gefischt, oder vielleicht hatte sie in fünf Jahren die kleinen Dinge wie Kleidungsstücke vergessen. Die großen Dinge auch.

Er hatte gelächelt, als er auf sie zugekommen war, doch jetzt wirkte er gekränkt. Außerdem schien es, als hätte er eben noch geweint, die Augen rot, die Wangen verklebt.

»Ich bin's. Ich bin draußen. Ich bin frei.« Er hielt seine ungefesselten Hände, seine Handflächen hoch, als wäre er der wiederauferstandene Christus und sie ein ungläubiger Jünger. »Schätze, du bist überrascht, mich zu sehen. Ich hätte es dir geschrieben, aber du hast ja aufgehört, mir zu antworten.«

»*Du* hast aufgehört, *mir* zu schreiben.« Ihre Stimme klang dünn.

»Ich hab dir geschrieben und geschrieben.«

Entweder log er, oder ihre Eltern hatten seine Briefe aus dem Gefängnis abgefangen. Sie wusste nur, dass seine Briefe in den ersten Monaten nach der Inhaftierung aufgehört hatten. Dann war ihre Familie umgezogen, nachdem der alte Vermieter ihnen gekündigt hatte, weil sie in anderen Umständen war, und dann waren sie innerhalb von zwei Jahren noch dreimal umgezogen, bevor sie hier landeten.

»Hat eine Weile gedauert, bis ich dich gefunden hab. Wusste nicht, dass du umgezogen bist. Wusste auch von ein paar anderen Dingen nichts. Zum Beispiel von dem Jungen. Meinem Sohn. War ganz schön baff, als ich an der Tür hier geklopft hab und deine Ma aufgemacht hat, und ich seh, wie der Kleine daherkommt und mich anschaut.« Er lächelte jetzt wieder. »Meine eigenen kleinen Augen schauen mich aus einem halben Meter Höhe an. Hat mich fast umgehauen. Mir war ganz schwindlig und alles. Wollt ihn hochheben, doch deine Ma hat mich rausgeschmissen.«

Sie fühlte, wie ihre eigenen Augen sich mit Tränen füllten.

»Du hast mir gesagt, du hast das Baby verloren. Warum hast du mich so belogen?«

»Ich hab dir gesagt, was du hören wolltest.« Ihre Stimme beinahe ein Flüstern.

Er schüttelte den Kopf, und sie hasste ihn dafür. Glaubte er ihr nicht, versuchte er, ihre Geschichte neu zu schreiben? Vielleicht hatte er den Moment vergessen, als sie ihm gesagt hatte, dass sie schwanger war und er sie angesehen hatte, als hätte sie ihm gerade ein schreckliches Verbrechen gebeichtet. Diese Reaktion konnte sie ihm immer noch nicht verzeihen.

»Ich kann nicht fassen …«, fing er an. »Ich kann nicht glauben, dass du bei so was lügst.«

»Schätze, wir haben beide Dinge getan, die der andere nicht fassen kann. Dass du dich mit den Freunden deines Bruders herumgetrieben hast und dir den ganzen Ärger eingehandelt hast. Mir das alles eingebrockt hast.«

»Julie … Das ist lange her, und ich hab einen Fehler gemacht und ich–«

»Schau, es freut mich, dass du ein freier Mann bist, aber ich will das nicht mehr. Und ich will dich nicht mehr. Ich hatte einen langen Arbeitstag – ehrliche Arbeit –, und ich muss mich ausruhen, also kannst du jetzt gehen.« Sie wartete darauf, dass er sich bewegte, doch von ihm kam nur ein hohles Lachen.

»Mehr hast du nicht übrig für mich? Fünf Jahre da drin, und das ist alles?«

»Das ist alles. Du und ich, das ist ein für alle Mal vorbei, und zwar seit langer Zeit.«

»Er ist mein Sohn.«

»Nicht mehr. Er war's auch nie wirklich, dafür hast du selbst gesorgt. Indem du dich mit diesen Leuten abgegeben hast, obwohl ich *Nein* gesagt habe. Dich da reinziehen hast lassen, obwohl ich *wusste*, das geht nicht gut. Du hattest die Wahl zwischen mir und deinem Bruder, und du hast dich für ihn entschieden.«

»Ich hab mich für *dich* entschieden.« Er wirkte erschüttert, verzweifelt. »Wie kannst du so was sagen?«

»Du hast dich zuerst für ihn entschieden, und damit hat der ganze Ärger angefangen.«

»Ich … Ich hab einen Fehler gemacht, ich weiß, aber dann hab ich dir *geholfen*, Mädchen.«

»Das hast du, und dafür hab ich dir gedankt, aber da hattest du schon genug angerichtet.«

»Ich saß fünf Jahre lang und–«

»Und ich hab fünf Jahre lang hier draußen geschuftet und allein einen Jungen großgezogen. Fünf Jahre lang auf allen Vieren für weiße Leute geputzt, gekocht und gewaschen, damit ich völlig kaputt heimkommen kann und ihn noch ein bisschen in den Arm nehme, bevor ich einschlafe.« *Fünf Jahre, in denen ich mir die ganzen Blicke und die Kommentare gefallen lassen musste. Fünf Jahre, in denen meine Ma mir zuliebe den ganzen Tag auf Sage aufgepasst hat, damit ich genug Geld verdienen kann, um uns zu ernähren.* »Erzähl du mir nichts von *deinen* fünf Jahren.«

Es wurde hell hinter ihm, als sich die Haustür öffnete und sich die schmale Silhouette ihrer Mutter abzeichnete. Julie bemerkte erst beim Anblick ihrer schweigenden Mutter, dass sie selbst zitterte und weinte, so heftig, dass ihre Sicht verschwamm. »Geh jetzt, Jeremiah«, sagte ihre Mutter. »Parnell kommt bald heim, und er wird nicht begeistert sein von deinem Anblick.«

Julies Vater zu erwähnen war keine gute Idee gewesen, denn Jeremiahs Brust schien bei der Unterstellung, er würde vor einem anderen Mann zurückweichen, anzuschwellen.

»Ich hab ein Recht, meinen Jungen zu sehen.«

»Er gehört nicht mehr dir! Er gehört mir und bald einem anderen Mann, denn ich bin *verlobt*. Du wolltest nie Vater werden, und du wirst nie einer sein.«

»Und er ist Polizist«, sagte Julies Mutter. Julie wusste nicht, wo Sage war. Ihre Mutter musste diese Tür schließen, denn wenn Sage rauskam und Jeremiah ihn sah, wusste Julie nicht, wozu sie fähig sein würde, ob sie schreien, oder sich auf Jeremiah werfen würde, und sie hatte Angst, dass sie in ihrer Wut am Ende noch Sage wehtun würde.

»Du heiratest keinen Polizisten.« Er dachte, sie redete von einem weißen Mann.

»Das tu ich. Es gibt jetzt schwarze Polizisten, und Lucius ist einer von ihnen. Er ist ein guter Mann und ein starker Mann, und er wird für uns das sein – was du nie warst.«

»Lucius.« Er sprach den Namen aus und machte ihn real. Dann stand er ein paar Sekunden lang wie vom Donner gerührt da. »Ich bin im Knast, und du treibst dich mit einem Polizisten rum. Gott im Himmel.« Er trat zurück, als hätte ihn erneut der Schlag getroffen, als drehte sich die Welt in Freiheit zu schnell für ihn.

»Warum bist du überhaupt hierher zurückgekommen? Deine Familie ist doch hoch nach Chicago gezogen, wegen dem, was du und dein Bruder getan habt.«

»Vielleicht geh ich irgendwann nach Chicago. Oder vielleicht bleibe ich stattdessen hier. Vielleicht will ich Kontakt mit dem kleinen Mann da drinnen halten.«

»Das wird nicht passieren. Geh jetzt.«

»Ich will meinen Jungen sehen.«

»Mach keine Szene, Jeremiah«, warnte ihre Mutter. »Du willst doch nicht, dass wir die Polizei holen.«

»Die Polizei? Genau, holen wir doch Julies neuen Mann. Das wär perfekt. Hol ihn her.«

»Tu's«, zischte Julie fast, erschrocken von Jeremiahs Gleichgültigkeit.

»Lass mich ihm eine gute Nacht wünschen. Ich konnte ihm vorher kaum Hallo sagen.«

Sie wollte keine weitere Silbe mehr an ihn verschwenden. Einen langen, stummen Moment standen sie einfach nur da.

Dann ging sie endlich auf die Tür zu. Sie musste an ihm vorbei, und er griff nach ihrem Handgelenk, packte es, noch nicht einmal fest, aber der wenige Kontakt reichte schon. Sie konnte die Wut nicht mehr im Zaum halten. Sie brach aus ihr heraus, krümmte ihre Finger zu Fäusten, übernahm die Kontrolle über ihre Arme und zuckte durch ihre Beine. Er versuchte, die Schläge abzuwehren, und stolperte rückwärts, doch sie konnte fühlen, wie sie ihn traf, dass er ihr dieses Mal weichen würde, dass sie ihn für alles bestrafen würde und zwar *hier und jetzt*, doch dann hörte sie ihre Mutter schreien und Sage weinen. Das allein hätte gereicht, um aufzuhören, doch dann zog ein fremdes Paar Arme sie zurück.

Mehrere Leute riefen *Stopp* und *Aufhören* und *Hey*, und sie konnte die Arme nicht bewegen. Julies Haare hatten sich gelöst und hingen ihr ins Gesicht, sie sah nicht viel, doch irgendwann erkannte sie die Stimme von Mr Cummings, ihrem Nachbarn, und die des alten Mannes, den sie Pitchfork nannten, der nirgendwo zu wohnen schien, doch immer in der Nähe war.

Die beiden Älteren hielten sie zurück, während ein dritter Mann, den sie noch nicht einmal kannte, eine Hand an Jeremiahs Brust hatte.

»Es reicht, es reicht«, sagte Mr Cummings, und sie ließen sie los. Sie fing sich, spürte die Hand ihrer Mutter auf ihrer Schulter, wie sie ihr bedeutete, ins Haus zu gehen. Sage stand auf der Schwelle, stampfte nicht mit den Füßen wie sonst, wenn ihn ein Wutanfall gepackt hatte, sondern stand einfach nur da, mit vor Schreck verzerrtem Gesicht und weinte laut. Julie schüttelte sich und hob ihn hoch, in der Hoffnung, dass er ihr irgendwie Halt gab, obwohl sie wusste, dass es so herum nicht funktionierte, dass *sie* es war, die das für ihn tun sollte, und dass sie auch darin versagt hatte. Ihre Mutter schloss die Tür hinter ihnen.

★

»Jetzt geh schon«, sagten die Männer zu Jeremiah, wer auch immer diese Männer waren.

So hatte er das nicht gewollt. Er hatte sie kaum umarmen und ihr noch nicht mal von dem Wunder erzählen können, von dem Polizisten, der zusammengebrochen war, von seiner Zugfahrt nach Norden. Er leckte sich die Lippen und schmeckte Blut, griff in seine hintere Hosentasche nach einem Taschentuch, doch er hatte keins. Er besaß nichts mehr. Seine Nase blutete – das Mädel hatte *Kraft*. Er wischte das meiste beiseite, spuckte den Rest aus, er sah sicher grauenhaft aus.

»Nun geh schon nach Hause.«

Nach Hause. Wo war das? Was war aus diesem Ort geworden? Fünf Jahre, der Krieg war vorbei, seine Mutter und seine Schwester waren in Chicago, wo sich ein Winter von mittelalterlichen Ausmaßen ankündigte, er hatte plötzlich einen vierjährigen Sohn, und das Mädchen, von dem er all die Nächte geträumt hatte, wollte ihn nicht. Er starrte auf das schmale Mehrfamilienhaus, in dem die Jalousien heruntergelassen waren. Während er dastand, hatte sich die Nacht langsam um ihn herum ausgebreitet, als gäbe es einen Zapfhahn für Dunkelheit, den jemand vor einer Stunde aufgedreht hatte. Die Dunkelheit bildete eine Lache zu seinen Füßen, und er drohte darin zu versinken, genau wie die Stadt, die er kaum wiedererkannte. Er ertrank in der Dunkelheit und konnte nirgendwohin.

Und doch lief Jeremiah weiter, der Stolz straffte seine Schultern und machte ihn größer, als er sich fühlte. Er ignorierte sein kaputtes Knie und lief weiter, und die Männer beobachteten ihn dabei. Erst das Gefängnis, jetzt das. Immer lief er vor irgendetwas davon.

Es war seine vierte Nacht in Atlanta. Vor drei Tagen war er angekommen und vom Endbahnhof dahin gelaufen, wo er einst gewohnt hatte. Die Stadt um ihn herum so lebendig, überall Bewegung, Züge die Fahrgäste ausspuckten, Scharen von Menschen, die zu dieser oder jener Bushaltestelle liefen, durch die Stadt strömten. Atlanta selbst war ein riesiges Spinnennetz aus verschiedenen ineinander verschlungenen Wegen, und eine Weile lang war Jeremiah der Einzige gewesen, der sich nicht bewegt hatte, gefangen im Netz, bis die Spinne höchstpersönlich in Form eines Cops mit der Hand auf dem Schlagstock auf ihn zugekommen war und ihm befohlen hatte, *»sich zu verdrücken, Junge«,* und Jeremiah genau das getan hatte.

Auf seinem Weg vom Bahnhof hatte er die Geräusche der Züge und der Güterwaggons in der Ferne, der Horden von Arbeitern, die sie be- und entluden, vernommen und sich gefragt, wie viele er davon wohl kannte. Das war einst sein Arbeitsplatz gewesen. Auch wenn sie oft denselben Beruf ausübten, weil so viele Männer an der Front waren und die Unternehmer es sich nicht leisten konnten, wählerisch zu sein, beschränkten sich die Weißen auf ihre Werkstätten und die Negros auf ihre. Jeremiah hatte mit sechzehn angefangen. Und sich zunächst gewundert, warum der weiße Mann, der ihn eingestellt hatte, breit und großgewachsen und vermutlich in der Lage, allein einen ganzen Waggon zu stemmen, wenn ihm danach war, nicht an der Front war. Doch er fragte nicht nach. Das hier war kriegswichtige Arbeit, wie er später lernen sollte, ein Ausdruck aus dem Gesetz, der bedeutete, dass man mit einer solchen Tätigkeit nicht zur Armee eingezogen wurde.

Er war erst sechzehn, doch er hatte eine Stelle und konnte Geld verdienen. Er hatte nie viel mit Schule am Hut gehabt, und es gab ohnehin nur eine einzige High School für Negros. Dafür überall Jobs, wenn nicht Be- und Entladen von Zügen, dann Montieren von Bombern und Fliegern nördlich der Stadt oder Konstruktion von Lastwägen, Jeeps und Booten, das Nähen neuer Uniformen und Zelte oder das Bauen von Fahrzeugen und Befestigungsanlagen. Alles Dinge, die später zerstört werden würden, weshalb ständig nach noch mehr Uniformen, Jets und Trucks verlangt wurde. Sie stellten Gegenstände her, die von der Welt im Nu wieder beseitigt wurden – ein Bombengeschäft.

Überall in der Stadt schossen Gebäude und Gerüste aus dem Boden, überall rangierten Bagger, so viel Neues, dass man sich nur mit Mühe an das Alte erinnern konnte, an das, was vorher war. Vielleicht hatte hier mal ein älteres Gebäude oder eine Hütte oder ein verwahrlostes Grundstück gestanden, doch jetzt war da ein fünfstöckiges Gerüst, Arbeiter, die sich wie Affen in alle möglichen Richtungen hangelten. Zu viele Menschen für eine einzige Stadt; die Baustellen brauchten sie, doch nicht die Vermieter. Die Stadt verfügte längst nicht über die nötige Anzahl an Wohnungen und Häusern, also pferchten sie sich zusammen, zwei Familien in eine Wohnung, sogar drei oder vier. Überall Wäscheleinen, überall Kinder in den Straßen und auf den Gehwegen, überall Mülltonnen, umgestoßen von Hunden, Waschbären, Ratten und Autos. Jeremiahs Familie hatte das Glück, schon vorher hier gelebt zu haben, er war in Atlanta geboren, im Gegensatz zu den vielen Neuankömmlingen mit ihrem ländlichen Akzent und ihren seltsamen Sitten. Er war sein ganzes Leben lang arm gewesen, doch plötzlich gehörten ihm Dinge, nach denen diese Provinzler sich so verzweifelt sehnten; er und seine Freunde konnten sich ihre eigenen Zigaretten leisten, sie beschafften sich Drinks, denn sie oder irgendjemand wussten immer, wann der Schnaps eintraf, wann ein paar überflüssige Kartons voller Zigaretten von einem Zug gefallen waren, und man konnte Geld damit verdienen, so viel Geld. Bis sein Bruder habgierig wurde und dieses Gefühl auch Jeremiah einredete und alles zum Teufel ging.

So lange her. Jene Tage hatten sich in sein Gedächtnis gebrannt. Es war, wie wenn er bei zu grellem Licht die Augen schloss und das Nachbild auf seiner Iris sah, bloß diesmal war es geblieben, auch fünf Jahren nachdem er sie geschlossen hatte. Er wachte morgens auf, und da war es immer noch, das Atlanta, das er verlassen hatte, doch die neue Stadt, die sich vor ihm ausbreitete, entsprach nicht seiner Erinnerung. So was konnte einen Mann in den Wahnsinn treiben.

Er entfernte sich von ihr und dem kleinen Jungen, seinem Anker, von dem er nicht gewusst hatte, dass es ihn gab.

Seit seiner Ankunft in der Stadt hatte er alte Freunde aufgesucht oder Freunde seiner Mutter, Menschen, die ihm irgendwie ein Familienersatz sein konnten. Er fand nur wenige davon. Nachbarn erzählten ihm, dass der eine nach Chicago gezogen sei, der andere nach Kansas, die dritten nach Toledo. Wo um Himmels Willen war Toledo, und warum sollte jemand da hinziehen? Alle Leute, die er gekannt hatte, waren durch noch mehr Landvolk ersetzt worden, noch mehr von diesen Akzenten. Immerhin roch die Stadt noch genauso, nach Schweinekoteletts, Gekröse und Schweinepfoten, er roch verschüttetes Bier, wenn er an den Bars in Edgewood vorbeilief, roch die Kotze, die Pisse und den Schweiß, aber es war der Schweiß der Neuankömmlinge.

Sein Bruder war tot. Seine Mutter und seine Schwester waren nach Chicago geflohen, zusammen mit dem aktuellen Freund seiner Mutter, wie es in einem ihrer Briefe geheißen hatte. Er wusste, dass sie *ihm* die Schuld am Tod seines Bruders gaben. Allein die Vorstellung, sich diesen ganzen schmerzhaften Erinnerungen erneut aussetzen zu müssen, ließ ihn die Reise nach Norden nicht in Erwägung ziehen, nach Chicago, in die unbekannte Kälte, die unbekannten Massen und die vertrauten und verhassten Seelenqualen seiner Familie.

Ein paar seiner Freunde waren im Gefängnis verschwunden – eine Handvoll hatte er dort mit eigenen Augen gesehen – und manche im Grab. Sich nach jemand zu erkundigen und zu erfahren, dass er tot war, war eine schreckliche Erfahrung, als ob man durch die bloße Erwähnung eines Namens jemand umbrachte. Unwiederbringlich. *Der ist tot. Wusstest du nicht?*

Er konnte nirgendwo hin.

Er lief die Decatur Street entlang, mit hochgezogenen Schultern und in die Hosentaschen gestopften Händen, lief gegen eine Kälte an, für die er nicht warm genug angezogen war. Zwei Männer wollten ihn gerade überholen, als einer von ihnen anhielt und seine dicken Augenbrauen hochzog.

»Jeremiah? Jeremiah!«

Er erinnerte sich dumpf an den Mann, doch der Name fiel ihm nicht ein. Er wusste noch nicht mal, woher er den Kerl kannte – hatten sie im selben Block gelebt, zusammen auf dem Sandplatz Baseball gespielt oder Billard? Der Mann stellte Jeremiah seinem Freund vor, den er Bucket nannte, und Jeremiah nickte ein vorsichtiges Hallo in seine Richtung, während »der Vergessene« strahlte, als wären er und Jeremiah längst verloren geglaubte Freunde.

»Junge, was ist mit dir passiert? Ist ne Ewigkeit her.«

»War unten in Reidsville. Fünf Jahre.«

»Verdammt, stimmt! Die Tabak-Jungs!« Der Vergessene erklärte Bucket, dass dieser Jeremiah hier hochgenommen worden war, weil er während des Kriegs angeblich Tabakkisten aus den Zügen geklaut und verkauft hatte. Man hatte es ihm in die Schuhe geschoben, die Cops brauchten eben was, das sie den Negros anhängen konnten, wie es so ihre Art war.

Der Vergessene bestand darauf, in der Bar einen Drink zu nehmen. Jeremiah war doch ein freier Mann, und das wollte gefeiert werden. Im Gefängnis hatte er sich geschworen, das Zeug nie wieder anzurühren. Doch das war das erste Mal seit seiner Entlassung, dass sich jemand freute, ihn zu sehen, und weil er Hunger hatte, dachte er, wo Drinks waren, konnte auch Essen nicht weit sein. Also schloss er sich ihnen an, obwohl er sich in Gegenwart des Vergessenen nicht ganz wohlfühlte, als stünde der Mann für eine Sünde, die Jeremiah begangen, aber für die er nicht gebüßt hatte. Es fühlte sich seltsam an, sich nicht an jemand zu erinnern, der einen so gut zu kennen schien.

Schon bald war er von einem halben Bier halb betrunken. Menschen tröpfelten herein, ein paar Gesichter kamen ihm bekannt vor, nicht jedoch ihre Namen. Gesichter, an die er jahrelang nicht gedacht hatte, und sich an sie zu erinnern, brachte ihn zum Lächeln. Er grinste wie ein Idiot, nur weil Leute seinen Namen sagten, Jeremiah, schön dich zu sehen, *Junge*, und er begann, sich wieder lebendig zu fühlen.

»Wo wohnst du?«, fragte der Vergessene.

»Ich, äh, ich hab noch nichts.« Die Nacht zuvor hatte er im Flur eines Appartementhauses geschlafen, wo einst ein paar seiner Freunde gelebt hatten. Er hatte nicht vorgehabt, dort zu übernachten, doch nachdem niemand auf sein Klopfen an der Tür reagiert hatte, war er an der Wand zusammengesackt, und während er dasaß und seine nächsten Schritte planen wollte, hatte ihn die Müdigkeit überwältigt. »Ich will nur einen Job finden.«

Der Vergessene lachte. »Die stellen doch keinen Negro mit Vorstrafe ein. Du bist nicht vermittelbar, Mr Makellos.«

Mr Makellos, so hatten ihn einige aus der Gang seines Bruders genannt. Weil er es gewagt hatte, mit ihnen über die Bibel zu diskutieren, weil er den Alkohol- und Marihuanakonsum lange Zeit verweigert hatte, zumindest hatte es sich nach einer langen Zeit angefühlt. Vielleicht waren es nur ein paar Monate gewesen. *Wie traurig,* dachte er. In seiner Wahrnehmung hatte seine Willenskraft eine biblisch lange Zeit angehalten, doch für Gott war das nur ein Wimpernschlag. Und doch nannten sie ihn weiterhin Mr Makellos.

»Ich bin ein hart arbeitender Mann.«

»Du bist vorbestraft, Mr Makellos. Niemand heuert einen Farbigen an, der seinen letzten Boss beklaut hat.«

Er musste glauben, dass der Vergessene Unrecht hatte. Garantiert würde er mit seinem eisernen Willen, seiner gewaltigen Ausdauer, die er bei der Arbeit in Ketten unter Beweis gestellt hatte, bei jemand Eindruck schinden.

»Es gibt da aber auch eine andere Art von Arbeit, wenn du weißt, was ich meine«, sagte der Vergessene. »Die einzige, mit der du je Geld verdienen wirst.«

»Ich bin nicht interessiert. Ich bin für was Größeres vorgesehen. Daran glaube ich.«

»Ach, ist das so?«

»Ich bin kein vollendetes Wesen. Ich bin der Lehm Gottes. Er hat Pläne für mich.«

Bucket hatte halb zugehört, halb Frauen begafft, jetzt lehnte er sich neben den Vergessenen an die Bar und gab seinen Senf dazu: »Ja, du hast echt was von einem Messias. Schon beim ersten Anblick wollte ich dich fragen, wann du dein nächstes Wunder vollbringst.«

Bucket und der Vergessene brachen in Gelächter aus. Jeremiah spürte, wie die Nervenbahnen in seinem Hirn anschwollen, er fühlte Wut, Angst und Schamgefühl. Es *hatte* sich bereits ein Wunder ereignet, dieser Polizist in Reidsville, und die beiden wagten es, sich über ihn lustig zu machen?

»Ihr könnt das nicht verstehen«, sagte er. »Euer Verstand ist verwirrt von dem Gift.«

Sie lachten noch lauter, fragten ihn, was für ein Gift *er* denn da gerade trank und wann er eigentlich gedachte, für seine Drinks zu bezahlen.

Jeremiah griff in seine Tasche und holte etwas von dem wenigen Geld heraus, das noch übrig war von dem, was der Priester ihm gegeben hatte. Er legte es auf den Tresen und bedankte sich bei den Männern für ihre Gesellschaft, wobei ihm bewusst wurde, dass er immer noch nichts gegessen hatte und dass sein Magen ihn weiter quälen würde, sobald die Aufregung abgeklungen war.

Draußen war es jetzt noch kälter. Warum hatte er so dahergeredet? Vielleicht hätten sie ihn bei sich übernachten lassen, wenn er nichts gesagt hätte. Er würde einen neuen Hausflur finden müssen, und zwar schnell. Damals, vor seiner Verurteilung, hatte die Polizei Negros, die um diese Uhrzeit noch unterwegs waren, festgenommen oder verprügelt, wenn sie keine Erlaubnis von ihrem Arbeitgeber mit sich führten. Er nahm an, dass das immer noch der Fall war.

Er kam an der Mündung einer Gasse vorbei, und etwas traf ihn an der Wange. Sein Körper geriet ins Taumeln, doch bevor er ganz zu Boden ging, steckte er zwei weitere Schläge ein, einen davon mitten auf die Nase.

Die Welt renkte sich in einem fehlerhaften Winkel neu ein, und er schielte auf die Seite eines Gebäudes, als eine Gestalt vor ihn trat. Sie griff in seine Taschen. Da war eine zweite, die seine Fußgelenke packte und seine Schuhe auszog. Man trat ihn, bis er auf den Rücken rollte, was praktischer war, um seine Hosentaschen abzutasten, wo er sein spärliches Geld aufbewahrte.

»Danke, Dorftrottel«, sagte einer von ihnen, und erst später würde er es als Beleidigung für aus der Provinz zugezogene Negros begreifen, denn denen war nicht klar, dass er von hier stammte, dass er durch und durch Atlantianer war, dass sein Blut und das seiner Familie hier vor langer Zeit vergossen worden war, aber nichts davon zu einem besseren Leben geführt hatte, nicht wie bei Farmern, deren Opferbereitschaft irgendwann Früchte trug. Ihm war nur der Schmerz geblieben, und jetzt war der Schmerz auf dem Höhepunkt angelangt, bis die Stiefel des einen von ihm abließen und der Schmerz aufhörte.

16

ACHT UHR. DIE STADT war dunkel, als Smith mit Dewey Edmunds Streife lief. An manchen Abenden ließ McInnis sie Partner tauschen, um sicherzustellen, dass sie sich alle kannten und einander vertrauten. Dewey war der kleinste Cop auf dem Revier in der Butler Street, offiziell 1,65 (die Untergrenze für Negro-Beamte), doch jeder nahm an, dass er sich auf Zehenspitzen hatte messen lassen. Die Tatsache, dass er gleichzeitig der stärkste Cop war, brachte die Leute davon ab, seine Körpergröße zu kommentieren.

»Wie geht's deinem Schwager?«, fragte Dewey.

»Schlecht. Aber er ist wieder bei Bewusstsein.«

»Erinnert er sich an irgendwas?«

»Nein.«

Smith hatte Malcolm diesen Morgen im Krankenhaus besucht, nur wenige Stunden nach dem Angriff. Hannah war bei ihm gewesen und keine zehn Minuten, nachdem Smith sich zu ihr gesetzt hatte, hatte Malcolm das erste Mal die Augen aufgeschlagen. Na ja, eins davon. Das andere war so tiefviolett, es würde noch ein paar Tage zubleiben. Der Kopf war fast vollständig bandagiert, ein Gips umhüllte den linken Arm und den rechten Fuß, der von der Decke hing wie ein menschliches Pendel. Schon der Anblick tat weh, und Smith spürte ein Kribbeln im Bauch wie beim ersten Mal in einem Flugzeug, es war die furchtbare Erkenntnis, wie zerbrechlich sie doch alle waren.

Malcolm war lange genug bei Bewusstsein geblieben, um zu sagen, dass er keine Ahnung hatte, was passiert war. Er erinnerte sich nur verschwommen an einen Schlag auf den Kopf, doch das war alles. Keine Gesichter, keine Stimmen. Er konnte noch nicht mal mit Bestimmtheit sagen, wann er aus dem Bus ausgestiegen oder wie weit er gelaufen war, ob er dort angegriffen worden war, wo man ihn gefunden hatte, oder nur dort abgeladen worden war; konnte sich noch nicht mal dran erinnern, wie lange er davor gearbeitet hatte.

Trotz des Ziegelsteins, der durch ihr Fenster geflogen war, und jeder Menge gehässiger Blicke von weißen Nachbarn hatten Hannah und Malcolm keine nennenswerten Konfrontationen erlebt, wie sie Smith erzählte. Bis zum Nachmittag des Angriffs, genauer gesagt ein paar Stunden zuvor. Da war ein weißer Mann mit einer Frau vorbeigekommen und hatte behauptet, irgendeine Nachbarschaftsgruppe zu vertreten. Sie boten an, das Haus der Greers für dreitausend Dollar zurückzukaufen, und zeigten ihnen sogar an Ort und Stelle einen Umschlag voller Geld. Sie hatten ihn Malcolm tatsächlich in die Hand gedrückt, berichtete Hannah. Den Weißen hatte es nicht gefallen, dass die Greers ablehnten; sie sagten, sie hätten die Greers für »anständige Neger« gehalten, doch sie hätten sich wohl getäuscht. Hannah hatte den Namen des Paars nicht genau verstanden, doch Smith nahm ihre Personenbeschreibung auf.

Und dann waren da die Briefe. Soweit Smith wusste, hatte der Beamte, der Hannahs Anzeige wegen des Ziegelsteins aufgenommen hatte, nichts weiter herausgefunden oder es überhaupt versucht. Smith würde bald wieder zu ihrem Haus müssen, um festzustellen, ob in der Zwischenzeit noch mehr Briefe gekommen waren. Die Krankenschwestern hatten das Gespräch unterbrochen, bevor Smith mehr aus Malcolm herausbekommen konnte. Hoffentlich hellte sich seine Erinnerung bald auf.

Smith musste die Männer finden, die seinem Schwager das angetan hatten. Männer, die nun vermutlich einen Erfolg feiern konnten, denn wenn Malcolm lange ausfiel, nicht arbeiten und seine Hypothek nicht bezahlen konnte, würden sie das Haus so oder so verlieren.

★

Smith und Dewey meldeten sich einmal in der Stunde bei der Zentrale, um ihren Standort durchzugeben und von McInnis auf den neusten Stand gebracht zu werden. Als sie sich gegen elf meldeten, übertrug ihnen McInnis einen Notruf aus einem zwei Blocks entfernt liegenden Appartement; ein verängstigter Nachbar berichtete von einem lautstarken Streit zwischen Mann und Frau.

Sie hassten solche Anrufe. Entweder wurde die Frau tatsächlich verprügelt, verwandelte sich aber in Anwesenheit der Polizisten in eine gutgläubige Fürsprecherin ihres gewalttätigen Liebhabers, oder sie blieb stumm und verängstigt, während den Mann die Wut darüber packte, dass andere Männer in seinem Zuhause auftauchten und ihm sagten, wie er sich zu verhalten hatte.

Die Schreie kamen aus einem Schönheitssalon auf der Edgewood, unweit ein paar der raubeinigeren Nachtclubs und Bars. Die Schrift auf dem Glas besagte *Geschlossen*, doch innen warf eine Lampe Schatten.

»Polizei, aufmachen!«, rief Dewey und trommelte gegen die Scheibe. Smith trat zurück und suchte die Straße nach Herumtreibern ab.

Nach dem zweiten Klopfen öffnete eine junge Frau die Tür. Sie lächelte. »Tut mir leid, aber wir haben geschlossen.« Sie schien außer Atem zu sein.

»Ich bin nicht wegen meiner Haare da, Ma'am«, sagte Dewey. Ich bin da, weil ihre Nachbarn Schreie gehört haben, genau wie ich. Ist alles in Ordnung?«

»Schätze, ich bin ein bisschen laut geworden, hab eine Meinungsverschiedenheit mit meinem Geschäftspartner.«

Smith stand hinter Dewey, die Hände am Gürtel.

»Macht's Ihnen was aus, wenn wir reinkommen und mit Ihrem Partner reden?«, fragte Dewey und schob sich nach vorn, so als hätte er bereits eine Antwort erhalten.

»Nein, wirklich, es geht mir gut, ich muss jetzt abschließen, wollte selbst grad rausgehen.«

Doch ihre Stimme klang angespannt, und sie wirkte alles andere als erfreut, als Smith, der kurz hinter Dewey eintrat, Blickkontakt mit ihr aufnahm.

Vor ihnen wurden sechs Drehstühle mit Vinyl-Polster vom Licht einer kleinen Schreibtischlampe angestrahlt, die einige Meter entfernt stand. Abgesehen davon war der Raum leer.

»Alle rauskommen«, kommandierte Smith in die Dunkelheit. Er sah eine Tür hinter der Empfangstheke, auf der *Toilette* stand. Anderthalb Meter weiter befand sich eine weitere Tür, ohne Aufschrift.

»Sie ist nur im Bad«, erklärte die Frau.

»Ma'am«, sagte Dewey, »uns wurde von einem lautstarken Streit zwischen Mann und Frau berichtet. Der Mann ist nicht zufällig da drin?«

Das Spülen einer Toilette.

»Das ist nur meine Partnerin Lucy«, sagte sie.

»Wo führt die andere Tür hin?«, fragte Smith.

»Lagerraum. Ist keiner drin«, sagte sie und beantwortete eine Frage, die er nicht gestellt hatte.

Die Tür zum Klo begann sich zu öffnen. Smiths Hand fuhr zum Griff seiner Waffe.

»Langsam rauskommen!«, befahl er.

Er fixierte die Toilettentür und das Licht darin, das schräg in den dunklen Raum fiel, dann den länglichen Schatten, der für eine Sekunde auftauchte, bis die Person (in der Tat eine Frau) das Licht ausmachte.

»Whoa«, sagte sie beim Anblick ihrer unerwarteten Gäste.

»Öffnen Sie die andere Tür«, verlangte Dewey.

Die Frau, die ihnen die Tür aufgemacht hatte, gehorchte. Es war dunkel im Lagerraum. Dewey konnte nichts erkennen außer die ihm zugewandte Seite eines Regals voller kleiner Behälter mit Haarpflege- und Kosmetikprodukten.

»Machen Sie das Licht an«, forderte er sie auf. Sie trat ein und griff nach der Schnur, die dort baumelte, doch als sie zog, gab es nur einen Klick und kein Licht.

»Ist wohl kaputt«, sagte sie, doch da Dewey dem Ganzen nicht im Geringsten traute, griff er zu seiner Taschenlampe, und als er sie anknipste, blickte er auf die Gürtelschnalle eines Mannes – in ungewohnter Höhe –, die näher kam, als der Mann einen mächtigen Schritt nach vorn machte.

Smith hatte im Hauptraum die zweite Frau im Auge behalten, doch als er spürte, dass sich etwas im Lagerraum tat, drehte er sich um, und aus der Dunkelheit trat wie bei einem Zauberkunststück einer der größten Männer, die er je gesehen hatte und je sehen würde.

Und einer der Schnellsten. Dewey war noch dabei, etwas von seinem Gürtel zu lösen, als ihn Thunder Malley schon in die Luft hob. Dann machte Malley einen weiteren Schritt in den Raum und warf Dewey durch die Fensterscheibe nach draußen auf den Gehweg.

Smith war so fassungslos über diesen Kraftakt, dass er kurz verharrte und darüber staunte, dass man einen erwachsenen Mann wie ein Spielzeug durch die Gegend werfen konnte, während die Glasscherben aus dem Fensterrahmen auf den gekachelten Boden im Inneren und nach draußen auf den Beton rieselten. Dann ging eine der Frauen auf ihn los und schlug ihn mit etwas, das sich später als Glätteisen herausstellen sollte, fegte seine Mütze vom Kopf und schickte Stromschläge durch seinen Schädel. Dann warf sich auch die andere Frau auf ihn, Hände um seinen Hals, Fingernägel gruben sich in seinen Arm. Smith versuchte sie wegzuschlagen, als er Thunder Malley auf sich zukommen sah.

★

Draußen auf dem Gehweg musste Dewey ein paar Mal blinzeln, um zu kapieren, warum die Decke seines Schlafzimmers voller Sterne hing. Das Geschrei von drinnen holte ihn zurück in die Realität. Er rollte sich herum und schnitt sich die Brust und den rechten Vorderarm an den Glasscherben auf. Nach und nach richtete er sich auf, in Etappen, mit noch weichen Knien und dem Kopf auf Höhe seiner Brust atmete er betont langsam, wie er es nach einem harten Treffer gelernt hatte, dann hob er die Schultern und schaute sich seinen Gegner an.

Als Boxer und Football-Spieler am Morehouse hatte sich Dewey den Ruf eines zähen Gegners verdient, jemand, der nicht so leicht zu Boden ging. Er kannte die Scherze seiner Kollegen, dass er beim Eignungstest Absätze getragen hatte, und sie hätten die Wahrheit eh nicht geglaubt. Dass der alte weiße Mann von der Behörde seine Körpergröße als 1,62 notiert hatte und er ihm *Nein, Sir, ich glaube sie vertun sich, es sind 1,65* geantwortet hatte, und zwar auf eine Art, dass der weiße Mann ihn eine frostige Sekunde lang beäugte, vermutlich weil noch nie ein Negro so mit ihm geredet hatte, und schließlich, statt ihn anzuschnauzen, sagte: *Dann hab ich wohl falsch gemessen.* Entweder eingeschüchtert von Deweys Blick oder nach dem Motto: Okay, Kleiner, wenn du wirklich da draußen auf der Straße sein willst, dann lass dich nicht aufhalten, aber *mich* trifft keine Schuld.

Die verschwommenen Objekte in Deweys Blickfeld wurden klarer, und er sah Smith komplett in Ellenbogen und Haare der Frauen eingewickelt, als ob eine monumentale griechische Statue zum Leben erwacht war. Dann sah er, wie Thunder Malley Smith am Hals packte und ihm zweimal ins Gesicht drosch. Von der Wucht wackelten drei Meter weiter die Frisörscheren in ihren Gläsern. Die ineinander verschlungenen Gliedmaßen der Frauen hielten Smith noch eine weitere Sekunde aufrecht, bevor sie kapierten, dass er bewusstlos war. Dann ließen sie ihn zu Boden sinken.

Dewey ignorierte den Vordereingang, bevorzugte das klaffende Loch, das er im Fenster hinterlassen hatte. Eine Waffe wäre jetzt ratsam gewesen. Doch McInnis hatte ihnen strikte Anweisungen erteilt, was Schusswaffen betraf. Der Hauptgrund, warum man die Negro-Polizisten eingestellt hatte, war die öffentliche Empörung über jahrelange Polizeibrutalität, die nicht enden wollenden Prügeleien und die mehr als nur gelegentlichen Schießereien. Es durfte also nicht sein, dass die Negro-Beamten den Finger genauso locker am Abzug sitzen hatten wie ihre weißen Pendants. Man konnte es auch so sehen: Die Leben der Negro-Beamten waren nicht viel wert, deshalb war das Departement dankbar, wenn sie sich auf die Schlagstöcke verließen und ihre Waffen nur aus dem Holster zogen, falls das Gegenüber zuerst danach griff.

Also war es der Schlagstock, den Dewey zur Hand nahm, während er vom Fensterbrett sprang.

»Thunder Malley, Sie sind verhaftet.«

Malley machte einen Schritt auf ihn zu und verringerte damit die Distanz um die Hälfte. Gütiger Gott, war der groß. In dem Moment, als sein Fuß sich senkte und damit sein großzügiges Gravitationszentrum unterstützte, hieb Dewey den Schlagstock auf die Außenseite von Thunders Knie.

Der Riese schrie auf, wie er vielleicht noch nie zuvor geschrien hatte. Bänder rissen, und das Knie gab nach. Mit seinen Pranken griff er danach, umklammerte es mit diesen riesigen Fingern, und sogar auf Knien überragte er Dewey noch um ein paar Zentimeter. Die Frauen, die über dem zu Boden gegangenen Smith standen, waren wie festgefroren, als würde ihnen bewusst, dass sie dieses historische Ereignis auf keinen Fall verpassen durften.

Dewey bohrte den Griff des Schlagstocks in Thunders Solarplexus. Thunder krümmte sich vor Schmerz und hätte Dewey beinahe mit dem Kopf umgestoßen, doch als Dewey zum K.-o.-Schlag auf Thunders Hinterkopf ansetzte, versengte etwas Heißes seinen Vorderarm. Er zog zurück, seine Finger ließen instinktiv den Schlagstock los, und er sah eine der Frauen mit einer scharfen Rasierklinge in der Hand vor ihm stehen. Der einzige Grund, warum sein Blut nicht daran klebte, war, dass sie ihn so schnell geritzt hatte. Sie holte erneut aus, zielte diesmal auf seine Brust, doch er wich schnell genug zurück, sodass sie ihn verfehlte, allerdings nicht ganz – später würde er feststellen, dass sie dem Hemd seiner Uniform einen perfekten diagonalen Streifen verpasst hatte.

Weil er nicht die erforderliche Zeit hatte, überhaupt über die ethische Frage nachzudenken, ob man Frauen schlug (was er noch nie getan hatte), trat er nach vorn und versetzte ihr einen Schlag auf die Nase, von dem sie zu Boden ging. Hinter ihr stand die andere Frau, er deutete auf sie. »Denken Sie nicht mal dr–«

Dann flog sein Kopf ein paar Zentimeter nach rechts, wobei sein Nacken nur widerwillig folgte. Er krachte in einen Stuhl, lehnte sich zurück und drehte sich, was gut war, denn sonst wäre er erneut zu Boden gegangen. Doch es war auch schlecht, denn nach einer kompletten Umdrehung sah er sich Thunder gegenüber, der ihm gerade erst einen rechten Haken versetzt hatte und dessen Faust schon wieder auf dem Weg in Deweys Gesicht war.

Der zweite Schlag war genauso heftig. Vielleicht sogar heftiger, auch deshalb, weil der Stuhl Dewey frontal in den Punch hineinbefördert hatte. Dieses Mal krachte er rückwärts in den Frisörtisch, sein Hinterkopf zerdepperte einen Spiegel.

Das Einzige, was noch furchterregender war als ein schlagbereiter Thunder Malley, waren *zwei* schlagbereite Thunder Malleys. Doch genau das sah Dewey in seinem vernebelten Zustand.

Er wich rechtzeitig aus, ermahnte sich, sich an seine Beinarbeit zu erinnern, die vielen Stunden und Übungen, die ihm jetzt wieder einfielen. Beinahe wäre er auf Smith und die gestürzte Frau getreten – im Ring gab es normalerweise keine solchen Hindernisse. Die andere Frau war zurückgewichen, überließ das Feld den Männern.

Dewey blinzelte, und aus den beiden Malleys wurde wieder einer. Sein Schlagstock baumelte immer noch um sein Handgelenk, doch er entschied sich für die Fähigkeiten, die ihn im Leben bis hierher gebracht hatten, steckte den Schlagstock in den Gürtel und brachte seine Fäuste in Position.

»Sie machen einen Fehler«, sagte er zu Thunder.

Der lachte. »Du bist derjenige, der einen Fehler macht, kleiner Mann. Du bist in der falschen Gewichtsklasse.«

Eine weitere Rechte von Malley, der Dewey erneut auswich.

»Und was hast du überhaupt vor? Mich für eine Nacht in den Knast stecken? Das letzte Mal, als ihr einen von meinen Jungs eingesperrt habt, war er am Morgen wieder draußen. Ihr könnt mir alle gar nichts.«

Es war noch nicht mal dran zu denken, auf Malleys Kopf zu zielen, so viel größer war er. Doch Dewey fiel auf, dass dieser riesige Bastard es nicht gewohnt war zu kämpfen. Denn in der Regel hatte er es nicht nötig, es reichte, wenn er jemand schief ansah. Es war offensichtlich, dass er nicht gern die linke Hand benutzte, und er zog sein verletztes Bein nach, also mogelte sich Dewey genau auf diese Seite.

Er fühlte warmes Blut seinen Vorderarm hinablaufen.

Malleys Schlagreichweite war beinahe die doppelte von Dewey. Während Malley also die nächste Rechte schlug, bewegte sich Dewey schneller als je zuvor im Leben nach innen, um ihm eine Dreierkombination an dieselbe Stelle zu verpassen, wo er ihn zuvor mit dem Schlagstock getroffen hatte.

Malley stöhnte auf, und Dewey machte sich schnell aus dem

Staub, bevor Malley seine massiven Arme um ihn schlingen konnte. Malley schlug erneut zu, war jedoch aus dem Gleichgewicht geraten, unfähig, mit seinem flinkeren Gegner mitzuhalten. Er wirkte benommen, sein Knie machte Probleme.

Erneut schlug Malley eine Rechte, doch Dewey duckte sich, seine mangelnde Körpergröße war jetzt ein Vorteil. Malleys Faust fand nur die Luft, und er schlingerte wie ein Boxsack beim Schlagtraining. Dewey versetzte ihm drei weitere Punches und konnte jetzt das Schinkensandwich riechen, das Malley zu Mittag gegessen hatte.

Jetzt war's Malley, der rückwärts in einen Spiegel stolperte.

Dewey zog seinen Schlagstock hervor und hieb ihn erneut gegen Malleys Knie. Der Riese schrie auf und fiel auf das andere Knie, eine Hand auf dem Boden, um sich aufrecht zu halten.

Jetzt war Malleys Kopf in Schlagdistanz, Dewey verpasste ihm zwei Kurze mit der Linken und brach ihm die Nase. Dann ein Schwinger mit der Rechten, der seltsam aussah, weil noch der Schlagstock dranhing, doch echt genug war, um den großen Schädel in den Nacken zu befördern, so als wolle er dem Körper entfliehen, der ihm so viel Scherereien eingehandelt hatte.

Und doch rollte der Kopf wieder zurück, verbunden mit dem dicksten Hals, gegen den Dewey je angetreten war. Er sah, wie Thunder Malleys Augen weiß wurden, die Pupillen so weit nach oben rollten, dass er wusste, dass der Goliath jetzt Platz zum Umfallen brauchte. Er landete unmittelbar rechts von Smith, dessen Körper von der Wucht durchgeschüttelt wurde.

Der Aufprall weckte Smith. Er öffnete die Augen und starrte jetzt aus fünf Zentimetern Entfernung in Malleys k. o. gegangenes Gesicht.

»Thunder«, sagte er langsam. »Verdammt. Sie sind verhaftet.«

*

Zwanzig Minuten später hatte sich eine Menschenmenge außerhalb des Salons versammelt, die von McInnis und sechs weiteren Beamten in Schach gehalten wurde, zwei davon farbig und vier weiße Cops, die über Funk gehört hatten, dass ein Beamter verletzt und Thunder Malley tatsächlich gerade verhaftet worden war. Sie konnten nicht widerstehen, es mit eigenen Augen zu sehen. Die weißen Cops standen herum wie Partygäste, denen im Traum nicht einfiele, beim Abspülen zu helfen, sondern sich einfach nur amüsieren wollten.

Smith war schwindlig, hatte aber abgelehnt, sich von einem Krankenwagen abholen zu lassen – nicht dass es überhaupt einer so schnell in diesen Teil der Stadt geschafft hätte. Sie warteten immer noch auf den Wagen, der Malley und seine beiden Komplizinnen ins Gefängnis bringen würde, wobei noch unklar war, ob es sich tatsächlich um Komplizinnen oder Erpressungsopfer handelte – ihre Aussagen änderten sich in einer derartigen Geschwindigkeit, dass die Beamten entschieden, eine Gefängniszelle sei das perfekte Wahrheitsserum.

Malley lag mit dem Gesicht nach unten auf dem Boden des Salons, bei Bewusstsein, aber in Handschellen und unter der strikten Anweisung, sich noch nicht mal umzudrehen. Dewey stand neben ihm, das Hemd seiner Uniform hinten von dem kaputten Fenster zerrissen und vorn von der Rasierklinge. Er blutete bei Weitem nicht so stark, wie man hätte vermuten können; die Schnittwunde in seinem Arm war nicht tief und mithilfe des Erste-Hilfe-Kastens aus McInnis' Polizeiauto versorgt worden. Er hätte ein paar Aspirin gebrauchen können, doch er fühlte sich auch nicht schlechter als viele Male zuvor im Ring. Champ Jennings stand neben Officer Sherman Bayle, beide lächelten und baten Dewey, ihnen die Geschichte ein viertes Mal zu erzählen.

Endlich tauchte der Wagen auf, der Malley wegbringen sollte, versuchte mit Blinklicht und Hupe, die Menge zu teilen. Als er sich der Bordsteinkante näherte, beugte sich McInnis zum offenen Beifahrerfenster hinunter.

»Nicht hier. Parkt fünf Blocks weiter in die Richtung.«

»Was?«, fragte der Fahrer. »Die Zentrale hat gesagt, er ist da drin.«

»Ich habe gesagt, ihr sollt diesen Wagen hier wegschaffen und fünf Blocks weiter östlich parken. Und wenn euch das zu kompliziert ist, dann könnt ihr demnächst gerne einen Müllwagen fahren.«

»Ja, Sir.«

Der Fahrer legte den Rückwärtsgang ein und wendete. »Versteh ich nicht, Sergeant«, sagte Smith, als er wegfuhr.

»Dann passen Sie jetzt gut auf.«

McInnis betrat den Salon. »Alles klar, Thunder, Ihr Triumphwagen wartet.«

Dewey zog an den Handschellen und Malley damit auf die Knie, und dann erhob sich dieser Berg von einem Mann. McInnis und Bayle warfen sich einen kurzen Blick zu, um seine unfassbare Körpergröße zu würdigen.

»Ich kann ihn nach draußen bringen«, sagte Champ, in der Annahme, dass die Aufgabe ihm gebührte, wo er doch der Einzige war, der Malleys Statur nahekam.

»Nein«, sagte McInnis. »Edmunds und Smith nehmen ihn an die Leine. Ihr beide bleibt hier bei den Ladys und wartet, ob sie ein anderes Lied singen, sobald er außer Hörweite ist.«

Malley war zu stolz, um den Kopf zu senken, selbst im Blitzlicht der Kamera eines Fotografen der Negro-Zeitung *Atlanta Daily Times*, der neben Reporter Jeremy Toon vor der Menge stand, während Toon fieberhaft in sein Notizbuch kritzelte. Malleys Stolz kam McInnis gerade recht, denn so fiel es den Zeugen noch leichter, Thunder Malley in die Augen zu sehen und zu bestätigen, dass er es wirklich war. Dewey stapfte hinter dem Riesen her, eine Hand an der Kette der Handschellen, die andere dort, wo bei normalen Menschen das Kreuz war. Doch nichts an Malley war normal. Zwei Takte dahinter lief Smith, immer noch leicht benebelt, doch in perfekter militärischer Haltung, die Augen nach vorn gerichtet, der Versuchung widerstehend, die Reaktion der Menge zu beachten.

Hören konnte er sie dennoch. Kommentare, Pfiffe und Gemurmel, als sie an den Bars und Nachtclubs vorbeikamen, das Geräusch sich öffnender Fenster, aus denen man den Kopf raussteckte, knarzende Balkonbretter, von denen sich Leute aus dem ersten Stock einen Blick auf das Szenario verschaffen wollten. Ein paar Leute hörte er jubeln, und als sie erst drei Blocks und dann vier Blocks geschafft hatten, hörte er sogar Gelächter; jetzt durfte man ohne Angst, körperlichen Schaden zu nehmen, Witze auf Kosten des großen Thunder Malley reißen. Einmal kam Smith kurz ins Wanken, schaffte es, sich wieder aufzurichten. Es fühlte sich wie der längste Marsch seines Lebens an, und doch wurde ihm mit jedem Schritt und jedem Ruf aus der Menge bewusster, dass es vielleicht sein wichtigster war. Noch mehr Leute standen jetzt auf der Straße, es brach fast so etwas wie Karnevalsstimmung aus, während sie dieses Spektakel beobachteten, wie Smith und der kleinste Polizist der Stadt ihren legendären Gefangenen runter zur Edgewood eskortierten.

»Ihr seid alle verrückt«, murmelte Malley. »Ihr habt nichts gegen mich in der Hand. Ich hab Freunde, denen das nicht schmecken wird.«

»Wir haben einen Angriff auf zwei Beamte, mindestens«, sagte Dewey. »Vielleicht nennen Sie mir die Namen Ihrer Freunde, dann schnapp ich mir die als Nächstes?«

Keine Antwort.

Der Fahrer des Wagens stand neben der offenen hinteren Tür und bemerkte: »Das ist mal ein riesiger Nigger«, was ihm die dolchartigen Blicke Deweys einhandelte, aber keine von Smith, dessen Sicht immer noch zu verschwommen für einen drohenden Blick war.

Dewey drückte auf Malleys Schultern, bis der Riese sicher verstaut war, dann schlug er die Tür zu.

»Wie lautet die Anklage, und wo bringen Sie ihn hin?«, fragte Toon.

Smith sah den Reporter an und sagte: »Wir bringen ihn ins Gefängnis, wo er hingehört. Und er kommt nicht zurück, Leute.« Er entfernte sich von Toon und ließ seinen müden Blick über die Menge streifen, zum einen, damit sich jeder angesprochen fühlte, zum anderen, weil es ihm immer noch schwerfiel, seine Augen auf etwas zu konzentrieren. »Wenn dieser Mann jemand von euch bedroht hat, ihr aber bisher zu viel Angst hattet, etwas zu sagen, dann ist *jetzt* die Zeit. Kommt auf die Wache in der Butler Street, und wir nehmen euren Bericht auf. Oder ruft uns an, und wir kommen zu euch.« Er deutete auf das Polizeiauto, das gerade wegfuhr. »Dieser Mann hat euch nicht mehr in der Hand, verstanden? Ihr müsst weder in seinem Schatten leben noch in dem eines anderen.« Dann nickte er und lief zurück zum Tatort, Toons weitere Fragen ignorierend.

»Gut gemacht, Gentlemen«, sagte McInnis zu Dewey und Smith, als sie zum Salon zurückkehrten. Die Menge schaute ihnen noch zu, zu baff, um schon nach Hause zu gehen. McInnis' Blick ruhte auf seinen blutigen und lädierten Beamten. »Sie sind sicher, dass Sie keinen Krankenwagen brauchen?«

»Mir geht's gut«, sagte Dewey, und Smith stimmte zu: »Ganz sicher, Sir.«

»Gut«, sagte McInnis. »Das würde auch die Stimmung versauen.«

17

AUF DEN ERSTEN BLICK schien es sich um ein leeres Grundstück zu handeln. Es fiel von der Straße her steil ab, hinter Unkraut und Scheuergras verbargen sich wilder Wein und Kudzu, die blattreichen Reben bedeckten den gesamten Erdboden. Noch weiter hinten – von der Straße aus fast unsichtbar – verbarg sich eine Bruchbude, die nur eine äußerst arme Seele als Wohnraum in Betracht gezogen hätte. Womöglich war es früher ein großer Vorratsschuppen gewesen, der zu einer der angrenzenden Immobilien gehört hatte, damals, bevor man die Grundstücke in kleinere Einheiten aufgeteilt hatte; vielleicht auch eine getarnte Schnapsbrennerei, bevor die schmale Straße geteert worden war. Der Schuppen war nicht länger als zehn Meter und hatte ein kaum zweieinhalb Meter hohes Schrägdach. Das Ding befand sich so nah am Bach, dass ein heftiger Regenfall es überfluten würde, dachte Rake. Die Wahrscheinlichkeit, dass es eine Innentoilette gab, lag bei null.

Ohne Briefkasten oder sichtbare Nummer auf der unlackierten Tür konnte man kaum von einer offiziellen Adresse sprechen, doch Rake wusste aus zwei Quellen, dass er hier Delmar Coyle, einen ehemaligen und vermutlich immer noch aktiven Columbianer, antreffen würde. Zudem ehemaliger Häftling, erst vor einem Monat aus Reidsville entlassen.

Grand Park, ein dicht bewaldetes Viertel im Südosten von Downtown, rühmte sich auf seiner Nordhälfte eines Badesees und einiger stattlicher Häuser im viktorianischen Stil. Diese Adresse lag jedoch am weniger begehrten südlichen Rand, wo Kleinkriminalität zum

Alltag gehörte. Wildpflanzen wucherten weit in die enge Sackgasse hinein; vor Rake lag eine kleine Freifläche, in der Autos wenden konnten, komplett mit frischen Reifenspuren. *Nicht der glorreichste Ort, um eine Revolution vorzubereiten,* dachte er, doch dann wiederum hatte Cole hier jede Menge Ruhe, um seinen nächsten hanebüchenen Plan auszuhecken.

Rake hatte mit Knox Dunlows Freunden gesprochen, die angeblich in jener Nacht mit ihm trinken waren. Beide bestätigten Knox' Geschichte, doch vielleicht logen sie auch und hatten alle zusammen im Suff beschlossen, Malcolm Greer zu verprügeln. Oder vielleicht hatte Knox auch mit ihnen gesoffen, war heimgefahren und hatte Greer auf der Straße gesehen, beschlossen anzuhalten und dem Negro auf eigene Faust eine Lektion zu verpassen. Rake fand das durchaus plausibel, obwohl er keine Beweise hatte und andere Cops sicher nur extrem widerwillig Anklage gegen Dunlows Sohn erheben würden. Außerdem war Knox auf dem Sprung nach Korea.

Rake hatte den Bericht über den Angriff auf Malcolm Greer gelesen – aufgenommen ohne Aussage des zu dem Zeitpunkt bewusstlosen Opfers –, und da stand nichts von einer Verwandtschaft des Opfers mit Officer Smith. Nichts von Beweismaterial und auch nichts von einer Ermittlung im Vorfeld dieser Nacht. Die Cops, die für die Gegend verantwortlich waren, rührten offensichtlich keinen Finger.

Es hätten genauso gut sie sein können, die Malcolm angegriffen hatten.

Rake lebte leidenschaftlich gern in Hanford Park, wo Männer ihren Ölwechsel in der Einfahrt vornahmen, während sie das Spiel der Bulldogs im Radio hörten, oder einfach nur auf der Terrasse einschliefen, was er oft morgens nach der Spätschicht tat. Als Polizist hätte ihn so ein Viertel gelangweilt, in dem die schlimmsten Beschwerden einem seltenen Einbruch oder einer zu lauten Feier galten oder dem Kerl, der am Sonntag vor acht den Rasen mähte. Doch die jüngsten

Ereignisse zwangen ihn, diese Meinung zu überdenken. Sein Verlangen herauszufinden, was passiert war, war mehr als nur ein Gefallen, den er einem farbigen Cop schuldete, den er kaum kannte. Und es ging um weit mehr als sein starkes und oft bedauertes Bedürfnis, den Unterdrückten zu helfen. Es ging um die Angst, dass seine eigene Autorität, die seiner Dienstmarke, schwinden würde, wenn er nichts wegen der Tat unternahm.

Er stieg aus dem Auto und lief den Hang hinab in Richtung Coyles Zuhause, die Hosenbeine augenblicklich feucht von dem Tau, der sogar nachmittags noch an den Reben klebte. Über ihm türmten sich Roteichen; das Grundstück bekam maximal eine Stunde Sonnenlicht pro Tag ab, solange das Astwerk so dicht war. Ein Hund fing an zu bellen. Rakes rechte Hand wanderte zu seinem Holster, nur für den Fall, dass etwas ihn anfallen wollte.

Er war drei Meter von der Tür entfernt, als sie sich öffnete. Die Schnauze eines gelbbraunen Köters tauchte auf, dazu eine Hand, die ihn am Halsband festhielt. »Psst, Max.« Der Hund schaltete auf ein Knurren herunter. Sein Besitzer hatte einen militärischen Kurzhaarschnitt und ein knochiges Gesicht. Sein ärmelloses T-Shirt enthüllte sehnige Arme und gestraffte Adern, während er den Köter zurückhielt. Blaue Augen unter einer hochgezogenen Augenbraue.

»Delmar Coyle?«, fragte Rake.

»Das bin ich, und ich hab meine Zeit bereits abgesessen. Worum geht's hier?«

»Ich wollte Ihnen nur ein paar Fragen stellen. Ohne Hundeunterbrechung.«

Coyle schubste den Hund nach hinten, bevor er ins Freie trat und die Tür hinter sich schloss. Rake konnte keinen Blick ins Innere erhaschen. Der Verschlag verfügte über zwei kleine Fenster auf der Vorderseite, doch sie waren beide so dreckig, dass sie genauso gut schwarz gestrichen hätten sein können.

»Genießen Sie das Leben in Freiheit?«, fragte Rake.

»Tu ich, wenn Sie's genau wissen wollen.« Er stand nicht mehr gebückt, er war groß, ein paar Zentimeter größer als Rake, doch wesentlich dünner. Möglicherweise unterernährt und verschlankt vom Arbeitslager, doch sein wachsamer Blick und sein spitzes Kinn ließen ihn wie den bedauerlichen Überlebenden eines großen Unglücks aussehen. »Der Mensch ist für die Freiheit geschaffen. Nicht um im Gefängnis oder sonst wo festgehalten zu werden.«

»Sie waren ja gar nicht lange im Gefängnis, oder? Eine Verschwörung gegen die Regierung bringt auch nicht mehr dieselben Haftstrafen wie früher.«

Coyle verschränkte die Arme, hielt sich sowohl körperlich wie auch emotional zurück.

»Ich hab meine Zeit abgesessen.«

»Ist das hier Ihre offizielle Adresse, Mr Coyle?«

»Was meinen Sie mit *offiziell*? Ich darf nicht mehr an euren Wahlen teilnehmen, ist also nicht so, als müssten die mir eine Registrierung zuschicken. Und Geld verdien ich auch keins, für das man Steuern zahlen müsste.«

»Na ja, ich soll Sie doch sicher nicht wegen Landstreicherei festnehmen«, sagte Rake.

»Der Grund gehört meiner Familie. Schlagen Sie's nach. Und ich bin kein Landstreicher. Ich hab Geld.«

»Das sie womit verdient haben?«

»Ich habe Unterstützer.«

»Unterstützer? Wie jemand, der ein Amt bekleiden will?«

»Ich hab Unterstützer.«

»Vor ein paar Jahren, bei der Versammlung vor der Sweetwater Mill, standen sie doch auf dem Podium, richtig?«

»Kann sein. Wir haben damals eine Menge Versammlungen veranstaltet.«

»Ich erkenne Sie wieder. Ich hab da früher gearbeitet.«

»Und jetzt sind Sie ein Gorilla im Polizistenkostüm. Schau einer an.«

»Passen Sie auf, was Sie sagen.«

»Auf meinem Land kann ich sagen, was ich will. Und Sie haben mir immer noch nicht verraten, warum Sie mich hier belästigen.«

Rake holte den Aushang mit dem Blitzsymbol aus der hinteren Hosentasche und entfaltete ihn vor Coyle. »Kommt Ihnen der bekannt vor?« Der Zettel war mit schwarzem Pulver aus dem Labor für Fingerabdrücke bedeckt – sie hatten die einer Person gefunden, jedoch nicht die von Coyle.

»Hab solche Aushänge gesehen, schon ein paar Jahre her.«

»Haben Sie vor Kurzem welche von denen aufgehängt?«

»Ich sag nicht, dass ich's getan hab. Aber es gibt kein Gesetz gegen das Aufhängen von Zetteln.«

Tatsächlich gab es jede Menge solcher Gesetze, aber Rake hatte kein Interesse daran, das Regelwerk für öffentliche Aushänge zu durchforsten, nur um herauszufinden, ob besagter Zettel auf besagtem Laternenmast jetzt erlaubt war oder nicht.

Vier Jahre zuvor hatten Coyle und seine Gang etliche Angriffe begangen und Negro-Wohnungen auf der angrenzenden Westside bombardiert. Jetzt war er frei, und es passierte erneut.

»Schon komisch«, sagte Rake, »wenn man heutzutage so einen Zettel in Deutschland aufhängt, wird man verhaftet.«

»Aber hier in den Staaten gibt es Meinungsfreiheit. Können Sie ruhig komisch finden.«

»Wo waren Sie in der Nacht vom siebzehnten gegen elf, zwölf Uhr?«

»Hier. Hab geschlafen.«

»Kann das jemand bezeugen?«

»Bin nicht verheiratet, falls sie das meinen. Worum geht's hier?«

»Ein Negro wurde fast zu Tode geprügelt, direkt bei einem dieser Aushänge.«

»Gut.«

Rake starrte ihn lange genug an, damit er merkte, wie wenig er seinen Kommentar schätzte, aber nicht lange genug, um Coyle denken zu lassen, er könne Rake aus dem Konzept bringen. »Hat's Ihnen wirklich so gut im Knast gefallen?«

»Ich hab's gehasst. Die meisten da drin sind dümmer als ein Holzpfosten. Nicht die geringste Ahnung von Politik oder Geschichte. Und ich hab's nicht eilig, da wieder hinzugehen, deshalb hab ich auch nichts damit zu tun, was diesem Nigger passiert ist, wer auch immer er war. Nur weil er in der Nähe von einem dieser Zettel verprügelt worden ist, heißt das nicht, dass ich irgendwas damit zu tun habe. Hätte man ihn im selben Block verprügelt, wo jemand eine amerikanische Flagge aufgehängt hat, würden Sie dann einen Veteranen festnehmen?«

»Ich *bin* Veteran, und ich gebe Ihnen einen Tag, jeden einzelnen dieser Zettel abzumachen, egal wo Sie und ihre kleinen Freunde die aufgehängt haben. Exakt vierundzwanzig Stunden von jetzt an. Und wenn ich dann je wieder einen von denen sehe, stopfe ich Ihnen höchstpersönlich den Hals damit.«

Coyles Reaktion darauf war ein spöttisches Lächeln. »Jawohl, Sir, Officer, Sir.«

Rake kam näher. »Sie finden das witzig?«

»Nein, ich finde Machtmissbrauch eine ganz und gar ernste Angelegenheit.«

Rake wusste, dass er sich beruhigen musste. Aber er würde sich diesem Idioten nicht beugen. »Sie haben eine Vorliebe für Nazis?«

»Die wissen, was sie wollen und wie sie es bekommen.«

Die Gegenwartsform in dem Satz war genauso ekelerregend wie seine Aussage.

»Vielleicht haben sie ja nicht die Nachrichten gelesen, während sie sich hier vor ihrer Wehrpflicht verkrochen haben, aber die haben den Krieg verloren. Man kann also nicht sagen, dass die besonders gut drin waren, etwas zu bekommen, außer den eigenen Tod.«

»Wissen Sie, was das wirklich Schreckliche daran ist?«, fragte Coyle und trat zur Seite, verschaffte sich selbst Platz. »Sie wurden von den verdammten Roten besiegt. Jeder hier tut so, als wären es unsere Jungs und die Kraft des Kapitalismus gewesen, doch das stimmt nicht. Es war die Rote Armee, die sie zurückgetrieben hat, die dafür gesorgt hat, dass sie die meisten ihrer Ressourcen an der Ostfront versammelt haben, was es uns einfach gemacht hat, die Normandie einzunehmen und von dort aus den Rest. Jeder hier ist stolz drauf, aber die machen sich was vor. *Wir* haben die Leute von Anfang an vor den Kommunisten gewarnt, nicht vor den Nazis, und wir haben recht behalten. Auch die Regierung war unserer Meinung, bis Pearl Harbor sie aus dem Konzept gebracht hat. Hätten die verdammten Japsen das nicht getan, hätten wir Hitler Europa erobern und die Roten und die Juden auslöschen lassen. Dann könnten die Roten jetzt nicht einfach so das Kommando übernehmen.«

»Ich wüsste nicht, was an der Normandie ›einfach‹ war, aber vielleicht hat's ja von hier aus so ausgesehen. Im Kino, in den Zusammenfassungen vor den John-Wayne-Filmen.«

Rake sprach fließend Deutsch und war zuerst im Nachrichtendienst der Army tätig gewesen, wo er Schreiben übersetzte, die sie von den Nazis abgefangen hatten, später wurde er zum Aufklärer befördert. Er war nicht am D-Day gelandet, doch kurz danach, war hinter den feindlichen Linien in Frankreich abgesetzt worden, wo er sich unerkannt seinen Weg durch die verwüstete Landschaft gebahnt hatte. Mehr als ein Jahr später war er einer der Ersten gewesen, der das Konzentrationslager in Dachau zu Gesicht bekam. Zwei Monate lang war sein Job, Führungen durch diesen noch nie dagewesenen Höllenschlund zu organisieren; er scheuchte deutsche Zivilisten durch den

Hinrichtungshof und durchs Krematorium, zeigte ihnen die Schädel, zwang sie zu begreifen, was sich unter ihren Augen ereignet hatte, unter den Befehlen ihrer Machthaber, die sie ins Amt gewählt hatten. So wie man die Schnauze eines dressierten Welpen in die eigene Scheiße hielt, hielt er ihnen die eigenen Sünden vor, stellte sicher, dass sie niemand leugnen konnte. *Ihr hattet unrecht, wir haben recht.*

Er versuchte seine Wut zu unterdrücken, als er sich an den Mann wendete, für den die Nazis Vorbilder waren. »Sie scheinen ja eine Menge militärisches Wissen zu besitzen für jemand, der nicht dabei war.«

»Ich kann lesen. Wörter auf einer Seite und zwischen den Zeilen.«

»Was dagegen, wenn ich mich kurz drinnen umschaue, was Sie so lesen?«

»Ja, hab ich. Das ist mein Haus, und was ich lese, ist meine Privatangelegenheit. Holen Sie sich einen Durchsuchungsbefehl. Herrgott noch mal, ich bin noch keinen Monat draußen und tu niemand was zuleide. Warum verbringen Sie nicht mehr Zeit damit, was gegen die Nigger zu unternehmen, die die Stadt auseinandernehmen? Morde und Vergewaltigungen, es steht in allen Zeitungen. Statt sich um die bedrohten Gegenden zu kümmern, belästigen Sie mich hier draußen.«

»Für jemand, der kein Alibi für diesen Abend hat, haben Sie eine große Klappe.«

Eine beige Chevy-Limousine fuhr langsam die Straße entlang, als hatte sie vorgehabt zu parken, das Polizeiauto gesehen und sich eines Besseren besonnen. Der Fahrer begann, auf dem Gras am Ende der Sackgasse in mehreren Zügen zu wenden.

Rake ging mit erhobener Hand auf den Wagen zu, und er hielt an.

»Schalten Sie den Motor aus. Wenn Sie hier sind, um mit Mr Coyle zu sprechen, lassen Sie sich bitte nicht von mir aufhalten.«

Der Fahrer und der Beifahrer sahen sich an. Sie trugen denselben Bürstenschnitt wie Coyle, der vom Fahrer blond, der vom Beifahrer braun. Der Beifahrer nickte, und der Fahrer drehte den Zündschlüssel um. Rake ließ seine Hände auf dem Gürtel ruhen, eine davon am Griff seiner Pistole, während er ihnen bedeutete, langsam auszusteigen. Auch Coyle gesellte sich jetzt zu ihnen.

»Howdy, Jungs«, sagte Rake. »Ist das eine offizielle Versammlung der Herrenrasse?«

»Wir wollen keinen Ärger«, sagte der Blonde. Er sah aus, als wäre er noch keine achtzehn, sein Beifahrer ein paar Jahre älter. Sie waren nicht so ausgemergelt wie Coyle, und Rake spürte eine Art von gelassener Wachsamkeit bei ihnen, so als wären ihnen riskante Situationen nicht fremd.

»Kann ich Ihren Ausweis sehen?«

»Hab ich was falsch gemacht, Officer?«

»Ich würde nur gern wissen, mit wem ich mich unterhalte.«

Im »Haus« fing der Hund wieder an zu bellen.

Der Führerschein des Fahrers wies ihn als Neville Connors aus, gerade zweiundzwanzig geworden, unter einer Adresse, die näher am Tony Inman Park lag, als Rake beim Umgang mit Abschaum wie Coyle vermutet hätte. Der Beifahrer behauptete, seine Brieftasche nicht dabei zu haben, doch gab sich freiwillig als Joey Boyd Green zu erkennen.

»Und ihr seid hier, um euer nächstes Freudenfeuer mit Delmar zu planen, mit Kapuzen rausholen und so was?«

»Scheiß auf den Klan«, fuhr ihn Joey an. »Die nennen uns Schläger, doch die sind nur ein Haufen verweichlichter Geschäftsleute, die nicht den Mumm haben, das zu tun, was getan werden muss.«

»Und das ist?«

»Alles einzureißen«, sagte Neville. »Damit wir es wieder aufbauen können.«

»Die Demokratie ist schwach«, sagte Joey. »Sie wird unter ihrem eigenen Gewicht zusammenbrechen, und wenn sie das tut, stehen wir bereit und biegen die Gesellschaft gerade. Wir werden arrivieren.«

»Das ist aber mal ein großes Wort.«

»Das heißt, dass wir aufsteigen werden.«

»Ich weiß, was zum Teufel das heißt.«

»Joey B., halt verdammt noch mal die Fresse«, sagte Coyle.

»Aber nein doch«, sagte Rake, »ich hör mir gerne mehr über diese Revolution an. Ich will ja auf der richtigen Seite stehen, wenn es so weit ist.«

»Wir wollen keinen Ärger mit dem Gesetz«, sagte Coyle. »Die wollten nichts weiter als mir Guten Tag sagen. Das ist nicht verboten in diesem Land. Noch nicht.«

»Nein, aber Negros zu verprügeln schon.« Rake wollte wissen, wo sie in der Nacht waren, in der Greer angegriffen wurde; Neville war angeblich nach einem langen Arbeitstag in der Sweetwater Mill schlafen gegangen, und Joey behauptete, er habe über Nacht in Downtown Straßenausbesserungsarbeiten durchgeführt. Dann wiederholte Rake seine Warnung wegen der Blitzsymbole.

»Schätze, ich würde mich besser fühlen«, sagte Neville langsam, »wenn ich wüsste, dass die Polizei mithilft, dieses Ungeziefer aus den weißen Vierteln rauszuhalten.«

»Wir vollstrecken das Gesetz«, sagte Rake. »Und wir haben auch so genug zu tun, ohne auf Kinder aufzupassen, die den Kopf voller Schwachsinn von der falschen Front haben.«

»Wir sind keine Kinder«, sagte Neville.

»Zumindest klingt ihr nicht gerade nach erwachsenen Männern, wenn ihr Märchen wie das vom Stapel lasst.« Rake deutete auf Joey Boyd. »Das nächste Mal, wenn ihr denkt, ihr müsstet den Bürgerkrieg nachspielen, fragt doch mal Delmar, wie's ihm im Knast gefallen hat. Und haltet euch verdammt noch mal von Hanford Park fern.«

Das Bellen von Max wurde endlich vom Motor des Polizeiautos übertönt. Rake wendete am Ende der Straße, die Reifen reagierten nur langsam im Matsch, während die drei jungen Columbianer dastanden wie drei verwirrte Gartenskulpturen und ihm beim Wegfahren zuschauten.

18

DAS HOCHGEFÜHL, DAS auf dem Revier in der Butler Street nach der Festnahme von Thunder Malley herrschte, stellte sich als kurzlebig heraus.

Weniger als vierundzwanzig Stunden nach der Verhaftung gab McInnis bei Dienstantritt um 18:00 Uhr mit versteinerter Miene bekannt: »Thunder Malley ist heute früh in Gefangenschaft verstorben.«

Für zehn Männer ein Schlag in die Magengrube.

»Er wurde gerade in eine Zelle gebracht, als er sich aus dem Griff eines Officers befreite und anfing, ihn zu würgen. Ein anderer Officer hat auf ihn geschossen, zweimal.« In der einen Hand hielt McInnis die schlaffen Blätter des Berichts, den er gerade zusammenfasste, auch seine Wortwahl war blutleer. Er legte ihn auf den nächstbesten Schreibtisch, den von Smith. »Sie können ihn nacheinander lesen. Ich weiß, dass sich das anfühlt, als wäre ein großer Teil ihrer harten Arbeit umsonst gewesen.« Er warf einen Blick auf die Schrammen in Smiths Gesicht, auf Deweys zusammengepresste Lippen. »Solche Dinge passieren. Lassen Sie uns rausgehen und unseren Job machen und gut aufeinander aufpassen.«

Damit waren sie entlassen. Und doch blieben sie alle regungslos stehen, bis auf Smith, der sich den Bericht schnappte und ihn las, was nicht lang dauerte. Dann las Boggs, dann die anderen, während McInnis auf die Karte mit ihren täglichen Routen zuging, auf der Reißnägel Verbrechen und Verdächtige markierten. Als hätte er ihnen gerade die belangloseste Nachricht der Welt übermittelt.

Solche Dinge passieren.

Smith fluchte leise, nachdem er zu Ende gelesen hatte. Dewey schnappte sich eine Tasse und schwang seinen Arm in Richtung Wand, erzeugte auf magische Art Hunderte von kleinen Porzellanteilchen. Smith juckte es noch nicht einmal, dass es seine Tasse war, so rasend machten ihn die Neuigkeiten. Boggs wollte es nicht glauben, doch er tat es. Jedes Mal, wenn sie versuchten, echte Fortschritte zu machen, flog es ihnen um die Ohren. Er gab sich Mühe, einen Weg der Tugend zu beschreiten, doch er war gesäumt mit den Opfern seiner guten Taten – und zu vielen anderen Leichen.

»Das ist doch ein Witz, Sergeant«, sagte Smith.

»Mir gefällt das genauso wenig«, behauptete McInnis.

»Und das sollen wir akzeptieren?«

»Was wäre die Alternative?« McInnis wartete einen langen Moment, das Schweigen war Antwort genug. »Es ist Ihnen nicht gestattet zu kündigen, falls jemand von Ihnen darüber nachdenkt.« Schlechter Zeitpunkt für einen Witz. Seit 1948 hatten sie bereits drei Beamte durch Kündigungen verloren; aus unterschiedlichen Gründen. Doch sie kannten die Wahrheit: Es fraß die Seele auf, den großen Widerspruch ihres Berufs zu akzeptieren, gleichzeitig Autoritätspersonen und Bürger zweiter Klasse zu sein.

»Die weißen Cops sabotieren uns in unseren eigenen Vierteln«, sagte Boggs. »Wir haben gehört, dass sie Malleys Geschäfte beschützt haben. Die haben sich ihren Anteil vom großen Mann geholt, doch sobald er Gefahr lief auszusagen, wussten sie ihm das Maul zu stopfen.«

»Ich höre da jede Menge Spekulation. Und keine Namen. Haben Sie welche?«

Schweigen. Smith erinnerte sich, wie Malley sie in jener Nacht verhöhnt hatte, sie gewarnt hatte, dass sie einen Fehler machten, dass er »Freunde« hatte, die dafür sorgen würden, dass er schon wieder am nächsten Morgen auf freiem Fuß war. Er hatte recht behalten, wenn auch nicht so, wie er es gemeint hatte.

»Es ist eine Sache, einem weißen Beamten zu unterstellen, Schmiergelder anzunehmen«, erläuterte McInnis. »Es ist noch mal eine andere, jemand des Mordes zu beschuldigen.«

Hoffentlich tat McInnis nur so begriffsstutzig. Er konnte sich doch keine Illusionen machen, was die weiße Weste der Kollegen anging. Vor seiner Zeit in der Butler Street war er an der Aushebung eines illegalen Glücksspielrings beteiligt gewesen, der eine Vielzahl von Beamten den Job gekostet hatte. Die Abneigung großer Teile des Departements hatte ihm vermutlich sein Exil hier im YMCA eingebrockt. Seitdem zögerte er, sich in Kämpfe zu verstricken, die er nicht gewinnen konnte.

»Die untergraben uns, wo sie nur können, Sergeant«, sagte Dewey.

»Wir können unseren Job nicht machen«, ergänzte Boggs, »solange weiße Cops die Leute schützen, die wir einsperren wollen.« Und am Ende umbrachten, wenn die Negro-Cops ihnen zu nahe kamen.

Smith warf die Hände in die Luft. »Es ist, als ob man von uns erwartet, Feuerwehr zu spielen, während die weißen Cops mit Streichhölzern zündeln.«

»Mir sind die Herausforderungen hier durchaus bewusst«, sagte McInnis. »Doch ich höre keine Lösungsansätze. Ich höre nur Beschwerden über die Realität. Es ist unser Job, sich mit der Realität auseinanderzusetzen.«

Wollte er ihnen damit sagen, dass sie Beweise dafür sammeln sollten, dass weiße Beamte am Drogenhandel beteiligt waren? War es ihnen doch ausdrücklich verboten, Ermittlungen durchzuführen, vor allem was die Aktivitäten weißer Cops betraf. Boggs merkte, wie sich seine Brust bei diesem Widerspruch spannte.

»Wir haben gehört, dass Malley einen Rivalen namens Quentin Neale, oder Q, hatte«, erklärte Boggs. »Viel wissen wir nicht über ihn, wir glauben, dass er neu in der Stadt ist, aber auch er könnte mit Drogen und Schnaps handeln. Vielleicht haben die weißen Cops, die mit

Thunder zusammengearbeitet haben, beschlossen, sich auf Neales Seite zu schlagen.«

Smith schüttelte den Kopf. »Nein, die wollten Malley einfach zum Schweigen bringen. Und das haben sie getan.«

Boggs sah auf und sagte zu McInnis: »Da war noch was. Wir haben ihre Namen nicht, aber zwei Streifenwagen mit weißen Cops haben mich und Smith vor ein paar Nächten bedroht, damit wir die Finger von den Drogenfällen lassen.«

»Wann war das?« Es war nicht leicht, McInnis' Reaktion auf irgendetwas zu deuten, doch endlich wirkte er beunruhigt.

Boggs und Smith berichteten ihm von dem kurzen Zwischenfall, den sie noch nicht einmal ihren Kollegen erzählt hatten. Ihnen war kein Grund eingefallen, dachten nicht, dass etwas Konstruktives dabei herauskommen würde, die Geschichte hätte sie nur ohnmächtig wirken lassen. Selbst jetzt schämte sich Boggs noch, sie zu erzählen.

»Haben Sie sich die Kennzeichen gemerkt?«

Boggs nannte sie.

McInnis verschränkte die Arme und nickte nachdenklich. »Ich hör mich mal im Hauptquartier um, sehe, was ich herausfinden kann. In der Zwischenzeit ist es drei nach sechs, und ich habe immer noch keinen einzigen Beamten draußen auf der Straße. Auf geht's, Feuer löschen, Gentlemen.«

19

ZWEI KLEINE KINDER aufzuziehen stellte sich als größere Herausforderung heraus, als Cassie erwartet hatte. Ja, deren Bedürfnisse waren endlos, doch damit hatte sie gerechnet. Was die Erfahrung so anstrengend machte, war die Tatsache, dass sie fast ausschließlich Zeit mit Kindern und anderen Frauen verbrachte. Als jüngste Tochter mit vier Brüdern, war ihr schon seit Langem klar, dass sie männliche Gesellschaft bevorzugte. Ihr Humor war eher derb, ihr Sinn für Äußerlichkeiten vernachlässigbar. Die anderen Hausfrauen von Hanford Park wollten tratschen – darüber, wer einen schlechten Einrichtungsgeschmack hatte, wer in Wirklichkeit jüdisch war, wer womöglich eine Affäre mit dem Football-Coach der Kinder hatte, über das Alkoholproblem der Frau des Schuldirektors. Cassie wäre es lieber gewesen, die Hausfrauen selbst hätten ein Alkoholproblem gehabt – dann wären sie unterhaltsamer. Stattdessen war sie nicht enden wollenden Teekränzchen ausgeliefert, als ob sie alle eine höhere Gesellschaftsschicht anstrebten, gefolgt von geschwätzigen Nachmittagen im Park. Sie hätte lieber Denny jr. und Maggie durch den Garten gejagt, sich die Knie dreckig gemacht und ein bisschen geschwitzt, doch die anderen Mütter wollten nur sitzen und plaudern.

Das plötzliche Eindringen der Schwarzen in Hanford Park, so schrecklich es war, verschaffte ihr endlich eine Aufgabe.

Deshalb saß sie jetzt in der Cafeteria der Grundschule, auf die ihre Kinder in ein paar Jahren gehen würden. Die niedlichen kleinen Esstische lehnten zur Seite gekippt an der hinteren Wand und machten Platz für ein Dutzend Reihen Holzstühle in Zwergengröße, auf denen vierzig erwachsene Anwohner von Hanford Park saßen und mit hoch gebeugten Knien wie Riesen wirkten. Ihnen gegenüber stand ein kleines Podium vor zwei Fenstern, die den Blick auf eine große Grünfläche und Schaukeln freigegeben hätten, wäre es nicht Nacht gewesen und damit längst nach Schlafenszeit für die Kinder der vielen Eltern, die einen großen Teil der Nachbarschaftsinitiative Hanford Park ausmachten.

Denny arbeitete wie fast jeden Abend, also saß Cassie neben ihrer Schwägerin Sue Ellen und ihrem Schwager Dale. Sie hatte Denny von dem Treffen erzählt, und er hatte nichts dagegen gehabt. Dann hatte sie ihm gesagt, dass sie vorhatte, in den Nachbarschaftsfond einzuzahlen. Das hatte ihm nicht gefallen, und sie hatten wieder gestritten. *Es ist unser Zuhause*, hatte sie gesagt, *und es ist eine friedliche Lösung. Warum sollten wir das nicht unterstützen?* Schließlich hatte er kapituliert, doch sie war nicht sicher, ob er nicht einfach nur das Gespräch beenden wollte.

An den Wänden ringsherum hingen in grellbunten Farben die Auswüchse kindlicher Fantasie, gelbe Selbstporträts von Drittklässlern, halbfertige Landschaften von Erstklässlern und Gekritzel von Kindergartenkindern, wie Rorschach-Tests, die nur sie selbst erklären konnten. Cassies kleine Künstler würden nie die Chance bekommen, an der Dekoration der Schule mitzuwirken, wenn diese Nachbarschaftsvereinigung nicht ihren Job erledigte.

Die Versammlung wurde von Don Gilmore zur Ordnung gerufen, einem circa fünfzigjährigen Mann mit weißen Haaren, dem ein Eisenwarenhandel gehörte. Er trug bevorzugt karierte Hemden und Cordhosen. Die ersten paar Minuten verstrichen quälend langsam, da er sich bei verschiedenen Frauen bedankte, die für das Treffen gebacken hatten, und bei den Männern, die Plakate für heute Abend aufgehängt hatten.

»Ganz kurz zu den Finanzen – zunächst einmal Danke an alle, die in unseren Fond eingezahlt haben. Wir haben bereits mit zwei der Negro-Haushalte gesprochen und planen ein baldiges Treffen mit dem dritten. Leider kann ich noch keinen Verkauf vermelden. Ich vermute, die zögern aus Angst, Verlust zu machen, doch wenn wir eine Summe aufbringen können, die dem ähnelt, was sie bezahlt haben, bin ich mir sicher, dass wir sie überzeugen können. Wo stehen wir gerade, Paul?«

In der ersten Reihe saß Thames, der Klempner, offensichtlich Kassenwart bei der NIHP. Er antwortete von seinem Sitz aus, dass sie bei viereinhalbtausend Dollar lagen, und das bei einer Beteiligung der Hälfte aller Haushalte.

»Na, wenn das mal nichts ist«, sagte Gilmore. »Großartig, wie viel wir schon haben, und die Hälfte des Viertels hat noch gar nichts beigesteuert. Wenn ihr noch nicht habt, dann tragt jetzt euren Teil bei, Leute. Je mehr Spender wir verzeichnen, desto weniger müssen die einzelnen Haushalte geben. Ich bin zwar nur ein bescheidener Tischler, aber das ist simple Mathematik, die selbst ich verstehe.«

Cassie schaute sich im Publikum um und erkannte nur einen der Polizisten, die in Hanford Park lebten. Genau wie Denny arbeiteten die meisten nachts.

Sie hob die Hand und stand auf. »Ich hab mich gefragt, was die Leute zusätzlich zu den Spenden tun können. Wie Sie schon sagten – wir dürfen nicht zu lange warten, und ich bin niemand, der glaubt, wir könnten die Probleme einfach so wegreden.«

»Sie sind eine Frau nach meinem Geschmack«, sagte Gilmore. »Es gibt auf jeden Fall einige Maßnahmen, die wir alle ergreifen können. Erstens, seien Sie besonders sichtbar; es ist die ideale Jahreszeit dafür, aber im Ernst, unternehmen sie mit Vorsatz Spaziergänge, oder halten Sie sich im Vorgarten auf, kümmern sie sich um die Pflanzen oder so was in der Art. Und das sage ich nicht nur, weil wir Gartenartikel in meinem Laden anbieten.« Ein unbeholfenes Lachen. »Obwohl es stimmt. Wir haben sogar gerade Ausverkauf. Was ich sagen will: Gehen Sie raus, und halten Sie die Augen offen. Wenn Sie Negros auf der Straße fahren sehen, notieren Sie, welches Auto, das Kennzeichen, die Tageszeit. Sollten die mit einer Art Immobilienmakler unterwegs sein, dann notieren sie sich das *unbedingt*. Wir haben Verbündete im Katasteramt, und wir kennen Anwälte, wir können denen also das Leben schwer machen.«

»Zweitens, falls ein Makler an ihre Tür klopft und sie bittet zu verkaufen, sagen sie Nein. Werden Sie deutlich.« Applaus. Erst verhalten, dann vom ganzen Saal. »Egal wie stark manche von uns sind, wir können Hanford Park nicht erhalten, wenn auch nur ein Bruchteil der Leute ausgerechnet jetzt wegzieht. Selbst wenn Sie unabhängig davon darüber nachdenken zu verkaufen, vielleicht weil sie bereits älter sind und eine kleinere Wohnung wollen, flehe ich Sie an, liebe Leute: Warten Sie noch ein kleines bisschen länger, denn wenn Sie ihren Grund jetzt zum Verkauf anbieten – auch wenn Sie gar nicht an Negros verkaufen wollen –, kann es sein, dass man Sie ausnutzt. Diese Immobilienleute kennen jede Menge mieser Tricks, sie lassen Sie glauben, dass Sie an ein nettes weißes Pärchen verkaufen, und ein weißer Mann unterschreibt sogar die Papiere beim Kauf, doch am Tag des Umzugs tauchen plötzlich ein paar Negros auf. Also halten Sie sich noch zurück. Wir müssen Verantwortung füreinander übernehmen – manchmal kommt es genau auf das eine Haus an.«

Ein Mann weiter hinten hob die Hand und fragte. »Wenn wir tatsächlich Negros sehen, die sich umschauen, was sollen wir denen sagen?«

»Ich würde sie höflich darüber informieren, dass es sich hier *nicht* um ein Übergangsviertel handelt. Vermutlich hat man ihnen genau das erzählt, deshalb suchen sie hier. Wir müssen ihnen ganz deutlich klarmachen, dass sie falsch informiert wurden und dass sie ihr Geld woanders ausgeben sollen.« Applaus. Gilmore fügte hinzu: »Doch wollen wir Auseinandersetzungen vermeiden. Unterstellen Sie ihnen gute Absichten, klären Sie die Missverständnisse, und bitten Sie sie zu gehen.«

»Nicht sein Ernst«, murmelte Dale.

»Ich vermute, dass die meisten von Ihnen schon davon gehört haben, aber vor ein paar Tagen gab es hier einen nächtlichen Zwischenfall. Einer der Negros in Hanford Park wurde zusammengeschlagen. Wir finden nicht–«

Er wurde von Applaus unterbrochen. Erst nur ein paar Hände, dann etliche. Dale war besonders schnell dabei, wie Cassie auffiel, doch sie und Sue Ellen hielten sich zurück.

Gilmore hob die Hände. »Bitte, bitte.« Er grinste unbeholfen. »Ich heiße das nicht gut, und darum geht es unserer Initiative auch nicht. Ich habe die Gruppe gegründet, um die Dinge gewaltfrei zu lösen, verstanden?« Ein bisschen verhaltene Zustimmung, ein bisschen Grummeln. »Wir alle wissen, dass das Ganze auch anders laufen kann, doch ich glaube, dass wir unser Viertel auch ohne Zwischenfälle wie diesen retten können. Ich weiß nicht, wer den Negro aufgemischt hat, und ich hoffe, dass die Person sich nicht hier im Raum befindet und kein Teil von NIHP ist.«

Dale räusperte sich, leise. Sue Ellen bedeutete ihm, ruhig zu sein.

Gilmore fuhr fort. »Es zeigt, wie wichtig es ist, dass wir an die Arbeit gehen, denn noch mehr solcher Zwischenfälle könnten unserer Sache schaden. Wenn die Leute anfangen zu denken, es könnte jederzeit zu Gewaltausbrüchen kommen und dass unsere Straßen von Rabauken beherrscht werden, dann verlieren wir alle.«

Als die Versammlung zu Ende war, bahnte sich Cassie ihren Weg durch die Menge hin zu Thames.

»Entschuldigen Sie, Mr Thames? Cassie Rakestraw. Sie waren vor ein paar Tagen abends bei uns, und mein Ehemann war nicht da. Bitte geben Sie das in die Kasse.« Sie überreichte ihm vierzig Dollar.

»Ich danke Ihnen herzlich«, sagte der Klempner, er und seine Frau lächelten.

Als Cassie zurücktrat, standen Sue Ellen und Dale direkt hinter ihr. »Wir sollten auch was spenden, Dale«, sagte ihre Schwägerin leise.

»Äh, ich hab meine Brieftasche zu Hause vergessen.« Er suchte verlegen seine Taschen ab. »Nächstes Mal.«

20

DREIMAL KLOPFEN, DAS DRITTE Mal besonders heftig. Drinnen hörte er jemand *Psst!* sagen.

»Verschwinde!«, sagte Mrs Cannon durch die Tür.

»Machen Sie bitte auf, Ma'am. Ich will nur mit Ihnen reden.«

Stille. Dann ein kurzes, verstohlenes Geräusch. Dass es so kurz war, machte es so auffällig, die Tonhöhe, ganz anders als alles in der Umgebung; nicht wie das Geräusch vorüberfahrender Motoren, das gelegentliche Hupen, auch nicht wie das Geschrei der Vögel über ihm. *Mein Sohn.*

»Du solltest nicht hierherkommen, Jeremiah! Mein Mann hat eine Waffe.«

»Ich bin nicht hier, um Ärger zu machen, ich will nur *reden*. Bitte, Mrs Cannon.«

Er zählte: eins, zwei, drei, und etwa bei fünf öffnete sich die Tür.

»Was willst du?«, herrschte ihn Julies Mutter an. Sie war äußerst klein, fast ein Zwerg. Nur Gott allein wusste, wie sie eine Schönheit wie Julie hatte hervorbringen können. Und doch hatten sie dieselben Augen, länglich und schmal, in der Lage, durch dich hindurchzuschauen, in dich hinein, dorthin, wo sie nicht sollten.

»Sie haben all meine Briefe weggeworfen, stimmt's?«

»Wovon sprichst du?«

»Sie hat behauptet, ich hätte ihr nie geschrieben. Ich hab ihr *jede Woche* geschrieben. Einen Brief nach dem anderen. Am Anfang hat sie mir noch geantwortet, dann hat es aufgehört.«

»Frag nicht mich, wie das Mädchen seine Entscheidungen trifft.«

»Sie dachte, ich hätte aufgehört, ihr zu schreiben, weil Sie die Briefe weggeworfen haben, bevor sie sie sehen konnte. Sie wollten nicht, dass ich Teil ihres Lebens bin.«

»Du *warst* kein Teil mehr ihres Leben. Du warst im Gefängnis, Junge.«

»Ich weiß, wo ich war. Ich weiß sehr genau, wo ich war.«

»Du hast Julie in eine schwierige Lage gebracht und dich selbst in eine noch schlimmere, und das war's. Sie hat jetzt ein besseres Leben.«

»Ich hatte eher mit so was wie einer Entschuldigung gerechnet.«

»Von mir? Also bitte. Find deine Familie oben in Chicago, Jeremiah. Sie können dir helfen, wir können das nicht. Julie hat jetzt einen richtigen Mann und verschwendet keine Zeit mehr mit dir.«

Hinter ihr sah er, wie sich etwas bewegte. Sie bemerkte die Bewegung seiner Pupillen und versuchte, ihm die Sicht zu verstellen, doch er erhaschte einen Blick auf den Jungen in Latzhose und einem weißen T-Shirt hinten im Flur. Das Licht der Lampe rahmte das Gesicht auf vollkommene Weise, fast wie ein Heiligenschein um die Haare.

»Hey, Sohn.« Jeremiah lächelte, ohne es zu wollen. »Weißt du, wer ich bin?«

»Red' bloß nicht mit ihm!«

Deshalb war Jeremiah noch am Leben, deshalb hatte man ihn verschont. Deshalb war seine Zeit im Gefängnis endlich vorbei und er konnte wieder frei atmen, in dieser fremden Welt.

»Komm raus und sag Hallo.«

»Ich sagte, rede nicht mit ihm!« Sie versuchte, die Tür zu schließen, doch er hielt seinen Fuß dazwischen. Sein Schuh war alt und halb verrottet, er hatte ihn in einer Mülltonne gefunden. Ihre ungeahnte Kraft brach ihm beinahe den Fuß. Er warf sich mit der Schulter gegen die Tür und drückte sie wieder auf. Als er den Raum betrat, sah er gerade noch, wie sie stürzte, ihr gedrungener Körper, und der ihn umgebende, sich aufblähende Morgenrock; er sah einen Holztisch umfallen und einen Teller am Boden zerschellen. Sie schrie ihn an, dass er verschwinden sollte, doch sie schrie weniger laut als befürchtet, ihr Schmerz dämpfte den Schrei. Der Junge rannte davon.

»Nein, komm zurück, Junge!« Er hatte das Kind erschreckt, und das wollte er nicht, und er wollte auch nicht, dass die alte Dame auf dem Boden lag, obwohl sie es verdient hatte, als Strafe dafür, dass sie sich zwischen ihn und Julie gestellt hatte. Noch nicht einmal das Gefängnis würde dieser Liebe etwas anhaben, das wusste er, doch die alte Dame hatte sie entzweit, vermutlich sogar mit einem kreolischen Fluch belegt. Das Kind rannte den Flur hinunter, bog um die Ecke, und er hörte eine Tür schlagen.

»Komm schon, Junge, ich wollte ihr nicht wehtun!«

Er machte einen Schritt um Mrs Cannon herum, die ihn in der Sprache der Alten verfluchte, ihm ganz sicher heidnische Geister auf den Hals jagte, und jetzt stand er vor der schmalen Tür, die das Kind hinter sich zugeschlagen hatte. Er kannte noch nicht einmal den Namen des Jungen, der Welten von Jeremiah entfernt war und doch so nah, nur diese dünne Tür trennte sie noch. Sie war abgeschlossen.

»Jeremiah, du lässt den Jungen in Ruhe!«

Er rüttelte am Türknopf. »Komm schon, Junge, ich will nur mit dir reden. Daddy will dich kennenlernen.«

Er konnte den Jungen jetzt weinen hören, er schrie nach seiner Großmutter. Schneller, als er es für möglich gehalten hätte, war Mrs Cannon auf den Beinen und prügelte mit einem Schirm auf ihn ein. Er schlug ihn ihr nach nur wenigen Hieben aus der Hand. Sie zuckte zusammen, griff sich ans Handgelenk.

»Ich ruf die Polizei! Du verschwindest jetzt von hier!«

Er übertrug seine Wut auf die Tür, hämmerte erneut dagegen und hörte auch nicht auf, nachdem er spürte, wie die Tür nachgab und er das sanfte Splittern von altem Holz in den Türangeln hörte.

Innen schrie und weinte immer noch der kleine Junge.

Gott, was tu ich da? Was hab ich getan? Und was soll ich jetzt deiner Meinung nach tun?

Er hielt einen Moment inne, überwältigt von seinen Gefühlen. Die alte Dame schrie um Hilfe. Er schrie ebenfalls, das Kind sollte rauskommen, er war doch sein Vater, es musste gehorchen. Jeremiah war mitten in seinem Fluss von elterlichen Ratschlägen, als einer seiner Hände auf den Rücken gezogen wurde.

Ein weiterer Arm legte sich über seine Brust, und jemand schlug ihn, traf ihn hart von hinten in die Rippen. Ihm blieb die Luft weg, und er versuchte zu entkommen, doch obwohl er die Füße bewegte, leitete ihn eine andere Kraft, bis er quer durch den Raum gegen die Seite einer Couch flog, deren Lehne nur knapp seine Weichteile verfehlte; der Aufprall war dennoch so hart, dass er über das Sofa kippte und auf ihm zum Liegen kam, unter dem Gewicht von jemand, der ihn dort niederdrückte.

Er hörte ein Klickgeräusch und fühlte das Metall um seine Handgelenke. Auf eine gewisse Art hatte er sich die letzten Tage ohnehin nie vollständig angezogen gefühlt ohne die Dinger.

⋆

Der Mann wollte nicht aufhören zu schreien, also drückte Champ Jennings seinen Kopf ein wenig nach unten, um seine Stimme mit den Kissen zu dämpfen. »Ich sagte, Schluss damit!«

»Ma'am, kennen Sie diesen Mann?«, fragte Dewey Edmunds. Es war immer die erste oder zweite Frage bei Disputen wie diesem, manchmal gefolgt von einem »Geht es Ihnen gut?«.

Sie beantwortete die Frage nicht, rannte stattdessen zu der Tür, auf die Jeremiah eingedroschen hatte.

»Wer ist da drin?«, fragte Dewey. Er hielt immer noch den Schlagstock in der Hand, obwohl er nicht glaubte, dass er ihn für diesen Kerl noch mal benötigte.

»Mein kleiner Enkel«, gab die alte Dame zurück. Sie klopfte an der Tür in dem Versuch, das verängstigte Kind zu beruhigen, ihn dazu zu bringen aufzumachen, ihm zu erklären, dass er jetzt in Sicherheit war.

»Das ist mein Sohn«, schrie der Mann, nachdem er es geschafft hatte, seinen Kopf ein Stück von den Kissen zu erheben.

Dewey und Champ tauschten Blicke. »Stimmt das, Ma'am?«, fragte Dewey.

»Er ist ein schlechter Mensch. Ein Dieb und ein Verbrecher, und er ist gerade erst aus dem Gefängnis entlassen worden. Wir wollen nichts mit ihm zu tun haben.«

Sie waren nur einen Block entfernt gewesen, als sie die Schreie gehört hatten, und als sie die Straße hinunterrannten, sahen sie schon die weit offen stehende Tür und die alte Dame am Boden. Solche Einsätze waren nie angenehm, und auch dieser schien sich als genauso kompliziert wie der Rest zu erweisen.

»Ma'am, ist das der Vater des Jungen?«

Sogar durch die Kissen hörte man Jeremiah ganz deutlich »Ja!« schreien.

»Er ist ein Mörder! Er ist in diesem Haus nicht willkommen!«

Champ griff in die Taschen des Mannes. »Ausweis dabei, Freundchen?«

Hatte er, war erst vor ein paar Tagen ausgestellt worden, vermutlich als man ihn aus dem Gefängnis entlassen hatte. Jeremiah Tanner, vierundzwanzig, als Adresse war lediglich »Stadt Atlanta« angegeben, als ob die Gefängnisbeamten Negros für freilaufende Tiere ohne Wohnsitz hielten.

Auf der anderen Seite der Badezimmertür schrie immer noch das Kind, und dabei konnte Dewey, selbst zweifacher Vater, einfach nicht klar denken. Einsätze mit Kindern waren das Schlimmste. Nach nur einem Jahr in dem Beruf merkte er, wie er abstumpfte, eine gewisse

Gleichgültigkeit machte sich in ihm breit, doch sobald ein Kind schrie, hörte Dewey seine eigenen Kinder. Er musste um jeden Preis dafür sorgen, dass es aufhörte.

Die Tür zum Badezimmer war aus den Angeln gerissen, und so stellte er sie vorsichtig zur Seite, lehnte sie gegen die Wand. Ein kleiner Junge in einer Latzhose stand neben der Toilette, die Wangen und der Schritt feucht. Dewey kniete sich zu ihm hinunter.

»Mein Sohn, ich bin Officer Dewey Edmunds. Es ist alles wieder gut, du kannst jetzt rauskommen. Du darfst dir auch meine glänzende Marke anschauen.«

»Bist du …?«, schniefte das Kind in dem Versuch zu sprechen. Er schätzte es auf vier oder fünf. »Bi-bist du ein Freund von Lucius?«

Dewey fragte sich, ob er richtig gehört hatte. Er blickte zur alten Dame, deren Blick zum Boden ging. »Ja. Ja, ich bin ein Freund von Officer Lucius Boggs. Woher kennst du ihn?«

»Der wird mein Daddy.«

Das »Nein« des Mannes auf dem Sofa wäre viel lauter ausgefallen, hätte ihn Champ nicht wieder in die Kissen gedrückt.

Dewey warf der alten Dame einen Blick zu, den sie diesmal, in einer merkwürdigen Mischung aus Scham und Stolz, Hilflosigkeit und Trotz, nickend erwiderte. Dann trat er einen Schritt zurück und sah Champ an, und jetzt begriffen die beiden, dass es sich hier um alles andere als einen typischen Familienstreit handelte.

★

Julies Beziehung mit Lucius beruhte auf Lügen.

Sie wusste, dass Lucius einst eine andere Verlobte gehabt hatte, eine feine Lady namens Cecilia. Tochter eines der reichsten Negros in Atlanta, dem fünf Frisörläden in der ganzen Stadt gehörten, dessen Umsätze er für den Ankauf eines Immobilienimperiums verwendet hatte. Lucius war nicht jemand, der gerne aus dem Nähkästchen plauderte, doch Julie erfuhr, dass er seiner ehemaligen Liebe über ein Jahr lang den Hof gemacht hatte, so wie es die gehobene Negro-Klasse verlangte: zusammen die Messe besuchen, steif nebeneinandersitzen – ohne Händchenhalten, wie sie annahm – und den Predigten seines Vaters lauschen. An geselligen Gemeindetreffen teilnehmen, sich gegenseitig zu Hause zum Teetrinken besuchen, immer unter Aufsicht. Sie hasste sich selbst, wenn sie sich das ausmalte. Lucius in seinem besten Aufzug, wie er in einem Plüschsessel gegenüber von Cecilia saß, hellhäutig, zweifellos nur zu einem Achtel schwarz, im hübschen Rüschenkleid, vielleicht sogar Chiffon, gebettet auf einem edlen Sofa neben ihrer matronenhaften Mutter, deren Ehemann ihnen ein großzügiges Anwesen mit Wohnzimmer und Klavier spendiert hatte. Die Art von Haus, in denen Julie arbeitete. Doch es hatte nicht funktioniert, die zarte Cecilia konnte die Belastung nicht aushalten, die Frau eines Polizisten zu sein.

Und so lernte Julie Lucius kennen, das war mittlerweile zwei Jahre her. Sie hatte für einen Kongressabgeordneten gearbeitet, und Lucius hatte wegen des Mords an einem anderen Dienstmädchen ermittelt. Nach dem darauffolgenden Chaos war Julie ihren Job los, also half ihr Lucius mit ein paar Hinweisen auf andere weiße Familien aus, die auf der Suche nach einem Hausmädchen waren. Zuerst war sie wütend auf ihn gewesen, weil er sie eine gute Stelle gekostet hatte, indem er seine Nase in die Angelegenheiten fremder Leute gesteckt hatte, doch die Tatsache, dass er sich die Zeit genommen hatte, die Namen von zukünftigen Arbeitgebern ausfindig zu machen, sprach für ihn. Das war Lucius: so großzügig und ehrenvoll, dass er bis zum Schluss seine Pflicht tat und selbst dort noch aufräumte, wo sich andere längst verdrückt hätten. Die Tatsache, dass er mit ihr schlafen wollte, schadete zudem nicht.

Vielleicht gehörte es sich nicht, das zu denken, aber sie hatte es ihm von Anfang an angesehen. Diese kirchentreuen Jungs konnten ihre

Augen am allerwenigsten von den sogenannten sündhaften Teilen des weiblichen Körpers abwenden. Als ob sie noch nie zuvor eine gutaussehende Frau gesehen hätten. Sie hatte Männer gekannt, die viel weiter waren, und anfangs hatte es sie gestört, dass er so *anständig* war.

Nachdem sie eine neue Stelle gefunden hatte, war er vorbeigekommen, um sich nach ihr zu erkundigen. »Ich wollte nur sichergehen, dass Sie wieder auf die Beine gekommen sind«, drückte er es aus, als er sie eines Herbsttages überraschte.

Was er meinte, war: *Ich würde Sie gerne flachlegen.*

»Mir geht's blendend, was nicht an Ihnen liegt.«

Er hob die Augenbraue. »Ich habe Ihnen geholfen, diese Stelle zu finden, oder nicht?«

»Nachdem Sie mich die letzte gekostet haben.«

»Da hätten Sie nicht bleiben wollen, vertrauen Sie mir.«

»Ich bin sicher, Sie sind der Typ Mensch, der dran gewöhnt ist, dass die Leute ihm vertrauen«, sagte sie, und er widersprach nicht. »Gibt es noch einen anderen Grund, warum Sie vorbeigekommen sind?«

Ihre direkte Art schien ihn zu verunsichern. »Nun, ja. Ich habe mich tatsächlich gefragt, ob Sie mal mit mir Mittagessen gehen wollen.«

»Damit Sie mich über ein anderes Verbrechen ausfragen können?«

»Nein, das wäre ein verbrechensfreies Gespräch.«

»Ist Ihnen das erlaubt?« Sie ließ ihn zappeln, genoss es, wie verzweifelt und hilflos er aussah. So ein Unterschied zur korrekten, aufrechten Art von eben. »Immerhin bin ich eine ehemalige Zeugin. Verstößt das nicht gegen irgendeinen Polizeikodex oder so was?«

»Ich bin mir sicher, dass die Stadt Atlanta absolut nichts dagegen hätte, wenn ich Sie mal zu Etta's Spot einlade.«

In den ersten paar Monaten hatten sie nur drei Dates. Beim ersten hatte er sie gefragt, welche Kirche sie besuchte, und wirkte schockiert, als sie erwähnte, dass ihre Familie keiner bestimmten Gemeinde angehörte.

Lucius hatte sie zu einem Besuch in der Kirche seines Vaters eingeladen, ihr gesagt, sie könne neben ihm sitzen, doch sie hatte abgelehnt, eingeschüchtert von der Vorstellung, die Kirchenbank mit seiner erweiterten Verwandtschaft zu teilen. Stattdessen trafen sie sich gelegentlich am Sonntag zum Lunch, und erst später fand sie heraus, dass er sich nur deshalb von seiner Familie und dem gemeinsamen Essen nach der Messe hatte lösen können, weil er gelogen hatte, behauptet hatte, er würde auf dem Revier gebraucht.

Sicher war ihm bewusst, dass es sich in einer kleinen Gemeinde wie Sweet Auburn herumsprechen würde, wenn der Sohn von Reverend Boggs am Sonntagnachmittag mit einer Bürgerlichen ausging.

Eine Komödie in der Matinee-Vorstellung im Royal, Pfirsich-Eiscreme bei Trellin's, doch keine Restaurants bei Kerzenlicht und ganz sicher keine verrauchten Tanzschuppen, wo sie sich gehenlassen hätten können. Die ganze Zeit über verheimlichte sie Sage, erwähnte nicht, dass sie ein Kind hatte. Sie achtete darauf, vor dem Haus auf Lucius zu warten. Sie hatte ihrer Mutter erzählt, dass sie jetzt einen anständigen Mann traf, und ihre Mutter hatte begriffen und Sarge stets vorher zu Besorgungen mitgenommen.

Dann, an einem Tag, von dem sie wusste, dass ihre Mutter für längere Zeit mit Sage unterwegs sein würde, konnte sie es nicht lassen, Lucius ins Haus einzuladen. Sie lockte ihn mit der Aussicht auf selbstgebackenen Pekannusskuchen – in dem Restaurant, in dem sie gerade gegessen hatten, war aus unerfindlichen Gründen seine Lieblingsnachspeise ausgegangen, daher wusste sie genau, was er wollte. Sie wusste, dass er noch viel mehr wollte.

Die Vorhänge im dunklen Wohnzimmer blieben geschlossen, und sie schaltete kein Licht an, damit es keine Spielsachen oder Kinderbücher enthüllte – nicht dass Sage viele davon besessen hätte. Es war das erste Mal, dass Lucius einen Fuß in ihre Wohnung setzte. Nach jedem Date hatte er darauf bestanden, sie nach Hause zu begleiten, ganz der Gentleman, doch sie hatte sich jedes Mal eine Ausrede einfallen lassen: Ihr Vater sei krank, ihre Mutter sei sauer auf sie und würde es an Lucius auslassen, wenn sie ihn zu Gesicht bekäme. Sobald sie in der kleinen Küche angekommen waren, machte sie Licht.

Sie hatte gerade erst die Kuchenform aus dem Ofen genommen und den Geruch von braunem Zucker und Butterkruste freigesetzt, als sie merkte, wie nah er ihr war. Sie drehte sich um, und er küsste sie, eilig, als hätte er Angst, sie könne fliehen. Nichts lag ihr ferner. Er war ehrlicherweise nicht der beste Küsser, zu hektisch, fast panisch, doch mit der Zeit wurde er besser.

Es war die Art von Kuss, die Hände beinhaltete, die Hände brauchte, Finger, die großflächiger ausdrücken konnten, was seine Zunge zu sagen versuchte. Sie rieb seine Brust, sie küsste seinen Hals und lockerte seine Krawatte, damit sie diesen delikaten Punkt an seinem Schlüsselbein erreichen konnte, was er als Einladung auffasste, sich an den Knöpfen ihrer Bluse zu schaffen zu machen, und vielleicht war es auch eine Einladung, es war schon seltsam, wie eine Aktion die nächste bedingte, nicht immer geplant und doch erwünscht, und Gott war das lange her, seit sie so was getan hatte, viel zu lange her.

Es war spät am Nachmittag, und das Licht fiel durch das Fenster über der Spüle, das zur Gasse hinausging. Lucius tat sich etwas schwer mit ihren Knöpfen, und sie half ihm, bevor sie mit seinen weitermachte, und dann hatte er es *wirklich* eilig. Was sie einerseits nicht und andererseits doch gut fand, denn wer wusste schon, wann ihre Eltern und Sage zurückkehrten und wann sie ihn wiedersehen würde, wie lange das alles hielt und er wieder zu Sinnen kam und zur nächsten blassen und zierlichen Cecilia zurückkehrte. Julie fühlte sich alles andere als zierlich, als er ihren Rock hochzog, sich an ihrer Unterhose zu schaffen machte und sie seinen Gürtel löste. Er war kräftig und hob sie hoch, damit es losgehen konnte, und obwohl sie kein Anfänger war, hatte sie es noch nie im Stehen getan, wobei sie ja eher lehnte und gestützt wurde. Dafür stand er, ziemlich aufrecht und steif, allerdings nicht besonders lange. Immerhin war es bis dahin gut gewesen.

Bis dahin gut blieb das Motto ihrer Beziehung, denn kaum waren sie fertig, als sie auch schon hörte, wie sich die Haustür öffnete. Seine Augen traten hervor, und sie lachte über seine Panik. Sie beeilten sich mit den Köpfen und Gürtelschnallen, und sie wischte sich mit einem Geschirrtuch zwischen den Beinen ab, bevor sie es in den Mülleimer stopfte und sich eilig die Hände wusch, während sich Lucius den Schweiß von der Stirn rieb.

Sie hörte Sages Stimme noch vor der ihrer Mutter.

Sie konnte Lucius nicht ins Gesicht schauen. Sie starrte auf den Eingang zu der kleinen Küche und rief laut: »Wir sind hier hinten.«

Sie wusste, dass es unvermeidlich war, doch irgendwie hatte sie sich vorgemacht, dass er anders reagieren würde.

Der kleine Sage raste in den Raum, lachend, sogar jetzt, wo sie Blut auf seiner linken Augenbraue entdeckte.

»Mama, Mama, ich bin hingefallen.« Voller Begeisterung, als ob es sich um eine große Errungenschaft handelte.

Sie ging auf die Knie, um mit ihm zu scherzen. Sie wich Lucius' Blick nicht absichtlich aus, redete sie sich ein. Dann kam ihre Mutter herein, und Julie blieb die Peinlichkeit nicht erspart, sie einander vorzustellen. »Lucius, das ist meine Mutter Glenda. Und Sage, ich möchte, dass du Officer Boggs kennenlernst.«

Sie konnte ihren Blick gar nicht schnell genug abwenden und sah jetzt Sage an, während sie ihm ein kleines Pflaster auf die Augenbraue klebte, dann wanderte ihr Blick wieder zurück zu Lucius, zu seinem schockierten Gesichtsausdruck, die eine Hand gar auf der Brust, als versuchte er, sein Herz drin zu behalten, dann wieder zu ihrer Mutter. Im Gesicht ihrer Mutter zeichnete sich Schuldbewusstsein ab, weil sie Sage nicht zurückgehalten hatte, doch auch Erleichterung. Die Wahrheit war raus, und das Unvermeidliche konnte passieren.

Sage war gerade mitten in einer komplexen Erzählung darüber, dass er Kampfpilot war und sich bei der Landung verschätzt hatte, doch sie bat ihn, still zu sein, sie hätten einen Gast.

Der Priestersohn brachte ein »Hallo, Ma'am« heraus, achtete selbst in dem Moment, in dem alles auseinanderzugehen schien, noch auf seine Manieren.

Julie sah ihren Sohn und ihre Mutter jetzt mit seinen Augen. Sie hatte lange genug bei weißen Familien gearbeitet und sich diese neue Perspektive angeeignet, und mit der sah sie die nackten Füße ihres Jungen und das abgenutzte Hauskleid ihrer Mutter. Irgendwie hatte es Lucius fertiggebracht, über den ganzen Müll hinwegzublicken, der oft in ihrer Straße lag, über die Risse im Teer vor dem Bungalow, über die zwielichtigen Männer mit ihren Würfelspielen, doch das war für immer vorbei. Sie hätte ihm auf der Stelle ihre Liebe gestanden, wenn er es geschafft hätte, nicht auf die nackten, schmutzigen Füße zu starren und stattdessen Sages unglaublich schöne runde Augen zu bemerken, seine schlecht sitzende Kleidung zu ignorieren und sich von seinem sanften Gemüt verzaubern zu lassen, aber das war offensichtlich zu viel verlangt.

Ihre Mutter nahm Sage bei der Hand und sagte ihm auf Kreolisch, er solle aufs Klo gehen. Julie hatte nie ein Geheimnis aus ihren Wurzeln gemacht, doch vor Lucius schämte sie sich selbst dieser paar Silben.

»Du hast einen Sohn?«, fragte er, jetzt schon mehr verletzt als schockiert, sobald sie allein waren. Als Nächstes kam der Zorn. »Soll das ein Scherz sein?«

»Es ist kein Scherz. Es ist mein Leben.«

»Hast du bisher einfach vergessen, das zu erwähnen?«

»Warum sollte ich es erwähnen? Damit du mich anschauen kannst, wie du es gerade tust?«

»Wie ich schaue …« Er rang um Worte. »Ich kann nicht glauben, dass du mich *angelogen* hast.«

»Ich hab nicht gelogen. Du hast nie gefragt.«

»Findest du das lustig? Hältst du dich für so clever?«

»Ich hab nichts anderes getan als du. Du hast *deine* Familie vor *mir* geheim gehalten. Wetten, deine anderen Freundinnen hatten in der Zwischenzeit längst deine Eltern kennengelernt? Du hast sie nicht an wahllosen Orten getroffen, wo du sicher sein konntest, dass deine Verwandten dich nicht sehen würden, weil sie so mit Beten beschäftigt sind.«

»Das ist nicht … wahr.« Doch die Tatsache, dass er das Wort kaum rausbrachte, deutete auf das Gegenteil hin.

»Wir beide haben Dinge geheim gehalten, mach dir nichts vor. Zumindest bin *ich* ehrlich.«

Er lachte verächtlich. »Du bist ehrlich, was deine Unehrlichkeit angeht. Das ist großartig.«

»Ich muss mich dir gegenüber nicht rechtfertigen.« Sie trat einen Schritt zurück, legte eine Hand auf den Kuchenteller. Mit spöttischer Engelszunge fragte sie: »Willst du noch was vom Kuchen, oder hast du längst bekommen, was du wolltest, und kannst jetzt gehen?«

Er schüttelte den Kopf. »*Ich* bin nicht derjenige im Unrecht hier.«

»Im Unrecht?« Je entsetzter er wirkte, desto wütender wurde sie. »Im Unrecht? Dort lebe ich, Lucius. Willkommen im *Unrecht*! Hier leben manche von uns, ob du es glaubst oder nicht!« Sie ging auf ihn zu und holte aus, traf ihn mit der flachen Hand auf die Brust. Er wankte zurück, und als sie mit der Hand ein zweites Mal ausholte, schrie er sie an, sie möge aufhören, und sie erstarrte in der Bewegung, während er erneut zurückwich.

Ein weiterer Schritt, er öffnete die Tür.

Sie war allein und weinte heftig, als sie die Toilettenspülung hörte und Sage hereinkam und sich eine Nachspeise wünschte.

*

220

Drei ganze Wochen dauerte es, bis er zurückkehrte. Es war Anfang März, und sie pflanzte Lilien im Vorgarten, ein Geschenk ihres Arbeitgebers, der zu viele davon gekauft hatte. Ihre Knie waren feucht unter ihrem langen Rock, als sie sich zurücklehnte und ihn sah. Wieder mal ein später Sonntagnachmittag und er in seinem besten Anzug – grau kariertes Sakko über schwarzer Hose und Schuhe, die ihr zuzuzwinkern schienen –, nachdem er Gott für seine zahlreichen Wunder gedankt hatte.

»Was willst du?«, fragte sie, stand auf und rieb sich den Dreck von den Händen.

»Ich wollte wissen, wie's dir geht.«

»Mir geht's gut, warum auch nicht. Denkst du, ich bin zusammengebrochen ohne dich?«

Sage war im Haus. Sie hatte versucht, ihn zu überreden, mit ihr im Garten zu arbeiten, doch seine einstige Begeisterung fürs Buddeln und Baggern war rätselhafterweise einer vergleichbaren Leidenschaft fürs Fegen und Wischen gewichen, der er fröhlich nachging, während ihre Mutter einen Eintopf kochte.

»Ich wollte mich entschuldigen«, sagte er. »Dafür, wie ich reagiert habe.«

Sie führte ihr Schweigen wie ein Schwert.

»Ich war überrascht. Und ich denke, ich hatte ein Recht dazu.«

Mehr Schweigen. Beide schienen Angst davor zu haben, was der andere sagen oder tun könnte, wenn nicht noch mehr davor, was man selbst sagte oder tat.

»Wann wolltest du es mir denn erzählen?«

»Ich weiß es nicht. Du hast viel darüber geredet, wie gern du mit deiner Nichte und deinem Neffen spielst. Ich dachte, du würdest dich vielleicht mit der Idee anfreunden, wenn du es erfährst.«

»Nichten und Neffen sind was anderes als … jemand zu adoptieren.«

Das Wort, zugleich erhofft und verboten, klang aus seinem Mund seltsam aufregend. Als ob er es durch die bloße Benutzung zum Leben erweckt und damit eine Tür geöffnet hatte.

»Es tut mir leid, dass ich es dir nicht eher gesagt habe. Aber ich wusste, dass es dann aus sein würde zwischen uns.«

Er deutete auf die drei Holzstufen. »Macht's dir was aus, wenn ich mich setze?«

»Deiner schicken Hose wird's was ausmachen. Die Stufen sind schmutzig.«

Er setzte sich dennoch. Als jemand, der so viele Stunden am Tag Kleidungsstücke reinigte und zusammenlegte, war der Anblick einer solchen Hose auf dieser Treppe eine Provokation, obwohl sie froh war, dass er dieses Mal nicht Reißaus nahm.

»Wo ist der Vater?«, fragte er.

»Ganz weit weg. Abgehauen, als es so weit war.«

»Weißt du, wohin?«

»Chicago. Aber es ist mir egal.«

»Hat er dir gar nichts bedeutet?«

Ihr gefiel der vorwurfsvolle Unterton nicht. »Doch. Früher. Aber er hat ein paar schlechte Entscheidungen getroffen. Es war irgendwie auch gut, dass er ging. Hab seit Jahren nichts von ihm gehört. Will ich auch garantiert nicht.«

Sie setzte sich neben ihn. Eine Weile schwiegen sie. Das war ihr an ihm aufgefallen. Dass er so ruhig sein konnte, dass er nicht dieses nervöse und überhebliche Bedürfnis hatte, jeden erdenklichen Raum mit sich selbst auszufüllen, so wie andere Männer.

»Heißt er Sage, weil er so weise ist oder weil er dem Leben eine gewisse Würze verleiht?«

»Weil man das gut brüllen kann«, lachte sie.

»Ich hatte beim letzten Mal eigentlich keine Chance, ihn kennenzulernen. Ist er da?«

»Wo sollte er sonst sein? Warte.«

Eine Minute später hatte sie Sage überzeugt, nach draußen zu kommen, doch dieses Mal bestand sie darauf, dass er vorher Schuhe anzog. Er hielt immer noch den kleinen Besen in der Hand, den ihre Mutter selbst gebunden hatte.

»Hallo«, sagte Lucius, der jetzt aufgestanden war.

»Sag Hallo, Sage.«

»Hallo.«

»Was hast du denn da?«

»Meinen Besen.«

»Fegst du gerne?«

»Ich liebe fegen.« Zum Beweis fing er an, den Weg zur Haustür zu fegen.

»Er ist wirklich süß«, sagte Lucius zu ihr. »Hat dein Lächeln.«

Ihr wurde bewusst, dass sie sich selbst umarmte, aus Schmerz darüber, wie quälend nahe ihr Lucius war und wie fern doch vielleicht bald. Wochen später würde er ihr erzählen, dass er nach seiner ersten Begegnung mit Sage – Sekunden nachdem er mit ihr geschlafen hatte –, irgendwie das Gefühl gehabt hatte, er sähe seine Zukunft. Ganz der Priestersohn war er längst bei persönlichen Schuldgefühlen angekommen und sah in Sage die Verkörperung seiner Lust, das Resultat dessen, als ob Sage sein eigener Junge sei und lediglich die Zeit schneller vergangen. Er räumte ein, dass das keinen Sinn ergab, doch es sei Gottes Art, sich ihm mitzuteilen, ihm zu erklären, dass Taten Konsequenzen hatten und vor allem Gründe, die man nicht immer auf Anhieb verstand. Sie hatte sich seine Erklärung angehört und es merkwürdig gefunden, dass sie und ihr Sohn lediglich den Rahmen für seine kosmischen Gespräche mit Gott bildeten, doch wenn er so seinen Frieden mit der Sache machte, konnte sie damit leben.

Sage war so vertieft ins Fegen, dass er die Erwachsenen hinter sich vergessen zu haben schien.

»Vielleicht können wir nächsten Sonntag mit ihm in diesen neuen Disney-Film, *Cinderella,* gehen.« Sie hatte gehört, es ging um ein armes Mädchen, das sich in eine Prinzessin verwandelte.

»Sag nicht so süße Dinge, die du gar nicht meinst. Ein Mädchen hält man nicht so hin.«

»Ich halt dich nicht hin. Aber … Hast du noch andere Geheimnisse, von denen ich wissen sollte?«

Das wäre der Zeitpunkt für eine ehrliche Antwort gewesen, um richtigzustellen, was sie über Jeremiah in Chicago gesagt hatte, doch das stimmte ja zumindest teilweise, schließlich war seine Familie nach dem Prozess dahin geflohen. Doch jetzt fühlte sie sich bedroht von den mannigfaltigen Schmerzen, wie nur die Wahrheit sie auslösen kann, und doch gleichzeitig auf wunderbare Weise kurzzeitig von ihnen befreit, und sie hatte zu viel Angst, sie wieder an sich heranzulassen.

Also grinste sie, listig, in dem Wissen, was sie ihm damit antun konnte. »Keins, das ich dir jetzt gerne erzählen würde.«

*

Das war über ein Jahr her.

Und heute, an einem der äußerst seltenen Abende, an denen sie nicht zu Hause, sondern bei einer Bekannten einen kurzen Einblick in ein noch kinderloses Leben genoss und mit langjährigen Freundinnen Karten spielte, kam der Anruf eines Nachbarn, der von einem Aufruhr in ihrem Haus berichtete und sie bat, möglichst schnell nach Hause zu kommen.

Sie hatte noch nicht mal das Haus betreten, da sah sie durch die offene Tür schon zwei Negro-Polizisten mit ihrer Mutter reden. Einer hatte ein Notizbuch auf dem Schoß, während Sage eine kleine glänzende Marke in den Händen hielt und ihr Herz schwer wurde, in dem Wissen, dass jetzt die Zeit gekommen war, Lucius die restlichen Geheimnisse zu erzählen.

21

»MEINE BRÜDER«, MAHNTE der Grand Wizard, »wir müssen eine dringende Angelegenheit besprechen.«

Dales Sicht durch die neue Kapuze war nicht gut, und da er auch nicht der Größte im Klavern war, erhaschte er nur hin und wieder einen Blick, zwischen den spitzen Kapuzen seiner Brüder hindurch, auf den lila gewandeten Grand Wizard.

Dale war mit äußerst gemischten Gefühlen ins Kellergeschoss der Kongregationalisten-Kirche gekommen. Auf Anweisung von Rake hatte er mit niemandem darüber gesprochen, was in Coventry passiert war. Er hatte kein Gerede über den Mord gehört, außer dass ein paar von Irons' ehemaligen Arbeitskollegen sich bestürzt über seinen Tod geäußert hatten. Keiner aus dem Klavern war auf ihn zugekommen, und das machte ihn umso nervöser, vor allem in diesem Moment.

»Eine Angelegenheit, die gute Christen wie uns möglicherweise entzweien könnte«, fuhr der Grand Wizard auf der Bühne fort. Er zögerte die Dinge wirklich gern hinaus, machte lange, effekthascherische Pausen.

Es war das erste Treffen des Klaverns seit vielen Monaten. Früher hatten sie sich jeden Monat getroffen, doch nachdem das Georgia Bureau of Investigation hart gegen ein paar der draufgängerischen Kollegen durchgegriffen hatte, war es still geworden. Letzten Monat hätte ein Treffen stattfinden sollen, doch es wurde abgesagt, weil jemand krank war oder wegen irgendwelcher Termine, was ihm lachhaft vorkam und ihn sogar wütend machte. Sie befanden sich im Krieg, also wen juckte schon, ob irgendein Obermotz erkältet war oder irgendeine Ehefrau am selben Abend Geburtstag hatte. Was für ein trauriger Haufen der Klan geworden war und das hier in Atlanta, wo alles begonnen hatte, der Hauptstadt des Unsichtbaren Reichs.

Das war der Grund, warum er so heiß auf den nächtlichen Ritt nach Coventry gewesen war, auch wenn es gegen einen weißen Mann ging und die Umstände merkwürdig waren. Es musste etwas *unternommen* werden, gottverdammt noch mal, und endlich tat sich was: Das Treffen heute wurde vom Grand Wizard höchstpersönlich geleitet, dem Vorsitzenden des Georgia-KKKs. Es handelte sich zwar nicht um ein vollständiges Konklave mit Klan-Mitgliedern aus dem gesamten Bundesstaat, doch Dale war froh, dass der Grand Wizard die Ereignisse in Hanford Park endlich ernst nahm.

Der Grand Wizard stand allein auf dem Heiligen Altar, um ihn herum etliche seiner Offiziere in korrekter Aufstellung und feinster Seide postiert: der rot gewandete Nachtfalke (Sicherheitsoffizier), der blau gewandete Kludd (Geistlicher), der goldene Klaliff (Vizepräsident). Der in Purpur gehüllte Kladd, auch Konduktor genannt, ein Bauunternehmer, der nur ein paar Meilen von Dale entfernt wohnte, hatte die Sitzung zur Ordnung gerufen, doch gab jetzt an den Grand Wizard ab.

»Eine Angelegenheit, die tatsächlich einen Graben zwischen uns auftun könnte, einen, den wir ansprechen müssen, bevor er sich zu einem Abgrund ausweitet, der uns verschlingt.«

Oh nein. Dale hatte ein ungutes Bauchgefühl, glaubte zu wissen, was jetzt kam.

»Einige von euch haben ja bereits davon gehört, doch für diejenigen, die es noch nicht wissen« – und hier unterbrach er erneut, länger als notwendig, so lange, dass Dale sich noch sicherer war, dass das Ganze eine clevere Inszenierung war, um ihn zu entlarven, ihn zu zwingen, sich zu erkennen zu geben –, »letzte Woche gab es einen nicht genehmigten Ritt nach Coventry.«

Nicht genehmigt. Seine Angst hatte sich bewahrheitet: Whitehouse hatte tatsächlich überhaupt nichts mit dem Klan zu tun; er hatte Dale reingelegt. Doch warum? Oder vielleicht war er beim Klan, doch handelte auf eigene Faust, hatte eine Splittergruppe gegründet, die das Zögern der Organisation satthatte. In dem Fall blieb Dale besser stumm, schließlich wollte er kein Todesopfer in diesem unerwarteten Bürgerkrieg werden.

Die Strafe für das Hintergehen des Klans, so hatte man es ihm beigebracht, war der Tod durch die Hand eines Mitbruders. Die ganze Zeit hatte er nur helfen wollen, doch jetzt war alles ein einziges Durcheinander.

»Das Opfer war ein anständiger, christlicher weißer Mann angelsächsischer Herkunft. Und doch wurde er von drei Männern in heiliger Uniform angegriffen und beinahe getötet. Bevor sie den Job zu Ende bringen konnten, griff ein Unbeteiligter ein und schoss auf die Klan-Mitglieder, tötete dabei einen von ihnen.«

Zu der Furcht, die Dale verspürte, kam jetzt Wut, das Gefühl, zu Unrecht verfolgt zu werden. Wenn seine Prügel für Letcher dazu geführt hatten, dass ein anderer Klavern den schwarzen Mann in Hanford Park verprügelt hatte und *eine Hand die andere wusch*, dann konnten die Mitglieder seines Klaverns froh über seine Tat sein. Doch das waren sie keineswegs. Es sprach letztlich dagegen, dass die beiden Angriffe miteinander zu tun hatten.

Er hatte Mott überzeugen können, heute Abend nicht mitzukommen, und zwar wegen seiner Verletzung. Fünf Stiche waren nötig gewesen, und jetzt hatte Mott einen dicken Verband um die Schulter, trug jeden Tag dunkle Hemden und versuchte auch sonst, sich unauffällig zu benehmen, jammerte über eine Muskeldehnung, sobald jemand seine Schonhaltung auffiel. Hoffentlich brachte niemand seine kaputte Schulter mit der Nacht von Irons' Tod in Verbindung.

»Das Klan-Mitglied, das ermordet wurde, meine christlichen Brüder, war einer von uns. Walter Irons.« Offensichtlich hatten einige noch nicht von Irons' Tod gehört. Dale hörte Gemurmel, doch von zu weit weg und gedämpft durch die Kapuzen. »Ich würde lügen, wenn ich euch sage, dass ich Bruder Irons gut kannte. Doch er hatte es nicht verdient zu sterben, einfach so aus dem Leben gerissen zu werden, und vor allem nicht in der heiligen Uniform.«

Und schon wieder eine Pause. Dale fühlte die dringende Notwendigkeit, etwas Gas abzulassen, doch er traute sich nicht, so als ob das Geräusch und ganz sicher der Geruch ihn als den Schuldigen markieren würde, den der Grand Wizard identifizieren wollte. Er musste aufs Klo, und eigentlich wollte er sich zu einem Ball zusammenrollen und all das hinter sich lassen, denn er wusste nicht, ob er hier lebend wieder rauskam.

»Bruder Irons hinterlässt weder Frau noch Kind, und dafür bin ich dankbar, doch er hat eine Familie in Alabama, die um ihn trauert.«

Es war die reinste Folter, niemand anschauen zu können. Er wollte den Ausdruck in Iggys und Pantlegs Gesicht sehen, wollte wissen, was sie dachten. Standen sie kurz davor, ihn zu verraten? Hatten sie selbst Angst davor, mit hineingezogen zu werden, obwohl sie an dem Angriff im Grunde nicht teilgenommen hatten?

Rake gegenüber hatte er sie nicht erwähnt. Er hatte den Anschein erweckt, als wären nur er, Irons und Mott beteiligt gewesen. Warum? Nun, zum Teil war es die Wahrheit, denn Iggy und Pantleg waren abgehauen, bevor sie sich Letcher vorgenommen hatten. Außerdem schämte er sich: Sie hatten sich über seinen Plan lustig gemacht, seine Männlichkeit infrage gestellt, ihm sogar gedroht. Er wollte nicht, dass Rake wusste, dass er nicht den vollen Respekt seiner Kameraden genoss, also hatte er sie nicht erwähnt. Und doch hatte er schon in Rakes Wohnzimmer gespürt, dass ihre Aussparung ein taktischer Fehler gewesen war, einer, der ihn womöglich den Kopf kosten könnte.

»Das Opfer ist jemand namens Martin Letcher, ein Bankangestellter und angesehener Gentleman seiner Gemeinde. Warum Bruder Irons und seine beiden Mitstreiter an jenem Abend in Coventry waren, ist unklar. Doch da ein Mann getötet worden ist, und das unter diesen Umständen, handelt es sich hierbei um eine schwerwiegende Angelegenheit, die unsere gesamte Organisation bedroht. Ich muss annehmen, dass beide Mitstreiter von Bruder Irons ebenfalls aus unserem Klavern stammen. Und in diesem Moment vor mir stehen. Brüder, ich verlange, dass ihr vortretet und euch erklärt.«

Das längste Schweigen in Dales Leben setzte ein. Es zog sich wie der qualvolle Gang zum Exekutionskommando, als stünde er auf der Planke über der tobenden See. Er gebot sich selbst, Ruhe zu bewahren, den Kopf nicht zu drehen, bis ihm bewusst wurde, dass die anderen ihre Köpfe drehten, in der Hoffnung, dass jemand vortrat, also drehte auch er den Kopf, imitierte ihre ahnungslose Geste.

Bitte, Gott, mach, dass auch Iggy und Pantleg den Mund halten.

»Meine Brüder, selbst wenn die Teilnehmer dieses Ritts nicht anwesend sein sollten, bitte ich euch um Folgendes: Wenn einer von euch irgendetwas über die Ereignisse weiß, Beweise hat oder nur Gerüchte, dann ist jetzt die Zeit vorzutreten. Nicht nur der Ruf eines unserer Brüder steht auf dem Spiel, sondern die große Aufgabe, der wir uns gewidmet haben. So wie das Blut, das Generationen vergossen haben, um unsere Familien und Heime zu beschützen, um uns gegen unsere Gegner zu stärken und gegen unsere Feinde zu vereinen!« Er hatte jetzt noch mal in einen ganz anderen Tonfall umgeschaltet. Dales Furcht vollzog einen dementsprechenden Wandel zur nackten Panik, und obwohl sein Herz raste, war er sicher, dass es den anderen genauso erging, dass der Schlachtruf des Grand Wizard sie aufstachelte, die Bruderschaft rastlos werden ließ. Er war verloren. »Wir dürfen nicht zulassen, dass sie uns entzweien, meine Brüder. Wir müssen stark sein wie unsere Väter, stark wie deren Väter, stark wie unsere Gründer, die unsere Lebensweise hier in den Südstaaten verteidigt haben!«

Dales maskierte Kameraden vermeldeten lautstarke Zustimmung, manche brüllten »Tretet vor!«, um die Schuldigen unter ihnen aufzuscheuchen. Dale merkte, wie er zitterte und voll Panik war, die anderen könnten es bemerken. Der gesamte Raum bebte von dem Gebrüll.

Er konnte es sich jetzt vorstellen: Iggy, der nach vorn trat, oder Pantleg, wie sie ihre Kapuzen ablegten und verkündeten, dass Dale sie angestiftet hatte. Oh Gott, die würden ihn zerfleischen.

Dann ließ es nach. Das Gejaule und Gebrüll, die Kommandos und sogar die Stimmen in Dales Kopf, der Engel auf seiner Schulter, der ihm offenbar sagen wollte, bring es hinter dich, sei ein Mann. Sogar der verdammt nervige Engel hielt die Klappe, und es wurde still im Raum. Beinahe hätte ihn seine Verdauung im Stich gelassen. Er roch etwas Ranziges und hatte Angst, vielleicht doch einen fahren gelassen zu haben, doch niemand sagte etwas, kein Geräusch im Raum.

Nach einer längeren Zeit des Schweigens, meldete sich der Grand Wizard zu Wort. »Na gut. Vielleicht waren die Mitstreiter aus einem anderen Klavern. Doch wenn es Verräter in unserer Mitte gibt, dann werden wir sie ausräuchern.«

*

Dale ging als einer der Letzten – es sollte nicht so aussehen, als hätte er es eilig, also plauderte er beim anschließenden kapuzenlosen Teil des Abends demonstrativ mit den Kollegen. Er wünschte sich so sehr, Alkohol wäre ein Teil des Klavern-Rituals, doch er fand sich mit ihrer Theorie ab, dass es sich dabei um ein Gift der Iren, Italiener und anderem Gesocks handelte, auch wenn ihm das Zeug verdammt viel Spaß machte.

Er hatte kurzen Blickkontakt mit Iggy und Pantleg aufgenommen, doch beschlossen, nicht mit ihnen zu reden, aus Angst, ein falscher Satz könnte sie von ihrer Entscheidung zu schweigen abbringen.

Dale war außerdem über die Maßen enttäuscht von dem, was heute Nacht *nicht* passiert war. Der Klavern hatte über die Negros in Hanford Park diskutiert, aber keinerlei Pläne für einen nächtlichen Ritt entworfen. Wozu hatten sie sich dann getroffen, wenn sie nichts unternahmen? Der Grand Wizard hatte angedeutet, dass sie etwas planten, also warum nicht damit rausrücken? Was zur Hölle brachte ein Klavern, wenn man es nicht schaffte, die Nigger aus dem eigenen Vorgarten zu vertreiben?

Er war schon fast zur Tür hinaus, als er den Kladd sagen hörte: »Dale, können wir kurz reden?«

Es fühlte sich an, als ob der Chef einen nach einem Fehler zu sich ins Büro bat, nur dass der Chef hier jemand war, der dich umlegen lassen konnte.

Dale nickte in Richtung Kladd, besser bekannt als Andy, fast kahl, das spärliche Resthaar in Schweiß getränkt.

»Darf ich dir den Grand Wizard vorstellen? Das ist Dale Simpkins, ein Freund von mir.«

Dale war nicht ganz sicher, wie er den Grand Wizard ansprechen sollte, ob »George« zu persönlich war und »Grand Wizard Ansley« zu förmlich. »Mr Ansley« klang zu unterwürfig, obwohl sich Dale in diesem Moment tatsächlich sehr klein fühlte. Er entschied sich für gar keinen Namen und sagte lediglich, dass es ihm eine Ehre war, während sie den rituellen Händedruck teilten. Ohne seine Kapuze ähnelte das Gesicht des Grand Wizard der Farbe von Kladds Robe, noch ganz rot von dem Gebrüll.

»Dale«, sagte Andy, »ich weiß, dass Bruder Irons nicht viele Freunde hatte, aber er hat doch zusammen mit dir in der Fabrik gearbeitet, richtig?«

»Genau. Aber er wurde schon vor einer ganzen Weile gefeuert.«

»Hast du irgendeine Idee, warum er bei dem Ritt nach Coventry dabei war?«

»Nein, keine. Also, ich hab schon gehört, dass er dort oben umgebracht worden ist, aber bis heute wusste ich nicht, dass es bei einem *Ritt* passiert ist. Ich meine, wow, das ist doch echt merkwürdig.«

»Das ist es«, sagte der Grand Wizard kühl und noch heiser von seinem Auftritt.

»Er war ein ziemlicher Brocken«, bemerkte Andy, sah den Vorgesetzten nicht an, schien mehr mit Dale zu reden, »doch ich hätte ihn nicht als so eigensinnig eingeschätzt. Fürchte, jemand hat ihn da zu was angestiftet. Einer der anderen beiden Reiter.«

»Kann sein«, sagte Dale. *Bitte lieber Gott, lass dieses Gespräch enden.* Er schaute Andy an, denn er hatte Angst vor dem Grand Wizard, Angst davor, einen so mächtigen Mann anzulügen. »Kann ich nicht mit Sicherheit sagen.«

Der Grand Wizard und der Kladd tauschten Blicke aus, als sich ein dritter Mann mit kurzen grauen Haaren und einem harten Blick zu ihnen gesellte.

»Dale, das ist Bruder Brian Helton. Er ist Polizist. Und auch Teil des Klokann.«

Dale schüttelte Helton, der ihm bekannt vorkam, die Hand. Der Klokann war ein Untersuchungsausschuss innerhalb des Klans, von dem es hieß, dass ihm nur Polizisten und Detectives angehörten.

»Wenn du irgendwas hörst«, sagte Andy zu Dale, »gib uns bitte Bescheid.«

»Das mach ich, ihr könnt euch drauf verlassen.« Er spürte, wie sie ihn musterten, besonders Helton. Ermittelte Helton wegen den Vorkommnissen? War er nur hergekommen, um Dale unter die Lupe zu nehmen?

»Wisst ihr, mein Schwager ist auch ein Cop. Soll ich ihn mal fragen?«

Heltons Lächeln war kalt. »Ich kenne deinen Schwager. Er hat die Einladung, sich uns anzuschließen, abgelehnt.«

»Ja, er ist nicht gerade der gesellige Typ.«

»Er hat sich sein eigenes Grab geschaufelt«, sagte der Grand Wizard. Er legte Dale eine Hand auf die Schulter und drückte sie, fester als notwendig. »Mach dir keine Sorgen – unser Komitee ist äußerst fähig. Wir finden raus, wer Bruder Irons da mit reingezogen hat, und werden uns denjenigen entsprechend vorknöpfen.«

Dale nickte, versuchte begeistert zu wirken.

»Danke, dass Sie heute Abend hergekommen sind, Sir. Wir wissen es wirklich zu schätzen, dass Sie uns hier draußen unterstützen. Das sind gefährliche Zeiten, und wir alle müssen zusammenhalten.«

Er drehte sich um, wollte gehen, besorgt, dass seine Blicke oder sein Tonfall ihn verraten haben könnten. Oder vielleicht hatte der Grand Wizard ja tatsächlich übermenschliche Kräfte und konnte in Dales Seele blicken oder seine Gedanken lesen, vielleicht durch Körperkontakt, was die Sache mit der Schulter erklärte. Dale musste sich selbst retten, musste etwas finden, dass diesen beinahe allwissenden Widersacher von ihm ablenkte.

»Mir ist doch was eingefallen«, sagte er. »Eins der letzten Male, an denen ich Irons gesehen habe, hat er mich gefragt, ob er sich mein Auto ausleihen könnte. Meinte, er schulde jemand einen Gefallen, doch ich hab Nein gesagt. Ich bin recht wählerisch, wem ich mein Auto leihe. Egal, auf jeden Fall hat er gesagt, er müsse jemand einen Gefallen tun. Ich würde behaupten, er hat ihn Mr Whitehouse genannt.«

Der Grand Wizard und Helton schienen Dale jetzt besonders aufmerksam zu beobachten. Und schweigsam.

»War halt ein komischer Name, Whitehouse. Deshalb erinnere ich mich dran.«

Eine weitere Sekunde später lächelte der Grand Wizard. »Danke, dass du uns das erzählt hast, Dale. Wir versichern dir, dass wir dem nachgehen.«

22

UM ZEHN UHR RIEF BOGGS von einer Notrufsäule aus beim Revier an, und McInnis schickte ihn zu einer Adresse, die er gut kannte: Julies Haus. Er erstarrte zu Eis.

»Was ist passiert?« Seine Gedanken überschlugen sich: ein Unfall, ein Einbruch, die Drogenabhängigen aus dem Block?

»Allen geht's gut, doch eine Julie Cannon sagt, sie will Sie sofort sprechen. Nehmen Sie Ihre Pause und machen Sie's kurz.«

Boggs ließ Smith zurück und rannte die Viertelmeile zu ihrem Haus. Er war noch nicht bei der Tür angekommen, als Julie ihn vor dem Haus abfing.

»Es geht um den Vater von Sage«, sagte sie. »Er ist wieder da.«

Er musste erst zu Atem kommen nach dem Spurt. »Wieder … in Atlanta?«

»Er war jetzt mehrmals hier, hat versucht, mit uns zu reden.«

Er wollte nachfragen, doch er sagte sich, *warte, lass sie erst aussprechen, was sie offenbar so ungern zugeben will.*

»Er sagt, dass …«, fuhr sie fort, »… dass er ein Teil von Sages Leben sein will. Ich hab ihm gesagt, dass das nicht geht, aber er akzeptiert kein Nein.«

Boggs verschränkte die Arme über der Brust. »Weißt du denn, warum er zurückgekommen ist? Hat's ihm in Chicago nicht gefallen?«

»Das ist es ja.« Ihr Blick senkte sich. »Es tut mir leid, aber er ist nie in Chicago gewesen.« Ein langer Atemzug. »Er war im Gefängnis. Er ist erst seit Kurzem draußen.«

»*Gefängnis?*«

»Fünf Jahre lang.«

In Boggs Kopf drehte sich alles. Der Boden kam ihm jetzt schief vor, und er musste sich anders hinstellen, um die Schräglage auszugleichen. »Er war im Bundesstaatsgefängnis?«

Sie nickte. Ihre Stimme klang weit entfernt, kaum hörbar. »Tut mir leid, dass ich gelogen habe.«

»Es tut dir *leid*?«

»Lucius, ich habe Angst.« Auch sie hatte jetzt die Arme verschränkt, umarmte sich selbst. »Er kam heute Abend, als ich nicht da war. Hat sich mit Gewalt Zutritt zum Haus verschafft und Mama zu Boden geworfen. Hat gesagt, er wolle Sage sehen, doch der hat sich im Badezimmer eingeschlossen, bis ein paar Cops kamen.«

»Welche Cops?«

Sie berichtete, wie Dewey und Champ Jeremiah festgenommen, ihn mit einem Streifenwagen ins Gefängnis geschickt hatten. Die Polizisten hatten sowohl Julie als auch ihre Mutter befragt.

»Jeremiah«, wiederholte Boggs. »Dann hast du mich zumindest beim Namen nicht angelogen. Beim Rest allerdings … Er hat *Vorstrafen*? Gütiger Gott, Weib, was tust du mir da an?«

Sie hatten so gut wie nie über Sages Vater geredet, höchstens in frühen Gesprächen, um ein paar grundsätzliche Dinge zu klären. Oder was Boggs für grundsätzliche Dinge gehalten hatte. Sie war unglaublich zurückhaltend bei dem Thema gewesen, hatte es nie angesprochen, ein Schweigen, das er als fehlende Gefühle für ihren Ex interpretiert hatte. Ein Schweigen, das er ihrem starken Willen zuschrieb, ihrer Weigerung, sich von den Ungerechtigkeiten des Lebens beeindrucken zu lassen. Jetzt erkannte er, dass es sich um eine ganz andere Art von Selbstschutz gehandelt hatte.

»Es tut mir leid«, wiederholte sie, jetzt ein bisschen lauter, dennoch schienen sich ihre Worte weiterhin in Luft aufzulösen und an Bedeutung zu verlieren, bevor sie ihn erreichten.

»Dachtest du, der kommt nicht zurück, wenn er wieder draußen ist?« Als er später diese Situation Revue passieren ließ, wurde ihm bewusst, dass sie auf ihn zugegangen war, in der Hoffnung, er umarme sie, vergebe ihr, beschütze sie. Doch er wich zurück, drehte sich weg, schüttelte den Kopf. Er blickte kurz hoch in den dunklen Himmel, dann wieder auf die Frau, die jetzt einen halben Meter weiter weg stand.

»Seine ganze Familie ist nach Chicago gezogen, nachdem er ins Gefängnis ging, also dachte ich—«

»Du dachtest, du könntest ihn einfach *davonwünschen*? Warum saß er eigentlich – darf ich das von dir erfahren, oder muss ich mir seine Akte besorgen?«

»Er hat während des Kriegs für die Eisenbahn gearbeitet. Hat sich mit ein paar Jungs zusammengetan, die von den Waggons gestohlen haben.«

»Großartig. Exzellent. Sage hat die Gene eines Diebes, das ist doch wunderbar.«

»Sag so was nicht über meinen Jungen.«

Der Kommentar tat ihm sofort leid, doch er hatte ihn ausgesprochen und konnte ihn nicht wieder zurücknehmen.

»Und dieser Mann will jetzt Sage? Was soll das, will er ihn großziehen? Ihm das Angeln beibringen? Oder will er *dich*?«

»Vermutlich, doch er kriegt mich nich'. Und Sage auch nich'.«

An ihren fehlenden Konsonanten hatte er sich immer schon reiben können, doch gerade stachen sie wie Dornen. Er hatte schon weitaus dramatischere Familienstreits aus nächster Nähe erlebt, doch es war nie sein Drama gewesen. Er spürte, wie sich ihm der Magen umdrehte, spürte, wie hart es für die Leute sein musste, in deren Leben er sich andauernd einmischte, den Richter spielte.

»Und gerade ist er also im Gefängnis. Aber morgen wird er wieder freikommen. Wo wohnt er?«

»Ich weiß es nicht.«

»Hat er dich oder Sage jemals bedroht?«

»Nein.«

»Ist er gefährlich?«

Sie sah ihm in die Augen, dann wieder weg.

»Hat er dich misshandelt?« Allein die Frage hasste er.

»Nein. Ich hab ihn nie gewalttätig erlebt. Doch …«

»Doch *was*?«

»Jeremiah war immer schon *anders*. Er war süß, ich meine … Manche haben gesagt, er sei nicht ganz klar.«

»Nicht ganz klar, du meinst *dumm*? Nicht ganz richtig hier oben?« Er tippte sich an die Stirn.

»Wenn die Leute gemein sein wollten, ja, dann haben sie das behauptet. Doch in meinem Herzen weiß ich, dass es nicht stimmt – er hat nur manchmal Dinge gesagt, die einfach keinen Sinn ergaben, mehr nicht.«

»Also sind wir mittlerweile von Chicago über Sträfling bei verrückter Sträfling angekommen.«

»Manche haben ihn verrückt genannt, manche von Gott berufen. Ich weiß es nicht. Ich sage nur, dass er immer lieb zu mir war, bis zum Schluss. Er war einfach … Er hat sich mit den falschen Leuten eingelassen. Und die haben ihn verändert.«

Er versuchte, das zu verarbeiten, doch jeder Gedanke tat weh. »Ich kann nicht fassen, dass du mir das verheimlicht hast. Warum? Was verbirgst du noch?«

Sie schüttelte den Kopf. »Es tut mir leid. Wie oft soll ich es noch sagen?«

Da sie im Freien standen, konnte es sein, dass ihnen jemand zuhörte. Doch das war nicht der Grund, warum er sich umzingelt vorkam. Es war, als stünde sein Vater neben ihm und schüttelte bedauernd den Kopf, während seine Mutter sich mit hochgezogenen Augenbrauen

Luft zufächerte. *Und genau deshalb wollte ich dich von dieser Frau fern-halten*, hätte der Reverend gesagt. *Nicht weil ich Vorurteile gegen die we-niger Begünstigten habe, sondern weil ich so hart dafür geschuftet habe, um dir so etwas zu ersparen. Ich habe geschuftet, um nicht mehr in solchen Ge-genden wohnen zu müssen, wo einen verschlagene Gesellen um Kleingeld anbetteln, die eine Hand ausgestreckt, die andere am Eispickel in ihrer Hosentasche. Geschuftet, damit du dich mit Menschen umgibst, die dir nicht die Drinks aus der Hausbar klauen oder zwischen Abendessen und Nach-speise deine Schmuckschatullen durchwühlen. Geschuftet, damit du dich eben nicht fragen musst, wann die Bewährungsanhörung eines Verwandten ist, geschuftet, um dir ein Leben ohne Beerdigungen dieser jungen und ver-lorenen Seelen zu ermöglichen. Und doch hast du dich für diese Welt ent-schieden, bist in sie eingetaucht. Dieses Mädchen bringt einen ganzen Kos-mos mit sich, den ich vor dir verbergen wollte.*

Julie sagte: »Ich hab dir nicht die Wahrheit gesagt, weil ich ver-dammt genau wusste, dass es das letzte Mal sein würde, dass du mit mir redest, sobald du erfährst, dass ich mit jemandem zusammen war, der im Gefängnis saß.«

»Das kann auch immer noch so sein.«

Sie zuckte zusammen. »Sag das nicht.«

»Was soll ich denn deiner Meinung nach sagen? Du hast mich be-logen. Und damit hab ich meine Familie belogen. Was soll ich denen denn erzählen, wenn dieser andere Mann eines Tages an unsere Haus-tür klopft? Oder uneingeladen bei unserer Hochzeit auftaucht? Gott, schau, in welche Lage du mich gebracht hast!«

»Ich sagte, es tut mir leid.«

»Erst lügst du mich mit dem Kind an, das habe ich akzeptiert, hab dich akzeptiert, dann schwörst du, dass du mich nie wieder anlügen wirst. Aber das war wohl nur so dahingesagt, ein weiteres Täuschungs-manöver, ja?«

Eine Türangel bewegte sich, und ihre Augenbrauen signalisierten jetzt nicht mehr Reue, sondern Zorn. »Na gut. Dann lauf doch nach Hause zu deinen großkotzigen Eltern! Ich mach doch eh nur Ärger, was? Ich verdiene ihren Sohn gar nicht, oder?«

»Du hast kein Recht, mich anzuschreien, ich sag nur–«

»Natürlich hab ich kein Recht, ich hab kein Recht, was anderes zu sein als dankbar gegenüber Mr Officer Lucius Boggs, der mich aufgenommen und gerettet hat! Ich bin ja so dankbar für alles, was du getan hast, denn ohne dich bin ich nur ein armes kleines Niggermädchen, richtig? Mehr bin ich nicht ohne dich, ja? Und nach all deinen Versprechen rennst du beim ersten Anzeichen von Schwierigkeiten auf und davon. Beim ersten Anzeichen, dass das Leben mit Julie nicht so einfach ist, wie du es dir vorgestellt hast, haust du ab!«

Er hatte die Hände zu Fäusten geballt. Im Türrahmen hinter ihr nahm er die Gestalt ihrer Mutter wahr.

»Ich hab nie gedacht, dass es einfach sein würde«, sagte er mit gesenkter Stimme in der Hoffnung, dass sie ihm auf diese Lautstärke folgte. »Aber ich habe gedacht, dass es *ehrlich* sein würde.«

»Nein, denn ich bin nur ein verlogenes Flittchen, Officer Boggs! Mir kann man nicht über den Weg trauen!«

Er hob die Hand. »Hör auf, bitte. Du machst eine Szene.«

»Ach, *du* kannst hier rumbrüllen, aber ich nicht?«

»Julie, ich muss wieder zurück in die Arbeit.«

»Ja, ja, du musst zurück, alles klar.«

Sie drehte sich um und lief ins Haus, vorbei an ihrer Mutter. Mrs Cannon stand nur da und warf ihm einen strengen Blick zu, die Wut stand ihr ins Gesicht geschrieben. Sie sah ihn jetzt nicht mehr als Familie, sondern als etwas Feindliches an, vor dem sie ihre Tochter beschützen musste. Sie schüttelte den Kopf und schloss die Tür.

23

»SCHENK MIR WAS von dem guten Stoff ein, Feckless, auf Eis.«

Der Barbesitzer hob eine Augenbraue. »Ich dachte, du trinkst nicht.«

»Verpfeifst du mich?«, fragte Smith.

Polizeibeamten in Atlanta war es nicht erlaubt, Alkohol zu trinken. Eine Menge weißer Cops taten es trotzdem – manche sogar im Dienst –, doch den Negro-Cops war klar, dass sie ihren Job riskierten, wenn sie diese Linie überschritten und sie jemand anzeigte. Smith hatte einen Punkt erreicht, wo er dieses Risiko in Kauf nahm, so gering es auch sein mochte. Hier im Rook war er unter Freunden, es war eine der angesagtesten Bars auf der Auburn Avenue. An den Wochenenden gesteckt voll, wenn Blues-Musiker und Jazzbands aus dem Süden und dem ganzen Land dort auftraten; Leute wie Dizzy Gillespie, Bird und Thelonius Monk machten dort auf ihren Tourneen halt.

Es war nach zwei Uhr, und Smith war nicht der Einzige, der Feierabend hatte. Die Mitglieder einer örtlichen Jazzband saßen mit gelockerten Seidenkrawatten und vom Auftritt leuchtenden Gesichtern an einem Tisch und nahmen gebratenes Hähnchen als späten Imbiss ein. Ein paar weitere Übriggebliebene hatten sich auf die Tische verteilt, Smith war der Einzige an der Bar. Natürlich in zivil und mit einem grauen Strohhut, schräg ins Gesicht gezogen, um ihn in dem dunklen Laden schwerer erkennbar zu machen, nur für den Fall, dass hier jemand danach war, einen Cop zu verraten.

Der Besitzer des Rook, der ihm gerade einen doppelten Bourbon ins Glas goss, war Lester Feck, alias Feckless. Als Kind hatte sich die tägliche Anwesenheitskontrolle »Feck, Lester?« in seinen Spitznamen verwandelt. Er hatte jahrelang Frachtgut für die Eisenbahn befördert, und Smith hatte gehört, dass Feck nicht immer der aufrechte und gesetzestreue Bürger von heute gewesen war, sondern ein Teil des Geldes, mit dem er den Laden hier gekauft hatte, womöglich aus illegalen Aktivitäten stammte. Doch das war längst Geschichte. Es zählte nicht, wo man herkam, sondern was man tat, sobald man da war. Smith verstand das besser als die meisten.

»Schlimme Nacht?«, fragte Feckless, schenkte sich selbst auch einen ein. Er streckte sein Glas zum Toast aus. »Zur Hölle mit heute. Darauf, dass wir's ihnen morgen zeigen.«

»Amen.« Smith hätte auch nichts dagegen gehabt, einen mit Boggs zu trinken – solche Momente hätten ihnen gutgetan –, doch er konnte sich die Reaktion seines Partners bildhaft vorstellen. *Alkohol? Wir?* Es war ja schon eine Leistung gewesen, den Mann hin und wieder zu einer Runde Billard zu überreden. In allen anderen Lebensbereichen tat sich Boggs dafür leichter. War einfach so. Er hatte die richtigen Eltern. Priester-Gehalt, Priester-Haus und sogar Priester-Karre, die sie sich im Notfall ausleihen konnten. Boggs beklagte sich oft über seinen alten Herrn, doch es schien ihm nicht bewusst zu sein, was für ein Glück er hatte, ihn hinter sich zu wissen.

Tommy taten Hannah und Malcolm von ganzem Herzen leid. Sie hatten beide so hart gearbeitet, immer weiter nach oben, in der Hoffnung, wenn schon nicht Boggs-Level, dann wenigstens einen kleinen Teil des amerikanischen Traums zu erreichen. Und als sie dachten, sie hätten es endlich geschafft, wurde es ihnen aus den Händen gerissen. Mit Gewalt.

Es musste doch was geben, das Smith gegen die Columbianer unternehmen konnte. Herrgott, die hingen überall ihre Plakate auf, als gehörte Hanford Park ihnen. Die schämten sich noch nicht einmal, sich der Symbole eines Landes zu bemächtigen, gegen das sie gerade den Krieg gewonnen hatten.

»Blitztruppen«, hatte Smiths Bataillon die SS-Soldaten genannt. Doch sie alle waren Blitztruppen. Nicht nur die Columbianer, auch der Klan und diese Nachbarschaftsinitiative, die Hannahs Haus kaufen wollte, als ob das ein völlig legitimes, traditionelles Geschäftsmodell sei, frei von jeglicher Drohgebärde. Und die anderen Weißen, die zugelassen hatten, dass die Blitzsymbole aufgehängt wurden, und nicht widersprochen hatten. Diejenigen, die behaupteten, Negros nicht zu hassen, doch sie auch nicht in ihrer Nähe wohnen lassen wollten und auch nichts dagegen hatten, wenn andere Weiße die Dinge mit dem Baseball-Schläger regelten. Sie alle waren Blitztruppen. Manche gingen einfach nur offener damit um.

Es war ihm und Boggs nicht möglich, direkt gegen die ausschließlich weißen Columbianer vorzugehen. Ihre einzige Hoffnung war, dass Rakestraw Wort hielt, doch das war unrealistisch. Die obersten Columbianer waren eingebuchtet worden, als sie angefangen hatten, vom Sturz der Regierung zu faseln, vielleicht machte der Rest ja denselben Fehler. Doch vielleicht hatten sie auch dazugelernt und passten sich der Gesellschaft genauso weit an, dass die anderen Weißen ihre gelegentlichen Gewaltausbrüche akzeptierten, weil sie ihnen ja auch Vorteile wie ausschließlich weiße Viertel und friedfertige Negros einbrachten. Sie waren auch nicht besser als die Rothemden, die vor Generationen den Wiederaufbau sabotiert hatten, nur der neuste Auswuchs der glorreichen Südstaatentradition von Terror und Gesetzlosigkeit.

»Wie geht's Malcolm?«, fragte Feckless, während er den marmorverkleideten Tresen wischte.

»Krankenhaus entlässt ihn in ein paar Tagen. Wird wohl noch ne ganze Weile dauern, bis er wieder auf dem Damm ist. Du hältst den Posten für ihn frei, okay? Er kriegt das hin, sobald er wieder auf den Beinen ist.«

Feckless wirkte gekränkt. »Darüber muss er sich keine Sorgen machen. Sobald er bereit ist, kann er wieder arbeiten.«

An jenem Morgen waren Smith und Boggs raus zu Hannahs Haus gefahren und hatten sie vom neusten Schwung Drohbriefe befreit. Zwei Briefe, beide getippt, beide erneut aus dem Müll gefischt, obwohl er sie gebeten hatte, alles aufzuheben. Einer davon beschäftigte sich hauptsächlich damit, was der Verfasser *ihr* antun wollte, Vergewaltigung war nur eine der Drohungen. Für Smith waren Drohungen immer ein Zeichen der Schwäche gewesen, ein Zeichen, dass der sie Äußernde nicht den Willen hatte, etwas zu *tun,* und deshalb nur davon *redete*, doch diese Briefe zu lesen, während Malcolm im Krankenhaus lag, zeigte ihm, wie falsch er damit lag. Bei dem an Hannah adressierten Brief wurde ihm schlecht, am liebsten hätte er an jede Tür im Viertel gehämmert und alle gezwungen, ihn zu lesen, sogar die Frauen und Kinder.

Sie hatten die Briefe zu McInnis gebracht und ihn gebeten, sie im Labor auf Fingerabdrücke überprüfen zu lassen, zusammen mit dem Blitzsymbol, das Smith abgerissen hatte. Die Reaktion ihres Sergeants darauf, dass sie Initiative gezeigt hatten? Eine Rüge für das Sammeln von Beweisen in einem Fall, der ein anderes Revier betraf, dafür, dass sie anderen Cops auf den Füßen standen.

»Aber da gibt es keine Zehen, auf die wir treten könnten.« Smith war sauer geworden. »Die haben nie wegen des Ziegelsteins im Fenster ermittelt und tun das vermutlich auch nicht bei den Briefen hier.« McInnis hatte dreimal nachdenken müssen, bevor er nickte und sie wissen ließ, dass er sich der Sache annahm.

*

Im spärlichen Licht überflog Smith die *Atlanta Daily News*, während Feck Gläser polierte. Auf der Titelseite fanden sich Artikel über Schlachten in Korea, die Kontroverse um den angeblichen Missbrauch von Trumans Treueschwüren und ein Porträt eines ehemaligen Mitglieds von Roosevelts »Schwarzem Kabinett«, der eine Stelle am Morehouse angenommen hatte. Die Artikel über Verbrechen hatte er immer schon fürchterlich gefunden: oberflächlich, mit wenig Verständnis dafür, wie es in der Stadt tatsächlich zuging. Er würde einem ihrer Polizeireporter namens Toon demnächst die Meinung geigen müssen.

»Hör mal«, sagte Feckless. »Ich weiß zu schätzen, was du da tust. Sehr sogar.«

Smith nickte nur. Er fühlte sich ausgelaugt, nicht in der Stimmung für Lobreden. »Was sagst du dazu, dass Thunder Malley abgetreten ist?«, fragte er.

»Sagen wir mal, ich bin nicht gerade traurig drüber, dass man ihn aus dem Verkehr gezogen hat. Bin froh, dass ihr euch drum gekümmert habt.«

Smith setzte einen finsteren Blick auf. »*Wir* haben ihn nicht getötet.«

»Ich weiß, aber ich hab gehört, dass ihr ihn festgenommen habt. Den Rest haben die Weißen besorgt.«

Der Bourbon in seinem Magen verwandelte sich in Säure. »Da gab es aber keinerlei Abmachung, von wegen wir passen auf die streunenden Hunde auf, und die dürfen sie abknallen.«

»So hab ich's nicht gemeint. Nimm's mir nicht übel. Ihr wolltet ihn vor Gericht bringen, und es ist ja auch gut, dass ihr so denkt. Aber da gab's mächtige Leute, die nicht wollten, dass der Mann jemals aussagt, und so läuft's dann eben.«

Das hätte uns klar sein sollen, dachte Smith. Und vielleicht war es das auch, und er war nur stur gewesen. Er hatte allen beweisen wollen, den weißen Cops und dem ärmsten Negro auf der Straße, dass er jeden Gesetzesbrecher einbuchten konnte, egal für wie hart oder unantastbar der sich hielt.

Vielleicht hatte das Ganze sogar was Gutes. Thunder war aus dem Verkehr gezogen. Sie hatten tatsächlich ein Zeichen gesetzt, und die Bürger wussten, wer das Sagen hatte. Taten sie doch, oder?

Er hob sein Glas, nichts mehr drin außer drei traurige Überreste von einst viel größeren Eiswürfeln. »Ich nehm noch einen.«

Als Feck ihm das Glas aufgefüllt hinstellte, stand es auf einem Umschlag. Smith blickte zu Feck auf, der den dreieckigen Verschluss aufriss. Er war voll mit Geldscheinen. »Dafür, dass ihr den Mann aus dem Verkehr gezogen habt. Der hat mich nach Strich und Faden ausgenommen, und ich bin froh, dass damit Schluss ist.«

Eine Menge Geld, dachte Smith. Und ja, einen Moment lang geriet er in Versuchung. Er dachte über eine Anzahlung für ein eigenes Haus oder eine Wohnung nach, darüber, dass er kein Auto hatte, sogar über seinen abgewetzten Lieblingsblazer.

Jesus, er hatte längst zu viel getrunken.

»Ich mach so was nicht«, sagte er, sah Feck in die Augen.

»Dann gib's an Malcolm weiter. Der kann's brauchen.«

»Der wäre sehr dankbar. Aber du kannst es ihm selbst geben«, sagte Smith, stand auf und ging, ließ das volle Glas zurück und fragte sich, wohin der Weg führte, den er nicht eingeschlagen hatte.

*

Zwei Blocks entfernt stand McInnis allein in einer Gasse, die von der Butler Street abging, in der Nähe eines Polizeiautos, das er dort erspäht hatte. Das Eddie B. war ein Spätlokal, das seines Wissens nach hin und wieder illegale Glücksspielabende veranstaltete. Nach zehn Minuten kam Billy Logan durch die Hintertür des Ladens. Logan, ein weißer Cop, hielt inne, als er McInnis sah. Sonst war um die Uhrzeit niemand auf der Straße, und wenn doch, dann führte er was im Schilde. Billy Logan führte was im Schilde.

»Mac. Wie geht's?«

»Kann nicht klagen. Wie geht's Cindy?«

»Der geht's gut, der geht's gut. Und die Jungs sind auch schon an der Grady, glaubt man kaum.«

»Wie die Zeit verfliegt.«

Ein schwarzer Pontiac mit Weißwandreifen fuhr langsam an ihnen vorbei. McInnis sah zu, wie er in eine andere Straße einbog, und sagte: »Was führt dich in mein Revier?«

»Brauchte nur ein paar Informationen.«

»Informationen, die man ins Portemonnaie oder in einen Briefumschlag steckt vielleicht?«

Logan verzog das Gesicht. »Was ist los, Mac?«

»Ich find's nur komisch, dass Cops, die meilenweit weg von hier arbeiten, immer irgendwie einen Weg finden, mehr Geld als ich in meinem Revier zu verdienen.

»Ich hatte nie den Eindruck, dass dir das wichtig ist.«

»Liegt daran, dass es das nicht ist. Mord dagegen schon. Erzähl mir was über Thunder Malley.«

Der Themenwechsel schien Logan aus dem Konzept zu bringen, denn er blieb kurz stumm. »Er ist tot.«

»Ach wirklich. Der Cop, der ihn erschossen hat und der andere Cop, dem er entkommen ist, waren beide Rookies.« Und wie McInnis erfahren hatte, waren sie den beiden Streifenwagen zugeteilt gewesen, die Boggs und Smith ein paar Nächte zuvor in einer Gasse bedroht hatten. Noch behielt er dieses Detail für sich. »Ich kann mir nicht vorstellen, dass so blutige Anfänger den Mumm haben, einen Mann mitten auf der Wache niederzuschießen, außer sie handelten auf Anweisung.«

Logan ließ die Schultern hängen. »Bist du sicher, dass du dich hier einmischen willst?«

»*Hier* einmischen willst? Schau dich um, Billy. *Hier* arbeite ich mittlerweile. Jeden Tag. *Hier* steck ich längst drin.«

»Ich glaube nur, dass es keine gute Idee ist, sich mit diesen Typen anzulegen.«

»Okay, versuchen wir es noch mal. Ist das da Geld in deiner Hosentasche? Vielleicht sollte ich einfach in den Club marschieren und den Spielern da drin sagen, dass sie dich nicht mehr auszahlen müssen, weil das nicht dein Revier ist und wir so was hier in Sweet Auburn nicht dulden.«

»Okay, okay. Ist deine Beerdigung. Was das Ding mit Thunder Malley angeht, ich kann es nicht mit Sicherheit sagen, aber ich könnte mir vorstellen, dass es Slater war. Er ist der Sergeant der beiden Rookies, und sagen wir einfach, er hat ein netteres Häuschen als für seinen Dienstgrad üblich.«

McInnis schüttelte den Kopf, unschöne Erinnerungen kamen auf. »Prahlt er damit?«

»Er ist kein Idiot. Er lebt nicht in einer Villa, er macht sich's einfach nur gemütlich, ohne damit anzugeben. Gerüchten nach hat Slater Verwandtschaft oben in den Bergen, Cousins, die ein paar Brennereien betreiben. Stellen aber nicht mehr so viel her, pflanzen jetzt eher profitablere Sachen an.«

McInnis grübelte darüber nach. »Also schaffen Slaters Cousins aus dem Norden ihre Ware hier runter, und Thunder Malleys Jungs verkaufen sie in den Negro-Vierteln, während Slater sie gegen einen Anteil beschützt. Jetzt, wo Malley tot ist, ist Slater wohl auf der Suche nach einer neuen Gelegenheit.«

»Mehr weiß ich nicht und will ich auch gar nicht wissen.«

»Augen zu und durch, was? Komische Einstellung für einen Cop.«

»Und doch hab ich mit der bis jetzt überlebt, oder? Vielleicht sind wir nicht alle so eitel und auf Ruhm aus wie du. Nicht jeder Cop träumt davon, einen Undercover-Einsatz zu leiten.«

»Du denkst, das war *Eitelkeit*? Soso.«

Slaters Revier war Downtown, und doch wusste McInnis – aus Festnahmeberichten, den Protokollen einzelner Beamter und aus Gesprächen mit alten Freunden im Hauptquartier –, dass Slater ein regelmäßiger Besucher der Gegend hier war.

»Billy, ich muss dich bitten, deinen Anteil nicht mehr in Darktown zu holen.«

Logan schüttelte den Kopf, als ließe er einen schlechten Witz über sich ergehen, und der Trick war, so lange zu warten, bis das Gegenüber hilflos lachte. Dann trat er näher, um leiser zu sprechen. »Du willst also was abhaben, ja? Diese Beziehungen hab ich mir über Jahre hinweg aufgebaut. Und nur weil das Departement beschlossen hat, Nigger-Cops einzustellen, heißt das nicht, dass ich–«

»Ich will nichts abhaben, nein.« Weil Billy so nervös und schnell vor sich hinplapperte, sprach McInnis jetzt betont ruhig und langsam. »Ich will nur, dass du aufhörst, deinen Anteil von meinem Hoheitsgebiet zu nehmen. Ich weiß, wir kennen uns schon lange, aber ich hab einen Job zu erledigen, und du hast das zu respektieren. Mag sein, dass ich bisher weggeschaut habe, aber wenn Leute erschossen werden, kann ich das nicht mehr.«

Ein kurzer empörter Blick, ein grundanständiger Mann war zu Tode beleidigt. »Redest du von der Schießerei zwischen deinen Jungs und denen von Malley bei der Telefonfabrik? Darüber weiß ich nichts.«

»Du sagst, es ist harmlos, ein bisschen Zubrot zu verdienen, doch ich erinnere mich daran, dass Slater vor einer Weile was ganz Ähnliches gesagt hat. Komisch, wie Schmiergeld letztlich zu Mord führen kann.«

»Steck mich nicht in dieselbe Schublade wie diesen Hurensohn.«

»Was ich sagen will: Ich habe zehn Beamte, die sich an die Grenzen ihres Reviers halten. Ich will, dass du und all die anderen dasselbe tun, inklusive Slater.«

»Der hat keine Angst vor denen, Mac.«

»Vielleicht sollte er aber ein bisschen Angst vor ihnen haben. Vielleicht sollte er ein bisschen Angst vor mir haben.«

Eine Katze in der Nähe durchbrach die Stille mit einem fast bestialischen Laut.

»Du meinst, du benutzt deine Cops, um weiße Cops dranzukriegen? Das findest du ernsthaft gut?«

McInnis war klar, dass er damit gegen so viele kulturelle Normen verstieß, dass es einem beruflichen Selbstmord gleichkam. Und vielleicht sogar einem tatsächlichen. Doch womöglich konnte er sie davon überzeugen, dass er verrückt genug war, es darauf ankommen zu lassen. Ihm half die Tatsache, dass er vor ein paar Jahren einen Schlag gegen einen illegalen Lotterie-Ring ausgeführt hatte, der von mehreren Cops betrieben worden war. Diese Ermittlung – um die er nie gebeten hatte, doch mit der er beauftragt wurde, weshalb er einfach seinen Job erledigte – hatte zu den Verhaftungen mehrerer Beamter und zu etlichen Entlassungen geführt. Und dazu, dass ihn die meisten bei der Polizei hassten und man ihn ins Y in der Butler Street verbannte. Wenn jemand verrückt genug für einen erneuten Schlag gegen korrupte Cops war, dann McInnis.

»Ich lasse mir nicht von anderen Cops ins Revier kacken und meine Beamten schlecht dastehen. Ich hab dich jetzt höflich gebeten. Wenn das nichts hilft, dann hab ich andere Mittel.« Damit drehte er sich um, wünschte eine gute Nacht und lief zurück zu seinem Wagen.

»Du kannst mir so viel drohen, wie du willst, Mac«, rief Logan über die Straße. »Damit änderst du die natürliche Hackordnung auch nicht.«

»Da reden wir mal beim Mittagessen drüber.« Ihm war klar, dass es nie dazu kommen würde. »Aber in einem anderen Viertel. Denn in dem hier will ich dich nie wiedersehen.«

24

SPÄTER MORGEN, ES war ruhig im Haus, jetzt wo Cassie mit den Kindern im Park war. Rake las Zeitung und genoss das Alleinsein. Ein Minenräumboot war das erste amerikanische Schiff, das im Korea-Konflikt versenkt wurde, Joe McCarthy bestand auf eine gründlichere Untersuchung der kommunistischen Unterwanderung auf höchster Regierungsebene, und es wurde offiziell bekannt gegeben, dass die mysteriöse Explosion in einer Nachbarschaft in Brooklyn, von der man befürchtet hatte, die Roten wären dafür verantwortlich, sich als Leck in einer Gasleitung herausgestellt hatte. Dann klingelte das Telefon.

»Sind Sie Rakestraw, der Cop?« Ein flüsternder Mann in der Leitung.

»Ja. Wer ist da?«

»Wollen Sie wissen, wer den Farbigen auf der Oak Lane zusammengeschlagen hat?«

»Ja. Wer ist da?«

»Tut mir leid, aber ich hinterlass keinen Namen. Deshalb ruf ich Sie zu Hause an und nicht auf der Wache.« Das Flüstern hatte zunächst dringlich gewirkt, doch jetzt begriff Rake, dass der Mann seine Stimme verstellte, es war weniger ein Flüstern als ein heiseres Krächzen. Es konnte sich um jemand völlig fremden handeln oder jemand, dem Rake täglich über den Weg lief. »Ich hab gesehen, wie's passiert ist.«

Rake griff nach einem Stift. »Was haben Sie gesehen?«

»Drei Kerle in Klan-Gewändern. Einer hatte so was wie ein Schlagholz in der Hand. Brett oder so.«

»Baseballschläger vielleicht?«

»Nein. Sah nicht so rund aus.«

Der Anrufer musste den Angriff aus unmittelbarer Nähe gesehen haben, wenn er den Unterschied erkennen konnte.

»Warum wollen Sie Ihren Namen nicht nennen, Sir?«

Der Mann lachte, jetzt tiefer, enthüllte dabei unfreiwillig teilweise seine echte Stimme. »Hätten Sie gerne solche Leute am Hals? Ich sicher nicht. Schauen Sie, ich hätte gar nicht erst zum Hörer greifen müssen, also wenn sie nicht wirklich—«

»Bitte legen Sie nicht auf. Waren die zu Fuß oder mit einem Fahrzeug unterwegs?«

»Es war eine Limousine. Weiß vielleicht. Oder vielleicht hellbraun. Es war dunkel draußen, und die nächstbeste Lampe war kaputt oder so.«

Was stimmte. Die eine Straßenlaterne war zerbrochen und noch immer nicht repariert worden. Unüblich für diese Gegend, und Rake fragte sich, ob die Angreifer die Lampe in der Nacht zuvor mit Steinen eingeschmissen hatten.

»Konnten Sie das Nummernschild erkennen?«

»Nein, Sir. Hab nur quietschende Reifen gehört und dann Stimmen, also hab ich durch den Vorhang gelinst und das Ganze gesehen. Der Negro lag schon am Boden, und sie haben ihn getreten, einer von denen hat sich runtergebeugt und ihm ein paar Schläge verpasst, und dieser andere Kerl hatte das Brett. Ein Wunder, dass der Junge noch am Leben ist.«

»Viel hat nicht gefehlt.«

»Ich will nicht, dass so ein Mist in meinem Stadtteil passiert. Ich will keine Negros hier, aber so etwas auch nicht.«

»Ist Ihnen irgendetwas an denen aufgefallen, Sir? War einer von ihnen besonders groß oder klein oder dick? Konnten Sie die Schuhe erkennen?«

»Das war alles, und ich hab genug getan. Ihnen viel Glück.«

★

Der Himmel war klar, doch der Boden feucht, als Rake mit Charles Dickens spazieren ging. Der Hund schnüffelte an einer Reihe gelber und burgunderroter Mädchenaugen und hob zustimmend das Bein.

Die Polizei erhielt eine Menge anonymer Tipps auf der Wache, die meisten davon wertlos. Menschen, die behaupteten, Zeugen eines Verbrechens zu sein, doch ihren Namen nicht hinterlassen wollten, lieferten gelegentlich auch seriöse Hinweise, doch meistens handelte es sich um rachsüchtige Nachbarn oder Unsinn plappernde Spinner.

Es war jedoch nicht üblich, dass jemand Rake zu Hause anrief. Und der Anrufer hatte auch keine bestimmte Person benannt, also schied Rache aus. Das machte es wahrscheinlicher, dass etwas dran war.

Überrascht war er dennoch. Er war noch nicht bereit, Knox Dunlow vom Haken zu lassen. Und sein Hauptverdächtiger blieb Coyle samt seinen Columbianern. Rake hatte mit ein paar Ex-Kollegen aus seiner Zeit in der Fabrik gesprochen, wo die Columbianer vor ein paar Jahren ihre Gefolgsleute rekrutiert hatten, um herauszufinden, ob sie es wieder taten. Anscheinend nicht, wenn es nach seinen alten Bekannten ging. Und auch die Blitzsymbole waren nicht wieder aufgetaucht. Trotzdem konnte es nur eine Frage der Zeit sein, bevor sie eine erneute Dummheit begingen und dieses Mal hoffentlich mehr Spuren hinterließen und sich damit selbst belasteten.

Natürlich verdächtigte er auch den Klan, doch bei denen zählte das Spektakel, um Furcht zu säen. Lautlose Prügel ohne öffentliche Aufmerksamkeit – noch nicht mal ein brennendes Kreuz – waren nicht ihr Stil.

Genau wie Dales nächtlicher Ritt. Womöglich veränderte der Klan gerade seine Taktik und wurde noch geheimnistuerischer als zuvor. Was Rake am meisten beschäftigte, war die Tatsache, dass der Angriff in Hanford Park so kurz nach Dales unglücklichem Ausflug stattgefunden hatte. Wenn Malcolm von Klan-Mitgliedern überfallen worden war, dann revanchierten sie sich vermutlich für Dales »Arbeit« in

Coventry. Was bedeutete, dass Rake vielleicht den wahren Grund für Dales Mission enthüllte, wenn er herausfand, wer Malcolm überfallen hatte. Doch wie?

Der einzig andere Hinweis, den er von Nachbarn bekommen hatte, stammte von einem Mann, der ein paar Häuser weiter als Malcolm wohnte und behauptete, gesehen zu haben, wie ein Trio aus Negros ihn verprügelt hatte. Doch dieser »Zeuge« war unfähig, eine Beschreibung ihres Wagens oder ihrer Gesichter abzugeben, und die üppige Verwendung des Wortes »Nigger« während seiner Erzählung vermittelte Rake den dringenden Eindruck, dass es ihm nur darum ging, den Negros die Schuld in die Schuhe zu schieben. Fast fragte sich Rake, ob Helton dem Mann die Aussage diktiert hatte.

»Herrlicher Morgen, oder, Officer Rakestraw?«, unterbrach eine Stimme seine Gedanken.

Charles Dickens, der leider einen grundlegenden Mangel an Beschützerinstinkt offenbarte, bellte verspätet zwei die Straße überquerende Männer an. Rake zog an der Leine, fester als notwendig, und bedeutete dem Hund, ruhig zu sein.

Die tadellos geputzten schwarzen Lederschuhe der Männer zermalmten auf dem Boden liegende Blätter und Eichelhüllen, während sie auf Rake zuliefen. Beide trugen graue Anzüge. Einer hatte ein paar kaum sichtbare graue Strähnen an der Schläfe, doch seine blauen, burschikosen Augen machten das mehr als wett. Sein Partner war blond und konnte nicht viel älter als Rake sein. Der mit den grauen Strähnen griff in die Hosentasche und zeigte seine Marke, als wäre er unwahrscheinlich stolz darauf, dann steckte er sie wieder weg.

»Georgia Bureau of Investigation. Ich bin Agent Tyson, und das ist Agent Bradford. Netter Hund.« Statt Rake die Hand zu geben, beugte sich Tyson zu Charles Dickens und bot sie ihm an, der sie beschnüffelte und ableckte und zum Dank hinter den Ohren gekrault wurde.

»Wie kann ich Ihnen helfen?«

Tyson stand wieder auf. »Wir wollten Ihnen ein paar Fragen über eine Schießerei stellen, in der wir ermitteln.«

»Klar. Gibt's einen Grund, warum Sie hier vorbeikommen und nicht auf der Wache?«

»Waren in der Gegend.« Was Rake für Schwachsinn hielt.

»Und die meisten bei Ihnen im Hauptquartier hassen uns sowieso«, ergänzte Bradford. Was die Wahrheit war. Zusätzlich zum immer unvermeidlichen Gerangel um Zuständigkeiten zwischen örtlicher Polizei und dem Bureau kam, dass der Schlag des GBI gegen die Klaverns von Atlanta vor ein paar Jahren etliche hochrangige Polizeibeamte belastet hatte. Das APD und das GBI arbeiteten an zahlreichen gemeinsamen Fällen, doch Rake hatte die Partnerschaft während seiner gesamten Zeit bei der Polizei als angespannt erlebt.

»Vor ein paar Tagen wurde nachts ein Mann in Coventry verprügelt und ermordet, und wir haben Grund zur Annahme, dass die Mörder aus der Gegend hier kommen.«

Ah, war der geschmeidig, war der clever. Wie er die Fakten vermischte: *Ein Mann war verprügelt und ermordet worden,* wo doch in Wirklichkeit einer verprügelt und ein anderer ermordet worden war. Ein vorsätzlicher Fehler, um herauszufinden, ob Rake sich verriet, wenn er Tyson verbesserte. Rakes Magen zog sich zusammen, vor Angst, er könnte es mit Gegnern zu tun haben, die schlauer waren als er.

»Jemand, den ich kenne?« Er dachte: *Red einfach drauflos, sei natürlich, denk nicht darüber nach, wie du reagieren solltest, sonst überreagierst du.*

»Wir machen uns Sorgen um ihren Schwager, Dale Simpkins«, sagte Bradford. Im Gegensatz zu seinem Partner wich er minimal vor Charles Dickens zurück, beäugte ihn misstrauisch, als erwarte er einen unweigerlichen Sprungangriff.

»Was auch immer ihr Jungs denkt, sprecht es ruhig aus. Ich fühle mich nicht gekränkt.«

»Drei Klan-Mitglieder haben einen Mann vor einem Rasthaus in Coventry überfallen – einen weißen Mann, um genau zu sein, weit ab vom Schuss«, sagte Tyson. »Sie hätten ihn beinahe umgebracht, wenn nicht diese Frau mit einem höllisch guten Auge einen der Angreifer mit einem Gewehr erschossen hätte. Die anderen beiden Klan-Mitglieder sind entkommen.«

»Wie kommen Sie darauf, dass Dale einer von denen war?«

»Es gibt ein paar Hinweise. Zum Beispiel fährt er dasselbe Auto wie das, in dem die Täter laut Eigentümerin geflohen sind. Sie konnte das Nummernschild nicht ganz erkennen, doch sie kann sich an ein paar Buchstaben erinnern, die auch auf seinem Nummernschild vorkommen.«

»Kann sein, dass sie ein paar Kugeln in dem Wagen versenkt hat«, ergänzte Bradford, »und zufällig hat Dale seine hintere Stoßstange einen Tag nach der Schießerei reparieren lassen.«

Rake nickte die neuen Informationen ab, die offenbarten, wie weit sie bereits waren. Er fragte: »Also wollen Sie, dass ich mit ihm rede?«

Tyson lächelte. »Nein. Wir wollen nicht, dass Sie mit ihm reden. Wir wollen, dass Sie uns alles erzählen, was er Ihnen erzählt hat.«

Charles Dickens fing an, neben dem Stamm einer Eiche zu graben. Er warf etwas Erde auf, von der ein Teil auf der feinen Hose von Agent Bradford landete, der sie mit einem ärgerlichen Blick abschüttelte.

»Darüber? Nichts. Ich will ja nicht Ihre Arbeit infrage stellen und behaupten, dass eine Menge Leute dasselbe Auto wie er fahren und eine Menge Leute dieselben *zwei Buchstaben* auf ihrem Nummernschild haben. Er scheint mir nicht der Typ, der rausfährt, um auf einen Fremden einzuprügeln. Doch wenn Sie anderer Meinung sind, dann los, verhören Sie ihn. Er ist mein Schwager, aber ich lasse Sie gerne Ihren Job machen.«

»Wer hat gesagt, dass es sich um einen Fremden handelt?«

Ups. »Na ja, wer war's denn?«

»Kleinstadt-Bankier namens Martin Letcher.«

»Sollten Sie dann nicht mit den Leuten reden, mit denen der Banker sich's da oben verscherzt hat? Wie sind Sie auf Dale gekommen? Sie müssen doch mehr Anhaltspunkte haben als eine Automarke.«

»Er hat gesprächige Freunde«, sagte Bradford, beließ es dabei. Hatte Mott, der dritte im Bunde ihres kleinen Schlägertrupps, mit jemand geredet? Auch Rake hatte vorgehabt, Mott zu befragen, um herauszufinden, ob er etwas wusste, das Rake verstehen half, wer sie beauftragt hatte, doch letztlich hatte er sich dagegen entschieden. Er wollte nicht, dass noch jemand von seinen Ermittlungen erfuhr. Und diese Unterhaltung rechtfertigte seine Paranoia. Kam Rake zu spät; hatte Dale seinen Rat missachtet und mit jemand anderem geredet, entweder vorher oder nachher? War Rake bescheuert zu glauben, Dale könnte ein Geheimnis für sich bewahren?

»Schauen Sie, Office Rakestraw«, sagte Tyson. »Wir wissen eine Menge über Sie. Sie scheinen ein cleverer und fleißiger Cop zu sein, auf der Überholspur zum Detective. Und wir wissen auch, dass Sie einer der wenigen Cops ohne Klan-Mitgliedsausweis sind. Schätze, Sie müssen sich eine Menge Mist deswegen gefallen lassen, richtig?«

»Ich hab's im Griff.«

»Ja, Sie wirken wie jemand, der die Dinge im Griff hat. Mir macht Sorgen, dass eine Sache, die Sie im Griff haben, das Verwischen der Spuren ihres Schwagers ist, damit die anderen Cops ihm nicht auf die Schliche kommen. Das haben Sie im Griff, weil er zur Familie gehört und Sie ein schlauer Bursche sind, aber irgendwann wachsen Ihnen die Dinge, die Sie im Griff haben, über den Kopf, und dann ist Schluss.«

Sein Hunde fürchtender, jüngerer Partner ergänzte: »Vor allem mit der Überholspur zum Detective.«

»Dann kennen Sie mich wohl doch nicht so gut, wie Sie denken.

Denn wenn ich ganz ehrlich bin, kann ich Dale eigentlich nicht besonders leiden, und wenn er etwas ausgefressen hat, für das man ihn wegsperren könnte, würde ich ihm da sicher nicht raushelfen.« *Das meiste davon stimmt*, dachte Rake, *und ich wünschte, der Rest auch.* Was für ein Narr er gewesen war, diesem Bastard zu helfen.

»Sie haben recht, wir wissen wohl doch nicht so viel über Sie, wie wir sollten. Zum Beispiel was mit Ihrem alten Partner Dunlow passiert ist. Der Mann verschwindet spurlos und wird später für tot erklärt, damit seine Frau die Rente kassieren kann, und da wissen Sie auch absolut gar nichts drüber, stimmt's?«

»Und nach seinem Verschwinden«, merkte Bradford an, »bekommen Sie ein angenehmeres Revier und einen kompetenteren Partner, fast, als hätte Sie jemand dafür belohnt.«

Rake näherte sich Bradford. Das bekam auch Charles Dickens mit, er musste die Anspannung in den Muskeln seines Herrchens bemerkt haben, denn er stellte sich neben Rake, musterte die Fremden ohne jede Regung und gab möglicherweise ein Knurren in einer für menschliche Ohren nicht mehr hörbaren Frequenz ab.

»Wegen der Sache muss ich mir schon jede Menge beschissener Verdächtigungen von anderen Cops anhören. Ich dachte, ihr Junge wärt ein bisschen cleverer.«

»Wir sind clever genug, um zu wissen, dass Behinderung der Justiz ein Verbrechen ist«, sagte Bradford.

»Ich habe mir bisher rein gar nichts zuschulden kommen lassen, gehe mit meinem Hund spazieren, und Sie tauchen hier auf und beschuldigen mich eines Verbrechens. Warum ist das überhaupt ein Fall fürs GBI?«

»Weil wir verdammt dicke mit den Kluxern sind«, lächelte Tyson. »Wir haben immer noch genug Ohren unter ihren Kapuzen, um zu wissen, was diese Idioten so treiben.«

»Und was sagen Ihre Informanten?«

»Dass es sich weder um einen Anschlag handelt, der von einem der Atlanta-Klaverns ausging, noch von einem aus Coventry«, sagte Bradford. »Es gibt ein paar örtliche Klaverns, die wir uns noch vorknöpfen müssen, doch das scheint ein nicht abgesegneter Angriff gewesen zu sein, was ihn umso ungewöhnlicher macht.«

Die haben mir immer noch nichts über Letcher erzählt, warum er das Opfer war. Die wollen, dass ich sie frage, die wollen, dass ich mir anmerken lasse, wie dringend ich das wissen will, und genau deshalb kann ich nicht fragen.

»Dann los, klären Sie den Fall. Ich behindere sie kein verdammtes Bisschen. Ich hoffe, Dale hat nichts damit zu tun, und ich wüsste auch nicht warum, doch wenn es so sein sollte, dann erledigen Sie Ihren Job.«

Tyson warf seinem Partner einen Blick zu und lächelte. Dann wandte er sich wieder an Rakestraw. »Und Sie sind sich ganz sicher, dass Sie uns nichts zu erzählen haben?«

Ein Teil von Rake wollte sich mit ihnen anlegen, ihnen zeigen, was er davon hielt, wie unverschämt sie sich aufführten und so taten, als gehörte ihnen der Block. Der andere Teil begriff: *So denken andere auch über mich.* »*Die verdammten Cops schubsen uns rum, zeigen keinerlei Respekt.*«

»Ruinieren Sie sich doch nicht schon so früh Ihre verdammte Karriere«, sagte Bradford, was aus dem Mund von jemand, der so jung war, eine noch viel größere Beleidigung war.

»Wenn ich was höre, sag ich Ihnen Bescheid.«

Gelangweilt von der menschlichen Auseinandersetzung drehte sich Charles Dickens weg, um ein Eichhörnchen anzubellen.

»Sie enttäuschen mich, Junge«, sagte Tyson. »Wir hatten Gutes über Sie gehört.«

Er begriff, dass sie nicht nur gehofft hatten, etwas Belastendes gegen Dale zu finden, sondern ihm auch auf den Zahn hatten fühlen wollen. Sie hatten ihn getestet, wollten wissen, was für ein Cop er war. Er hatte versagt.

Dann kam ihm ein besorgniserregender Gedanke. Was, wenn der geheimnisvolle Whitehouse selbst beim GBI war? Was, wenn die gesamte Affäre eine erneute Undercover-Aktion war, um den Klan zu stürzen? Was, wenn die beiden Männer da vor ihm von Anfang an involviert gewesen waren und irrtümlicherweise angenommen hatten, Rake sei auch nur einer der zahlreichen Ku-Klux-Cops?

Sie taten ein paar Schritte zurück zu ihrem Wagen. Angestachelt von ihren Beleidigungen und jetzt bestrebt, seine Anti-Klan-Haltung zu demonstrieren, rief er ihnen hinterher: »Wenn ihr so viele Ohren im Klan habt, warum habt ihr dann nicht den Angriff aufgeklärt, der sich letzte Woche hier zugetragen hat?«

»Welcher Angriff?«

Er konnte nicht beurteilen, ob sie sich nur dumm stellten. »Ein Negro namens Malcolm Greer wurde überfallen, als er nachts nach Hause lief.«

»Wer behauptet, dass es der Klan war?«

»Nennen Sie es ein Gefühl.« Er wollte den anonymen Hinweis nicht erwähnen, das klang zu dürftig.

»Gefühle sind was Schönes«, sagte Tyson, »doch wir bevorzugen Beweise. Egal, wir sind ja nicht hier, um *Ihnen* Informationen zu geben. Außer Sie haben welche für uns und wollen tauschen? Denn bisher kommt's mir eher so vor, als rede ich mit einer Backsteinmauer.«

Sein Partner wandte sich an den Hund. »Und Backsteinmauern werden angepinkelt, stimmt's, Wauzi?«

Rake wollte Bradford verbieten, seinen Hund anzusprechen, doch ihm wurde klar, wie absurd das klänge.

»Den Klan zu stoppen ist ganz schön vertrackt, solange sich so viele Dienstmarken unter den Roben verstecken«, sagte Tyson, grinste starr. Etwas an diesem Grinsen löste einen Alarm in Rake aus. *Wann*

259

verhören die Dale? Wie schnell wird Dale alles zugeben, und wie schnell wird er erwähnen, dass sein Schwager Rake ihm empfohlen hat zu schweigen?

»Bevor Sie uns kritisieren«, sagte Tyson, während er sich entfernte, »kehren Sie doch erst mal vor der eigenen Haustür.«

25

FÜR EINE FRAU WAR ES schwer, wenn nicht gar unmöglich, ein Geschäft in Georgia zu führen, und so lautete der Name auf den Verträgen für das Rasthaus in Coventry auf Joe Bleedhorn, Hortenses Ehemann. Doch fünf Jahre zuvor hatte Gott in einer seiner Launen ein paar neurale Blitze in seinen Schädel einschlagen lassen; eine Körperhälfte war schlaff geworden, seine Lippen lagen schief aufeinander und das Licht in beiden Augen war stark gedimmt. Er saß jetzt im Rollstuhl, und es gab Orte, an die er es einhändig schaffte, doch meistens blieb er im Haus, wo sich eine barmherzige Tante oder Hortense um ihn kümmerte, wenn sie nicht gerade die Bar schmiss.

Schon in frühen Jahren wurde sie bei ihrem Spitznamen Tense gerufen. Was nicht unbedingt zu ihr passte. Sie stand alles andere als ständig unter Strom, sie strahlte eher eine Ruhe aus, ein Gefühl, dass alles in Ordnung war, solange sie die Zügel in der Hand hielt. Und das tat sie. Sie schenkte aus, scheuchte die Köche durch die Gegend und hielt die Besoffensten ihrer Kunden vom Krawallmachen ab. Und für den Fall, dass jemand Krawall im Sinn hatte, trug Tense einen .45er Colt im Gürtel, und auch die Schrotflinte, die sie im Laden versteckte, war nie weit weg. Die Gäste im Rasthaus tolerierten ihr stellenweise mürrisches Auftreten, zeigten sich nachsichtig wegen des Unglücks, das Gott ihrem Ehemann beschert hatte, sodass sie nur selten Gebrauch von ihren Schusswaffen machen musste. Und wenn, dann betraf das meistens Leute, die keine Stammkunden waren: LKW-Fahrer, die einen Zwischenstopp in der Stadt einlegten, Verkäufer, die auf ein gutes Geschäft anstoßen wollten, oder verlorene Seelen auf dem nie enden wollenden Weg zu Selbsthass und Gewalt, die sie für eine Puffmutter, Hure oder beides hielten. Man hatte sie verprügelt, befummelt, ihr mit einer Klinge eine Narbe im rechten Vorderarm verpasst. Sie hatte zahlreiche Blusen geflickt, doch sie hatte auch auf drei Männer geschossen und mehr Flaschen über Schädeln zerbrochen, als sie zählen konnte.

Walter Irons war der Erste, den sie getötet hatte.

Viel Schlaf hatte sie das nicht gekostet. Sie hatte das Leben eines Mannes genommen, doch nur, um das eines anderen zu retten. Sie kannte Martin Letcher, freundlicher Typ, nüchtern ganz lustig, angetrunken noch lustiger und stockbetrunken natürlich weniger lustig, so wie alle Männer, auch wenn sie das Gegenteil glaubten. Seine Bank hatte ihrer Familie geholfen, als ihr Ehemann den ersten Schlaganfall hatte und sie die Höhe der Arztrechnungen nicht wahrhaben wollte. Den Mann, den sie erschossen hatte, kannte sie allerdings nicht. Keiner kannte ihn.

Das nagte an ihr. Genau wie die Tatsache, dass er und seine Mittäter Klan-Roben getragen hatten, und das obwohl die örtlichen Kluxer felsenfest behaupteten, nichts über den Angriff zu wissen.

Ebenso beunruhigend war, dass Willa Mae Letcher, die Frau des Mannes, dessen Leben sie gerettet hatte, noch nicht mal angerufen hatte, um sich zu bedanken. Kein Brief, kein Besuch im Rasthaus. Vielleicht wollte sich Mrs Letcher nicht auf den Besuch eines derartigen Etablissements herablassen, womit Tense hätte leben können. Die feinen Damen stiegen ungern von ihrem hohen Ross ab, das wusste sie. Aber noch nicht mal ein Anruf?

Wie üblich öffnete Tense mittags und kam eine Stunde früher, um Bewegung in die Küche zu bringen. Sie fegte ein paar früh verwelkte Blätter und Eicheln von der Veranda und betrachtete wohlwollend zwei Schmetterlinge, die auf den weißen Schildblumen landeten, die sich aus grünen Stilen im Schatten der Eichen entfalteten. Sie sah auf, als sie ein Fahrzeug hörte, das sich im knirschenden Kies die lange Auffahrt hinaufmühte, die wie jeden Herbst von dichten orangefarbenen Hecken aus Wandelröschen gesäumt war. Ein ihr unbekannter schwarzer Ford Pick-up parkte neben der Eiche, an dessen Stamm die Kluxer gestanden hatten, als sie die Schüsse abgegeben hatte. Zwei Männer blieben ungewöhnlich lange im Wagen sitzen, während sie weiterfegte. Sie hatte vor sich hin gepfiffen, doch etwas an dem unerwarteten Besuch ließ die Melodie verstummen.

Schließlich stiegen die Männer aus dem Ford. Sie waren nicht dick oder übergewichtig, nur ehrfurchtgebietend groß: Jeder von beiden maß knapp zwei Meter, mit breiten Schultern. Der Fahrer hatte einen dichten Bart und sah mit kariertem Hemd und Latzhose wie ein Holzfäller im falschen Teil des Bundesstaats aus. Der Beifahrer hatte glatt rasierte Wangen, aber dieselben dunklen Haare. Während Tense die Männer beobachtete, fiel ihr auf, wie ähnlich sich die kalten blauen Augen und die Art, wie sie damit in sie hineinstarrten, waren.

»Wir haben noch nicht auf, Jungs. Müsst bis Mittag warten.«

»Sind Sie Hortense Bleedhorn?«, wollte der wissen, der nicht ganz so nach Holzfäller aussah. Er trug ein blaues Jeanshemd über Cordhosen, die an den Beinen den orangenen Farbton von hiesigem Lehm angenommen hatten. Sein Akzent war dennoch reinstes Alabama, und die Stimme ein bisschen höher, als sie erwartet hatte.

»Wer will das wissen?«

»Ich bin Morris. Das ist mein Bruder Reece.«

Reece sah nicht sie an, sondern den Stamm der Eiche. Etwas in seinem Blick sagte ihr, dass er wusste, wo der Mann gestürzt war, es war ein forensischer Blick, einer, der Winkel berechnete.

»Also, Morris und Reece, ihr könnt gerne in einer Stunde vorbeikommen. Solange kann ich euch nicht weiterhelfen, selbst wenn ich wollte. Es gibt Gesetze.«

»Mit Gesetzen kennen wir uns aus«, sagte Morris und zog in aller

Ruhe eine Waffe aus dem durch das lange Hemd verdeckten Holster. »Und auch damit, wie man sie bricht.«

Sie erstarrte. Die Pistole, die sie während der Geschäftszeiten bei sich trug, war in einer der Küchenschubladen verstaut.

»Jungs, ich hab nicht viel Geld dabei im Moment. Erledige meine Bankgeschäfte immer morgens Punkt zehn, ihr seid also zu spät dran.«

»Wir sind nicht wegen dem Geld hier.« Jetzt ergriff Reece zum ersten Mal das Wort. »Wir sind wegen unserem Bruders hier. Den, den *Sie* umgebracht haben.«

Ihr wurde klar, dass sie bisher gar nicht wirklich nervös gewesen war, denn erst jetzt war ihre Kehle wie zugeschnürt, der ganze Speichel weg. Es kam ihr vollkommen verrückt vor, dass sie nach all den erfolgreich überstandenen nächtlichen Gefahrensituationen, nach all den bizarren Dingen, die sie zwischen 11 Uhr nachts und zwei Uhr morgens erlebt hatte, dem Sensenmann nun an einem wundervoll sonnigen Oktobermorgen wie dem hier gegenüberstand, und das mit einem gottverdammten Besen in der Hand.

»Jungs, es tut mir leid wegen eurem Bruder. Ich hab das nicht gern gemacht. Aber er war dabei, einen Mann mit bloßen Händen zu Tode zu prügeln, und das auf meinem Grundstück.«

Beide Männer kamen ihr entgegen. Reece steckte eine seiner riesigen Hände in die Latzhose und schwenkte nun seine eigene Waffe.

Irgendwo in der Nähe ließ ein Specht seinen Frust an einem Baum aus.

»Wir würden gern alles darüber erfahren«, sagte Morris. »Legen Sie den Besen ganz langsam auf den Boden.«

Tense gehorchte, und als sie fertig war, standen die Männer auf der Veranda, und die Bodenbretter ächzten unter ihrem beeindruckenden Gewicht. Schon aus der Ferne waren sie ihr groß vorgekommen, doch aus der Nähe wirkte es beinahe absurd. Ihre Waffen waren völlig unnötig. Sie hatte noch nie zuvor Schusswaffen gesehen, die im Besitz von Fremden so wenig bedrohlich gewirkt hatten, so zierlich in den riesigen Händen. Sie war die Gesellschaft von harten Jungs aller Art gewöhnt, doch diese beiden Riesen mit ihren kalten Augen und dem überdeutlichen Willen zur Rache ließen sie erschaudern, wie sie es noch nicht erlebt hatte.

»Sagen Sie uns, was passiert ist«, sagte Morris. Beide Waffen waren auf den Boden der Veranda gerichtet, als wären sie nichts weiter als Finger aus Metall.

Den Irons-Brüdern war zweifellos aufgefallen, dass bei ihrer Ankunft nur Tenses Auto vor dem Haus stand. Was sie nicht wussten, war, dass ihr Negro jeden Tag zu Fuß kam. Diller war ein einfacher Mann um die vierzig, der ihres Wissens nach meistens eine Waffe bei sich trug; für den langen nächtlichen Nachhauseweg in einer Gegend mit wesentlich mehr Weißen als Schwarzen. Vom Esszimmer aus hätte man sie und ihre ungewollten Gäste auf der Veranda deutlich sehen können, doch die Küche befand sich hinter einer Wand. Es gab einen schmalen Spalt für Bestellungen darin, und sie hoffte, dass Diller einen Blick hindurchwarf, bevor ihn einer der Iron-Jungs zu Gesicht bekam.

»Es war spät«, sagte sie, »und ziemlich still. Letcher war gerade gegangen, und ich hab zufällig aus dem Fenster geschaut, und draußen war's dunkel, und aus der Entfernung hätte ich eigentlich gar nichts erkennen dürfen, doch die Klan-Roben waren so weiß, dass man sie nicht übersehen konnte, und dann wurde mir klar, Mist, da verprügelt der Klan jemand auf meinem Rasen, und niemand fragt mich um Erlaubnis.«

Sie war eigentlich niemand, die ohne Punkt und Komma redete, doch in deren Gegenwart war sie nicht sie selbst. Morris starrte sie an, als wäre er überzeugt davon, dass sie log, und darauf aus, die exakte Stelle zu finden, wo ihre Version sich von der Wahrheit unterschied. In der Zwischenzeit glotzte Reece weiterhin mit seinen

Trollaugen auf die Eiche, unter die Verandatreppe und unter zwei Schaukelstühle, wie irgendein idiotischer, sich für besonders clever haltender Detektiv, der selbst Tage später noch unentdeckte Hinweise finden kann.

»Vom Klan verprügelt?«, fragte Morris. »Hatte er eine Robe an?«

»Hatte er, er und zwei andere. Sie standen hinter ihm, und sie hatten Schusswaffen.«

Die beiden Irons-Brüder sahen sich an. Tense spürte, dass sich ihre Eingeweide zusammenzogen und der Übelkeit wie eine Falltür nachgaben.

»Wir haben nichts darüber gehört, dass der Klan was damit zu tun hatte. Weder bei der Beerdigung noch von der Polizei«, sagte Morris.

»Na ja, die Polizei wird das nicht so gerne zugeben.«

»Erzählen Sie mir von Ihrem Sheriff. Beschützt er den Klan?«

»Ich habe keine Ahnung. Ich weiß nur, dass sie ganz eindeutig Klan-Roben anhatten, aber ihr sagt mir, dass ihr davon nichts wusstet. Wenn ich die zuständige Polizei wäre, dann würde ich den Angehörigen des Opfers alles erzählen, was ich weiß.«

»Weil Sie so ein netter Sheriff wären.«

»Ist der Sheriff beim Klan?« Jetzt redete Reece.

»Natürlich ist er das.«

»Warum sollte es der Klan auf diesen Letcher abgesehen haben? Hat er eine Nigger-Freundin?«

»Scheiße, nein.«

»Katholik? Jude? Roter? In der Gewerkschaft oder so was?«

»Er arbeitet bei der Bank. Hab noch nie gehört, dass der Klan Banker verprügelt. In der Regel sind Bankangestellte Teil des Klans, aber heutzutage spielen ja alle verrückt.«

Das Geräusch eines Wagens. Beide Männer schauten zur Auffahrt, und ihr wurde klar, dass das der beste Zeitpunkt zum Abhauen gewesen wäre. Doch sie hätten sie innerhalb von Sekunden umgenietet, und der Gedanke, ihnen die Waffe aus der Hand zu schlagen, kam ihr bei deren Größe lächerlich vor. Das Geräusch verebbte, doch es erinnerte die Brüder Iron daran, dass sie im Freien standen.

»Gehen wir rein«, sagte Morris und deutete zur Tür. Tense öffnete sie, und die Brüder folgten ihr.

Drinnen verdichtete sich der Geruch von Zwiebeln, und selbst von hier aus konnten sie die Hackgeräusche hören.

»Wer ist da hinten?«, fragte Morris flüsternd.

Sie hätte lügen können, doch sie hatte Angst vor den Folgen. In der Hoffnung, damit nicht sein Schicksal zu besiegeln, sagte sie: »Mein Koch, Diller.«

Morris hob die Hand und presste die Trommel seiner Pistole an ihre linke Schläfe. Sie konnte das Öl riechen, das er erst heute Morgen benutzt haben musste, um die Waffe zu reinigen.

»Hol ihn her, aber bleib ganz natürlich.«

Sie versuchte zu schlucken, doch da war kein Speichel. »Hey, Diller?« Sie hasste sich selbst für den Verrat. Hoffte, er hörte womöglich den Schrecken in ihrer Stimme und griff nach seiner Waffe, oder zu der, die sie in der Küchenschublade deponiert hatte.

»Kannst du mir helfen, den Tisch zu verrücken?«

»Klar doch.«

Einen Moment später ging die Tür zur Küche auf, und Diller hat kaum einen Schritt getan, als ihm Reece schon die Pistole überzog. Tense fiel erst auf, wie laut sie gekeucht hatte, als Morris ihr bedeutete, verdammt noch mal die Klappe zu halten. Diller lag jetzt als regloser Haufen am Boden. Morris befahl seinem Bruder, den Koch in die Küche zu ziehen, dann schubste er Tense vorwärts, damit sie folgen konnten.

Als die Küchentür hinter ihnen zufiel, fühlte sie sich noch mehr in Gefahr. An einem schönen Tag auf der Veranda zu sterben kam ihr gänzlich falsch vor, doch hier, in der schäbigen und schmierigen Küche ohne Fenster oder Lüftung, war ein passender Ort, um sich umlegen zu lassen.

Die Schublade mit der dort deponierten Pistole wurde von Morris blockiert. Doch auf dem immer noch heißen Ofen stand eine große gusseiserne Bratpfanne mit fast durchsichtigen Zwiebeln. Ein Topf mit Schmalz köchelte nebenan vor sich hin. Beides mögliche Waffen. Genau wie die vielen Messer, die hier rumlagen, und das Hackmesser, das nach Knoblauch roch und einen halben Meter außerhalb ihrer Reichweite lag. Sie versuchte, ihren Blicken auszuweichen, dennoch nahm sie ein breites Grinsen auf Morris' Gesicht wahr, als amüsierten ihn die Wahnvorstellungen seines Opfers.

Reece packte Diller unter den Achseln und legte ihn an der Hintertür ab. Er zuckte und stöhnte gerade noch genug, um glaubhaft bei Bewusstsein zu sein. Aus seiner linken Augenbraue lief unaufhörlich Blut.

»Unser Bruder hat eine ganze Kiste voll mit Auszeichnungen von der Army«, verkündete Morris. »Er war auf Midway und Guadalcanal und an Dutzenden Orten, von denen eine Schlampe wie du noch nie gehört hat. In Löchern, von denen die Zeitungen nichts wissen wollten. Ich war auf den Philippinen, und Reece hat dabei geholfen, die Normandie einzunehmen. Haben eine Menge Leute über den Haufen geschossen, und wenn du glaubst, eine alte Schachtel mehr oder weniger würde uns was ausmachen, hast du dich getäuscht.«

»Ich wollte ihn nicht töten.« Sie flüsterte jetzt fast. »Ich wollte ihm nur Angst einjagen.«

»Indem du auf seinen Kopf zielst?«

Sie hatte keine Zeit, es ihm zu erklären, aber hätte sie in der Vergangenheit Zeit mit Warnschüssen verplempert, hätten eine Menge betrunkener Bastarde eine Menge Schaden in ihrer Bar angerichtet. »Ich hab nur … Er war dabei, den Mann zu töten.«

»Dafür wird jemand sterben müssen. Gerade sieht's so aus, als wärest du das. Außer du zeigst uns jemand, der's noch mehr verdient hat.«

Es verwirrte sie, dass er seine Waffe zurück in das Holster steckte und dann vorsichtig den Topf mit Schmalz nahm und einen kleinen Teil davon in die Pfanne goss. Das Geräusch brutzelnder Zwiebeln wurde lauter, und kurz stieg eine Rauchwolke empor.

Dann packte er sie an den Haaren. Mit einer Hand drückte er ihren Kopf auf die Arbeitsfläche, nur Zentimeter vom Herd entfernt. Sie hatte sehr lange Haare, schnitt sie nur zweimal im Jahr und trug in der Regel einen Zopf, nur heute waren sie offen.

Mit der anderen Hand nahm er ihre Haare und legte die Enden in die Bratpfanne.

»Oh Jesus«, flüsterte sie, und doch hätte sie nur die Arbeitsfläche hören können, so laut zischten ihre Haare. Er briet ihre Haare an. Hielt ihren Kopf fest, sodass sie die Pfanne nicht sehen konnte, sie fühlte nichts außer das Gewicht dieser Hand. Innerhalb von Sekunden roch sie ihre brennenden Haare.

»Warum zum Teufel war unser Bruder hier draußen, meilenweit weg von zu Hause, und hat einen Banker verprügelt? Beantworte mir das.«

»Ich weiß es nicht, ich weiß es nicht!« Sie verlor die Kontrolle über ihre Blase.

»Gab's Zoff zwischen den beiden?«

»Ich weiß es nicht!«

»Hat der Banker unserem Bruder übel mitgespielt? Hat er sich das selbst eingebrockt?«

»Ich schwöre, ich weiß es nicht.«

»Wer waren die anderen Klan-Leute?«

In der verzerrten Spiegelung eines Topfs sah sie ihn mit seiner freien Hand nach einer Schöpfkelle greifen, sie in das Schmalz tauchen und irgendwo hinter ihr ausschütten, wo ihr Blick nicht hinreichte.

Auf ihr Haar, merkte sie jetzt. Der beißende Geruch von verbrannten Haaren wurde jetzt stärker, es zischte und knisterte auf dem Herd.

»Hey Reece, was denkst du passiert, wenn ich ihr Whiskey über den Kopf schütte? Wette, dass läuft runter wie so eine Kerosinspur.«

»Gibt nur eine Möglichkeit, es rauszufinden«, sagte der zweite Riese, griff in seine Tasche und warf seinem Bruder einen Flachmann zu.

»Ich weiß nicht, was ich euch sagen soll!«, schrie sie. »Ich weiß nicht, was ihr wollt!«

»Ich will wissen, wem wir's heimzahlen sollen, wenn nicht dir? Genau das.«

Er zog erneut an ihren Haaren, und sie spürte, wie sich ihr Hinterkopf der Pfanne näherte, spürte die Hitze in der Luft, und in wenigen Augenblicken würde sie noch viel mehr davon spüren. Sie konnte sehen, wie Diller das Ganze voller Entsetzen beobachtete, und zu ihrer Überraschung redete er: »Dieselben Männer haben in der Nacht meinen Cousin verprügelt.«

»Was?« Morris zog wieder an ihren Haaren, dieses Mal von der Bratpfanne weg.

»Was zur Hölle hast du da grad gesagt?«

»In derselben Nacht. Zwei andere Kerle in Roben haben meinen Cousin verprügelt, keine zwei Meilen von hier. Ohne jeden Grund. Sind einfach auf den Hof gefahren, wo er Feuerholz gesammelt hat und haben angefangen, auf ihn einzudreschen. Ist jetzt auf einem Auge blind.«

»Dein Cousin ist mir scheißegal«, sagte Reece.

»Die meinten, die tun das, weil sie keinen Weißen schlagen wollten, so wie Dale ihnen gesagt hat.«

»Wer?«, fragte Morris. Er ließ ihre Haare los, und sie glitt hinunter auf den Fußboden. Ihre Strähnen verteilten sich überall samt den angesengten und noch kokelnden Enden. Sie spürte die Hitze durch die Kleidung hindurch auf ihrer Haut und den Schultern, und sie griff nach dem Teil, der nicht brannte, um zu verhindern, dass noch mehr davon Feuer fing.

»Keine Ahnung«, sagte Diller. »Ist nur das, was mein Cousin gesagt hat. Hat gesagt, die waren besoffen und haben Witze drüber gemacht, dass ein Typ namens Dale wollte, dass sie einen Weißen verprügeln. Er wusste nicht, was die meinten.«

»Wer zur Hölle ist Dale?«, fragte Morris.

Sie versuchte nachzudenken. Sie kannte so viele Männer, die hier ihre Sorgen ertränkten, jede Menge Donnys und einen Danny, zahllose Davids, aber keinen Dale.

»Ich weiß es nicht«, sagte sie mit brüchiger Stimme, klang so gar nicht wie sie selbst. Sie kniete in ihrem eigenen Sud, und ihre Haare rochen nach gerösteten Zwiebeln und Schlimmerem, sie fühlte sich so beschmutzt und erniedrigt, doch diesen Moment zu überleben war alles, was sie wollte.

»Diese weißen Männer, die meinen Cousin verprügelt haben«, sagte Diller. »Die haben eine Hundemarke vergessen.«

»Was?«, fragten die Gebrüder im Gleichklang.

»Mein Cousin hat sie am nächsten Tag da liegen sehen. Die Kette muss abgerissen sein, als sie ihn geschlagen haben. Steht einer ihrer Namen drauf.«

Die Brüder sahen sich an. Vielleicht hatten sie sich einen verstohlenen Blick zugeworfen, doch mit den Haaren im Gesicht, nach Luft schnappend und unter Tränen konnte Tense es nicht genau erkennen.

»Wenn sie stirbt, sind wir die ersten, nach denen sie suchen.«

»Und dann wissen sie, dass wir in Georgia sind.«

»Dann ein andermal.«

Morris beugte sich zu ihr hinunter. »Du siehst so kaputt aus, wie wir dich im Moment machen konnten. Merk dir das Gefühl. Denn es geht noch kaputter. Wir machen dich noch viel kaputter, wenn du nur ein Wort über das hier verlierst. Kapiert?«

Sie versicherte ihnen, dass sie kapiert hatte. Dann packte Reece Diller bei den Armen, und die drei verschwanden durch die Hintertür. Sie fragte sich, ob sie ihren Negro-Koch, der sieben Jahre für sie gearbeitet hatte, je wiedersehen würde, doch in dem Moment zählte nur, dass sie noch lebte und die weg waren.

Mit wackeligen Beinen stand sie auf und holte ihre Pistole aus der Schublade. Sie würde die Veranda nie wieder ohne sie fegen. Und falls ihr diese Riesen jemals wieder unter die Augen kamen, würde sie sie auf schnellstem Weg zu ihrem Bruder befördern.

26

»**ARCHIV**«, **SAGTE EINE** der Stimmen, die Lucius gerade nicht hören wollte.

»Hier spricht Officer Boggs. Ich hätte bitte gerne eine Akte.«

»Junge, ich bin nicht dein Dienstmädchen.« Sie legte auf.

Da den Beamten der Butler Street der Zugang zum Hauptquartier oder seinem Archiv nicht gestattet war, mussten sie anrufen, wenn sie eine Akte brauchten. Nicht selten wurden sie ignoriert oder abgelehnt. Die heutige Abfuhr fiel noch vergleichsweise sanft aus, dank einem Mangel an Schimpfwörtern.

Boggs war früher als sonst im Y, um zu recherchieren. Seine letzte Chance war, die Anfrage schriftlich einzureichen, und zwar via McInnis, ihrem Draht zum Hauptquartier. Doch der Sergeant war nur wenig begeistert darüber, dass das Überbringen von Post und anderem Papierkram seiner Untergebenen in seinen Aufgabenbereich fiel. Und wollte Boggs seine Anfrage überhaupt schriftlich formulieren?

Er wollte alles über Julies Ex-Freund wissen. Offensichtlich hatte sie Angst. Auch wenn Jeremiah bisher nicht durch Gewaltanwendung aufgefallen war – fünf Jahre im Bundesstaatsgefängnis und in Arbeitslagern reichten den meisten Männern aus, um eine Vorliebe dafür zu entwickeln.

Gestern Abend hatte Dewey mit Boggs gesprochen, ihn gefragt, ob alles okay sei und ob er irgendwie helfen könne. *Wir haben es niemand gesagt*, hatte Dewey gesagt. *Wir haben ihn festgenommen und den Bericht ausgefüllt, und wir haben erwähnt, dass er behauptet, der Vater zu sein, doch wir haben nichts davon gesagt, dass sie deine Verlobte ist.* Boggs dankte ihm, schämte sich dafür, dass nun jeder über seine neue dysfunktionale Familie Bescheid wusste.

Er war ein Häufchen Elend. So sehr, dass er nicht genau sagen konnte, wo das Elend anfing und wo es endete, nicht wusste, wo er zuerst anpacken sollte. Der Liebeskummer und die Bestürzung über Julies erneute Lüge, der plötzliche Schwebezustand, in den ihre gesamte Beziehung gestoßen worden war, seine Rolle als Sages Ersatzvater, die plötzlich infrage gestellt war. Als hätte er genau gewusst, wer er war – Verlobter und Vater in spe –, doch jetzt war er weder noch. Er wusste nicht, was noch übrig war von ihm.

Konnte er sich überhaupt noch vorstellen, sie zu heiraten? Er wollte Smith von dem Dilemma erzählen – Tommy hatte vermutlich schon in jeder nur denkbaren Zwickmühle gesteckt, wenn es um Frauen ging, er kannte sich garantiert aus –, doch er schämte sich zu sehr, um ihn zu fragen. Was sagte es über ihn aus, dass er sich so hinters Licht führen ließ? Was für ein Menschenkenner war er, und wie gut konnte er als Cop sein, wenn seine eigene Partnerin ihn so täuschen konnte?

Die Scham übermannte ihn. Und die Wut, die Wut auf Julie und auf sich selbst, weil er so dumm gewesen war. Wie lautete ihr nächstes Geheimnis? Wie hatte er sich in dieses Desaster hineingeritten, und wie kam er wieder raus?

★

Ein paar Stunden zuvor hatte Boggs beim Mittagessen mit seinem älteren Bruder versucht, seine Verzweiflung zu verbergen. Er erzählte Reginald nichts von Julies Lügen. Der Diner in der Nähe von Reginalds Büro bei der Atlanta Life Insurance Company brummte, Männer in Anzügen lockerten ihre Gürtel, während sie sich an Barbecue-Sandwiches oder Schweinefüßen und Kohl zu schaffen machten. Lucius war einer der wenigen Kunden ohne Krawatte.

»Sag mir nur, dass du sie nicht aus einer Art Pflichtbewusstsein heraus heiratest«, sagte Reginald.

»Was soll das heißen?«

»Ehrlich gesagt, ich kann kaum glauben, dass du dem alten Herrn nicht auf die Kanzel gefolgt bist«, sagte Reginald. »Wo es bei dir doch immer um Pflichterfüllung geht, oder? Du siehst ein armes Mädchen und einen kleinen Jungen ohne Vater und denkst, du müsstest was dagegen unternehmen.«

»So einfach ist das nicht.« Und doch hasste er es, wie nah am Ziel die Pfeile seines Bruders einschlugen.

»Doch, da ist schon was dran, oder? Du als ihr Retter. Der Ritter in der weißen Rüstung. Der sie vor der schäbigen Gegend mit den verrückten Nachbarn und ihrem Sklavenjob bei den Weißen bewahrt.«

»Nein, ich – Moment, woher weißt du, wo sie wohnt?«

»Ich hab die Hälfte aller Versicherungen für diesen Block ausgestellt, nicht dass es eine Menge gewesen wären. Was ich auch damit sagen will.«

»Was willst du damit sagen? Dass sie arm ist?«

»Ich will sagen: Du magst sie, weil sie arm ist.«

Lucius fühlte die Wut in sich aufsteigen. »Erstens *mag* ich sie nicht. Ich *liebe* sie. Was du zu übersehen scheinst, ich aber als wesentlichen Punkt erachte. Zweitens heirate ich sie nicht, um sie zu *retten*. Hätte sie nicht den kleinen Jungen, hätte ich früher um ihre Hand angehalten, viel früher. Doch er verdient einen Vater. Was ich vorhabe, ist nicht einfach, Reginald.«

»Du hast es dir immer gern schwer gemacht, Bruderherz. Doch warum ausgerechnet du? Es war ein anderer Mann. Ein anderer Mann hat sie sitzenlassen. Du musst diese Schuld nicht begleichen.«

Boggs haute auf den Tisch. »Bezeichne sie nicht als Schuld, verdammt noch mal. Vielleicht weißt du nicht mehr, was Liebe ist nach all den Jahren mit Florence. Denkst, sie ›liebt‹ dich wegen der Pelze und Diamanten, in die du sie steckst? Fragst du dich nicht, ob sie dich noch immer lieben würde, wenn man dich eines Tages feuert?«

»Jetzt mal langsam.« Reginald setzte ein kaltes und ausdrucksloses Gesicht auf, dass Lucius von Fremden kannte, denen er auf Streife begegnete. Fremde, die jeden Moment zuschlagen konnten. »Das geht zu weit.«

»Du hältst deine Zunge bezüglich Julie auch nicht im Zaum.«

»Ich rede von *dir*. Ich will sicherstellen, dass *du* aus den richtigen Gründen handelst. Das ist alles.«

»Das tue ich. Versprochen. Sie ist kein Sanierungsobjekt. Sie bedeutet mir alles.«

Ein paar schweigsame Sekunden vergingen, betretene Blicke, Hände in den Hosentaschen, aus Angst vor atmosphärischen Störungen. Obwohl er mit so einer Bestimmtheit gesprochen hatte, fragte Boggs sich insgeheim, ob er nicht tatsächlich einen schrecklichen Fehler beging. Er konnte seinem Bruder nicht von Jeremiah erzählen, zumindest jetzt noch nicht.

»Dann freu ich mich, wenn sie zur Familie gehört«, sagte Reginald. Und damit erhob er die Tasse mit dem süßen Tee zu einem Toast. Lucius stieß mit seinem Glas an. Nach einer Pause fügte Reginald hinzu: »Kann schon sein, dass Florence ein kleines bisschen verwöhnt ist.«

»Tut mir leid, dass ich das gesagt habe. Du weißt, dass ich sie liebe.«

»Alles in Ordnung. Doch wehe, du sagst das noch mal«, er streckte theatralisch die Brust raus und zog eine Schlägergrimasse, »dann setzt es ein Wortgefecht, kleiner Bruder.«

Lucius lachte. »Das Gefecht verlierst du, Bürohengst.«

Als sie das Lokal verließen, wollte Reginald wissen, ob sie schon eine Idee hatten, wer Smiths Schwager angegriffen hatte. Boggs gab zu, dass sie keine hatten, doch er äußerte sich zuversichtlich, dass zumindest ein paar der weißen Cops für Ordnung sorgen würden.

»Dann hoffe ich, dass die Sache damit erledigt ist«, sagte Reginald.

»Es geht nämlich um mehr als nur Nachbarschaftsverhältnisse. Eine Menge Geld steht auf dem Spiel.«

»Wie meinst du das?«

»Einer unserer Vizepräsidenten, Clancy Darden, investiert eine Menge in Immobilien. In den Dreißigern hat er ein paar Grundstücke neben den Sozialbauten an der West Side erworben. Was kaum einer weiß, ist, dass er erst neulich eine große Freifläche nordöstlich von Hanford Park gekauft hat. Wenn sich die Rassengrenze weiter verschiebt und Hanford Park farbig wird, dann kann er auf seinem neuen Grund mehr Häuser für Negros bauen.«

»Großartig.« Boggs lebte immer noch bei seinen Eltern, um Geld zu sparen, wünschte sich aber nichts sehnlicher als ein Zuhause für Julie und Sage. Vor Kurzem hatte er sich zusammen mit einem »Vermittler« nach Häusern umgeschaut – der sich so nannte, weil Makler keine farbigen Kollegen akzeptierten –, doch die Preise hatten ihn entmutigt. Die Wohnungsnot für Negros trieb die Kosten in die Höhe. Wenn es mehr solcher Häuser gäbe, wie Darden sie bauen wollte, würde sich Boggs letztendlich vielleicht doch eins leisten können.

»Aber wenn die Weißen in Hanford Park sich wehren und die Gegend ausschließlich weiß bleibt«, fuhr Reginald fort, »muss er das Land an weiße Bauherren abtreten, vermutlich für deutlich weniger Geld.«

Boggs hatte sich bisher keine Gedanken um die wirtschaftlichen Folgen des Angriffs auf Malcolm gemacht. Er dankte seinem Bruder für den Tipp.

*

Stunden später, nach einer ereignislosen Schicht, rief Boggs erneut im Archiv an und erreichte endlich die eine Mitarbeiterin, die ihn nicht aus Prinzip hasste.

»Abend, Sheila«, sagte er, nachdem er ihre Stimme erkannt hatte. »Hier ist Officer Boggs.«

»Wie geht's Ihnen?«

»Kann nicht klagen. Hab immer noch einen Job.«

»Hey, ich auch. Wir scheinen was richtig zu machen. Was kann ich für Sie tun?«

Er hatte sie noch nie getroffen, die einzige Mitarbeiterin im Archiv, die es wagte, den Negro-Beamten zu helfen, solange ihre Kollegen nichts davon mitbekamen. Beim dritten oder vierten Anruf hatte er ihren Namen erfahren, mehr nicht. Über die Jahre hinweg hatte sie ihm eine Menge Akten besorgt, das meiste davon Routinevorgänge (falls eine weiße Archivarin, die einem Negro-Beamten half, überhaupt als »Routine« durchging), doch manche waren auch heikel. Sie hatte sein Vertrauen gewonnen, doch wusste er sich weiter unauffällig zu verhalten. Sie rief ihn nur an, wenn ihre Kollegen weg waren, und nicht selten legte sie überhastet auf, sobald sie wiederkamen. Er wusste noch nicht einmal, wie sie aussah.

»Mich würden die Festnahmeprotokolle eines Jeremiah Tanner interessieren. Er ist vermutlich dreiundzwanzig oder vierundzwanzig. Wurde kürzlich aus Reidsville entlassen, und ich möchte wissen warum.«

Fünfzehn Minuten später rief sie zurück.

»Ich kann Ihnen die Akte morgen zukommen lassen, aber sie enthält vielleicht nicht alles, was Sie benötigen. Sie müssen wohl oder übel das FBI fragen.«

»Warum?«

»Mr Jeremiah Tanner, der übrigens dreiundzwanzig ist und demnächst am 2. November Geburtstag hat, wurde beim Zigarettendiebstahl von Zügen erwischt.«

»Das ist ein staatliches Verbrechen?«

»Das war im Mai '45. Da herrschte noch Krieg.« Sie hatte etwas im Mund, vermutlich eine Zigarette. »Laut der Akten einiger seiner Kollegen gehörte er zu einer Gruppe, die Züge ausgeraubt hat, während sie an der Güterstrecke bei den Pullmann-Werken gearbeitet haben. Ein Teil ihrer Beute waren Tabakwaren aus Armeefahrzeugen, die nach Fort Benning unterwegs waren. Das APD hat die Festnahmen durchgeführt, doch das FBI hat wohl spitzgekriegt, dass es sich um Eigentum der Armee handelte. Haben ihn wegen Schmuggel, Diebstahl vom Militär und damit Landesverrat angeklagt.«

Fast hätte Boggs gelacht. »Landesverrat, ist das Ihr Ernst?«

»Da hat er sich durch einen Vergleich rausgewunden, aber fünf Jahre hat er trotzdem bekommen.«

»Wer hat ihn verhaftet?«

»Eugene Slater.«

Boggs kannte den Namen: Slater war ein Kumpel von Rakestraws korruptem Ex-Partner Dunlow. Aus dieser Verbindung konnte man schließen, dass Slater genau wie Dunlow in Betrügereien und Bestechung verwickelt war. Hatte Slater geholfen, eine Bande von Negro-Schmugglern zu verhaften, weil sie ihm seinen Anteil vorenthielten, oder standen sie in Konkurrenz zu einer ähnlichen Operation, die er leitete?

»Können Sie mir die Akte schicken?«, fragte er.

»Sicher, aber sie ist eine Katastrophe. Ein einziges Durcheinander.« Er hörte, wie sie sich durch die Seiten wühlte. »*Hallo.* Was haben wir denn hier? Wird ja immer besser. Sieht so aus, als wollten sie damals eigentlich Jeremiahs Bruder verhaften, Isaiah Tanner. Doch den haben sie nicht gekriegt, denn er wurde vorher umgebracht.«

Boggs hatte Julie gefragt, ob da noch was war, das er wissen sollte. Irgendwas. Die Mauern in dem kleinen Kellergewölbe schienen näher zu kommen. »Wer hat ihn umgebracht?«

Kurze Atempause, sie las. »Hier steht, der Mord gilt als ungeklärt. Sieht so aus, als wäre Jeremiah verdächtigt worden, aber niemand hat ihn oder sonst jemand deswegen angeklagt.«

Julie hat mir versichert, dass Jeremiah nicht gewalttätig war. Hat ge-

sagt, sie hat sich bisher noch nie vor ihm gefürchtet. War ihr etwas entgangen, oder hatte sie gelogen? Er versuchte, dem Ganzen einen Sinn zu geben. Über Julie und sich hinauszudenken, sich einen nächsten Schritt zu überlegen, der die Dinge zur Abwechslung mal nicht schlimmer machte.

»Wie hieß der FBI-Agent, der den Fall leitete?«

27

ES WAR NACHMITTAG, und das Rook sah geschlossen aus. Jeremiah klopfte an die Glastür, und kurz darauf öffnete sie sich. Ein groß gewachsener hellhäutiger Negro in einem grünen Sakko und schwarzer Krawatte schüttelte schon bei seinem Anblick den Kopf.

»Wir haben geschlossen.«

»Ich will mit Feckless reden. Ich bin ein alter Freund. Jeremiah Tanner.«

Der Mann starrte ihn nieder. »Warte hier. Und tu dir selbst einen Gefallen: Nenn ihn Mr Feck.« Der Mann hatte einen leichten Akzent, den Jeremiah keiner ihm bekannten Stadt zuordnen konnte. »Feckless nennen ihn nur bestimmte Leute, und zu denen gehörst du nicht, kapiert?« Er schloss die Tür.

Die Wolken hatten den Himmel über Jeremiah in Besitz genommen, und er hatte Angst vor Regen, die Urangst von jemand, der kein Dach über dem Kopf hatte und nichts zum Umziehen.

Der Mann kehrte mit ausdruckslosem Gesicht zurück und machte die Tür jetzt ganz auf. »Rein mit dir. Da lang.«

Jeremiah folgte mit einem Schritt Abstand, es roch nach Holzreiniger, Zigarettenrauch, und da war ein ranziges Aroma von letzter Nacht. Der Boden glänzte, und an der Wand hingen gerahmte Bilder von Negro-Boxern und Unterhaltungskünstlern, die Decke war ein komplexes Relief aus Stuck, und über der Tanzfläche prangte ein gläserner Kronleuchter, der selbst bei ausgeschaltetem Licht funkelte. Das gehörte einem Negro?

»Du stinkst.« Der Mann fluchte leise, als er Jeremiah an die glitzernde Bar führte, hinter der ein anderer Mann stand, der blendender denn je zuvor aussah. Sein Haar war länger, als Jeremiah in Erinnerung hatte und mit Pomade zurückgekämmt, glatt wie das eines Weißen. Sein ausgewogener Hautton war heller, doch das konnte auch daran liegen, dass die Haut so rein, so glattrasiert war, abgesehen von dem schmalen Schnurrbart über seinem krausen Lächeln. Seine nussbraunen Augen, jetzt fiel es Jeremiah wieder ein, verliehen seinem Blick beinahe etwas Katzenhaftes.

»Jeremiah Tanner. Lange her.« Feckless streckte die Hand aus. Er trug einen schwarz-grau-karierten Blazer über einem frisch gebügelten weißen Hemd und eine rote, kompliziert gebundene Krawatte.

Jeremiah schüttelte die Hand, sich seiner schmutzigen Finger bewusst und auch seines Körpergeruchs, auf den ihn bereits der Türsteher angesprochen hatte. Hing was in seinen Haaren? Vermutlich.

»Das gehört also dir?«

»Tut es. Du kommst allerdings zur falschen Zeit. Komm gegen Mitternacht vorbei, wenn du eine Show sehen willst. Ben Webster ist in der Stadt, pausiert bei der Ellington-Band und macht eine eigene kleine Tour.«

Er merkte, dass ihn das beeindrucken sollte, also nickte er.

»Setz dich.« Nachdem Jeremiah gehorcht und sich auf einem Stuhl aus Eschenholz niedergelassen hatte, der mit rotem Samt bezogen war, sagte Feckless: »Dich haben sie gerade erst entlassen, oder?«

»Vor ein paar Tagen.«

»Hast du Hunger?«

Er *hatte* keinen Hunger, er *war* der Hunger selbst. Er bestand nur noch aus Hunger, ein körperlicher Zustand, der so extrem war, dass er jede Emotion verdrängte. Seit ein oder zwei Tagen fühlte er überhaupt nichts mehr. Seit dem Gefängnisessen, das er nach der Festnahme in Julies Haus bekommen hatte, hatte er keine vernünftige Mahlzeit eingenommen, einmal nachts hatte er ein paar Reste von alten

Bekannten erbettelt und heute früh sogar die Mülltonnen nach Essen durchwühlt. Hunger kannte er aus dem Gefängnis, doch ohne Aussicht auf feste Mahlzeiten war's noch viel schlimmer, ein andauerndes Ziehen im Magen, dieser endlose Kopfschmerz und das Zittern.

»Leon, mach mal ein Rührei!«, rief Feckless einem unsichtbaren Angestellten zu.

»Das musst du nicht tun.«

»Ich muss aber auch keinen Mann vor meinen Augen verhungern sehen.«

»Danke dir.« Er sah sich um, sah den mies gelaunten Türsteher bei einem Billardtisch lungern, außer Hör-, aber in Sichtweite. »Der Laden ist unglaublich. In so was war ich seit … noch nie. Du hast's echt geschafft.«

»Alles eine Frage des Timings, mein Sohn. Bevor wir uns kannten, hab ich Schlagzeug in einer Ragtime-Band gespielt. Hab ein gutes Gespür für Timing. Weiß, wann ich zuschlagen muss. Dachte damals, die ist Zeit reif, um unsere Geschäfte hinter mir zu lassen. Und kurz darauf ist ja eh alles den Bach hinuntergegangen.«

Er hatte sich immer gefragt, warum Feckless nicht zusammen mit den anderen verhaftet worden war. Vielleicht war es wirklich nur Timing, denn als das FBI auftauchte, gingen Feckless und Isaiah schon ein paar Monate getrennte Wege. Er erinnert sich nicht mehr an die Gründe, hatte angenommen, es habe einen Streit zwischen Feckless und seinem Bruder gegeben.

»Ich hab mein Geld in legale Bahnen gelenkt«, fuhr Feckless mit seiner Lebensgeschichte fort. »Tatsächlich hab ich deinem Bruder vorgeschlagen, dasselbe zu tun, aber das war nicht sein Stil. Ihm gefiel, was ihr da gemacht habt, hielt wenig von meinen verrückten Gedanken übers Anständigwerden.«

»Nein. Anständig werden klingt nicht nach ihm.«

»Das war ja sein tragischer Fehler. Weißt du, die Welt, in der wir leben, wird nicht größer. Wenn du höher hinaus willst, musst du dir eine andere Welt suchen. Und dazu, alter Freund, brauchst du Mut und Ideen, die Isaiah nicht hatte.«

Ein kahler, schwergewichtiger Negro in einer Kochschürze tauchte aus der Küche mit einem Teller Rührei und einer riesigen Portion Maisgrütze als Beilage auf. Auf dem Teller war mehr Essen, als Jeremiah die letzten beiden Tage gehabt hatte. Feckless goss ein Glas Wasser ein, während Jeremiah versuchte, das Essen nicht in dem Tempo in sich hineinzuschaufeln, in dem er es gerne getan hätte.

»Schon komisch, dich wiederzusehen«, sagte Feckless. »Als ob ich auch Isaiah wiedersehe, so ähnlich seid ihr euch. Wie ein Geist aus dem Grab.«

Er hatte die Leute sagen hören, dass er dieselben Augen wie sein Bruder hatte, dieselben ernsten Augenbrauen. Ihm selbst waren nie Ähnlichkeiten aufgefallen, schon gar nicht körperlich. Jeremiah war schlaksig und groß, Isaiah breit und kräftig.

»Es gibt Leute, die behaupten, du hättest ihn umgelegt«, sagte Feckless.

Und da war es. »Klar. Hab ich schon oft gehört.«

»Andere behaupten, es war ein Cop, und du hast die Klappe gehalten, statt gegen ihn auszusagen.«

»Ich hab meinem Bruder nie was angetan«, sagte Jeremiah, nachdem er mit dem letzten Bissen fertig war. »Manche Leute sagen, *du* warst es. Aber ich hab das nie geglaubt.«

Feckless ließ das auf sich wirken. »Gut so. Dann kommst du also nicht wegen so was wie Rache.«

»Nein.«

»Eins hab ich mich dennoch gefragt. Viele unserer alten Jungs aus der Bande sind mittlerweile tot. Nur du nicht.«

»Der Herr hat größere Pläne für mich.«

Feckless musterte ihn eine Sekunde mit aufrichtigem Erstaunen, dann brach er in Gelächter aus. So sehr, dass ihm die Tränen kamen. »Oh ja, Mr Makellos. Du bist es wirklich. *Große Pläne*, alles klar.«

Als Feckless endlich aufhörte zu lachen und einen Schluck Wasser getrunken hatte, um Jeremiahs albernes Gerede runterzuspülen, sagte Jeremiah: »Ich hab mich gefragt, wo du doch diesen Laden hast, ob ich vielleicht irgendwas für dich tun kann. Ich hab hart bei der Bahn gearbeitet, vor dem ganzen Zeug. Bevor ich vom Weg abgekommen bin. Und jetzt, wo du anständig bist, hab ich mich gefragt, du weißt schon …«

Seine Stimme verlor sich, während Feckless' Gesichtsausdruck sich so plötzlich verhärtete, dass Jeremiah nicht wusste, ob er etwas verpasst hatte.

Dieser neue, deutlich strengere Feckless sagte: »Dass du all die Zeit geschwiegen hast, schätze, das zeugt von Loyalität. Soll ich das so deuten? Soll mich das beeindrucken? Ist das dein Bewerbungsschreiben?«

»Die Leute können denken, was sie wollen. Auch du. Ich brauch nur eine Stelle, mehr nicht. Wenn du nichts hast, auch gut.« Er stand auf. »Danke fürs Essen, Les. War schön, dich zu sehen.«

Jeremiah hatte schon einige Schritte Richtung Ausgang gemacht, als Feckless »Warte mal« sagte. Dann wandte er sich an den groß gewachsenen Türsteher. »Hey, Q, tu mir einen Gefallen und gib Mr Makellos einen Mop. Vielleicht können wir ihn ja doch gebrauchen.«

28

IN DEM MOMENT als der FBI-Agent am Telefon ein persönliches Treffen in der Kantine von Rich's in Downtown vorgeschlagen hatte, hatte Boggs gewusst, dass es ein Problem gab. Die Stunde der Wahrheit war gekommen.

Es hatte nur einen Tag, aber mehrere Anrufe gebraucht, um den Special Agent zu erreichen, der laut Boggs' heimlicher Helferin aus dem Archiv die Festnahmen durchgeführt hatte, die letztlich zu Jeremiah Tanners Gefängnisstrafe geführt hatten. Er wusste, dass er keine Hilfe vom zuständigen APD-Beamten, Sergeant Slater, erwarten konnte, denn der war als strammer Rassist verschrien. Er hoffte, dass ihm der Mann vom FBI weniger feindselig gesonnen war.

Boggs holte tief Luft, als er Rich's Departement Store betrat. Nur ein paar Mal war er hier einkaufen gewesen. Er und seine Familie versuchten, alles, was sie benötigten, bei den Negro-Kaufleuten in Sweet Auburn zu besorgen, wo sie auch die Umkleidekabinen benutzen durften und keine weißen Kunden vorlassen mussten, egal wie lange sie schon in der Schlange standen.

Er musste ein Niesen unterdrücken, während er sich durch eine Vielzahl von Damendüften in der Kosmetikabteilung bewegte, dann vorbei an den Schaukästen voller Schmuck, wo er von weißen Angestellten aufs Schärfste beobachtet wurde.

Die Kantine war ein kleiner Diner, den man an das Kaufhaus angebaut hatte, mit sieben Sitzecken und einem langen L-förmigen Tresen. Drei der Sitzecken waren von Grüppchen aus Frauen und ihren Kindern besetzt, an der Bar saßen ein Pärchen und drei einzelne

Männer. Boggs hatte noch nie ein Foto von Special Agent Doolittle gesehen. »Ich bin der, der wie ein FBI-Agent aussieht«, hatte er am Telefon gescherzt, lag damit aber verdammt richtig. Er saß vor einem Kaffee und starrte in eine herrschaftlich vor ihm ausgebreitete Zeitung, als hätte er kein Problem damit, Platz für drei zu beanspruchen. Er war ein ausgesprochen blasser weißer Mann mit dunklen Haaren, die er mit irgendeiner Pomade für weiße Männer zur Seite geleckt hatte. Bei dem dunkelgrauen Anzug und der schwarzen Krawatte mit drei weißen Längsstreifen hätte er sich genauso gut mit *Ich bin der, der wie der Leiter eines Bestattungsinstituts aussieht* ankündigen können.

Boggs näherte sich, als die Frau hinter dem Tresen ihn anblaffte: »Hey, Sie dürfen hier nicht rein!«

Special Agent Doolittle blickte von seiner Zeitung auf, wirkte verdutzt. Zunächst musterte er die erzürnte Bedienung, dann nahm er Blickkontakt mit Boggs auf, der sich in seine Richtung neigte, doch nach wie vor respektvoll Abstand hielt.

»Ich bin Boggs. Wie Sie sehen, werden wir uns wohl woanders unterhalten müssen.« Doolittle starrte Boggs an. Der gesamte Raum beobachtete sie.

»Sie müssen gehen!«, schrie die Frau Boggs an, jetzt noch lauter. Ein Kellner kam auf sie zugeeilt.

Doolittle hob die Hand, um ihrem bedingungslosen Gehorsam gegenüber den Jim-Crow-Gesetzen Einhalt zu gebieten. Den Blick immer noch auf Boggs gerichtet, sein Gesicht gelassen und unlesbar, sagte er: »Hab gerade erst den Kaffee hier bestellt. Ich treffe Sie in ein paar Minuten draußen.«

★

Boggs stand draußen am Broad-Street-Eingang und gab sich Mühe, nicht wie ein Landstreicher zu wirken und damit die Aufmerksamkeit eines Streifenpolizisten zu erregen. Er hasste es, nach Downtown zu kommen, wo man allein durchs Herumstehen den Unwillen der Weißen auf sich zog.

Gruppen von Sekretärinnen in der Mittagspause zogen an ihm vorbei, Fedora-Hüte wackelten, als drei Männer über einen Witz lachten, und Taxis luden scheinbar identische Fahrgäste aus und wieder ein. Nahezu jeder rauchte. Ein weißer Mann in GI-Uniform stieß beinahe mit Boggs zusammen. Er hatte seit vielen Monaten keinen Mann in Armeeuniform mehr gesehen. Schenkte man den Nachrichten über das Drama in Korea Glauben, musste man sich wohl wieder an den Anblick gewöhnen, was nur schwer vorstellbar war.

Nach gut fünfzehn Minuten tauchte Doolittle endlich auf, kam ihm fast etwas zu nahe.

»Also Sie sind Officer Boggs?« Er machte eine Pause. »Am Telefon klangen sie gar nicht nach Negro.«

»Wie klinge ich jetzt?«

»Jetzt achte ich mehr auf Ihr Gesicht als auf Ihre Stimme.«

Hatte Boggs etwas anderes erwartet? Doolittle sprach mit dem breiten Akzent des Mittleren Westens. Boggs' Begegnungen mit Nicht-Südstaatlern in der Armee waren allerdings noch deutlich unbeholfener ausgefallen, denn solche Leute waren die Nähe zu Negros nicht gewohnt und sich nie ganz sicher, wie sie ihren Herrschaftsanspruch am besten zeigen sollten.

»Ich hatte gehofft, Sie könnten mir ein paar Dinge über Jeremiah und Isaiah Tanner erzählen.«

»Gehen wir ein Stück.« Sie liefen nach Süden und bogen in die Peachtree, in Richtung Five Points. Autos hupten, und die Bremsen der Straßenbahn kreischten, während sich Stoßstange an Stoßstange reihte. Wolken aus Abgasen und Zigarettenrauch trübten den ansonsten kristallklaren Herbsthimmel. Ein riesiges Werbeplakat erinnerte sie daran, dass man sich besser fühlte, wenn man eine Coca-Cola trank, Atlantas Exportschlager. »Ich hatte mich gefragt, warum ein Cop aus Atlanta diesen Fall aufrollt. Jetzt ergibt das Ganze ein bisschen mehr Sinn.«

»Und wieso?«

Doolittles Fedora saß ein paar Zentimeter höher als der von Boggs. So weit Boggs wusste, waren die meisten FBI-Agenten in Wahrheit Schreibtischtäter, bessere Bürokraten, im Gegensatz zu ihrem Hollywood-Image als furchtlose Helden, doch der hier wirkte wie jemand, den man bei einer Razzia gerne an seiner Seite wusste. »Wie kommt ihr Burschen denn mit den weißen Cops klar?«

»Wir bleiben in unserem Revier und die im Idealfall in ihrem.«

Doolittle grinste. »Ihr habt ein großes Revier für zehn Männer.«

Immerhin hatte er nicht *Jungs* gesagt. »Wir kommen zurecht.«

»Davon gehe ich aus. Schon mal einem weißen Cop namens Gene Slater begegnet?« Er wandte sich bei der Frage Boggs zu. Sie warteten jetzt an der Kreuzung Five Points, wo eine Straßenbahn aus unerfindlichen Gründen mitten auf der Straße angehalten hatte und jetzt ein strafendes Hupkonzert aus allen Richtungen über sich ergehen lassen musste.

»Nicht persönlich, aber ich weiß, wer Slater ist.« Mehr musste er nicht sagen. Boggs wusste, dass die Weißen wenig für Kritik an anderen Weißen übrig hatten – sogar solche, die sie verachteten –, wenn sie von einem Negro kam.

»Isaiah Tanner war der Anführer eines Schmugglerrings, der mindestens zwei Jahre lang aktiv war, bevor wir ihn zerschlugen. Und wenn ich sage Anführer, dann meine ich, er war der führende *Negro*, der mit dem stillen Einverständnis der Polizei und vermutlich ein paar Geschäftsleuten aus Atlanta handelte. Er und seine Komplizen, darunter sein jüngerer Bruder, hatten legale Jobs bei der Bahn und haben ihre Befugnisse dazu benutzt, sich nach Belieben zu bedienen. Mit den ganzen Zuglinien, die nach Atlanta führen, ist das hier das reinste Schmugglerparadies unter den inländischen Städten.«

Die Straßenbahn bewegte sich endlich vom Fleck, und sie überquerten die Straße.

»Sie fingen an, von den Waggons zu stehlen, die zu den Armeelagern unterwegs waren. Normalerweise interessiert mich Kleinkriminalität wie die hier herzlich wenig. Doch wir waren damit beauftragt, das Gesetz in allen Fabriken, Produktionsanlagen, Häfen und Betriebsbahnhöfen, die als kriegsdienlich galten, zu schützen, und deshalb war's auch unser Job, Kleingaunern wie den Tanners das Handwerk zu legen.«

»Das APD hat die ersten Verhaftungen vorgenommen und Sie dann hinzugezogen, richtig?«

Doolittle lachte. »Nein. Ich glaube nicht, dass das APD viel Interesse daran hatte. Sie bekamen ihren Anteil von den Schmugglern, und dafür sahen sie weg. Bis wir dazu kamen. Die erste Verhaftung habe ich persönlich vorgenommen, den besten Freund von Isaiah Tanner. Aber so dicke Freunde dann auch wieder nicht, immerhin hat er bereits in der ersten Nacht gestanden und uns alles über ihre Operation erzählt, alles, bis auf den Namen des Polizisten, der sie im Geschäft hielt. Hat behauptet, das wüsste nur Isaiah.«

In der APD-Akte stand, dass die ersten Verhaftungen auf das Konto von Slater gingen. Doolittle schien nicht zu lügen, also war der Bericht falsch. Boggs war seit Langem klar, dass die Berichte von weißen Cops genauso wenig ehrlich waren wie die Männer selbst, und doch war es immer noch frustrierend, als ob einem jemand ständig Stadtkarten aushändigte mit Straßen, die es nicht gab.

»Wir haben dann schnell auch die anderen verhaftet, darunter Jeremiah, der damals noch nicht mal achtzehn war. Er hatte beim Alter gelogen, um die Stelle zu bekommen. Isaiah konnten wir jedoch nicht finden; ein paar Tage lang schien er verschwunden zu sein. Und dann haben wir ihn doch gefunden, auf dem Rücksitz eines Fords in einer Gasse in Darktown, mit drei Kugeln in der Brust.«

»Im Ford erschossen oder nur da abgeladen?«

»Abgeladen, Leiche mit einer Decke zugedeckt. Vermutlich zwei Tage vorher getötet. Der Wagen war auf eine taube alte Negro-Lady zugelassen, die zwei Blocks von den Tanners entfernt wohnte. Sie hatte den Ford noch nie im Leben gesehen.«

An der nächsten Kreuzung hielten sie an. Über ihnen brachten Plakatierer eine neue Coca-Cola-Werbung über einer alten an. »Macht es Ihnen was aus, wenn ich einen Blick in Ihre Akten werfe?«, fragte Boggs.

»Sie haben mir immer noch nicht gesagt, warum Sie das alles wissen wollen.«

»Jeremiah Tanner ist gerade aus Reidsville entlassen worden und hat schon einigen Ärger verursacht. Wir wollen wissen, mit wem wir es zu tun haben. Und ich hab mich gefragt, ob es sein kann, dass er Isaiah getötet hat.«

Doolittle schüttelte den Kopf. »Kann ich mir nicht vorstellen. So weit ich weiß, war Isaiah der Boss und Jeremiah sein treuer Helfer, der nicht im Traum dran dachte, seinem Bruder was anzutun. Ganz ehrlich, ich mochte ihn sogar; er war ein bescheidener Junge, der aus der Bibel zitierte, alles andere als ein Aufschneider. Das APD hat versucht, ein Geständnis für den Mord aus ihm rauszuquetschen – und damit meine ich *alles versucht*.« In diesen vier Silben spiegelte sich für Boggs das Bild von Schlagstöcken, Gummischläuchen und Schlagringen. »Aber ich habe dem ein Ende gemacht. Außerdem hatten sie keinerlei Beweise.«

Boggs war sich nicht sicher, ob er erleichtert oder enttäuscht sein sollte. »Wer hat ihrer Meinung nach Isaiah auf dem Gewissen?«

Doolittle grinste. »Da wären also wir, Landesbeamte, die versuchen,

291

die Angriffe auf eine Armee-Lieferung zu stoppen, einen Schmugglerring aufzuhalten, von dem wir berechtigterweise annehmen, dass er von der Polizei von Atlanta gedeckt wurde, und *genau dann* erwischt es ihn? Ich will ja nicht den Ruf der örtlichen Polizei hier beschmutzen, aber klingt das nicht auch für Sie, als hätte einer Ihrer Kollegen Isaiah kaltgemacht, um ihn am Reden zu hindern?«

Er hatte die weißen Cops noch nie als *seine Kollegen* betrachtet. »Natürlich tut es das«, sagte Boggs.

Im Grunde war mit Thunder Malley nichts anderes passiert. Ein korrupter Cop hilft, einen Schmugglerring zu schützen, und sobald jemand von außerhalb – das FBI 1945 und heute die Negro-Cops – eingreift, wird der Negro an der Spitze der Nahrungskette getötet, bevor er den korrupten Cop enttarnen kann.

»Ich würde wirklich gerne diese Akte sehen«, sagte Boggs, als sie vor einem Bürogebäude stehen blieben.

»Ich sehe zu, was ich tun kann.« Was offensichtlich die höfliche Art eines weißen angelsächsischen Protestanten war, *Nein* zu sagen war

»Haben Sie gegen Slater ermittelt?«

»Noch mal: Unsere Aufgabe lautete, Amerikas kriegswichtige Eisenbahnlinien vor Sabotage zu schützen, dazu gehört auch Diebstahl. Das haben wir getan. Einen Schlag gegen die korrupte örtliche Polizei zu führen stand nicht zur Debatte.« Er steckte die Hände in die Taschen, vielleicht schämte er sich für die Untätigkeit des FBIs.

»Hatten Frauen etwas damit zu tun? Haben Sie je mit jemand namens Julie Cannon gesprochen?«

»Niemand wurde angeklagt. Wir haben ein paar Angehörige befragt, doch der Name ist mir nicht geläufig.« Doolittle machte eine Pause. »Aber sagen Sie mir doch, was Ihr Sergeant über den Fall gesagt hat.«

»Ich habe ihn noch nicht gefragt.«

Doolittle beobachtete Boggs einen Moment lang, und Boggs fragte sich, ob er mit diesem Kommentar wie ein Amateur dastand. »Wär wahrscheinlich auch keine gute Idee.«

»Warum das?«

Doolittle lächelte. »Er war Slaters Partner.«

29

JULIE MACHTE SICH gerade bettfertig, als das Telefon klingelte.

»Tut mir leid, dass ich dich angeschrien habe«, sagte Lucius.

Sie hatten seit Tagen nicht miteinander gesprochen. Was gar nicht so ungewöhnlich war, da ihre inkompatiblen Arbeitszeiten selbst kurze Telefongespräche unter der Woche zu einer Herausforderung machten. Doch diese Funkstille hatte sich nach ihrem letzten Gespräch, ihrem Geständnis und wie er anschließend davongestürmt war, besonders unterkühlt angefühlt. »Ich weiß, ich hätte besser damit umgehen müssen.«

»Es tut mir leid, dass ich dir nicht die Wahrheit gesagt habe«, sagte sie.

Ein paar Sekunden Schweigen.

»Ich wollte dir nur sagen, dass wir ihn im Auge behalten und auch deine Wohnung. Ein anderer Beamter, Champ Jennings, kommt später noch vorbei, um eine zusätzliche Aussage von dir aufzunehmen.«

»Warum?«

»Das ist Standard. Wir brauchen einen Bericht, in dem steht, dass der Mann dich belästigt hat, damit wir entsprechende Maßnahmen rechtfertigen können.«

»Was willst du damit …?«

»Ich dachte, du wolltest, dass wir dich und Sage beschützen.«

Wir. Das Wort war ihr noch nie so weit weg vorgekommen, so abweisend. Als ob er im Auftrag des Atlanta Police Departements anrief, statt als er selbst. »Ich glaube nicht, dass er uns was antun will, Lucius. Er will … Er will nur die Zeit zurückdrehen.«

»Beantworte doch einfach die Fragen von Officer Jennings, wenn er kommt, und wir kümmern uns um den Rest.«

»Okay.«

»Julie. Du hast vergessen zu erwähnen, dass Jeremiahs Bruder umgebracht wurde.«

Was sollte sie dazu sagen?

»Und dass es nie aufgeklärt wurde. Ich hab dich extra gefragt, ob du Jeremiah für gewalttätig hältst, und du hast Nein gesagt. Denkst du, es ist möglich, dass er's war?«

»Nein. Unmöglich. Er hätte das nie und nimmer getan.«

»Warum hast du mir es nicht wenigstens erzählt?«

Das Gespräch hatte mit *seiner* Entschuldigung begonnen, doch jetzt lag der Fokus wieder auf all *ihren* Fehlern. Dass sie langsam daran gewöhnt war, machte es kein bisschen besser.

»Alle sagen, es waren die Cops. Sie wollten es Jeremiah anhängen.«

»Das ist also jetzt die vollständige Wahrheit, zumindest für heute Abend. Und wie lautet die vollständige Wahrheit morgen?«

Sie seufzte. »Jeremiah hat falsche Entscheidungen getroffen. Als wir zusammenkamen, hatte er einen Job bei der Eisenbahn. Er besaß Geld, aber nicht so viel, dass ich misstrauisch wurde.« Sie erinnerte sich an ein gemeinsames Weihnachten. Er hatte ihr sogar ein Kleid gekauft. Wer kauft seiner Freundin ein Kleid? Doch er hatte zwei Schwestern und genug Geld, also waren sie alle zusammen in ein Kaufhaus in Downtown gegangen. Gelbe Baumwolle mit kurzen Ärmeln, spitzenbesetzter Kragen und Saum, für die Jahreszeit ungeeignet und schicker als alles, was sie je besessen hatte. Und doch trug sie es im nächsten Frühling, so oft sie konnte, bis er verhaftet wurde.

»Zuerst hat er mir erzählt, wie sein Bruder und ein paar Freunde von den Zügen geklaut haben«, fuhr sie fort, »doch nicht *er*. Ich hab ihm gesagt, er soll sich da raushalten, hab ihm gesagt, das ist Diebstahl. Er hatte einen guten Job und konnte zufrieden sein. Er hat mir versprochen, dass er da nicht mitmacht.«

»Und was ist dann passiert?«

»Hat sich wohl seinem Bruder angeschlossen. Eines Tages bin ich in der Wohnung von Jeremiah und Isaiah, und ein paar Freunde sind da und tauschen Geschichten aus. Da hab ich eins und eins zusammengezählt. Lucius, ich war siebzehn. Ich spring doch nicht auf und stell ihn vor allen Leuten zur Rede. Später, als wir allein waren, hab ich ihm gesagt, wie sauer ich bin. Hab ihm gesagt, dass ich ihn nicht mehr sehen will, wenn er damit weitermacht. Ich wollte nicht mit einem Kriminellen zusammen sein.«

»Wie hat er reagiert?«

»Er hat sich entschuldigt. Hat gesagt, er steigt aus, doch wusste noch nicht wie. Er konnte es sich nicht leisten, seinen Job zu verlieren, und er fühlte sich … seinem Bruder verpflichtet. Und er hatte Angst vor ihm.«

»Und wann hast du … das mit Sage herausgefunden?«

Er konnte sich so umständlich ausdrücken. »Ich war mir erst sicher, dass ich schwanger bin, als er schon verhaftet war.«

Einen Moment lang schien er über etwas nachzudenken. »Hast du jemals einen weißen Mann, einen Polizeibeamten namens Slater getroffen? Oder McInnis?«

»Einen weißen Cop getroffen? Nein.«

»Hat Jeremiah jemals mit dir darüber gesprochen, dass die Polizei ihnen half? Ein Cop an der Spitze der Pyramide, der das Sagen hatte oder sie zumindest vor dem Gefängnis bewahrte?«

Sie seufzte. »Ich hab nicht nach Einzelheiten gefragt – ich wollte es nicht wissen. Du gibst mir schon wieder das Gefühl, verhört zu werden.«

»Hat die Polizei dir Fragen gestellt?«

»Klar.« Er war tausendmal höflicher und umgänglicher als der beschissene weiße Cop, der ihr damals solche Angst eingejagt hatte, der sich über Jeremiah lustig gemacht und ihr an den Arsch gegriffen hatte, als man sie in den spärlich beleuchteten Raum geführt hatte. Der ihr unmissverständlich angedeutet hatte, dass man sie sexuell nötigen würde, wenn sie nicht kooperierte. Sie erinnerte sich ganz gut an die beiden Cops, nicht an die Namen, doch ganz gewiss an die Gesichter, und erst als irgendwann ein älterer Cop aufgetaucht war, hatten sie mit den Anspielungen aufgehört und es bei den Fakten belassen, ziemlich angriffslustig waren sie dennoch geblieben. »Die haben dasselbe gefragt wie du, und ich habe ihnen gesagt, dass ich keine Ahnung habe.«

»Es tut mir leid, ich wollte nur …« Er seufzte. »Ich hab genug um die Ohren, Julie. Ich brauch nicht auch noch deine Lügen.«

»Manchmal haben die Menschen gute Gründe um zu lügen.« Sie wollte das nicht noch einmal durchleben, wollte sich noch nicht mal dran erinnern. Es war kein Teil mehr von ihr. Das war einer der vielen Gründe, warum sie mit Lucius zusammen war, damit dieser Teil ihres Lebens offiziell abgeschlossen war. Doch er schien es zu genießen, sie an all ihre Verfehlungen zu erinnern.

»Tut mir leid, dass du da durch musstest. Das muss hart gewesen sein.«

Er hat keine Vorstellung, dachte Julie. Der eigene Freund wird weggesperrt, und wenn du ihn siehst, dann nur hinter Gitterstäben, und du kannst ihn noch nicht mal umarmen, musst dir die Kommentare der Wächter anhören, so ekliges Zeug, bis du beschließt, dort nicht mehr hinzugehen. Und du fühlst dich schuldig, weil du ihn nicht mehr besuchst. Das war alles vor der Gerichtsverhandlung gewesen – nachdem er verurteilt worden war, wagte sie es ohnehin nicht, ihn zu besuchen. Lucius hatte keine Ahnung, wie es war, wenn einem jeder sagte, dass die Menschen, die du liebst, Mist gebaut haben, dass sie dreckige Kriminelle sind und du selbst vermutlich auch. Er hatte keine Ahnung, wie es war, den Job zu verlieren oder der

Grund dafür zu sein, dass die eigene Familie aus der Wohnung geworfen wird, weil keiner ein unverheiratetes schwangeres Mädchen sehen will. Eines Tages kommst du nach Hause, und all deine Sachen liegen auf dem Gehweg, noch nicht mal in Kartons, einfach nur hingeworfen, dein Daddy fleht einen Fremden an, und deine Mutter weint, und du kannst nichts tun. Er hatte keine Ahnung, wie es war, wenn sich die meisten Freunde abwendeten.

»Mir tut's auch leid«, sagte sie. »Und ich kann dir nicht versprechen, dass ich dich immer in meinen Kopf schauen lasse. Manchmal sind da schlimme Dinge drin.«

»Ich dachte, es wäre klar, dass ich alles an dir mochte? Was auch immer du sonst noch mit dir rumträgst.«

Womöglich maß sie dem zu viel Bedeutung bei, doch warum sagte er *mochte* statt *mag?* »Ich hatte vermutlich Angst, es darauf ankommen zu lassen«, sagte sie.

»Na ja … meistens lässt es das Leben von allein darauf ankommen. Du, ich muss aufhören. Gute Nacht.«

Und das war's. Kein *Ich liebe dich*, keine Erklärung, wie es mit ihnen weiterging, ob es überhaupt noch ein »ihnen« gab. Sie wusste nicht mehr, wie sie zueinander standen. Sie wusste nur, dass es spät und sie allein war.

★

»Ich hab ein Problem mit Julie«, gab Boggs endlich gegenüber Smith zu, weil er es nicht länger für sich behalten konnte.

»Daran gewöhnst du dich lieber, sobald ihr verheiratet seid. Vor solchen Problemen kann man dann nicht mehr weglaufen.«

So einfach war das also für seinen Partner, dachte Boggs. Erobere eine Frau, nimm dir, was du willst, genieß es, so lange es geht, und sobald sie zum »Problem« wird, lass sie für die nächste fallen.

Nach Smiths Antwort hätte er es sich beinahe anders überlegt und gar nichts mehr gesagt. Und doch erzählte er seinem Partner, was er wusste: über Jeremiah, seine kriminelle Vergangenheit und seine Verstrickung in die Machenschaften von Sergeant Slater, und alles über Julies Lügen.

»Ich weiß nicht, was ich tun soll. Mein Vater hätte mich beinahe enterbt, als ich mich mit ihr verlobt habe. Der denkt, ich bin verrückt, dass ich mich so unter Wert verkaufe. Wenn er rausfindet, dass der Vater von Sage wieder in der Stadt ist …« Er schüttelte den Kopf. »Sie hat mich *gedemütigt*, Tommy. Ich glaube nicht, dass ich das vergessen kann.«

»Gedemütigt wird man nur vor Publikum. Lacht *sie* dich aus?«

»Natürlich nicht.«

»Weiß sonst noch wer Bescheid?«

»Noch nicht, doch wenn der Vater weiter im Spiel bleibt, ist es nur eine Frage der Zeit.«

»Dann musst du ihn aus dem Spiel nehmen.«

»Du meinst, ihn erneut verhaften? Wegen nichts?«

»Wenn er sie bedroht hat, kriegen wir ihn dafür dran, oder?«

Boggs konnte nicht genau sagen, ob er zu unentschlossen und schwach für solche Maßnahmen war. Doch es fühlte sich falsch an, ihre Machtposition auf diese Art auszunutzen. Es würde kein Problem lösen außer Jeremiahs körperliche Anwesenheit, doch das Problem fühlte sich viel größer an.

»Du denkst zu viel nach. Wie üblich«, sagte Smith.

»Ich frag mich, ob das ein Zeichen ist. Dass unsere gesamte Beziehung ein Fehler war. Dass es dumm von mir war, es so lange laufen zu lassen. Dass Jeremiahs Auftauchen ein Zeichen Gottes ist, eine zweite Chance, es doch noch richtig zu machen.«

»Na ja, das ist dann was anderes. Ich ging davon aus, dass sie dir etwas bedeutet.«

Das war wie ein Schlag. »Das tut sie. Doch darum geht's nicht.«

»Worum zum Teufel geht's dann? Wovon reden wir hier? Wenn sie dir nichts bedeutet, dann verlässt du sie. Dann soll sie mit dem anderen zusammen sein. Wo ist das Problem?«

Das Problem lag darin, dass er sich fragte, ob er ihr je wieder vertrauen konnte. Sie signalisierte ihm auf allen Ebenen, dass sie schlecht für ihn war, wohl kaum eine zum Heiraten. War eine verkrachte Ehe mit einer Frau wie ihr unausweichlich? So sehr er sie auch liebte, und so sehr ihm Sage am Herzen lag, *musste* er sie nicht verlassen, um sich selbst – und ihnen – am Ende schlimmeren Schaden zu ersparen? Oder war er zu stolz und unnachsichtig, zu sehr der Sohn seines Vaters?

Offensichtlich nichts, worüber Smith nachdachte. Boggs schüttelte den Kopf, erstaunt über die unverblümte Art seines Partners. »Für dich sind die Dinge so einfach, oder?«

Smiths Kiefer klappte nach unten. »Natürlich, für mich ist ja alles so einfach. Nicht so kompliziert wie für einen Edel-Negro wie dich.«

»So hab ich das nicht gemeint.«

»Wie hast du es *dann* gemeint? Ich komme nicht aus deiner Familie von Hausbesitzern mit all ihren riesigen Erwartungen, die sie in dich setzen. Ich hab keinen Reverend als Vater, der mich enterbt, weil ich eine Dienstmagd heirate. Hast du eine Ahnung, wie viele Mägde ich kenne?« Ein selbstgefälliges Grunzen. »Im biblischen Sinne kenne?«

»Ich wollte dich nicht beleidigen, okay? Tut mir leid. Ich dachte, du hattest schon alle möglichen Scherereien mit Frauen und hast einen Rat.«

»Ich kann dir nicht sagen, was du empfinden sollst, Mann. Doch angenommen, ich liebe ein Mädchen, und ein anderer Mann pfuscht mir dazwischen?« Noch ein Grunzen. »Ich würde dieses Problem so schnell wie möglich loswerden wollen.«

Boggs sah seinem Partner in die Augen, versuchte die verschiedenen Bedeutungsebenen zu erfassen, was nicht einfach war bei diesem

300

harten und entschlossenen Blick. Er fragte sich, was er tun konnte, wozu er fähig war, ihm war schwindlig von all den Möglichkeiten, die er vorher nie in Betracht gezogen hatte.

»Es gibt noch was«, sagte Boggs. Er berichtete von der FBI-Akte, von der Doolittle ihm wider Erwarten eine Kopie hatte zukommen lassen, in der Lester Feck als ehemaliger Partner von Isaiah Tanner genannt wurde. Damals hatte Feck mit Isaiah bei der Eisenbahn gearbeitet; das FBI war überzeugt, dass er Teil des Schmugglerrings gewesen war, und hatte ihn dazu befragt, als sie die anderen verhafteten, doch da hatte sich Feck schon mit den Tanners zerstritten und seinen Nachtclub erworben. Feck, in dessen Club Smith regelmäßiger Gast zu sein schien, hatte nicht gegen Isaiah ausgesagt, und es gab nie genug Beweise, um ihn für seine vorherigen Vergehen festzunehmen. Boggs erzählte auch, dass McInnis der frühere Partner von Slater war, dem korrupten Beamten, der mit den Schmugglern zusammengearbeitet hatte.

»Ich … Ich kann's mir nicht vorstellen«, sagte Smith. »McInnis ist sauber. Kam mir nie wie der Typ vor, der sich bestechen lässt; er hat ja vor einer Weile sogar dieses Antikorruptionsding geleitet.«

Boggs versuchte durch all die Lügen und Halbwahrheiten zu blicken, die ihm in letzter Zeit von so vielen Leuten aufgetischt worden waren; von seiner Verlobten, seinem Boss und zweifellos auch etlichen anderen. »Du vertraust ihm also?«, fragte er.

Smith musste beinahe lachen. »Moment, ich habe gesagt, er ist sauber, aber *vertrau* ich ihm? Einem weißen Mann?« Er schüttelte den Kopf. »Natürlich nicht.«

30

NACH ZWEIMALIGEM KLOPFEN öffnete sich die Tür, ohne dass er jemand hereingebeten hätte.

»Hallo, Jeremiah.«

Für ihn hieß der weiße Mann Officer Riesig. Eigentlich war er gar nicht so riesig, merkte Jeremiah jetzt, doch etwas an seiner Art machte ihn imposant, als stünde er stets erhöht. Vor Jahren war er der Mann im Hintergrund gewesen, ein Cop, der auftauchte, um bei Jeremiahs Bruder abzukassieren.

»Hallo, Officer, Sir.«

Jeremiah hatte auf einer Holzpalette gesessen, die zusammen mit einer dünnen Decke sein provisorisches Nachtlager bildete. Er nahm die Bibel, die in seinem Schoß gelegen hatte, und legte sie auf den Karton, das einzige Möbelstück in diesem Raum, seinem Zuhause, einem winzigen Fleck im Keller eines Tabakladens. Der Ladenbesitzer hatte den Raum von Feckless gemietet, dem auch das Gebäude neben dem Club gehörte. Feckless ließ Jeremiah vorübergehend hier übernachten, bis er etwas Eigenes gefunden hatte. Sein neuer Job war nichts Besonderes, er machte im Klub sauber, wusch Teller, erledigte Routinearbeiten, doch zumindest befand sich am Ende des Tages ein bisschen Geld in seiner Tasche.

»›Sergeant‹ mittlerweile.« Officer Riesig schloss die Tür hinter sich, und Jeremiah konnte sofort riechen, was sich in der braunen Papiertüte befand, die der Mann dabeihatte, konnte die Fettflecken von gebratenem Hähnchen erkennen. »Schön, dich wiederzusehen, Junge.«

Jeremiah war unsicher, ob er sich erheben sollte, ob das höflicher wäre, oder ob Officer Riesig das als Bedrohung sehen könnte, also blieb er, wo er war, die Hände sichtbar links und rechts des Körpers. Seit Tagen, seit er aus dem Gefängnis entlassen worden war, hatte er dasselbe an.

»Auch schön, Sie zu sehen, Sergeant, Sir.«

Officer Riesig sah sich in dem Raum um. »Hab schon gehört, wie tief du gesunken bist, und ich würde sagen, das hier bestätigt es. Hast du Hunger?« Er bot Jeremiah die Tüte an.

»Ja, Sir. Danke, Sir.« Die Papiertüte kam ihm unglaublich schwer vor – war da ein ganzer Vogel drin?

Officer Riesig beobachte ihn einen Moment lang mit einem merk-würdigen Gesichtsausdruck, so weit Jeremiah das bei den kurzen Bli-cken erkennen konnte, die er sich gestattete. Man schaute Weißen nicht direkt in die Augen und schon gar nicht Polizisten.

»Ich weiß, dass du eine ganze Weile gesessen hast, Junge, doch ich hoffe, du hast nie vergessen, dass es dich viel schlimmer hätte treffen können. Du hättest tot sein können. Ich hoffe, du vergisst das nicht.«

»Auf keinen Fall, Sir. Ich bin sehr dankbar, noch am Leben zu sein. Gott sei's gedankt.«

»Und mir auch.«

»Jawohl, Sir, danke!«

Officer Riesig sah sich in dem winzigen Raum, eine bessere Besen-kammer, um. Eine einzelne Lampe war mit einem langen Kabel drau-ßen im Gang an einen Verteiler angeschlossen. Wollte er aufs Klo, musste Jeremiah nach oben schleichen, durch die Hintertür nach draußen und zu den Toiletten im Rook laufen. Wenn das Rook ge-schlossen war, benutzte er schon mal die Gasse.

»Eine Schande, was mit deinem Bruder passiert ist. Ich weiß, dass manche munkeln, dass ich ihn umgelegt habe, aber ich habe Isaiah nicht getötet. Es ist tragisch, was ihm zugestoßen ist.«

Jeremiah war nicht sicher, wie er reagieren sollte. Er entschied sich für ein »Jawohl, Sir«.

»Ich bin immer noch auf der Suche nach dem Täter«, fuhr Officer Riesig fort. »Damals hab ich keine echte Ermittlung auf die Beine stellen können, wegen dem ganzen Mist, der rauskam. Musste den Kopf aus der Schusslinie nehmen.«

»Jawohl, Sir.« *Du hast doch keinen Gedanken an meinen Bruder verschwendet, bis du gehört hast, dass ich draußen bin.*

Ein paar Sekunden Schweigen. Officer Riesig fixierte ihn, vielleicht wollte er wissen, ob Jeremiah sich etwas anmerken ließ. Er betete zu Gott, dass er sich nichts anmerken ließ. Er sollte nicht einmal schlecht über Officer Riesig denken; Weiße schafften es irgendwie, Gedanken zu lesen. Sie hatten Kräfte, die Negros nicht besaßen, und Jeremiah musste vorsichtig sein.

»Hab gehört, deine Familiensituation ist gerade eher kompliziert.«

Er meint sicher den Negro-Polizisten, dachte Jeremiah. Er antwortete nicht, ihm fehlten die richtigen Worte für seine Gefühle.

»Der wird sie nicht einfach so verlassen, das muss dir klar sein. Wenn du den Kleinen großziehen willst, gibt es nur einen Weg.«

»Jawohl, Sir.« Er begriff nicht.

»Gefällt dir der Gedanke, wie er auf deiner Frau liegt?«

»Nein, Sir.«

»Das ist ein verdammt spezieller Nigger. Macht einen auf tugendhaft und kirchentreu, kann also sein, dass er ihn noch gar nicht reingesteckt hat. Du hast die *Chance*, sie zurückzubekommen, bevor er sie verdirbt, kapiert?«

Jeremiah hatte nichts übrig für obszönes Reden, doch er sagte »Jawohl, Sir«, in der Hoffnung, dass Officer Riesig damit aufhörte.

»Iss, Junge. Ich weiß doch, dass du Hunger hast.«

Woher wollte er das wissen? Jeremiah hatte im Club während einer Arbeitspause etwas zu essen bekommen, doch es reichte kaum, um sich auf den Beinen zu halten. Er wollte nicht den Großteil seines mickrigen Lohns für Essen ausgeben, im Bewusstsein, dass er Geld sparen musste, um Julie zurückzugewinnen, also hatte er nur wenig gegessen und seit Stunden gar nichts mehr.

Trotz seiner Nervosität in Anwesenheit des Polizisten, trotz der inneren Anspannung, die sich immer noch nicht gelöst hatte, öffnete er die Tüte. Er griff nach dem gewachsten Papier und der obersten Portion, eine fette Keule, die an einer üppigen Hühnerbrust hing. Gütiger Gott, war das köstlich. Er machte sich darüber her und hasste den Anblick, den er vermutlich dabei abgab, seine gierigen Bissen und das Fett auf seinen Lippen, wie er seinen Ärmel als Serviette benutzte. Er hasste, dass Selbstachtung ein Luxus war.

»Diese farbigen Cops denken neuerdings, ihnen gehört die Stadt«, sagte Officer Riesig. »Denken, sie können unsere Gesetze umschreiben, unsere Traditionen umkrempeln, unsere Kulturgeschichte neu erzählen.«

»Die sind übel, das stimmt.« Es war gar nicht er, der sprach, er las nur ab, was der weiße Mann ihm vorgab, als ob Officer Riesig mit seinem Schlagstock auf Karteikarten deutete.

»Gibt nur einen Weg, sie zu stoppen.«

Jeremiah wischte sich erneut die Lippen am Ärmel ab und überlegte, wohin mit dem letzten fein säuberlich abgenagten Hühnerknochen, als Officer Riesig sagte: »Da ist noch mehr drin, Junge.«

Jeremiah griff in die Tüte. Seine Finger berührten Stahl. Er schaute kurz zu dem Polizisten auf, missachtete für einen Moment das Protokoll.

Officer Riesig lächelte, als Jeremiah einen kleinen Revolver aus der Tüte holte. Deshalb war sie so schwer gewesen.

»Es gibt nur einen Weg, dir das Problem namens Negro-Officer Lucius Boggs vom Hals zu schaffen.« Dann holte er etwas aus einer Hosentasche und warf es Jeremiah zu. Eine kleinere Tüte, eng zusammengerollt. »Die Kugeln. Hast ja wohl nicht gedacht, ich drück dir eine geladene Waffe in die Hand, oder?«

Officer Riesig lachte, und Jeremiah tat so, als lachte er mit.

»Niemand wird Fragen stellen, wenn es vorbei ist. Dieses Mal wird die Polizei sogar auf deiner Seite sein. Kannst dir eine Menge Gefallen einhandeln, Junge. Und was am wichtigsten ist: Du bekommst das Mädchen zurück, bevor er sie verdirbt.«

Ihm war speiübel. Warum verlangte Officer Riesig das von ihm? *Warum ich?* Jemand mit so viel Einfluss konnte das doch selbst erledigen. Jeremiah fühlte sich klein wie ein Spielball.

Officer Riesig nannte ihm Boggs' Adresse. »Nachdem du's getan hast, wirst du zweihundert Dollar in der Tasche haben, Junge. Stell dir vor, was du mit zweihundert Dollar alles anfangen könntest.«

»Das ist eine Menge Geld.« Geld, mit dem man sein Leben änderte. Geld, mit dem man eine Familie gründete. Das Angebot konnte nicht ernst gemeint sein, oder?

»Aber beeil dich lieber, bevor dir jemand zuvorkommt.«

Officer Riesig war gerade im Gehen, als Jeremiah sagte: »Ich bin noch unvollkommen. Ich bin Lehm.«

»Wie bitte?«

»Ich meine, der Lehm ist noch nicht getrocknet.« Er schloss zerknirscht die Augen, in dem Wissen, dass er es nicht erklären konnte.

»Junge, ich habe keinen Schimmer, was du meinst.«

Jeremiah schüttelte den Kopf und hielt kurz den Atem an, versuchte erneut, den Sinn der Welt und seine Rolle darin zu erkennen.

»Hast du das alles verstanden? Soll ich jemand anders finden, oder bist du mein Junge?«

»Ich verstehe, Sergeant, Sir. Ich bin Ihr Junge.«

31

AM FRÜHEN ABEND des nächsten Tages unternahmen die Rakestraws nach dem Abendessen einen Spaziergang mit Charles Dickens, an einem von Rakes seltenen freien Abenden. Über ihnen ausschließlich Rosa und Lavendel. *Ein Himmel, wie er weiblicher nicht hätte sein können,* dachte Rake.

Noch ein paar Wochen, dann würde es um die Uhrzeit dunkel sein, und obwohl das Baby beim Abendessen unleidlich gewesen war und Denny jr. noch vor dem ersten Block über schmerzende Füße jammerte, hielten er und Cassie solche Familienrituale für unerlässlich. Cassie sprach mit dem Baby im Kinderwagen über fleißige Eichhörnchen, und Rake zeigte seinem Sohn die Kondensstreifen eines Jets, Tausende Meilen über ihnen, ein göttlicher Schrägstrich in all dem Rosa.

Diese Momente mit der Familie wirkten viel idyllischer, als sie tatsächlich waren – denn wie üblich wollte Denny jr. schon jetzt getragen werden, und Rakes freundliche Absage brachte den kleinen Jungen an den Rand eines Wutanfalls. Rake war nicht sicher, ob diese Momentaufnahme repräsentativ für das Elternsein im Allgemeinen war oder ob er etwas falsch machte, sich emotional nicht genug ins Zeug legte.

»Ich hab heute vier Negros gesichtet«, sagte Cassie. Seit sie bei diesem Treffen des Nachbarschaftsverbands war, schrieb sie sämtliche »Negro-Sichtungen« in der Gegend in ein kleines Notizbuch. Dazu Personenbeschreibungen, Marke und Modell der Autos und die Uhrzeit.

»Du weißt, dass manche Leute auch Dienstmädchen haben.«

»Das *weiß* ich. Ich kann mich erinnern, dass ich dir gesagt habe, wir sollen uns eins zulegen, Mr Geizkragen.«

Er überhörte das. Sie konnten sich keine Haushaltshilfe leisten, vielleicht wenn man ihn zum Detective beförderte.

»Wenn sie aussehen wie Dienstmädchen, zähl ich sie nicht mit, außerdem nehmen Dienstmädchen den Bus. Die Leute, die ich gesehen habe, saßen in Autos, hauptsächlich Männer, oft von anderen Männern chauffiert. Makler und Konsorten, die nichts Gutes im Schilde führen. Egal, heute waren's vier, so viel wie noch nie.«

»Cassie, ich denke nicht, dass du–«

»Heute hab ich sogar ein paar vergrault.«

»Du hast *was?*«

Sie lächelte unbeirrt, stolz auf ihre Entschlossenheit. »Ich und Sue Ellen waren heute Morgen mit den Kindern spazieren und haben beim Richmond Haus jemand gesehen, der mit ziemlicher Sicherheit Makler war und ein Negro-Pärchen dabeihatte. Also hab ich sie äußerst ruhig und höflich darauf hingewiesen, dass es sich hier nicht um ein Übergangsviertel handelt, dass man sie falsch informiert hat und dass sie sich lieber wieder auf den Weg machen. Dann sind sie gegangen.«

»Cassie, du solltest nicht einfach wahllos Negros ansprechen.«

»Warum nicht? Weil sie gefährlich sind? Du sagst doch immer, dass sie's nicht sind.«

»Darum geht's nicht.«

Denny jr. wollte etwas über den niedlichen Hund eines Nachbarn loswerden, doch sie ignorierten ihn. »Wenn die meisten Nachbarn nur halb so wachsam wie ich wären«, sagte Cassie, »hätten wir das Problem gar nicht erst.«

»Ich will nicht, dass du–«

Er wurde von etwas unterbrochen, das Laien womöglich für die

Fehlzündung eines Autos gehalten hätten. Dann eine Pause von zwei Sekunden, dann zwei weitere Schüsse.

Cassie legte ihre Hand auf den Mund. »Gott, ist ja schlimmer, als ich dachte.«

»Bring die Kinder wieder nach Hause«, befahl er und übergab die Leine an Denny jr. Bevor sie antworten konnte, hörten sie das Quietschen von Reifen, dann Schreie.

Er rannte die Straße entlang bis zur nächsten Kreuzung, bog nach links ab, in die Richtung, aus der seiner Meinung nach die Schüsse gekommen waren. Dort sah er noch mehr Leute, einige davon kamen gerade aus ihren Häusern, und drei Männer diskutierten auf der Straße.

Einer von ihnen hatte eine Waffe in der Hand.

Er rannte auf das Trio zu, sie wichen zurück und schauten sich in alle Richtungen um, als seien sie von einem unsichtbaren Angreifer umzingelt, der jeden Moment zuschlagen konnte.

»Ich bin Polizeibeamter!«, brüllte Rake, während er auf sie zulief. »Waffen weg!«

Ihm war durchaus bewusst, dass er selbst unbewaffnet war, keine Uniform trug und noch nicht mal eine Dienstmarke dabeihatte, dass er auf eine Schusswaffe zurannte, ohne die geringste Ahnung, was hier vor sich ging. Doch etwas an der Körperhaltung der Männer deutete darauf hin, dass sie nicht untereinander Streit hatten, sondern die Auseinandersetzung, welcher Art sie auch gewesen sein mochte, bereits hinter ihnen lag. Sie blickten zu ihm auf, als er sagte: »Sir, legen Sie die Waffe weg, und treten Sie zurück.«

Einen der Männer kannte er aus der Kirche; sie hatten sich ein-, zweimal beim Punsch unterhalten, doch an mehr konnte sich Rake nicht erinnern. Er war klein und schmächtig, keine Bedrohung. Den anderen Mann, der deutlich älter war und eine altmodische Hose trug, die er fast bis zur Brust hochgezogen hatte, kannte er nicht. Bei dem Kerl in der Mitte, der zu seinem Ärger immer noch den Revolver in der Hand hielt, handelte es sich um den örtlichen Klempner, Paul Thames. Er war derjenige, der laut Cassie vor ein paar Tagen abends vorbeigekommen war, um Spenden für den Fond zu sammeln, mit dem man die Schwarzen aus dem Viertel herauskaufen wollte.

»Das ist meine Waffe«, sagte Thames mit leicht zitternder Stimme, »und ich befinde mich auf meinem Grundstück.«

Rake ließ die Hände unten. Die beiden anderen Männer wichen weiter zurück. Wenn Rake sich nach vorn würfe, um ihm die Knarre aus der Hand zu schlagen, würde er vermutlich vorher erschossen werden.

»Sie stehen mitten auf der Straße, Sir, und die Waffe macht mich dann doch ein kleines bisschen nervös. Also nehmen Sie sie bitte runter.«

Thames' Blick fiel auf den Asphalt zu ihren Füßen. Jetzt begriff Rake, warum sie sich hier versammelt hatten: um die frischen Reifenspuren zu begutachten, die von den quietschenden Reifen stammten, die er eben noch gehört hatte.

»Ich habe diese Waffe rechtmäßig erworben und ich muss sie Ihnen nicht geben.«

Das Gebell der Hunde im Viertel, die durch die Schüsse in helle Aufregung versetzt worden waren, trug nur noch mehr zu dem Chaos bei.

»Komm schon, Paul«, sagte der Mann aus der Kirche. »Ich kenne Officer Rakestraw. Wenn er sagt, runter mit der Waffe, dann runter damit.«

Thames nickte, dann beugte er sich nach vorn – ächzte genau wie seine Gelenke – und legte den Revolver auf die Straße.

»Sorry. Bin wohl ein bisschen aufgeheizt.«

Rake hob die Pistole auf. Auch sie war aufgeheizt. Er würde später überprüfen, wie viele Kugeln drin waren, wollte es nicht vor Thames tun. »Also was geht hier vor sich, Gentlemen?«

»Farbige sind in sein Haus eingebrochen«, sagte der ältere Mann.

Thames nickte. »Das ist richtig.« Sein Verstand schien nur langsam zu reagieren, nicht im Stande, all das zu fassen, was sich gerade zugetragen hatte.

»Was ist passiert, Mr Thames?«

»Ich war im Wohnzimmer und hab nach dem Essen gelesen, da hab ich einen Schlag aus dem Schlafzimmer gehört. Martha Ann ist heute Abend bei ihrer Bridge-Runde. Ich hab mir meine Waffe geschnappt und bin ins Schlafzimmer gelaufen, und da ist dieser Nigger und durchwühlt meine Sachen.«

»Haben Sie auf ihn geschossen?«

»Nein, beim ersten Mal hab ich nur in die Decke geschossen. Hab drüber nachgedacht, aber hab's nicht fertiggebracht. Dann ist er aus dem Fenster gesprungen, über das er reingekommen ist. Schätze, ich hätte ihm in den Rücken schießen können, aber …«

»Schon gut, Paul«, sagte der ältere Mann. »Wär ja auch ziemlicher Wahnsinn.«

»Ich hab noch mal geschossen, als er rausgesprungen ist; am Ende hab ich meine eigene Wand durchlöchert, wollte ihm wohl nur Angst einjagen. So was ist mir noch nie passiert. Es ging alles so schnell. Und dann hat er's bis zum Fluchtauto oder so geschafft, und weg waren sie.«

»Konnten Sie ihn erkennen?«, fragte Rake.

»Genau, welcher von denen war's denn?«, fragte der Mann aus der Kirche, noch bevor Thames antworten konnte. »Der junge Bursche einen Block weiter? Oder der Widerspenstige aus der Oak Lane?«

Der »Widerspenstige aus der Oak Lane« ist heute Morgen aus dem Krankenhaus entlassen worden, dachte Rake.

»Ich kann's nicht … Ich muss nachdenken.«

Rake fragte die anderen, ob sie etwas gesehen hatten. Der ältere Mann verneinte. Der Mann aus der Kirche, der auf der anderen Straßenseite wohnte, sagte, er hätte einen Negro in einen roten Wagen springen sehen, längliches Modell (»vielleicht ein Plymouth«), und davonfahren. Die Gesichter hatte er nicht deutlich gesehen, nur die Hautfarbe (»pechschwarz und ziemlich verschwitzt«).

Draußen versammelten sich noch mehr Menschen, manche standen fast nah genug, um ihr Gespräch mitanzuhören. Rake erkannte viele seiner Nachbarn, Männer, die an den Wochenenden ihre Autos reparierten, die Dachrinne reinigten oder mit ihren Kindern Ball spielten. Briefträger, Eisenbahner, Tischler und Maurer, Lastwagenfahrer und Feuerwehrleute; noch sah er keinen der anderen Cops.

Rake wies einen der Männer an, von seinem Haus aus die Cops zu rufen.

»Was ist hier los?«, wollte einer der zahlreichen Schaulustigen wissen.

»Es gab einen Einbruch, Sir, doch die Täter sind mit dem Auto davon. Ich bin Polizist, und gleich kommen noch mehr von uns. In der Zwischenzeit sollten Sie alle in Ihren Häusern bleiben.« Wenn es noch mehr Zeugen gab, konnten die zuständigen Beamten sie später aufspüren. Er brauchte hier keinen Mob, der falsche Informationen austauschte, der Zeugen beeinflusste, die später behaupteten, sie könnten sich erinnern.

»Jemand bei dir eingebrochen, Paul?«, fragte ein anderer Mann, Rakes Befehl ignorierend.

»Ja. Aber mir geht's gut.«

»Bitte geht jetzt nach Hause, Leute.« Rake spürte die Sinnlosigkeit seiner Worte schon, als er sie aussprach. Mehr als zwei Dutzend Leute verteilten sich jetzt auf die Gesamtlänge der Straße, gafften, tratschten, gestikulierten. Die Welt war finsterer geworden, der lilafarbene Himmel war jetzt ein dunkles Indigoblau, und die Lichter auf den Veranden flackerten auf. In wenigen Minuten brach die Nacht an, und dann konnte eine aufgebrachte Menge noch leichter außer Kontrolle geraten. Er hoffte, dass das nächste Polizeiauto auch tatsächlich in der Nähe war.

»Was haben die Nigger dir gestohlen?«, rief jemand Thames zu.

»Ich weiß … Ich weiß noch nicht«, sagte Thames. Dann ergriff ein Ausdruck des Entsetzens sein Gesicht. »Oh nein.« Damit drehte er sich um und rannte auf seine Haustür zu.

»Ihr geht jetzt alle nach Hause«, befahl Rake einmal mehr der Menge. Dann folgte er dem Klempner ins Haus, das jetzt ein Tatort war, schließlich wollte er wissen, was Thames dort vorhatte. Er verriegelte den Türbolzen hinter sich. »Mr Thames?«

»Ich bin hier! Du lieber Gott!«

Rake durchquerte das übertrieben dekorierte Wohnzimmer – er oder seine Frau malten leidenschaftlich mit Wasserfarben, Landschaften jeglicher Form und Farbe füllten fast jeden Zentimeter Wand –, dann den kurzen und unbeleuchteten Flur zu einem der Schlafzimmer. Thames stand vor einer alten Kommode, sein Bild im Spiegel verdoppelte den Ausdruck von Verlust.

»Es ist weg! Die haben das NIHP-Geld genommen!«

Rake brauchte einen Moment, um das Wort zu verstehen, doch erinnerte sich dann an das Flugblatt, das Thames und seine Frau ihnen dagelassen hatten, als sie um Spenden baten.

»Ich bewahre es hier drin in einem Briefumschlag auf!« Er deutete auf einen kleinen Haufen Männerunterhosen, jeglicher Sinn für Scham war unter dem Eindruck der viel größeren Tragödie abhandengekommen. Er hatte das Geld in der obersten Schublade aufbewahrt, dort wo ein Dieb zuerst suchen würde.

»Wie viel war's?«

Thames schloss die Augen. »Fünftausendeinhundertundsiebenundzwanzig Dollar.«

Großer Gott. Hatte der Mann noch nie von Banken gehört?

Rake inspizierte den Raum. Das Fenster stand offen, die Flügel berührten sich, beide waren zerbrochen. Zur Hälfte entfaltete Decken, die womöglich unter dem Bett verstaut gewesen waren, lagen quer über den Boden verteilt. Auf der Kommode lagen einzelne Münzen, und die Schubladen der Damenkommode waren auf ähnliche Weise durchwühlt worden.

»Oh Gott, oh Gott, die werden mich umbringen.«

»Wer wird Sie umbringen?«

»Alle, die Geld gespendet haben! Alle, die da draußen stehen. Fünftausend Dollar! Ich hab sie verwahrt, und jetzt ist alles weg. Die werden mich umbringen!«

»Niemand bringt hier jemand um, Mr Thames.« Trotzdem war er froh, dem Mann die Waffe abgenommen zu haben – der Klempner schien mit jeder Sekunde instabiler zu werden. Und obwohl Rake einigermaßen sicher war, dass niemand Thames dafür bestrafen würde, Opfer eines Diebstahls zu sein, machte er sich viel größere Sorgen um die Sicherheit der drei Negro-Hausbesitzer in Hanford Park.

Von der Küche aus rief er im Hauptquartier an, um nach dem Streifenwagen zu fragen. Man sagte ihm, dass bereits zwei auf dem Weg waren. Dann rief er Cassie an, versicherte ihr, dass alles in Ordnung sei, er jedoch noch eine Weile unterwegs sein würde. Er öffnete den Zylinder der Waffe und konnte bestätigen, dass die sechsschüssige Trommel zur Hälfte leer war. Er drehte den Zylinder bis zu einer leeren Kammer, dann ließ er die immer noch warme Waffe in der Hosentasche seiner Jeans verschwinden.

★

Zehn Minuten später wurde Thames im Wohnzimmer von zwei Beamten befragt. Mit Officer Al Wilkins war Rake auf der Polizeischule gewesen, er war ein großspuriger und energiegeladener Bursche, der vor keiner Herausforderung zurückschreckte, soweit Rake das beurteilen konnte. Sein Partner, Officer Henry Dallas, war circa zehn Jahre älter und sprach in tragenden, langen Sätzen, wie jemand, der es gewohnt war, das Sagen zu haben. Er war klein, doch muskulös, und Rake schätzte seine besonnene Art, Fragen zu stellen; er schaute Thames die ganze Zeit in die Augen, während Wilkins mitschrieb.

Dallas hatte Rake erlaubt, dabei zu sein, vorausgesetzt er mischte sich nicht in. Rake hatte ihnen Thames' Waffe ausgehändigt und wartete ab, bis sie den Zustand des Schlafzimmers protkolliert hatten, ein Einschussloch in der Decke und ein zweites in der Wand neben dem Fenster. Zur Sicherheit rief Wilkins vom Wagen aus bei der Zentrale an und bat sie, das Negro-Krankenhaus zu informieren, dass sie die Augen nach jemand mit einer Schusswunde offen halten sollten.

Während sie Thames befragten, spazierte Rake in die Küche, wo ein Haufen handgezeichneter Karten des Viertels auf dem Tisch lag. Die drei eingekreisten Häuser sollten zeigen, wo die Negros wohnten. Er faltete eine von ihnen in der Mitte und ließ sie in seine Tasche gleiten.

*

Draußen inspizierten die Beamten zusammen mit Thames den Garten. Der Streifenwagen parkte quer über die Straße, um Schaulustige abzuschrecken. Die Nachbarn hatten sich auch zurückgezogen, doch in ihre Häuser schien noch niemand zurückgekehrt zu sein. Unter dem Schleier der Dunkelheit bekam ihr beiläufiges Getratsche schnell einen Hauch von Verschwörung.

Wilkins hielt die Taschenlampe, während sich Dallas das zerbrochene Fenster ansah. Offensichtlich hatten sie keinerlei Fußspuren gefunden. Überall bedeckten Gras und Pinienzweige den trockenen

Boden, da war kein freies Fleckchen feuchte Erde, auf dem eine Sohle einen Abdruck hätte hinterlassen können.

»Wer wusste, wo Sie das Geld aufbewahren, Sir?«, fragte Dallas.

»Sie meinen das Versteck? Nur meine Frau. Doch das ganze Viertel weiß, dass ich es eingesammelt habe. Da drin hab ich eine Gesamtliste mit jedem Haus, bei dem ich geklopft habe, und jedem, der gespendet hat. Die wussten, dass ich es hatte. Und die Farbigen wussten es auch.«

»Mit denen hatten Sie schon geredet?«

»Ja, mit dem in der Oak Lane und dem in der Spruce. Hab's noch nicht geschafft, mit denen in der Myrtle Street zu reden, aber ich nehme an, die haben sich untereinander abgesprochen.«

»Wie haben die auf Ihr Angebot reagiert?«

»Gar nicht gut. Wollten nicht auf die Stimme der Vernunft hören. Verdammt noch mal, wir wollten das Geld nutzen, um sie herauszukaufen und dann wieder an die weißen Familien zu verkaufen, so bekäme jeder sein Geld zurück oder zumindest einen Großteil. Ein paar Prozent hätte es uns gekostet, aber wenn man sie dadurch aus der Nachbarschaft bekommen hätte, wär's das wert gewesen. Jetzt ist es weg. Wie sollen wir sie jetzt rausbekommen?«

»Jetzt konzentrieren wir uns mal kurz«, sagte Dallas. »Können Sie denjenigen identifizieren, der in Ihr Haus eingebrochen ist?«

»Ich weiß nicht. Vielleicht. Es ging alles so schnell. Doch es muss einer von denen aus dem Viertel gewesen sein oder einer ihrer Freunde oder Verwandten. Wie sollten die sonst wissen, dass ich das Geld habe?«

Rake zählte jetzt zwischen dreißig und vierzig Leute im Block, als ein zweites Polizeiauto am Gehweg vor Thames' Nachbarn parkte. Auf der Beifahrerseite stieg ein junger Polizist aus, den Rake von der Ausbildung kannte: Barnwell. Hinterher der Fahrer, Brian Helton, der beste Freund von Rakes früherem Partner.

»Grütze Rakestraw«, sagte Helton zu Rake, während sich das Knäuel aus Beamten auflöste. Es war eine alte Beleidigung, die nur noch Helton gebrauchte. »Sieht so aus, als würde deine Nachbarschaft vor die Hunde gehen.«

»Kein Wunder, wenn Profis wie du drauf aufpassen.«

»Ich passe sehr gut drauf auf.« Rake gefiel Heltons Blick nicht, als ob er einer Wahrheit auf der Spur war, die Rake vor ihm verbarg. *Ich habe keine Ahnung, was Dunlow vor zwei Jahren zugestoßen ist.* Das hatte er Helton immer wieder gesagt. *Ich weiß nicht, wo der Mann steckt, weiß nicht, ob ihn jemand getötet hat, und falls ja, warum.* Und doch verdächtigte ihn Helton weiterhin übler Machenschaften; er hatte allen Grund zur Annahme, dass Helton gegen ihn ermittelt hatte, und mit seinem damaligen Sergeant über ihn gesprochen und seine täglichen Berichte nach Beweisen für eine Verschwörung durchgesehen hatte.

Rake hatte jetzt schon genug von Helton, also lief er zurück zu Dallas und Wilkins, die sich mit Thames unterhielten. Er legte Wilkins die Hand auf die Schulter und nahm ihn sanft beiseite.

»Das ist eine üble Sache, Al«, sagte Rake. »Das waren Spendengelder, die da geklaut wurden. Da wurde nicht nur ein Einzelner bestohlen. Da wird sich ein gesamtes Viertel als Opfer fühlen und auf Rache aus sein.«

Wilkins stimmte ihm zu und sagte, sie bräuchten noch ein paar Minuten mit Thames. Rake ging zu Barnwell und Helton, ließ sie wissen, dass er versuchen würde, die Leute zum Heimgehen zu bewegen. Statt ihm zu helfen, blieben sie unbeeindruckt oder desinteressiert an ihrem Wagen stehen, während er auf die nächstbeste Gruppe zuging, fünf Männer in einem Halbkreis. Einen davon, einen schlaksigen Blonden namens Bobby, kannte er aus seiner kurzen Zeit in der Fabrik, nachdem er aus dem Krieg heimgekehrt war. Bobby war einer der Spaßmacher in der Fabrik gewesen, doch jetzt wirkte sein Gesichtsausdruck finster, als hätte er alles andere als Scherze im Sinn.

»Was ist hier los, Rake?«, fragte er.

»Gab einen Einbruch, das ist los.« Rake ließ seinen Blick über alle fünf Gesichter schweifen. »Niemand wurde verletzt, und wir werden rausfinden, wer's war. Aber jetzt wird's für alle Zeit, nach Hause zu gehen.«

»Wann verhaftet ihr die Nigger?«, fragte einer der Männer.

»Woher wollt ihr wissen, dass es Negros waren?«

»Joe da drüben hat gesagt, er hätte einen am Steuer gesehen.« Er nickte in Richtung irgendeiner anderen Gruppe, von der das Gerücht vermutlich gekommen war, wer konnte das schon genau sagen.

»Holt ihr sie euch, oder müssen wir das tun?«

Rake ließ die Arme unten, versuchte freundlich und zugänglich zu bleiben, und doch unmissverständlich am Drücker. »Die Tat ist noch keine Stunde her, Freunde. Wir erwischen sie.«

»Macht doch die Augen auf. Die Farbigen ziehen her, und schon haben wir einen Einbruch«, sagte ein Mann.

»Beim letzten Mal, als sie hergezogen sind, haben wir sie ausgeräuchert«, sagte ein anderer. »Das ist der einzige Weg.«

Rake verschränkte die Arme, eingekreist von fünf wütenden Männern, hinter denen sich die anderen Gruppen zusammenzuschließen schienen, als warteten sie nur auf ein Signal, dass die Zeit für harmloses Geplänkel vorbei war und endlich die echten Männer das Ruder übernahmen. Und dabei hatten sie noch nicht einmal realisiert, dass es ihr Geld war, das man gestohlen hatte.

»Ich bin kein Freund von Leuten, die das Gesetz in die eigenen Hände nehmen«, sagte Rake. »Auch ich lebe hier, das wisst ihr. Wir lassen nicht zu, dass dem Viertel etwas passiert.«

Die Stimmen kamen zu schnell und zornig, als dass er hätte antworten können.

»Es *passiert* aber bereits!«

»Die können nicht einfach herkommen und die Probleme von Darktown vor unserer Haustür abladen.«

»Ich hab nicht im gottverdammten Krieg gekämpft, um denen meine Nachbarschaft zu überlassen.«

»Hey, hey, hey!« Wenn er wollte, verfügte Officer Dallas über ein ordentliches Organ. Rake spürte es bis in seine Brust. »Leute! Meine Kollegen und ich haben jetzt einen Job zu erledigen, und der wird nicht einfacher, wenn ihr alle hier rumsteht.« Nachdem er das losgeworden war, näherte sich Officer Wilkins Rake behutsam von rechts mit bis zur Brust erhoben Händen, doch in stetem Vorwärtsgang, wie ein defensiver Footballspieler in Zeitlupe, der nur wenig Platz brauchte, um seine Gegner in die Luft zu befördern. Helton tat es ihm gleich, wenn auch eher zögerlich.

Dallas befahl ihnen allen, nach Hause zu gehen, rief sie beim Vornamen, Fred hier und Jason da, Mike oder Mikey jr., und erinnerte sie damit daran, dass sie sich nicht in einem anonymen und seelenlosen Mob auflösen konnten, sondern immer noch ihrem Gewissen verpflichtet waren. Rake trat zurück, damit die Beamten in Uniform übernehmen konnten.

Er stand wieder auf Thames' Veranda, welche die Straße leicht überragte, und aus der Entfernung konnte er ein bekanntes Gesicht in der Menge ausmachen: Delmar Coyle. Neben ihm stand sein Kumpel Neville. Zwei Columbianer, von denen keiner auch nur ansatzweise in der Nähe von Hanford Park lebte. Entweder hatten sie einen sechsten Sinn für Rassenunruhen, oder sie patrouillierten aus Gewohnheit sogenannte Übergangsviertel, wie sie es schon vor Jahren getan hatten. Oder hatten sie gewusst, dass heute Abend etwas passieren würde?

Rake erinnerte sich an die Vorfälle vor ein paar Jahren, als die Negros in ehemals rein weiße Gegenden gezogen waren und nachts von Columbianern attackiert wurden, manche ihrer Häuser sogar mit Brandbomben. Vielleicht hatten einige dieser Nächte genauso angefangen, mit einem beliebigen Verbrechen, das den Funken verursachte, mit dem die Faschisten den Zorn der Menge entfachten und damit Anarchie stifteten.

Dann sah Rake das eigentliche Ärgernis. Den beiden Columbianern näherte sich: Dale. Er lächelte und schüttelte Coyle die Hände, als wären sie alte Freunde.

★

Irgendwann waren Rake und alle anderen nach Hause zurückgekehrt. Er rief bei der Polizeizentrale an und ließ sich mit dem Revier in der Butler Street verbinden. Mit den Negro-Cops.

»APD. Hier spricht Sergeant McInnis.«

»Hier ist Officer Denny Rakestraw vom 6. Revier. Ich habe eine dringende Nachricht für Smith.«

»Er läuft Streife. Kann ich Ihnen helfen?«

Er war froh, dass Smith nicht persönlich zu sprechen war. Schließlich hatte er Boggs und Smith versprochen, sich um den Angriff auf Smiths Verwandte zu kümmern, doch hatte er bisher wenig unternommen, außer ein Auge auf die Columbianer und die Dunlow-Brüder zu werfen. Beim Plausch mit Nachbarn hatte er sich zudem erkundigt, ob sie etwas wussten, aber das hätte er ohnehin getan.

»Er soll den Negros in Hanford Park etwas ausrichten. Heute Nacht sind sie nicht sicher.« Er gab McInnis einen kurzen Lagebericht und schloss mit: »Wir haben die Leute beruhigt und sie dazu gebracht, nach Hause zu gehen, doch wir können nicht die ganze Zeit Wache schieben.«

»Hanford Park ist nicht unser Revier.«

»Ich versuch hier nur, das Richtige zu tun, ich sage nicht, dass ich will, dass Negro-Cops bei uns Streife laufen – Jesus, das wäre das Letzte, was wir jetzt gebrauchen können.«

Er konnte nicht verstehen, warum McInnis so begriffsstutzig war. Vielleicht war er der Meinung, Rake sollte selbst dort vorbeigehen, worüber er bereits nachgedacht hatte. Doch wenn es aussähe, als ergreife er die Seite der Negros, würde das den Rest des Viertels gegen ihn aufbringen; sämtliche Autorität, die ihm im Bezirk noch blieb, ginge verloren. »Ich will nur, dass sie die Nachricht verbreiten. Die Negros hier sollten heute Nacht lieber woanders schlafen.«

Eine lange Pause. »Wir sorgen dafür, dass sie es erfahren, Officer.«

32

JESUS SAGTE, EHER GEHT ein Kamel durchs Nadelöhr, als dass ein reicher Mann in den Himmel kommt. Als fast genauso schwierig erwies es sich, an die Alkoholvorräte von Reverend Daniel Boggs zu kommen. Der Baptisten-Priester selbst trank nichts von dem Zeug, doch hielt er ein paar Flaschen im Haus versteckt, da er öfter lokale Berühmtheiten oder solche von auswärts bewirtete, und bei Laien hatte Gott sicher nichts gegen derlei Genussmittel einzuwenden. Einer der berühmtesten dieser Berühmtheiten saß in dem Moment im Arbeitszimmer: Thurgood Marshall. Ein Roggen-Whiskey wallte in seinem Glas, während er seine neuste Anekdote zum Besten gab.

»Gibt es überhaupt irgendwelche Beweise?«, fragte Lucius mit einem Glas Coca-Cola in der Hand.

»Sie behaupten, sie hätten den Abguss eines Fußabdrucks, den einer der Männer am Tatort hinterlassen hat«, sagte Marshall. »Doch ich habe einen Experten, der annimmt, einer der Cops hätte nach der Festnahme den Schuh des Jungen genommen und damit den Fußabdruck angefertigt.«

Lucius schüttelte den Kopf. »Trau nie dem Beweismaterial eines Südstaaten-Cops.«

»Sagt der Südstaaten-Cop«, lachte Marshall. Er war der leitende Anwalt des juristischen Zweigs des NAACP und legte auf dem Weg nach Groveland, Florida, einen Stopp in Atlanta für diverse Geschäftstreffen ein. In der tiefsten Orangenpflücker-Provinz waren zwei männliche Negros unter höchst dubiosen Umständen wegen Vergewaltigung verurteilt worden. Ursprünglich seien drei Männer angeklagt gewesen, erklärte Marshall, doch den Dritten hatte eine Hundertschaft von Selbstjustizlern durch Zypressensümpfe gejagt und zur Strecke gebracht. Sein Körper war von Kugeln völlig durchsiebt worden. Die beiden anderen, die jenen Tag überlebt hatten, waren vor einem Kleinstadtgericht schuldig gesprochen und zum Tode durch den elektrischen Stuhl verurteilt worden, doch Marshall hatte Einspruch eingelegt.

Auf dem Plattenteller drehte sich ein sanftes Stück von Bach, während sich Lucius, sein Vater und seine Brüder mit Marshall unterhielten. Die Krawatte des Anwalts war gelockert, und sein Hemd steckte nur noch teilweise in der Hose, nachdem er Robertas Festmahl aus Rinderbrust, Kohl und Maisbrot genossen hatte.

»Ich habe einen Arzt, der nicht an eine Vergewaltigung glaubt«, sagte Marshall. »An jenem Abend war die Frau mit ihrem Noch-*Ehemann* trinken. Einer der drei Männer wurde nur deshalb verhaftet, weil er bei einem Glücksspiel mitkassieren wollte, das die Cops da unten kontrollieren. Also hängten sie ihm eine Vergewaltigung an, und als er abhaute, haben sie ihn durch den Sumpf gejagt und ihn als Zielscheibe benutzt.«

Diese Art von Gerechtigkeit kam Boggs deprimierenderweise bekannt vor.

»Wir müssen Sie bald mal an unser Gerichtshaus holen«, sagte Reginald. »Das wäre eine Schau!«

»Dann sagt doch jemand in der Gemeindes deines Papas, er soll sich in Schwierigkeiten bringen.«

»Wie laufen die Hochschulprozesse?«, fragte William. Normalerweise übernachtete er im Wohnheim des Morehouse, doch einen Besuch von Thurgood Marshall ließ man sich nicht entgehen.

»Die Räder der Gerechtigkeit sind langsam, mein Sohn, doch sie springen an, sobald man hinten kräftig anschiebt und nichts dagegen hat, dass einem Dreck und Pferdescheiße ins Gesicht spritzt. Kann noch ein paar Jahre dauern, aber wir kriegen das hin.«

Vor ein paar Monaten hatte der Oberste Gerichtshof in zwei Fällen, in denen es um Negros aus dem Süden und weiße Universitäten ging, zu Marshalls Gunsten entschieden. Die Richter hatten zwar verhindert, dass die Rassentrennung in Schulen gänzlich aufgehoben wurde, doch Marshall versicherte, dass er einen Fuß in der Tür hatte, mit dem er sie bald ganz aufstoßen würde.

»Sobald wir bei den Schulen gewinnen, folgt auch alles andere.«

»Glauben Sie wirklich daran? An ein Ende der Rassentrennung?«, fragte Lucius.

Marshall wirkte überrascht von seinem Zweifel. Lucius' eigener Job war zwar ein Beleg für die Fortschritte, doch die alltäglichen Widrigkeiten zermürbten ihn. Er wurde das belastende Gefühl nicht los, dass er nur eine statistische Kuriosität war, die das Gesetz des Durchschnitts bald wieder korrigieren würde.

»Das tu ich, mein Sohn. Ich glaube jeden Tag dran. Sonst wäre ich ein verrückter Mensch. Ich hab euch doch das Stimmrecht besorgt, oder?« Er zwinkerte.

Es stimmte. Vor ein paar Jahren hatte Marshall vor dem Obersten Gerichtshof geltend gemacht, dass ausschließlich weiße Vorwahlen, wie in Georgia üblich, verfassungswidrig waren. Daraufhin registrierten Lucius' Vater und andere Ortsführer Tausende von Negro-Wählern und konnten so den nötigen Druck auf Bürgermeister Hartsfield ausüben, um Negro-Polizisten einzustellen. Was bedeutete, dass Lucius seinen Job buchstäblich dem Mann zu verdanken hatte, der vor ihm saß.

»Hat mir persönlich viel mehr gebracht als nur die Stimme«, sagte Lucius.

Marshall erhob ein Glas in Anerkennung des Kompliments. »Ich mach nur Spaß, das wisst ihr. Die Verfassung gibt euch das Stimmrecht. Sie haben sie euch nur vorenthalten, das und eine Menge mehr. Und das holen wir uns zurück, das versichere ich euch.« Wieder lächelte er. »Wir bringen euch rückständige Südstaatler schon noch auf den Stand des restlichen Landes.«

★

»Man hat mich gefragt, ob ich in der Angelegenheit Hanford Park vermitteln kann«, ließ Reverend Boggs Lucius in der Küche wissen. Sie stöberten nach Snacks, nachdem Mrs Boggs sich ins Bett verabschiedet hatte. Im Salon lachten seine Brüder und Marshall über etwas. »Ein weißer Mann namens Gilmore hat mich über einen meiner Kirchgänger kontaktiert. Denen ist klar, dass die Lage immer angespannter wird, und sie wissen, dass eine der Negro-Familien zu meiner Gemeinde gehört.« Es war nicht ungewöhnlich für Reverend Boggs oder andere schwarze Geistliche, zu inoffiziellen Verhandlungen wie dieser eingeladen zu werden; ohne farbige Amtsinhaber mussten die örtlichen Priester und Geschäftsleute diese Rolle ausfüllen. »Er sagt, das Viertel wolle verhandeln.«

»Was weißt du über Gilmore?«

»Ihm gehört eine Eisenwarenhandlung in Hanford Park. Er bezeichnet sich als Kopf der Nachbarschaftsinitiative.« Er ließ den Blick über die Arbeitsfläche schweifen. »Wo versteckt deine Mutter denn nun meine Pekannüsse?«

»Was genau verhandeln?«

»Die Rassengrenze, denke ich.« Die Pekannüsse waren nicht im Küchenregal, auch nicht hinter dem Toaster. »Ich möchte wetten, er taucht mit ein paar Karten und Stiften auf und schlägt vor, die Linie zwischen weiß und farbig neu einzuzeichnen.«

Lucius musste schmunzeln. »Er will also, dass der Reverend Gott der Grundstücke spielt.«

Reverend Boggs schaute auf dem Kühlschrank nach: nichts. »Es

325

hat nichts mit Gott spielen zu tun, Lucius. Es geht darum, die Leute zu schützen. Davon solltest gerade du was verstehen.«

»Ich verstehe auch was davon, Verbrecher zu verhaften. Woher sollen wir wissen, dass dieser Gilmore nichts mit dem zu tun hat, was Malcolm passiert ist?«

»Tun wir nicht. Aber was zählt, ist, dass sie verhandeln wollen.« Er überprüfte den Brotkasten: nichts. »Letztlich ist das nur gut für uns. Es bedeutet, dass sie uns einen Teil des Viertels zugestehen.«

»Ich will bei dem Treffen dabei sein.«

»Nicht so schnell. Das ist eine sensible Angelegenheit. Einen Polizisten mitbringen, vor allem einen–«

»Ich werde keine Uniform tragen. Hör mal, selbst wenn er nichts mit dem Angriff auf Malcolm zu tun hatte, weiß er vermutlich mehr darüber. Keiner der Weißen will drüber reden, schon gar nicht mit uns. Aber ich will sehen, ob ihm was rausrutscht.«

Der Reverend öffnete eine Dose, auf der ›Backpulver‹ stand, in die er normalerweise keinen Blick geworfen hätte. »Aha.« Er nahm eine Schüssel vom Regal und leerte den tatsächlichen Inhalt der Dose hinein: beinahe ein halbes Pfund kandierte Pekannüsse. »Die Frau ist nicht so clever, wie sie glaubt.«

»Dieser Gilmore vermutlich auch nicht. Komm schon. Ich will ihn ja nicht verhören, ich will ihm einfach nur in die Augen schauen. Sehen, was er denkt.«

Der Reverend hielt ihm die Schüssel hin. Lucius nahm sich eine Handvoll. Die Nüsse schmeckten köstlich süß, er hätte einen ganzen Haufen davon verdrücken können.

»Du bist vermutlich der Letzte, den ich dran erinnern muss, aber sei vorsichtig, was du dir wünschst. Und ja, du kannst mit zu dem Treffen. Morgen früh um zehn.«

*

Am späteren Abend waren William wieder ins Morehouse und Reginald nach Hause zu seiner Frau und den Kindern zurückgekehrt. Der Reverend, ein Frühaufsteher, hatte ebenfalls klein beigegeben, und Marshall blätterte sich im Arbeitszimmer durch die Büchersammlung der Familie, während Lucius ihm einen neuen Roggen-Whiskey brachte. Die Nachtarbeit machte es Boggs unmöglich, früh zu Bett zu gehen, selbst an seinem freien Abend. Normalerweise traf er sich mit Julie, aber er hatte sich diesen Abend absichtlich nicht mit ihr verabredet. Er war sich immer noch nicht sicher, was er tun sollte.

»Wie kommst du in deinem Beruf klar, mein Sohn?«

Boggs musste einen Moment nachdenken. »Ganz am Anfang dachte ich mal, es wird einfacher mit der Zeit. Das glaube ich mittlerweile nicht mehr.«

»Welchen Teil findest du schwieriger: die weißen Cops, die dich dafür hassen, dass du denkst, du seist ihnen ebenbürtig, oder die Farbigen, die dich dafür hassen, dass du dich wie ein Weißer benimmst?«

Wie befreiend es war, sich mit jemandem zu unterhalten, der seine Erfahrungen tatsächlich teilte.

Er versuchte sich vorzustellen, wie es sich anfühlte, so wie Marshall vor einem Landrichter und dessen Jury zu stehen, wo allein sein Anzug, seine Krawatte und seine korrekte Aussprache ausreichten, um sie auf die Palme zu bringen.

»Ich wusste, dass die weißen Cops grässlich sind. Aber es zu wissen und täglich zu erleben, von Angesicht zu Angesicht … das ist noch mal was ganz anderes.«

»Dein Vater hat dich sehr behütet erzogen, oder? Sweet Auburn. Ein besonderer Ort ist das. Erinnert mich an Harlem, nur kleiner. Und mit besserem Wetter.«

»Und hübscheren Frauen.«

»Ha!« Marshall beugte sich nach vorn. »Junge, komm mal nach

Harlem, da kannst du Frauen sehen. Teufel noch mal, wir haben mittlerweile die Hälfte aller in Georgia geborenen Mädels, so viele ziehen nach Norden.«

Lucius lächelte – Marshall war einer der wenigen Menschen, die in diesem Haus ungestraft fluchen durften. »Mein Vater hat uns offensichtlich wirklich sehr behütet erzogen.« Der Gedanke erwärmte nicht gerade sein Herz. Als sie früher am Abend Neuigkeiten ausgetauscht hatten, war Lucius aufgefallen, dass sein Vater gegenüber Marshall mit Williams jüngsten akademischen Leistungen und Reginalds Beförderung geprahlt hatte, sogar eine Schulaufführung eines der Boggs-Enkel hatte er erwähnt, aber kein Wort über Lucius' Verlobung. Der alte Mann weigerte sich zuzugeben, dass diese Hochzeit womöglich stattfand. Es war, als hätte er irgendwie geahnt, dass in Julies Leben noch etwas passieren würde, alte Sünden zum Vorschein kämen, die Lucius vergraulen würden.

»Ich könnte dich mit ein paar Negro-Cops aus New York in Kontakt bringen, wenn du dich mal austauschen willst«, sagte Marshall. »Glaub mir, für die da oben ist das auch kein Spaziergang.«

»Selbst wenn du uns rückständige Südstaatler auf den Stand des restlichen Landes bringst, wird also immer noch kein Spaziergang draus?«

»Die finden immer einen Weg, die Rassen zu trennen, selbst wenn's nicht mehr ausdrücklich im Gesetzestext steht. Einem cleveren Kerl wie dir erzähl ich da doch sicher nichts Neues.«

»Ich will nur … Ich will nur glauben, dass wir eine bessere Welt erschaffen können, will glauben, dass es möglich ist.«

»Ich bestreite ja nicht, dass es möglich ist. Ich sag nur, dass eine einzige gewonnene Schlacht den nächsten Tag nicht so einfach macht, wie man es gerne hätte. Nach meinem wichtigsten Sieg vor Gericht hab ich gefeiert und ein paar Gläser zu viel von dem hier getrunken«, er wirbelte den Roggen-Whiskey im Glas herum, »doch am Morgen darauf bin ich aufgewacht und musste mich dem nächsten Fall widmen. Verkatert.«

Das Telefon klingelte, es war äußerst spät für einen Anruf. Boggs eilte in die Küche und ging beim zweiten Klingeln ran. »Bei Boggs.«

»Ich bin's, Tommy. Ich muss mir das Auto deines alten Herrn klauen und rüber nach Hanford Park. Und zwar schnell.«

33

ES WAR NACH MITTERNACHT, als Boggs drei Gestalten draußen herumlungern sah. Malcolm musste es an der Art bemerkt haben, wie Boggs' Schultern sich angespannt hatten, oder an der Reaktion in seinen Augen, obwohl das bei der Dunkelheit im Raum schwierig war. Malcolm huschte zu ihm. Sie saßen auf dem Boden des vorderen Wohnzimmers. Vorhänge zugezogen, Lichter aus. Hannah war vor noch nicht mal einer halben Stunde endlich zu Bett gegangen, hatte erst eingewilligt, nachdem sie ihr versprochen hatten, sie in zwei Stunden zu wecken, sodass sie sich abwechselnd ausruhen konnten. Boggs hielt seine Pistole in der Hand, und Malcolm hatte ein Winchester-Repetiergewehr.

»Ich sehe keine Waffen«, sagte Boggs leise. Als er vor einer Stunde gekommen war, hatte er die Vorhänge so weit zugezogen, dass ein kleiner Spalt offen blieb, gerade genug, um Wache zu halten. Malcolm hatte durch eins der Seitenfenster die Kreuzung in nördlicher Richtung im Auge behalten.

Boggs war im Buick seines Vaters gekommen, eine Pistole in der Tasche und ein Gewehr im Rucksack, das jetzt keinen Meter hinter ihm lag. Er war so schnell gefahren, wie er konnte, bis er die Viertelgrenze erreicht hatte, ab da verlangsamte er auf Schritttempo, um die Gegend auszukundschaften. Er stellte eine für diese Uhrzeit überdurchschnittliche Anzahl an erleuchteten Fenstern fest, doch niemand schien draußen auf der Straße zu sein. Er hatte sich beim Fahren geduckt, im vollen Bewusstsein, dass seine Hautfarbe eine Provokation für jene Sorte Leute war, vor denen er die Greers zu beschützen hoffte. An ihrem Haus angekommen, parkte er in der Einfahrt und eilte zu ihrer Hintertür, klopfte wie vereinbart sechs Mal.

Eine Stunde später beobachtete er drei weiße Männer. Sie befanden sich nicht genau gegenüber auf der anderen Straßenseite, sondern ein Haus weiter, gute sechs Meter von der nächsten Straßenlaterne entfernt, wodurch nur schwerlich Einzelheiten zu erkennen waren. Zwei hatten die Hände in den Hosentaschen – Kälte hatte sich über die Stadt gelegt –, und Boggs konnte immer noch keine Waffen sehen. Dann tauchte eine dieser Hände mit einem Flachmann wieder auf. Der Mann nahm einen kleinen Schluck und reichte ihn weiter. Keine Waffe, dennoch kein gutes Zeichen.

»Kennst du einen von denen?«, fragte Boggs.

»Der in Rot wohnt in dem Haus, glaube ich. Hat noch nie auch nur ein Wort mit mir gewechselt.«

Malcolm war heute Morgen aus dem Krankenhaus entlassen worden. Sein Gesicht trug immer noch Spuren des Angriffs, obwohl Boggs noch keinen genaueren Blick auf ihn hatte werfen können: Das Licht im gesamten Haus blieb auf Boggs' Anweisung hin aus.

Die anderen zwei Männer nahmen jeweils einen Schluck aus dem Flachmann. Der eine ließ sich Zeit. Er würde bald leer sein. Sie unterhielten sich, doch bewegten sich so gut wie gar nicht. Boggs hatte die Fenster bei seiner Ankunft einen Spaltbreit geöffnet, doch die Grillen und Heuschrecken – ein kläglicher Überrest des vergangenen Sommers – waren immer noch laut genug, um die Unterhaltung der Männer zu übertönen.

Sein gesamtes Leben hatte Boggs Geschichten von jener furchtbaren Nacht 1906 gehört, als die Weißen in Downtown randaliert hatten. Sein Vater war noch ein Kind gewesen, und doch erinnerte sich der Reverend genau daran, wie sein eigener Vater, ein Paketzusteller, schon am Mittag Zuflucht im eigenen Haus gesucht hatte, wo sich auch andere Verwandte und Freunde versteckt hielten, während der weiße Mob tobte. Reverend Boggs' erwachsene Verwandtschaft hatte die ganze Nacht mit Gewehren in der Hand Wache gehalten, für den Fall, dass Weiße versuchten, das Haus zu stürmen, das der Familie seit vielen Jahren gehörte. Und fast ein halbes Jahrhundert später stand Boggs kurz davor, Zeuge des gleichen Wahnsinns zu werden. In jener Nacht war niemand aus seiner Familie gestorben, doch Dutzende Negros waren während der Unruhen ermordet worden, zahllose andere verprügelt und zum Krüppel geschlagen. Ganze Negro-Viertel samt Wohnhäusern und Geschäften waren abgefackelt worden. In den darauffolgenden Monaten floh die schwarze Bevölkerung Downtowns nach Osten und ließ sich an dem Ort nieder, der heute als Sweet Auburn bekannt ist. Jahrzehnte später hatten sie ihre eigene Gemeinde gegründet. Doch mittlerweile war die Stadt zu überlaufen, und es gab nicht mehr genug Platz für alle Negros in Sweet Auburn, Auburn, Summerhill, Buttermilk Bottom und Darktown und all den Gegenden, in die sie von den Weißen verwiesen worden waren. Hatten Malcolm und Hannah und die beiden anderen Negro-Familien eine andere Wahl, als hier zu leben? Hatte man wirklich die Wahl zwischen einer solchen Gelegenheit und einer Bruchbude in Darktown, einer Etagenwohnung im dritten Stock mit einem Eingang, zu dem man nur über eine dunkle Gasse gelangte, wo Männer noch vor Anbruch der Dunkelheit Marihuana vor der Tür rauchten, wo man von Betrunkenen belästigt wurde und Jugendliche mit Messern einen um Hab und Gut erleichtern wollten? Wo nicht mehr als zehn Negro-Cops versuchten, Tausende zu beschützen. Und das alles für ein winziges Appartement mit Gemeinschaftsbad und ohne Spüle?

Malcolm kroch zu einem der Seitenfenster. »Sonst kommt keiner, glaube ich.« Er huschte zurück zu Boggs. »Hab mir eine Menge Nächte im Pazifik damit um die Ohren geschlagen, einen Haufen Nichts zu beobachten. Hätte nicht gedacht, dass ich das auch mal in meiner eigenen Stadt tun muss.«

Die weißen Männer fixierten Malcolms Haus. Boggs wusste, dass sie nicht hineinsehen konnten, und doch spürte er ihre raubtierhaften Blicke. Sie rauchten, die Enden ihrer Zigaretten tanzten wie Glühwürmchen. Hin und wieder lachten sie. Boggs beobachtete sie schweigend, innerlich kochend vor Wut. Er wünschte, er könnte sie da draußen mit einem Partner zur Rede stellen, in Uniform, doch allein der Anblick würde die Nachbarn aggressiv machen. Der Grat zwischen Autorität zeigen und dessen fatalen Auswirkungen war so schmal, dass er fast unsichtbar war.

In neunzig Minuten hatte Smith Dienstschluss, und Dewey würde ihn mit nach Hanford Park nehmen. Bis dahin war Boggs der einzige Cop hier.

Der Blick der drei weißen Männer fiel auf etwas rechts von Boggs. Eine weitere Gruppe tauchte auf. Drei Männer in einer Art Uniform. Khakifarben oder olivgrün, schwer zu sagen bei der spärlichen Beleuchtung. Dann erkannte Boggs die aufgenähten Blitzsymbole auf den Ärmeln.

»Gott. Die Columbianer.«

»Die wer?«

Boggs erklärte es Malcolm. »Hast du sie hier in der Gegend schon mal gesehen?«

»Nein.«

Einer der Weißen aus der ersten Gruppe deutete auf den groß gewachsenen Columbianer, der in der Mitte stand und sich wie ein Anführer gebärdete.

Boggs hatte bereits die beiden anderen Negro-Familien in Hanford-Park angerufen und gewarnt. Sie hatten beim Einzug Nummern mit Malcolm und Hannah ausgetauscht, Höflichkeiten über gemeinsame Kochvorhaben oder Spaziergänge, ohne zu ahnen, dass ihr erster Telefonkontakt eine gegenseitige Warnung sein würde. Einer der Männer, mit denen Boggs gesprochen hatte, meinte, er würde seine

Frau und die beiden Kinder über Nacht ins Haus seines Bruders in Mechanicsville bringen. Der andere hatte allerdings darauf beharrt, seinen Mann zu stehen, und Boggs hoffte, dass in seinem Haus alles ruhig blieb, es stand nur einen Block von dem hier entfernt, außer Sichtweite.

»Erkennst du sie?«, fragte Boggs. Er verdächtigte die Columbianer immer noch des Angriffs auf Malcolm. »Aus jener Nacht?«

Malcolm schob Boggs leicht zur Seite, damit er bessere Sicht hatte. »Ich konnte einfach nichts erkennen. Ich hoffe immer noch, dass ich jemand sehe, und dann kommt die Erinnerung zurück. Doch die haben mich von hinten erwischt. Hab verdammt noch mal nicht das Geringste gesehen.«

Boggs fragte sich, ob Rakestraw mit einem von ihnen gesprochen, ihre Alibis überprüft hatte. Würde er tatsächlich wegen eines Verbrechens, das Weiße an Negros begangen hatten, vor der eigenen Haustür ermitteln? Für ihn, seine Familie und sein Bankkonto wäre es viel bequemer, die Sache auf sich beruhen zu lassen oder sogar dabei zu helfen, das Verbrechen zu vertuschen.

Frontscheinwerfer. Boggs zog die Vorhänge ein bisschen weiter zu, konnte jetzt noch weniger sehen. Er beobachtete, wie ein Wagen aus südlicher Richtung kam. Ein Polizeiauto. Es hielt vor den sechs Männern, das Blaulicht war aus. Den Fahrer konnte Boggs nicht erkennen, das Fenster blieb zu und reflektierte das spärliche Licht. Einer der Männer zeigte auf Malcolms Haus. Die Stimmen wurden jetzt lauter, doch er verstand nicht, was sie sagten. Dann sah er die Männer lachen. Das Polizeiauto fuhr davon.

»Was passiert da?«, fragte Malcolm.

»Weiße Jungs unter sich.« Doch die Tatsache, dass das Polizeiauto weggefahren war, ließ sein Herz schwer werden.

Nur wenige Minuten später bestätigte sich seine Vorahnung: Zu den sechs Männern gesellten sich drei weitere. Dann noch einer, und noch einer. Keiner von ihnen trug dieses Nazikostüm, doch alle schienen sich wohl in der Gesellschaft zu fühlen.

Eine weitere Gruppe aus vier Männern. Bald zählte Boggs mehr als zwei Dutzend Menschen, darunter ein paar Frauen mit verschränkten Armen und etliche männliche Teenager. Noch erkannte er keine Waffen, doch er konnte sie nicht alle sehen und schon gar nicht ihre Gürtel oder die Ausbuchtungen in ihren Taschen. Und zu so vielen brauchten sie im Grunde eh keine Waffen. Steine gab es überall, und die meisten von ihnen hatten vermutlich Feuerzeuge in den Taschen, Streichhölzer. Manche wirkten wütend, doch viele grinsten amüsiert. Als hätte man sie zu einer hoch spannenden Veranstaltung eingeladen, und sie konnten kaum den Beginn erwarten.

»Grundgütiger«, sagte Malcolm. »Was machen wir? Soll ich einen Warnschuss abgeben?«

Der Griff von Boggs' Waffe war rutschig geworden. »*Nein!*«

»Was sollen wir *dann* tun?«

Boggs versuchte, besonnen zu klingen. »Wir warten.«

Malcolms Augen weiteten sich. »Wie lange?«

Er holte Luft. »Bis wir aufhören zu warten.«

34

IN DERSELBEN NACHT steckte Dales ehemaliger Kumpel Iggy mal wieder mitten in einer jener schwierigen Phasen seiner Ehe, in der seine Frau kurzfristig beschloss, lieber mit den Kindern woanders zu übernachten. Ihre Familie wohnte nur drei Meilen entfernt; für Iggy war es wie ein Kurzurlaub. Er hatte das Haus für sich allein, niemand, der meckerte oder aus harmlosen Meinungsverschiedenheiten Krisen machte. Er wusste, dass er früher oder später zu den Schwiegereltern fahren und einen auf Tut-mir-so-leid machen musste, um sie zurückzugewinnen, doch um ehrlich zu sein, genoss er die Ruhe viel zu sehr.

Auf dem Heimweg legte er einen Stopp in einer Bar ein, wollte eigentlich nur einen Drink nehmen, doch am Ende wurden es drei – oder vier? Er hatte die Haustür nicht abgeschlossen, für den Fall, dass seine Frau sich entschied zurückzukehren, da sie andauernd Schlüssel, Brieftasche, Streichhölzer, Zigaretten und andere wichtige Dinge vergaß. Er wollte nicht, dass sie vor verschlossenen Türen stand, obwohl sie es durchaus verdient hätte.

Er öffnete die Tür und betrat den schmalen Flur des Bungalows, betätigte den Lichtschalter. Nichts. Er fluchte. War das ein Stromausfall? Nein, die Straßenbeleuchtung war ja an. Vielleicht die Glühbirne.

Dann explodierte sein Kopf, und seine Knie wurden flüssig. Er landete auf dem Boden, der Körper war taub.

Er kam rechtzeitig zu sich, um zu registrieren, wie ihn etwas unter den Achseln packte und ihn ins familienlose Familienzimmer zerrte.

Er versuchte es wegzustoßen und aufzustehen, doch zwei Schläge in die Rippen später lag er wieder am Boden. Er war benommen vor Schmerz, und die Mischung aus Dunkelheit und Trunkenheit ließ ihn sich einbilden, dass ein Grizzly in seinem Haus frei herumlief und ihn zerfleischen wollte.

Dann ging die kleine Lampe an, die seine Frau zum Lesen benutzte. Vor ihm türmte sich ein Mann von der Größe eines Bärs in kariertem Hemd und Jeans auf. Der Griff einer Pistole schaute unter seiner Gürtelschnalle hervor wie ein furchterregender metallener Phallus.

Etwas drückte auf Iggys Rücken. Er konnte es nicht sehen, aber vermutlich war es der Fuß eines anderen Mannes. Oder eines Bärs.

»Inman Daniel Christiansen«, sagte der Mann bei der Lampe. »Alias Iggy.«

»Zur Hölle is' hier los?«

»Du hast vor einigen Tagen nachts in Coventry ein paar Farbige aufgemischt.«

»Scheiße, und wie ich das hab.«

Vielleicht hatte er ja doch mehr als vier Bier getrunken. Das war ein Fiebertraum, ein alkoholisches Delirium. Sicher eine Art Halluzination. Vor Bären hatte er sich immer gefürchtet.

»Die da hast du dort vergessen.« Der Riese ließ etwas auf den Boden fallen, unmittelbar vor Iggys Gesicht. Etwas aus Metall, glänzend und sich drehend. Nein, das Metallding drehte sich gar nicht, das war Iggys besoffene Perspektive. Das Ding auf dem Boden rührte sich nicht. Seine Hundemarken. Mit seinem Namen eingraviert. Vor ein paar Tagen war ihm aufgefallen, dass sie weg waren, er hatte überall nach den verdammten Dingern gesucht.

»Das sind nicht meine.«

Der Riese trat ihm in die Rippen. Iggy war, als müsste er sich gleich übergeben.

Dann stieg jemand beinahe auf Iggys Kopf, und der alte Boden ächzte unter dem Gewicht des Mannes. Er beugte sich hinunter, brachte seinen Kopf fast auf Iggys Höhe.

»Mir und meinem Bruder ist es völlig egal, ob ihr ein paar Nigger vermöbelt. Uns geht's um unseren Bruder, der in derselben Nacht in Coventry ermordet wurde. Etwas, über das uns niemand, noch nicht mal die Cops, auch nur das Geringste erzählen können.« Der Mann machte eine Pause, ließ es wirken. »Wir sind ziemlich scharf drauf herauszufinden, was da genau passiert ist. Wärst du so nett und erzählst es uns?«

35

DREI MEILEN VON HANFORD Park entfernt erschien es Jeremiah nur angemessen, dass seine heutige »Schicht« genau wie damals bei den Güterbahnhöfen begann. Natürlich handelte es sich nicht um herkömmliche Arbeit, und es war noch nicht einmal Tag, die Dunkelheit hüllte ihn ein.

Am Nachmittag hatte sich Jeremiah im Rook für eine weitere Nachtschicht Waschen und Spülen gemeldet, doch Feckless hatte ihn an der Tür aufgehalten. Es stellte sich heraus, dass er gar keine Küchenhilfe brauchte. Er hatte Jeremiah die ersten Tage nur aus Mitleid arbeiten lassen. Nein, wenn Jeremiah wirklich Geld bei Feckless verdienen wollte, würde er etwas ganz anderes erledigen müssen.

Vor einer Woche hätte Jeremiah vielleicht noch Nein gesagt. Doch die Tage, an denen es Absagen für andere Jobs hagelte, Tage, an denen er kaum etwas zu essen auftrieb, und die Nächte im rattenverseuchten Keller hatten ihn mürbe gemacht.

Deshalb steuerte Jeremiah jetzt einen hellbraunen GMC Pick-up. Auf der Ladefläche verhüllte eine Plane ihre Fracht: vier Mülltonnen, zwei davon leer. Auf dem Beifahrersitz saß Cyrus. Hellhäutig, vielleicht zwanzig und ziemlich dünn. Jeremiah konnte nicht beurteilen, ob Cyrus besonders große Augen hatte oder er sich in andauernder Alarmbereitschaft befand.

»Du hast also gesessen?«, fragte Cyrus nach zehn Minuten Fahrt.

»Ja.«

»Wie lange?«

»Fünf Jahre. Einen Monat. Und sechs Tage.«

Jeremiah schaute nach vorn, doch er merkte, wie Cyrus ihn anstarrte. Nach einer Pause von zwei Sekunden musste Cyrus lachen. »Du bist ein verdammt schräger Typ.«

Komisch, dass man sich über ihn lustig machte. Er hätte gedacht, dass seine Zeit im Gefängnis ihm in solchen Kreisen einen gewissen Status verlieh. Doch bei Jeremiah schien das nicht zu funktionieren, er wusste auch nicht warum. Die Leute spürten das Gute in ihm, und viele hielten es für Schwäche, nahmen ihn nicht ernst.

Cyrus hatte zuvor noch mit der Pistole in seiner Tasche geprahlt und angedeutet, dass sich Jeremiah lieber nicht mit ihm anlegen sollte. Offensichtlich war ihm nicht bewusst, dass auch Jeremiah eine trug.

Was für eine seltsame Wendung Jeremiahs Leben nahm.

Er war davon ausgegangen, wieder Teller zu waschen, doch stattdessen tat er das hier, etwas, bei dem ihm seine Erfahrungen aus der Vergangenheit nutzten. Er wollte sein Versprechen an Gott halten, sein Versprechen an Julie vor so langer Zeit, nicht mehr das Handwerk des Teufels zu verrichten. Heute Morgen war er mit der Hoffnung aufgewacht, dass der seltsame nächtliche Besuch von Officer Riesig nur ein Traum gewesen war (woher hatte der eigentlich gewusst, dass er in dem Keller hauste?), bis er die Pistole dort liegen sah. Also doch kein Traum, sondern etwas, das geplant und vorherbestimmt war. Er hatte Gott versprochen, den Pfad der Tugend zu beschreiten, doch dann hatte man ihm diesen Botschafter geschickt, samt Essen und einem tödlichen Mitbringsel und einem ganz und gar nicht tugendhaften Befehl: töte Boggs. Er wusste, dass es falsch war, ein diabolisches Verbrechen, dennoch klang es simpel und klar nach all den verwirrenden Tagen in dieser komplizierten freien Welt.

Irgendwie war alles so schnell gegangen, und ihm blieb keine Wahl, denn wenn Gott wollte, dass er anders handelte, dann hätte sich doch sicher eine Gelegenheit dazu gezeigt, oder?

Es war ziemlich schwer, der Versuchung zu widerstehen, wenn sie einen so arglistig heimsuchte. Den Job für Feckless konnte er ruhig ein paarmal machen, dachte er. Bisschen Geld verdienen, Julie zeigen, dass er ein fleißiger Arbeiter war. Ihr beweisen, dass er für sie und den Kleinen sorgen konnte. Das war sicher nicht zu viel von Gott verlangt. Doch Boggs töten – war er dazu fähig? Wenn er dadurch Julie zurückgewann und seinen Sohn großziehen konnte? War das eine Prüfung Gottes? Was wurde von ihm erwartet?

»Hier links abbiegen«, sagte Cyrus.

»Was ist mit dem alten Fahrer passiert?«, wagte Jeremiah zu fragen.

»Mach dir da keine Gedanken drüber.«

Um ein Uhr morgens, zwanzig Minuten nach Ankunft eines gewissen Güterzugs aus New Orleans, steuerte Jeremiah den Pick-up durch eine enge Straße, die durch zwei Abschnitte des Frachtbahnhofs führte. In einer Gangway über ihnen konnten die Arbeiter die Straße überqueren. Auf beiden Seiten befanden sich mit Stacheldraht umwickelte Zäune.

Jeremiah und Cyrus trugen graue Nachtpförtneruniformen. Das deutete drauf hin, dass hier etwas faul war. In ihren Hosentaschen steckten Briefe eines erfundenen Arbeitgebers, der den beiden Negros bescheinigte, dass sie so spät, weit nach der inoffiziellen Ausgangssperre für Farbige, noch draußen unterwegs sein durften.

Auf dem Rückweg durch die schmale Straße enthüllten Jeremiahs Scheinwerfer eine einsame Gestalt – ein Mann – oben auf einer der Gangways, genau über zwei Müllcontainern. Er hatte einige Mülltonnen und vier Pappkartons hinter sich versammelt.

Cyrus streckte die Hand aus dem Fenster und entzündete einmal sein Feuerzeug, das Signal. Dann schüttete der Mann über ihnen den Inhalt seiner Tonnen aus und warf die Kartons runter in Richtung Container. Er zielte genau so, dass sie *außerhalb* des Containers landeten. Jeremiah hielt unmittelbar daneben, schaltete die Scheinwerfer aus und sprang aus dem Wagen. Er hob die erstaunlich leichten Kartons auf und trug sie zurück zum Pick-up, wo Cyrus mit einem Schnappmesser auf ihn wartete. Jetzt ging es schnell, und so, wie sie es geübt hatten, schlitzte Cyrus die Kartons auf, während Jeremiah die vier Mülltonnen von der Ladefläche holte. Cyrus schüttete den Inhalt der Kartons, zwei fest in braunes Papier gewickelte Pakete, in die leeren Tonnen. Jeremiah roch kaum was von den Kräutern. Dann zog er Handschuhe an und öffnete eine der Mülltonnen, die tatsächlich mit Müll gefüllt waren, und verteilte mit der Hand so viel davon, dass die Marihuana-Bündel bedeckt waren. Sollten die Cops sie anhalten, trafen sie lediglich auf zwei Nachtpförtner, die Müll transportierten.

*

Nur Minuten später, südlich von Downtown, umkreisten sie einen ganz bestimmten Block und hielten nach Cops Ausschau, um schließlich hinter einem kleinen Backsteingebäude – einem ehemaligen Lebensmittelladen – zu parken. Die Hintertür öffnete sich, und ein großer, äußerst hellhäutiger Negro trat heraus, er trug ein weißes Anzughemd, hellgraue Hosen und eine passende Weste. Es war der Türsteher vom Rook, den Feck *Q* genannt hatte.

Sie kletterten auf den Pick-up und holten die beiden Tonnen von der Ladefläche. Q deutete auf die Tür, durch die Jeremiah und Cyrus die Tonnen trugen. Q schloss die Tür hinter sich und betätigte einen Lichtschalter. Das ehemalige Geschäft stand leer, bis auf eine Kiste in der Mitte des Raums und ein paar Wollmäuse und Spinnweben. Cyrus leerte die Tonnen aus, verteilte überall den Müll. Er stieß ihn zur Seite und griff hinein, nach den in Papier eingewickelten Bündeln, die er in die Kiste beförderte. Q sah zu, wie Jeremiah es ihm gleichtat. Dann reichte er Cyrus schweigend einen kleinen Umschlag und holte einen Schlüsselbund heraus, offensichtlich konnte er es kaum erwarten, sie hinauszubegleiten und abzuschließen.

»Hast du auch einen Umschlag für mich?«, fragte Jeremiah.

»Wie war das?« Q kam näher, starrte Jeremiah nieder. Es waren seine ersten Worte. »Was zur Hölle hast du da grad gesagt?«

Jeremiah wusste, wie mies er in so was war. Das Ding mit der Hackordnung und den harten Jungs. Schon in der Gang seines Bruders hatte man ihn verhöhnt, und dann erneut in Reidsville. Es gab Regeln, die er nicht begriff, selbst wenn sich hin und wieder ein mitleidvoller Mentor erbarmte, um sie ihm zu erklären.

Also versuchte er nicht streitlustig zu klingen, als er vorsichtig sagte: »Ich werde doch auch bezahlt, oder?«

Eine Hand verschwand hinter Qs Rücken und tauchte so schnell wieder auf, dass Jeremiah kaum die Waffe sah, bevor sie auf seinem Schädel niederging.

Jeremiah ging zu Boden, der Schmerz übermannte ihn.

»Mir egal, wie ihr das unter euch aufteilt, gottverdammt noch mal!«, brüllte Q.

»Er ist neu, Q«, sagte Cyrus. »Er hat's nicht so gemeint.«

Als Jeremiah aufsah, blickte er direkt in die auf ihn gerichtete Waffe. »Ich weiß, wer du bist. Die sagen, du hast deinen Bruder auf dem Gewissen. Keine Ahnung, warum jemand wie Feck einen Unglücksraben wie dich holt. Doch wenn du mir noch einmal widersprichst, trägt dich Cyrus hier in einer der Mülltonnen raus, verstanden?«

Jeremiah versuchte zu nicken, doch es tat zu sehr weh. »Ja. Ich verstehe.«

»Und jetzt raus hier.«

Cyrus half ihm hoch und führte ihn am Arm hinaus. Sobald sie draußen waren, hörten sie, wie die Tür hinter ihnen verschlossen wurde.

»Wer *ist* das?«, fragte Jeremiah. Während seiner Zeit als Zigarettenschmuggler war so manchen das Temperament durchgegangen, allen voran seinem Bruder. Dass Isaiah ihn schlug, war nichts Neues gewesen, das hatte er schon sein ganzes Leben getan. Doch aus Angst vor Isaiah hatte nie jemand die Hand gegen Jeremiah erhoben.

»Das ist Quentin Neale. Oder einfach Q. Normalerweise redet er nicht viel, doch wenn er's tut, hörst du am besten ganz genau zu.«

Jeremiah warf einen Blick auf die leeren Tonnen und versuchte, sich nicht vorzustellen, wie man ihn in eine davon hineinstopfte.

36

SMITH FUHR MIT DEWEY zu Hannah und Malcolm, es war drei Uhr morgens, als sie eintrafen. Seine Schwester schlief im Schlafzimmer, während Boggs und Malcolm in der Dunkelheit grimmig Wache hielten.

Sie brachten ihn auf den neusten Stand: Gegen halb eins hatte sich eine Menschenmenge angefangen zu bilden, kurz nachdem der Streifenwagen vorbeigekommen war. Als sei die Abfahrt der Cops ein vorher vereinbartes Signal gewesen. Die Menge war auf fünfzig oder sechzig Leute angewachsen, soweit Boggs das beurteilen konnte. Dann, gegen eins, war derselbe Streifenwagen zurückgekommen, dazu ein zweiter. Zu Boggs' Überraschung und großer Erleichterung waren die Cops ausgestiegen und hatten die Leute ermahnt, zurück in ihre Häuser zu gehen. Es war zu etlichen Diskussionen gekommen, doch die Cops hatten sich nicht beirren lassen. Gegen zwei waren alle wieder in ihren Häusern.

Dann waren die Streifenwagen wieder weggefahren. Mittlerweile war eine weitere Stunde vergangen, doch sie fragten sich, wann die Menge – oder ein wagemutiger Einzelgänger mit Molotow-Cocktail – sich das nächste Mal blicken ließ.

Smith dankte Boggs, dann bestand er darauf, dass sein Partner nach Hause ins Bett ging.

»Sicher?«, fragte Boggs. »Ich glaube nicht, dass es schon vorbei ist.«

»Gönn dir ein bisschen Schlaf. Ich ruf an, sollte es schlimmer werden.« Boggs gehorchte, und Smith übernahm seinen Posten.

Nach zwanzig Minuten ereignislosen Schweigens fiel ein Teil der Spannung von Smith ab, und er bemerkte Malcolms schwere Augenlider; die vielen Stunden voll angespannter Wachsamkeit hatten ihn müde gemacht. Der Moment schien günstig. »Ich frag dich nur einmal. Hast du das Geld gestohlen?«

»Ist das dein Ernst?« Eine Kombination aus Schock und tiefer Kränkung.

»Tu so, als würde ich dich als dein Schwager fragen und nicht als Cop.«

»Tommy, ich hab das Geld nicht genommen! Ich war noch nicht mal in der *Nähe* vom Haus dieses Typen. Kann's nicht fassen, dass du mich das überhaupt fragst.«

»Ich wollte nur sichergehen, dass ich mein Leben hier aus den richtigen Gründen riskiere.«

»Ach so, wenn ich es doch gestohlen hätte, dann hab ich auch verdient, dass man mich lyncht?«

»Ich musste dich nun mal fragen.« Das fing ja gut an, dabei war er noch gar nicht beim Eingemachten. »Schieb's doch einfach auf den Cop in mir.«

Ein Geräusch, das Schlagen einer Autotür. Sie überprüften die Fenster, konnten nichts erkennen. Smith eilte zu einem anderen Fenster, das nach Süden ging, und sah, wie sich drei Häuser weiter jemand bewegte. Kurz darauf ging das Licht in der Einfahrt an und erhellte einen Mann in Latzhose und Arbeitshemd, der eine Haustür aufschloss.

»Nichts«, berichtete Smith. »Nur jemand, der sehr spät von der Arbeit nach Hause kommt.«

Sie begaben sich wieder auf ihre Posten. Smith beäugte das Gewehr, das Malcolm in der Hand hielt. »Kannst du gut mit der Winchester schießen?«

»Gut genug.«

»Du untertreibst, oder? Hast du drüben nicht einen Orden bekommen?«

»Der war für mehr als nur Treffsicherheit, aber ja, ich kann schießen.«

»Zum Beispiel auf einen Mann auf der anderen Straßenseite, sagen wir in 35 Meter Entfernung? Nachts?«

Malcolm warf einen Blick aus dem Fenster ohne eine Idee, worauf Smith hinauswollte. »35 wär kein Problem, doch so breit ist die Straße gar nicht.«

»Das Ding da benutzt .30-30er Munition, oder?«

Malcolm sah ihn an. Endlich begriff er. »Sicher. Tut es.«

Smith hielt seinem Blick stand. »Letzte Woche, als ich hier vorbeikam und nach der Drogenlieferung gefragt habe, da gab es nichts, was du mir hättest mitteilen sollen?«

Eine weitere Autotür. Malcolm blickte nach draußen, doch Smith bewegte sich nicht.

»Tommy, wir müssen uns konzentrieren.«

Smith warf einen Blick durchs Fenster und sah einen weiteren Schichtarbeiter nach Hause trotten.

»Malcolm. Ich riskier hier mein Leben für dich, und du hast mir nichts zu sagen?«

»Tommy, ich …« Malcolm senkte den Blick. »Es war so nicht geplant.«

»*Was* war so nicht geplant?« Er wurde lauter, als er sollte.

Malcolm konnte nicht antworten, also erzählte Smith seine Version, die er sich vor ein paar Stunden zusammengereimt hatte. »In der Nacht, in der Boggs und ich die Übergabe bei der Telefonfabrik platzen ließen, wurde jemand erschossen. Weil noch *jemand* auf der anderen Straßenseite postiert war und eine Winchester abfeuerte. Wir nahmen an, dass der Schütze zu den Schmugglern gehörte, ein Wachposten, der auf uns schoss und versehentlich den eigenen

Mann erwischte. Doch der Schütze war eben *kein* Teil von Malleys Gang, stimmt's? Er war Teil einer ganz *anderen* Crew, die versucht hat, Malleys Revier zu übernehmen. Du hast für Quentin Neale gearbeitet und warst als Scharfschütze dort positioniert, um Malleys Jungs auszuschalten. Ich und Boggs sind nur zufällig dazwischengeraten.

»Ich wusste nicht, dass ihr da sein würdet. Sobald ich euch sah, bin ich abgehauen.«

»Und das macht es okay?« Sie saßen auf dem Fußboden, drei Meter voneinander entfernt. Die Tatsache, dass sie beide Schusswaffen in der Hand hielten, beherrschte Smiths Gedanken. Er musste Malcolm konfrontieren, ohne ihm zu drohen, ohnehin ein heikler Balanceakt, umso mehr in ihrem erschöpften Zustand.

»Tommy ... Ich wollte nicht, dass das passiert.«

Smith hielt sich selbst für intuitiv und kombinationsschnell, doch dass die Wahrheit ihm so lange verborgen geblieben war, rührte daher, dass sie in seinem toten Winkel lag. In seiner eigenen Familie. Vor einer Woche hatte der Boxer Spark Jones Smith und Boggs den Namen Quentin Neale genannt, Malleys potenziellen Rivalen. Und dann vor ein paar Stunden kam das fehlende letzte Puzzlestück dazu: Smith hatte aus einem Informanten herausbekommen, dass Neale seine Drogen und den Alkohol nicht wie Malley aus den Bergen bezog, sondern aus New Orleans mittels der Güterzüge. Die Betriebsbahnhöfe – derselbe Ort, an dem Jeremiah 1945 gearbeitet hatte. Smith kannte die Gerüchte, dass Feckless nicht immer ein sauberer Geschäftsmann gewesen war, doch er hatte glauben wollen, dass man auch mit ärmlichem oder sogar kriminellem Hintergrund noch ein respektabler Bürger werden konnte.

Also hatte Feck Smith testen wollen, als er ihm in jener Nacht den Briefumschlag voller Geld angeboten hatte, herausfinden wollen, ob er bestechlich war und ein Auge zudrückte – genau wie Malley es mit den weißen Cops gemacht hatte. Feck wusste aus seiner Zeit mit Isaiah Tanner, wie man sich die Bahnhöfe zunutze machte, durch das Rook hatte er das Geld und die Helfer, und jetzt, wo Malley tot war, war der Markt offen. Das Einzige, was er nicht hatte, war der Schutz der Polizei.

Smith dämmerte es erst, nachdem der Informant erwähnte, dass einer der Männer, der sich normalerweise um Fecks Bahnhofslieferungen kümmerte, vor ein paar Nächten zu Brei geschlagen worden war.

»Die Typen, die dich verprügelt haben, waren keine aufgebrachten weißen Nachbarn oder Klan-Mitglieder, stimmt's? Ich wette, du erinnerst dich nur zu gut an sie. Es waren Leute aus Malleys Gang, die es dir wegen der Schießerei heimgezahlt haben.«

Malcolms Blick senkte sich erneut. »Ich … Zunächst konnte ich mich nicht erinnern. Ernsthaft. Aber dann, ja. Ich hab vom Rook aus den Bus nach Hause genommen, und sie müssen mir im Auto gefolgt sein. Haben gewartet, bis ich ausgestiegen und in einen ruhigen Block gelaufen bin, wo sonst keiner war.«

»Aber mich hast du schön in dem Glauben rumrennen lassen, dass es die Weißen waren, nur um mich von deinen krummen Geschäften fernzuhalten. Du hast mich die ganze Zeit angelogen.«

Als Malcolm damals endlich die Stelle im Rook gefunden hatte, war Smith so erleichtert für seine Schwester gewesen, dass er ihren neuen Wohlstand nicht hinterfragt hatte. Und als sie ihm erzählten, dass sie das Haus gekauft hatten, unter anderem mithilfe einer plötzlichen Erbschaft von einem Onkel im Norden Georgias, hatte Smith ihnen auch das geglaubt.

»Ich wollte niemand töten, nur die Reifen ihres Lasters kaputtschießen. Wir wollten unsere ganze Stärke zeigen und Thunders Jungs einschüchtern, sie wissen lassen, dass sie hier nichts zu suchen hatten, dass das jetzt Qs Gebiet war. Dann hätten wir die Ware behalten. Das ist alles. Doch dann seid *ihr* aus heiterem Himmel aufgetaucht, und der Typ ist mir in die Schusslinie gelaufen.«

»Jetzt ist es meine Schuld? Du hast ja nur mit einem Gewehr quer über die Straße geballert, und jetzt bist du überrascht, dass ein Mann tot ist? Du weißt schon, dass die weißen Cops *mich* wegen Mord drankriegen wollten?«

»Mir ist klar, dass es übel für mich aussieht. Und warum denkst du, haben wir genau hier ein Haus gekauft, sag? Ich wollte raus aus dem Geschäft, mich komplett von denen lossagen. Ich kenne hier jemand aus dem Baugewerbe, der einer Firma bei den Neubauten hilft. Er hat gesagt, er kann mir einen Job als Handwerker besorgen, sobald sie mit diesem neuen Gebäudekomplex anfangen. Ich schwöre. Ich versuche, den Mist hinter mir zu lassen.«

»Hinter dir? Das ist keine zwei Wochen her.« Smith war angeekelt und so wütend, wie man nüchtern um halb drei Uhr morgens nur sein konnte. »Ich kann nicht fassen, dass du bei so einem Mist den Wachhund gespielt hast.«

Seine Augen waren jetzt ausdruckslos. »Im Pazifik hab ich Schlimmeres getan.«

»Das ist etwas anderes.«

Malcolms Blick schweifte ab, erneut durchs Fenster. »Also wirst du mich verhaften, Tommy? Ist es das?«

Es war die Frage, die sich Smith selbst seit Stunden stellte. Er holte Luft und sagte: »Du musst dieses Gewehr loswerden. Auf der Stelle. Es kann dich mit dem Mord in Verbindung bringen.«

Malcolm verstand und nickte. »Tommy, ich danke dir. Ich werd's gleich morgen los.«

Smith wäre es lieber gewesen, er hätte es sofort getan, doch das stand außer Frage. Heute Nacht konnte es Malcolm das Leben retten, doch wenn er es tatsächlich benutzte, würde er Patronenhülsen produzieren, die ihn auf den elektrischen Stuhl bringen könnten.

»Besorg dir eine andere Waffe, falls wir das Ganze morgen wiederholen müssen.«

Malcolm schloss die Augen, entweder aus Erleichterung, weil man ihn nicht verhaftete, oder in der schrecklichen Gewissheit, dass ihm morgen eine weitere solche Nacht bevorstand, selbst wenn er die heutige überlebte. Er öffnete die Augen. »Tut mir leid, Tommy. Ich wollte dich da raushalten.«

»*Tut mir leid* wird nicht reichen.«

»Was soll ich tun? Weißt du, wie lange ich nach Arbeit gesucht habe? Die ganzen Fähigkeiten, mit denen ich aus dem Krieg zurückgekommen bin, haben niemanden interessiert. Ich hab noch nicht mal einen Job als bescheuerter Hausmeister bekommen. Feckless hat mir eine Chance gegeben, für die einzige Fähigkeit, mit der sich Geld verdienen ließ, und es hat sich für uns beide rentiert. Es war nicht das, was ich wollte, klar? Doch es war alles, was ich kriegen konnte.«

Sie hörten eine weitere Autotür schlagen und überprüften die Fenster. Es war eine für die Uhrzeit ungewöhnlich hohe Frequenz an sich öffnenden und schließenden Türen.

»Malcolm, willst du ein freier Mann bleiben? Willst du, dass ich das hier für mich behalte? Dann brauche ich zwei Dinge von dir. Eins ist dein Wort, dass du keinen Fuß mehr in Feckless' Bar setzt und nie wieder ein Wort mit ihm oder Q wechselst. Mit denen bist du fertig.«

Eine längere Pause, als Smith lieb gewesen wäre. »Alles klar. Ich bin fertig mit ihnen. Was ist das Zweite?«

»Du lieferst mir die beiden Hurensöhne.«

37

»DENNY, WIR MÜSSEN drüber nachdenken, hier wegzuziehen.«

»Ist das dein Ernst?« Er und Cassie saßen am Küchentisch, während Denny jr. unter ihnen mit seinem Zug spielte und Maggie auf einer Decke lag und auf einem Spielzeug herumkaute. In diesem seltenen friedlichen Moment mit den Kindern wirkte Cassies Kommentar wie ein Donnerschlag.

»Sei doch nicht so stur. Du siehst doch, was passiert. Vielleicht hast du dich schon an solche Dinge gewöhnt, weil du sie den ganzen Tag siehst, doch wir sollten so was nicht in unserem Viertel haben.«

Er war immer noch dabei, die letzte Nacht einzuordnen. Die Stimmung der Menge hatte an Gewaltbereitschaft gegrenzt, er hatte es gefühlt, dieses Bedürfnis, auf die loszugehen, die damit angefangen hatten. Rake hatte Thames erfolgreich davon abhalten können, den Nachbarn zu erzählen, was gestohlen worden war, doch wie lange konnte er es für sich behalten? Einen Tag? Sobald sie es herausfanden, würde sie das Gefühl überwältigen, Opfer eines Unrechts geworden zu sein, und sie dazu veranlassen, alles dafür zu tun, die Ordnung wiederherzustellen.

Als Erstes hatte er heute Morgen das Departement angerufen. Einer der für Hanford Park zuständigen Beamten, ein älterer Kollege, der genervt klang, weil ihn ein Cop aus einem anderen Revier belästigte, versicherte Rake, dass sie daran arbeiteten, und legte schnell wieder auf.

Er war unsicher, wie viel er Cassie erzählen sollte. Er wusste, dass sie anders aufgewachsen war als er, hatte ihre Eltern das N-Wort so beiläufig sagen hören, wie sie gesüßten Tee tranken, wusste, wie ihre Brüder über Negros dachten, dieses faule Pack, das immer kurz davorstand, ihnen ihr Land, ihre Jobs und ihre Frauen wegzunehmen.

Die meiste Zeit waren er und seine Frau Meinungsverschiedenheiten in Rassenangelegenheiten aus dem Weg gegangen. Doch brachten die Ereignisse der letzten Wochen sie nun zum Vorschein.

»Unsere Nachbarschaft steht verdammt kurz davor zu randalieren«, sagte er. »Ich hätte gerne eine etwas rationalere Meinung in meinem eigenen Haus gehört.«

»Du willst rational? Das ist rational: Aus drei Negro-Häusern werden sechs, dann zwölf, und jedes Mal, wenn die Zahl steigt, sinkt der Wert unseres eigenen Zuhauses. Neulich war ein Makler hier und hat mich gefragt, ob wir verkaufen wollen, und die Zahl, die er nannte, war kleiner, als sie sein dürfte.«

Sie berichtete, wie ein junger, gut gekleideter Makler (»zur Abwechslung mal ein weißer«) mit Unterlagen bewaffnet vorbeigekommen war und ihr geschildert hatte, was aus einer Gegend in Atlanta geworden war, die vor einem Jahr in die Hände der Negros gefallen war. Über Generationen hinweg war sie weiß gewesen, doch wie bei einer Sonnenfinsternis war sie komplett schwarz geworden, nur wenige Monate nachdem die ersten Negros zugezogen waren. Die Weißen hatten gegen ihren Willen verkaufen müssen, denn die Blocks wurden von Negro-Familien überhäuft, mehrere Generationen in einen Bungalow gepfercht, kaputte Autos in den Vorgärten und hinten Vieh. Diejenigen, die zuerst verkauften, kamen mit einer Summe davon, die der ähnelte, was die Häuser eigentlich wert waren, hatte der Makler gemahnt, doch wer zu lange wartete, verlor bis zur Hälfte des ursprünglichen Kaufpreises.

Aus der Küche holte sie Unterlagen, die die Behauptungen des Mannes belegten, und reichte sie Rake.

»Diese Leute sind Aasgeier, Cassie. Die wollen dir nur Angst einjagen.«

»Ich lass mir nicht so leicht Angst einjagen, aber andere schon, und genau das beunruhigt mich. Die Bartletts und Caseys stehen kurz davor zu verkaufen – ich hab mich neulich mit den Ehefrauen getroffen. Solchen Familien, die erst vor Kurzem gekauft haben, fällt es leichter, ihre Zelte abzubrechen. Auch wir zahlen erst seit vier Jahren Hypothek, wir sollten darüber nachdenken.«

»Ich kann nicht glauben, dass du das ernsthaft in Erwägung ziehst. Die Schlafzimmer und die Küche sind doch gerade erst so, wie du sie haben wolltest.« Er hatte Stunden damit verbracht, zusammen mit seinem Vater die Schränke neu zusammenzusetzen, hatte die Möbel, die sie von ihrer Großmutter geerbt hatten, abgebeizt und neu gestrichen, hatte vor dem Haus zwei Bäume gepflanzt, nachdem die hundertjährige Eiche letzten Frühling umgekippt war und beinahe das Haus getroffen hatte. All der Schweiß und die investierte Zeit machten das Haus zu einem verlängerten Teil seiner selbst, nicht etwas, dass man aufgrund von diffusen Ängsten einfach so wieder loswurde.

»Ich hoffe, diese Negros akzeptieren das Angebot des Viertels und verkaufen ihre Häuser, und zwar bald«, sagte sie. »Denn wenn das nicht passiert, müssen wir wohl wegziehen.«

Denny jr. gesellte sich zu ihnen, um davon zu berichten, was sein imaginärer Zugschaffner getan hatte, und um Daddy zu fragen, ob er mit ihm spielte. »Gleich«, versprach Rake und scheuchte ihn davon.

Ihm wurde bewusst, dass er sich nicht mit dem großen Ganzen auseinandergesetzt hatte. Egal ob als Soldat oder später als Cop, er hatte immer auf eine bestimmte Art und Weise funktioniert: Erhalte Befehle, führe sie aus, widme dich der nächsten Aufgabe. Er merkte, wie schlecht er darin war, einen Schritt zurückzutreten und die

Sache aus allen Blickwinkeln zu betrachten, die tektonischen Verschiebungen unter seinen Füßen zu bemerken, die diktierten, welche Befehle man ihm erteilte. Als die ersten Negro-Familien zugezogen waren und Leute wie Dale auf Gewalttaten anspielten, hatte er gehofft, das Viertel würde bald wieder in seinen Dornröschenschlaf zurückfallen. Die Negros würden bleiben, doch sie wohnten ja nicht in seinem Block, also kümmerte es ihn nicht. Was lächerlich war, wie er jetzt erkannte, denn wenn drei Negro-Haushalte hier in Sicherheit leben konnten, würden aus den Dreien sechs und dann zwölf werden – Cassie hatte recht. Er hatte Dale versprochen, ihm zu helfen, nicht nur weil er zur Familie gehörte, sondern weil er hoffte, dass er mit der Lösung des Falls die Anstifter aus dem Verkehr ziehen und die Gewalt im Zaum halten konnte. Doch am Ende hatte er Cassie nachgegeben und sein Einverständnis zu der Spendenaktion der NIHP signalisiert, obwohl er befürchtet hatte, dass es sich dabei nur um einen anderen Finger derselben Faust handelte, die irgendwann auf die Negros einschlug – und jetzt war er sich da sicherer denn je.

Also sagte er zu Cassie: »Ich erzähl dir jetzt was, aber das bleibt unter uns.« Sie nickte. »Diese Einbrecher haben das Geld gestohlen, das Thames eingesammelt hat. Es ist weg. Deshalb wird auch niemand die Negros da rauskaufen können.«

Sie legte die Hand auf den Mund. »Oh mein Gott. Das *ganze* Geld?«

»Angeblich.«

»Was meinst du mit *angeblich?*«

»Ich vermute, dass mehr dahintersteckt, als alle denken.« Er hatte Angst, mehr zu verraten, hatte Angst, wie sie reagieren würde. Er brauchte erst Beweise, sonst vertieften seine Anschuldigungen nur noch den Graben zwischen ihnen. »Ich muss mir über ein paar Dinge klar werden.«

»Du musst es finden, Denny. Du musst es zurückbringen, bevor die es versaufen oder für sonst was ausgeben, denn dann sind wir alle angeschmiert.«

»Cassie …« Er versuchte, behutsam vorzugehen. »Dem Viertel wird nichts passieren, und wir gehen nirgendwohin. Doch in der Zwischenzeit erzähl niemandem davon. Ich muss dieses Geld finden, bevor jemand mitbekommt, dass es überhaupt weg ist. Sonst …« Er wollte es sich gar nicht vorstellen. »In der Zwischenzeit redest du einfach nicht mehr mit irgendwelchen Maklern, okay? Gib mir einen Tag Zeit.«

Wie viel schlimmer konnten die Dinge innerhalb eines Tages schon werden, dachte er.

★

Er musste noch mal mit Dale reden. Es war erst einen Tag her, seit das GBI ihn im Park angesprochen hatte; am selben Abend hatte er Dale aufsuchen wollen, nachdem die Kinder im Bett waren, doch der Raubüberfall und das nachfolgende Chaos hatten diesen Plan vereitelt. Dann hatte er beobachtet, wie Dale sich ausgerechnet bei den gottverdammten Columbianern anbiederte.

Weil er Aufzeichnungen über Telefongespräche vermeiden wollte, denen das GBI nachgehen konnte, verließ er das Haus, ohne Cassie auf Wiedersehen zu sagen, und fuhr zu einem Münztelefon drei Blocks weiter. Er rief in Dales Fabrik an. Als man ihm sagte, dass Dale gerade nicht in Reichweite sei, gab er sich als Nachbar aus, der behauptete, Dales Frau sei sehr krank und brauchte ihn dringend.

Drei Minuten später war Dale dran und außer Atem. »Hallo?«

»Dale, ich bin's, Rake, aber sag meinen Namen nicht laut. Sue Ellen geht's gut. Ich hab gelogen. Aber du und ich, wir müssen uns jetzt sofort unterhalten, und zwar unter vier Augen.«

★

Zwanzig Minuten später stieg ein reichlich abgehetzter Dale in Rakes Chevy, den Rake am Nordende des Parks abgestellt hatte, der Hanford Park seinen Namen gab. Er schlug die Tür zu.

»Das war keine besonders nette Aktion, Rake. Hab fast einen Herzinfarkt bekommen.

»Dafür bräuchtest du ein Herz.« Rake fuhr los, die Spiegel genau im Blick. Er hatte einen Umweg genommen, um sicherzugehen, dass ihm niemand folgte. Fünf Blocks von der Fabrik entfernt bog Rake in eine enge Gasse, die zwischen einem kürzlich geschlossenen Restaurant und einer noch nicht geöffneten Bar verlief.

»Warum reden wir hier?«, fragte Dale, während sie ausstiegen.

Rake ignorierte die Frage, und erst als er sicher war, dass sie allein und unbeobachtet waren, fragte er: »Hat sich jemand vom Klan bei dir gemeldet?«

»Nein, du hast mir gesagt, ich soll untertauchen, also hab ich–«

»Der Negro, der neulich verprügelt worden ist, was, wenn das die Gegenleistung dafür war, was ihr da oben in Coventry veranstaltet habt?«

»Daran hab ich auch schon gedacht. Aber falls es so wäre, hätten sie das bei unserem letzten Treffen erwähnt.«

»Welches letzte Treffen?«

Dale blickte schuldbewusst drein. »Unser Klavern. Wir haben uns neulich getroffen–«

»Ich hab dir gesagt, du sollst dich zur Hölle noch mal von denen fernhalten.«

»Wenn ich ein Treffen verpasse, wirkt das doch verdächtig, oder nicht?«

Er hasste die Tatsache, dass sein Schwager vielleicht sogar recht hatte. Womöglich war es gut, dass er bei dem Treffen gewesen war – als hätte man einen Spion dort eingeschleust, wenn auch einen ziemlich beschränkten.

»Was hast du bei dem Treffen gehört?«

»Sie haben sich drüber aufgeregt, was mit Irons passiert ist, und gefragt, ob jemand was weiß, aber ich hab nichts gesagt. Das mit dem Negro haben sie kaum erwähnt.«

»Mit wem hast du über die Nacht in Coventry gesprochen?«

»Mit niemand. Du hast gesagt, ich soll schweigen, und das hab ich.«

Rake wollte schon *gut* sagen, als Dale ergänzte: »Außer mir und Mott wissen nur noch Iggy und Pantleg Bescheid.«

»*Wer?*«

Nach Dales Bericht ergab sich ein noch viel schlimmeres Bild. Er hatte vergessen zu erwähnen, dass ursprünglich *fünf* Klan-Mitglieder nach Coventry aufgebrochen waren, doch dann hatten sich zwei nicht an den Plan gehalten, weil sie keinen Weißen verprügeln wollten, und sich dazu entschlossen, woanders für noch mehr Ärger zu sorgen.

Rake war jetzt hellhörig. »Es gab noch *zwei*? Und du hast einfach vergessen, das zu erwähnen?«

»Ich … Schätze, ich dachte, ich hätte es dir erzählt.«

»Nein, nein, du hast es mir scheiße noch mal nicht erzählt. Also gibt es *drei* Leute, die wissen, dass du in der Nacht dort oben warst. Herrgott. Wem haben die's sonst noch erzählt?«

»Niemandem, Rake, die sind nicht doof.«

Rake konnte nicht fassen, was für ein Narr er gewesen war. Es hatte die glasklare Option gegeben, Nein zu sagen, als Dale ihn um Hilfe gebeten hatte. Oder noch besser, Rake hätte Dale persönlich auf die Wache bringen sollen. Ihm einen guten Anwalt besorgen, ihm empfehlen, die Dinge so genau wie möglich den Detectives von der Mordkommission zu schildern. Dale wäre mit versuchter schwerer Körperverletzung davongekommen, vielleicht sogar weniger, wenn er den Staatsanwalt davon überzeugt hätte, dass er nur ein guter Junge aus dem Süden war, der sich für christliche Werte einsetzte. Jesus, Rake war durch den offensichtlichsten aller Ethiktests gefallen. Obwohl er seinem moralischen Kompass stets vertraut hatte und sich für so viel besser hielt als kriminelle Cops wie Helton oder sein Ex-Partner Dunlow, hatte er versagt, und zwar auf ganzer Linie. Er ließ sich nie von Gier oder Trieben leiten, nahm keine Schmiergelder an oder beutete hilflose Frauen aus. Darin lag nicht seine Charakterschwäche. Er hatte versucht, seiner Schwester zu helfen, und gedacht, es verleihe seinem Tun eine ehrbare Note. Deshalb hatte er ein Verbrechen verschwiegen und lief Gefahr, seinen Job zu verlieren, wenn das alles rauskam, was, wie ihm jetzt klar wurde, unvermeidlich war.

»Dale, das ist gottverdammt aussichtslos.« Er hoffte, dass der Ton seiner Stimme dem, was er gleich sagen würde, angemessen war. »Du musst dich stellen.«

»*Was?* Das kann ich nicht.«

»Du hast keine Wahl.«

Dale wirkte zu Tode erschrocken. Mehr als am ersten Tag, als er noch unter Schock stand. »Wir können das für uns behalten, Denny, ich schwöre.«

»Du kannst gar nichts für dich behalten. Das ist gegen dein Naturell.«

»Denny, ich schwör' dir–«

»Und wenn schon, die anderen beiden haben weniger zu verlieren. Sie waren kein Teil des eigentlichen Angriffs, bei dem ein Mann ums Leben kam. Wenn man sie unter Druck setzt, zeigen sie mit dem Finger auf dich.«

»Das sind meine Freunde.«

»Deine allerbesten Freunde auf der ganzen Welt? Die dich so sehr lieben, dass sie für etwas ins *Gefängnis* gehen, das sie nicht getan haben, und weiter schweigen, damit *du* auf freiem Fuß bleibst? Ist dir klar, wie bescheuert das klingt?«

Tränen in Dales Augen. Er faltete seine Hände wie zum Gebet.

»Bitte, Denny.«

Er sah so zerrüttet und verzweifelt aus, sein Widerstand längst gebrochen, dass Rake den Zeitpunkt günstig für folgende Frage hielt: »Und warum hast du dich eigentlich letzte Nacht bei den Columbianern angebiedert?«

Dale schüttelte den Kopf, verwirrt von dem Themenwechsel. »Du meinst Coyle?«

»Du kennst ihn?«

»Na klar. Ich wär da fast mal reingeraten, aber Mensch, das ist doch Jahre her.«

»Was wollte er letzte Nacht da?«

»Dasselbe wie alle anderen, denke ich. Hab ihn nur da stehen gesehen und Hallo gesagt. Wusste gar nicht, dass er schon draußen ist.«

Dale sah zu erbärmlich für eine glaubhafte Lüge aus, doch Rake hatte sich schon einmal getäuscht. »Halt dich zum Teufel noch mal von denen fern.«

Dale wischte sich über die Augen und bekam seine Emotionen wieder in den Griff, jetzt, da sie nicht mehr über seinen unausweichlichen Gefängnisaufenthalt sprachen. »Die versuchen nur dem Viertel zu helfen.«

»Und wie soll diese Hilfe aussehen?« Rake kam näher. »Haben *die* neulich den Negro attackiert? Oder sind in Thames' Haus eingebrochen?«

»Ich weiß es nicht! Pass auf, als die sich vor ein paar Jahren für weiße Viertel eingesetzt hatten, war da viel Wahres dran, aber nachdem man sie wegen Verrat oder was auch immer festgenommen hatte, hab ich mich rausgehalten. Ich trag weder die Uniform, noch geh ich zu ihren geheimen Treffen, klar?«

»Die haben geheime Treffen?«

»Das war nur eine Redewendung! Lass mich verdammt noch mal in Ruhe!« Er schüttelte den Kopf, und wie üblich verwandelte sich seine Furcht innerhalb kürzester Zeit in Wut. »Willst du wirklich, dass ich mich stelle? Die Wahrheit sage und so was? Dann werd' ich wohl die ganze Wahrheit sagen müssen, so wahr mir Gott helfe, und dazu gehört auch, dass ich meinem Schwager Officer Denny Rakestraw alles über Coventry erzählt habe und er mir empfohlen hat, die Klappe zu halten. Also hab ich gehorcht.«

Rake blieb betont gelassen. Ein paar Blocks weiter konnte er Kinder spielen hören, eine sanfte Brise trug das Geräusch zu ihnen.

»Drohst du mir, Dale?«

»Ich würde niemals einem Cop drohen. Ich sag nur: Falls es je dazu kommt, dass ich die vollständige und ganze Wahrheit sagen muss, dann werde ich das tun.«

Rake versetzte ihm einen Schlag in den Magen. Nur ein Hauch von Selbstkontrolle verhinderte, dass er ihn weiter oben traf, dass er ihm die Nase brach und Beweise für diese Begegnung in seinem Gesicht hinterließ.

Dale krümmte sich, und Rake packte ihn bei den Schultern, hob sie hoch und presste ihn gegen die Mauer. Dann schlug er ihn an dieselbe Stelle.

Er wich zurück, sodass Dale in die Knie gehen und anfangen konnte zu husten. Er dachte kurz, Dale müsste sich übergeben, doch er tat es nicht. Rake stützte sich auf ein Knie, doch auch so befand er sich noch ein paar Zentimeter über Dale, der kaum den Kopf oben halten konnte, die Hände am Boden der Gasse.

»Wenn du auch nur dran denkst, mich in deinen Mist mit hineinzuziehen«, sagte er leise, flüsterte Dale fast ins Ohr, »dann schlag ich dich tot. Ganz langsam. Ich tu Dinge, wie sie die Nazis drüben getan haben. Dinge, die wir uns manchmal von ihnen abschauen mussten. Also halt dein verdammtes Maul.«

Zurück im Chevy steckte er den Schlüssel in die Zündung und setzte komplett zurück, warf Dale einen letzten Blick zu, der nun mit dem Gesicht voran in der Gasse lag, als hätte man ihn zum Vierfüßler geprügelt.

Später, als das Adrenalin sich langsam senkte und sein Gemüt sich etwas abgekühlt hatte, wurde Rake klar, dass er nichts erreicht hatte, weniger sogar als nichts, denn er hatte nicht die geringste Ahnung, was Dale als Nächstes vorhatte.

38

HANNAH STIEG VORSICHTIG aus dem Bett, mit pochenden Schläfen, als hätte der Schlaf ihr geschadet. Die Uhr zeigte halb zehn. Die Kopfschmerzen stammten nicht vom Schlaf, sondern von zu wenig davon. Sie, Malcolm, Tommy und Boggs hatten die Nacht über abwechselnd Wache gehalten. Sie hatte noch nie zuvor eine Waffe in der Hand gehalten, wollte es eigentlich auch nie. Doch letzte Nacht war diese Waffe in ihrer Hand, ihr kühler Stahl, ihre unbestreitbare Macht, bei Gott das Einzige gewesen, das sie aufrecht gehalten hatte.

Sie dehnte sich, ihr Rücken schmerzte. Schlafen war mit dem Baby ohnehin schwierig geworden, auch ganz ohne Todesangst. Sie ging aufs Klo, wie beinahe jede Stunde. Nahm einen Schluck Wasser und fühlte schon jetzt das Sodbrennen; heute würde ihr nichts mehr schmecken.

Tommy war schon weg, hatte sich entschuldigt, weil er nach Hause musste und sich bei seinen Kollegen melden, vielleicht noch ein Nickerchen vor der Schicht machen. Er nahm an, bei Tageslicht seien sie sicher. Sie wünschte, sie könnte ihm glauben, doch das waren weder Werwölfe noch Vampire, die es auf sie abgesehen hatten. Die Weißen, die hinter ihnen her waren, waren wesentlich furchterregender, denn sie konnten jederzeit zuschlagen.

Kurz nachdem Tommy gegangen war, hatten sie und Malcolm sich ins Bett geschleppt – zunächst hatten sie sich nicht getraut, doch etwas an der morgendlichen Geräuschkulisse aus sich öffnenden und schließenden Haustüren der Nachbarn und der Parade der Autos, die sich ihren Weg aus Einfahrten zu Büros oder Fabriken bahnten, der schiere Alltag, machten den Lockruf ihres warmen Betts unwiderstehlich. Noch angezogen hatten sie sich hingelegt und waren innerhalb von Sekunden eingeschlafen.

Malcolm schnarchte noch immer, also schlich sie in die Küche, um sich einen Kaffee zu kochen. Sie spürte den kalten Boden unter den Füßen, die Krümel, fürs Fegen hatte sie letzte Nacht keinen Nerv mehr gehabt. Was war mit heute Nacht? Wie viele Nachtwachen würden sie benötigen? Tommys freier Abend war erst in ein paar Tagen, also konnte er nicht vor zwei Uhr morgens zu ihnen stoßen. Er hatte die Hilfe eines anderen Negro-Polizisten in Aussicht gestellt, doch was, wenn der Cop fand, dass das nicht sein Problem war? Wie lange konnten sie durchhalten?

Sie dachte über das weiße Paar nach, das sie vor Kurzem besucht hatte und ihnen »zum Wohle des Viertels« das Haus hatte abkaufen wollen. Als ob sie und Malcolm kein Teil »des Viertels« wären. »Das Viertel« wollte sie rauswerfen und tat so, als tue man ihnen damit einen Gefallen, als wüssten die, was gut für sie wäre. Doch sie hatten gewagt, Nein zu sagen.

Daraufhin hatte ihnen das weiße Paar ohne große Worte oder Drohungen unmissverständlich zu verstehen gegeben, dass die einfachste und sicherste Route damit für sie gesperrt war und nur noch die unsicheren Nebenstraßen übrigblieben.

Sie hatte ihren Kaffee noch nicht ausgetrunken, und ihr Kopf hämmerte immer noch, als ein echtes Hämmern dazukam – an der vorderen Haustür. Drei schwere Schläge, begleitet von »*Polizei! Aufmachen!*«.

Sie versuchte »*Malcolm!*« gleichzeitig zu flüstern und zu schreien, um ihn zu wecken, doch draußen nicht gehört zu werden. War das wirklich die Polizei? Und machte es einen Unterschied? Sie eilte ins Schlafzimmer und rüttelte an der Schulter ihres Mannes. »Jemand klopft an die Tür! Behaupten, sie wären von der Polizei.«

Zunächst war es nicht einfach, ihn aus seinem totenähnlichen Schlaf zu erwecken, doch dann sprang er wie vom Schlag getroffen auf, griff nach dem Revolver auf dem Nachttisch, noch bevor seine Füße den Boden berührten. Er ließ die Kammer aufschnappen, überprüfte die Munition – vermutlich zum fünften Mal seit letzter Nacht –, dann steckte er ihn in die Hosentasche, sodass der Saum seines Flanellhemds ihn verbarg.

»Wenn ihr nicht sofort aufmacht, treten wir die Tür ein!«

Im vorderen Wohnzimmer lag Malcolms Winchester auf dem Sofa. Er deckte sie mit diversen Couchkissen zu. Dann positionierte er sich neben dem Sofa und befahl ihr, die Tür zu öffnen, nur einen Spalt.

Sie merkte, wie ihre Hand zitterte, als sie den Bolzen wegschob und dann den Knauf drehte, selbst diese kleinen routinierten Handgriffe überforderten sie, sodass sie vergaß, ein kleines Stoßgebet zum Herrn zu schicken, der in letzter Zeit durchaus öfter von ihr gehört hatte.

Sie öffnete die Tür gerade weit genug, damit man sie sehen konnte, ungewaschen, ungekämmt, hochschwanger, verängstigt. Zwei weiße Polizisten. Hannah bekam noch nicht einmal die Chance, sie nach dem Grund ihrer Anwesenheit zu fragen.

»Wo ist dein Muskelprotz, Mädchen?«, fragte der vordere. Er stieß die Tür auf, die beinahe ihren Bauch traf. Die Polizisten betraten das Wohnzimmer, als wäre es ihr eigenes, als verbrächten sie die Ferien hier, sprächen hier ihr Abendgebet und zögen in diesen vier Wänden ihre eigenen Kinder groß.

»Wen haben wir denn da«, sagte der leitende Polizist. Er war vielleicht fünfundvierzig, groß, mit rötlicher Haut und grauen Haaren unter seiner Mütze. Sein Partner war jünger, und etwas an seinen teigigen Wangen und dem hektischem Blick erinnerte Hannah an eine Bulldogge, genau wie sein mächtiger Brustkorb und der dicke Nacken. Tommy hatte ihr geraten, sich wenn möglich immer die Namen der

Beamten zu merken, mit denen sie sprach, doch sie trugen keine Namensschilder, und sie wollte nicht wissen, wie sie auf die Frage danach reagieren würden.

»Guten Morgen, Officers«, sagte Malcolm. Die Cops schwärmten durch den Raum, kamen ihm mal mehr, mal weniger nah, doch er rührte sich nicht vom Fleck.

»Malcolm Greer, richtig?«

»Ja, Sir.«

»Wo warst du letzte Nacht, Junge?«

Hannah spürte die Blicke des Bulldoggen-artigen Cops auf ihr.

»Hier. Den ganzen Tag, die ganze Nacht.«

»Und gestern gegen sechs, halb sieben Uhr Abend?«

»Haben wir zusammen zu Abend gegessen.«

Der vorgesetzte Cop trat an Malcolm heran. »Kann das jemand bezeugen?«

»Ich kann es«, sagte Hannah. Beide Cops starrten sie an, gebannt, wie die Frau es wagen konnte zu sprechen.

»Jemand *anderes* als ihr beide, meinte ich.«

»Wir waren allein«, sagte Malcolm.

Der Cop musterte ihn von oben bis unten. Hannah stellte sich vor, was er sah: einen ausgelaugten und von Verletzungen gezeichneten Negro, eine schiefe Nase und ein rechtes Auge, das leicht hing. Ihm fehlten zwei Vorderzähne – die Zahn-OP würde ein Vermögen kosten –, was ihm eine undeutliche Aussprache verlieh, die selbst seine Ehefrau kaum wiedererkannte.

»Jemand ist letzte Nacht in ein Nachbarhaus eingebrochen«, sagte der Cop. »Hat eine ganze Menge Geld gestohlen. Waren zwei Negros, ein Einbrecher, ein Fluchtwagenfahrer, der auch eine Frau gewesen sein könnte. Ihr beiden lasst euch lieber ein besseres Alibi einfallen als eure gegenseitige Gesellschaft, oder wir stellen euch die nächsten Fragen auf dem Revier.«

»Warum sollten wir bei einem Nachbarn einbrechen?«, fragte Malcolm.

Das konnten genauso gut die Männer sein, die Malcolm verprügelt hatten, ihn beinahe umgebracht, dachte Hannah.

»Ach, mir würden da schon ein paar Motive einfallen. Mit dem Kerl, bei dem eingebrochen wurde, hattest du erst neulich eine Auseinandersetzung. Und das–«

»Das war keine Auseinandersetzung«, sagte Hannah, »wir haben nur gesagt–«

»Mund zu, Mädchen«, fuhr die Bulldogge sie an.

»Lässt du sie einfach so weiterplappern, oder müssen *wir* ihr das nächste Mal den Mund verbieten?«, fragte der ältere Cop.

»Hannah«, sagte Malcolm mit gesenktem Blick. »Lass einfach mich ..., lass mich mit ihnen reden.«

Der Ältere lächelte. »Ihr beide wusstet, dass Mr Thames nicht gerade wenig Geld im Haus hatte, und habt euch dazu entschlossen, nicht nur das Haus zu behalten, sondern sich auch noch das Geld zu schnappen. Ist doch so, oder?«

Leugne es, und sie drehen durch. Gib etwas zu, das du nicht getan hast, und wandere dafür ins Gefängnis. Schweig, und sie werden genau so wütend sein.

»Ich wurde gestern Morgen um zehn aus dem Krankenhaus entlassen«, sagte Malcolm. »Seitdem haben wir das Haus nicht verlassen. Ich kann mich kaum bewegen, geschweige denn irgendwo einbrechen.«

Einen kurzen Moment blieb der Ältere regungslos und beobachtete Malcolm. »Tja, Officer Barnwell, es scheint, als wäre das Subjekt nicht gewillt, die Tat zuzugeben. Dann werden wir die Wahrheit wohl auf dem Revier herausfinden müssen. Leg ihm Handschellen an.«

Barnwell, die Bulldogge, packte Malcolm an der Schulter und riss ihn herum. Er drehte Malcolm die Handgelenke auf den Rücken, während Hannah schrie: »Das können Sie nicht machen. Mein Bruder ist Polizist!«

»Ich kann *was* nicht machen?«, bellte der Ältere und kam näher. »Sag du mir nicht, was ich machen kann und was nicht, du schwarze Schlampe.«

»Nennen Sie sie nicht so«, fauchte Malcolm. Seine Hände waren noch nicht ganz gefesselt, und er versuchte jetzt, Barnwell abzuschütteln, um sich demjenigen zuzuwenden, der seine Frau beleidigt hatte.

Die Dinge passierten jetzt zu schnell für Hannah, doch der Ältere schien mit so etwas geradezu gerechnet zu haben. Er wandte sich in aller Ruhe Malcolm zu, nicht im Geringsten überrascht oder besorgt, und versetzte ihm einen platzierten Schlag auf seine kaum verheilte Wange.

»Fassen Sie ihn nicht an!«, schrie Hannah.

Es gab ein weiteres Geräusch, das sie nicht einordnen konnte, während sie die Cops anbrüllte, und dann drückte Barnwell Malcolm aufs Sofa und ergriff erneut seine Handgelenke, ließ die Handschellen diesmal einschnappen. Der andere Cop schlug sie ins Gesicht. Seit sie acht oder neun war und sich mit einer Freundin gestritten hatte, mit der sie bis heute kein Wort mehr gewechselt hatte, war sie nicht mehr geschlagen worden. Ihre Wange fühlte sich heiß an, und ihr kamen die Tränen, ihr gesamter Körper war einen halben Meter nach rechts gestoßen worden. Als sie wieder in der Lage war, den Blick zu erheben, konnte sie durch den Tränenschleier erkennen, dass der Ältere auf dem Boden kniete und eine Waffe in der Hand hielt.

»Na, was haben wir denn hier?« Malcolms Revolver war ihm aus der Tasche gefallen, als der Cop ihn geschlagen hatte. Jetzt richtete sich der Cop zu voller Größe auf und hielt ihn am Griff.

»Für den hab ich einen Schein«, sagte Malcolm, immer noch gekrümmt auf dem Sofa.

»Der Bruder ist bei der Polizei, ja? Tja, noch ein Motiv mehr. Ihr seid hochnäsig geworden, denkt, eure Familie steht über dem Gesetz. Denkt, ihr könnt einfach so in Häuser einbrechen und von den anständigen weißen Bürgern hier im Viertel klauen.«

Dann, in einer Bewegung, die sich Hannah für immer ins Gedächtnis brennen würde, in einer Pose, die sie in zahllosen Nächten aus dem Schlaf reißen würde, richtete er die Waffe auf Malcolms Hinterkopf.

»Nein!«, schrie sie so laut, dass sie sich einnässte, so heftig, dass ihr später die Muskeln im Brustkorb wehtun würden.

Der Cop richtete die Waffe auf ihn und lächelte. Malcolm konnte nicht sehen, was vor sich ging, und wollte »Hannah« sagen, als der Cop anfing zu lachen. Er steckte die unbenutzte Waffe in seine Tasche und nickte Barnwell zu.

»Leg ihr auch Handschellen an.«

39

KURZ NACH MITTAG, am Tag nach seinem Gerangel mit Dale, hatte Rake gerade den Anwesenheitsappell absolviert, als ihn sein Partner Parker über Neues im Fall Thames informierte.

»Helton hat kürzlich jemand verhaftet. Es war eins der Negro-Pärchen, die gerade hergezogen sind, Malcolm Greer und seine Frau.«

»Der, den sie halb totgeschlagen haben? Das ist der Schwager von Smith, dem Negro-Cop.«

»Das wusste ich nicht. Woher weißt du das?«

»Hab ich irgendwo aufgeschnappt.« Rake zuckte mit den Schultern, streute eine Prise gespieltes Desinteresse auf seine äußerst reale Wut. »Aber warum die, was ist das Motiv?«

»Für einen Diebstahl? Das Motiv war Geld. Die wussten, dass er eine Menge Geld rumliegen hatte, denn er hat ihnen was davon angeboten, um ihre Häuser aufzukaufen. Ziemlich idiotische Aktion, einen Nachbarn zu beklauen. Scheiß nie dahin, wo du isst, aber vielleicht kennen die Negros das Sprichwort nicht. Egal, das Opfer hat Greer vor ein paar Minuten in einer Gegenüberstellung unter mehreren Personen identifiziert.«

Den Fall hatte Helton schnell und effizient gelöst.

»Parker, dieses Geld wurde noch nicht mal gestohlen, zumindest nicht so, wie Helton denkt. Thames hat das Ganze inszeniert.«

Parker sah Rake an, als sei er verrückt. »Wie bitte?«

»Ich war der Erste am Tatort. Da lagen höllisch viele Scherben vor dem Fenster auf dem Rasen und nur wenige im Haus. Er behauptet, der Einbrecher habe das Fenster zerbrochen, um ins Haus zu kommen, doch es wurde von innen zerstört. Entweder lässt Helton sich verarschen, oder er spielt vorsätzlich mit.«

»Vielleicht haben sie es auf dem Weg nach draußen noch mal beschädigt.«

»Er hat es anders erzählt. Und ich war da, ich konnte es in seinen Augen sehen.«

Parker gab sich Mühe, Rakes Logik zu folgen. »Er hat also Spenden von den Nachbarn eingesammelt, um Negros aufzukaufen, dann hat er sich selbst ausgeraubt, um das Geld zu behalten?«

»Ja. Hat's auf zwei Negros geschoben, aber in dem Raum hat es stark nach Schuhcreme gerochen. Ich vermute, er hat zwei Freunde eingeladen, die sich das Gesicht schwarz angemalt haben, dann ist einer ins Auto gestiegen und hat den Fluchtwagenfahrer gemimt.« Es wäre nicht das erste Mal, dass jemand ein Verbrechen mit schwarz angemaltem Gesicht beging, vor allem nachts und in weißen Gegenden, wo die Leute nicht besonders vertraut mit dem Anblick von Negros waren und aus der Ferne keinen Unterschied ausmachen konnten. »Thames hat ein paar Schüsse in die Wand abgegeben, um Aufmerksamkeit zu erregen, dann ist sein Komplize zum Auto gerannt, um Zeugen zu täuschen. Thames hat sich so verdammt merkwürdig benommen, und da kam mir einfach der Gedanke, wie praktisch es für ihn wäre, wenn die Spenden dieser Leute einfach auf sein Konto verschwinden würden.«

»Ich weiß nicht, Kumpel. Hast du mir nicht erzählt, dass du den Kerl nicht leiden kannst?«

»Klar, irgendetwas an ihm kam mir nicht ganz sauber vor, und jetzt weiß ich auch warum. Denk mal drüber nach: Helton schiebt es den Negros in die Schuhe. Warum sollte man sie mühsam aus der Nachbarschaft vertreiben, wenn sie stattdessen für ein inszeniertes Verbrechen in den Knast wandern? Und als Bonus hauen die anderen beiden farbigen Familien auch gleich ab.«

Parker schüttelte den Kopf. »Du machst das alles daran fest, wohin die Scherben gefallen sind, und am Geruch von Schuhcreme im Schlafzimmer eines Mannes. Eine Mannes, der jedes Recht hat, seine Schuhe im Haus zu polieren. Helton dagegen hat ein Negro-Paar mit einem Grund, sich an dem Opfer zu rächen.« Er zählte an den Fingern ab. »Und Grund zur Annahme, dass er eine Menge Geld hatte, und, ach ja, das Opfer hat die beiden zweifelsfrei identifiziert.«

»Um's ihnen anzuhängen und seine Spuren zu verwischen! Ich wette, wenn man sich sein Konto anschaut, dann findet man da was – er könnte Spiel- oder Drogenschulden haben oder sich von dem plötzlichen Geldregen ein größeres Haus kaufen.«

Parker runzelte die Stirn wie ein weiser Vater, der keine Lust mehr hatte, sich die schlüssig argumentierte, aber sinnlose Bitte seines Sohnes nach mehr Taschengeld anzuhören. »Die Scherben reichen nicht aus, und ein Richter würde nie erlauben, die Finanzen des Mannes zu überprüfen. Selbst wenn Thames Geldsorgen hätte, würde es viel zu lange dauern, das herauszufinden, und Zeit ist genau das, was uns fehlt. Du weißt es genauso gut wie Helton: Wenn die Sonne noch einmal hinter Hanford Park untergeht, ohne dass jemand festgenommen wurde, kommt es zu Ausschreitungen. Dann werden Häuser abgefackelt, und vielleicht wird jemand gelyncht. Willst du das? Willst du deinem Kleinen erklären, warum da jemand am Baum hängt? Kann sein, dass es das Schicksal nicht gut mit diesem Greer-Jungen meint, doch wegen Diebstahl festgenommen zu werden ist immer noch besser, als auf dem Grill zu landen und den Schwanz abgehackt zu bekommen.« Er ließ das Bild kurz wirken. »Es mag dir nicht gefallen, doch Helton hat getan, was getan werden musste, um das Viertel zu stabilisieren und die Ordnung wiederherzustellen.«

»Was, wenn die Menge sich heute versammelt, um Rache an den anderen Negro-Häusern zu verüben? Die Festnahme löst nichts, wenn Greer unschuldig ist. Egal wie gut Thames lügt, das Geld muss wieder auftauchen oder wir bekommen so oder so unsere Ausschreitungen.«

»Nee. Wenn sich Leute über das fehlende Geld aufregen, werden ihnen Helton und seine Jungs versichern, dass die Täter hinter Gitter sind und die Gerechtigkeit ihren Lauf nimmt. Bis man Greer verurteilt, vergehen Monate, und keiner wird sich dermaßen über seine verlorenen zwanzig oder fünfzig Dollar aufregen, dass er etwas Unüberlegtes tut.« Er rückte seine Mütze zurecht. »Wie du schon meintest, die anderen Negros werden daraus lernen und sich verziehen, und die Leute werden zufrieden sein, egal was zum Teufel wirklich mit ihrem Geld passiert ist.«

★

Rake und Parker wollten gerade aufbrechen, als Rake ein Anruf erreichte.

»Warum ist mein Schwager im Gefängnis?«, blaffte ihn Smith an.

Rake gab Parker ein Zeichen, dass er noch eine Minute benötigte. Sobald er allein war, sagte er: »Das ist eine heikle Angelegenheit. Es tut mir leid für deine Familie, aber hier ist gerade die Hölle los.«

»Erzähl mir was Neues. Ich lag die ganze Nacht in seinem Haus mit einem Gewehr auf der Lauer.«

»Wie bitte? Boggs hat mir versprochen, dass ihr euch von Hanford Park fernhaltet – das war Teil unserer Abmachung.«

»Die Abmachung wurde hinfällig, als ein weißer Mob durch die Straßen marschiert ist.«

»Mit einem Gewehr herumstehen ist keine gute Idee. Ich will nicht, dass die Dinge eskalieren und–«

»Eskalieren? Das war Selbstverteidigung. Wir haben in *seinem* Haus Wache gehalten. Jemand von uns wollte das auch heute Nacht tun, doch das können wir uns wohl sparen, jetzt wo die Greers im Gefängnis sitzen. Aber vielleicht war genau das der Plan? Sie ins Gefängnis stecken, dann kann man ihr Haus abfackeln und ohne sich eines Mordes schuldig zu machen.«

Er konnte Smith nicht ausstehen. Mit Boggs konnte man reden, der war wortgewandt und höflich, doch mit dem Kerl hier zu reden, war wie mit Handgranaten zu jonglieren.

»Ich hab versucht, euch zu helfen, gottverdammt noch mal.«

»Er ist verhaftet worden. Was hat das mit Hilfe zu tun?«

Jesus Christus. Wie konnte Smith denn nicht kapieren, womit er es hier zu tun hatte? Vor allem nach dem Angriff auf seinen Schwager. Auf der einen Seite standen Weiße wie Dale und die Columbianer und der Klan – Kriminelle, die nur darauf warteten, die Smiths dieser Welt zu Hackfleisch zu verarbeiten. Auf der anderen Seite hielten Leute wie Rake – in Unterzahl und nicht entsprechend gewürdigt – diese Kräfte gerade so im Zaum und bekamen zum Dank Smiths Empörung zu spüren.

»Ich hab meinen Kopf für euch hingehalten«, fuhr ihn Rake an. »Ich habe die unangenehmen Fragen gestellt und meine Nase in Dinge gesteckt, die mich nichts angehen. Und *ich* bin derjenige, der gestern den Mob in Schach gehalten hat. Gewehr hin oder her, ihr hättet gar nicht genug Munition gehabt, glaubt mir. Und das alles hat mir eine Menge verdammt finsterer Blicke meiner eigenen Nachbarschaft und der anderen Cops eingebracht.«

Er sprach leise und hatte dennoch Angst, dass ihn jemand hörte. Er fühlte sich wie ein Spion gegen die eigene Rasse. Wieso hatte er Boggs und Smith das mit sich machen lassen?

»Ich weiß deine schwierige Lage zu schätzen«, sagte Smith. »Aber mir geht's genauso. Auch ich muss mich gegenüber Leuten rechtfertigen, die sich fragen, warum meine Verwandten, die keine Diebe sind, in einer *Zelle* hocken. Wir haben einen Anwalt, der gerade dorthin unterwegs ist. Ich wünschte, sie wären sicher, sobald sie auf Kaution draußen sind, doch etwas sagt mir, dass das nur ein frommer Wunsch bleibt.« Rake gefiel der ätzende Tonfall nicht. »Also, was können Sie mir über die Festnahme sagen? Haben die irgendwelche gefälschten Beweise oder so was?«

»Ich weiß nur, dass das Opfer Malcolm bei einer Gegenüberstellung identifiziert hat.«

»Das ist verrückt.«

»Mir schmeckt das auch nicht.« Rake hätte Smith von seinem Verdacht gegenüber Thames erzählen können. Doch einen Negro in interne Konflikte Weißer einzuweihen schien ihm gerade jetzt nicht besonders schlau. Und Smiths Ton bei diesem Gespräch ließ Rake auch nicht unbedingt den dringenden Wunsch verspüren, ihm entgegenzukommen.

»Wenn du auf eine Entschuldigung dafür wartest, dass ich nicht herausgefunden habe, wer deinen Schwager aufgemischt hat, kannst du lange warten. Euch einen Gefallen zu tun hat mich nicht gerade weitergebracht. Falls ich etwas herausfinde, das deiner Familie weiterhilft, lasse ich es dich umgehend wissen.« Er legte auf, bevor Smith ihn weiter kritisieren konnte.

*

Als Nächstes erledigte Rake einen überfälligen Anruf bei einem alten Kumpel, der für das Wirtschaftsressort der *Constitution* schrieb – Chip Weathers. Er hatte Chip vor ein paar Tagen angerufen und ihn gebeten, Letchers Geschäfte unter die Lupe zu nehmen, von denen Rake noch nicht einmal wusste, wie man nach ihnen recherchierte, geschweige denn sie durchschaute.

»Hast du was über Letcher herausgefunden?«

»Oh ja, wollte dich eh anrufen. Interessanter Zeitgenosse.« Dabei schien Letcher alles andere als interessant, zumindest Rakes Eindruck nach – er hatte in dessen Gerichtsakten geblättert und wenig Bemerkenswertes gefunden.

»Dem gehört eine Menge Grund und Boden in Atlanta.«

»Darunter Anteile an der Sweetwater-Fabrik, bei mir ums Eck.«

»Stimmt, aber er ist vor allem bei Immobilienverkäufen im privaten Sektor erfolgreich. Musste ein bisschen tiefer graben, doch es stellte sich heraus, dass er einer von mehreren Inhabern einer Firma ist, die '47 und '48 etliche Grundstücke erworben hat, die er alle innerhalb eines Jahres wieder verkauft hat.« Als Chip erläuterte, wo genau die Grundstücke lagen, lehnte sich Rake im Stuhl zurück.

»Alle diese Viertel sind farbig geworden«, dämmerte es ihm, und er verachtete sich selbst dafür, dass ihm das entgangen war, die Verbindung zwischen Letcher und Hanford Park. Letcher verdiente an Vierteln mit sich ändernder Hautfarbe. Dort kaufte er panischen Weißen billig die Häuser ab und verkaufte sie zu einem überhöhten Preis an neu ankommende Negros.

»Ich hab erst neulich mit einem Kumpel, einem Polizeireporter, über ihn geredet«, sagte Chip. »Die Letchers haben einen Haufen Kohle, sein Daddy hat vor der Wirtschaftskrise Unmengen verdient und gehortet, aber auch die haben ihre faulen Äpfel im Stammbaum. Einer seiner Cousins gehörte sogar zu den Columbianern, die man vor ein paar Jahren eingesperrt hat. Lass mich mal sehen, wo habe ich den Namen aufgeschrieben?«

Rakes Gedanken rasten. Letchers Geldgeschäfte würden nicht besonders gut bei den meisten Bürgern Atlantas ankommen. Vor allem nicht bei den selbsternannten Hütern des weißen Atlantas, sobald die herausfanden, wer dahintersteckte. Letcher war gut beraten, ein Geheimnis daraus zu machen, begraben unter einem Berg von Geschäftsbeziehungen, die nur ein Journalist aufspüren konnte. Ein Journalist, oder womöglich ein Verwandter, der zufällig etwas davon aufgeschnappt hatte.

»Sorry«, sagte Chip, »ich such immer noch nach diesem Notizbuch, es muss hier irgendwo sein.«

Rake gab einen Tipp ab, mit heiserer Stimme. »Der Cousin war Delmar Coyle.«

»Genau der.«

40

CLANCY DARDEN MOCHTE Streifen, dachte Boggs. Er trug einen dunkelgrauen Anzug mit dünnen Nadelstreifen über einem weißen Hemd mit schwarzen Nadelstreifen, seine rote Krawatte hatte schwarze Streifen, und wenn er lächelte, wellte sich seine Stirn zu einem Stapel horizontaler Linien. Darden, Vizepräsident der von Negros geführten millionenschweren Versicherungsagentur, in der Boggs' Bruder arbeitete, lächelte viel, selbst wenn sein Lächeln ziemlich nervös wirkte.

Boggs saß neben seinem Vater, Darden und Reverend Holmes Borders von der Wheat Street Baptist Church. Sie waren die drei Weisen der Sweet Auburn-Gemeinde, die man eingeladen hatte, sich mit den weißen Wortführern von Hanford Park zusammenzusetzen, um die sich verschlechternde Lage zu erörtern.

Ihnen gegenüber saßen drei weiße Männer. Don Gilmore, der Besitzer des Eisenwarenhandels und Oberhaupt der Nachbarschaftsinitiative, die erst existierte, seit Negro-Familien in die Gegend gezogen waren. Er hatte graue Haare und die Statur von jemand, der seinen Lebensunterhalt mit dem Bauen und Reparieren von Dingen bestritt; die karierte Krawatte über seinem weißen Anzughemd schien eine ansteckbare zu sein. Neben ihm saß Richard Puckett mit silbergrauen Haaren und einem grauen Geschäftsanzug und damit genauso schick gekleidet wie die anwesenden Negros. Er war Anwalt und ehemaliger Gemeinderat, ihn umgab ein Hauch von Autorität; sicher wohnte er selbst nicht in einem Arbeiterviertel wie Hanford Park. Der dritte weiße Mann, John Vanders, war Vorarbeiter in der

Sweetwater-Fabrik und verschränkte seine Arme über einem Jeanshemd und einem mächtigen Brustkorb, im Gegensatz zu seinen Kollegen sah er keinen Sinn darin zu lächeln.

Sie saßen an einem langen Tisch im Konferenzzimmer der Anwaltskanzlei Puckett's. Boggs hatte sich ziemlich exponiert gefühlt, als er vor ein paar Minuten samt seiner schwarzen Gesandtschaft die edle Lobby betreten hatte. Der Fahrstuhlschaffner, ein kaum den Teenagerjahren entwachsener Negro, schien baff von ihrem Eintreten zu sein. Einige Weiße hinter ihnen entschieden sich, lieber in der Lobby zu warten, statt den Aufzug mit ihnen zu teilen.

»Danke, dass Sie gekommen sind, Gentlemen. Ich gebe zu, das ist ein ungewöhnlicher Zeitpunkt«, sagte Puckett, »aber soweit ich weiß, hat es letzte Nacht einen Raubüberfall in Hanford Park gegeben.«

Boggs fragte sich, wie viel diese weißen Männer tatsächlich darüber wussten.

»Das ist sehr bedauerlich«, sagte sein Vater. »Das Laster kennt nun mal keine Grenzen.«

»Nun, Hanford Park war jahrelang frei von Verbrechen«, sagte Gilmore. Boggs bezweifelte das stark: Welche Gegend war schon komplett frei von Verbrechen? »Hören Sie, ich bin Geschäftsmann, ich verkaufe meine Ware an beide Rassen. Ich brauche keinen Ärger im Viertel, ich brauche keine Sachbeschädigung und keine Nächte wie die letzte. Da wir ja mittlerweile über drei Familien sprechen und sich die Gegend ein paar Blocks weiter südlich in den letzten beiden Jahren von einer Mischgegend in eine überwiegend schwarze verwandelt hat; sieht es nicht so aus, als bekämen wir den Geist wieder zurück in die Flasche.«

»Wir halten es für die klügste und sicherste Strategie, die natürliche Grenze zwischen den Rassen wiederherzustellen«, erklärte Puckett in seiner Anwaltsstimme, während er eine Karte aus einem Umschlag holte und vor ihnen ausbreitete. »Die einstige Grenze, Bacon Street, taugt nicht mehr, da nördlich von ihr jetzt drei Negro-Familien wohnen.«

Die Beacon war eine wichtige Durchgangsstraße, flankiert von Unternehmen, die bis nach Downtown führte. Sie hatte jahrzehntelang die Rassen separiert.

»Aber das wird nur funktionieren«, sagte Vanders in einem etwas fordernderen Ton als seine Kollegen, »wenn Sie alle die neuen Grenzen akzeptieren, die wir heute hier einzeichnen. Es bringt nichts, eine neue einzuzeichnen, sich zurückzuziehen, und ein Jahr später wird die Grenze von drei weiteren farbigen Familien eingerissen.«

Boggs hatte das Gefühl, dass Vanders Worte nicht nur den Negros galten, sondern auch den anderen weißen Männern. Auf jener Seite des Tisches schienen unterschiedliche Meinungen darüber zu existieren, ob dieses Treffen grundsätzlich eine gute Idee war.

»Die viel gravierendere Angelegenheit ist doch, dass massive Wohnungsnot für Negros herrscht«, erklärte Reverend Boggs. »Die meisten Immobilien in Negro-Gebieten liegen im besten Fall unter dem Standard, und es ziehen weiterhin Tausende in die Stadt. *Niemand* will in einer heruntergekommenen Holzhütte in Darktown oder einer Bruchbude in Buttermilk Bottom wohnen, die kein fließend Wasser hat.«

»Die vielen neuen Sozialbauwohnungen hätten dieses Problem beheben sollen«, sagte Gilmore.

»Es hat geholfen, doch die Wohnungen sind immer noch knapp«, sagte Darden. »Vor allem für Negros, die sich mehr als nur Sozialwohnungen leisten können.«

Boggs erinnerte sich daran, was Reginald gesagt hatte: Darden hatte eine beträchtliche Summe Geld in eine bewaldete Fläche nordöstlich von Hanford Park gesteckt, unweit des Komplexes aus Sozialwohnungen, der während des New Deals entstanden war. Er wollte Einfamilienhäuser und ein Appartementhaus für Negros dort bauen.

Jegliche Entscheidung über die Zukunft von Hanford Park würde einen großen Einfluss auf Dardens nah gelegene Investition haben.

»Wir mögen in vielen Dingen unterschiedlicher Meinung sein«, sagte Puckett, »doch in einem sind wir uns einig: Wir wollen Gewalt vermeiden. Wir wollen nicht, dass Leute zu Waffen greifen und es zu Ausschreitungen kommt, weil die Dinge aus dem Ruder gelaufen sind.«

»Es gab bereits Gewalt«, warf Boggs ein. »Einer der Negro-Anwohner wurde beinahe getötet.«

»Niemand von uns heißt das gut«, behauptete Gilmore, »und niemand von uns will, dass so etwas noch einmal vorkommt. Deshalb sind wir hier.«

Wie aalglatt sie sind, dachte Boggs. Mit der einen Hand verprügeln sie Malcolm und versammeln sich zum Mob wie vorherige Nacht, und mit der anderen machen sie dir nichtssagende Zugeständnisse und geben sich gerecht und moralisch, während sie dir die ganze Zeit weiter mit der ersten Hand drohen, immer noch zur Faust geballt und schlagbereit.

»Einer unserer Vorschläge für dieses Treffen heute war das Angebot der Nachbarschaftsinitiative, die drei Immobilien zurückzukaufen, die von den drei Negro-Haushalten gekauft wurden«, sagte Gilmore. »Doch, äh, soweit ich weiß, wurde das Geld letzte Nacht gestohlen.«

Boggs wusste von dem Einbruch, doch ihm war nicht klar gewesen, was genau gestohlen worden war.

»Und natürlich hoffe ich, dass das Geld wieder auftaucht«, sagte Gilmore. »Doch wenn nicht, dann fürchte ich, sind wir nicht mehr in der Lage, diese drei Immobilien zu kaufen.«

Eine der Negro-Familien war vorübergehend aus ihrem Zuhause ausgezogen, doch Boggs hatte seinen Vater gebeten, es nicht zur Sprache zu bringen. *Wenn die Weißen mitbekommen, dass sie die Negros vertrieben haben, dann spornt sie das nur an. Und wenn sich die Nachricht*

verbreitet, dass eins der Häuser leer steht, dann wächst die Wahrschein-
lichkeit, dass es jemand anzündet.

»Wir sind der Meinung, dass man den Bedürfnissen der Gesamt-
gemeinschaft gerecht werden *und* gleichzeitig mehr Wohnungen für
farbige Familien schaffen kann, wenn wir von jetzt an die Magnolia
Street als neue Grenze akzeptieren«, sagte Puckett und zog eine weitere Karte aus dem Umschlag. Natürlich war die Gegend nördlich der
Magnolia als weiß gekennzeichnet und der Süden davon als schwarz.
Magnolia Street war keine Hauptstraße wie die Beacon, doch sie
führte am Südende des Parks vorbei, was sie im Kopf der Weißen zu
einer logischen Grenzlinie machte.

Boggs sah seinen Vater an. »Die wollen also, dass wir etwas unterzeichnen, das Negros vorschreibt, wo sie deren Meinung nach zu leben
haben? Gab es da nicht ein Urteil des Obersten Gerichtshofs dazu?«

Etwas Zorniges blitzte kurz in den Augen seines Vaters auf, doch
bevor er antworten konnte, tat es Puckett.

»Zunächst einmal sind wir nicht die Baubehörde oder der Senat
des Bundesstaats, wir sind lediglich eine Gruppe Bürger, die sich pri-
vat unterhalten. Es gibt kein Gericht in Amerika, das damit ein Problem hätte. Zweitens wird hier niemand irgendwas *unterzeichnen*.
Drittens, wie Mr Gilmore gerade dargelegt hat, sind Sie nicht die Einzigen, die etwas aufgeben. Sie stimmen zu, dass die Negros südlich
der Magnolia bleiben, und wir stimmen zu, dass die Weißen, die jetzt
auf diese drei Blocks verteilt leben – und das seit Jahrzehnten – ausziehen werden.«

»Das ist mehr als nur ein kleines Opfer«, sagte Gilmore. »Sie gewinnen drei Blocks senkrecht und fünf waagrecht. Und wir sind diejenigen, die den Leuten beibringen müssen zu verkaufen. Ich versichere
Ihnen, das sind keine Gespräche, auf die ich mich freue.«

Und Puckett sagte: »Genau wie Sie versuchen wir Blutvergießen
und Chaos zu vermeiden.«

»Und diese Weißen ziehen alle um, wenn Sie es ihnen sagen?«, fragte Boggs.

»Sie wären ziemlich verwegen, es nicht zu tun«, sagte Puckett. »Niemand will das letzte weiße Haus in einem schwarzen Viertel sein.«

»Lucius«, sagte Reverend Boggs. »Ich hab meinen Koffer im Auto vergessen. Magst du ihn mir holen?«

Er fühlte, wie ihm das Blut in die Wangen schoss. Man verbannte ihn.

»Ja, Sir. Ich bin gleich zurück.« Er lief langsam durch den Flur und zurück zum Aufzug und dem nervösen jungen Liftboy. Durch die Lobby, den Block hinunter bis zum Auto. Da war der Koffer, ohne Frage absichtlich vergessen für den Fall, dass sein Vater von dieser List Gebrauch machen musste.

Als er wieder zurückkam, schüttelten sich alle die Hände. Es herrschte nicht unbedingt Feierstimmung, doch eine komplizierte Angelegenheit war geklärt worden, und die Erwachsenen hatten die Ordnung wiederhergestellt.

*

Auf der Heimfahrt ließ er eine Lektion seines Vaters über sich ergehen. »So regeln wir die Dinge hier in Atlanta. Deshalb herrscht schon so lange Frieden.« Es machte Boggs traurig, es war, als stellte die Stadt eins dieser vorgefertigten Schilder auf, auf denen sie sich selbst gratulierte: ›Willkommen in Atlanta, 44 Jahre ohne Rassenunruhen!‹. »Ich weiß, es fühlt sich falsch an, auch nur dem Geringsten zuzustimmen, wenn man mit ihnen am Tisch sitzt, aber genau das ist der Punkt: *Sie sitzen am Tisch mit uns.* In den meisten Städten des Südens denken die Weißen nicht mal daran, mit uns zu verhandeln. Kannst du es nicht wertschätzen, wie selten das passiert? Ich hab eine sehr lange Zeit sehr, sehr hart dafür gearbeitet, mir meinen Platz am Verhandlungstisch zu verdienen. Ich kann das nicht durch hitzköpfige Wortbeiträge aufs Spiel setzen, Dienstmarke hin oder her.«

Er war nicht in Stimmung, mit seinem Vater zu streiten – seinem Vater, der vermutlich von Anfang an recht mit Julie gehabt hatte, seinem Vater, der ihm diese Fehleinschätzung zweifellos ein Leben lang vorhalten würde. Boggs fürchtete, dass ihm noch viele Tage Buße bevorstanden, deshalb musste er mit seinen Kräften haushalten.

Sie bogen gerade in die Einfahrt, als sie Boggs' Mutter im Vorgarten auf sie zulaufen sahen, mit vor Sorge hochgezogenen Augenbrauen. Sobald sie ausgestiegen waren, lief sie am Reverend vorbei, direkt auf ihren Sohn zu. »Tommy Smith hat angerufen. Seine Schwester und sein Schwager sind im Gefängnis.«

41

SMITH FUHR LANGSAM Malcolms und Hannahs Block ab. Es war ein herrlicher Frühmorgen, in zahlreichen Vorgärten blühten lilafarbene und weiße Astern, eine junge Frau pflanzte Knollen im Beet neben ihrer Einfahrt. Malcolm und Hannah waren vor etwa zwei Stunden verhaftet worden. Er sah keinen Streifenwagen vor ihrem Haus stehen, kein gelbes Absperrband, keinerlei Polizeipräsenz.

Er hatte sich Deweys Auto ausgeliehen, hatte gelogen, als Dewey nach seinem Führerschein gefragt hatte. In den Staaten war er bisher nur ein paarmal gefahren, doch im Krieg hatte er nicht nur einen Panzer gesteuert, sondern diverse LKWs, er wusste also, was er tat. Den Geräuschen nach zu urteilen gefiel es dem Motor nicht, wie er die Kupplung bediente, doch immerhin hatte er niemand überfahren oder war angehalten worden.

Smith bog in die Einfahrt der Greers und parkte neben dem Haus. Eilig stieg er aus und lief zur Hintertür, wollte nicht gesehen werden. Mit dem Ersatzschlüssel, den sie ihm gegeben hatten, schloss er auf. Er rief nicht *Hallo*. Abgesehen von dem Summen ihres Kühlschranks und Vogelgezwitscher durch offene Fenster, war nichts zu hören. Es roch nach abgestandenem Kaffee.

Zuerst überprüfte er, ob sie das Gewehr offen liegen gelassen hatten, doch dann hätten es die weißen Cops gefunden, und Malcolms Schicksal wäre besiegelt. Er sah es nicht, also suchte er als Nächstes an den üblichen Orten: in den Schränken, unterm Bett. Als er zurück ins Wohnzimmer kam, schaute er unter dem Sofa nach. Wo war es? Er setzte sich und fühlte das Gewehr unter den Kissen.

Die weißen Cops hatten wohl nicht danach gesucht. Sie wollten Malcolm lediglich den Diebstahl anhängen, unwissend, dass er ein viel schlimmeres Verbrechen begangen hatte.

Smith wickelte die Waffe in eine Decke aus dem Schlafzimmerschrank. Dann verließ er das Haus durch die Hintertür und versteckte das Gewehr im Kofferraum von Deweys Wagen. Er rangierte langsam aus der Einfahrt, behielt dabei jedes Fenster und jeden Vorgarten im Blick, in der Hoffnung, dass er unbemerkt verschwinden konnte.

Er hielt sich an Geschwindigkeitsbegrenzungen, sein Blick ging andauernd in den Rückspiegel, und demütig fügte er sich gelben Ampeln, bis er es nach zwanzig Minuten auf seine Seite der Stadt geschafft hatte.

Er war vollkommen ausgelaugt. Seine Augen taten weh, er spürte seinen Puls bis in die Schläfen. Er war von seiner Nachtschicht direkt zur Nachtwache bei Malcolm gefahren und im Morgengrauen gegen sieben gegangen, dann hatte er keine drei Stunden geschlafen, bevor er vom Getrampel der Nachbarn über ihm geweckt worden war, die ihn auf den Anruf von Hannah aufmerksam machten, die in Tränen aufgelöst aus dem Gefängnis anrief.

Er war immer noch benommen von der Erkenntnis, was Malcolm im Auftrag von Feckless getan hatte. (Wusste Hannah davon? Er hatte sich letzte Nacht nicht getraut, sie zu fragen.) Er erkannte, in welch dubiosen moralischen Gewässern er watete, allein weil er sich entschlossen hatte zu schweigen.

Doch der Gedanke, dass die weißen Cops den Einbruch den Greers anhängten und ihre Macht missbrauchten, um ganz nebenbei die Negro-Nachbarn loszuwerden – das war zu viel für ihn. Die Weißen waren zu weit gegangen. Ihm war klar, dass sie ziemlich oft so weit gingen – und noch weiter –, doch das war *seine Familie*. Er musste sie vor dem personifizierten Bösen, den weißen Cops, schützen, vor ihren neuen Nachbarn, vor all den Blitztruppen mit ihren Uniformen. Und er würde sie beschützen, selbst wenn das bedeutete, sie auch vor den Konsequenzen von Malcolms Drecksarbeit für Feckless zu beschützen.

Er wollte sich gar nicht erst ausmalen, was sein aufrechter Pfarrerssohn-Partner dazu sagen würde. Zur Hölle mit Boggs. So sehr Smith ihm dafür dankbar war, dass er mit den Greers Wache gehalten und sein Leben für seine Familie aufs Spiel gesetzt hatte, wusste er doch, das Boggs ihm das nie nachsehen oder verzeihen würde. Herrgott noch mal, Boggs stand kurz davor, die Liebe seines Lebens fallen zu lassen, nur weil sie mal mit einem Mann zusammen gewesen war, der Zigaretten geschmuggelt hatte! Die angebliche Reinheit der Boggs-Linie war seinem Partner offensichtlich wichtiger als ein schönes Leben mit Julie. Nein, Boggs würde das hier auf keinen Fall verstehen. Smith hasste, was er tat, und es ekelte ihn an, wie aus Malcolm der Handlanger eines Drogendealers geworden war, und lägen die Dinge anders, hätte er Malcolm vom starken Arm des Gesetzes auf den elektrischen Stuhl setzen lassen und seine schwangere Schwester zur Witwe gemacht. Doch was brachte das? Wem nutzte das? Es wäre nur ein Sieg für die Blitztruppen, und das konnte er nicht zulassen.

*

Fünfzehn Minuten später war die Stadt verschwunden, an ihre Stelle war lehmroter Wald getreten, durch dessen Geäst sich die scharfen Strahlen der Herbstsonne frästen. Hütten mit Dächern aus Teerpappe standen hier, bettelarme Negros lebten ohne fließend Wasser in einer Gegend, die Welten entfernt schien vom von hier aus unsichtbaren Georgia State Capital, an dem Smith nur wenige Momente zuvor vorbeigefahren war. Weiter südlich wurde die Straße gerade, er passierte das örtliche Gefängnis und versuchte nicht an die Mordwaffe in seinem Kofferraum zu denken oder auf den Stacheldraht und die bewaffneten Wachen auf den Türmen zu achten, nicht an die Jungs aus seiner Kindheit zu denken, die da drin saßen. Weil Gott es so gewollt hatte oder sie einfach nur Pech gehabt hatten, weil sie aus einem miesen Elternhaus stammten, weil ihnen jemand eine schnelle Art, an Geld zu kommen, angeboten hatte. Nicht wie er, der zu viel Schiss gehabt hatte, sich den Jungs anzuschließen, oder zu anständig gewesen war; der im Gegensatz zu Malcolm diesen Job bekommen hatte, was er ihm erst erzählt hatte, als er dort anfing, und sie beide gar nicht gewusst hatten, dass der andere sich ebenfalls beworben hatte. *Hätte sich das Departement für ihn statt für mich entschieden, wo wäre ich jetzt,* dachte er. *Würde Malcolm jetzt für mich eine Mordwaffe entsorgen?*

Er musste schnell wieder zurück in die Stadt, wollte wissen, ob der Anwalt, den Boggs empfohlen hatte, schon Hannah und Malcolm im Gefängnis aufgesucht hatte. Genau wie bei Thunder Malley hatte er Angst, dass jemand im Departement einen Grund fand, Malcolm dauerhaft zum Schweigen zu bringen. Er wollte gar nicht dran denken, wie man seine schwangere Schwester behandelte.

Er gelangte zu einer alten Mine, die zum Teil geflutet worden war, in dem traurigen Versuch, diese müllverseuchten Wälder in ein Ausflugsziel für Städter zu verwandeln. Es standen keine Autos auf dem Kies-Parkplatz. Zehn Minuten folgte er einem Weg, dann bog er ab in einen schmalen, überwucherten Nebenpfad, den er schon einmal benutzt hatte. Er ignorierte die Warnschilder und lief weiter, bis er zu einer der stillgelegten Gruben kam. Eine riesige Wunde in der Landschaft, in roten und orangefarbenen Streifen und so vielen Brauntönen, dass er staunte, wahrhaftig ein Regenbogen aus Brauntönen und dahinter das Schwarz, eine endlos tiefe Grube.

Er benutzte die Decke, um die Waffe noch mal abzuwischen, dann warf er sie weg. Es dauerte ganze fünf Sekunden, bis er einen Aufprall hörte. Eine kühle Brise erfasste ihn, die aus der Grube zu kommen schien, und als er zum Auto ging, legte er sich die Decke über die Schultern wie ein Landstreicher.

42

DAS BARBECUE-RESTAURANT Joe's Ribs lag einen Block vom Polizeihauptquartier entfernt und war für eine Unmenge nicht bestandener Gesundheitschecks verantwortlich.

Sergeant Gene Slater war Stammgast, und doch hatte er es geschafft, zwei Jahrzehnte dort zu speisen, ohne sich einen Rettungsring anzufressen. Bei groß gewachsenen Kerlen war das manchmal so, dachte McInnis, als er sich auf den Stuhl gegenüber seines ehemaligen Partners setzte.

Slater hatte die blauen Hosen seiner Uniform an, es war seine Mittagspause. McInnis war noch nicht im Dienst und trug ein weißes Polohemd mit einem Polizeikranz über der einen Brust.

»Ist das immer noch dein alter Plymouth, der da am Hauptquartier parkt?«, fragte McInnis. »Hab gehört, deine Frau fährt ein Chrysler-Cabrio.«

»Wär keine gute Idee, mit so was zur Wache zu fahren. Ebenfalls Hallo.«

»Die letzten Jahre haben es gut mit dir gemeint.«

»Kann nicht klagen.«

»Muss schön sein, so ein zusätzliches Gehalt.«

Die schnippische Bedienung nahm McInnis' Bestellung auf – gezupftes Schweinefleisch, Kohl, gesüßter Tee – und verschwand wieder.

»Fühlst du dich benachteiligt?«, fragte Slater lächelnd. »Du hattest deine Chance, Mac. So einige Chancen. Ich kann mich da an eine gewisse Arroganz erinnern, an den Unwillen, nach denselben Regeln zu spielen wie alle anderen.«

»Ich bereue meine Entscheidungen nicht.«

»Und doch lässt man dich deswegen unten im Kongo arbeiten.« Slater lehnte sich zurück und verschränkte die Finger hinterm Kopf, immer noch am Lächeln. »Wie zum Teufel konnten wir eigentlich je Partner sein?«

»Damals hatten wir ein paar Dinge gemeinsam. Zum einen warst du ein ziemlich guter Cop. Nur leider ein bisschen geldgierig.«

»Du denkst, *ich* hätte mich verändert? Komm schon. Du warst damals auch ein guter Cop, bis du festgestellt hast, dass du Spaß dran hast, andere zu denunzieren.«

McInnis sah sich kurz im Lokal um – es war voll, die Hälfte Cops. Es roch, als hätte man den Himmel angezündet. »Gene, du und deine Jungs müsst euch eine neue Methode suchen, euer Gehalt aufzubessern, außerhalb meines Reviers. Das tritt ab jetzt in Kraft.«

Slater nippte an seinem Tee. Er wirkte amüsiert. »Männer, die Schnaps und Drogen verkaufen, verkaufen an diejenigen, die konsumieren. Die Farbigen lieben das Zeug. Ist einfach nur ein gutes Geschäft, Mac.«

»Das mag ja sein, aber dein Geschäft macht meinen Beamten das Leben schwer.«

»Scheiße, deine *Beamten*. Du willst es professionell klingen lassen, doch in Wirklichkeit ist das die reinste Lachnummer.«

»Es sind Männer, die unter meinem Kommando arbeiten. Dir mag das scheißegal sein, doch sie können ihren Job nicht machen, solange Beamte unter *deinem* Kommando mithelfen, Drogen in ihr Revier zu schleusen.«

»Wer sagt denn, dass meine Männer so etwas tun?«

Slater ging also offenbar nicht auf McInnis' Bluff ein, doch das würde McInnnis nicht davon abhalten, noch ein bisschen mehr zu bluffen: »Willst du, dass ich Beweise liefere? Ist es wirklich das, was du willst?«

»Du hast recht, mir sind deine Jungs scheißegal. Mach nur so weiter, und bald geht's mir mit dir genauso.«

»In dem Fall möchte ich das noch mal ohne Fragezeichen am Ende formulieren. Moment, warte, da war ja gar keins. Ich sag's dir jetzt klipp und klar: Wenn du und deine Jungs nicht aufhören, die Schmuggler und Dealer in meinem Revier zu schützen, dann werden die braven Steuerzahler Atlantas schon bald eine weitere Titelgeschichte über die Verhaftung korrupter Beamter zu lesen bekommen.«

Es herrschte Schweigen, als Slater dasaß und den Mann musterte, von dem er einst gedacht hatte, ihn zu kennen.

»Ist das dein Ernst?«

»Mir hat noch keiner vorgeworfen, dass ich besonders komisch wäre.«

»Dann bist du suizidgefährdet.«

»Nö, das ist unchristlich. Egal, ich wollte dir nur höflichkeitshalber Bescheid sagen, dass wir nach zwei Jahren durch sind mit den kleinen Fischen. Jetzt sind die großen dran.«

»So wie Thunder Malley, was? Das ging für niemanden besonders gut aus.«

»Nein, tat's nicht. Wir haben genug Mordfälle, da müssen wir uns nicht auch noch mit rivalisierenden Drogenbanden herumschlagen, von dreckigen Cops ganz zu schweigen.«

»Du denkst, das ist meine Schuld? Deshalb bist du hier? Um mich deswegen zu beschuldigen? Warum sollte ich so was tun?«

»Ich weiß es nicht. Vielleicht hätte ich das Isaiah Tanner vor ein paar Jahren fragen sollen.« McInnis hatte den Eindruck, dass nur wenige diesen vernichtenden Blick in Slaters Augen gesehen und überlebt hatten.

»Das ist längst Geschichte«, sagte Slater, »bringt nichts, das wieder auszugraben.

Für jemand, der so viel Zeit damit verbrachte, Kriminelle wegzusperren, war es unerträglich, nicht Klartext reden zu können. Wie gerne hätte McInnis einfach nur gesagt: *Das ist dein Modus Operandi, Slater. Du beschützt Schmugglerringe in farbigen Vierteln und kassierst dafür einen Anteil, während du alles dafür tust, dass die anderen Cops nicht so genau hinschauen. Und wenn, sagen wir mal, die Dinge schieflaufen – zum Beispiel bei einer FBI-Ermittlung wegen Diebstahl von kriegswichtigen Gegenständen im Jahr 1945, oder weil ein paar Negro-Cops diesen Monat eine Drogenlieferung gestoppt haben –, verwischt du deine Spuren, indem du denjenigen umlegst, der dich damit in Verbindung bringen könnte. Dann hältst du eine Weile die Füße still und fängst mit neuem Personal von vorn an.*

Die Bedienung kam vorbei, und Slater bat, seine Bestellung mitnehmen zu können, er hätte es sich anders überlegt. McInnis folgte seinem Beispiel.

»Hab gehört, dass man gerade Verwandte von einem deiner Officers verhaftet hat«, sagte Slater. »Smith, richtig? Klingt, als hätte sie mein alter Kumpel Helton eindeutig wegen Einbruchs am Haken. Dafür sitzen die eine hübsche Weile. Und haben wir nicht Regeln gegen die Beschäftigung von Mitarbeitern mit straffälligen Familienmitgliedern?«

»Das tritt nicht rückwirkend in Kraft, das weißt du.«

»Bei weißen Cops mag das so sein. Ich wage zu behaupten, dass der Chief bei einem schwarzen Cop mit einer Einbrecherin als Schwester anderer Meinung ist.«

McInnis gebot sich selbst, ruhig zu bleiben. Normalerweise war das nicht nötig. »Smith erledigt seinen Job unter mir ohne Fehl und Tadel. Netter Versuch, aber das wird nicht passieren.«

»Sei dir da nicht so sicher. Wie wird er sich fühlen, wenn er erfährt, dass seine Liebsten für, ach herrje, ganze fünf Jahre ins Gefängnis wandern? Seine süße kleine Schwester, angekettet in einem mörderischen Arbeitslager. Könnte ihr Leben ruinieren. Doch Moment, vielleicht können wir ja was für sie tun. Im Gegensatz zu *dir* hab ich durchaus Freunde dort. Vielleicht kann ich den Staatsanwalt überzeugen, sie wegen eines Verfahrensfehlers freizulassen. Bewährung statt Haft. Wär das nicht toll?«

McInnis fragte sich beinahe, ob das nicht von Anfang so geplant gewesen war. Die weißen Cops versuchten ständig, auf angebliches Fehlverhalten der farbigen Polizisten hinzuweisen, in der Hoffnung, dass der Polizeichef das Negro-Experiment endlich beendete. Jetzt probierten sie es mit Erpressung.

»War nett, mit dir zu plaudern, Gene. Aber wir kommen nicht ins Geschäft. Wär schade, wenn es zu Festnahmen käme, die in deine Richtung deuten oder generell in die von weißen Polizisten. Ich weiß, dass die festgenommenen Negros manchmal praktischerweise im Gefängnis getötet werden, doch irgendwann wird die Abteilung für Inneres neugierig. Oder sogar der Polizeichef oder der Bürgermeister. Das ist meine letzte Warnung.«

Slater senkte die Stimme. »Du Hurensohn. Nachdem du bei der verdeckten Ermittlung mitgeholfen hast, gab es eine Menge Leute, die gern an deinen Bremsen rumgespielt hätten, damit du einen tragischen Unfall hast. *Ich* hab sie davon abgehalten. *Ich* hab daran geglaubt, dass du einer von den Guten bist. Sieht so aus, als hätte ich mich getäuscht.«

»Bei einer Sache täuschst du dich tatsächlich«, sagte McInnis in dem Moment, als die Kellnerin mit zwei Papiertüten vorbeikam. Er nahm seinen Hut und stand auf, um zu gehen. Slater folgte ihm.

Draußen sagte Slater. »Weißt du, was ich denke, Mac? Du bist nur eine Pussy, einer, der lieber Cops in den Rücken fällt, statt sein Leben zu riskieren und die echten Verbrecher zu jagen.«

McInnis ließ seine Tüte fallen, drehte sich um und schlug mit der Faust nach Slater. Eine weitere Tüte klatschte auf den Boden, Slater wich aus, schien mit dieser Reaktion gerechnet zu haben. Seine führende Linke landete auf McInnis' Kinn. Der war von seinem verfehlten Treffer ohnehin aus dem Gleichgewicht geraten und taumelte jetzt gegen ein geparktes Auto. Slater tat einen Schritt nach vorn, um sein Anliegen zu verdeutlichen, doch McInnis stieß sich von dem Wagen ab, bugsierte seinen Kopf in Slaters Magengrube und beschleunigte. Er wuchtete ihn gegen die Backsteinmauer. Durch ein Fenster konnte McInnis Cops mit offenen Mündern zuschauen sehen. Er schlug Slater so hart es ging in den Magen, zweimal. Er war mindestens fünf Zentimeter kleiner und etwa zehn Pfund leichter als sein Ex-Partner, doch war es das erste Mal, dass sie miteinander kämpften. Beide hatten sich immer gefragt, wie es wohl ausgehen würde. Slater wickelte seine Hand um McInnis' Kopf, versuchte ihn wegzudrücken, während McInnis die nächste Faust in Slaters Rippen schickte. Slater ließ los, McInnis wich einen Schritt zurück, und sie starrten sich an.

Slater schlug zuerst zu, eine Rechte, der McInnis zum größten Teil auswich, dann platzierte McInnis eine Faust auf Slaters Nase. Ein Wirbelwind aus Cops erfasste ihn, hielt seine Arme fest und drückte gegen seine Brust. Eine weitere Gruppe hielt Slater zurück, überall riefen Cops Dinge wie »Hey« und »Mac« und »Aufhören«. McInnis schubste sie weg, verlangte, dass man ihn losließ, und endlich gehörte sein Körper wieder ihm. Er fuhr mit den Fingern durch sein zerzaustes Haar und spuckte auf den Gehweg. Kein Blut. Jemand war auf die Tüte mit seinem Essen getreten. McInnis hob sie dennoch auf und würdigte die versammelten Männern, die ihn sowieso verstoßen hatten, keines Blickes. Er fixierte weiterhin Slater.

Dann drehte sich McInnis um und ging ohne eine Erklärung davon. Er zwang sich, ihre Kommentare zu überhören, als er die Straße in Richtung Hauptquartier überquerte. Seine Nerven standen in Flammen.

43

IN SEINER SCHICHTPAUSE am späten Nachmittag log Rake seinen Partner an und sagte, er müsse eine Besorgung erledigen. Dann fuhr er los, um Delmar Coyle, den örtlichen Faschisten, zu finden. Er vertraute Parker nicht genügend, um das während der Dienstzeit zu erledigen. Wenn er das Problem lösen wollte, das Dale im eingebrockt hatte, würde er es auf eigene Faust tun müssen.

In Coyles Bruchbude antwortete niemand auf sein Klopfen, also versuchte Rake es bei den Nachbarn. Ihm öffnete ein Mann in den Sechzigern, der behauptete, Coyle ginge meist morgens aus dem Haus, vermutlich zur Arbeit, wie ein ganz normaler Mensch.

Rake kehrte zum Streifenwagen zurück, den er um die Ecke geparkt hatte, um Coyle nicht in Alarmbereitschaft zu versetzen, und wartete. Nach nur zwanzig Minuten parkte ein mindestens fünfzehn Jahre alter brauner Pick-up vor dem Haus des Columbianers.

Coyle stieg aus. Er trug zwar nicht sein braunes Nazi-Hemd, doch dafür ein anderes Kostüm: Hemd mit weißem Kragen und roter Krawatte, dazu eine lange Hose. Er hatte sich als aufrechter Amerikaner verkleidet.

Rake ging auf ihn zu. »So hätte ich Sie beinahe nicht erkannt.«

Coyle erstarrte. Nachdem er Rake erkannt hatte, sagte er: »Tja, manche von uns verdienen ihr Geld mit ehrlicher Arbeit.«

»Wer stellt denn jemand wie Sie ein?«

»Was geht Sie das an?«

»Antworten Sie mir einfach.«

»Ich habe einen Cousin in leitender Stellung bei einem Lieferunternehmen am Hauptbahnhof. Die haben einen Junior-Buchhalter gebraucht, und mit Zahlen war ich schon immer gut.«

»Die haben einen verurteilten Straftäter eingestellt?«

»Wie ich Ihnen schon sagte, ich hab meine Schuld abgegolten. Und die Familie hält zusammen.«

»Zu komisch, das aus Ihrem Mund zu hören.«

»Warum das?« Er blickte über Rakes Schulter und zur Seite, hielt Ausschau nach weiteren Cops.

»Erzählen Sie mir von Ihrem Cousin, Martin Letcher.«

Coyles Reaktion war das Fehlen einer solchen, sein Gesicht blieb ausdruckslos. »Sie haben wohl ein bisschen recherchiert?«

»Sie sind ein bisschen schlauer, als ich dachte. Doch immer noch nicht so schlau, wie Sie denken.«

»Mein Cousin Marty ist ein verdammter Betrüger. Den sollten Sie sich vorknöpfen, nicht mich armen Teufel. Er und seine Komplizen, die anderen Banker und Immobilienmakler, die haben ein System, verstehen Sie? Die suchen sich eine Gegend, dann verkaufen sie ein paar Häuser an die Nigger da und erzählen Ihnen was von einem Übergangsviertel und dass es in Ordnung ist, wenn sie dort einziehen. Dann rennen sie zu den ganzen Weißen und erzählen ihnen: Oh nein, die Nachbarschaft wandelt sich, also verkauft so schnell wie möglich eure Häuser, oder ihr verliert noch mehr Geld. Sie überzeugen die Weißen, für Spottpreise zu verkaufen, dann drehen sie sich um und verscherbeln mit Riesengewinn an die Nigger. Fertig ist das rein afrikanische Viertel, und Marty macht sich aus dem Staub wie ein Bandit.«

»Und Sie wollten ihm eine Lektion verpassen. Doch warum den Klan dazu nutzen? Hatten Sie nicht den Mumm, es selbst zu tun?«

»Der Klan«, sein Lachen war bitter, »der Klan ist ein Haufen Verräter. Als wir Columbianer angetreten sind, um die Stadt sicher für die Weißen zu machen, wollte sich der Klan einfach nur verkriechen.

Nach dem Schlag des GBI hatten die alle Schiss; Schiss, dass sie nicht mehr als »anständige Bürger« galten – einer von denen hat mir das sogar genauso gesagt. Als wir von den Cops verhaftet wurden, haben die sich abgewandt, und ich weiß ganz sicher, dass ein paar dieser Cops selbst beim Klan waren. Sie haben nicht kapiert, dass wir Verbündete hätten sein können. Die haben uns lieber wegen unserer Uniformen aufgezogen – dabei sind *ihre* das dümmste Kostüm der Menschheitsgeschichte – und haben uns Nazi-Handlanger genannt, obwohl sie in Wirklichkeit nur neidisch waren. *Neidisch*, weil wir uns getraut haben, unsere Überzeugungen auch zu äußern, und das am helllichten Tag, statt mit Kissenbezügen über dem Kopf rumzulaufen.«

»Also wollten Sie, dass jemand Martin eine Lektion verpasst, ihm zu verstehen gibt, dass seine Immobiliengeschäfte von harten Jungs wie euch nicht toleriert werden. Und dazu habt ihr euch ein besonders dämliches Klan-Mitglied ausgesucht, das die Drecksarbeit für euch erledigt, eine Art ausgleichende Gerechtigkeit.«

»Ich gebe hier verdammt noch mal gar nichts zu«, grinste Coyle. »Aber ich sag nur so viel«, und jetzt wählte der Columbianer seine Worte mit Bedacht. »Es gibt Gründe, warum der Klan nicht genug unternommen hat, um die Entwicklungen in Hanford Park aufzuhalten: Das sind dieselben reichen Leute, die dran verdienen, also warum sollten sie etwas dagegen tun?«

Rake musste zugeben, dass Coyles Plan nicht dumm war: Die Columbianer machten sich nicht die Hände schmutzig, und Letcher hatte jetzt Grund, den Klan zu fürchten, obwohl der Klan ihm gar nicht zürnte, und im Klan selbst herrschte große Verwirrung, die ihn noch dämlicher und unfähiger aussehen ließ. Mit nur einem Zug hatte Coyle einen Gegner geschlagen und einen Rivalen geschwächt.

»Sie haben sich meinen Schwager ausgesucht, Sie Bastard. Obwohl ich bezweifle, dass Sie wussten, dass er mit einem Cop verwandt ist. Nur eins kapier ich nicht: Wer war Whitehouse?«

»Haben Sie irgendwelche Beweise dafür? Ich hab noch nie von jemand namens Whitehouse gehört. Klingt erfunden. Aber ich hab zahlreiche Verbündete. Und wir sind nicht alles junge Leute.«

»Sie sind ziemlich stolz auf sich, oder?«

»Kommen Sie schon, Ihnen ist doch der verprügelte Nigger egal – Sie wollten doch die ganze Zeit nur Dale schützen. Der ganz nebenbei gesagt wirklich dämlich ist. Aber Sie sind auch nicht gerade 'ne Leuchte. Ihr Schwager ist in einen Mordfall verwickelt, und Sie versuchen schon die ganze Zeit, ihm da rauszuhelfen.«

Rake kam näher. »Vorsicht.«

»Sie haben nichts gegen mich in der Hand, was ich nicht auch gegen Sie verwenden könnte. Versuchen Sie doch, mich wegen irgendwas von dem, was Sie gerade gesagt haben, zu verhaften, und die ganze Geschichte fliegt auf. Auch, dass Sie die komplette Zeit über gewusst haben, was Dale getan hat. Statt ihn auszuliefern, haben Sie es für sich behalten. Haben zuerst an die Familie gedacht. Aber so funktioniert nun mal das Leben, also warum kämpfen Sie dagegen an?«

Rake war versucht, dieses Gespräch auf dieselbe Art zu beenden wie das mit Dale – dem Bastard ein paar zu verpassen. Er hätte es nur zu gern getan. Und doch stand er hier in seiner Uniform und wollte sich nicht auf dasselbe Niveau wie sein früherer Partner herablassen und Prügel austeilen, sobald er ein Problem nicht mit dem Verstand lösen konnte.

»Ich hoffe, Sie drohen mir nicht, Delmar.«

»Was bereitet Ihnen denn solche Sorgen? Zur Hölle noch mal, ich habe Ihnen *geholfen*. Marty macht seine schmutzigen Geschäfte jetzt in Hanford Park, in *Ihrem* Viertel, und Sie merken noch nicht mal, was da vor sich geht. Weil Sie viel zu sehr beschäftigt damit sind, auf *mich* wütend zu sein, weil Sie sich für was Besseres halten, genau wie diese verdammten Kluxer. Ich hab versucht, Ihr weißes Viertel zu bewahren, doch in ein, zwei Wochen werden alle weißen Familien außer Ihrer ausziehen.«

»Das wird nicht passieren.«

»Zur Hölle, das wird es. Rufen Sie Marty an, und fragen Sie ihn! Oder reden Sie mit Ihren Nachbarn, und finden Sie raus, wie viele sich entschlossen haben zu verkaufen. Ich hab gehört, irgend so eine Nachbarschaftsinitiative hat sich mit ein paar Oberniggern zusammengesetzt, um die offizielle Rassengrenze neu einzuzeichnen – und wenn das stimmt, können Sie davon ausgehen, dass Ihr Haus auf der falschen Seite der neuen Grenze steht. Herrgott, hören Sie auf, sich wegen Dale und mir den Kopf zu zerbrechen, sondern kümmern Sie sich um sich selbst. Auf welcher Seite wollen Sie stehen?«

Rake schüttelte den Kopf. Coyle in diesem braven Aufzug zu sehen, in den Augen der meisten ein völlig harmloser, amerikanischer Arbeiter, war ekelerregend. Es musste einen Weg geben, ihn zu bestrafen, ohne dass seine eigene Karriere den Bach hinunterging. Und doch hatte Coyle recht damit, dass Rakes Nachbarn aus Hanford Park flohen. Cassie hatte es selbst heute Morgen gesagt.

»So sehr Sie Ihren Cousin auch hassen«, sagte Rake, »er tut nichts Illegales. Halten Sie sich von ihm fern und auch von Dale. Und von Hanford Park, kapiert?«

»Vielleicht bricht Marty nicht Ihre Gesetze, doch manche von uns verantworten sich vor einem höheren Gericht«, sagte Coyle, als Rake zum Wagen ging. Er klang so selbstbewusst, so überzeugt von seiner Sache. »Und glauben Sie mir, die Zeit der Abrechnung ist nicht mehr weit.«

44

»ICH HABE MIT DEM Staatsanwalt gesprochen«, sagte McInnis zu Smith und Boggs in seinem nasskalten und modrigen Büro. Als man den Keller des YMCA zu ihrem Revier umgestaltet hatte, ließ die Stadt gegen Geld in der Ecke drei Mauern und eine Tür für den Sergeant einziehen. Normalerweise holte McInnis nur dann jemanden zu sich ins Büro, wenn demjenigen Ärger bevorstand, doch Boggs und Smith hatten noch vor Dienstantritt um ein Gespräch gebeten. »Er wird empfehlen, dass man die Greers zu ihrer eigenen Sicherheit nicht gegen Kaution freilässt.«

»Keine Kaution, wegen eines Einbruchs?« Smith hatte eben noch gesessen, doch schoss jetzt förmlich von seinem Stuhl auf. Er war kurz davor überzuschäumen. »Das ist Schwachsinn!«

McInnis hob die Hand, als könnte er Smith damit besänftigen. »Er hat Angst, dass bei den momentanen Spannungen im Viertel etwas passiert. Ich weiß, das Gefängnis ist kein Vergnügen, aber immer noch besser als ein Lynchmob.«

»Und weil die Weißen sich nicht unter Kontrolle haben, müssen zwei Farbige im Gefängnis bleiben?«

»Mir ist klar, dass das falsch ist. Aber wollen Sie, dass man Ihre Verwandten aufknüpft?«

»Ich will, dass man sie fair behandelt.«

»Leider spielen im Moment eine Menge anderer Faktoren eine Rolle.«

»Sir«, jetzt sprach endlich auch Boggs, »seine Schwester ist im siebten Monat schwanger.«

»Ich hab meine Beziehungen zum Gefängnisdirektor spielen lassen. Da drüben schulden mir noch ein paar Leute einen Gefallen, und mir wurde versprochen, dass ihnen niemand etwas antut. Wir haben das Bestmögliche für Ihre Familie getan, so lange bis wir uns ein besseres Bild von der Angelegenheit machen können. Sie sind dort sicherer, als wenn sie irgendeinem Nachbarn mit Sägespänen im Hirn, Wut im Bauch und einem Baseballschläger in der Hand begegnen.«

Smith beugte sich nach vorn und vergrub den Kopf in den Händen. Er fühlte sich, als würde er jeden Moment zusammenbrechen, unter den Belastungen der letzten vierundzwanzig Stunden und der Ungewissheit über die, die noch kommen sollten. Er schaffte es gerade noch, den Kopf zu heben und seinen Sergeant anzuschauen.

»Sie müssen diesen Staatsanwalt noch mal ans Telefon bekommen«, sagte er. »Malcolm und Hannah sind da drin *nicht* sicher, und ich will sie da raushaben, bevor man sie umbringt.«

McInnis schien von der unverblümten Forderung seines Officers aus dem Konzept gebracht. »Was verschweigen Sie mir?«

»Ich hab es erst letzte Nacht herausgefunden, als wir zusammen in seinem Haus Wache gehalten haben.« Er rückte mit ein paar Einzelheiten heraus, doch verschwieg auch etliche. Er berichtete von Malcolms Arbeit als Türsteher im Rook. In dieser Funktion, log Smith, hätte Malcolm herausgefunden, dass sein Boss, Feckless, mehr als nur einen legalen Nachtklub betrieb.

»Feck arbeitet auch mit einem Mann zusammen, über den wir schon so Einiges gehört haben – Quentin Neale. Ich und Lucius haben ein paar Hinweise bekommen, dass Neale Teil einer Gang ist, die mit Thunder Malley verfeindet war. Laut Malcolm verbringt Neale eine Menge Zeit im Rook, vor allem dann, wenn im Hinterhof mysteriöse Lieferungen auftauchen.«

»Reden Sie weiter.«

»Neulich wurde Malcolm gebeten, an einer nächtlichen Botenfahrt teilzunehmen, um etwas aus den Pullman-Werken abzuholen. Er hat abgelehnt, weil's zwielichtig für ihn klang. Er hat sich erkundigt und herausgefunden, was sein Boss wirklich im Schilde führt. Lester Feck, der Besitzer des Rook, hat während des Kriegs Ware aus den Betriebsbahnhöfen herausgeschmuggelt, und jetzt fängt er an, Marihuana aus New Orleans hierherzuschmuggeln. Deshalb haben Feck und Neale zunächst versucht, die Konkurrenz auszuschalten, nämlich Thunder Malley, der unter dem Schutz der Cops stand. Dabei haben wir ihnen unfreiwillig geholfen.«

Smith merkte, wie McInnis sich bei diesen Neuigkeiten leicht in seinem Stuhl aufrichtete. »Woher haben Sie das mit dem Schmuggel während des Kriegs?«

»Von Malcolm. Er selbst hat nicht mitgemacht – er war damals im Pazifik –, doch Feck hat hier sein Geld mit gestohlenen Tabakwaren verdient. Dann hat sich Feck rechtzeitig entschlossen, sauber zu werden, einen Nachtklub gekauft und seine Schmugglerphase hinter sich gelassen.«

»Kurz nachdem Feck weg war«, sagte Boggs und behielt McInnis dabei genau im Auge, »hat das FBI die Schmuggler hochgenommen. Das war '45. Ein gewisser Isaiah Tanner war der Anführer des Rings. Das FBI hat Tanners Leute verhaftet, doch gegen Feck hatten sie nichts in der Hand. Tanner selbst wurde getötet. Ein ungelöster Mordfall.«

McInnis sah definitiv so aus, als fühlte er sich nicht wohl in seiner Haut. »Woher wissen Sie das alles?«

»Tanners Bruder, Jeremiah, den sie fünf Jahre weggesperrt haben …«, sagte Boggs, »ich bin mit seiner Ex-Freundin verlobt.«

»Na so was.«

»Und Sergeant … Wir sind ziemlich sicher, dass der Cop, der Thunder Malley geschützt hat, Gene Slater war. Derselbe Cop, der damals während des Kriegs vermutlich Isaiah und seiner Gang geholfen hat.«

Er hielt inne, doch er war schon so weit gegangen, was soll's. »Und Sie waren damals Slaters Partner.«

»Jetzt liegen also alle Karten auf dem Tisch«, sagte McInnis, nach wie vor gefasst. »Ich hab Tanners Name auf dem Festnahmebericht gelesen, den Jennings und Edmunds letzte Woche eingereicht haben, also war mir klar, dass er nicht mehr in Reidsville ist. Von Ihrer Verbindung zu ihm wusste ich nichts. Und ich wusste auch nicht, dass meine eigenen Officer in meiner Vergangenheit wühlen.«

»Ich hab mich lediglich nach dem Ex-Freund meiner Verlobten erkundigt. Ich hab nicht damit gerechnet ...« Boggs schien nicht genau zu wissen, wie er es ausdrücken sollte.

McInnis nickte und starrte einen Moment lang auf seinen Schreibtisch, in Gedanken vertieft.

»Ich denke, einer der Gründe, warum ich der Cop geworden bin, der ich heute bin, ist Slater. Weil er mir genau gezeigt hat, wer ich nicht sein wollte.«

Boggs und Smith warteten ab. Eine Stille setzte sein, bis McInnis sie durchbrach: »Er war mein zweiter Partner, nachdem ich schon ein paar Jahre bei der Polizei gewesen war. Ich begreife jetzt, dass ich das Ausmaß seiner Taten nicht wahrhaben wollte. Erst war's ein geringer Anteil an Schutzgeldern, schlimm genug. Ich hab mir eingeredet, dass es da draußen üblere Cops gibt. Für seinen kleinen Schmugglerring hab ich keinen Finger gerührt, und ich hab auch nicht abkassiert. Doch ich hab ihn auch nicht aufgehalten. Ansonsten haben wir gut zusammengearbeitet. Dann, als das FBI kam, hat Slater Panik bekommen. Er hat mir gesagt, dass er Isaiah töten will, um sicherzugehen, dass man ihn nicht belastet. Doch dann verschwand Isaiah. Slater behauptete, er könne ihn nicht aufspüren. Zwei Tage später fand ein Streifenpolizist Isaiahs verwesende Leiche in einem Auto in einer Gasse.«

»Und ...«, Boggs versuchte zu verstehen. »Slater hat ihn umgebracht?«

»Ich weiß es nicht. Er hat ja gesagt, dass er es vorhat. Dann hat er behauptet, er könne ihn nicht finden. Dann taucht die Leiche auf. Mir gegenüber hat er nie zugegeben, dass er es war, hat nie wieder über Isaiah gesprochen. Vielleicht konnte er es einfach nicht aussprechen, oder wollte es nicht.«

McInnis rieb sich die Augen, als verdränge er dadurch eine Erinnerung. Dann fuhr er fort: »Als sie Jeremiah wegen Schmuggel festgenommen hatten, wollten sie zuerst, dass er den Mord an Isaiah gesteht. So mies hatte ich mich bis dahin noch nie gefühlt. Mit dem Wissen, dass mein eigener verdammter Partner vielleicht der Killer war.« Eine Pause. »Jeremiah hat nicht gestanden, wurde nicht verurteilt. Und ich hab nicht auf Slater gezeigt, als ich es gekonnt hätte. Ein paar Monate später wurden wir neuen Partnern zugewiesen, und von da an sind wir einander aus dem Weg gegangen.«

Für Smith war das alles recht erhellend, trotzdem sagte er: »Ist nicht so, dass mich Ihre Vergangenheit nicht interessiert, Sir, aber jetzt geht's um meine Familie.«

McInnis schüttelte den Kopf. »Slater ist ein opportunistischer und gerissener Bastard, doch er hat kein Bedürfnis nach einer Gefängniszelle. Er mag seinen Anteil von Malley genommen haben und zuvor von Tanner, aber ich glaube nicht, dass er mit Feck weitermacht. Ich bin sicher, dass wir ihn ruhiggestellt haben.«

»Ruhiggestellt, ist das unser Ziel?«, fragte Boggs. »Er hat zu viele Leichen auf seinem Weg hinterlassen, als dass wir uns mit ruhigstellen zufriedengeben können.«

»Ich gebe Ihnen recht, und wenn ich davon ausgehen könnte, dass das Departement ihn ernsthaft unter die Lupe nimmt, würde ich anders handeln. Wir können weiterhin Beweise sammeln und warten, bis ein Staatsanwalt genug Interesse an einem neuen Prozess gegen korrupte Polizisten zeigt. In der Zwischenzeit haben wir ihm gezeigt, dass es zu gefährlich wäre, eine neue Operation zu starten.«

»Was, wenn Sie falschliegen und er anfängt, bei Feckless abzukassieren?«, fragte Boggs.

»Dann schlagen wir zu«, sagte McInnis. »In der Zwischenzeit telefoniere ich mit dem Staatsanwalt und seh zu, was ich tun kann, ohne zu viel über unsere Quellen zu verraten. Und falls Sie einen begründeten Verdacht gegen Quentin Neale wegen der Morde an Forrester und Crimmons haben, dann müssen Sie ihn finden. Hat Ihnen Malcolm irgendetwas darüber verraten, wie die Lieferungen ablaufen?«

»Ja, Sir, das hat er.«

★

Sobald sie im Freien waren und in sicherer Distanz zum Y, blieb Boggs auf dem Gehweg stehen und fragte Smith: »Wann hast du das alles über Feckless und Malcolm erfahren?«

»Als ich gestern Nacht mit ihm Wache gehalten habe.«

»Du hast McInnis nicht alles erzählt.«

»Richtig.« Smith versuchte zu signalisieren, dass sich Boggs auf dünnes Eis begab. »Es gibt Dinge, die er nicht wissen darf.«

»Was ist mit mir, deinem Partner?«

Vielleicht war es idiotisch gewesen zu glauben, er könne etwas vor Boggs geheim halten, während sie so eng zusammenarbeiteten. Vielleicht war es idiotisch gewesen, McInnis überhaupt etwas zu erzählen. Wenn er Malcolm wirklich vor den Folgen seiner Tat schützen wollte, brauchte er die Hilfe seines Partners.

»Wir vertrauen einander, richtig?«, fragte Smith. »Ich kann mich auf dich verlassen?«

»Natürlich kannst du das.«

»Der Schütze aus der Nacht bei der Telefonfabrik? Der auf der anderen Straßenseite postiert war? Das war Malcolm.«

Nachdem Smith ihm die Einzelheiten erläutert hatte, schüttelte

Boggs den Kopf. »Das ist *Mord*, Tommy. Familie hin oder her, wir können keinen Mord vertuschen.«

»Können wir nicht? Hast du das nicht schon mal getan? Ich hab dir doch damals geholfen, oder nicht?«

Boggs schien die Anspielung auf diese schreckliche Nacht, die sie vor zwei Jahren als Rookies zusammen erlebt hatten, nicht zu gefallen. »Das war was anderes. Wir reden hier nicht von Notwehr.«

»Er sagt, es war ein Unfall, und außerdem kann keiner was beweisen. Keiner hat ihn gesehen.«

»Wo ist das Gewehr?«

»Wo es keiner jemals finden wird. Dafür hab ich gesorgt.«

Er hatte nicht gewusst, wie groß Boggs' Augen werden konnten. »*Du* hast dafür gesorgt?«

»Wie ich schon sagte, ich hab's erst letzte Nacht rausgefunden. Dann komm ich nach Hause, und zwei Stunden später haben sie ihn wegen eines Diebstahls verhaftet, von dem ich *weiß*, dass er ihn nicht begangen hat. Er hat bisher keine Chance gehabt, die Waffe loszuwerden, also musste ich es für ihn tun.«

»*Musstest* du? Du *musstest* die Justiz behindern? Weißt du, was du da redest?«

»Zitier du mir nicht das Strafgesetzbuch, Priestersohn. Oder die Bibel. Hast *du* mir nicht noch gesagt, wie wichtig Familie ist? Heiratest *du* nicht gerade ein Mädchen, das in dieselbe Sache verwickelt ist?«

Boggs Kiefer klappte nach unten, doch er fand keine Worte, um die Stille zu durchbrechen. Endlich sagte er: »Sie hat keinen *Mord* begangen, Tommy. Gütiger Himmel, erkennst du nicht den Unterschied?«

»Vielleicht *erkenne* ich den Unterschied, doch ich hab's satt, wie viel besser du dich darstellst! Ich *hasse*, was er getan hat, Lucius. Zufrieden? Ich hasse es, dass er in diesen Schwachsinn verwickelt ist, und ich hasse es, dass er auf jemand geschossen hat. Und ich weiß, dass die Leute uns jede Menge Scheiße erzählen, doch er hat mir gesagt, dass er da nur mitgemacht hat, weil er keinen richtigen Job gefunden hat, und dass er so schnell wie möglich wieder aussteigen wollte – weiß nicht, ob *ich* ihm das glauben soll, aber *er* glaubt es. Schlimm genug, dass er wegen diesem beschissenen Einbruch im Gefängnis sitzt, doch was, wenn da noch eine Anklage wegen Mord dazukommt? Ich spiel nicht mit dem Leben meines Schwagers. Wenn ich die Wahl habe, ihn mit einem Mord davonkommen zu lassen oder er im Gefängnis ermordet wird, dann ja, lass ich ihn laufen.«

Sie fixierten sich einen langen, unangenehmen Moment.

»Tommy … Schlägst du ernsthaft vor, dass wir ihn mit dem, was er getan hat, davonkommen lassen?«

»Wie ich schon sagte, ich habe meine Entscheidung bereits getroffen. Jetzt musst *du* dich entscheiden, ob du ihn dir vornehmen und, wo du gerade dabei bist, auch mich wegen Behinderung der Justiz anzeigen willst.«

»Das ist nicht fair. Wir stecken da als Team drin.«

Diese Phrase hatte noch nie so bedeutungslos geklungen.

»Tun wir das? Sind wir ein Team, Lucius?«

45

NACH SCHICHTENDE KREISTE Rake mit dem Wagen durchs Viertel, zum einen, um herauszufinden, ob es weitere Aktivitäten gab, zum anderen, weil er nicht wusste, wie seine nächsten Schritte aussehen sollten. Heute hatten Coyle und Dale beide dieselbe Drohung ausgesprochen: Sie wollten seine Mitwisserschaft zur Sprache bringen, falls er es wagte, einen von ihnen festzunehmen. Er hatte sich angreifbar gemacht. Die Waffen, über die er normalerweise verfügte, waren nutzlos geworden.

Irgendwann hielt er an einem Münztelefon in der Nähe des Parks und rief Dale an.

»Ich weiß, wer dich auf Letcher angesetzt hat. Es war dein Kumpel Delmar Coyle.« Er wartete ein paar Sekunden, bis es angekommen war. »Er ist kein Freund, Dale. Du warst ein Bauernopfer, weil er wusste, dass du drauf reinfällst.«

Er erklärte ihm auch den Rest und ergötzte sich an Dales Schweigen, seinem vergeblichen Nicht-wahrhaben-Wollen und dem Schock, dass jemand, den er für einen Verbündeten gehalten hatte, ihm so etwas antun konnte. »Du glaubst mir nicht? Frag ihn doch selbst.« Er gab ihm Coyles Adresse und legte auf.

*

Dreimal heftiges Klopfen, und die Tür des Klempners öffnete sich. Thames wirkte bei seinem Anblick alarmiert, doch das konnte auch daran liegen, dass Rake beinahe ein Loch in die Tür geschlagen hatte.

»Kann ich Ihnen helfen, Officer?«

»Allerdings, ich brauche Hilfe beim Abkratzen von Scheiße. Ihrer Scheiße.«

»Wie bitte?«

Er schaute über Thames' Schulter, doch konnte nicht erkennen, ob seine Frau zu Hause war.

»Bei Ihnen wurde gestern nicht eingebrochen. Geben Sie's zu.«

»Ich weiß nicht, wovon Sie reden.«

»Ich rede von ihrem Masterplan, sich mit dem Geld der Gemeinde aus dem Staub zu machen. Unter anderem mit meinem.«

»Entschuldigen Sie, ich–«

»Sie haben den Einbruch inszeniert und eine Falschaussage bei der Polizei gemacht. Sie haben erneut falsch ausgesagt, als Sie heute Morgen die Greers als die Einbrecher identifiziert haben. Das ist ein schweres Vergehen, vor allem wenn man bedenkt, dass deswegen zwei Unschuldige im Gefängnis sitzen.«

»Ich … Ich weiß nicht, wovon Sie reden.«

»Sie haben es den Greers in die Schuhe geschoben. Und wenn Sie zu feige sind, das zuzugeben, dann werde ich es bis Ende der Woche beweisen, denn Sie sind ein verdammter Dummkopf, und ihre Komplizen haben jede Menge Spuren hinterlassen.« Es war ein Bluff, aber hoffentlich einer, der den Klempner zum Reden brachte. Parker hatte recht, Rake hatte keine Beweise, außer der Tatsache, dass das Glas in die falsche Richtung gesplittert war – was aber kein Polizist fotografiert hatte. Thames sollte glauben, dass er kurz vor der Verhaftung stand. »Dumm für Sie, dass ich hier wohne und sehr ernst nehme, was vor meiner eigenen Haustür passiert. Deshalb ermittle ich persönlich. Wenn Sie sich das Schlimmste ersparen wollen, dann ist jetzt ihre Chance auszupacken.«

Thames wirkte verängstigt. Das lag – *womöglich* – daran, dass ein wütender Cop vor seiner Haustür stand, doch Rake wollte lieber glauben, dass es sich um die Angst eines Schuldigen handelte. Thames begriff jetzt, dass nicht jeder auf seine Trickserei zu schnellem Reichtum hereingefallen war.

Nach langem Schweigen sagte Thames: »Ich muss Sie bitten zu gehen.«

»In Ordnung. Sie haben einen Tag, um sich zu stellen, Mr Thames, oder Sie erwartet eine lange Gefängnisstrafe und eine gesamte Nachbarschaft, die sich eine gesalzene Strafe für Sie wünscht. Schlafen Sie gut.«

46

»SIND SIE JEREMIAH Tanner?«

Jeremiah hatte gerade sein Abendessen aus Hamburger und Cola in einem Diner um die Ecke vom Rook beendet, als ein schwarzer Polizist von draußen hereinkam und direkt auf ihn zusteuerte. Der Polizist sah ein paar Jahre älter aus als er, seine Haut war ein wenig heller und seine Uniform tadellos, er trug ein Hemd, das vor wenigen Minuten noch Kontakt mit einem Bügeleisen gehabt haben musste. Die Knöpfe aus Messung glänzten, genau wie die Dienstmarke an seiner Brust und der Lorbeerkranz auf seiner perfekt mittig sitzenden Dienstmütze.

»Ja.«

»Ich bin Lucius Boggs. Ich glaube, wir sollten uns unterhalten.«

»*Officer* Lucius Boggs«, verbesserte ihn Jeremiah. Er hatte ein paar der geradesten und weißesten Zähne, die Jeremiah je bei einem Negro gesehen hatte. Boggs nahm seine Mütze ab und setzte sich Jeremiah gegenüber, faltete seine Hände über dem Tisch, fast wie im Gebet. Seine Nägel wiesen keinerlei Risse auf.

»Der Hochmut des Menschen erniedrigt ihn, doch der Demütige erlangt Ehre«, zitierte Jeremiah.

»Buch der Sprüche. Hab schon gehört, dass Sie bibelfest sind. Nun, mein Vater ist Prediger, gibt also nichts, was ich nicht kenne. Egal ob Auszug oder Zitat, es hat sich mir alles im Schädel eingebrannt.« Er tippte sich gegen den Kopf, mit einem dieser perfekt gepflegten Finger. Er war einer dieser Negros aus der vordersten Kirchenbank, die Mutter mit breitem Hut vom Hutmacher aus der Auburn Avenue, der so viel kostete, wie Jeremiahs Familie im ganzen Jahr für Kleidung ausgab. Und Daddy ließ den Sammelteller herumgehen, sammelte Geld für ihre Kleidung, ihren Schmuck und ihre Uhren, von Haus und Auto ganz zu schweigen. Gott hatte es gut mit ihnen gemeint, so viel besser als mit anderen.

»Wir haben die Pentecostal Holiness besucht«, sagte Jeremiah.

»Kenne ich.«

»Sie halten uns vermutlich alle für dämliche Schlangentreter, oder? So nennt ihr Schnösel uns doch?«

»Jeder ehrt Gott auf andere Weise.«

»Richtig. Ich ehre ihn, indem ich versuche, Gutes zu tun. Versuche nicht zu vergessen, dass er bei mir ist und mir sagt: *Jeremiah, das ist dein Weg. Du musst ihn finden und beschreiten und dich nicht von ihm abbringen lassen.*«

Boggs nickte langsam, als versuche er, ihm zu folgen.

»Jeremiah«, sagte Boggs mit einer Stimme die bedeutete, dass er jetzt das Thema wechseln wollte, »Sie wissen, warum ich hier bin.«

Aber weißt du auch, dass ich einen Revolver in der Tasche habe, Officer Boggs? Weißt du, dass ich die Kugeln, die Officer Riesig mir gegeben hat, persönlich in die Trommel gesteckt habe? Weißt du, in welcher Tasche die Waffe ist? Weißt du, wie nah deine Stirn der Trommel ist?

»Weiß ich das?«

»Ja«, sagte Boggs. »Das tun Sie.«

★

Es war typisch für Boggs' Leben: Tagelang hatte er gehofft, Jeremiah zu finden, ohne Erfolg, und heute Abend, als Smith und er dringend in einen anderen Stadtteil mussten, wen sah er zufällig im Fenster eines Diners? Er war unwillkürlich auf dem Gehweg stehen geblieben, obwohl er wusste, dass er dafür keine Zeit hatte. Feckless' Lieferung sollte in zwei Stunden in Summerhill ankommen, wenn Malcolms

412

Information stimmte. Doch Boggs konnte nicht einfach an Jeremiah vorbeigehen. Er bat Smith, ihm eine Minute zu geben. Smith blieb draußen und observierte die Begegnung durchs Fenster, falls sein Eingreifen gefragt war.

Doch was konnte er eigentlich überhaupt noch von Smith erwarten? Er war immer noch außer sich nach dem, was Smith über die Beseitigung von Malcolms Mordwaffe gesagt hatte. War das aus ihnen geworden? Er wollte nicht wahrhaben, dass ausgerechnet sie außerhalb des Gesetzes agierten. Jahrzehntelang hatten Atlantas Negros auf sich selbst aufgepasst, wichtige Angelegenheiten an ihre Prediger oder führenden Geschäftsmänner herangetragen oder ihre Meinungsverschiedenheiten mit Fäusten geklärt. Diese Tage gehörten eigentlich der Geschichte an, dank Boggs, Smith und Kollegen. Es war ihre Aufgabe, einzugreifen und der Gemeinde dabei zu helfen, die Probleme mithilfe der *Gesetze* zu lösen. Doch stattdessen half Smith Malcolm dabei, ein Verbrechen zu vertuschen, und Boggs hatte er einen ähnlich dubiosen Rat bezüglich Jeremiah gegeben, ihm empfohlen, einen Weg zu finden, Jeremiah »loszuwerden«.

Und jetzt saß Boggs seinem Widersacher gegenüber. »Halten Sie sich von Julie fern«, sagte er.

Augenkontakt, ein aufgeladener Moment. Dann wandte Jeremiah seinen Blick wieder ab. »Sie hat meinen Jungen.«

»Auch von dem halten Sie sich fern.«

»Sagen Sie.«

»Genau, sage ich. Und ich kann ihnen eine Menge Gründe dafür nennen, von denen Sie sich einen aussuchen können. Der *juristische* lautet, dass sie eine einstweilige Verfügung unterschrieben hat, nachdem Sie in ihr Haus eingebrochen sind, und diese Verfügung besagt, dass Sie verhaftet werden, sobald Sie sich ihr auch nur *nähern*, kapiert?«

Jeremiah grinste. Boggs hatte sich an dieses verdammte Grinsen gewöhnt, das so viele Männer aufsetzten, wenn sie Dinge hörten, die ihnen nicht gefielen und gegen die sie machtlos waren. »Und der *moralische* Grund ist dieser Junge«, fuhr Boggs fort. »Er muss Sie nicht kennenlernen. Er muss nicht wissen, was aus Ihnen geworden ist und wo Sie waren. Er verdient eine Chance, verdient es zu denken, dass er alles sein und alles tun kann. Er soll nicht glauben, dass er aus der Gosse kommt.«

Das Grinsen war verschwunden, doch Jeremiah sah Boggs immer noch nicht an. Die Tischfläche und die Dinge draußen auf dem Gehweg schienen ihn mehr zu interessieren.

»Manche nennen es Gosse. Manche die Straße. Manche nennen es Darktown. Wir können nichts dafür, wo wir geboren sind, Officer Lucius Boggs.«

»Aber wir können etwas dafür, was wir draus machen. Sie haben sich Ihren Umgang selbst ausgesucht. Sie haben sich entschieden, ausgerechnet das Militär zu bestehlen, und das während des Kriegs. Sie hatten einen bezahlten Job, und Sie haben ihn weggeworfen, um bei einem Haufen Idioten Eindruck zu schinden.«

»Sie haben leicht reden, Predigersohn.«

»Kommen Sie mir nicht damit. Zwei meiner Kollegen sind im selben Block aufgewachsen. Die sind auch nicht wie Sie geworden, schieben Sie es also nicht auf die Adresse. Schieben Sie es auf ihre Entscheidungen.«

Erneuter Blickkontakt. »Was hat Ihnen Julie noch über mich erzählt?«

Obwohl sie Thema dieses Gesprächs war, wollte Boggs noch nicht mal ihren Namen aus seinem Mund hören. »*Sie* hat mir gar nichts erzählt, dafür Ihre Akte umso mehr. Ich hab sie gelesen, die Einträge und die Verhörprotokolle.«

»Das, was die Weißen behaupten.« Jeremiah richtete sich wieder auf. Zuletzt hatte er noch nervös nach einem Päckchen Zucker gegriffen und es wieder auf den Tisch fallen lassen oder sich an den

Bartstoppeln am Kinn gekratzt. Doch jetzt war er äußerst ruhig geworden. Sein abgewetzter Mantel stand offen, darunter ein weißes Unterhemd, schmutzig und schon gelb an manchen Stellen. Er ließ seine linke Hand sinken und seine rechte im Schoß ruhen, beide außerhalb Boggs' Sichtweite, verdeckt vom Tisch.

»Lassen Sie Ihre Hände da, wo ich sie sehen kann.«

»Gibt's ein Gesetz gegen Hände im Schoß?«

Boggs lehnte sich langsam nach hinten, damit der Tisch kein Hindernis bot für den Fall, dass er nach der Waffe im Halfter greifen musste. Energischer jetzt: »Hände dahin, wo ich sie sehen kann.«

Jeremiah hob die Hände, beide leer, und hielt sie einen Moment lang oben, die Handflächen ausgestreckt wie ein Prediger, der Gott anflehte, sich des Irrsinns hier auf Erden anzunehmen. Dann ließ er sie auf den Tisch fallen.

»Man hat Sie für den Mord an Isaiah vom Haken gelassen, doch Sie haben immer noch genug auf dem Kerbholz. Also, wenn ich Sie wäre—«

»Ich hab meine Schulden bezahlt.«

»Wenn ich Sie wäre, würde ich über all die Städte nachdenken, die nicht Atlanta heißen. Ich würde mir all die Möglichkeiten vorstellen, die sich in einer Stadt auftun, in der die Leute Sie nicht verdächtigen, den eigenen Bruder ermordet zu haben. Ich halte das für den perfekten Moment, neu anzufangen, reinen Tisch zu machen.«

»Officer Lucius Boggs will, dass ich abhaue.«

Seinen Namen so ausgesprochen zu hören, erinnerte ihn auf unerträgliche Weise daran, wie Julie ihn ausgesprochen hatte, als sie sich das erste Mal begegnet waren. Sie hatte seinen vollen Namen und Titel in einer Art Singsang betont, der irgendwo zwischen Spott und Flirt fiel. Mitanzuhören, wie Jeremiah alle drei Worte benutzte und sie unbewusst nachahmte, jagte Boggs Schauer über den Rücken.

»Ich will vor allem keinen Ärger. Sie haben Ihre Zeit abgesessen, und ich respektiere das. Aber ich sehe keinen Grund zur Annahme, dass plötzlich ein aufrechter Geselle aus Ihnen wird. Haben Sie einen Job? Eine Wohnung?«

Jeremiah beäugte ihn erneut. »Der Junge ist mein Sohn.«

»Nicht mehr. Das Recht haben Sie verspielt.«

»Stand nie was drüber in der Bibel. Hab nie gehört, dass Jesus erwähnt hätte, dass ein Mann das Recht an seinem Kind verliert.«

»Es gibt ein paar nüchterne Fakten, die Sie akzeptieren müssen. Ihre Taten ziehen Konsequenzen nach sich.«

»Dieser Junge, *er* ist eine Konsequenz meiner Taten.« Wieder fiel sein Blick auf Boggs, diesmal mit einer bisher nicht dagewesenen Boshaftigkeit. »Die Tat zweier Menschen, und keiner davon waren Sie.«

Boggs beugte sich nach vorn. »Sie wollen schmutzig daherreden? Fühlen Sie sich dann besser? Verschafft Ihnen das die Befriedigung, die Sie sonst nirgendwo finden? Alles klar, Jeremiah. Sie hatten da was, etwas Gutes, und sie haben es verspielt. Doch wenn sie noch einmal schmutziges Zeug über sie erzählen, können Sie sich demnächst selbst vom Gehweg kratzen.«

Die Boshaftigkeit funkelte weiter aus Jeremiahs Augen. Er legte spöttisch den Kopf schief, Kinn nach unten, er sah Boggs fast von der Seite her an. »Wir quatschen hier schon fünf Minuten, und jetzt erst sind wir bei den Drohungen. Bin überrascht, dass Sie so lange gebraucht haben.«

Vielleicht hatte Tommy recht: Jemand wie der verstand nur eine Sprache, und die ersten fünf Minuten waren Zeitverschwendung gewesen.

Boggs lehnte sich wieder nach hinten, langsam, in der Hoffnung, Selbstsicherheit und Stärke auszudrücken. Und doch hatte er Angst, dass man ihm anmerkte, dass er keine Ahnung hatte, was sein nächs-

ter Schritt sein sollte. »Ich hoffe, ich habe mich verständlich ausge-
drückt.«

★

»Vielleicht gefällt es mir ja in Atlanta«, sagte Jeremiah. Auf keinen Fall
würde er diesem verräterischen Negro die Genugtuung geben zu
glauben, dass man ihn einschüchtern konnte. »Vielleicht wollen meine alten Freunde immer noch mit mir zusammenarbeiten.«

»Das wäre ein Fehler.«

»Vielleicht sind Sie ja nicht der einzige Cop, den ich kenne.«

»Ach, Sie wollen mir die weißen Cops auf den Hals hetzen? Glauben Sie, das macht mir Angst?«

Nein, Officer Lucius Boggs, die weißen Cops hetzen mich *dir* auf den
Hals.

»Vielleicht sollte es das.«

*Und vielleicht sollte ich dir Angst machen, Officer Lucius Boggs. Viel-
leicht sollte Julie dir Angst machen. Genau, sie. Denn jetzt kenne ich deine
Schwachstelle, jetzt weiß ich, was dir Angst macht. Du fürchtest die Sünde.
Du bist umgeben von ihr, und du hast sie in deine Familie gelassen, mal
sehen, wie dir diese Erkenntnis gefällt.*

★

Boggs war neugierig. »Sie wissen eine Menge über weiße Cops, oder?
Leute wie Slater. Was können Sie mir über ihn sagen?«

Jetzt schien Jeremiah sich noch unwohler zu fühlen, und er setzte
sich aufrechter hin. »Ich weiß es nicht.«

»Aber Sie kennen den Mann, oder? Sie und Ihr Bruder haben für
ihn gearbeitet.«

»Ich weiß es nicht.«

»Als sich das FBI eingeschaltet hat, wurden alle verhaftet, nur den
korrupten Cop haben sie verschont. Wie hat sich das angefühlt?«

417

»Ich war im Gefängnis. Hab nichts gefühlt, außer wie es ist, im Gefängnis zu sein.«

Boggs beugte sich zu ihm. »Wissen Sie etwas über den Mann? Etwas, das helfen könnte, einen dreckigen Cop wegzusperren?«

Jeremiah beobachtete ihn argwöhnisch, als ob er damit rechnete, dass Boggs gleich in Gelächter über einen dummen Scherz ausbrach oder aber eine Waffe zog. Boggs wurde bewusst, dass er es nicht besonders clever angestellt hatte, Tommy hätte sicher schlauere Fragen gestellt.

Als das Schweigen irgendwann zu schwer zu ertragen war, sagte Boggs: »Nein? Dachte ich mir schon. Wenn Sie etwas gegen ihn in der Hand hätten, hätte er sie getötet, so wie er die anderen getötet hat, oder? So wie er Ihren Bruder getötet hat?«

»Mit jemand wie Slater legt man sich nicht an, Officer Lucius Boggs. Jemand wie er … kann Dinge tun.«

Boggs klopfte auf den Tisch. »Das kann ich auch. Wenn Sie eines Tages beschließen, mithelfen zu wollen, diesen Teufel von der Straße zu holen, rufen Sie mich an. Ansonsten bleiben Sie Julie so fern wie nur möglich. Haben Sie mich verstanden?«

Keine Antwort. Boggs würde kein zweites Mal fragen. Er wollte gerade aufstehen, als Jeremiah endlich sprach.

»Denken Sie, ich will ihr wehtun, Officer Lucius Boggs? Wenn ich ihr wehtun wollte, müsste ich nicht meinen Körper dazu benutzen.« Er hob die Hände, zeigte die Handflächen, sodass ein Pärchen am anderen Tisch auf ihn aufmerksam wurde. Sein Tonfall war Boggs schon vorher seltsam vorgekommen, doch jetzt schien sich noch mal etwas verändert zu haben. Die Tür hinter ihm öffnete sich, und Boggs spürte einen kalten Windhauch im Gesicht, Gänsehaut im Nacken. Smith stand immer noch draußen und beobachtete.

»Ich müsste nicht diese Hände benutzen«, sagte Jeremiah, dann ließ er seine Hände wieder in den Schoß sinken, außer Sichtweite.

»*Ich sagte, Hände dahin, wo ich sie sehen kann*«, stieß Boggs zwischen den Zähnen hervor. Er wollte hier drin nicht laut werden, doch auch keinen schweren Fehler begehen.

»Aber ich muss sie nicht benutzen.«

Boggs legte seine rechte Hand in den Schoß, auf den Griff seines Revolvers.

»*Zeigen Sie mir Ihre Hände! Jetzt!*«

»Alles, was ich brauche, ist mein Mund, Officer Lucius Boggs.« Jeremiah hob seine Hände, legte sie auf den Tisch, ganz langsam. Sie waren leer. »Wenn ich dem Mädchen tatsächlich etwas antun wollte, müsste ich einfach nur die Wahrheit sagen.«

Boggs umklammerte immer noch den Griff seines Revolvers, doch ließ ihn noch stecken, er war völlig verwirrt von den leeren Händen Jeremiahs, der ihm dennoch zu drohen schien, nichts passte zusammen. »Wovon reden Sie?«

»Ich muss einfach nur die Wahrheit sagen, und Julie wandert für eine lange, lange Zeit hinter Gitter. Hätte ich auch schon früher tun können, wollte ich aber nicht.« Er schaute Boggs direkt in die Augen. »Denken Sie, ich sollte meine Meinung ändern?«

Hinter ihm ging die Tür auf: Smith trat ein, die Hand ebenfalls am Griff seiner Waffe, alarmiert von Boggs' Gesichtsausdruck und Jeremiahs Gesten. Boggs bedeutete ihm wegzubleiben, weil er nicht wollte, dass Jeremiah aufhörte zu reden, aber auch nicht, dass Smith mitbekam, was dieser gleich zu sagen hatte.

»Ich hab mich für sie geopfert«, fuhr Jeremiah fort. »Denn das bedeutet Liebe, Officer Lucius Boggs. Liebe bedeutet fünf Jahre, einen Monat und sechs Tage, damit mein Mädchen frei sein kann. Sollte ich diese Liebe verlieren, verliert sie ihre Freiheit.«

Jeremiah lächelte, als Boggs begriff, man konnte ihm das Grauen im Gesicht ablesen. »Sehen Sie? Ich brauche keine Waffe, um *Ihnen* weh zu tun. Alles, was ich brauchte, war die Wahrheit.«

Boggs blickte zu Smith auf, der immer noch ein paar Fußbreit hinter Jeremiah stand. Hatte er etwas gehört?

»Sie lügen«, insistierte Boggs.

Jeremiah schien erstaunt über Boggs' Gesichtsausdruck. Er wusste nicht, dass Smith gleich hinter ihm stand. »Die Wahrheit kann so viel Schaden anrichten. Fragen Sie Julie selbst. Mein Bruder war ein Mann voller Begierden. Das hat ihm eine Menge Ärger eingehandelt. Manchmal hat er mich schlecht behandelt, doch er war mein großer Bruder, er hat mir auch Dinge beigebracht. So ist Familie.« Tränen stiegen in seinen Augen auf. »Er hat keine Grenzen respektiert, keine Richtlinien. Was mir gehörte, war seins. Ich wünschte, ich wäre da gewesen, um sie zu beschützen. Es war nur das eine Mal, sagte sie. Und ich werde mir nie verzeihen, dass ich nicht da war. Er hat getan, was er getan hat, es war ihm egal, dass sie es nicht wollte. Nur hat er nicht bemerkt, dass er dabei seine Waffe neben dem Bett liegengelassen hatte. Also hat sie getan, was sie getan hat.«

»Ich glaube Ihnen nicht.«

»Ich hab ihr geholfen, die Leiche zu beseitigen, es ist die Wahrheit, und ich hab mir eine Geschichte für sie ausgedacht. Das ist es, was ein Mann tut: Er opfert sich für seine Frau und sein Kind.«

Boggs war schwindlig, ihm war heiß. Speiübel.

»Der Fall ist immer noch nicht offiziell abgeschlossen, oder?«, sagte Jeremiah. »Mord verjährt nicht, oder? Angenommen, ich pack aus, dann könnte auch ich Ärger bekommen, Sie würden das wohl Beihilfe nennen. Aber ganz ehrlich, ich hab schon gesessen, ich kann's wieder tun.« Er beugte sich zu Boggs. »Aber glauben Sie, Julie kann es?«

Boggs stand auf, ihm war jetzt schwindliger denn je. Nicht nur Smiths Augen waren auf ihn gerichtet – zunächst wegen seines Herumgebrülles, jetzt wegen seiner spastischen Bewegungen, seines schreckerfüllten Blicks.

Er deutete auf Jeremiah. »Halten Sie sich von ihr fern«, sagte er, doch seine Stimme hatte jegliche Kraft verloren, sein Herz alle Illusionen. Er nahm seine Mütze und stolperte an Smith vorbei, hinaus in die Dunkelheit.

47

DALE WAR ÜBERHAUPT NICHT bei der Sache, als er mit seiner Familie zu Abend aß. Sue Ellen rügte ihn, weil er so abgelenkt war. Er lächelte und versuchte mit den Kindern zu scherzen, doch alles drehte sich.

Er hatte Rake nicht glauben wollen, immerhin war der ein paar Stunden zuvor auf ihn *losgegangen*. Doch je mehr er darüber nachdachte, was Rake ihm über Coyle erzählt hatte, desto mehr Sinn ergab es. Er hatte Coyle oft über den Klan schimpfen gehört, doch Dale hatte es auf alberne Gebietsansprüche geschoben, wie es bei verfeindeten Clans – Wortspiel nicht beabsichtigt –, die einander nichts gönnten, üblich war. Zutiefst beschämt begriff er jetzt, wie einfach er zu manipulieren gewesen war.

Gerade waren sie mit dem Abendessen fertig, als ein Telefonanruf für Dale kam. Eine Stimme, die er nicht erkannte, fragte: »Ist Mr Ayak da?«

Das war Klan-Code für *Are you a Klansman?*

Dale starrte seine beiden Jungen an, während er antwortete. »Nein, aber es gibt einen Mr Akai.« Was *A Klansman am I* bedeutete.

»Gut. Ein Wagen wartet in genau zehn Minuten auf Sie an der Ecke Spruce und Myrtle. Bitte kommen Sie dahin.«

*

Zehn Minuten später stand Dale an der nur einen kurzen Spaziergang entfernt liegenden Kreuzung, ihm war fast schwindlig vor Angst. Er hatte sich eine Ausrede für Sue Ellen zurechtgebastelt, behauptet, er müsse noch etwas besorgen. Er hatte jeden seiner Jungs auf den Kopf geküsst, was die Kinder nur am Rande mitbekommen hatten. Er wollte es auch nicht übertreiben und seiner Frau das Gefühl geben, dass er demnächst über die Planke ging.

Aber wenn sie es auf ihn abgesehen hatten, hätten sie doch nicht vorher angerufen, oder? Sie wollten sicher nur reden.

Ein kleiner schwarzer Ford parkte gegenüber. Die Sonne war untergegangen, und das Viertel war still, von gelegentlichem Hundegebell abgesehen. Der Fahrer kurbelte sein Fenster hinunter, und als Dale auf ihn zuging, stellte er erleichtert fest, dass es sich nur um einen einzigen Mann handelte. Und noch dazu um einen älteren, mit weißen Haaren und vernarbten Wangen.

»Ich habe einen Freund in Rockdale«, sagte der Mann in Codesprache. Ein anderer Wagen kam aus der entgegengesetzten Richtung, also wich Dale aus und näherte sich dem Mann.

»Klar doch, ich wollte mich schon nach ihm erkundigen. Was kann ich für Sie tun?«

»Na ja«, sagte der Mann langsam, als tue ihm das Sprechen weh, »Sie könnten einfach noch einen Moment lang da stehenbleiben.«

Er hatte die Schritte nicht bemerkt, doch spürte die Hände an seinen Schultern, dann umhüllte ihn Dunkelheit. Etwas bedeckte sein Gesicht. Er griff danach, doch jemand packte ihn unter den Achseln und hob ihn hoch. Jemand anderes boxte ihn in die Magengrube, und er winselte, weil sein Magen immer noch von Rakes Schlägen schmerzte. Er hörte, wie ein Mann »Vorsicht« flüsterte, während seine Stirn gegen etwas schlug, eine Hand seinen Kopf nach unten drückte und ihn jemand von hinten anschob. Dann vernahm er ein metallenes Geräusch, und der Boden unter ihm gab nach.

»Scheiße, lasst mich los!«, brüllte er.

Er griff erneut nach dem Ding auf seinem Kopf. Dieses Mal zog er es herunter und sah, dass er sich auf dem Rücksitz einer geräumigen

Limousine befand, flankiert von zwei Personen. Vorn saßen zwei weitere, alle trugen sie Roben und Kapuzen.

»Was zum Teufel ist hier los? Ich bin einer von euch, Jungs.«

»Maul halten.« Die Stimme schien von dem Mann auf dem Beifahrersitz zu kommen, doch er konnte es nicht mit Sicherheit sagen. »Wir wollen nicht, dass du hier Alarm schlägst, wenn *du* dich also nicht beruhigst, tun *wir* es für dich.«

»Worum geht's hier?«

»Das weißt du verdammt genau.«

Oh verflucht. Warteten sie, bis er etwas sagte? Oder würden sie es aus ihm herausprügeln? »Tut mir leid, Leute, ich weiß es nicht.«

»Wir wollen wissen, warum du bei dieser Gruppe in Coventry dabei warst, die Letcher verprügelt hat. Und wir wollen wissen, wie das alles passiert ist.«

»Ich hab das nicht getan.«

Ihr Schweigen deutete darauf hin, dass sie seine Antwort für inakzeptabel und nicht diskussionswürdig hielten. Noch hatte er keine Stimmen identifizieren können. Er ließ seinen Blick von einer Seite zur anderen wandern, in der Hoffnung, etwas unter den Masken zu erkennen, doch es war zu dunkel. Mit einer Kapuze Auto zu fahren war in der Regel nicht empfehlenswert, und die Kapuzenspitze des Fahrers wurde vom Dach des Wagens zur Seite gebogen, sah aus wie eine Nachthaube.

»Mach den Hurensohn blind«, sagte jemand vorne.

Einer der Männer neben ihm wollte ihm den Sack wieder über den Kopf stülpen, doch Dale wehrte seine Arme ab. Dann bohrte sich etwas Hartes in seine Seite.

»Sack oder Kugel?«, fragte jemand. Dale entschied sich für die vorübergehende Dunkelheit.

★

Zwanzig Minuten später, von denen die letzten beiden ziemlich kurvig und holprig ausfielen, stellten sie den Motor ab und schubsten ihn nach draußen. Sie sagten ihm, er könne jetzt den Sack absetzen, und als er das tat, sah er, wie man ihn einen Trampelpfad hinunterführte, der in einen Bach mündete. Er war noch nicht einmal sicher, welcher Bach; gemessen an der Fahrtzeit kamen einige infrage, ansonsten sah er nur Wald.

Er fühlte sich sehr, sehr weit entfernt von allem und jedem.

»Hört mal Leute, das ist alles ein Riesenmissver–«

Dieses Mal schlugen sie ihn ins Gesicht. Zweimal, dann lag er auf dem Boden. Er stemmte sich auf die Knie, dreckig vom Morast des Flussufers.

»Kein Wort, außer du antwortest auf unsere Fragen.«

Sie bildeten einen Kreis um ihn. Einige waren größer als andere, doch im Grunde waren sie wie nicht zu unterscheidende Gespenster. Außer wenn sie ihn schlugen. Er wollte aufstehen, doch einer sagte: »Steh auf, und du gehst sofort wieder zu Boden.«

Er schmeckte Blut. »Leute, bitte. Ich hab einen Mitgliedsausweis, verdammt noch mal.«

»Du bist Teil einer Verschwörung, um Schande über die Bruderschaft zu bringen.«

Er vernahm das unverwechselbare Geräusch des Ladens der Munitionskammer einer Automatikpistole. Manche der Männer hatten ziemlich lange Ärmel, und er konnte noch nicht mal sagen, wer von ihnen die Waffe hielt.

»Herrgott, ich schwöre, ich weiß nicht, wovon ihr alle redet.«

»Gestehe. Und erkläre dich, sonst lassen wir deine Leiche hier vor den Kreaturen des Teufels verfaulen.«

»Ich hab doch nur …« Er heulte jetzt, seine Stimme war belegt. Er erinnerte sich an seine Hand auf den Köpfen seiner beiden Jungs, ertastete die Knoten in ihrem ständig zerzausten Haar. »Bitte. Ich habe Kinder. Ich wollte keinen Ärger mit dem Gesetz, versteht ihr?«

»Über das Gesetz musst du dir keine Gedanken machen. *Wir* sind das Gesetz. In jeder Hinsicht.«

Oh Gott, sie hatten recht. Zu spät erkannte er, dass er die Lage falsch eingeschätzt hatte. Er hatte immer Angst gehabt, dass man ihn für den Mord an Irons festnehmen würde, doch in Wahrheit hätte er den Klan fürchten müssen – der war ja praktisch eins mit der örtlichen Polizei.

Es stellte sich heraus, dass das Klan-Mitglied zu seiner Rechten das mit der Pistole war, die jetzt auf Dales Kopf zielte.

»Es war mein Schwager«, schrie Dale.

Die Waffe bewegte sich nicht. »Red weiter.«

»Er ist auch ein Cop. Denny Rakestraw. Er … er hat gesagt, er braucht mein Auto. Wollte mir nicht sagen warum, hat nur gemeint, er schuldet jemand einen Gefallen. Eines Nachts bringt er es zurück und ist ganz panisch und sagt mir, ich soll den Kotflügel wechseln, weil da Kugeln drinstecken, also Beweismaterial. Und er erzählt mir, dass Irons umgebracht wurde.«

»Was hat er sonst noch gesagt?«

Denk nach. Was noch? Herrgott, es war doch schon brillant, dass ihm überhaupt so viel eingefallen war. Ein Spiel mit dem Feuer in letzter Sekunde, aber das war's wert gewesen, denn er wusste, dass sie ihn erledigt hätten, hätte er die Wahrheit gesagt. Natürlich konnte es sein, dass einer dieser Männer Rakes verdammter Partner oder bester Freund oder sonst was war und sie ihn jetzt wegen der Lüge umbrachten. Doch vielleicht, vielleicht war es auch einfach nur genial.

»Er hat mir gesagt, ich darf's keinem sagen, deshalb hab ich's auch niemand in meinem Klavern erzählt. Hat gemeint, er sollte da oben einen weißen Mann verprügeln, irgendeinen Banker, einen Verwandten von Delmar Coyle, einer der Columbianer. Hat gesagt, sie tun sich

426

zusammen, damit der Banker aus Hanford Park kein schwarzes Viertel macht wie in anderen Teilen der Stadt. Doch die Sache ging schief, und Irons wurde erschossen.«

Ein längeres Schweigen, als Dale für möglich gehalten hatte.

Einer von ihnen sagte: »Das ist verrückt.« Ein anderer: »Schwachsinn.« Ein dritter: »Teufel, das erklärt eine Menge.«

»Er hat gesagt, sie mussten im Geheimen handeln, denn der Klan unternimmt nicht genug, um Hanford Park zu schützen«, sagte Dale. »Meinte, sie müssen das Gesetz in die eigenen Hände nehmen, und dass die Columbianer wissen, wie man so was angeht.«

»Rakestraw und ein Columbianer?«, fragte einer von ihnen ungläubig.

»Eines haben sie gemeinsam«, sagte ein anderer. »Beide hassen uns.«

»Scheiße, da ist was dran.«

»Er hat mir verboten zu reden«, schimpfte Dale weiter, »und weil er ein Cop und mein Schwager ist, hab ich versucht, ihn zu schützen, obwohl ich weiß, dass ich ihn euch Jungs schon früher hätte ausliefern sollen. Doch wie liefert man einen Cop aus? Der dazu Teil der eigenen Familie ist?«

Einer der Klan-Mitglieder beugte sich zu seinem Kollegen und flüsterte. Der andere nickte.

»Wir kennen deinen Schwager, Dale. Er zählt nicht zu unseren Freunden.«

Der Wortführer, wer auch immer er sein mochte, sprach mit Reibeisenstimme, so als verstellte er sie. Hier wusch nicht eine Hand die andere, diese Jungs stammten aus der Gegend und wollten eine Sache bereinigen, die ihnen persönlich am Herzen lag. Das waren seine Nachbarn, Leute aus seinem Klavern, vielleicht sogar Cops. Sie waren brennende Lunten, und Dale spuckte Kerosin. Dann bemerkte er, dass einer von ihnen einen Lederriemen aus seiner Tasche geholt hatte und ein anderer ein langes Seil in der Hand hielt.

48

SCHON KURZ NACH DEM Abendessen begriff Rake, dass er einen schrecklichen Fehler gemacht hatte. Der Hühnereintopf in seinem Magen schien zu gären, als hätte er ihn roh gegessen. Beim Essen hatte Cassie die ganze Zeit von diesem Nachbarn erzählt, der mit einem Makler gesprochen und sich entschieden hatte zu verkaufen, und von dem anderen Nachbarn, der gleich morgen als Erstes bei einem Makler anrufen wollte. Offensichtlich hatte die Festnahme der Greers keinerlei Ängste zerstreuen können; sie hatte sie nur bestätigt, bewiesen, dass die Negros Gesetzlose waren und ihre Anwesenheit in Hanford Park das Viertel vergiftet hatte.

Coyle hatte recht behalten.

Rake wollte Cassie alles darüber erzählen, was er zum Schutz des Viertels unternommen hatte, doch wie sollte das gehen, ohne das Dale-Problem zu erwähnen und die ganzen anderen Dinge, die ihn in keinem guten Licht darstellten. Es fühlte sich an, als wäre eine Glasscheibe zwischen ihnen.

»Wir müssen uns an einen Makler wenden«, verlangte Cassie.

»Ich weiß, es sieht gerade nicht gut aus. Ich will nur … nichts Unüberlegtes tun.«

»Unüberlegt wäre, noch länger zu warten.«

Er bat sie, bis zum nächsten Morgen abzuwarten, ob die Panik sich legte, und sie rollte mit den Augen.

Nach dem Abendessen rief er bei Dale an. Vor ein paar Stunden war es ihm noch wie eine gute Idee vorgekommen, Dale von Coyle zu erzählen. Er wollte die beiden gegeneinander ausspielen und abwarten, wer gewann, und sich dann mit den Überbleibseln beschäftigen. Mittlerweile kam ihm das nicht mehr so schlau vor. Am Ende hatte er noch eine Leiche zu verantworten. Und so sehr er seinen Schwager hasste, tot wollte er ihn auch nicht sehen. Wenn Dale nachts auf Coyle losging, konnte es gut sein, dass Coyle damit rechnete und seine Komplizen schon auf der Lauer lagen. Hatte er Dale in den Tod geschickt?

Seine Schwester ging ans Telefon. »Dale ist nicht da.«

»Weißt du, wann er zurückkommt?«

»Nein. Er mag's nicht, wenn ich ihm zu viele Fragen stelle, also lass ich es.«

Sich diesen Ehealltag vorzustellen tat weh.

»Okay, tja, dann sag ihm, er soll mich anrufen, wenn er wieder da ist.«

»Er hat seinen Wagen hiergelassen. Ist mir gerade aufgefallen. Weiß nicht, vielleicht ist er nur spazieren, wollte mal ein bisschen Dampf ablassen oder so was.«

»Klar, das klingt nach Dale«, sagte er und versuchte zu verstehen.

»Wie geht's den Jungs?«

»Die brüllen sich gegenseitig an.«

Er legte auf und ließ Cassie wissen, dass er noch etwas erledigen musste. Und merkte dabei, wie auch er seiner Frau nur eine vage Erklärung lieferte.

★

Zu Fuß hätte es Dale nicht zu Coyles Haus geschafft, also war er sicher nicht losgezogen, um den Columbianer zur Rede zu stellen. Außer, er war in einer der hiesigen Trinkhallen gelandet, um sich in Stimmung zu bringen, sich Mut anzusaufen. Rake überprüfte zwei Gasthäuser in Laufweite, doch kein Dale. Dann fuhr er raus in Coyles Gegend, schaltete die Scheinwerfer aus und rollte langsam die Straße entlang, bis er vor der Hütte stand. Sie wirkte unbewohnt, kein Lichtschein drang heraus. Keine Anzeichen einer Auseinandersetzung.

Wo zur Hölle war Dale?

★

Später fuhr er noch mal an Dales Haus vorbei, doch wenn Dale zu Fuß unterwegs war, brachte Rake auch die Tatsache nichts, dass dessen Wagen in der Einfahrt stand. Er parkte ein paar Häuser weiter, dann klopfte er an die Tür, wohl wissend, dass er damit nur seine Schwester verunsichern würde.

Sie wirkte erschöpft, es war wieder mal schwierig gewesen, die Kinder ins Bett zu bekommen.

»Stimmt was nicht?«, fragte sie.

»Hast du was von ihm gehört?«

»Er meldet sich nicht ständig, Denny. Vermutlich kommt er in ein paar Stunden hereingewankt und riecht nach Schnaps.«

Vielleicht war er bei einem seiner Freunde, hoffte Rake. Trank dort statt in einer Bar. Er glaubte nicht daran.

»Du machst mir Angst, Denny. Was ist los?«

»Ich wollte nur mit ihm über das Viertel reden, das ist alles.«

»Ja. Wir denken drüber nach zu verkaufen.«

»Meine Güte, ihr auch?«

»Mir gefällt das ja auch nicht, aber das geht alles zu weit. Ein kleiner Einbruch, und die halbe Nachbarschaft läuft nachts durch die Gegend und ist bereit, die Negros zu lynchen?«

»So was wird hier nicht passieren.« Er wünschte, er könnte das selbst glauben.

»Denny.« Sie seufzte. »Ich weiß, du magst Dale nicht besonders.«

»Das ist nicht w–«

»Und ich weiß, dass er Dinge über Negros sagt, die er nicht sagen sollte. Er ist ein guter Mann, und er liebt die kleinen Jungs über alles.

430

Er ist … einfach anders aufgewachsen als wir. Die Art, wie er sich ausdrückt, mag falsch sein, doch er hat das Herz am rechten Fleck. Wenn wir zu lange warten und noch mehr Negros kommen, egal wo *die* ihr Herz haben, dann wird unser Haus weniger wert sein als unsere Hypothek. *Und* wir müssen neben ihnen wohnen, ob wir wollen oder nicht. Das willst du doch auch nicht.«

»Sue Ellen … Wir finden einen Weg, damit die Dinge beim Alten bleiben.«

Sie rollte mit den Augen. »Männer und ihre Pläne. Erst wolltet ihr ihnen die Häuser aufkaufen, jetzt Gott weiß was. Als Nächstes kommen die Männer in den Kapuzen, stimmt's?«

»*Ich* würde das nie tun. Ich kann nicht für Dale sprechen.«

Sie wirkte gekränkt. »Ich mein ja nur, vielleicht wär's besser, mal auf eure Ehefrauen zu hören, die jede Minute des Tags hier verbringen müssen. Statt sich irgendwelche Strategien auszudenken, oder was auch immer Dale mit seinen Freunden gerade bespricht. Vielleicht solltet ihr auf uns hören.«

Er seufzte. »Cassie will auch verkaufen.«

»Hast ein schlaues Mädchen geheiratet.«

★

Er lief den kleinen Weg in Dales Vorgarten entlang, als sich jemand vom Bürgersteig her näherte. Jemand sehr großes.

»Dale Simpkins?«, fragte der Mann in einem breiten ländlichen Akzent.

»Leider nicht. Kann ich Ihnen helfen?«

»Bullshit«, sagte der Mann, und zu spät bemerkte Rake die Bewegung hinter sich, während ihn etwas Hartes auf dem Hinterkopf traf.

Benommen ging er in die Knie, fing sich gerade noch mit den Händen ab. Der Vorgarten war unbeleuchtet, und einen Moment lang

wurde es vor seinen Augen noch dunkler, sein Kopf war wie benebelt. Er holte Luft, und ganz langsam kehrten die Dinge zu ihrer ursprünglichen Schärfe zurück, doch dazu kam jetzt ein Schmerz. Er
hörte, wie jemand den Hahn einer Waffe zurückzog, und sah zwei
äußerst große Männer über sich thronen.

49

BOGGS HÄTTE JETZT GERNE eine geraucht, doch das Anzünden hätte sie verraten. Sie hatten sich im ersten Stock eines verlassenen Hauses in Summerhill postiert. Er hörte etwas hinter sich vorbeihuschen, das Quieken von Nagern, und er betete, dass sie sich, solange er hier wartete, von ihm fernhielten.

Schlimmer als eine langweilige Observierung war nur eine langweilige Observierung, bei der man verzweifelt versuchte, nicht an eine bestimmte Sache zu denken. Und doch konnte er es nicht aus seinen Gedanken verbannen: *Julie* hatte Isaiah Tanner getötet. Er wollte glauben, dass Jeremiah ihn angelogen hatte, um ihn aus dem Konzept zu bringen. Doch es ergab zu viel Sinn: *Deshalb* hatte Julie ihm nie die Wahrheit über Jeremiah erzählt, *daher* ihre Ablehnung und ihr ungefilterter Schmerz, sobald er etwas über ihre Vergangenheit wissen wollte. Herrgott noch mal, sie war vom älteren Bruder ihres Freundes vergewaltigt worden und hatte ihn erschossen. Ihr Freund hatte ihr geholfen, dem Gesetz zu entgehen, indem er die Leiche verschwinden ließ und eine Geschichte für sie beide erfand. Jeremiah hatte das Geheimnis für sie bewahrt, doch jetzt war er zurück – unberechenbar und eifersüchtig auf Boggs. Er verkörperte Julies potenzielles Todesurteil.

Was sollte Boggs unternehmen? Er war bereit gewesen, sich von Julie zu trennen, doch jetzt erkannte er, dass sie das Opfer von Umständen war, die er sich kaum vorstellen konnte. Was sie getan hatte, nannte man vermutlich Notwehr. Eine Jury im Süden würde das anders sehen, doch Gott kannte die Wahrheit. Oder?

Wenn Boggs bei ihr blieb und ihr half, das Geheimnis zu bewahren, musste er etwas wegen Jeremiah unternehmen.

Boggs war sich nicht sicher, wie viel Smith mitangehört und wie viel er davon verstanden hatte. Nachdem sie den Diner verlassen hatten, schwiegen sie eine angespannte Minute lang, dann fragte Smith: »Bist du sicher, dass du das hier heute Nacht schaffst?«

»Natürlich schaff ich das. Wieso sollte ich nicht?«

»Ich will nur sichergehen, dass du auch bei der Sache bist.«

Dann hatte Smith seinen Gesichtsausdruck studiert, als forderte er von Boggs eine Erklärung darüber, was gerade vorgefallen war. Boggs hatte Smith nicht gefragt, ob er begriffen hatte, worum es in dem Gespräch ging; allein die Vorstellung, dass noch jemand die Wahrheit über Julie kannte, erfüllte ihn mit Grauen.

Wie geplant waren sie zu dem leer stehenden Geschäft in Summerhill gefahren, das Fecks Schmugglern laut Malcolm als Übergabeort diente. Ein paar Meilen weiter würde ein Güterzug im Betriebsbahnhof ankommen, und in einer Stunde würden Männer, die sich als Reinigungskräfte verkleidet hatten, hier auftauchen und Quentin Neale kleine Bündel mit Marihuana aushändigen.

Also warteten sie. Genau wie vor zwei Wochen vor der Telefonfabrik, als sie in eine Sache hineingestolpert waren, die sie persönlicher betraf, als sie sich je hätten ausmalen können. Was für ein Kaff das doch nach wie vor war. Trotz der neuen Gebäude und Horden von Fremden, trotz all der Veränderungen, die das letzte Jahrzehnt nach sich gezogen hatte, war Atlanta immer noch eine Stadt, in der man noch nicht einmal jemanden verhaften konnte, ohne möglicherweise die eigene Familie mit hineinzuziehen.

Während Boggs und Smith in dem verlassenen Gebäude warteten, standen Dewey und Champ in einer Gasse neben dem Laden und beobachteten die Seitentür. Einen Block weiter, auf einem ungeteerten Hof hinter einem leeren Wohnhaus, saß McInnis in seinem Wagen.

Wären die weißen Cops zuständig gewesen, hätten sie zweifellos mehr als nur fünf Männer abgestellt. Doch McInnis konnte nicht sein gesamtes Personal an einen Ort entsenden, außerdem wollte er unauffällig bleiben, damit nicht doch etwas zu Slater durchdrang. Also kamen sie zu fünft und hofften, dass es reichte.

★

Um Viertel vor zwölf hielt ein gelbes Cabrio mit geschlossenem Dach vor dem Laden. Es parkte demonstrativ rückwärts ein, ideal, wenn man schnell wieder abhauen wollte. Ein Mann mit einem braunen Fedora stieg aus, blickte in beide Richtungen die Straße entlang, dann schloss er die Vordertür auf.

»Das ist Neale«, flüsterte Smith.

Die Fenster des Ladens hatte man von innen mit zusammengefalteten Pappkartons beklebt, doch am matten Lichtschein erkannten sie, dass Neale das Licht eingeschaltet hatte.

Auch die nächsten dreißig Minuten verstrichen nur langsam. Smith erleichterte sich an der Wand hinter ihnen. Boggs' Füße schmerzten, doch noch weniger wollte er auf Schichten von Dreck sitzen.

Um halb eins passierte ein hellbrauner GMC Pick-up mit verdeckter Ladefläche das Geschäft. Um die Uhrzeit herrschte so gut wie kein Verkehr auf dieser Straße. Fünf Minuten später kehrte derselbe Pick-up zurück, doch dieses Mal parkte er neben dem Chevy.

»Es geht los«, sagte Smith im selben Moment, als Boggs spürte, wie sein Puls sich beschleunigte.

Smith stieß vorsichtig die Tür auf, die sie erst vorhin aufgebrochen hatten, achtete darauf, dass sie nirgendwo gegenstieß. Gebückt eilten sie über die Straße, während zwei Männer in der Uniform von Reinigungskräften aus dem GMC stiegen und mit Mülltonnen aus Metall auf den Laden zusteuerten, wo schon Neale in der offenen Tür wartete.

»Polizei, keine Bewegung!«, rief Smith. Aus der Gasse hörten sie Schritte nahen. Sie hörten das Aufheulen eines Motors – hoffentlich McInnis, der den Pick-up zweimal vorbeifahren hatte sehen.

Die beiden Reinigungskräfte blieben wie befohlen stehen. Dann ließ einer von ihnen die Mülltonne fallen und rannte los, raste seinem Komplizen davon.

In der zweiten Reinigungskraft erkannte Boggs Jeremiah.

Dann lenkten Schüsse seine Aufmerksamkeit woandershin.

Neale war nach drinnen geflüchtet, hatte seine Waffe jedoch aus der Tür gesteckt und schoss blindlings um sich. Smith und Boggs gingen in Deckung, Smith versteckte sich hinter dem vorderen Ende des Trucks, und Boggs duckte sich hinter der fallen gelassenen Mülltonne. Ein dritter Schuss, ein vierter und fünfter.

Als Boggs aufblickte, hatte auch Jeremiah seine Tonne fallen gelassen und rannte seinem Komplizen hinterher. Boggs tat einen Schritt nach vorn, der Pick-up schützte ihn vor weiteren Kugeln Neales, und richtete die Waffe auf die beiden flüchtenden »Reinigungskräfte«. Der, der nicht Jeremiah war, drehte sich genau in dem Moment um und zielte auf Boggs, vielmehr fuchtelte er mit seiner Waffe, bereit sie abzufeuern. Boggs drückte ab. Präziser als sein Gegner. Zwei Schüsse später brach der Mann in zehn Meter Entfernung zusammen.

Weitere Schüsse, andere Waffen. Irgendwas tat sich im Innern des Ladens.

Er hörte Dewey und Champ »Polizei« brüllen und einen Schmerzensschrei.

McInnis' Wagen hielt hinter ihnen, als Jeremiah um die Ecke bog und in einer Gasse verschwand. Der Sergeant kickte die Tür seines Wagens auf und sprang heraus. »Hinterher!«, rief er.

Sie liefen die Gasse hinunter, Boggs hielt die Waffe vorsichtig mit der Mündung nach oben, dann stoppten sie vor der Abzweigung, er richtete sie wieder nach vorn und warf einen kurzen Blick um die Ecke. Hinter der nächsten Ecke verschwand erneut eine Person.

Sie rannten weiter, Smith gleich neben ihm, durch eine Pfütze aus Weiß-Gott-Was, die Schuhe durchnässt; jetzt bloß nicht auf dem unebenen Kopfsteinpflaster der Gasse ausrutschen. Der Umriss einer Katze verschwand so schnell, wie er gekommen war.

*

Wie hatte Jeremiah das zulassen können?

Während er rannte und das Blut in seinem Kopf pulsierte und seine Brust stach, erkannte er, dass es keinen Ausweg gab, dass es nie einen gegeben hatte und er sich nur eingeredet hatte, es gäbe einen.

Die Konfrontation mit Boggs vorher in dem Diner – das war seine letzte Chance gewesen, und er hatte sie nicht genutzt. Boggs hatte ihm die Chance gegeben zu gehen, diesem Leben zu entfliehen, das ihn nur zu bestrafen schien. Statt auf ihn zu hören, hatte er dem Mann ins Gesicht gespuckt. Der Gedanke, dass dieser selbstbewusste, provozierend überhebliche *Officer* Boggs ihn verbannte, um Julie für sich zu haben, war zu viel gewesen, also hatte Jeremiah die Illusionen des Mannes mit lustvoller Grausamkeit zerstört. Er hatte gelächelt, als Boggs mit der Erkenntnis vom Tisch gewankt war, dass das von ihm verehrte Mädchen nicht so rein war, wie der Priestersohn es sich gewünscht hatte.

Jetzt war es Jeremiah, der wankte.

Cyrus hatten sie bereits niedergeschossen, er hatte es gesehen, hatte die Kugeln gehört, mindestens eine davon war an Jeremiahs Kopf vorbeigezischt wie eine Hornisse, doch die andere hatte Cyrus' Gliedmaßen verdreht und sein Hemd explodieren lassen. Er hatte erst einmal im Leben eine Waffe abgefeuert, unter den wachsamen Augen seines Bruders auf Flaschen gezielt, doch das war Jahre her.

Er rannte die Gasse hinunter und betete. *Bitte, Gott. Bitte lass es nicht so enden. Ich weiß, dass ich dich in der vergangenen Woche enttäuscht habe, und ich habe meine Freiheit nicht so gewürdigt, wie ich sollte. Ich hab versucht, das Richtige zu tun. Ich hab versucht …*

Was hatte er versucht? Und zählte der Versuch überhaupt?

Sein ganzes Leben hatte er sich vom Teufel jagen lassen, ihn zu nah an sich herangelassen, und jetzt war ihm der Teufel dicht auf den Fersen und holte schnell auf.

Er bog nach rechts, rutschte aus, stand wieder auf und rannte weiter, bis er vor einer Backsteinmauer stand.

★

Boggs zielte mit der Waffe um die nächste Ecke, reckte seinen Kopf hervor und sah Jeremiahs Rücken. Der Ex-Häftling stand mit hochgezogenen Schultern keine fünf Meter entfernt.

Smith trat hinter Boggs aus der Deckung und zielte ebenfalls. »Polizei!«, brüllte er. »Waffe fallen lassen!«

Jeremiah, der seine Waffe auf den Boden gerichtet hatte, drehte sich langsam zu ihnen um.

Boggs fühlte die Schwere der Tatsache, dass er jetzt auf Jeremiah hätte schießen können, weil er die Waffe nicht fallen gelassen hatte, weil er sich umgedreht hatte, weil er atmete, weil er alles andere tat, als zu gehorchen.

Smith und Boggs kamen auf ihn zu.

Eine Sekunde lang starrte Jeremiah sie an, die längste nur denkbare Sekunde, mit weit aufgerissenen Augen.

Boggs richtete die Waffe auf Jeremiahs Brust. Ein kurzes Fingerzucken, mehr wäre nicht notwendig.

Jeremiah senkte leicht die rechte Schulter. Er bückte sich und ließ die Waffe fallen. Streckte die Hände aus.

»Ich sagte, Waffe fallen lassen!«, rief Smith.

Jeremiahs Gesicht legte sich in Falten. Angst, Verwirrung. Dann die Erkenntnis, das Grauen.

Boggs bewegte seinen Körper nicht, doch drehte den Kopf zu seinem Partner. Ihre beiden Waffen waren immer noch auf das wehrlose Subjekt gerichtet.

»*Fallen lassen!*«, brüllte Smith.

Jeremiah öffnete den Mund, wollte erklären, dass er sie längst fallen gelassen hatte. Boggs öffnete den Mund, wollte *Nein, tu das nicht* zu Smith sagen, doch er war nicht schnell genug, und was brachten mit Lippen geformte Worte, was brachte reden, wenn der Partner einen noch nicht mal ansah.

Smith drückte ab. Zweimal.

Boggs sah Jeremiah noch nicht einmal umfallen – in einem Moment stand er noch, im nächsten lag er schon. Da war Blut auf der Wand hinter ihm, Splitter aus Ziegel und Mörtel, dort wo mindestens eine Kugel einfach so durch ihn durchgegangen war.

Smith trat nach vorn, immer noch die Waffe im Anschlag. Dann schnellere Schritte, bis er Jeremiahs Pistole wegtreten und seine Waffe auf Jeremiahs Gesicht richten konnte, das jetzt und für immer seine Verwirrung über eine Welt ausdrückte, der er nicht gewachsen war.

Boggs ging langsam auf sie zu. Die Muskeln in seinen Armen waren angespannt, doch die Arme selbst scheinbar schwerelos, als zöge ihn nur seine Waffe gen Erdboden, und wenn er sie losließ, würde er in die Luft entschweben, bis zum Himmel. Doch er war hier, er steckte hier fest, es war nicht seine Seele, die erlöst worden war.

Schritte, die auf sie zurannten. Mit Schwindelgefühl drehte sich Boggs um, sah den weißen Mann und eine vertraute Uniform. Er senkte seine Waffe, damit er sie nicht auf McInnis richtete, der seine ebenfalls senkte, wie ein verzögertes Spiegelbild. McInnis kam auf sie zu, die Uniform immer noch ein Spiegelbild, doch sein Gesicht das Negativ zu ihrem. Und obwohl er näher kam, fühlte sich Boggs nur noch weiter weggeschoben.

»Ich hab versucht, es zu verhindern, Sergeant«, sagte Smith zu McInnis. Er war außer Atem – wie sie alle –, und seine Worte kamen in kurzen Stößen, so wie die Schüsse. »Er wollte nicht hören. Dachte vielleicht, er sei in einem Film.«

Der Geruch von Ruß erfüllte die Luft, die Hunde in der Gegend schienen sich gegenseitig zu fragen, was passiert war. Irgendwo startete jemand einen Motor, vermutlich hatte es nichts mit ihnen zu tun, nur ein Anwohner, der vor dem Klang der Gewalt davonrannte, ein schlechtes Gewissen auf der Flucht.

»Ich weiß«, sagte McInnis. Mit seinem rechten Ärmel wischte er sich den Schweiß von der Stirn. »Ich hab's gehört.«

McInnis trat näher an die Leiche, und Boggs blickte zu seinem Partner, stellte sich vor ihn, mit aufgerissenen Augen. Smith starrte ausdruckslos zurück, dann blickte er hinunter zu Jeremiah.

»Verdammt noch mal«, sagte McInnis. »Das ist Jeremiah Tanner.«

Boggs konnte nur nicken, zu bestürzt, um etwas zu sagen.

McInnis' Gesichtsausdruck schien sich bei dem Gedanken, dass es sich um denselben Mann handelte, dessen Bruder vor Jahren womöglich von seinem ehemaligen Partner getötet worden war, zu mildern. Jetzt lag er tot in einer Gasse, von einem anderen Cop erledigt.

»Vielleicht … Vielleicht hätte ich–«, bot Smith an.

»Nein«, sagte McInnis. »Sie haben das Richtige getan. Besser er als Sie. Denken Sie immer daran.« Er ließ den Blick zwischen seinen beiden Beamten hin- und herwandern, als müsste er ihnen das Credo einbläuen. »Besser er als Sie.«

★

Es dauerte Boggs viel zu lange, bis er Smith für sich allein hatte. Erst mussten sie sich um die Leichen kümmern – Jeremiah, Cyrus und Quentin Neale, der sich im Laden vor Boggs und Smith hatte verstecken wollen, nur um Dewey und Champ hereinstürmen zu sehen. Neale hatte seine leere Waffe weggeworfen und versucht, eine zweite aus dem Gürtel zu ziehen, doch Dewey hatte drei Runden abgegeben.

Zahlreiche weiße Cops waren angerückt, darunter Detectives von der Sitte und der Mordkommission, aber kein Slater, vielleicht hatte McInnis recht und der Hurensohn zog sich langsam aus diesem Mist zurück.

Jeremy Toon von der *Atlanta Daily News* war ebenfalls aufgetaucht, jemand hatte ihm einen Tipp gegeben, und er war begierig, diesen Knüller für die Nachwelt festzuhalten: Das erste Mal, dass Atlantas Negro-Polizisten jemand das Leben genommen hatten. Ganz offiziell.

Mehr als eine Stunde verging, bis Boggs und Smith allein waren, in einer der Gassen, durch die sie vor Kurzem gerannt waren. Es war kein anderer Cop in Hörweite, als Boggs sich ihm zuwandte. »Warum?«, fragte er einfach nur.

»Weil ich wusste, dass du es nicht konntest.«

»Ich hab dich nie gebeten, es–«

»Und das hättest du auch nicht. Doch der kleine Gangster hier hätte dich ein Leben lang in der Hand gehabt. Dich und dein Mädchen und ihren kleinen Jungen.«

Also hatte Smith im Diner sehr wohl alles mitangehört und verstanden. Boggs kam damit nicht klar, konnte das Bild von seinem Partner und ihrem Beruf nicht mit dem vereinen, was Smith gerade getan hatte, mit der Entscheidung, die er getroffen, der Grenze, die er überschritten hatte. Eine, die Boggs nie überschreiten würde, so dachte er zumindest. Denn er hatte die Gelegenheit gehabt. Er hätte es tun können, doch er hatte sich anders entschieden.

Er wollte Smith schlagen, wollte schreien, wollte an seinem Partner vorbeirennen, sich bei dem Mann entschuldigen, der ihn nie wieder hören können würde, geschweige denn ein anderes Geräusch.

»Das heißt nicht, dass ich wollte, dass–«

»Was? Du willst mich also wieder verurteilen? Das Wort, nach dem du suchst, heißt *Danke*.«

Dann ging Smith weg, als ob er damit die Last auf den Schultern seines Partners lassen könnte.

50

BENOMMEN NAHM RAKE wahr, wie einer der Männer, die ihn niedergeschlagen hatten, zu dem anderen sagte: »Überprüf seine Brieftasche, um sicherzugehen.«

Eine Hand holte seine Brieftasche aus der hinteren Hosentasche. Rake versuchte seine Muskeln daran zu erinnern, sich anzuspannen, und fragte sich, ob er in er Lage war, wieder aufzustehen oder wenigstens dem Riesen vor ihm ins Gesicht schauen zu können. Den letzten Teil bekam er hin, sah die Waffe in seiner Hand.

»Ich bin nicht Dale. Ich bin ein *Cop*.«

»Scheiße«, sagte der hinter ihm und ließ Rakes Brieftasche auf den Boden fallen. »Das ist er nicht.«

Dann kam noch mehr Licht, und zuerst dachte Rake, sein Körper reagierte so auf einen erneuten Schmerz, doch dann wurde ihm klar, dass es sich um Scheinwerfer handelte. Sie gehörten zu einem Hudson, der merkwürdig langsam die Straße entlangfuhr.

»Na so was, verdammt noch mal«, sagte der Mann mit der Waffe. Sein breiter Akzent stimmte mit dem des anderen überein – South Georgia oder Alabama. »Sieht aus, als hätten wir den Jackpot geknackt.«

Dann sah es auch Rake: Im langen blauen Hudson, der auf der anderen Straßenseite hielt, war ein regelrechtes Knäuel aus Klan-Mitgliedern eingepfercht, im Schein der Straßenlampen schien es fast, als strahlten ihre weißen Roben und Kapuzen. Eine der hinteren Türen ging auf, doch der Motor lief weiter.

»Da ist Dale drin, oder?«, wollte einer der Riesen von Rake wissen.

Er antwortete nicht. Etwas traf seine Rippen, vermutlich ein Fußtritt des zweiten Mannes. Er sah, wie Dale ohne Hemd von der Rückbank des Hudson getorkelt kam.

»Dale Simpkins?«, verlangte einer der Männer.

»Gott, was ist denn jetzt schon wieder?«, jammerte Dale.

Rake hörte, wie jemand nur Zentimeter von ihm entfernt eine Schrotflinte lud.

»Kommt schon raus, ihr verdammten Clowns«, brüllte einer der riesigen Fremden, »und holt euch, was ihr verdient habt!«

Die Fahrertür ging auf, und eines der Klan-Mitglieder hob die Handflächen. »Moment mal! Das ist ein Missverständnis, Freunde! Runter mit der Waffe!«

»Ihr seid doch die, die mit ihm da hochgefahren sind?«, rief einer der beiden großen Männer. Rake erinnerte sich, wie er vor Tagen mit dem Gerichtsmediziner darüber gesprochen hatte, ob jemand aus der Familie von Irons den Leichnam identifiziert hatte, und der Bestatter hatte zwei hünenhafte Brüder aus Alabama beschrieben. Jesus, das waren sie.

Er zog sich auf die Knie, versuchte das Schwindelgefühl zu überwinden. Er musste den Riesen mit der Schrotflinte überwältigen, der jetzt nur einen Schritt entfernt vor ihm stand, doch seine Beine waren wie mit Blei gefüllt. Der andere hielt eine Pistole in der Hand, beide zielten auf diese surreale Szene: Dale, wie er mit freiem Oberkörper neben einem Klan-Mitglied stand, vor einem Wagen mit drei weiteren Kluxern – mehr weiße Wäsche als auf der Leine an einem Montagmorgen. Eins der anderen Klan-Mitglieder stieg auf der anderen Seite aus und richtete eine Pistole auf Rake und die Gebrüder Irons, benutzte den Wagen als Deckung.

»Runter mit den Waffen!«, schrie der Kluxer mit tiefer, dienstlich klingender Stimme, die Rake irgendwoher kannte. »Wir sind Polizei.«

»Ein Dreck seid ihr!«, antwortete einer der Brüder, als ein zweites Klan-Mitglied mit einer Pistole herumfuchtelte. Die Pattsituation drohte mit jeder Sekunde zu eskalieren.

»Ich bin Polizist!«, beharrte das Klan-Mitglied.

»Sind Sie zufällig Sheriff Marone?«, rief der andere Bruder.

»Ich bin Polizeibeamter aus Atlanta, und ich befehle Ihnen, Ihre Waffen runterzunehmen. Jetzt!«

Rake fing an, sich aufzurichten, stützte sich mit einer Handfläche auf dem Boden ab und streckte die Knie durch, als ihm bewusst wurde, dass das der denkbar ungünstigste Zeitpunkt zum Aufstehen war.

Einer der Brüder fing an etwas zu rufen, doch es ging im Knall einer Schrotflinte unter.

Überall Kanonenfeuer. Und Schreie. Zahlreiche Leute schrien auf. Darunter seine Schwester, wenn auch hinter einer Mauer.

Splitter prallten von der Hauswand ab und trafen seine Schulter. Zumindest hoffte er, dass es nur das war. Einer der Riesen vor ihm fiel lautlos zu Boden. Rake zog einen Revolver aus dem Holster am Fußgelenk und torkelte nach links auf eine Hecke zu. Er sah, wie der andere Bruder seine Schrotflinte fallen ließ, nachdem er sie bereits zweimal abgefeuert hatte, und eine Pistole aus der Tasche holte. Rake schoss auf ihn, doch der Riese flüchtete sich hinter eine Eiche.

Weitere Schüsse kamen von dem Hudson oder aus seiner näheren Umgebung. Und damit auf das Haus, in dem sich seine Schwester und Neffen befanden. Irons erwiderte das Feuer. Rake schaute auf die Straße, wo der Schein der Straßenlaterne um den Hudson herum mit explodierendem Glas, Fetzen von Autositzen und Blut gefüllt war. Der Wagen schlingerte vorwärts, nur ein klein wenig, wie ein spastisches Zucken. Die offene hintere Tür hing nur noch zur Hälfte am Wagen. Im Hudson nichts außer weißem Stoff und Blut.

Rake lag flach zwischen den Azaleen, die Waffe nach vorn gerichtet, eine Gefechtsstellung, die er seit dem Krieg nicht mehr eingenommen hatte.

»Polizei!«, schrie er, und erst später sollte ihm bewusst werden, wie lächerlich es war, dasselbe Kommando wie einer der Schützen auf der anderen Seite zu brüllen. »Waffen fallen lassen!«

Der Hudson driftete erneut vorwärts, so, als ob er fuhr, doch es war niemand mehr am Leben, der auf die Bremse hätte treten können. Die Fahrerseite war durchlöchert von Schrotmunition, und ein Toter war so weit nach links gesackt, dass die Spitze seiner Kapuze direkt auf Rake zielte. Dann fiel sie ab und offenbarte das schweißnasse blonde Haar des Mannes.

Mehr Schüsse von rechts und vermutlich von der anderen Straßenseite. Möglich, dass einer der Klan-Mitglieder aus dem Hudson entkommen war. Dann zwei weitere Schüsse vom Bruder hinter der Eiche.

»Reece! Ihr Schweine habt Reece gekillt!«

Rake hörte hektische Schritte, die sich entfernten. Einer der Kluxer lief davon.

Zwei weitere Schüsse und hinter ihm splitterndes Glas. Er hörte seine Neffen schreien und seine Schwester. *Herrgott noch mal.* Was auch immer hier vorging, er musst es aufhalten.

Ein Schuss von seiner Seite der Straße, er sah das Mündungsfeuer. Er kroch so nah am Boden wie möglich, in der Hoffnung, auf keinen Ast oder Laub zu treten, in der Hoffnung, dass der Schütze auf der anderen Straßenseite nicht noch mal abdrückte, solange er ohne Deckung war. Endlich nahm die Gestalt in seiner Nähe in der Dunkelheit Konturen an, dann zuckte sie kurz, und mehr Bestätigung brauchte Rake nicht. Er zielte auf die Brust, feuerte zweimal.

Ein Grunzen. Das Splittern von Holz. Er näherte sich und sah den großen Mann aus seiner Deckung hinter der Eiche fallen und auf dem Rücken landen. In der rechten Hand hielt er eine Pistole. Rake rannte, der Arm des Mannes bewegte sich, wenn auch nicht besonders schnell. Die Waffe war jetzt erhoben, und Rake trat sie ihm aus der Hand, bevor sie hoch genug zum Zielen war. Rake richtete seine Waffe auf das Gesicht des Mannes.

»Auf den Bauch drehen, jetzt!«

Der letzte der Irons-Brüder fletschte die Zähne und knurrte schmerzverzerrt, und als er sich auf den Bauch rollte, konnte Rake seine blutdurchtränkte Schulter sehen. Ihm fiel ein, dass er keine Handschellen dabeihatte, und doch ließ ihn der Anblick des auf der Brust liegenden Irons mit hinter dem Kopf verschlossenen Händen sich ein wenig sicherer fühlen. Dann zwei weitere Schüsse.

Rake lehnte sich an denselben Baum, den Irons als Deckung benutzt hatte. Ein Klan-Mitglied feuerte im Fliehen quer über die Straße. Rake blieb noch einen Moment lang in Deckung und dachte, er höre Schritte, doch in seinen Ohren klingelte es, und es konnte auch nur das Blut sein, das rauschte. Er zielte um den Baum herum und blickte die Straße herunter, wo er zwei geparkte Autos erkannte, die einer der Schützen als Deckung genutzt hatte, eins davon mit herausgeschossenen Scheiben. Doch da war kein Schütze mehr. Er wartete ab, dann wagte er sich hinter dem Baum hervor, trat auf die Straße in den Nebel aus Pistolenrauch. Gespenstische Erinnerungen aus Europa überkamen ihn, und doch war er zu Hause, das war seine Nachbarschaft, zwei unvereinbare Welten lagen jetzt übereinander, und ihm wurde noch schwindliger.

Er hörte Sirenen. Schrill bellende Hunde, in höchster Alarmbereitschaft. Dann wieder nur das Pfeifen in seinen Ohren.

Er wollte gerade Sue Ellen rufen, sie auffordern, die Jungs ins Esszimmer zu bringen, in den hinteren Bereich des Hauses, als sich alles zu drehen anfing. Der Schlag, den er auf den Kopf bekommen hatte, meldete sich zurück, und ein Schwindelfall zum ungünstigsten Zeitpunkt zwang ihn erneut in die Knie. *Nein, nein, nein.* Er musste wieder aufstehen, doch sein Körper nahm sich eine Auszeit, hatte keine Lust, auf sein Hirn zu hören.

Benebelt ging er zu Boden, lag auf dem Rücken. Er hörte Schritte.

Es war der Irons-Bruder, den er in die Schulter getroffen hatte. Er hatte seine Pistole wiedergefunden und stand jetzt über Rake. *Warum?*, wollte Rake fragen, doch er konnte nur atmen.

»Du Bastard, ihr habt Reece umgebracht! Ich bin der Letzte.«

Er war riesig, ein verdammtes Monster, sein pomadiges Haar stand auf seltsame Weise ab, so als hätte er Hörner, und dann machte es *KRACH,* das vielleicht lauteste Geräusch, das Rake je gehört hatte.

Zu laut für eine Pistole.

Rake öffnete die Augen, und das Monster vor ihm sah jetzt noch furchterregender aus, wie frisch lackiert. Dann sackte es neben ihm zu Boden.

Auf der anderen Straßenseite bewegte sich ein neuer Schütze langsam vorwärts, und von hier aus konnte Rake nur seine obere Körperhälfte sehen, keine Beine oder Füße, wie ein Geist, der über dem Boden schwebte. Ihr Haar war ziemlich kurz und unsauber geschnitten, als hätte sie es mit verbundenen Augen getan. Sie hatte einen grimmigen Gesichtsausdruck und hielt das dampfende Gewehr vor sich, als sei sie auf der Suche nach ihrem nächsten Ziel.

Ihre Raubtieraugen zogen Rake in Betracht, doch hielten ihn für unwürdig, und sie lockerte den Griff um das Gewehr, die Mündung deutete jetzt gen Himmel.

Dieses Mal funktionierte seine Stimme. »Wer sind Sie?«

»Hortense Bleedhorn. Diese Hurensöhne haben meinen Koch getötet. Wer sind Sie?«

»Officer Denny Rakestraw. Atlanta Police Departement.«

»Das würde mich mehr beeindrucken, wenn sie hier nicht auf dem Boden rumliegen würden.«

»Ich werde jetzt aufstehen.«

»Lassen Sie sich von mir nicht aufhalten.«

Er stand auf, langsam, und starrte auf seine seltsame Retterin. »Danke.«

»Das haben die verdient. Bin seit Tagen hinter ihnen her.« Sie spuckte auf die nächstbeste Leiche. »Hab endlich rausgefunden, wo sie wohnen, und bin ihnen hierher gefolgt. Hab gesehen, wie die Sie überrascht haben, und wollte gerade was unternehmen, als der Wagen voller Clowns hier aufgetaucht und die Hölle losgebrochen ist.«

Die Hölle mochte sich wieder beruhigt haben, doch sie hatte überall Spuren hinterlassen. Mit der Pistole in der Hand sah sich Rake nach Anzeichen der anderen Schützen um. Der Hudson war ins Heck eines parkenden Autos gerollt und wartete nun mit nach wie vor eingeschalteten Scheinwerfern und schnurrendem Motor darauf, dass ihn jemand aus seinem Elend erlöste.

»Sie müssen mir die Waffe aushändigen, Ma'am.«

Sie schenkte ihm einen kühlen Blick. »Haben Sie eine Dienstmarke?«

»Nicht dabei, Ma'am, nein.« Er wiederholte seinen Namen, Dienstgrad und machte ihr klar, dass in weniger als einer Minute zahlreiche Uniformierte hier sein würden, bereit auf jeden zu feuern, der eine Waffe in den Händen hielt. Sie gab ihm das Gewehr.

Er ging auf den Hudson zu, seine Fenster bestanden nur noch aus blutgetränkten Zacken. Er konnte den toten Fahrer in seiner Robe erkennen, doch war sich nicht sicher, ob noch eine andere Leiche drinlag. Auf der Hälfte des Weges hielt er an und fand zwei weitere Tote. Die Klan-Robe des einen war so voller Blut, als hätte er sie gefärbt, um sich selbst in eine höhere Position beim Klan zu befördern. Rake zog die Kapuze ab und blickte auf Barnwell, Heltons jüngeren Partner.

Dale lag ein paar Meter weiter in Richtung Haus, als hätte er versucht, dort Schutz zu suchen, so wie er sein Haus immer für eine sichere Burg gehalten hatte, solange er sie um jeden Preis verteidigte. Er trug kein Hemd, nur eine graue Hose, die ihm Cassie letztes Jahr zu Weihnachten geschenkt hatte, wie sich Rake erinnerte. Die Schrotflinte hatte seine Brust geöffnet, das Blut war bis zum Kinn gespritzt. Er lag auf der Seite und schien ein paar frische Striemen auf dem nackten Rücken zu haben.

»Jesus Christus.«

Er hörte seine Schwester nicht mehr schreien, auch nicht die Jungs. Waren sie getroffen worden?

Die Sirenen waren fast bei ihnen, er wankte zum Haus, doch die Tür war verschlossen. Sie hatte sie verschlossen, als nützte das was. Alle Lichter waren aus. Zwei Fenster waren zerbrochen, darunter das zum Schlafzimmer der Jungen.

Er klopfte, rief ihren Namen. Ließ sie wissen, dass es vorbei war, dass es sicher war, dass er sie sehen musste.

Streifenwagen fuhren vor, ihr Licht tanzte auf der Hausfassade. Cops brüllten ihn an, er solle die Hände hochnehmen. Sue Ellen öffnete die Tür, die Augen weit geöffnet, die Haut so gespannt über ihrem Schädel, es war, als könnte er die Knochen sehen.

»Geht es den Jungs gut?«, fragte er.

Sie nickte schnell, als hätte sie es eilig, zurück ins Haus zu rennen und sich zu verstecken.

»Sue Ellen, Dale ist …« Es war das dritte Mal, dass sein Job erforderte, schockierten Verwandten mitzuteilen, dass ein geliebter Mensch gestorben war. Er erinnerte sich noch an alle Einzelheiten, hatte sich die Namen jener Leute gemerkt, die er noch nie zuvor im Leben gesehen hatte bis zu diesem einen ungefilterten Moment. Und das hier war seine Schwester, seine langjährige Babysitterin, seine frühere Ratgeberin in allen Dingen, die mit Frauen zu tun hatten, seine zögerliche Verbündete, wenn es darum ging, seinem Bruder eins auszuwischen, möge er in Frieden ruhen.

»Dale.« Er hielt sie an den Schultern fest, doch seine eigene Stimme war brüchig. »Dale wurde getroffen.«

»... *Was?*«

»Es tut mir so leid. Er wurde getroffen. Er ist ... Er ist tot.«

Sie schaute ihn an, ein ganz bestimmter Schleier legte sich über ihre Augen und trennte sie für immer vom Rest der Welt. Dann versuchte sie, einen Blick über seine Schulter zu erhaschen, wollte an ihm vorbei.

»Nein, du musst hierbleiben.« Sie durfte es nicht sehen. »Du musst wieder rein.«

»Lass mich vorbei!« Sie versuchte, ihn aus dem Weg zu boxen, doch er wich nicht. Sie glitt in seine Arme, seine Hände bewegten sich von ihren Schultern zu ihrem Rücken, er umarmte sie, und sie schrie in seine Brust, und er hielt sie fest, spürte, wie ihr gesamter Körper bebte.

Irritierte Cops wiesen sie schreiend an, die Hände zu heben und sich umzudrehen. Doch sobald er gehorchte, würde sie sich ihm entwinden und entkommen, auf Dale zurennen und die Finger der Cops am Abzug auf dumme Gedanken bringen. Er hielt sie fest, während sie brüllten, rief ihnen seinen Namen zu in der Hoffnung, dass sie ihn über die Sirenen hinweg hörten, über die Schreie seiner Schwester hinweg, denn egal was sie sagten, er würde nicht die Hände heben und sie loslassen.

51

JULIE TRÄUMTE WIEDER, sie könne fliegen, eine alte Schulmädchen-
fantasie, die sie immer noch gelegentlich hatte. Sie flog durch den
Himmel und schaute hinunter auf die Welt, die wie eine Landkarte an
ihr vorbeizog, als plötzlich das Kanonenfeuer begann und sie sich umdrehte, um zu sehen, wo es herkam und wer auf sie schoss, und sie
versuchte auszuweichen. Dann geriet sie so sehr ins Trudeln, dass sie
aufwachte und begriff, dass da keine Kanonen waren, sondern Knöchel, die an ihr Fenster klopften.

Sie erhob sich aus dem Bett, der Boden war herbstlich kalt, und
zog an dem dünnen Vorhang. Es war gerade genug Licht, um Lucius'
Gesicht zu erkennen. Er deutete auf die Tür.

Sie stellte sicher, dass Sage in dem Bettchen neben ihrem nicht aufgewacht war, doch das Kind schlief auch beim schlimmsten Gewit-
ter ohne jede Regung durch. Er lag fast quer in seinem Bett, also bette-
te sie ihn wieder der Länge nach, bevor sie sich auf den Weg zur Tür
machte. Sie zündete eine kleine Lampe an und warf einen Blick auf
die Uhr, sah, dass es nach drei Uhr morgens war.

»Geht es dir gut?«, fragte sie Lucius, als sie die Tür öffnete.

Er nickte. Er sah geschockt aus, doch vielleicht bildete sie sich das
nur ein. Sie fühlte sich zittrig, nicht wohl in ihrem Körper, es war eine
so unnatürliche Uhrzeit.

»Es tut mir leid, ich … musste mit dir reden. Es konnte nicht warten.«

Sie bat ihn herein. Sie würden flüstern müssen, die Wohnung war
sehr klein. Sie konnten ihren Vater schnarchen hören, immerhin wa-

ren auch ihre Eltern nicht aufgewacht. Lucius trat ein und küsste sie auf den Mund. Sie hatten sich lange nicht geküsst, sie hatte ihn auch seit Tagen nicht gesehen. Doch sein Gesicht wirkte aschfahl. Zu einer anderen Tageszeit hätte sie befürchtet, er wolle die Verlobung offiziell lösen. Er ließ sich auf das Sofa sinken, und sie setzte sich neben ihn.

»Heute Nacht ... haben wir ein paar Schnaps- und Marihuana-Schmuggler hochgenommen. Die Dinge sind aus dem Ruder gelaufen, und Leute wurden getötet.« Er starrte geradeaus, als er das sagte, doch jetzt drehte er sich zu ihr. »Einer der Männer war Jeremiah. Ich ... es tut mir leid. Er hat's nicht überlebt.«

Sie sah auf ihre im Schoß gefalteten Hände. Sie versuchte zu begreifen. Dass Jeremiah tot sein sollte. War das wieder nur ein Traum? Wo blieben die Kanonen, die sie weckten?

»Ich wollte nicht, dass das passiert«, sagte Lucius.

Das Zittern verschwand allmählich, und sie verspürte eine tiefe Ruhe, als legte ihr etwas die Hände auf die Schultern, halte sie dort fest. Sie merkte, wie ihr Schweigen ihn beunruhigte, doch sie wusste nicht genau, was sie sagen sollte.

Jeremiah ist tot. Sie versuchte zu begreifen.

»Mir war noch nicht mal klar, dass er mit der Bande zu tun hatte, hinter der wir her waren«, sagte er.

»Es ist nicht deine Schuld. Er ... hätte sich da raushalten sollen. Genau wie beim letzten Mal.«

Für mich war er schon vorher tot, dachte sie. *Und jetzt ist er wirklich tot.* Sie ahnte, dass ihr Herz nur langsam den gravierenden Unterschied begreifen würde.

Im anderen Raum verklang das Schnarchen ihres Vaters, sie hörten, wie jemand sich umdrehte, dann wieder Schnarchen. Die Uhr im Wohnzimmer schien langsamer als sonst zu ticken, auch sie schien erschöpft.

»Da ist noch was«, sagte er. Er nahm ihre Hand. Ihr Kuss vorher war so flüchtig gewesen, diese Berührung fühlte sich vielsagend an, die Wärme seiner Hand, seine Ruhe.

»Ich hab vorher noch mit ihm gesprochen«, sagte Lucius. »Und er hat mir die Wahrheit gesagt. Über das, was Isaiah zugestoßen ist.«

Sie hielt den Atem an. Und sie konnte seinen Blick nicht aushalten. Sie wollte sich ihm entziehen, doch er legte seine andere Hand auf ihre, hinderte sie am Aufstehen.

»Ich wollte, dass du weißt, dass ich es weiß«, sagte er, und sie fühlte den Druck auf ihren Schläfen, als ob etwas versuchte, sie zu schrumpfen, sie zu stauchen. Sie würde bald wieder anfangen müssen zu atmen. »Julie. Ich liebe dich. Aber ...«

Das Wort durfte nie auf die drei anderen folgen, und sein Schweigen hing so lange in der Luft, dass sie dachte, sie würde platzen.

»... Aber ich muss es von dir hören. Ich muss es ganz sicher wissen.«

Die Hände, die ihre hielten, waren groß und verschwitzt, seine Finger so viel breiter, als man bei seinen feinen Gesichtszügen annehmen würde. Sie sah Rot an den Rändern seiner Augen, weit geöffnete Augen, die in ihre starrten, als wollte er um jeden Preis hören, was sie zu sagen hatte, sich alles genau merken.

Wollte er Einzelheiten? Wollte er das Ganze in eine saubere Geschichte verpackt haben? Wollte er es unter Eid hören, als ob sie das Gericht um einen Deal anflehte? Oder sollte sie es einfach nur zugeben oder leugnen? Wollte er, dass sie anfing zu weinen? Denn ihre Augen brannten bereits, sie hatte einen Knoten im Hals.

»Was willst du von mir hören?« Es fiel ihr so schwer zu sprechen, so schwer, jetzt nicht auseinanderzufallen. »Hast du ... auch nur die geringste Vorstellung ... wie sich das angefühlt hat?«

»Nein. Hab ich nicht. Aber du musst mir vertrauen.«

Sie schüttelte den Kopf, jetzt flossen die Tränen. »Sein Bruder ...

er war ein Schwein. Und nach dem, was er mir ... angetan hat ...«
Schließlich riss sie sich von seiner Hand los und schlang ihre Arme
um sich selbst, ihr war plötzlich sehr kalt, sie fröstelte, überall Gänsehaut, obwohl es gar nicht so kalt war, es war nur die Erinnerung, die
ihr Schauer über den Rücken jagte. Sie schüttelte den Kopf, die Tränen flossen jetzt unkontrolliert, und sie wusste, dass sie aussah wie
eine Vogelscheuche, doch sie sagte: »Ich bereue nicht, was ich getan
habe. Ich bereue, dass es passiert ist, doch nach dem, was er getan
hat ... bereue ich gar nichts.«

Endlich erfasste ihn ein wenig Mitleid, und er griff nach ihr, wickelte sie in seine Arme, und endlich konnte sie loslassen. Er sagte ihr drei-
oder viermal, wie leid es ihm tat, oder öfter, so lange sie dasaßen und
er sie sanft wiegte.

»Es ist gut. Es ist vorbei. Es ist weg.«

Sie nickte, ihren Kopf an seiner Brust.

»Weiß es noch jemand? Irgendwer?«, fragte Lucius.

»Nein.«

»Noch nicht mal deine Eltern, oder seine? Irgendwer auf der Welt?«

»Niemand. Er hat mir geholfen ... die Waffe loszuwerden. Und er
hat Isaiah in eins der Autos gelegt, die sie benutzt haben. Doch wir
wussten, dass wir nie auch nur ein Wort zu irgendjemand sagen
durften.«

Jeremiah hatte ihr geholfen und ihr Geheimnis so lange bewahrt,
dafür stand sie für immer in seiner Schuld. Und dennoch war es kein
Gefühl von Dankbarkeit, das sie überkommen hatte, als sie ihn vor
ein paar Tagen wieder auf freiem Fuß gesehen hatte. Sogar sie selbst
war überrascht gewesen von der Wut, die sich in ihr angestaut hatte,
und von ihrer Angst. Nach so vielen Monaten und Jahren war ihr klar
geworden, wie sehr sie Jeremiah die Schuld dafür gab, was sein Bruder ihr angetan hatte. Hätte Jeremiah von Anfang an der Versuchung
widerstanden, sich an Isaiahs Plänen zu beteiligen, hätte er nur auf

sie gehört und einen anderen Weg als Isaiah eingeschlagen, dann wären die Dinge vielleicht anders gelaufen. Man hätte ihr nichts angetan, und Jeremiah wäre nicht im Gefängnis gelandet, und Sage hätte von Beginn an einen Vater gehabt. Auch wenn sie es nicht mit Sicherheit sagen konnte. Sie wusste nur, dass der Schmerz, den sie irgendwann endlich eingedämmt hatte, sie wieder übermannte, als Jeremiah all die Jahre später versuchte, zu ihr zurückzukehren. Sie wollte jetzt ein neues Leben – sie *hatte* jetzt ein neues Leben, und sie würde es nicht aufgeben. Sie würde sich nicht auf Jeremiahs Fehler aus der Vergangenheit reduzieren lassen, selbst wenn es ihm so erging.

»Niemand sonst wird je davon erfahren«, sagte Lucius zu ihr.

Sie blickte auf. »Danke.«

»Ich hab dich vermisst«, sagte er.

»Ich dich auch.«

Sie saßen lange so da.

»Ich weiß ... ich hab mich in den letzten Wochen fast ganz zurückgezogen. Es sind Dinge mit der Familie meines Partners passiert und ... ich hab einfach Zeit gebraucht, um wieder einen klaren Kopf hierfür zu bekommen.«

»Was ist mit deinem Herz?«

»Mein Herz ist verrückt nach dir, Mädchen.« Er lächelte, musste beinahe lachen. »Manchmal versucht mein Kopf mir was anderes zu sagen, aber ich hör nicht mehr auf ihn. Er ist nicht so schlau, wie er denkt.«

»Ich weiß, das muss verwirrend für dich gewesen sein, aber ... ich wusste nicht, was ich sonst hätte tun sollen.«

»Jetzt verstehe ich das.«

»Aber du kannst mir so was nicht mehr antun, Lucius. Kannst nicht die ganze Zeit die Richtung ändern wie ein Fähnchen im Wind. Wenn der Priester sagt ›bis dass der Tod euch scheidet‹, dann ist das eine ernste Angelegenheit.«

»Das weiß ich. Und ich hab immer noch vor, mit ›Ich will‹ zu antworten. Wenn du mich noch willst.«

Es war, als würde ihr bewusst, wie flach sie die ganze Woche lang geatmet hatte, und erst jetzt weiteten sich ihre Lungen, hoben sich die Schultern. Sie nahm sein Gesicht in ihre Hände, hielt es einen Moment lang fest, dann küsste sie ihn auf die Lippen.

»Ja, ich will dich immer noch.«

Sie küssten sich erneut, dieses Mal länger, lang genug, dass sie Angst bekam, ihre Eltern könnten aufstehen, um ein Glas Wasser zu holen, und sie so vorfinden. Nachdem sie aufgehört hatten, sagte sie: »*Ich* will dich, aber du wirst Sage ein bisschen besänftigen müssen. Er ist sauer, dass du so lange nicht hier warst.«

»Ich bring das wieder in Ordnung mit ihm. Und mit dir.«

Trotz der späten Stunde redeten sie weiter; über Sage, über Lucius' Eltern, über Smiths Familiensorgen in Hanford Park. Die Dinge, über die sie nicht hatten reden können, weil sie von Julies Vergangenheit überschattet worden waren, die sich hoffentlich wieder dahin verkroch wo sie hingehörte, auf einen weit entfernten Planeten, alt und ausgekühlt.

Dann kam ihr noch ein Gedanke zu Jeremiah, und obwohl sie die Akte lieber geschlossen hätte, sagte sie: »Du hast mich mal gefragt, warum Jeremiah im Gegensatz zu den anderen Männern nicht getötet worden ist. Ich weiß es nicht. Ich hab es nie erfahren. Aber ich weiß, was er gesagt hätte: Es lag daran, dass er auserwählt war.«

»Wie bitte?«

»Auserwählt von Gott. Für eine große Aufgabe. Das hat er manchmal gesagt.«

Die Erinnerung daran ließ sie wehmütig lächeln. Sie ließ sie auch beinahe wieder in Tränen ausbrechen. »Hat gesagt, Gott hätte Großes mit ihm vor. Er hat das immer geglaubt. Und ich auch, eine Zeit lang.«

Sie fühlte etwas in sich aufsteigen, das sie unterdrücken musste, für immer.

»Aber er lag falsch«, sagte sie. »Er war nur einer dieser Jungs, die sich Ärger eingehandelt haben. Gott wollte nichts mit ihm zu tun haben.«

Ein Schlurfen, winzige Füße. Sie sah auf, gerade als Sage ins Wohnzimmer kam. »Mama?«

Lucius war sogar schneller als sie, lief auf den Jungen zu und kniete sich vor ihn.

»Geht's dir gut, Sohn?«

»Ich hatte einen Albtraum.«

Sie fühlte sich schuldig, weil sie nicht in ihrem Bett gewesen war, als er wach geworden war und nach ihr gesucht hatte. Doch das Ritual war ihr wohlbekannt, sodass sie auf dem Sofa sitzen blieb und beobachtete, wie Lucius Sage hochhob und in seine Arme nahm.

»Das war nicht echt. Komm, wir bringen dich zurück ins Bett.«

Die Augen auf Halbmast blickte Sage kurz zu ihr hinüber, doch weder Lucius' Anwesenheit noch die plötzliche Abwesenheit der Monster oder Dämonen aus seinem Traum schienen ihn zu beunruhigen. Er ließ seinen Kopf auf Lucius Schulter sinken, als der ihn durch die Tür an einen Ort brachte, wo die Dämonen ihn nicht erwischen würden.

EPILOG

DIE NACHRICHT VERBREITETE sich schnell in Hanford Park: Die Nachbarschaftsinitiative war zu einer Übereinkunft mit der Negro-Gemeinschaft gekommen, und neue Grenzen wurden gezogen. Magnolia Street diente jetzt als Trennlinie. Drei quadratische Blocks, die bis vor zwei Monaten ausschließlich weiß gewesen waren, würden schon bald schwarzen Hauseigentümern zugänglich sein. Was bedeutete, dass drei quadratische Blocks voller Weißer unverzüglich ihre Häuser verkaufen mussten.

Diejenigen, die sich auf der falschen Seite einer Grenze wiederfanden, die jemand anderes für sie bestimmt hatte, waren außer sich vor Wut, so wie viele andere. Sie alle waren erzürnt darüber, dass das Eigentumsrecht der Weißen einfach widerstandslos aufgegeben wurde. Und von wem? Nicht von gewählten Amtsinhabern, sondern von ein paar Wichtigtuern, die sich ausgerechnet *mit Negros* an den Verhandlungstisch setzten. Doch sobald der Deal bekanntgegeben wurde, war es, als bräche eine Massenflucht aus, die Leute fingen auf der Stelle an zu verkaufen, ein halbgares Gentlemen's Agreement hatte plötzlich die Durchschlagskraft eines neuen Gesetzes.

Die Sehnsucht nach dem Abfackeln der drei Negro-Häuser wurde nur noch größer. Doch das hätte ein schlechtes Licht auf das Viertel geworfen, und die Preise wären nur noch mehr in den Keller gerauscht. Es lag jetzt im Interesse der weißen Anwohner, den Frieden zu wahren, um noch so viel Geld wie möglich herauszubekommen. Ein paar Backsteine flogen durch die Fenster der Negros, und ein paar Mülltonnen wurden auf ihren Rasen ausgekippt, doch kein Blut mehr vergossen. Zu-verkaufen-Schilder schossen wie die im Herbst blühende Goldraute aus den Vorgärten, und die Negro-Makler kamen ohne Furcht, dass Leute wie Cassie Rakestraw ihre Nummernschilder notierten.

Die Klan-Schießerei hatte nicht nur Hanford Park in Angst und Schrecken versetzt, sondern auch die Menschen weit über seine Grenzen hinaus. Die Gewalt in dieser ansonsten friedlichen Gegend machte im ganzen Land Schlagzeilen, sogar in einigen Zeitungen des Nordens, die über die zurückgebliebenen Konföderierten die Nase rümpften, obwohl es auch in Chicago, Detroit und anderen Städten zu gewalttätigen Ausschreitungen rund um Immobilienfragen kam, dort, wo es weder ordentliche Biscuits noch milde Novembernachmittage gab. Der Tod eines Polizeibeamten in Klan-Uniform machte die Story für manche Zeitungen nicht publizierbar; andere brachten die Geschichte, doch sparten dieses Detail aus. Die relevanten Fakten lauteten: Vier Männer waren erschossen worden, und trotz der Rassenunruhen in Hanford Park war jeder der Täter und jedes der Opfer weiß. So aufsehenerregend die Tat auch war, aus einer Art Scham über dieses einseitige Blutbad mieden die Anwohner das Thema, nachdem der Schock der ersten Tage vorbei war. Sie schienen zu begreifen, dass sich etwas Schreckliches ereignet hatte, etwas, das zwar niemand guthieß, doch auch niemand verhindert hatte, und für viele unterstrich es nur, dass Hanford Park nicht mehr das war, was es einmal gewesen war, und die Zeit reif, es zu verlassen.

Innerhalb der verlorenen Drei-Block-Zone, die jetzt als Übergangsgegend galt, stand das Zuhause der Rakestraws, nur einen Block entfernt von der neuen Grenze, die die annehmbare Gegend vom Abgrund trennte. Denny jr. würde nie in Hanford Park Fahrrad fahren lernen, dachte Cassie. Maggie würde keine Himmel-und-Hölle-Kästchen auf den Gehweg malen. Die Familie würde hier nie wieder ein Barbecue veranstalten oder einen Weihnachtsbaum durch diese Haustür tragen. Die Blumenzwiebeln, die sie gerade erst gepflanzt hatte, würden im nächsten Frühjahr orangefarbene und weiße Tulpen tragen, zur Freude einer ganz anderen Art von Familie.

★

Unter den ersten Hausbesitzern, die verkauften, war auch Familie Thames. Sie verkauften so schnell, dass sie im Grunde vom Erdboden verschwanden.

Seit der Nacht, in der Rake von dem Klempner verlangt hatte, seinen inszenierten Einbruch zu gestehen, hatte sie niemand mehr gesehen. Am nächsten Tag, nachdem er seinen Bericht eingereicht und mit allen Ermittlern gesprochen und vergeblich versucht hatte, seine Schwester zu trösten, die sich weigerte, ihn in ihre Nähe zu lassen, war er wie tot in sein Bett gefallen. Vierzehn Stunden später wachte er auf und unternahm eine Spazierfahrt, um wieder einen klaren Kopf zu bekommen, da sah er das Verkauft-Schild in ihrem Vorgarten.

Kein Wagen in der Einfahrt, kein Licht. Durch den Spalt im Vorhang sahen die Zimmer aus, als wären sie eilig geräumt worden. Die Möbel waren noch da, doch die Bilder abgehängt worden, weiße Rechtecke aus unvergilbter Tapete starrten Rake an wie die seelenlosen Augen eines Gegenspielers, den er nicht zu fassen bekam.

Am nächsten Tag erfuhr Rake, dass Thames gestern an einen Makler verkauft hatte. Und Thames tauchte auch nicht bei einer Befragung zum Verlust des NIHP-Fonds auf. Ohne den einzigen Zeugen der Anklage beantragte der Anwalt der Greers beim Richter eine Einstellung des Verfahrens. Weil er sah, dass die Gemeinschaft kaum mehr Interesse an dem Fall zeigte und stattdessen mit ihren Umzügen beschäftigt war, stimmte der Richter zu. Das Verfahren wurde eingestellt, und Malcolm und Hannah kamen aus dem Gefängnis frei, kehrten nach Hause zurück und fegten das zerbrochene Fensterglas zusammen.

Zehn Tage später würde Hannah von dem ganzen Stress vorzeitig Wehen bekommen. Ihr kleines, aber gesundes Mädchen würde das erste Negro-Baby seit fünfzig Jahren in diesem Block sein, und wenn sie später ihre ersten Worte sprach, würde der Spielplatz voll mit schwarzen Kindern sein.

★

Sue Ellen verließ mit ihren Jungs Atlanta.

Auch ihr Haus lag in der neuen, für Negros erlaubten Zone, also musste sie verkaufen. Sie zogen nach Macon, wo zwei von Dales Schwestern mit ihren Familien wohnten. Rake fühlte sich schrecklich bei dem Gedanken, wie berechnend er einst gewesen war, als er sich vorgestellt hatte, was passieren würde, wenn Dale ins Gefängnis ging und Sue Ellen und die Jungs zu ihm zogen. Das hatte er sich furchtbar vorgestellt, doch jetzt wünschte er, es wäre so gekommen. Alles war besser als dieses erdrückende Schuldgefühl.

Er hatte es nicht geschafft, Dale vor sich selbst zu schützen, vor dem eigenen Größenwahn, vor seinem gefühlsduseligen Bedürfnis, den Helden zu spielen, der sich gegen die räuberischen Negros zur Wehr setzt. Rake hatte nicht geschafft, seine Familie vor den Veränderungen ringsum zu schützen, nicht verhindert, dass die Wut des Viertels sich in Gewalt wandelte, nicht geschafft, die Unterstützung seiner Kollegen zu gewinnen. Er würde wohl für immer der Ausgestoßene im Departement bleiben. Erst verschwand sein früherer Partner Dunlow, und jetzt, zwei Jahre später, wurde ein weißer Cop in Klan-Montur bei einer Schießerei getötet, in der auch Rake etliche Schüsse abgegeben hatte. Würde ihm auch nur ein Polizist je wieder vertrauen? Wer beförderte jemand, der in zwei derart kontroverse Vorfälle verstrickt war?

Und wer waren die anderen Klan-Mitglieder gewesen, jene, die in die Nacht geflüchtet waren? Waren auch sie Cops? Cops, mit denen er zusammenarbeitete? Er hatte Angst, auch weiterhin von Feinden umgeben zu sein, die sich als Freunde ausgaben. Die ihm ins Gesicht lachten, während sie über den günstigsten Zeitpunkt nachdachten, ihm ein Messer in den Rücken zu stoßen. Er würde für immer auf der Hut sein müssen.

Er vermied ein Disziplinarverfahren, nicht jedoch Misstrauen, indem er in seiner offiziellen Version ein paar Fakten aussparte. Er stellte es so dar, dass er, nachdem die GBI-Agenten mit ihm über Dales vermeintliche Beteiligung am Coventry-Überfall gesprochen hatten, Dale gefragt hatte, ob da etwas dran sei. Rake log und behauptete, Dale hätte es abgestritten, womit Rake sich zunächst zufriedengegeben hätte, doch am nächsten Abend hätte er beschlossen, seinen Schwager erneut aufzusuchen, um ihm ein paar Folgefragen zu stellen. Genau da wären die Irons-Brüder aufgetaucht, zusammen mit den Klan-Mitgliedern und Mrs Bleedhorn, was zum blutigen Höhepunkt mindestens zweier Familienfehden geführt hatte.

Als Cassie von Rake wissen wollte, was wirklich mit Dale passiert war, sagte er ihr die Wahrheit, sie musste versprechen, es niemals auch nur einer Menschenseele zu verraten, schon gar nicht Sue Ellen.

»Du hast das Richtige getan«, tröstete ihn Cassie. »Du hast zuerst an die Familie gedacht. So hätte es jeder gemacht.« Sie küsste ihn auf den Mund, und er fand nicht, dass er das verdient hatte, und wollte es auch nicht. »Wenn man das Richtige tut und seine Familie beschützt, dann hat man Gott auf seiner Seite. Wie er von da an handelt, kann niemand vorhersehen.«

Er konnte nicht sagen, ob diese Vereinfachung Naivität oder Weisheit war. Doch er klammerte sich daran.

*

Und ein paar gute Nachrichten: Delmar Coyle wurde wegen eines gewalttätigen Komplotts gegen seinen Cousin Martin Letcher festgenommen. Rake hatte irgendwann den Mann aufgespürt, der sich als »Whitehouse« ausgegeben hatte – Zeugen in der Bar, in der er Dale in jener Nacht getroffen hatte, konnten ihn beschreiben, und es stellte sich heraus, dass auch er einer von Coyles Cousins war und der Meinung, ihr gemeinsamer Verwandter Letcher hätte eine Abreibung verdient. Rake ging nicht davon aus, dass die Anklage gegen Coyle aufrechterhalten werden konnte – jetzt, wo Dale tot war, fehlte der Kronzeuge –, doch sobald er verhaftet worden war, hatten die Columbianer angefangen, sich wegen anderer Tätlichkeiten und Verbrechen gegenseitig zu denunzieren. Weil er Angst vor noch mehr Zuchthaus hatte, versuchte Coyle die Ermittler tatsächlich mit einer Geschichte über Rakes Verwicklung in die Coventry-Sache zu ködern, doch die Ermittler kauften es ihm nicht ab. Hoffte Rake zumindest.

Der mysteriöse Anrufer, der Rake gegenüber behauptet hatte, er habe gesehen, wie Klan-Mitglieder Malcolm verprügelt hätten, war ein Ablenkungsmanöver der Columbianer gewesen, um Rake auf den Klan anzusetzen. Als Rake das an Smith berichtete – mit latent schlechtem Gewissen, weil er das Rätsel um den Angriff auf Malcolm nie gelöst hatte –, bedankte sich Smith eilig und legte auf. Daraufhin fragte sich Rake, ob Smith vielleicht nicht doch mehr über den Angriff auf Malcolm wusste, als er zugab, aber an diesem Punkt war ihm das längst egal.

Eins war sicher: Wenn Boggs, Smith oder irgendein anderer Negro-Polizist ihn jemals wieder um einen Gefallen baten, würde er ablehnen. Er würde ihnen zwar nicht ins Gesicht spucken, doch er würde keinen Finger mehr für ihre Sache rühren. Er führte seinen eigenen Krieg und konnte es sich nicht leisten, seine Position mit dem Ärger zu schwächen, der ihnen auf den Fuß folgte.

*

Die Stimmung in Boggs' und Smiths nächster Schicht fiel wie zu erwarten ziemlich betreten aus.

Zuerst konnte sich Boggs noch nicht einmal überwinden, mit seinem Partner zu reden. Irgendwann redete er, doch nur das Nötigste, vermied das Plaudern, das ihre Schichten sonst erträglich gestaltete. Smith hatte eine schwere Sünde begangen, nicht nur in Boggs' Augen, sondern in den Augen Gottes – in den Augen *aller* –, und nur weil es sich zufällig um eine Sünde handelte, von der Boggs profitierte, änderte das nichts daran.

In der Zwischenzeit war ihre Ermittlung gegen Feckless so tot wie Jeremiah und Quentin Neale. Zu viele Leichen, die nicht gegen Feckless aussagen konnten. Malcolm wusste auch nicht genug; die Information, die er Boggs und Smith zugespielt hatte, reichte aus, um sie zu dem Übergabeort und in die Schießerei zu führen, doch nicht, um einen Richter einen Durchsuchungsbefehl für Fecks Bar oder Wohnung unterschreiben zu lassen. Sie und McInnis hielten Malcolms Identität als Informant geheim, für den Fall, dass ihm Vergeltung drohte. Feck hatte zahlreiche Männer verloren, und der ehemalige Umschlagort im Betriebsbahnhof wurde gründlich observiert, so hatten sie seine Operation zumindest vorerst stilllegen können. Sie konnten nur hoffen, dass seine vielen Verluste ihn davon überzeugten, einmal mehr die Schmuggelei hinter sich zu lassen.

Malcolm hatte sich an sein Versprechen gegenüber Smith gehalten und eine Stelle als Bauarbeiter bei Clancy Dardens neuem Negro-Wohnprojekt angenommen und war bisher dem Rook ferngeblieben.

★

Martin Letcher ging es finanziell hervorragend, nur körperlich musste er noch genesen. Die Makler im Auftrag seines Immobilienprojekts kauften nach Lust und Laune weißen Familien, die gar nicht schnell genug auf die richtige Seite der neuen Rassengrenze fliehen konnten, ihre Häuser ab. Danach verkauften sie die Grundstücke – selbstverständlich zu einem signifikanten Aufpreis – an Negro-Familien, die noch dringender aus den überfüllten, von Verbrechen verseuchten, heruntergekommenen Vierteln fliehen wollten, in denen sie bisher hatten ausharren müssen.

Schon bald erkannte Rake, dass ihm und Cassie keine Wahl blieb, außer zu verkaufen. Immerhin besorgte er sich einen anderen Makler, er konnte sich nicht überwinden, mit jemand aus Letchers Umfeld zu reden, jemand, der in den Fall verwickelt war. Und doch wurde ihm jetzt klar, dass jeder darin verwickelt war.

Ihr neues Zuhause in Kirkwood im Osten der Stadt war nicht die Katastrophe, die sie befürchtet hatten. Ein pensionierter Cop zog nach Savannah und wollte schnell sein Haus loswerden, ohne lang zu feilschen. Vorgarten und Garten waren kleiner als in Hanford Park, und man musste noch etwas Arbeit in das Drei-Zimmer-Haus stecken, doch es gab ein unfertiges Kellergeschoss, das sie ebenfalls nutzen konnten. Die Bäume hier waren kleiner, und das Fehlen einer Eichenbaumkrone war vor allem in der Sommerhitze bedauernswert. Doch dafür hatten sie einen besseren Blick auf die lavendelfarbenen Sonnenuntergänge, und sie waren immer noch nah an Downtown. Bisher schienen die Nachbarn freundlich, die fehlende Anspannung war beinahe surreal.

»Vielleicht gefällt's mir hier sogar besser«, sagte Cassie, als sie an ihrem ersten Abend im Garten saßen und den neuen Geräuschen lauschten: Der Verkehr folgte einem anderen Muster, die Eulen waren lauter, und hin und wieder hörten sie das Pfeifen eines Zugs.

»Mir auch«, log Rake. Denn so vielversprechend das Haus auch war, hier zu leben fühlte sich wie eine Niederlage an, und er befürchtete, dass das so bleiben würde.

★

Boggs war bewusst, dass er jetzt eigentlich glücklich hätte sein müssen, und doch erfüllte ihn Selbsthass.

Julie gehörte jetzt ihm, doch zu welchem Preis? Er hatte bereits zuvor jemand getötet, in Notwehr, doch auch wenn *er* selbst nicht den Abzug gegen Jeremiah betätigt hatte, fühlte er sich dieses Mal überwältigt von der Schuld. Es war, als wären seine selbstsüchtigen Gedanken wahr geworden und hätten seinen Partner zum Mörder gemacht. Smith hatte im Krieg getötet, viele Male, doch das hier war etwas ganz anderes. Boggs' Hochmut, seine Eifersucht und seine Angst hatten seine Moralvorstellungen kompromittiert. Er musste das beenden.

Zwei Jahre zuvor war er kurz davor gewesen zu kündigen. Doch nach einem Nahtoderlebnis hatte er es sich anders überlegt und beschlossen zu bleiben. Doch dieses Mal schubste ihn die traumatische Erfahrung in die entgegengesetzte Richtung. Er hatte zu viele Fehler begangen, solche, die schwer auf seiner Seele lasteten. Wie sollte er Sage beibringen, ein guter Mensch zu werden, wenn er mitschuldig an einem Mord war? Vielleicht konnte er auch nur nicht den Gedanken daran aushalten, was Smith getan hatte, konnte es nicht ertragen, weiter mit ihm zu arbeiten. Er erinnerte sich, wie ihn McInnis am Anfang seiner Karriere gescholten hatte, weil er übertrieben komplexe Festnahmeprotokolle mit dem Wortschatz eines Morehouse-Studenten verfasst hatte. Also hatte er einfache Worte und kurze präzise Sätze in seinem Kündigungsschreiben benutzt, das er an einem perfekten späten Oktobermorgen auf McInnis' Schreibtisch hinterließ.

★

Smith konnte nicht schlafen.

Es lag nicht an den lauten Nachbarn und nicht an der zu früh aufgehenden Sonne nach seiner Nachtschicht. Es war nicht der Schnaps, den er nachts allein in seiner schäbigen Wohnung getrunken hatte.

Es war die Erkenntnis, dass er nicht mehr Schritt mit der Vorstellung hielt, wer er eigentlich sein wollte.

Sein eigener Partner konnte ihm kaum mehr in die Augen schauen. Behandelte ihn wie einen Aussätzigen. Was Smith nur noch wütender machte und sich rechtfertigen lassen wollte. Doch wenn er nachts wach lag, hatte er Angst, dass er sich überhaupt nicht rechtfertigen *konnte* und dass sein plötzlicher Hass auf Boggs ein Brand war, der sich in die falsche Richtung ausbreitete.

Was hatte er sich dabei gedacht? Das Blut war durch seine Adern gerauscht, das Adrenalin hatte sein Urteilsvermögen getrübt, er war beinahe erschossen worden, und neben ihm hatte sein Partner gestanden, ein Mann, den er zutiefst respektierte, doch der immer noch zu einfältig war, um zu kapieren, in welcher Gefahr er und sein Mädchen schwebten. Und plötzlich hatte er eine Waffe auf die Ursache von Boggs' sämtlichen Problemen gerichtet, also warum nicht? Warum nicht?

Er hatte eine weitere Linie überschritten.

Und Linien sind nur die Ideen anderer Leute, um festzulegen, was erlaubt ist, um dich davon abzuhalten, verbotenes Terrain zu betreten. Tommy Smith hatte es bis hierher geschafft, indem er diese Linien ignorierte und sie überschritt, immer dann, wenn er den nächsten Schritt tun musste, oder einer guten Frau begegnete oder Leuten beweisen wollte, dass er keine Angst hatte.

Doch nach dem Überschreiten *dieser* Linie hatte er Angst.

★

Sie fanden Thames auf Tybee Island, Hunderte Meilen entfernt. Ein Mann hatte ein komplett von tropischen Sträuchern verdecktes Stoppschild übersehen, und sein Ford war in die Seite von Thames' Chevy gekracht. Thames wollte abhauen, bevor man den Unfall aufnahm, doch ein Cop notierte sich die Daten des Fahrers und fand heraus, dass Thames in Atlanta wegen eines Verhörs gesucht wurde. Und was war mit den fünftausend Dollar passiert?

Zu Rakes Erstaunen erwiesen sich Cassies zwanghafte Protokolle des Kommens und Gehens von Negros und anderem verdächtigen Verkehr in Hanford Park jetzt als nützlich. Eins der Autos, das sie sich notiert hatte, glich der Beschreibung, die einer der Nachbarn von dem Fluchtfahrzeug beim »Raubüberfall« auf Thames abgegeben hatte. Cassie hatte sich am Vortag das Kennzeichen aufgeschrieben, als der Wagen vor demselben Haus geparkt hatte; er gehörte einem Freund von Thames, einem Mann, der sich zufälligerweise nur zwei Wochen später ein schickes neues Auto gekauft hatte.

Rake war sich nicht sicher, ob Thames von Anfang an geplant hatte, sich das Geld der Nachbarschaft unter den Nagel zu reißen, oder einfach der Versuchung nicht hatte widerstehen können, vor allem, wo das Viertel ohnehin zum Teufel ging.

*

Sechs Uhr abends, die Dunkelheit war angebrochen und Boggs nicht auf der Straße.

Es fühlte sich äußerst seltsam an. Er hatte die letzten beiden Jahre nur einen freien Abend in der Woche gehabt und dazu zwei Wochen Urlaub, aber das hier war etwas anderes. In diesem Augenblick liefen Smith und die anderen ohne ihn Streife. Er fühlte sich nicht nur wegen seiner Entscheidung schlecht, sondern auch weil er es ihnen noch nicht gesagt hatte, das war er ihnen schuldig geblieben, was an seiner alles verschlingenden Wut auf Smith lag. Morgen würde er dort vorbeigehen müssen, um sich ordentlich zu verabschieden.

Er saß in einem Schaukelstuhl auf der Veranda seiner Eltern. Grillen warfen ihr Getriebe an, und er fragte sich, ob sie wussten, dass sie schon in ein, zwei Wochen tot sein würden.

Seine Mutter, seine Schwägerin, seine Verlobte und seine zukünftige Schwiegermutter saßen drinnen, nippten an ihrem Eistee (nein, Sir, Mrs Boggs serviert keinen Wein) und diskutierten die bevorstehende Hochzeit. Reginalds Frau Florence hatte das Treffen arrangiert, von dem der Reverend und Mrs Boggs zweifellos gehofft hatten, dass es nie dazu kommen würde, und Lucius und Julie Angst gehabt hatten, es vorzuschlagen. Nach einem frostigen Beginn hatten die Damen angefangen sich zu unterhalten (der Reverend und Reginald waren wie üblich verspätet). Als das Gespräch auf Hochzeitsfarben und die schönsten Bibelstellen über Liebe kam, hielt Boggs seine Anwesenheit für überflüssig und verabschiedete sich auf eine Zigarette nach draußen, froh darüber, dass sie Julie mit Respekt zu behandeln schienen.

Er hatte die Zigarette fast fertiggeraucht, als ein Streifenwagen vor dem Haus hielt.

»Genießen Sie Ihre Freiheit, Boggs?« Aus dem Wagen stieg McInnis, geisterhaft bleich im Schein der Straßenlaterne. Er stieg hoch zur Veranda, warf einen Blick durch die Fenster, womöglich beeindruckt vom Anwesen der Familie Boggs, aber keiner, der so etwas kommentierte.

»Es ist ein herrlicher Abend. Was führt Sie hier raus – sollten Sie nicht auf dem Revier sein?«

»Genau wie Sie.« Er deutete auf die Schaukelstühle, Boggs nickte, und sie setzten sich. »Ich bin hergekommen, um Sie darüber zu informieren, dass ich Ihre Kündigung in Betracht gezogen habe, doch nach sorgfältiger Prüfung habe ich beschlossen, sie abzulehnen.«

»Sie haben – was bitte?«

»Sie sind immer noch Polizeibeamter, und ich erwarte Sie morgen auf dem Revier. Genießen Sie den freien Abend. Haben Sie ein nettes Dinner, bekommen Sie den Kopf frei, und ich sehe Sie dann morgen bei Dienstantritt.«

»Sir, ich habe es ernst gemeint. Ich meine es ernst.«

»Das tue ich auch. Und wie der Zufall so will, hat Officer Smith zur selben Zeit wie Sie seine Kündigung eingereicht.«

»*Was?*«

»Genau. Zwei Kündigungsschreiben an einem Tag, mit vielen ähnlichen Ansichten. Dass Sie beide das Gefühl haben, Sie können nicht mit einer am Rücken gebundenen Hand weiterarbeiten; dass die Institutionen nicht so hinter ihnen stehen, wie sie sollten. Und dass Sie beide einige Fehler begangen haben und nur schwer damit leben können.«

Boggs war sprachlos. »*Tommy* hat das geschrieben?«

»Ja. Und sagen wir einfach, ich fand sein Schreiben wesentlich glaubwürdiger als Ihres.«

»Aber … warum?«

»Ich weiß, wie verzweifelt Sie versuchen, ein guter Cop zu sein, Boggs. Ich erkenne es in allem, was Sie tun. In der Art, wie Sie morgens Ihre Knöpfe polieren. In der Art, wie Sie einen Bericht zerknüllen und neu anfangen, wenn Sie bei der Hälfte einen Tippfehler gemacht haben. Ich sehe es in der Art, wie Sie mit den Leuten reden, die wir beschützen, selbst wenn die Sie in den Wahnsinn treiben. *Vor allem dann*, wenn die Sie in den Wahnsinn treiben.«

Komplimente war er nicht gewohnt. Weder von seinem Sergeant noch von seinem Vater. Oder irgendjemand außer Julie.

»Und wissen Sie, was: Sie *sind* ein guter Cop. Und Sie werden noch mehr Gutes tun, viel mehr Gutes, wenn Sie auch weiterhin in dieser Uniform dienen, statt sich zu verdrücken.«

»Ich hab … ich hab einfach Fehler gemacht und ich—«

»Ja, ja, das hab ich gelesen. Wir haben alle Fehler gemacht. Willkommen im Leben. Ich hab selbst welche gemacht, wie Sie wissen.«

»Was hat Smith sonst noch geschrieben?«

»Ich werde Ihnen nicht alles erzählen. Aber er hatte das Gefühl, dass seine Taten nicht im Sinne der Abteilung waren und dass es das Beste sei, er gibt seinen Platz frei. Ich bin geneigt, ihm zuzustimmen.«

Einen Moment lang dachte Boggs über das riesige Ausmaß der Verantwortung nach, das er hinter sich gelassen hatte. Besser gesagt versuchte, hinter sich zu lassen.

»Was ist mit Slater?«

»Er scheint unsere Botschaft erhalten zu haben. Er hat den Zugriff auf seine Operation verloren, als wir Thunder Malley hochgenommen haben, und jetzt merkt er, dass es zu riskant wäre, einfach da weiterzumachen, wo er aufgehört hat.«

»Sie denken, dass er einfach so anständig wird?«

»Ich weiß nicht, was er vorhat. Aber ich glaube, er begreift jetzt, dass es extrem dumm wäre, in unserem Revier für Ärger zu sorgen. Darüber sollten Sie sich freuen.«

»Es ist schwer, sich zu freuen, so lange ein Mann wie er frei herumläuft. Und das mit Dienstmarke.«

McInnis schaukelte in seinem Stuhl, zögerlich, als hätte er noch nie zuvor so einen benutzt, und traute ihm nicht ganz. »Das nagt genauso an mir. Doch es wird immer Cops wie ihn geben, daran werden Sie sich gewöhnen müssen. Deshalb ist es mir wichtig, so viele gute Cops zu halten, wie ich nur finden kann.«

Er ließ seinen Blick hinaus in die Nacht wandern. »Sie können die Welt nicht von Schlangen befreien, Boggs. Doch Sie können alles dafür tun, ihr Grundstück unbewohnbar für Schlangen zu machen.«

Obwohl ihm nicht alles gefiel, was McInnis von sich gab, fühlte es sich gut an, über diese Dinge zu reden, eine Strategie zu entwerfen, Pläne zu schmieden. Sich eine bessere Stadt vorzustellen als die, die man ihnen vererbt hatte.

»Ich kampiere auf Ihrer Veranda, bis Sie Ihre Meinung ändern«, sagte McInnis. »Sie sind immer hart mit sich ins Gericht gegangen, und das gefällt mir, aber dieses Mal liegen Sie falsch. Was Sie da draußen tun mussten, war schwierig, ich weiß das. Sie mögen noch eine ganze

Weile durch den Wind sein. Doch es gibt Arbeit, und kündigen steht Ihnen nicht.«

Die Vordertür ging auf und heraus kam Mrs Boggs. »Lucius, hör auf, dich hier zu verschanzen und ... oh, tut mir leid.« Sie wirkte nervös, nur einen Moment lang, denn das entsprach nicht ihrem üblichen Auftreten. Ihr Kleid und ihre Frisur saßen perfekt wie immer, ihr Schmuck glänzte im Licht über ihrem Kopf. »Ich wusste nicht, dass wir einen Gast haben.«

Boggs war selbst nervös – er hatte seinen Eltern noch nicht von seiner Kündigung erzählt. Das Thema Hochzeit war schon heikel genug, Arbeitslosigkeit hätte das Fass zum Überlaufen gebracht. Er hatte es Julie gesagt, und sie hatte unterstützend geklungen, doch auch nur, weil sie dachte, es sei das, was er wollte. Wenn er ehrlich war, musste er sich eingestehen, dass sie enttäuscht von ihm war.

»Sergeant Joe McInnis, Ma'am«, sagte der Beamte, nahm seine Mütze ab und nickte ihr zu, als er aufstand. »Ich arbeite mit Ihrem Sohn zusammen. Tut mir leid, Sie zu belästigen, ich musste ihm nur etwas berichten, das nicht warten konnte.«

»Felicia Boggs«, stellte sie sich vor. »Ich lass Sie dann mal allein.«

»Keineswegs, wir sind hier fertig«, lächelte McInnis. Boggs hatte ihn selten so höflich erlebt.

»Darf ich Ihnen Abendessen anbieten, wo Sie schon hier sind? Wir warten noch auf meinen Ehemann, doch es ist genug da.«

Oh Gott. Es kam durchaus vor, dass man in der Boggs-Residenz Weiße empfing, doch er wollte sich McInnis nicht an diesem Tisch vorstellen, wie er einen Einblick in sein Privatleben bekam. *Bitte sagen Sie Nein.*

»Danke, aber ich sollte jetzt bei der Arbeit sein.« Er warf Boggs einen Blick zu, der sagen wollte: *und Sie auch.* »War nett, Sie kennenzulernen, Ma'am. Einen großartigen jungen Mann haben Sie da großgezogen, Sie sollten stolz auf ihn sein. Officer Boggs, ich sehe Sie morgen.«

Kein Fragezeichen am Ende des Satzes. Und doch stand er noch einen Moment lang da und wartete Boggs' Antwort ab.

»Ja, Sir. Bis dann.«

★

Die Gänge der *Atlanta Daily Times* zu durchqueren war eine riskante Angelegenheit. Stapelweise Zeitungen, die an manchen Stellen bis zu den Knien reichten, an anderen bis zu den Schultern, und nur so wenig Platz zum Durchkommen, dass Smith auf der Suche nach Jeremy Toons Büro zur Seite ausweichen musste. Einige der Zeitungen waren neu, bereit, um von Zeitungsjungen an Abonnenten und Geschäfte ausgeliefert zu werden, oder zum Bahnhof, wo die Verkäufer sie in den Zügen verscherbelten. Diese Exemplare zirkulierten so im ganzen Land, aber vor allem im Süden. Die Schaffner lasen jede einzelne Seite und ließen sie dann an kleineren Bahnhöfen in South Carolina, Mississippi und Arkansas zurück, so wie subversive Kräfte damals im Russland der Zaren ihre Literatur über die gesamte Tundra verstreut hatten, um einen Funken Wissen zu hinterlassen, aus dem eines Tages ein Feuer wurde, das die Massen entflammte und ihre Unterdrücker ausräucherte.

An den gelben Rändern konnte man erkennen, dass viele dieser Zeitungen bereits Wochen oder Monate alt waren. Die *Daily Times* hatte nicht genug Mitarbeiter, um das Zeug wegzuräumen, und so stapelten sich die Zeitungen wie Gesteinsschichten in einem riesigen Canyon, an denen zukünftige Historiker die Chronologie des langsamen Tods der Jim-Crow-Gesetze nachvollziehen konnten: Hier eine Geschichte über einen jungen Mann unter falscher Anklage, da ein Lynchmord, hier ein neues Gesetz, da ein Gewerkschaftsstreit, bis endlich – so Gott will – die Blumen eines besseren Tages auf der obersten Schicht erblühten.

»Officer Smith«, sagte Toon überrascht. Er saß in einem kleinen

Büro, in dem zwei Schreibtische eine unglückliche Koexistenz fristeten. Er sah aus, als wolle er aufstehen und Smith begrüßen, doch würde von den Stapeln seiner alten Artikel niedergedrückt.

Smith verschwendete keine Zeit damit, ihn bei dem »Officer« zu korrigieren. Erst gestern hatte er sein Kündigungsschreiben auf McInnis' Schreibtisch gelassen, aber war nicht lange genug geblieben, um zu bemerken, dass Boggs seines vor ihm dort hingelegt hatte.

»Was verschafft mir die–«

»Ihre Zeitung ist grässlich.«

»Wie bitte?« Toon bevorzugte Tweed-Jacken, die ihn zusammen mit seiner dicken Hornbrille wie einen Akademiker wirken ließen, der er womöglich geworden wäre, wenn Professuren für Negros nicht so selten wie sechszehige Rotluchse gewesen wären.

Smith schnappte sich ein Exemplar vom nächstbesten Stapel. »Ihr bekommt gutes Zeug über die Ticker, und bei den Entwicklungen in Washington seid ihr solide, das muss ich euch lassen. Habt auch ein paar clevere Jungs in den anderen Metropolen des Südens sitzen. Doch hier in der Stadt, wo ihr eigentlich aufräumen solltet? Kommt schon. Die weißen Zeitungen bekommen bessere Informationen aus dem Rathaus und von der Polizei, als ihr jemals tun werdet. Und von den Polizeireportagen will ich gar nicht erst anfangen, Jeremy. Sie schreiben über das Verbrechen wie ein Mann, der noch keine Sünde im Leben begangen hat.«

Toon starrte gute fünf Sekunden schweigend vor sich hin, vermutlich länger, als er je gebraucht hatte, um auf die Frage eines College-Professors zu antworten.

»Sie sind also heute hier, nur um mir das ins Gesicht zu sagen?«

»Ich bin hier, weil ich ein paar Neuigkeiten habe. Ich habe gestern gekündigt. Und es kommt mir so vor, als könnten Sie einen weiteren Reporter brauchen. Einen, der keine Angst davor hat, sich die Hände schmutzig zu machen.«

Toon schüttelte den Kopf, verstand noch nicht ganz. »Sie haben …
was?«

»Ich brauche einen Job, und Sie brauchen einen Reporter mit ein
bisschen Rückgrat. Also lassen Sie uns drüber reden.«

*

Fünf Wochen nach der Schießerei hatte sich Hanford Park verwandelt. Südlich der Magnolia waren mittlerweile alle weißen Anwohner
ausgezogen. Nur zwei Häuser vom ehemaligen Zuhause der Rakestraws entfernt, in einem Haus, wo Rake und Cassie einst zum Abendessen eingeladen waren, führten Julie und Boggs ihre Eltern durch ihr
neues Zuhause. An einem herrlichen Novembermorgen liefen sie
durch den Vorgarten, die Luft war kühl, doch die Sonne küsste ihre
Haut, und eine sanfte Brise flüsterte ihnen Versprechen zu. Ein Ahorn-
baum im Vorgarten hatte sich tiefrot gefärbt, der Boden darunter war
mit burgunder- und scharlachrotem Konfetti bedeckt. Weiter die Straße runter hatten sich die Judasbäume gelb gefärbt, und die orangefarbenen Jamaikakirschen und senfgelben Eichen glänzten golden
im Sonnenlicht. Reverend Boggs verbarg seine Enttäuschung darüber, dass Lucius kein Haus in Sweet Auburn gekauft hatte, indem er
fragte, ob sie jetzt eine andere Kirchengemeinde besuchen würden.
Lucius versicherte ihm, dass es sich um eine ausschließlich finanzielle
Entscheidung gehandelt hatte – die einzig erschwinglichen Häuser
in der Nähe der Auburn befanden sich in unattraktiven Ecken.

Dann wiederum hatte heutzutage jede finanzielle Entscheidung
auch eine politische Tragweite, oder eine historische.

»Man muss noch ein bisschen Arbeit reinstecken, aber nichts im
Vergleich zu meinem ersten Haus damals, das kann ich euch sagen«,
sagte der Reverend. »Gab keinen Tag, an dem ich nicht ein paar Stunden auf irgendwas eingehämmert habe, hier was rausgerissen und da
was angebracht.«

»Nicht gerade meine Stärke.«

»Nächte Woche kann ich dir bei der Spüle helfen, wenn du willst.«

Boggs wusste, dass er Werkzeug kaufen musste, vermutlich beim nahe gelegenen Eisenwarenhandel, der Mr Gilmore von der Nachbarschaftsinitiative gehörte. Er fragte sich, wie das wohl würde, ob Gilmore ihn erkannte. Das Geschäft befand sich auf der neuen offiziellen Grenze, doch wie lang würde das die Grenze bleiben? Und wie lange hielt sich das Geschäft?

Die Regierung hatte Boggs' Bitte um eine staatliche Anleihe für ehemalige GIs abgelehnt, denn Hanford Park war jetzt ein Negro-Viertel und galt als Risikobezirk. Wie Reginald vorausgesagt hatte, kostete das Haus mehr, als er hatte ausgeben wollen. Das einfache Gesetz von Angebot und Nachfrage: Viele Negros wollten ein respektables Zuhause in einer sicheren Gegend erwerben, doch davon gab es nicht genug. Es hatte nichts mit Ungerechtigkeit oder Vorurteilen zu tun, wenn man vergaß, dass den Boggs' Tausende von Häusern nur aufgrund ihrer Hautfarbe verwehrt blieben und weil sie nicht gerne Brandbomben durchs Fenster geschmissen bekamen.

Die Hochzeit war in zwei Monaten. Er konnte sich kaum vorstellen, wie er sich die Hypothek leisten sollte, geschweige denn ein Auto, doch hoffentlich konnte er etwas deichseln.

»Mir gefällt es mit jedem Mal besser«, sagte Julie und nahm seine Hand, während der Reverend das Haus umkreiste und die Windbretter und Dachtraufen inspizierte.

Boggs fragte Sage, in welcher Farbe er sein Zimmer haben wollte. Sage musste sich erst an die Idee gewöhnen, kein Zimmer mehr mit seiner Mutter zu teilen. Er sagte: »Lila.«

»Lila, wow.« Er würde ihn später noch mal fragen müssen, so lange, bis er eine akzeptable Antwort erhielt.

Die Blätter der Eiche lagen über die Einfahrt verstreut, ebenso wie einige Samenkapseln des riesigen Magnolienbaums im Nachbargarten. Im Geiste notierte er sich *Rechen* auf seiner scheinbar end-losen Einkaufsliste. Das schiere Ausmaß dieser Unternehmung war überwältigend, also ermahnte er sich selbst, es in einzelne Aufgaben einzuteilen, eine nach der anderen. Er würde das schaffen.

Ein Jet flog über sie hinweg, tiefer als üblich, und Sage deutete auf die Kondensstreifen, staunte voll stiller Ehrfurcht und mit offenem Mund. Lucius hob ihn hoch, damit der Junge dem Flugzeug noch näher war, und mit seiner freien Hand schützte er sich vor der Sonne, während Sages winzige Finger die Linien am Himmel nachzeichneten.

DANKSAGUNG

DANKE AN ALLE, denen ich auf dieser Seite schon bei *Darktown* (ist das echt erst ein Jahr her?) gedankt habe. Vor allem meiner Familie, von Mullen bis Strickland, Comeau bis Quant, Ruiz bis Koenig, Menon bis Newman; meiner Lektorin Dawn Davis, die sich bei diesem Buch besonders reingehängt hat; Judith Curr, David Brown, Yona Deshommes und allen anderen bei 37 Ink and Atria; Susan Golomb und Rich Green, die das alles möglich gemacht haben; die vielen Leser, die sich bei mir im letzten Jahr mit ihren Geschichten und Meinungen gemeldet haben; den Polizeibeamten von Atlanta, ob im Dienst oder pensioniert, die mit mir über ihre Erfahrungen gesprochen haben; Buchhändler überall; und Jenny.

Einige Bücher und Artikel haben mir bei meinen Recherchen geholfen, zu viele, um sie alle aufzuzählen, doch schulde ich vor allem Kevin Kruses *White Flight* meinen Dank.

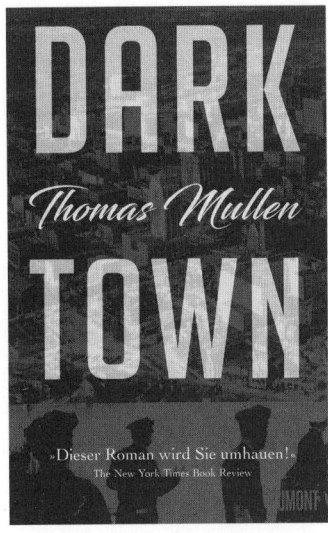

494 Seiten / auch als eBook · 480 Seiten / auch als eBook

Lesen Sie auch den letzten Band der
Darktown-Trilogie

416 Seiten / auch als eBook

LESEPROBE

TOMMY SMITH BEGANN seine Artikel ungern mit einer Leiche. Es kam ihm falsch vor, wider die Natur. Es war die perfekte umgekehrte Pyramide: Man fing mit der kalten Endgültigkeit des Todes an, während das Leben als Fundament auf dem Kopf stand. Darauf folgten schillernde Zitate und vereinzelte Details über ein einst reichhaltiges Leben, und dann endete man auf ein paar armseligen Zeilen, für die sich, längst verblassten Erinnerungen gleich, niemand mehr interessierte. So erzählte man keine Geschichte, fand Smith, es schmälerte die Biografie einer Person. Vor allem wenn man bedachte, dass die meisten Leute, über die er schrieb, erst mit ihrem Tod als wertvoll genug für eine Geschichte galten.

Es widerstrebte ihm, diese Unmenschlichkeit aufrechtzuerhalten.

Doch als Polizeireporter für die *Atlanta Daily Times*, der einzigen farbigen Tageszeitung Amerikas, gehörte es zu seinem Job, Fakten zu berichten und sie in Storys zu verwandeln, eine zusammenhängende Erzählung aus dem willkürlichen Tohuwabohu des Lebens zu formen.

Und das hier war eine der Storys, die mit einer Leiche begannen.

*

Der Schuss riss ihn aus dem Schlaf.

Oder waren es zwei gewesen? Später würde Smith sich das fragen. Später, als er wünschte, er wäre rechtzeitig wach geworden. Als er sich wünschte, er könnte durch die Zeit reisen, um diesen Moment, den er verpasst hatte, besser wahrzunehmen. Ein Moment, der sich auch ohne sein Zutun als einer der wichtigsten in seinem Leben herausstellen sollte. Den er zusammengesackt in seinem Stuhl mit einem Flachmann im Schoß verbracht hatte.

Sein Kopf war benommen vom Schlaf und vom Alkohol, seine Glieder so furchtbar schwer.

Er dachte, er hätte einen Schrei gehört. Vielleicht. Dann einen Schlag. Den ganz sicher.

Er brauchte ein paar Sekunden, bis er seine Arme und Beine wieder bewegen konnte, aber dann sprang er auf. *Was zur Hölle war das?*

Schritte, über ihm. Aber er wohnte doch im obersten Stockwerk.

Moment, wo war er eigentlich?

Stimmt, in seinem Büro. Er hatte ein kurzes Date mit Patrice gehabt, ein Drink nur, dann hatte er sie zu ihrem Termin im Oddfellows Building gebracht. Er hatte sich zu ihr gebeugt, und sie hatte ihm einen Kuss gegeben, einen flüchtigen nur, dabei aber vielsagend gelächelt, sodass er es ihr kaum mehr übelnehmen konnte, dass sie den faden Geschäftstermin nicht sausen ließ, um mehr Zeit mit ihm zu verbringen. Er war zu aufgeregt gewesen, um nach Hause zurückzukehren, war ins Büro gegangen, hatte sich noch einen eingeschenkt und ein paar Seiten eines längeren Artikels geschrieben, an dem er gerade herumbastelte. Er hatte gedacht, er sei allein im Gebäude, doch dann war Mr Bishop aufgetaucht, und sie hatten sich unterhalten. Oder? Dann war Bishop nach oben in sein Büro zurückgekehrt, und Smith hatte erneut versucht zu schreiben. Doch offensichtlich floss der Bourbon besser als die Tinte, denn er war an seinem Schreibtisch eingeschlafen.

Er rief den Namen seines Chefs, der sein Büro ein Stockwerk über ihm hatte: »Mr Bishop?«

Ein paar Sekunden Stille. Die Schritte waren verstummt.

Er wollte die Schreibtischlampe einschalten, doch stellte fest, dass die Glühbirne ausgebrannt war.

Denk nach. Das war definitiv ein Schuss gewesen, eine Pistole. Er kannte das Geräusch nur zu gut. Er hatte es nicht geträumt oder sich eingebildet. Er war weder auf einem endlosen Feldzug durch Europa, noch lief er Streife auf seiner alten Route mit Boggs. Er war hier in seinem Büro, spätnachts. Ein Ort, an dem normalerweise keine Schüsse fielen.

Er trat aus seinem Büro. Das Licht im Gang war an, die anderen Büros lagen im Dunklen. Er schlich einen besonders chaotischen Flur entlang, der immerzu vollgestopft war mit Zeitungsstapeln. Er erreichte die Treppe zum zweiten Stock.

»Wer ist da oben?«, tönte er, nutzte erstmals seit langer Zeit wieder seine Polizistenstimme. Ein tiefer Kommandoton, der keinen Widerspruch duldete. Laut genug, um die gerahmten Bilder an der Wand zum Wackeln zu bringen, und jeden, der etwas auf dem Kerbholz hatte, dazu zu bringen, sich zu fragen, ob er im Leben die richtigen Entscheidungen getroffen hatte. Die Polizistenstimme konnte eine erstaunliche Wirkung haben. Doch immer, wenn Smith sie in seinem alten Leben benutzt hatte, hatte er eine Waffe und einen Schlagstock am Gürtel getragen und einen Partner an seiner Seite gehabt.

Erneut Schritte, schnell und schwer. Jemandem da oben gefiel seine Polizistenstimme nicht.

Smith betrat das Büro seines Kollegen Jeremy Toon, denn er erinnerte sich, dass der Baseballfan Toon einen Schläger der Marke Louisville Slugger in einer Ecke hinter seinem Schreibtisch verstaut hatte. Keine Schusswaffe, aber es musste genügen.

In ihren Büros sei früher nicht selten eingebrochen worden, hatte man Smith erzählt, allerdings nicht in den letzten Jahren. Zum einen war das den farbigen Cops zu verdanken, die sich mittlerweile im achten Dienstjahr befanden, zum anderen gab es bei der *Daily Times* nichts zu holen, außer die Diebe waren bibliophil oder scharf auf eine eigene Schreibmaschine.

Smith schlich zum Fuß der Treppe. Die Stufen würden ganz sicher knarren. Sobald er sie hochstieg, gäbe er ein perfektes Ziel ab, gefangen in dem engen Treppenhaus ohne jede Deckung. Er versuchte sich zu erinnern, welche Stufen die lautesten waren.

Über ihm blieb es geräuschlos. Entweder war die Person dort oben geflohen (über die Feuerleiter?) oder verhielt sich ruhig, bereitete einen Hinterhalt vor.

Er nahm eine Stufe, dann eine zweite. Der Schläger fühlte sich in seinen schweißnassen Händen bereits rutschig an.

Die dritte Stufe war eine schlechte Wahl, sie knarrte laut. Das Überraschungsmoment war verflogen, also stürmte er den Rest der Treppe nach oben. Er stand im Flur des zweiten Stocks, über ihm brannte Licht. Der Gang wirkte breiter als unten, hier stapelten sich keine Zeitungen.

Eine Tür hinter ihm führte zur Toilette. Sie war fast zu, doch nicht eingerastet, also trat er sie auf. Sie schlug gegen die Wand. Hier war niemand.

Er hörte ein schwaches Stöhnen aus Bishops Büro. Dann Verkehrsgeräusche, ein vorbeifahrendes Auto, lauter als erwartet; irgendwo musste ein Fenster offen stehen, trotz der eisigen Januarkälte.

Er schlich weiter, fast bis zur offen stehenden Tür von Bishops Büro. Er drückte sich mit dem Rücken gegen die Wand, was mit Waffe in der Hand wesentlich mehr Sinn ergeben hätte. Wartete kurz ab, beugte sich dann schnell nach vorne, riskierte einen Blick nach innen.

Niemand schoss auf ihn, niemand warf sich auf ihn. Es war niemand hier.

Außer dort auf dem Boden. Der Schlag vorhin, das war der Aufprall von Arthur Bishop gewesen, so viel wurde ihm jetzt klar.

Der Herausgeber lag nicht völlig ausgestreckt da, aber beinahe. Der Raum mit seinem riesigen Schreibtisch und Sesseln, seinen Beistelltischen und Bücherstapeln war zu klein für Bishops massive Statur. Er lag überwiegend auf dem Bauch, doch eine seiner Schultern drückte gegen den Schreibtisch, und seine Beine waren angewinkelt. Eine Hand hatte er auf den Boden gestützt, die Finger durchgedrückt, die Knöchel nach oben, sodass der Orientteppich sich unter dem Druck zusammenschob. Seine andere Hand, die linke, steckte in seiner Jacke, als ob er nach etwas gesucht hatte, und seine weit aufgerissenen Augen bestätigten, dass er es gefunden hatte.

Blut sickerte in den Teppich ein und bildete einen immer größer werdenden Kreis.

Das Fenster hinter seinem Schreibtisch stand offen. Smith wollte zuerst zu Bishop eilen, befürchtete aber, dass der Schütze sich draußen auf der Feuerleiter versteckte. Also rannte er zum Fenster, warf einen Blick hinaus und nach unten. Niemand. Hinter dem Gebäude befand sich eine schmale Gasse, dann ein weiteres Gebäude. Wenn der Schütze sich nicht in einem anderen Raum befand, dann war er die Feuerleiter hinuntergestiegen, als Smith die Treppe nach oben genommen hatte, und längst weg.

Bishop war noch da. Noch.

Smith ließ den Schläger fallen und half Bishop, sich auf den Rücken zu drehen. Bishops Augen standen immer noch weit offen, seine Pupillen bewegten sich nur minimal.

»Durchhalten, Mr Bishop, halten Sie durch.«

Smith kannte die Überlebenschancen bei einem Schuss in die Brust, wusste, wie lange ein Krankenwagen in diese Gegend brauchte. Dennoch schnappte er sich das Telefon auf Bishops Schreibtisch und rief den Notarzt. Dann legte er auf und wählte eine altbekannte Nummer.

Sekunden später, gerade als ihm auffiel, dass das schwache Stöhnen seines Chefs verstummt war, ging sein alter Chef ans Telefon.

*

Sieben Jahre und neun Monate lang hatte Sergeant Joe McInnis als einziger weißer Cop in einem farbigen Distrikt gedient. Er hatte zahllose Räume mit Mordopfern betreten, doch das war das erste Mal, dass ihn einer seiner ehemaligen Beamten zum Tatort rief.

Im Büro von Arthur Bishop roch es nach Kordit, fiel McInnis auf, noch bevor er es überhaupt betreten hatte. Es war kalt in dem Raum, das hintere Fenster stand offen, und doch war der Geruch der abgefeuerten Waffe noch nicht verflogen.

Smith hatte behauptet, Bishop sei bei seinem Anruf noch am Leben gewesen, das war jetzt nicht mehr der Fall.

Der Körper war noch warm, kein Puls, offene Augen. Er lag auf dem Rücken, die Arme angewinkelt, weil kein Platz war in diesem vollgestellten Raum, und sah genauso merkwürdig aus wie die anderen Leichen, die McInnis bedauerlicherweise häufig unter die Augen kamen. Menschen, die im Schlaf starben, wirkten oft genauso friedlich, wie man sich das vorstellte, doch Mordopfer sahen nie entspannt aus. Ihre Körper wirkten verkrampft, als besäßen sie immer noch die Energie, all das zu tun, wozu sie nicht mehr in der Lage waren.

Hinter McInnis standen zwei seiner Officer, Boggs und Jones. Letzterer war ein Rookie mit weit aufgerissenen Augen, der das erste Mal in seinem Leben ein Mordopfer sah. »Nichts anfassen«, ermahnte ihn McInnis.

Boggs dagegen war ein erfahrener Cop, der in seinen sieben Dienstjahren bereits alle möglichen Tatorte gesehen hatte. Der wahre Grund, warum McInnis die beiden mitgebracht hatte, lag darin, dass Boggs und Smith einst Partner gewesen waren. Sie hatten im April 1948 angefangen zusammenzuarbeiten, als Teil der ersten Einheit farbiger Polizisten. Die McInnis unterstellt war.

Boggs hatte helle Haut und ein kantiges Gesicht, er war streng und von großer Ernsthaftigkeit. McInnis hatte ihn damals als zu intellektuell für den Job eingeschätzt. Und immer noch schien er sich wohler dabei zu fühlen, Polizeiakten durchzukämmen oder Kids auf dem Gehweg zu ermuntern, weiterhin die Schule zu besuchen, statt sich einem Gewaltverbrecher in den Weg zu stellen. Doch die Jahre hatten ihn abgehärtet.

Im Gegensatz dazu war Smith immer schon ein Querulant gewesen, hatte sich an Regeln und Vorschriften abgearbeitet, als hätte man sie nur dafür gemacht, ihm auf die Nerven zu gehen. Er hatte nach nur zweieinhalb Jahren gekündigt.

McInnis ging davon aus, dass Boggs Smith wesentlich besser einschätzen konnte als er.

Es war McInnis nicht entgangen, dass er der einzige Weiße hier war, aber daran hatte er sich gewöhnt. Er hatte sich nicht darum beworben, der Sergeant einer Einheit von Negro-Polizisten zu sein, doch als man ihm zu verstehen gegeben hatte, dass er den Posten nicht ablehnen konnte, hatte er versucht, den bestmöglichen Job abzuliefern. Am Anfang war allein die Kommunikation eine echte Herausforderung gewesen. Manchmal wurden ein Kommentar oder Situationen von seinen Beamten auf einer völlig anderen Frequenz wahrgenommen, als Codes mit unvorhersehbaren Bedeutungen, komplexen Zusammenhängen, die er nicht begriff. Hin und wieder wurden das Übersetzen und Neuformulieren mühsam, laugten ihn aus und auch sie. Doch er gab sich die größte Mühe, diese Barrieren zu überwinden, und tatsächlich hatten die Missverständnisse im Lauf der Jahre abgenommen, worauf er durchaus stolz war.

Doch Stress erschwerte die Dinge, und Cops standen fast immer unter Stress.

Während McInnis sich neben die Leiche kniete und versuchte, sie genauer zu betrachten, ohne den Tatort zu beeinträchtigen, blieben Boggs und Jones an der Eingangstür stehen, und Smith wartete hinter ihnen.

McInnis roch Schnaps, und zwischen willkürlich angehäuften Zeitungsstapeln, die sich ineinander zu verschachteln schienen, erblickte er ein Glas auf Bishops chaotischem Schreibtisch. Auf dessen Grund etwas, das wie eine winzige Menge Whiskey aussah.

McInnis umrundete vorsichtig den Tisch, eine Schublade stand halboffen. Weder eine Waffe noch Patronenhülsen waren zu sehen, zumindest nicht auf Anhieb. Kein Blut auf dem Fenstersims, nichts Ungewöhnliches auf der Feuerleiter.

»Jones, gehen Sie runter und überprüfen Sie die Gegend rund um das Gebäude, suchen Sie nach einer Waffe oder Blut oder irgendwas, das da nicht hingehört.«

»Ja, Sir.«

Da waren Blutspritzer auf einem der Bücherregale links von McInnis. Also hatte Bishop nicht an seinem Schreibtisch gesessen, als man auf ihn geschossen hatte. Hätte Bishop sich von seinem Schreibtisch aus auf den Schützen zubewegt, hätte das Blut aus seinem Rücken spritzen müssen. McInnis bewegte sich langsam im Kreis, erspähte eine kleinere Menge Blut auf einem anderen Bücherregal, vermutlich von Bishops Hand, als er zu Boden gegangen war. Oder von der des Schützen.

McInnis trat hinaus auf den Flur zu Smith und Boggs. Er verschränkte die Arme und fixierte seinen ehemaligen Officer. Der nach Alkohol roch. McInnis dachte an das Glas auf dem Schreibtisch des Toten. Er musterte Smiths Kleidung, suchte nach Spuren von Blut oder eines Kampfes, doch außer dem Fehlen einer Krawatte und zwei offenen Hemdknöpfen, was vermutlich Smiths lässigen Stil unterstreichen sollte, fiel ihm nichts auf.

Smith war gut aussehend, hatte dunkle Haut und eine verwegene Art, um die ihn seine Kollegen offenbar immer beneidet hatten.

Nur seine Augen waren normalerweise nicht so weit aufgerissen.

»Die Mordkommission wird bald hier sein«, sagte McInnis. Mordkommission bedeutete weiße Detectives. Die farbigen Beamten waren nur Streifenpolizisten, denn niemand von ihnen war bisher zum Sergeant oder Detective befördert worden. Die meisten weißen Cops in Atlanta verachteten ihre farbigen Kollegen; von Anfang an hatten sie versucht, ihre Arbeit zu untergraben und zu sabotieren und selbst jetzt, nach über sieben Jahren dieses Experiments, hofften die meisten, dass die Negro-Cops allesamt gefeuert oder eines Tages auf mysteriöse Weise von selbst verschwinden würden.

Die Detectives von der Mordkommission würden hocherfreut sein, einen betrunkenen Negro neben einer Leiche vorzufinden. Dies war nur noch ein paar Minuten lang McInnis' Fall.

»Erzählen Sie mir, was passiert ist.«

»Kurz bevor ich Sie angerufen hab, habe ich einen Schuss gehört. Oder Schüsse.«

»Was jetzt? Einen oder mehrere?«

»Ich weiß es nicht. Ich bin ... eingeschlafen. Ich hab unten an einem Artikel gesessen – mein Büro liegt genau unter dem Raum.« Er zeigte den Flur hinunter. »Ich hab einen Schuss gehört, oder Schüsse, ich weiß es nicht, da bin ich aufgewacht. Dann hab ich jemanden schreien hören, eine männliche Stimme. Könnte Bishop gewesen sein, könnte auch jemand anderes gewesen sein.«

»Was hat die Stimme gerufen?«

»Ich konnte es nicht verstehen. Hab einen Schlag gehört, vermutlich, als er zu Boden ging. Dann Schritte, wahrscheinlich der Schütze, dann hab ich nach Bishop gerufen, gefragt, ob's ihm gut geht. Ich hab mir den Schläger geschnappt«, er deutete auf den Baseballschläger auf dem Boden im Flur, der McInnis bereits aufgefallen war, »und bin die Treppe rauf. Er lag auf dem Bauch, hat sich mit der rechten Hand noch grade so abgestützt und hat gestöhnt. Ich hab ihn auf den Rücken gerollt und das Fensterbrett angefasst, als ich nach draußen geschaut habe. Ich hab das Telefon benutzt, sonst hab ich nichts angefasst.«

Hatte Smith eben noch nervös gewirkt, so schien ihn die Aufzählung der Fakten zu beruhigen. Es war wie früher, als berichtete er lediglich an seinen Sergeant über einen Tatort: Disziplin und alte Gewohnheiten zwangen das chaotische Ereignis in eine klare Form, die es ihm ermöglichte, den nächsten Schritt zu unternehmen – und den danach.

»Haben Sie jemand gesehen?«

»Nein. Ich hab Schritte gehört, wie gesagt, aber als ich Bishops Büro erreicht hab, war keiner mehr da. Das Fenster stand offen, also dachte ich an die Feuerleiter. Dann hab ich Sie angerufen. Keine zwei Minuten nach dem Schuss.«

McInnis warf Smith einen prüfenden Blick zu. »Sie haben getrunken.«

»Jawohl, Sir. Es ist spät, und ich kam bei einem Artikel nicht weiter. So läuft das bei uns Schreibern. Hab einen Flachmann auf meinem Schreibtisch da unten. Aber ich bin nicht *betrunken*.«

McInnis fragte sich, was anders gelaufen wäre, hätte nur Boggs den Anruf entgegengenommen. Wie hätten sich Boggs und Smith wohl ohne die Gegenwart eines Vorgesetzten verhalten? Ohne die Gegenwart eines Weißen? Welche anderen Geheimnisse wären ans Tageslicht gekommen?

»Haben Sie ihn erschossen?«

Smiths Augenbrauen schnellten in die Höhe. Vielleicht war er so verstört von der Leiche, dass er noch gar nicht so weit gedacht hatte. Vielleicht war er betrunkener, als er vorgab, konnte nicht klar denken. Vielleicht war er mit dem Toten befreundet gewesen, rang mit dem Verlust, begriff noch nicht, in welch großen Schwierigkeiten er steckte, obwohl er doch sonst ein so gewiefter Taktierer war.

»Nein, Sir, Sergeant, es war genauso, wie ich gesagt habe.«

McInnis erwiderte nichts darauf, sondern musterte Smith nur, schaffte eine Stille, die er entweder füllen oder mit Schweigen erwidern konnte.

»Ich hab ihn nicht umgebracht. Ich hab den Mann gemocht.« Eine Pause. »Na ja, vielleicht nicht unbedingt gemocht, aber ich hab ihn bewundert.«

Und schon fing Smith an, sich zu widersprechen.

McInnis kam näher und legte Smith die Hand auf die Schulter. Er berührte seine Officer nur selten. »Sie wissen, dass Sie heute Nacht verhört werden. Sie wissen, dass die diesen Fall schnell aufklären wollen, und das bedeutet, sie werden Ihnen den Mord anhängen. Also, wenn Sie es nicht waren, müssen Sie uns was liefern, und zwar sofort.«

Das Weiß in Smiths Augen hatte sich teilweise rot gefärbt, entweder vom Alkohol oder von der furchtbaren Art und Weise, auf die man ihn aus dem Schlaf gerissen hatte.

»Sergeant, ich hab keine Ahnung, was passiert ist. Nicht die geringste.«

McInnis nahm seine Hand weg. Sie standen seltsam nah beieinander.

»Kann ich mich drinnen noch mal umsehen?«, fragte Smith.

»Nur von hier aus.«

McInnis trat zurück und ließ Smith bis zur Türschwelle vortreten. Smith sah sich die Szenerie erneut an. »Sein Schreibtisch ist sonst nie so unordentlich«, sagte er dann. »Die ganzen Zeitungen überall.«

»Vielleicht hat er sich draufgelehnt und sie umgeschmissen, als er aufgestanden ist«, mutmaßte McInnis.

»Oder wer auch immer ihn erschossen hat war auf der Suche nach etwas. Und hatte keine Zeit mehr aufzuräumen, als er mich kommen hörte.« Smiths Blick verharrte noch, er schüttelte den Kopf.

Boggs konnte sich einen Kommentar nicht verkneifen. »Kein guter Abend, um zu trinken.«

Smith warf seinem Ex-Partner einen finsteren Blick zu. »Es ist nur *Alkohol*, Priesterjunge. Es macht keinen Mörder aus mir.«

»Smith«, sagte McInnis, »die Mordkommission wird Sie so oder so über Nacht auf der Wache behalten, verstehen Sie? Sie müssen ruhig bleiben, dürfen die nicht provozieren.«

Im Provozieren war Smith immer schon Experte gewesen, wie der »Priesterjunge«-Spruch eben bewiesen hatte. »Ja, Sir«, sagte er.

»Ich kann dir einen Anwalt besorgen«, sagte Boggs. »Mein Vater kennt einen.«

Smith nickte, Schweiß tropfte an seiner Wange herunter. Es war alles andere als warm im Flur.

»Ich muss Sie nach Waffen abtasten«, sagte McInnis. »Sorry, aber Sie wissen ja, wie das läuft.«

McInnis wich Smiths Blick aus, stand einfach nur da und wartete zwei Sekunden lang, bis Smith seine Arme ausstreckte. Zigaretten in der Brusttasche seines Hemds, ein Portemonnaie mit achtzehn Dollar in der rechten Hosentasche, in der linken die Schlüssel. Sonst nichts. McInnis hoffte, dass die Waffe, mit der Bishop getötet worden war, ein anderes Kaliber hatte als die Waffen, die Smith besaß.

»Was können Sie uns sonst noch sagen?«, fragte McInnis, nachdem er fertig war. »Hatte Bishop Affären oder Geldsorgen, haben Sie in letzter Zeit gehört, dass er sich mit jemand heftig gestritten hat?«

Smith antwortete nicht sofort, was untypisch für ihn war.

McInnis bohrte nach. »Wer könnte ihm etwas anhaben wollen?«

»Ihm gehört die Zeitung, jede Menge Leute wollen ihm was anhaben. *Sie* lesen diese Zeitung nicht, oder?«

»Gelegentlich.« Aber in Wahrheit nur selten.

»Ich lese sie«, sagte Boggs. »Deine Artikel immer zuerst.«

Das überraschte McInnis nicht. Boggs las ganz sicher jeden Tag vier bis fünf Zeitungen.

»Wir behandeln Politik, Verbrechen, Gesellschaft, alles. Machen eine *Menge* Leute wütend. Sie sollten mal die Hassbriefe sehen, die wir bekommen, vor allem in letzter Zeit. Gegen uns läuft ein Verfahren, und jetzt will der oberste Staatsanwalt auch noch …«

»Welches Verfahren?«

Sie hörten Sirenen. Sie wurden lauter.

»Jesus Christus«, sagte Smith, als würde ihm seine Situation durch den herannahenden Streifenwagen schlagartig bewusst. Autotüren knallten. Weitere Sirenen in der Ferne. »Das kann nicht wahr sein.«

Sie waren fast da, genau jene weißen Cops, mit denen Smith es nicht ertragen hatte zusammenzuarbeiten. Und dieses Mal hatten sie es auf ihn abgesehen.